흘러간 노래

흘러간 노래

초판 인쇄 2020년 3월 2일
초판 발행 2020년 3월 6일

지 은 이 김용희
펴 낸 이 박찬익
펴 낸 곳 ㈜ **박이정**
주　　소 서울시 동대문구 천호대로 16가길 4
전　　화 02) 922-1192~3
팩　　스 02) 928-4683
홈페이지 www.pjbook.com
이 메 일 pijbook@naver.com

등　　록 2014년 8월 22일 제305-2014-000028호

ISBN 979-11-5848-448-4 03810

*책값은 뒤표지에 있습니다.

흘러간 노래

김용희 소설집

(주)박이정

작가의 말

　이제 더 이상 소설의 시대는 아닌 듯 보이는데 소설책을 출판한다는 생각을 하다니ㅡ. 한참 어리석다는 생각이 들기도 한다. 화려한 영상과 음향으로 관객을 찾아가는 영화와 공연 등이 끝없이 이어지는데 마음을 다잡고 읽어야 하는 소설은 이 시대의 독자들에게는 쉬운 작업은 아니다. 모든 예술 양식이 혼재되고 표현 양상이 예측불허의 방향으로 퍼져나가는 이 시대에 고전적인 양식의 소설책 한 권을 출판한다는 것이 무슨 의미가 있을까 하는 생각을 하게 되지만 출판을 하겠다는 용기를 내는 것은 소설은 모든 서사 양식의 원형을 이룬다고 믿기 때문이다. 대학 학과의 이름에서 또는 학과목의 명명에서 문학이나 소설이라는 단어 대신에 시류에 영합하는 현란한 어휘들로 대체된다고 해도 문학 또는 소설은 존재할 가치가 있다고 믿는다.

　중학교를 졸업하고 고등학교에 입학할 때까지 두 달 남짓한 시간 동안 당시 전통 있는 출판사에서 출판한 30권이 넘는 한국 소설 전집을 모두 읽은 것이 대학에서 소설을 전공하고 학생들을 가르치는 발판이 되었던 것으로 보인다. 친구 집 한옥 대청마루 책장에 꽂혀 있던 그 전집을 한 번에 몇 권씩 빌려다 읽고 반납하기를 반복했다. 궁색한 방법이었지만 이광수의 〈무정〉에서 시작하여 그 시대에 활동했던 전후소설 작가들에 이르기까지 한국의 근현대 소설을 섭렵할 수 있었던 것은 고마운 일이다. 그리고 몇 년 후에는 국문학과 외국문학 전공자들이 책임지고 편집하여 세계문학작품을 전집으로 출판했다. 덕분에 좋은 번역으로 출판된 동시대의 소설 작품들을 접할 수 있었다. 지난 세기 초에서 금세기까지 활동했던 작가들의 작품이었다.

문화적 생활을 충족 또는 과시하고 싶은 가정에서 장식용으로 책장에 꽂아두었던 전집류의 책들이 한동안 사회 현상으로 나타나는 시작이기도 했으나, 종이로 만들어진 책이라는 점에서 나름 긍정적인 현상이었다. 활자로 된 책에 대한 우호적인 사고는 20세기 내내 우리를 지배했고, 오랜 동안 소설의 시대를 지탱하는 중요 요인이기도 했을 것이다.

이제 종이의 시대는 지나가고 있으며 몇 개의 손가락으로 자판을 두들겨대며 써지는 모든 내용들이 작은 파일에 담겨 보존되고 전달되는 시대가 되었다. 소설도 그렇게 써지고 활자화되어 책으로 묶어진다. 머리를 싸매고 원고지를 한 칸, 한 칸 메꾸며 어렵게 써나가던 사람들의 글과 모니터 상에서 쉽게 지우고 편집하며 써진 글이 같을 수는 없을 것이다. 그럼에도 그들이 동일한 목적이 있다면 자신들이 쓴 글로 다른 사람들과 소통하고 싶어 한다는 것이다. 이 책에 실린 몇 편의 소설을 읽는 분들이 그것을 쓴 사람에 대해 또는 그 세계에 관심을 가진다면 귀한 만남이 될 것이다. 이 시대를 살아가는 사람들이 섬처럼 유리되어 떠도는데 몇 편의 소설을 통해 그런 관심을 가질 수 있다면 반가울 것이다.

장편 〈길〉은 필자의 모교인 이화여자대학교 100주년을 기념하여 학교에서 기성 문인을 포함한 모든 졸업생을 대상으로 공모하여 당선된 작품이었다. 이 작품에서는 탄광이라는 특수한 지역에서 인간의 실존에 직면하는 광산 기사들에 대해 써보려고 했다. 수백 미터 지하의 빛이 차단된 공간에서 광부들의 안전을 책임지고 생산율을 높여야 하는 과제를 맡은 젊은 탄광 기사들의 치열할 수밖에 없는 삶에 대한 관심이었다. 광맥을 찾아가는 것이나 삶의 길을 찾아가는 것은 유사하다는 생각을 했다.

중편소설 〈마감날〉과 〈자격정지〉는 대학 재학 시절 이대학보사가 공모한 현상모집에 당선되어 학보에 게재되었던 작품이다. 〈유예된 시간〉을 포함하여 보통사람의 삶에 관심을 가진 세 편의 중편소설에서 나름 추구했던 것은 바로 그 평범한 사람들의 생활에 대한 천착이었을 것이다. 경제적인 문제가 보통 사람의 삶의 질을 판단하는 것은 이들 작품이 다루었던 시대에서 꽤 많은 시간이 흐른 현재에도 조금도 변화하지 않고 오히려 고착화되었다. 얼마나 많은 세월이 흘러야 빈곤의 문제는 우리를 가슴 아프게 하지 않을지. 그러한 소망은 실현 가능성이 희박한 이상일 수 있지만, 그쪽을 향해 또는 그 실현을 위해 많은 사람들이 움직이는 것도 현실이다. 반가운 일이다. 그 후로 발표되었던 〈흘러간 노래〉라는 짧은 콩트도 포함시켰다.

누구든지 어느 시대이든지 자신이 처한 상황은 절실하다. 작은 소설집에서 한 시대를 살아가는 사람들의 한 부분을 엿볼 수 있었다면 다행으로 생각한다.

2020. 2. 28.

차례

길

플라스틱 브러시에 묻어 나온 한 움큼의 머리카락들을 정현은 다시 손으로 훑어냈다. 그 속에 섞여 나오는 두어 올의 흰 머리카락에도 그녀는 무심해지려고 애쓰고 있었다.

"아이구, 김 아나, 머리 좀 봐."

"무슨 신경 쓰는 일이라도 있나봐. 웬일이유."

잠시라도 그녀 옆에 서서 이야기를 나누어야 하는 경우라든가, 식사 후 차라도 한잔 마시며 상대방의 얼굴을 들여다보아야 할 때에 사람들은 한 올 두 올 염치없이 내비치기 시작하는 정현의 머리에 대해서 한마디씩 하는 것을 잊지 않았다.

그들은 그것을 관심의 표현이라고 생각할지도 모른다. 그저 내버려 두지 않았다. 그녀는 자신이 그러한 언급에 대해 자연스럽게 반응하고 무신경한 것을 다행스럽게 여겼다.

정현은 서울에서 보내온 음악 프로에 콜사인을 집어넣은 뒤 다시 1시간짜리 교양프로를 연결시켰다. 어차피 이제 지방에 있는 라디오 방송이 서울에서 보내는 일반 방송이나 FM방송에 크게 의존하고 있는 현실에서, 송신소 구실 정도밖에 못하는 이곳에서 프로를 제작해 본다는 것은 공허한 짓이라는 생각을 모두 했다.

이는 대부분의 국영 방송국이나 민영 방송국에서 공통된 현상이었다. 이제 방송에서는 지방의 특수성도 무엇도 찾아보기 힘들었다.

하나의 프로그램을 제작해 보기 위해 경험도 많지 않은 PD에게 자신의 의견을 어렵게 전하고, 제작에 필요한 모든 기재들을 들고 현장에 뛰어가서 그 일을 진행시켜야 하는 어려움과, 그것을 다시 편집해 내는 과정에서 보람을 느끼기에는 너무 많이 지쳤으며, 그 결과 또한 기대할 만하지도 못했다.

송신소가 있는 이곳에서도 청취율이 3~4퍼센트밖에 나오지 않는 상황에서 자신을 새로운 방송 제작에 몰두시키기에는 정현은 너무나 피곤했다.

하얗게 쏟아지는 햇빛이 검은 물과 검은 땅, 검은 사람들 위에서 반사되었다. 하얀 햇빛만큼의 열기가 땅 위로 쏟아질 것이었다. 검고 두꺼운 작업복과 검은 얼굴, 그들의 머리 위에 씌워진 무거운 갱모 등이 그들에게 열기를 더해 줄 것이었다.

천천히 걷고 있는 그들의 움직임이 심한 더위를 알려 주었다. 교대 시간이 아직 되지 않은 탄광은 몇 명의 광부들이 수갱(垂坑) 쪽으로 갱목을 나르고 있을 뿐이었다.

하얀 햇빛과 열기는 그녀가 있는 방 안의 냉기와 심하게 대조되었다. 정현은 서늘한 방 안의 쾌적함 속에서, 천천히 느리게 움직이는 밖의 사람들을 아무 생각 없이 바라보았다.

그녀는 따뜻한 차 안에서 추운 날씨의 바깥 풍경을 내다보듯이 그렇게 그냥 바라보았다. 그녀는 밀폐된 방송실 안에서 유리창 밖의 생활과 전혀 다른 별개의 세계가 유리되어 흘러가는 것을 느꼈다.

벽에 걸린 정확한 디지털시계는 3시 22분을 가리켰다. 그녀는 시계에서 매초마다 비쳤다가 사라지는 두 개의 점을 바라보았다. 그녀는 정확한 시간에 콜사인을 집어넣기 위해서 또는 앞의 프로그램에 다음 프로그램을 정확하게 연결시키기 위해서 시계의 초침을 바라보고 있어야하는 것에 익숙해졌다.

그럼에도 그렇게 반복적으로 왔다가 사라지는 시간을 보고 있어야 한다는 것은 어지러웠다. 그녀는 또 무의식적으로 시계를 바라보며 매초마다 시간이 흘러가는 것을 느꼈다. 시간은 흘러가지 않고 왔다가는 사라지고 하는 것을 지치지도 않고 반복했다.

그 정확한 시간의 움직임에 그녀는 이내 현기증을 느끼며 눈을 외면해 버린다. 그 시간의 흐름은 마치 그녀에게, 매초마다 신경이 마모되는 것처럼, 매초마다 하얀 머리카락이 한 올씩 솟아날 것처럼, 아니, 매초마다 자신을 죽음으로 가까이 데려갈 것처럼 초조하게 다가왔다.

그녀는 초침의 빠른 명멸에서 눈을 거둔 뒤 30여 분의 시간이 남았다는 것을 확인하며 다시 의자를 돌려서 창문 밖을 내다보았다.

그녀는 남자가 있을 사무실 쪽을 바라보며 그를 생각했다. 남자는 지금은 갱내를 한번 돌아본 뒤 사무실에 돌아와 있을 시간이었다. 점심을 먹은 뒤 그는 언제나 갱내를 한 번씩 점검한다고 했다.

지금은 샤워를 끝낸 뒤 사무실에서 그날의 진척 상황을 도표로 그리며 무사고를 확인하고 있을 시간이었다. 탄광 마당에 사람들이 여느 날처럼 움직이는 것을 보면 분명히 아무 일도 없을 것이었다.

하기는 사고가 있는 날도 광산에 큰 변화가 있는 것은 아니었지만 이제 그녀는 느낌으로 사고를 알 수 있게 되었다. 갱내에서 일어나는 사고는 아무리 햇빛이 강한 날도 이상스럽게 음산한 기분으로 전해 왔다.

탄광 사고가 아니고 철도 사고가 났을 때에도 그랬다. 낮은 산으로 둘러싸인 분지와 같은 회사 마당을 중심으로 한 이 마을 전체가 죽음을 맞이할 때에는 이상스럽게도 음울하게 변모되었다.

"지금 뭐해? 몇 시에 끝나지?"

"네 시면 끝나요."

"이따가 나오지. 여섯 시쯤."

전화는 암호처럼 짧게 연결되었다가는 끊어졌다. 그는 사무실 복도의 여기저기에 놓여 있는 전화기 중에서, 사람들로부터 가장 멀리 떨어져 있는 전화기에서 급히 다이얼을 돌렸을 것이다.

갱내의 안전을 수시로 점검하기 위해서 설치된 전화기들은 건물에 설치된 소화전들처럼 거의 사용되는 일이 없이 놓여 있었다. 그렇게 내팽개쳐져 먼지 속에 쌓여 있던 전화들은 형근에 의해서 생명이 통하듯 선이 연결되며 꿈틀거렸다.

땅속에 파묻혀 있던 전선들은 그의 입김으로 살아났다. 그는 벌써 몇 개의 전화기에 생명을 불어넣으며 살아나게 해 왔다. 전화선으로 목소리가 전해지고 마음이 흘러갔다.

그들은 서로에게로 흘러가는 감정의 급류와 함께 넘치는 육체적인 욕망을 억제하기에 너무나 힘들어했다.

정현은 보조 아나운서로 일하는 남자에게 그날의 남은 일들을 넘겨버렸다.

"계속해서 스위치시켜요. 오늘은 들어오지 않겠어요."

"그러지요. 갱내 소식은 없나요?"

"아직 넘어온 것이 없으니까 별일 없나 봐요."

여자는 심드렁하게 말했으나 윤 기사의 밝은 목소리를 기억하고 있었다. 하기는 특별한 일이 있어도 그것을 쉽게 말하는 사람은 아니었다. 그녀는 다시 연결되는 형근을 향한 생각들을 잘라 버리고 싶었으나 그렇게 하기에는 힘이 들었다. 그녀의 몸속에서 꿈틀거리는 모든 신경과 체액의 흐름은 그녀를 내버려두지 않았다.

여자는 다시 남자를 보고 싶다는 욕망과 자신의 내부로부터 일어나는 신경의 움직임을 의식하기 시작했다. 그녀의 몸에서 일어나는 모든 욕망은 자연적인 것이라고 생각하기에는 너무나 수치스럽게 그녀를 자극했다.

그녀는 자신이 남자를 원하는 것이 무엇인가에 대해서 혼란스러웠다. 그녀 옆을 지나간 몇 명의 남자들과 마찬가지로 그것은 혼돈이었다. 그것은 천천히 그녀의 의식을 자극하는 것으로 다가오기 시작해서는 이내 곧 육체의 감각을 자극하기 시작했다.

그녀는 그것을 거부할 힘이 없었다. 그러면서 여자는 그것을 거부해야 하는 것이 자신의 도덕적 기준인가 하는 것에 대해 비웃었다. 그러나 여자는 잠시라도 남자를 만나기 전에는 그에 대한 생각으로 흥분한 상태로 있고 싶었다.

의도적인 감정의 조절은 웃기는 짓이라고 생각했으나 요 근래에 자신이 그러한 감정 조절 작업을 빈번히 의도하고 있다는 것을 그녀 스스로도 느꼈다.

ㅡ지금은 흥분하자.ㅡ

ㅡ조금은 기대에 차 보자.ㅡ

아무것도 하지 않으며 닫힌 조그만 방에서 자신과 싸워야 한다는 것은 누구에 대한 정절인가? 자신이 윤 기사를 만나는 것은 도덕적인 금기인가? 그녀는 서울에 있다는 그의 아내에 대해서는 애써 물어보지 않았었다.

그것은 자기 스스로의 금기였으며 최후로 남은 여자의 지켜야 하는 선과 같았다. 보조 아나운서 미스터 박은 서울 방송을 연결시켜 버린 뒤 하루의 일과가 끝났다는 듯 주간지들을 다시 꺼내어 음미하기 시작했다. 냉방기가 가동되는 서늘한 방 안에서 그는 느긋하게 여름날의 오후를 만끽했다.

정현은 방송실을 나와 더운 열기 속으로 들어섰다. 해는 아직도 많이 남았으며 끈끈한 열기는 산 쪽에서 불어오는 바람으로 웬만큼 누그러졌다. 제법 옷자락이 나부낄 정도로 바람은 불었다.

탄광 기사들 사택에서 내려오는 셔틀버스가 부인들을 태우고 시장 쪽으로 향했다. 탄광에서 일하는 정규 기사들은 광부들과는 다른 쪽에서 집단으로 모여서 생활했다. 그들의 사택은 결혼하지 않은 독신자들이나 가족이 서울에 있는 사람들이 같이 있는 합숙소의 위쪽에 있었다.

여자들은 저렇게 같은 시간에 시장에도 가고, 취미생활들도 하면서 집단으로 움직였다. 대부분의 사택을 중심으로 한 여자들의 생활이 그렇겠지만 이곳 광산 사택에서도 심심치 않게 말썽이 생겼다. 오히려 광산이 폐쇄된 곳이라서 다른 곳보다 더 그런 마찰은 심한 듯했다.

정현은 차 안에 있는 여자들의 눈을 따갑게 느끼며 버스를 타는 쪽으로 걸어갔다. 그녀는 버스를 타기 위해 완만한 아치형으로 만들어진 나무다리를 건넜다. 오래 전에 전신주와 침목으로 사용되던 검은 나무를 통째로 사용하여 만든 다리는 기름이 스며들어 꺼멓게 윤기까지 나는 것으로 세월이 흘렀음을 알려주었다.

다리를 건너기 바로 전에 철길이 놓여 있고, 왼쪽으로는 회사가, 오른쪽으로는 병원과 방송국이 자리잡고 있었다. 병원은 철길 바로 옆으로 하얀 목책이 쳐진 곳이었으며 방송국은 사택과 합숙소 쪽으로 올라가는 비스듬한 언덕바지에 있었다.

다리를 바로 건너면 왼쪽으로는 시장과 작은 극장을 중심으로 한 이 도시의 중심가가 있고, 오른쪽으로는 버스로 한 삼십 분쯤 되는 지역에 조금 규모가 큰 도시가 있었다. 그 도시는 인근에 있는 크고 작은 탄광 사람들의 좀더 넓은 유흥 장소였다.

유흥 장소라고 해서 무슨 특별한 시설이라든가 뭐 그런 것이 있는 것도 아니었으나 대부분은 자기가 있는 곳, 아는 곳에서 떠날 수 있다는 점에서 그곳으로 가는 듯했다. 좀더 넓다는 것은 숨기에 좋다는 뜻도 되었다.

검은 나무다리 밑으로 검은 물이 언제나 흘렀다. 검은 물은 며칠 전 내린 비로 꽤 불어났으나 검은색은 조금도 희석되지 않았다. 다리 밑으로 흐르는 물은 색깔과 관계없이 더위를 식혀 주었다.

세찬 물의 흐름은 사뭇 위협조로 소리를 내며 회사 앞을 지나 선탄장을 통과해서 시장 쪽으로 흘러갔다. 비가 오지 않아서 도시 전체가 아무리 식수난으로 허덕여도 이 다리 밑으로 흐르는 물은 줄어들 줄을 몰랐다.

갱내에서 뽑아 올리는 지하수가 비하고는 거의 관계없이 24시간 계속해서 흘러나오기 때문이었다. 갱내는 물과의 투쟁이었다.

정현은 조금은 느긋하게 조금은 떨떠름한 기분으로 여자들이 내려갔던 시장 쪽과는 반대 방향으로 버스를 타고 올라갔다. 여자는 버스를 기다리지 않아도 되었던 것을 다행으로 여겼다.

T시는 좀 북적거리고, 또 그곳에 있는 사람들이 자신에게 전혀 관심을 가지지 않는 듯해서 편했다. 어디 하나 숨을 데라곤 없는 C시는 정현에게 불안감과 더불어 차라리 모든 행동을 포기해 버리도록 만들었다.

그녀는 길을 가다가도 어느 쪽에선가 인기척이 있는 것 같으면 먼저 눈을 내리 깔고 딴청을 피우거나 가던 방향을 바꿔치는 방법 등으로 해서 웬만하면 광산에서 사는 사람들과 인연을 맺지 않으려고 노력했다.

전혀 모르는 사람으로 지내는 것이 그녀에게 편하리라 생각하는 것은 살아오는 동안 터득한 바였다. 특별히 밀폐되다시피 한 작은 곳에서 많은 사람들을 알아둔다는 것은 커다란 부담이었다.

지금 그녀가 알고 지내는 사람이라고는 몇몇 사람의 방송국 직원들과 두어 명의 탄광 기사들, 그리고 또 한 사람 병원에서 수련의 과정을 밟고 있는 닥터 한이 있었다. 그녀에게 사람들을 피해서 윤 기사를 만나야 하는 것은 커다란 모험이었다.

정현은 기다란 그림자를 끌며 시내를 좀 어슬렁거리다가 약속 장소인 맥줏집에서 맥주 한 병을 시켰다. 벽을 따라 플라스틱 식물들이 어지럽게 늘어진 맥줏집은 그들이 애용하는 만남의 장소였다.

"이 집은 가짜투성이야."

형근은 여자의 말에 먼지가 잔뜩 내려앉은 플라스틱 꽃잎을 만지작거리며 웃었다. 정현에게 그 플라스틱 꽃잎들은 얇은 습자지로 분홍색 물감을 들여 꽃을 만들던 초등학교 시절을 생각나게 했다.

얇은 습자지에 분홍색 물감을 들여 장독대 위에서 말린 다음 작게 가위질을 해서 양쪽 귀퉁이를 말아 올려 그것들을 다시 손에 곱게 오무려 쥔 다음 차곡차곡 원형으로 모으면 그것은 한 송이의 꽃이 되었다. 그것을 가는 철사로 묶은 뒤 다시 녹색의 꽃받침을 붙였다.

밤사이에 몇 송이의 꽃이 피어났다. 어렸을 적 그녀에게 종이꽃은 진짜 꽃보다 훨씬 더 예뻐 보였다. 꽃잎의 가장자리를 도르르 말아서 이루어지는 조화는 환상으로 연결되었다. 사찰에 장식된 커다란 종이 연꽃처럼, 아무 무게 없이 물 위에 두둥실 떠돌 것 같은 환상이었다.

─애야, 종이꽃은 절이나 무당 집에서나 쓰는 것이란다. 죽은 사람들에게나 종이꽃을 쓰는 거라구.─

어머니는 질색을 하며 종이꽃들을 아궁이 속으로 집어던졌다. 어머니는 살아 있는 것들을 좋아했다. 언제나 죽은 것과 산 것을 명확하게 구분했다. 죽음은 삶과 같이 존재할 수 없다고 생각했음일까?

왜 엄마는 살아 있는 것들만 사랑했을까? 정현이 살아 있는 식물에서 아름다움을 느끼기 시작한 것은 어른이 된 다음이었다.

"오늘도 일찍 끝내버렸군. 왜 아직도 그렇게 일에 의욕을 가지지 못하지?"

형근이 자기 잔에 맥주를 따르며 물었다. 고속으로 틀어놓은 선풍기의 바람으로 인해 그의 목소리는 묻혀버렸으나 그에게서 나오는 향긋한 냄새들이 정현에게는 좋았다. 정현은 그의 냄새를 좋아했고, 그는 정현의 냄새를 좋아했다.

"당신에게서 나는 냄새가 정말 좋다."

그는 여자에게 키스하며 말했었다.

"남자들도 무슨 화장을 해요? 냄새가 정말 좋아요."

"이 닦고 세수하고 왔으니까 치약하고 비누 냄새인 모양이군."

두 사람은 그 냄새가 서로가 좋아하는 것에서 나오는 동물적인 피의 정화작용 같은 것 때문일 것이라고 결론지었다.

여자는 남자의 가까이에서 호흡하며 그의 체취를 느끼는 것으로 충분히 기분이 좋았다. 동물들이 서로 상대방의 냄새를 맡으며 다가 가듯 정현은 그렇게 남자에게 다가갔다.

"제 옆으로 앉아주시겠어요?"

여자는 부끄럽고 염치없었으나 할 수 없었다. 형근은 아무 말 없이 그녀 옆으로 와서 앉았다. 그리고 여자의 손을 꼭 잡아주었다. 현란한 색깔의 셀룰로이드가 발라진 유리문의 빈 곳을 통해서 들어온 여름날 오후의 햇빛들이 어지럽게 춤을 추었다.

맥줏집은 셀룰로이드에서 글자를 오려내는 것으로 맥줏집이라는 것을 나타내었다. 안에서 보이는 그 글자들은 모두 뒤집어져 보여서 어지러운 햇빛과 함께 보는 사람의 눈을 어지럽혔다.

그 빛은 다시 플라스틱 꽃과 잎에서 어지럽게 부딪쳤다. 두 병의 맥주를 더 가져다 놓은 뒤 주인여자는 안으로 들어가 버렸다. 두 사람은 그들이 숨을 수 있는 유일한 장소로 택한 이 집에서 그들의 시간을 음미했다.

그의 입술이 살짝기 그녀의 뺨에 닿으려 하자 그녀는 결연히 그것을 물리쳤다. 그것은 엄마의 뺨에 닿으려는 남자들의 입술을 생각나게 했다.

―야, 저 위에 감이 익은 게 있다.―

―아니, 저쪽이야. 저쪽.―

동네 아이들은 엄마의 방에서 일어나는 일들에 대해서 알고 싶어 했다. 그들은 대문 안에서건 밖에서건 사정없이 엄마의 방을 들여다 보고 싶어했다. 엄마는 대부분 뒷마당으로 통하는 문을 열어 놓고 살 았기 때문에 조금 높은 곳에만 올라가면 자유롭게 그 안이 들여다 보였다.

아이들은 엄마의 방이 쉽게 들여다보이는 감나무 끝까지 올라가서는 엄마의 방에 찾아온 남자 손님과 엄마가 하는 행위를 보고자 했다. 아이들은 특히 사내 녀석들은 막무가내였다.

정현은 그들을 말릴 힘도 없었고, 엄마에게 그런 말을 해줄 용기도 없었다. 여남은 살의 그녀는 완전히 외톨이로 혼자 지냈다.

그녀는 얇은 송판으로 칸막이 된 부엌 바깥쪽에서 송판의 옹이 사이로 비쳐 오는 말간 빛이 손바닥에 어른거리는 놀이를 즐기곤 했다. 그러다간 살그머니 깨금발을 딛고서는 송판 사이 틈을 통해서 엄마 방을 들여다보았다.

남자는 엄마의 뺨에 계속해서 입을 맞추었다. 어린 그녀에게 그것이 이상하게 보이지는 않았다. 무연하게 그냥 그것들을 보았다. 그렇다고 해서 엄마에게 냉정해지거나 그러지도 않았다. 다만 아이들이 엄마의 방을 들여다보려는 것과 그 웃음소리들이 싫었을 뿐이었다.

그들은 언제나 습관적으로 정현에게 쑥떡을 먹이며 깔깔거리곤 했다. 그녀는 어머니로 해서 아이들 세계에서 제외되었다. 아이들의 세계에서 전혀 동질감을 느낄 수 없는 외로움은 스스로가 고립되고 싶은 욕망으로 발전하고 있었기 때문에 오히려 편안했다.

그녀는 송판의 옹이 사이로 비치는 햇빛을 가지고 놀거나 또는 햇빛이 비치는 창가에서 입술을 대며 그 입술이 선홍색으로 변해가는 것을 즐겼다.

남자들이 엄마의 뺨에 입술을 대던 순간에도 그것은 아름다움과 쾌감으로까지 연결됐다. 부드럽고 달콤하게 남자는 엄마의 뺨에 그렇게 했다.

그것은 아름다움이었으나 그것을 자신이 몰래 들여다보았던 사실이 부끄러움으로 남아 그녀의 몸에 달라붙어 떨어질 줄을 몰랐다. 그 부끄러움은 떨어지지도 지워지지도 않으면서 점점 그녀의 육체가 자라남에 따라 엷어졌다.

"갱내에서는 별일 없었어요?"

"지하수 때문에 애를 먹는 것을 제외하고는 괜찮아. 비수기이니까 무리할 필요가 없기도 하고ㅡ"

그들은 공허한 질문과 대답을 나누었다.

"이번 주말에 서울에 안 가요?"

"못 가. 사장이 내려오니까 안내도 해야 하고, 보고도 해야 돼."

그녀는 저으기 안심이 되었다. 적어도 주말까지는 그하고 연결될 수 있는 곳에 있다는 것에 마음이 느긋해졌다. 그와 연결될 수 있는 곳에 있다는 것만으로도 그녀는 넓은 바다에서 헤엄칠 수 있는 것처럼 편안했다.

그러나 그녀는 자신들이 무중력 상태에서 서로 허우적거리는 우주인들처럼 생각되었다. 영원히 편안하게 밀착될 수 없는 사람들. 여자는 잠시 우울해졌다.

"꼭 고등학생들이 연애하는 것 같군. 손 잡아보고, 어둠 속에서 키스해 보고ㅡ"

형근은 답답하다는 듯 맥주를 마셨다. 맥줏집 안은 이제 석양의 햇빛도 다 끝나버리고 전기불도 아직 켜지 않은 채여서 적당히 어둑어둑해졌다.

"서른 네 살의 나이 든 여자에게 처녀 같은 결벽증은 웃기는 일이지요?"

정현은 목 속으로 넘어가는 시원한 맥주의 흐름을 느끼며 웃었다. 여자는 어두워지는 가게 안에서 디지털시계의 명멸하는 초침을 생각했다. 남자의 드러난 팔뚝에 채워진 시계에서 초침의 숫자가 넘어가고 있었다.

자신이 남자와 보냈던 시간들은 얼마나 되는가? 또 그와 같이 보낼 수 있는 시간들은— 자신이 남자에게 허용하는 부분과 허용이 안 되는 부분들의 경계는 무엇인가?

자신의 머리에서 희끗희끗 돋아나기 시작하는 흰머리 속에서, 점점 빠져나가기 시작하는 머리카락 속에서, 건조해지는 피부 속에서 자신이 주장하는 것은 무엇인가?

시내는 인접해 있는 탄광 사람들로 해서 밤이 되자 더 시끌시끌해졌다. 네온사인은 정신없이 돌아갔고, 속이 다 비치는 얇은 옷을 입은 여자들이 여기저기 길거리에서 담배를 피우며 손님들을 기다렸다. 정현은 무심하게 여자들을 관찰하며 걸어갔고, 형근은 불안감에 서인 듯 걸음을 재촉했다. 여자들의 옷은 그녀가 어렸을 때 만들었던 조화의 색깔처럼 고왔으나 지금 그녀에게는 예쁘다고 생각되지 않았다.

시가지를 벗어나 바다가 내려다보이는 언덕 위에 올라서자 두 사람은 실로 오래간만에 어렵게 둘만이 된 것을 알았다. 그들은 한 번인가 낮에도 이곳에 온 일이 있었다.

언덕 옆은 바닷물이 한때는 거기까지 파도쳤었던 듯 사이사이로 구멍이 뚫리고 바닷물에 산화된 철분을 많이 함유한 현무암이었다. 붉은 기가 완연한 울퉁불퉁한 바위는 소리와 바람을 동시에 막아 주었다.

그녀는 녹슨 핀 조각을 주워서 바위에 문질러 보았다. 쉽게 붉은 색이 지워지지는 않았으나 녹이 떨어져 나왔다. 어머니의 반짇고리에는 작은 돌조각이 있었다. 어머니는 그 작은 돌에다 녹슨 바늘을 갈아서 쓰곤 했다.

반짇고리의 작은 돌멩이는 여러 가지의 실이나 헝겊 조각에 달라붙어서 흠집을 내놓곤 했다. 그래도 그 돌멩이는 가위의 녹도 긁어내며 또는 별 쓸 일이 없으면서도 그렇게 굴러다녔다. 엄마를 유일하게 여느 엄마처럼 보이게 했던 그 돌멩이는 시절이 가난했기 때문이었을까?

멀리 어선 몇 척에 불이 켜져 있었고, 꽤 큰 화물선도 떠 있었다. 검은 바다는 그러나 잔잔했고 짠 바람이 끈끈하지 않게 불어왔다. 바람은 적당한 취기로 뜨거워진 얼굴을 시원하게 해 주었다.

"피곤해, 어디든지 가서 쉬고 싶어."

기실 여자도 바다나 바라보며 그렇게 서 있기에는 피곤했다.

"이제 애들이 아니라구. 이런 식은 난 재미없어."

"재미라구요? 무슨 재미?"

여자는 신경질적인 반응을 보였으나 그것은 짐짓 그런 것이었다.

"무슨 짓을 하면 재미있어요?"

"그러지 말어. 그냥 초조한 것뿐이야."

여자는 그저 배의 불빛만이 비치는 바다를 바라보았다. 그녀는 자신이 왜소해지는 것에 초조했다. 서른네 살의 흰머리가 희끗희끗 염치없이 내비치기 시작하는 것들을 감추기에는 아무것도 가진 것이 없었다.

서너 번의 연애에서 가 버린 남자들, 어설픈 객기까지 포함되어 자원해서 내려온 탄광 도시의 방송국 송신소 근무, 이제 그녀가 더 버틸 수 있는 길이란 없었다.

형편없이 가라앉아 가는 목소리, 이젠 아무리 힘을 주어 기사를 읽어도, 자신이 듣기에도 처지고 맥이 없다는 것을 매번 느껴야 했다. 그녀는 자신이 결혼을 안 하고 혼자 살기에 적합한 여자가 아니

24

라는 것을 요 근래에 와서야 느끼게 된 것이 의아했다.

결혼을 하겠다는 별 노력도 없이 그저 살아왔던 시간들이 새삼스러웠다. 그냥 그것이 편했으며, 자신을 채근했어야 할 어머니가 그런 권한 밖에서 맴돌았던 것도 한 이유이었을 것이다. 그래, 어머니는 자신이 딸에게 아무런 권한도 없다고 했었다.

그녀는 요즈음 부쩍 흰 머리와 탈모증으로부터 시작되는 육체의 마모 현상을 덮어 버릴 아무것도 본인이 가지고 있지 않다는 생각으로 공허해졌다.

공허함은 다시 초조함으로 초조함은 다시 비굴함으로까지 번져가는 듯해서 우울했다. 그녀는 그것들을 부정해 보려고, 느긋해지려고, 또한 여유 있어 보이려고 노력해야 하는 것에 지쳤다.

그의 손이 그녀의 등과 목을 만져 주었다. 더운 여름밤이었으나 바닷바람이 그의 손길을 부드러움과 따뜻함으로 느끼게 해 주었다. 그의 애무는 그녀에게 먼 곳에 있는 배의 불빛과 함께 안식을 주었다. 어둠이 그녀의 부끄러움을 감추어 주었다. 둘은 오랫동안 입을 맞춘 후에 떨어졌다.

"허무해요. 열심히 살지는 않았어도, 태만하지도 않았던 것 같은데 ― 이젠 방송하는 것도 부끄러워요. 내 목소리가 싫은 걸요. 머리카락까지 빠져나간단 말이에요. 정말 참을 수 없어. 허무해, 허무해, 부끄러워, 부끄러워―"

"고만해. 충분히 열심히 했어. 한눈팔지 않고 열심히 살아왔던 사람들도 역시 허무해. 우리 문제를 좀 생각해 봐. 어떻게 해야 할지."

"우리, 우리라구요? 우리가 같이 공유하는 부분이 얼마나 되는데요? 우리가 같이 해볼 수 있는 게 뭐가 있어요?"

여자는 이번에도 애써 그의 가족, 부인에 대해서는 말하지 않았다.

그것은 그의 몫이니까. 그녀가 몰랐던 것도 아니고, 그가 숨겼던 부분도 아니고, 다만 서로 끌려서 연결되고 이어졌을 뿐이었으니까.

그녀는 이전의 남자들과도 그랬듯이 대책 없이 그저 형근을 만날 뿐이었다.

정현은 그녀가 회피해 왔던 결혼이 어머니 때문이라고는 생각하고 싶지 않았다. 어린 딸이 들여다보았던 어머니의 방, 그녀는 자기 같은 자식을 또 만들어서 자신의 방을 들여다보게 하고 싶지는 않았는지 몰랐다.

그녀는 넓은 곳에서도 밝은 곳에서도 누군가가 자신의 행동을 들여다볼 것이라는 착각에서 헤어나지 못했던 것은 분명하니까— 그러나 어머니 때문이라고는 말하고 싶지 않았다.

자신도 어쩌면 한 남자와는 살아질 것 같지 않은 예감 같은 것이 그랬으며, 그녀가 어머니에 대해서 별다른 감정을 가지고 있지 않다는 것으로도 확신할 수 있었다.

그녀가 들여다보았던 어머니의 방, 레이스 달린 슬립이 어머니의 풍만한 가슴에 예쁘게 드리워졌다. 한참 유행하던 사교춤의 물결 속에서 엄마와 남자들은 서로 끌어안고 방을 미끄러지듯이 돌아갔다.

몇 커플의 남녀는 서로 안겨서 근사하게 춤을 추었다. 그럴 때마다 정현은 꼭꼭 숨어서 그들의 눈이 뜨이지 않는 곳에서 핼끔핼끔 그 속을 들여다보며 즐겼다. 그 시절 정현에게 어머니의 행위는 질시의 대상이라기보다 욕망의 실현 대상 같기도 했다.

환상처럼 춤추고 싶은 욕망을 어머니를 통해서 실현했다고 보는 것이 옳았다. 어머니의 춤은 환상적이었고 아름다웠다. 그녀에게 아버지는 한번도 존재해 본 적이 없었기에 어머니의 남자들에 대해서 문제가 될 것은 없었다.

더불어 어머니가 부도덕하다고 생각해 본 적도 별로 없었다. 어머니는 아름다움이고 환상이었다. 그녀의 어머니는 자신의 방을 딸이 엿보면서 쾌감을 느끼는 것을 알았을까 몰랐을까?

딸의 내면에 대해서는 전혀 무심하게 행동하는 엄마였다. 엄마는 손님들이 다 빠져나간 뒤 축음기를 끄고 다시 일상적인 방으로 돌아왔으며, 그 동안에 딸이 어디에 있었는지에 대해서는 전혀 물어보지 않았다.

어린 딸과 어머니는 묵계처럼 물어보지도 않고 대답도 없이 다시 원상으로 돌아오곤 했다. 그 후에도 정현은 엄마가 많은 남자들과 관계를 맺어가는 것을 끝없이 훔쳐보면서 자랐으나 엄마를 미워해 본 적은 없었다.

엄마는 딸에게 간섭을 하지 않는 것으로, 딸은 엄마의 생활을 모르는 척 하는 것으로, 서로의 경계를 침범하지 않으며 살아왔다. 엄마를 미워해 본 적은 없었어도 자신의 비난받을 행위들을 엿보는 자식을 결코 만들 수 없다는 것은 신념처럼 자리잡았다.

바다는 경비정과 화물선 등의 불빛으로 육지가 아님을 알려 주었다. 하늘의 별빛이 노래 부르는 여자들의 옷에 붙은 스팡크처럼 반짝였다.

"진짜가 가짜 같고 가짜가 진짜 같아요."

여자는 필요 이상으로 크게 웃었다. 웃음소리는 공허하게 울렸다. 웃음소리가 그들이 서 있는 공간에 사람이 있음을 증명해 주었다. 그는 다시 그녀의 가슴을 만져 보았다. 그것은 습관이고 동시에 확인인 듯했다.

"그것도 가짜예요."

브래지어 속에 꼭꼭 숨겨진 그녀의 가슴을 그는 결코 만질 수 없다고 생각했다. 그는 여자의 블라우스 단추를 푼 후에 그 속으로 손을 집어넣었다.

"이것도 가짜야?"

그는 장난스럽게 의기양양하기까지 했다. 땀이 배어 있는 그녀의 가슴속으로 밀어 넣어진 남자의 손을 느끼며 그녀는 다시 한번 허무하다고 생각했다. 너무너무 허무해서 허무하다는 말이 입 밖으로 마구 흘러나왔다.

"이번엔 15명 정도의 학생들이 내려옵니다. 여러분들도 그랬겠지만 현장학습으로는 처음이니 어설픈 점이 많을 것이요. 요일별로 스케줄을 짜놓은 게 있는 것 같던데 좀더 보완할 부분이 있으면 보완해서 시간을 낭비하는 일이 없도록 해 주시요. 또한 우수 졸업생들을 우리 탄광에 영입시키는 것이 최대의 목표이니, 학생들에게 우리 회사의 강점이라든가 또는 시설이나 합숙소 등의 숙식에 대해서도 잘 소개해 주고 좋은 인식이 박히도록 해 주기 바라오."

형근이와 영일이의 대학 스승이기도 한 사장은 해마다 반복되는 같은 과 학생들의 현장 학습을 이곳 탄광에 본격적으로 유도해 옴으로써 우수한 졸업생들을 끌어들여 왔다.

─우수하고 우수하지 않은 놈의 차이가 뭐 그리 요구되는 일인가?

아─꿈을 깨시오, 사장. 사장. 사장.

사장의 얘기가 계속되는 동안에도 구석에 앉은 영일은 작은 소리로 한탄했다. 영일의 목소리는 에어컨의 소음에 묻혀서 두세 사람의 범위를 벗어나지 않았다.

충분히 자리잡힌 탄광으로서 몇 갱구에 어느 정도의 매장량이 있으며, 몇 크로스에서는 굴진이 계속되면 안 되는 것 등 모든 상황이

도면 그려지듯이 모두 나타나 있는 현실에서 우수한 졸업생이라든가 특별한 기술은 이제 더 요구될 것이 없다고 보아도 과언은 아니었다.

다만 이제는 그 도면을 읽을 수 있는 정도의 기초적인 채광학을 공부한 사람들이라면 별 실수 없이 일을 해낼 수 있는 곳이었다.

문제는 그들이 같이 일해야 하는 광부들과의 인화관계가 더 중요했으며, 광산의 상황과 석탄의 특질, 위험도 등에 대한 기본적인 과학적 지식을 정확하게 광부들에게 주입시켜 주는 것이 더 중요했다.

광부들이 경험에 의해서 알고 있는 지식을 과학적인 설명으로 짧은 시간 안에 인식시켜 주어야 하는 것이 문제였다.

학습으로 습득한 지식과 작업을 하는 과정에서 쌓인 지혜를 서로 충돌시키지 않으려면 인간적인 신뢰가 무엇보다 중요했다. 그러나 광부들의 반수 이상이 유동 인구인 대부분의 광산에서 이는 기실 말처럼 쉬운 문제가 아니었다.

광산학을 전공한 기사들이 이러한 과학적인 지식을 광부들에게 끊임없이 주입시켜야 하는 이유는 무모하게 작업에 임했을 때 발생하는 광산의 사고를 최소한으로 줄여야 하기 때문이다. 이는 정규대학을 졸업한 기사들이 해야 하는 작업 중에서 제일 중요한 부분을 차지했다.

이런 상황에서 완벽한 기술과 자신이 터득한 지식에 대해 철저한 장인 기질을 가지고 있는 영일의 입장으로서는 현재의 상황이 결코 만족스러울 수가 없었다. 그는 사람과의 관계를 맺는 것보다는 탄맥을 찾으며 광부들이 일할 수 있도록 자신의 모든 지식이 요구되는 일을 좋아했다.

이런 상황에서도 사장의 최고에 대한 열망은 대단한 것이어서 광산학을 배우고 있는 각 대학에서 최고 수준의 졸업생들을 끌어오려는 노력은 그치지 않았다. 그것은 그의 영예를 위한 것인 듯도 했고 또는 탄광에 대한 순수한 애정인 듯도 했다.

사장의 최고 수준에 대한 열망이 현재의 이 탄광을 만들었다고도 할 수 있었다. 그 최고에 대한 집념으로 그는 수백억에 달하는 돈을 투자하여 재래식 공법의 수갱이 아닌 경사를 이용한 컨베이어 벨트를 통해서 채탄한 탄을 선탄부까지 옮기는 공사를 해냈다.

사장의 이러한 획기적인 발상은 정부로부터 계속 우수업체로 지정되어 정부로부터 주는 갖은 특혜를 다 받게 하는 결과를 낳았다. 개인 탄광이지만 국영 탄광에 비해 알찬 기업으로서 성가를 발휘할 수 있는 것은 모두 그의 노력의 결과이다.

그의 사업은 탄광에만 머무르지 않고 철강 등을 위시한 여러 분야에 확대되었다. 결국 모두 최고 수준에 대한 그의 열망이 맺은 결실이었다. 그의 끝없는 욕망과 집념은 그에게서 배우는 학생들이나 또는 그 밑에서 일하는 젊은 사원들에게는 생에 대한 열기로 뭉쳐진 자기 확인의 좋은 예로 보였다.

동시에 형근이나 영일이와 같은 고참 기사들에게는 끝없는 사장의 열정이 숨이 차게 만드는 요인이기도 했다. 사장이 계속해서 주장하는 최고와 발전은 사장 자신의 발전과 그의 회사의 발전을 말하는 것일 뿐이었다.

그럴수록 사장과 그들 사이의 괴리감은 점점 더해갔다. 그들이 은사였던 사장에게서 느끼는 감정은 배신감일지도 몰랐다. 그러나 그들은 무력했고 용기도 없었다.

"생산과장과 안전과장은 좀 남아서 보고를 해 주시오. 다른 분들은 모두 제자리로 돌아가시고."

사장의 담화는 더위만큼 지루하지는 않았다. 그의 이야기는 언제나 그의 능력처럼 산뜻하고, 군더더기가 없어서 좋았다.

그 짧은 시간에도 거기에 앉은 50명도 채 안 되는 관리 직원들을 힘들게 한 것이라곤 비대한 몸집의 전무의 숨을 쉴 때마다 심하게 들썩거리던 몸체와 격한 숨소리뿐이었다.

안전과장인 영일이 먼저 올해 들어서 일어난 갱내 사고를 그린 그래프를 막대기로 짚어가며 설명하기 시작했다. 사망자, 부상자, 병원 입원자의 숫자를 붉은색, 검은색, 파란색의 꺾은금으로 선명하게 표시해 놓았다.

도표는 한눈에 알아볼 수 있도록 명확하게 그려 놓았기 때문에 더 이상의 설명이 필요 없을 정도였다. 형근은 그러한 영일의 능력에 언제나 감탄해 왔다. 붉은색으로 표시된 사망자 수는 1월에 한 번 높이 올라가 있었고 그 이후에는 3월에 두 명, 4, 5월에 각각 한 명씩이 기록되어 있었다.

1월의 높은 숫자는 혹독한 추위로 인해 채탄이 어려운 상황이었음에도 상부로부터 생산량 증가를 독려받아, 계속된 강행군에서 벌어진 일이었다.

경험 부족의 신참 조장의 만용 때문에 일은 벌어졌지만 책임은 생산과장과 안전과장에게 돌아갔다. 조장이 된 지 얼마 되지 않은 그는 12명의 조원들과 함께 피치를 올려 돈도 벌고 포상도 받고 싶었을 것이었다.

탄광의 무리한 사고는 대개 도급제를 채택하는 데에서 말미암은 것이기도 했다. 조장들은 그날의 일이 시작되기 전에 감독들로부터 일거리를 받아갔다.

그 사고는 아직 설치가 다 끝나지 않은 동발을 무리한 작업 과정에서 건드리는 바람에 상당한 양의 분탄이 쏟아졌고, 7명이 매몰되었다. 사고 현장인 막장까지 탄을 제거했을 때에는 매몰 광부 전원이 사망한 뒤였다.

분탄이 쏟아지는 경우는 암석이 붕괴되었을 때에 비해서 훨씬 위험했다. 암석이 붕괴되었을 때에는 공기 파이프를 통해 사고현장까지 연결될 수 있어서 구조하는 데에 약간의 시간을 벌 수 있다는 이 점이라도 있지만, 분탄에 묻히는 경우에는 최단시간 내에 탄가루들을 제거해 주지 않는다면 곧 생명에 위협을 받게 된다.

육체의 극히 일부분인 다리 한쪽이 분탄 속에 파묻혀도 옆에서 한 삽 한 삽 퍼내지 않으면 결코 빠져나올 수가 없다. 이는 탄 자체가 압축해 들어가는 성질 때문이다. 이러한 압축력이 탄을 쉽게 덩어리로 만들 수 있는 강점은 있으나 갱내에서는 치명적인 사고의 원인이 되는 것이다.

그 사고는 연말까지의 보고서가 미리 넘어가버린 후의 일이었기 때문에 결과는 다음 해로 넘어갈 수밖에 없었다. 영일은 매달 월말 보고서를 작성하고 도표를 그려 넣을 때마다 1월 달에 높이 올라 있는 붉은 점에 신경을 곤두세웠다.

"빌어먹을, 작년 귀신이 올해까지 계속 따라다니며 재수 없게 한다니까—"

자신의 일에 완벽을 기하고 싶어하는 영일이 말은 그렇게 하고 있으나 사고 당시 그의 비통해 함은 말이 아니었다. 그를 부정적으로 보는 직원들은 자신의 보고서에 오점으로 남을 실수를 인정하기 싫어하는 마음이 더 강할 것이라고 했으나, 형근은 누구보다도 친구의 마음을 이해했다.

영일이 안전과장의 직책을 맡은 뒤 그는 철저하게 조심했다. 그 결과로 형근이 맡고 있는 생산량에 차질이 빚어지고 있는 것이 사실이었으나, 그는 친구의 의사를 존중해 왔다. 모든 작업에서 형근의 영일을 향한 신뢰도는 요즈음 들어서 더 높아졌다.

그는 아무리 작은 것이라도 위험이 따르는 일은 용납하지 않았다. 광부들은 영일의 태도를 융통성이 없다고 비난하기도 했다. 그러나 그러한 영일의 태도로 해서 사고가 격감하게 된 것을 그들도 알았다.

"사망사고는 6, 7월에 들어서는 다행히 발생하지 않았습니다. 부상자 수는 지난달에 비해서 12명이 늘어났으며, 입원 환자 수는 지난달에 비해서 7명이 줄어들었습니다."

오른손 무명지에 끼워진 고무 손가락으로 해서 반대편에 서서 왼손으로 막대를 짚고 설명하고 있는 영일의 모습은 단지 방향이 반대라는 이유로 상당히 불편해 보였다.

일찍 아버지를 여의고, 홀어머니 밑에서 독자로 자라난 그를 군대에 보내지 않으려는 목적으로 할아버지는 손자의 오른손 무명지를 작두로 잘랐다고 했다. 덕분에 그는 군대를 면제받았지만 할아버지는 그가 결혼하는 것도 보지 못하고 돌아가셨다.

"사망자 수를 늘이지 않은 것은 고맙게 생각하나 부상자와 입원 환자수를 좀더 낮춰야 할 것 같지 않은가? 병원 베드가 한정되어 있는 것을 알 테니 잘 알아서 하라고. 참, 의사가 이 자리에 왔나? 베드가 몇 개 정도 남았나? 물론 여분이 있겠지?"

사장은 구석에 앉아 있는 닥터 한을 찾으며 말했다.

"다섯 개 정도 남았습니다."

의사는 자기가 왜 회사의 회의에 참여해야 하는지에 대해서 항상 불평했다. 그는 의사일 뿐이라는 것을 강조했고, 회사 간부들은 회사에 소속된 직원임을 강조했다. 사장은 의사의 불평 따위는 알지도 못할 것이었다.

길 33

"언제나 그 정도는 유지하도록 하게. 안전이 곧 탄광 전체의 명예라는 것은 말하지 않아도 알겠지—"

사장은 대학에서 가르쳤을 때의 정리를 생각해서였음인지 다정스럽게 책임을 지웠다.

"예, 알겠습니다. 명심하겠습니다."

영일의 목소리는 힘이 있었고, 그 속엔 겸손함까지 포함되었다. 그것은 사장이 원하는 태도였다. 사장은 영일의 발표가 끝난 후에 잠시 휴식을 제의했다. 영일은 신속하게 그래프를 말아 올려서 제자리로 치운 다음에 문 밖으로 나섰다.

그는 문을 나서자마자 아편쟁이 모양 허겁지겁 주머니에서 담배를 찾아 입에다 붙여 물었다. 그리고는 잽싸게 그의 고무 손가락을 좀더 단단하게 고정시켰다. 그것은 그의 무의식적인 행동이었다.

힘주어 빨아들인 담배 한 모금을 뱉어내며 그는 창문 밖으로 하늘을 보았다. 해방감과 동시에 낭패감이 구름처럼 흘러갔다. 파란 하늘에 뭉게구름이 그저 무심하게 흘러가는 그 밑으로 붉게 드러난 산은 황야의 고요함을 느낄 만했다.

광산에서 일하는 사람들은 대부분이 600미터에서 700미터 지하의 갱내에 있었다. 교대 근무로 잠을 못잔 사람들은 다 집에서 깊은 오수에 빠졌을 것이다. 도시 전체는 그 잠자는 사람들을 위해서 모두 입을 다물었다. 질식할 것 같은 정적이었다.

대낮의 정적과 터무니없이 붉은 황토 흙의 산, 회사 앞으로 흐르는 깊고 검은 물이 권태감으로 몰려 왔다. 물이 흐르는 가장자리는 햇빛에 완전히 건조되어 더러움으로만 드러나 있었다. 탄광 주위에서는 차라리 검지도 않은 것은 더 지저분해 보였다.

흙탕물이 튀어서 말라붙은 행길 가 상점의 빈지문이 그랬고, 시장의 좌판이 그랬다. 긴장에서 풀려나온 영일에게 밖의 풍경은 완전한 정적과 열기로 모든 생명체들을 권태의 도가니로 몰아넣었다.

열기와 정적은 어떠한 움직임도 소리도 허용하지 않았다. 영일은 "아ー" 하는 신음소리를 삼키며 사무실 쪽으로 걸음을 옮겼다.

햇빛이 차단된 건물 안으로 발길을 돌렸을 때는 어둠과 더불어 냉기마저 불러 일으켰다. 햇빛이 차단된 공간은 한기마저 느끼게 했다.

형근은 지난 1월의 가장 높은 점에서 시작해서 점점 하향선을 그어가고 있던 도표가 6, 7월에 접어들면서 거의 동일 선상에 멈춰 있는 부분을 짚으며 설명했다. 그는 영일이 서서 설명하던 반대편 자리에 서 있었다.

그의 설명은 명확했으므로 또 다른 질의를 허용하지 않았다. 이는 그의 체질이기도 했거니와 그가 파악해 낸 사장의 스타일에 부응하여 보고를 하고 있기 때문이기도 했다.

"생산과장이나 안전과장이 잘 알아서 할 테니, 탄광에서 하한기를 어떻게 유효적절하게 보내야 할지에 대해서는 더이상 거론하지 않아도 되겠지? 새삼스러운 일은 아니겠으나 6, 7, 8월은 매년 광부들의 오리엔테이션을 조직적으로 해서, 위험에 대한 대처 또는 전문적인 지식을 간단하게나마 주입시켜 주어야 하오. 물론 대부분의 광부들이 경험에 의해서 대처하고 있는 실정이지만, 단계적으로 전문적인 지식의 습득은 꼭 요구되는 것이오. 그들이 경험에 의해서 행동해 왔던 것에 비해서 이론적으로 알고 나면 대처할 수 있는 태도도 다를 것이오. 또한 그 횟수도 좀 늘려서 매년 기회 있을 때마다 실시하도록 하는 것이 바람직할 것이오. 알다시피 유동 광부가 반 이상을 차지하고 있는 실정이니ー 참, 요즘은 어떻소? 광부들의 움직임은?"

그는 이제 자기의 말은 다 끝났다는 듯 눈짓으로 형근을 자기 앞의 의자에 앉게 한 뒤 한가롭게 물었다. 그의 태도는 모든 것을 자네들이 잘 알아서 할 테니 걱정하지 않는다는 듯이 믿음과, 또한 책임을 전적으로 담당자에게 미루는 보스다운 면이 있었다.

그는 철저한 책임완수를 직원들에게 요구했으며, 그 책임완수를 요구하는 데에 대한 대가로 타 회사보다 어느 정도 나은 봉급을 지불했다. 그 봉급 액수는 이 회사에 와 있는 대부분의 직원들에겐 커다란 미끼였다.

"아직은 별 저항은 없습니다. 뭐니 뭐니 해도 규모가 가장 큰 국영 탄광에 비해서 근로 조건이 좋다는 것을 그들이 잘 알고 있고, 공시된 급료는 벌써 기정사실화된 것이니까요. 문제는 그들에게 일체감을 갖도록 해줘야겠지요. 유동 광부의 대부분이 여기저기를 돌아서 이곳에 정착한 사람들이니까, 그들이 또다시 떠날 수 있는 곳이라는 가능성을 주는 것은 배제해야 할 것 같습니다. 가장 떠나기 쉽고 들어오기 쉬운 곳이 여기이지만, 역으로 이제 닻을 내릴 곳이 여기라는 느낌을 주어야 한다는 거죠. 그것은 사실 급료나 회사 측의 대우 문제 이상인 것 같습니다. 사실 그들은 금전보다는 아직은 인정이나 의리에 더 가치를 두고 있는 사람들이니까요."

그는 사람이라는 말 대신에 집단이라는 단어를 쓰려 했던 것을 빨리 바꿔치기 했다. 또한 형근은 지하 1,200미터의 갱내에서 작업이 이루어지고 있는 국영 탄광에 비해서, 본 탄광이 그 반밖에 안 되는 600미터 지하에서 탄을 캐내고 있음에도 더 나은 임금 수준을 지키고 있다고 자랑하는 사장의 기분을 맞춰 주었다.

지하로 100미터를 내려갈 때마다 1도 내지 2도 정도 온도가 올라가게 되기 때문에 근로 조건은 훨씬 나빠지고 만다.

"그러니까 내가 윤 기사에게 특히 광부들과의 문제를 부탁하는 것이 아니오? 모든 문제는 윤 기사나 김 기사 등의 연배에서 잘 처리하고 이해시켜 주리라 믿소."

사장은 자신의 의사를 형근에게 전달하는 것으로 임무를 완수했다고 믿었다. 그는 대학에서 강의할 때에도 그랬다. 그는 자신의 지식을 전달하는 것 이상을 절대 하려고 하지 않았다.

형근은 사장 자신의 태도에 대해서 말하고 싶었으나 벌써 포기해야 했다. 형근은 언어로 자신의 의사를 얼마나 전달할 수 있는가에 대한 회의에 또다시 빠져 버렸다.

형근은 사장과는 언어로밖에 말할 수 없었으며, 언어로 자신의 의사를 표현한다는 것도 환상이라는 것을 잘 알았다. 모든 것은 환상이다.

사장은 관리직으로 고용한 기사들에게 많은 부분을 할당시키며, 거기에서 오는 모든 결과는 자신의 몫으로 해 왔다. 광산에서 사장은 결코 그들의 스승이 아니었으며, 다만 고용주일 뿐이었다. 미화된 그의 언어와 제스처도 그 의도를 호도하지는 못하였다. 갑자기 피곤해졌다.

사장님 스스로가 광부들과 같은 운명이라는 의식을 가져 주시오라는 말을 형근의 어휘로는 도무지 꾸며낼 수 없었다. 사장은 너무 굳건하게 자기 자리를 지키며 거기에서 움직이지 않았기 때문이었다.

형근은 그렇다면 자신이 광부들에게 보내고 있는 애정의 진정한 의미는 무엇인가를 잠시 생각했다. 그것은 그들과의 동질감인가? 아니면 연민인가? 아니면 사장을 포함한 고용주들에 대한 대응 감정인가?

"광부들 사이에서 별 움직임은 없지 않소? 별 불만이 될 요인이 없다고 보는데—"

"없습니다. 특히 비수기이니까 고용되어 있다는 것만도 안심하고 있는 형편입니다."

"물론 문제가 없다는 것도 좋지만 직장을 그렇게 철저한 직업의식 없이 타성에 젖어서 다닌다는 것은 역시 문제가 있다고 봐요. 모든 직장인에게 가장 중요한 것은 직업의식이요. 근성이 있어야지 일에 정열도 생기고 하는 법이지, 막연한 반복은 현상 유지에 머무르고 말아요.

철저한 직업의식을 갖는 것은 자신의 정신 위생을 위해서도 요구되는 바입니다. 인생을 수동적으로 사느냐 능동적으로 사느냐에 따라서 길이 달라지는 것이오. 기사들이 해야 할 일 중에는 광부들에 대한 정신적인 교육까지 포함되는 것이오."

사장은 다시 흥분했다. 그러나 그의 흥분은 내용에서만 그랬을 뿐이지 목소리에서는 전혀 변화가 없었다. 그의 표현은 완곡했고 충분히 설득력이 있었다.

그러나 그가 요구하는 직업의식, 직업윤리는 오로지 상대방에게만 요구하는 것이었다. 그가 해야 하는 분량에 대해서는 그도 철저하게 인색했고 완강했다.

형근은 철저한 직업의식에서라기보다는 자신의 합리화를 위해서 열심히 매달렸던 10년 남짓의 세월에 점점 멀미를 느끼기 시작했다. 피곤하고 힘이 들었다.

사장의 요구를 끝없이 받아들이는 것도 이제는 지쳤으며, 광부들을 무마시키고 큰소리치다가 또는 진한 애정을 보이며 그들을 끌어나가는 데에도 지쳤다. 광산에서 일하기 위해서 필요한 것이라곤 사람을 다루는 기술뿐이었다.

물론 대학 4년 동안의 지식이 바탕이 되어서 이 일을 해오고 있었으나, 그는 어느 한계에서 멈춰버린 전공 학문의 지식을 생각할 때마다 우울했다. 4년 동안에 배운 것 중에서 극히 일부를 탄광에서 이용하고 있으며, 그 이외에는 대부분 망각되거나 정지된 상태였다.

다만 해외에서 정기적으로 보내지는 저널 정도를 구독하는 것이 고작이었다. 지적인 정지 상태는 그들을 괴롭히는 중요한 요인이었다.

사장에게 "명심하겠습니다."라는 말을 남긴 뒤 형근도 자리에서 일어섰다. 4시가 가까워질 즈음, 광부들이 긴 그림자들을 끌며, 줄을 이어서 탈의실 쪽으로 가는 것이 보였다.

그 행렬은 케이지 쪽에서 시작해서 탈의실까지 길게 이어졌다. 자신들의 번호표와 함께 갱모를 벗어 놓고 나온 그들은 땀과 탄가루로 범벅이 된 몸을 씻으러 갈 것이다.

그들은 하루의 3분의 1 이상을 갱 속에서, 또 3분의 1 이상을 수면으로 지내고, 나머지 3분의 1 중에서 얼마나 햇빛을 보며 지내는 것인가?

그들은 대부분 햇빛에 눈이 부신지 눈을 감고 천천히 걸어갔다. 벌써 몇몇 사람들이 샤워를 끝내고 문 밖으로 나가는 것이 보였다. 물기가 있는 그들의 머리카락이 햇빛에 반짝였다.

하루 종일 피우고 싶었을 담배 연기가 열기 속에서 지열처럼 푸르스름하게 지나가는 게 보였다. 을방 사람들이 하나씩 도시락을 들고 부지런히 케이지 옆의 번호표와 갱모가 걸려 있는 곳으로 걸어가고 있었다. 꾹꾹 눌러 담았을 도시락, 생선묵, 김치 냄새 등이 퍼졌다.

갱내는 24시간 동안 어둠뿐이다. 갱내의 시간은 현실의 시간이 아니다. 태양이 한 번도 비치지 않는 어둠 속에서 촉수가 낮은 전구와 갱모의 라이트에 의존하는 정지된 공간이다. 빛이 차단된 절대적인 어둠은 정지된 시간이다.

스피커를 통해서 정현의 목소리가 흘러 나왔다. 인근 탄광에서 있었던 크고 작은 사고에 대한 소식에 이어 음악이 나왔다. 스피커에서 나오는 행진곡은 사뭇 격렬하게 고조되기까지 하여 광부들의 발걸음을 무의식적으로 빠르게 만들었다.

그 격렬한 소리는 지열과 함께 강한 열기로 작용했다. 형근은 여자가 방송을 하고 있다는 사실을 확인했다. 여자에 대한 그리움은 무엇인가? 여자는 의식적으로 목소리에서 감정을 제거하는 데에 익숙해 있었다. 여자의 건조한 음성은 형근이 다가가도록 만든 요인이었던가?

4시가 되자 서울에서 보내온 뉴스가 나가고 이어서 지방 소식을 알려 주었다. 지방 소식은 강원도 전 지역에 걸친 것이었다. 해수욕장 소식도 전해졌다. 거기에도 역시 인파가 몰렸고, 몇 명의 사망자 소식을 알렸다.

"아, 바다도 좋겠군."

스피커가 꺼지자 영일이 말했다. 바다는 광산에서 먼 곳은 아니었다. 다만 그들의 마음이 바다에서 멀리 떨어져 있었다. 여름의 바다는 형근에게 아내를 동반한 숙제로 연결되었다. 여름이 가기 전에 그가 아내에게 표시해야 하는 의례였다.

"합숙소에 있는 당신 방에서 며칠 머무르다가 오면 안 되겠어요? 이제 아이도 웬만큼 컸으니까 다른 방에 별로 방해가 되지는 않을 텐데요."

아내는 예의 있게 물었다. 아내는 어디에 있어도 드러나지 않는 모습으로 있고 싶다고 말했다. 그녀는 옷이라든가 머리모양이 남의 눈에 띄는 것은 싫다고 했다. 그녀는 가장 평범한 차림이 가장 예의 바른 것이라고 생각하는 듯했다.

아내는 그것이 여학교 선생님으로서의 품위라고 아는 듯했다. 아내의 품위는 형근이 지금까지 익숙해지도록 노력했던 부분이었으나 이제는 다 벗겨 버리고 싶은 충동에서도 멀리 떨어져 있는 상태였다. 외형적으로 품위를 지켜야 한다는 생각은 그녀의 소망이며, 동시에 생활 자세였다.

"아이를 탄광 도시에서 키우고 싶지는 않아요. 외국에 나가서 몇 년씩 있는 사람들도 있는데 같은 나라에서 있으면서 좀 떨어져 있으면 어때요? 당신이 서울에 돌아올 수 있을 때까지 그냥 여기서 직장에 다니면서 아이를 키우겠어요."

형근은 아내에게서 그런 제안을 처음 들었을 때에는 자신이 아내에게 어떤 의미를 가지는지 잠시 생각했다. 그러나 아내의 태도가 너무나 강경했으므로 형근으로서는 어떠한 반론도 제기할 수 없었다. 아내의 말은 제안이 아니라 통보였다.

그것은 기실 형근이 원하는 바였는지도 몰랐다. 오랫동안 가족과 떨어져 지내온 합숙소 생활이 그에게 자연스럽게 익숙해졌으며, 친척의 소개로 알게 된 아내와 몇 번 만난 뒤 결정을 내렸던 결혼에서 꼭 같이 있고 싶다는 절실함이 없었다는 것도 문제였을 것이다.

아내는 그저 공기처럼 물처럼 그의 옆에서 흐르고 숨쉬었다. 아내는 한 걸음쯤 떨어져서 남편의 옆에서 머물러 있는 것이 부덕이라고 믿고 있는 듯했다.

그녀의 19세기식 도덕은 형근에게 권태감과 함께 적당한 피곤함을 일으키게 했으나 이제 몇 년의 세월이 흐른 지금 그것은 서로의 생활에 편리함과 적당한 타협점을 제시해 주는 것이기도 했다.

아내는 한 남자의 부인, 여학교 가정 선생, 한 아이의 어머니, 29살의 여자라는 상식의 범위에서 벗어나는 것을 용서하지 않았다. 그녀가 묶어 놓은 자신의 범주는 무엇일까?

형근은 짙은 나무 색깔의 윤기가 드러나는 복도로 나와 담배를 피웠다. 오래된 육중한 나무 장식들은 갱내의 탄 덩어리들처럼 곳곳에서 은은한 빛을 발했다. 기울어져 가는 햇빛에 반사되는 나무의 광택은 건물이 지어진 지 오랜 세월이 흘렀음을 알려주었다.

그러나 그 나무가 더 쇠락해지기 전에 이 탄광의 매장량은 바닥이 날 것이다. 이 광산은 길어야 30년 정도의 세월을 버틸 수 있을 것이다. 그때 도시는 다 닫혀버리고 못질이 될 것이다.

벌써 수많은 갱구는 폐갱이 되어 못질이 되고 거미줄이 쳐지지 않았는가. 탄광 이외의 생활 기반이 될 만한 것이라고는 아무것도 없는 곳이었다.

형근과 영일은 합숙소로 올라가는 셔틀버스가 올 때까지 15명의 훈련생들을 위한 조 편성을 했다. 채탄, 굴진, 운반, 기계, 전기 등에 각각 세 명씩을 배당시켜 로테이션을 하는 것으로 결정했다. 전체적으로 탄광 전반에 대한 강의를 한 다음에 각각 개별적인 훈련에 들어가기로 했다.

"강의 시간은 이번에도 두 시간씩 하는 것으로 하지?"

"그러지 뭐. 그런데 이번엔 기계부분도 강의 계획에 집어넣는 게 어떨까?"

형근은 새로 부임해 내려온 기계과장을 생각했다. 영일은 쉽게 동의했다. 그들은 월요일에 전체 교육을 집어넣고, 화요일과 수요일에는 채탄에 대해서, 나머지는 굴진과 운반 기계에 대해서 강의를 하는 것으로 했다.

그들은 오전과 오후로 나누어 이론과 실기를 병행시키기로 했다. 그들은 매년 해 왔던 자료에 약간의 첨삭을 가하는 것으로서 일을 끝냈다.

"이론은 자네가 좀 다 맡아주지. 내가 해야 할 부분도 말이야. 난 좀 빠졌으면 좋겠어."

서류철을 다 덮은 뒤 고무 손가락을 밀어 붙이며 영일이 말했다.

"왜 또 그래? 있는 도표하고 자료로 예년처럼 하면 될 걸 가지고?"

"적성에 맞지 않아. 남 앞에 서는 것이 귀찮아. 2시간 동안 또 긴장해야 하는 것이 신경 쓰 인단 말이야."

영일은 아직도 사장 앞에 서 있어야 했던 일들이 짜증스럽다는 듯 신경질적으로 담배를 비벼 껐다.

"내가 사흘 하구, 하루만 해. 그럼."

"미안해. 다 맡아."

어린애처럼 막무가내인 영일을 형근은 미워할 수 없었다.

지프차와 회사 셔틀버스에 나누어 타고 가는 십여 명의 학생들을 보고 정현은 형근이 말했던 현장 학습을 하러 온 학생들이라는 것을 알 수 있었다. 그들은 모두 건강하고 싱싱해 보였다. 그녀는 젊은 남자들에게서 느껴지는 그런 신선감이 왜 자신에게 그렇게 경이로움으로 전해지는지 의아했다.

비탈진 기슭에 세워진 합숙소의 돌담이 고풍스럽게 보였다. 그 아래로 쭉쭉 뻗은 소나무가 한없이 높게 자라 있었다. 소나무 밭 옆으로 심어진 잔디와 나무 의자들은 비둘기까지 합해서 풍요로움과 평화스러움으로 보였다. 그 평화스러움의 바로 밑에서 행해지고 있는 탄광의 작업은 전혀 별개의 것이었다.

정현은 땅 속의 개미굴처럼 연결되었을 갱도들을 생각하며 머리를 흔들었다. 그것은 유리병 속에 담겨진 흙 속에서도 꾸준히 길을 만들어 가며 자신들의 먹이를 운반해 가던 개미의 행로와 별로 다름이 없을 것이었다.

개미가 자신의 집을 찾아가는 것을 확인하며 감탄하던 어린 시절은 경이로움이 있었으나, 수많은 광부들이 날마다 자신이 일을 해야 하는 현장을 틀림없이 찾아가는 것에는 다만 무미한 반복이 있을 뿐이었다.

갱도를 측면으로 볼 수 있다면 굴진이 진행되는 곳은 개미의 행로보다는 좀더 조직적임을 알 수 있을 것이다. 갱도는 100미터 간격으로 수갱(垂坑)을 중심으로 잘려져 있었다. 그러한 수평적인 절단은 계속해서 밑으로 더 내려갔다.

그 복잡한 지층의 단면에서 그들이 찾아가는 탄층은 극히 일부였다. 갱도는 그녀에게 끝없는 미로처럼 인식되었다.

갱모의 라이트를 따라서 펼쳐지는 길을 그녀는 쫓기듯이 헤매는 환영에서 잠시 눈이 부셨다. 갱모의 라이트 같은 강한 햇빛이 소나무 숲 사이를 통해 퍼져나갔다. 햇빛은 소나무의 바늘잎과 조화를 이루며 옆으로 퍼져나갔다.

소나무의 바늘잎들은 햇빛 속에서 검은 형체로만 그림자를 만들었다. 돌집과 소나무와 햇빛은 모두 투명했으며, 열기를 제거해 버린 순수한 색깔로서만이 존재했다.

정현의 방에서 보이는 모든 풍경은 언제나 그저 그렇게 놓여 있는 정물처럼 조용하고 흔들림이 없었다. 녹색과 차디찬 돌과 정적, 햇빛은 모든 소음을 배제해버린 고요함이었다. 비둘기가 천천히 모이를 쪼며 움직였다.

흰색의 비둘기는 광부들이 탄을 캐내는 지하의 소음을 들을 수 있을지도 모른다. 육지가 바닷물 속으로 침전되듯이 이 도시 전체는 언젠가 땅 속으로 붕괴되고 말지도 모른다. 그녀는 속이 텅텅 빈 껍질이 어느 날 힘없이 부서질지도 모른다는 생각을 하곤 했다.

전혀 이질적인 성분으로 형성된 지층에서 탄층을 따라 탄을 캐내는 작업이 정현에게는 예술처럼 아름답게까지 느껴졌었다. 그녀는 형근이가 한다는 탄층을 찾아내는 지하의 작업이 경이로웠다. 수억 년 전에 이루어졌을 그 퇴적층을 찾아내는 그들은 역사 이전의 세계를 접하는 것이었다. 아니, 역사를 거부하는 순수한 자연과의 대면이다.

밤새도록 작업을 한 병방 사람들도 모두 집으로 돌아갔고 갑방 사람들도 다 내려가 버린 마을은 햇빛이 점점 퍼져가는 것으로 시간이 가는 것을 알려 줄 뿐이었다. 갱내에 압축 공기를 집어넣는 컴프레서 돌아가는 소리가 멀리에서 지속적으로 들려올 뿐이었다. 그 소리는 한 번도 쉬어본 적이 없어서 항상 머릿속에서 지속적으로 들리는 듯했다.

정현은 커튼을 닫아버린 뒤 방송국을 향해서 나섰다. 설거지를 끝낸 여자들이 밖에 설치된 수도꼭지 앞에서 빨래를 비비며 잡담들을 하고 있었다. 밖으로 노출된 하수도를 통해서 버려진 밥알들이 퉁퉁 불어서 떠내려가기도 했다.

그것들은 정현의 발걸음 소리에 놀라 뒤뚱거리며 쫓겨가는 닭들과 함께 이제부터 시작되는 더운 하루를 말해 주었다. 첩첩이 산으로 둘러싸인 곳이라 특별히 더울 것은 없었으나 쏟아지는 햇빛은 짙은 검은색과 함께 아침부터 나른함으로 다가왔다.

광산 여자들에게는 정현이 끝없는 호기심의 대상이었다. 정현에게는 광부들의 아내들이 위에 사는 기사들의 아내들보다 훨씬 더 대하기가 쉬웠다. 그들은 적당히 원색적이어서 짙은 화장과 염색한 머리, 야한 의상들로 자신들을 표현하거나 소박하거나 순진해 보였다. 그녀들은 하고 싶은 대로 하면서 생활하는 것으로 보였다.

마시고 싶은 만큼 마시고 투전도 하고 싸우고 소리질렀다. 그러한 행동은 조용한 산 속에서 뿜어져 나오는 생명의 분출로 느껴졌다. 그들은 남편을 따라서 왔다가 가고, 또 다시 흘러 들어오기 때문인지 그곳에서 자신들을 가다듬고 위장할 필요가 없는 듯했다.

이곳은 언제나 잠시 머무르는 곳이라고 생각했다. 광부들의 그러한 생각은 벌써 몇 년째 뿌리내리고 있는 사람들의 경우에도 마찬가지였다. 그들은 모두 나그네였다. 잠시 여행 온 듯 짐을 풀지 않고 사는 사람들이 태반이었다. 한두 개의 방과 부엌 정도의 작은 공간은 그들이 떠나기 전에 잠시 머무르는 여관이었다.

그들은 언제나 광산이란 사람 살 곳이 못 된다고 생각했다. 마치 유형지인 것처럼, 천형의 벌을 받은 사람들이 사는 버려진 땅인 것처럼 생각했다. 그들은 단선의 철도 하나에 의지해 살았던 과거로부터의 생각을 쉽게 없애지 못했다. 버려진 땅에서 사는 자신들은 버려진 사람들이라고 생각했다.

광산에서 젊은 여자들은 마치 부모의 간섭에서 벗어나고 싶어하는 사춘기 아이들처럼 마음대로 행동하고 킬킬대며 돌아다녔다. 2개월 전이었던가, 정현은 서울 텔리비전 방송국의 협조요청으로 그들의 생활을 취재한 적이 있었다. 몇 년 사이에 그러한 일은 자주 있었다.

그때마다 여자들은 마을회관이니 소비조합 또는 이러저러한 자그마한 시설물이 있는 곳에서 카메라에 담겨지고 녹음되는 일에 아주 재미있어 했다. 나이 많은 어른들이 눈살을 찌푸리며 혀를 찼으나 젊은 패거리들은 아주 좋은 구경거리라는 듯 즐기는 것으로 보였다. 그들은 정현을 기이하게 바라보며 웃고 즐겼다.

정현은 아주 불량스러운 여고생을 다루는 고등학교 선생처럼 적당히 위협적이고 적당히 타협하며 그 일을 끝냈다. 그들은 의외로 순진해서 다음부터는 아주 거리감 없이 가까이 지내고들 싶어했다. 그들은 정현의 옷이라든가 핸드백, 구두 같은 것들에 아주 솔직하게 반응을 보였다.

정현이 감당하기 힘든 것은 합숙소 뒤편에 사는 기사들의 부인이었다. 기사 부인들은 핼끔핼끔 곁눈질하며 정현을 냉소했다. 대부분이 타지에서 모여 온 그들 역시 광산을 좋아하는 사람들은 아니었다. 그들은 언제나 이곳을 떠날 생각들만 하고 있었다.

그들은 남편의 직위 이상으로 대접받고 싶어했고, 또 정현이 단지 직업을 갖고 있다는 이유로 쉽게 경원했다. 정현은 광부들의 여자들에게는 그들이 그녀에게 대하는 만큼 스스럼없이 대해 주었고, 기사들의 아내들이 자신을 경원하는 것에 대하여는 아주 자연스럽게 냉담했다. 정현이 광산 전체의 여자들을 별 부담 없이 대할 수 있었던 것은 그녀의 천성이라기보다는 직업에서 오는 연륜이라는 생각이 들었다.

그녀는 이곳에서 아무 문제없이 지낼 수 있었으나 가끔 자신이 숨겨지지 못하고 노출된다는 것에서 벌거벗겨지는 느낌이 들었다. 어디에도 숨을 곳이 없었다. 조용한 정적은 어느 곳에선가 누군가가 자신을 엿볼 것 같은 불안감을 가중시켰다. 그들은 실제로 어느 곳에선가 끊임없이 그녀를 보고 있었다. 그들은 이 새로운 틈입자에 대해서 관심을 버리지 못했다. 그녀는 자신이 마치 밀폐된 공간에 갇힌 채 끊임없이 보이지 않는 눈들로부터 감시를 받는 느낌이었다.

자신의 생활 반경이 누군가로부터 감시받는다는 느낌은 그녀를 가슴 조이게 했다. 그러한 조여드는 감정은 육체적인 것으로까지 느껴져 왔다.

그것은 탄가루에 파묻힌 육체가 점점 조여들어 혈관을 압박해 오는 답답함과 유사했다. 한 삽 한 삽 육체를 압박해 오는 탄가루를 젖히지 않으면 결코 그 속에서 빠져나올 수 없듯이, 그녀의 고통도 하나하나 제거되지 않는다면 해소될 수 없는 것이었다.

그 다음부터 정현은 가능하면 그들에게 무심하기로 했고, 때에 따라서는 그들에게 관심을 보이는 척하기도 했다. 그들에게 드러나지 않으려면 그 속에 파묻힌다는 것이 제일 가까운 방법이라고 생각하기도 했다. 그러나 무엇보다 그들에게 완벽하게 들키지 않으려는 그런 노력들은 포기해 버렸다.

굵은 모래와 아주 작은 자갈들로 단단하게 다져진 길은 검은색으로 잘 물들어 있었으며 곳곳에서 햇빛을 받아 반사되었다. 다져진 모래알들은 이곳이 바다에서 가깝다는 것을 말해 주었다.

길을 따라서 코스모스가 자라나고 해바라기가 드문드문 탐스럽게 피었다. 모든 것은 여전했고 항상 변화 없이 놓일 자리에 놓인 채 시간이 흘러갔다. 몇 번 빨았지만 아직은 풀기가 있는 면으로 된 그녀의 넓은 치마는 종아리를 기분 좋게 간질였다.

좋은 아침이었다. 길 밑으로 지나가는 철길에서 기차 소리가 들렸다. 동네 할아버지를 따라서 산보하던 개가 깜짝 놀라며 산 쪽으로 뛰어갔다. 무성하게 자란 풀잎이 잠시 옆으로 쓰러졌고, 그러나 이내 다시 제자리로 돌아왔다.

왼쪽 아래로 보이는 회사 마당은 아무도 나와 있는 사람이 없이 조용했다. 모두 사무실이나 갱내로 들어가 있을 시간이었다. 방송국

밑으로 보이는 병원에서 수련의 과정을 밟고 있는 닥터 한이 정현에게 손을 흔들어 주며 웃었다.

"운 없고 돈 없고, 그래서 여기까지 왔지요."

언젠가 형근이네랑 같이 만나게 되었을 때 그가 말했었다. 그렇다고 해서 세상에 한을 품고 사는 청년은 아니었다. 그는 어처구니없는 광산 사고에 대해서 분노했다. 그는 그렇듯 처참하게 죽어가는 사람들을 보며 이런 식으로밖에는 탄을 캘 수 없느냐고 소리 지르고는 했다. 그는 이곳에 온 다음에 소아과 의사가 되겠다는 결심을 굳혔다고 했다.

"오물오물 하는 그 조그만 것들이 얼마나 귀엽습니까? 저는 소아과 의사가 될 거예요. 그 작은 생명체가 어른하고 똑같은 그런 모습을 하고 있다니 말입니다."

그러나 그는 분명히 소아과 병원의 일도 아름다운 것만은 아니라는 것을 알고 있었다. 그의 외모는 전형적인 의사의 모습이었다. 의대를 졸업하고 수련의 과정을 밟고 있을 뿐이지만 그의 외모는 오래전부터 의사였다. 언제나 정갈하게 다림질한 가운과 두발, 깨끗한 외모는 그 가 틀림없이 배운 대로 행할 의사임을 알려 주었다.

그는 병원이 세워질 때부터 근무해 온 원장 선생님 밑에서 1년, 잘 해야 2년쯤 근무하고 떠나는 그 많은 수련의들 중 한 사람이었다. 오십이 훨씬 넘어서부터 이 병원 일을 맡아 오신 원장 선생님은 마치 천직인 양 그 일을 했다. 그는 자식들이 그의 곁을 떠난 다음에 내려왔다.

탄광 사고로 환자가 나올 때마다 적당히 응급 치료를 끝낸 뒤 중환자는 도립 병원으로 또는 8킬로미터쯤 떨어져 있는 도시의 정식 병원으로 후송시키는 것이 마치 그들의 주 임무 같기도 했다.

모든 환자들을 이 병원에서 소화하기에는 절대적으로 시설도 부족하거니와, 원장을 도와서 일해 줄 전문의가 없다는 것이 문제였다. 물론 회사에서 파격적으로 대우를 해 준다면 일을 할 의사가 있을지도 몰랐으나 회사 측에서는 원장과 한 사람의 수련의 경비 이상을 지출하고 싶어하지 않았다.

그들은 15개 정도의 베드를 적당히 대기시키고 비워두었다. 도립 병원이나 다른 정식 병원에서 큰 수술을 받거나, 특별한 치료를 받은 환자는 다시 이곳 병원으로 옮겨져 장기 치료를 받았다. 광부들의 신체검사, 광부 가족들의 질병도 대부분 그들의 책임이었다.

그들은 꾸준히 바빴으며, 그것은 바쁘게 돌아가는 갱내의 업무처럼 지속적이었다. 탄광에 관계되는 대부분의 일들이 24시간씩 계속되고 있었으나 외부에서 보면 아무 곳에서도 일을 하지 않는 것처럼 조용하게 진행되었다.

채탄은 깊은 땅속에서 이루어지고 있었으며 탄을 분류하는 선탄장은 도시의 한 쪽에 있었다. 모든 작업이 비밀히 은폐된 곳에서 행해지듯이 엄청난 사고와 그에 따르는 죽음도 모두 어둠 속에서 일어났다.

방송실 안은 일찍부터 작동되기 시작한 에어컨 때문에 냉기가 들 지경이었다. 숙직 근무였던 보조 아나운서는 기자가 넘겨주고 간 원고지 서너 장 분량의 지방 소식을 정현에게 넘겨주었다. 방송실의 유리문 위에 '방송 중'이라는 불이 켜져 있었다. 서울 방송이 나가는 것임을 알 수 있었다. 시계는 2분 전 아홉 시였다. 그녀는 맨발로 살금살금 방송실 안에 들어가 앉은 뒤 30초 전에 콜사인을 하고 서울에서 보내는 아침 뉴스를 연결했다. 서울 뉴스를 12분, 지방 뉴스를 2분에 읽고, 짧게 1분 동안에 날씨까지 끝낸 뒤 다음 프로를 연결했다.

10시까지 주부들을 위한 음악과 함께 나가는 교양 프로였다. 그 프로그램은 그녀와 같이 방송국에 들어갔던 남자 아나운서가 진행하고 있었다. 그는 방송에 타고난 재질이 있는 듯했으며, 열심히 일을 했다. 그는 의미 없는 것도 의미 있게 만드는 사람이었다. 그는 직업으로서의 방송 일을 철저히 잘 해내고 있었다.

정현은 유리벽 안에서 일하는 아나운서라는 직업이 투명한 유리만큼 자신을 다 보여주는 것 같았다. 어느 순간에는 벌거벗겨지듯이 다 노출되는 기분에서 결코 참을 수 없을 때도 있었다. 그녀는 자신이 개인적인 감정이나 의견을 완전하게 제어하지 못하는 것에 대해서 짜증스러웠다. 여학교 때부터 학교 방송실에서 일하는 것이 당연하게 받아들여졌고, 그 일이 직업으로 이어졌다. 그녀는 그 직업이 무서워지고 지루해졌다.

자신이 갖추어야 하는 적당한 수준의 교양처럼 그녀는 그 일이 역겹고 참기 힘들었다. 자신의 내면적인 수준은 방송으로 나가는 그 정도라는 생각이 자주 들었다. 10여 년의 세월이 흐른 지금 자신도 이제 한번의 전환점을 마련해야 할 것이라는 생각도 들었다.

이번에 버리지 않는다면 자신은 영원히 그 속에서 헤어나지 못할 것이라는 생각이 들었다. 그리고 어쩌면 이 직업에서 헤어나기 위해서는 자신의 모든 것을 던져 버려야 할지도 모른다는 불안감도 들었다.

그녀는 사실의 전달에만 충실한 직업으로서의 아나운서 임무를 원했다. 아나운서의 감정을 강요한다든가 또는 자신의 어설픈 지식을 청취자들에게 주입시키려는 프로듀서들에게 그녀는 진저리쳤다.

그것은 다만 그녀의 편견일 수도 있겠다. 그러나 그것을 참아야 할 만큼 보람 있는 일이라고는 도저히 생각되지 않았고, 버리는 용기도 충분히 가치 있다고 그녀는 스스로에게 다짐했다. 결혼하지 않았기 때문에 생활 수단으로서 그 일을 붙잡고 있어야 한다는 것에 그녀는 모욕감까지 느낄 지경이었다. 그러나 자신이 생활을 해결하지 못한다고 했을 때의 그 낭패감은 더 곤욕스러우리라는 것을 그녀는 알았다.

그녀는 유리컵 속에 들어 있는 얼음 덩어리를 구슬리며 유리창 밖의 하얀 여름을 바라보고 있었다. 끈끈하게 이어가고 있는 현재의 생활에 그녀는 짧게 한숨지었다. 버릴 듯 버릴 듯 하면서도 버리지 못하는 현실에 대한 집착은 자신의 성욕처럼 집요하고 제거되지 않는 부분이었다.

자신의 성을 일깨운 사람은 누구인가? 왜 이것은 잠자지 못하는가? 자신이 형근을 원하는 것은 성욕 때문인가? 아니면 애정인가? 완전한 애정으로만 그를 받아들이는 것은 아닌 듯했다. 그녀는 자신의 그에 대한 감정을 분리시켜야 하는 것에 씁쓸해졌다. 그녀에게 그는 지금 거의 절대적이고 유일한 마지막 불꽃일 수도 있었다.

하기는 그녀에게 지나갔던 모든 사랑은 그 순간마다 마지막이었다. 또 다시 사랑하고 다른 곳으로 날아가고 싶었던 생각은 없었다. 그러나 지금 형근에 대한 감정은 그런 것만은 아닌 듯했다. 그것은 무엇 때문인가? 몇 번의 경험으로 터득된 지혜인가? 우스웠다.

그녀가 자신이 오래도록 살던 서울을 떠나서 이 도시로 내려와 버린 것은 자신의 생활을 거의 제거해 버림으로써 절제된 생활에서 얻어지는 야릇한 쾌감이었다. 많은 것으로부터 해방된다는 것에서 그녀는 아주 홀가분했었다.

그녀는 혼자 늙어가고 있는 어머니에 대한 의무감에서까지 훌훌 자유스러우려고 하고 있음을 느꼈다. 그녀는 요즘 어머니에게 적당히 표현해야 하는 의례적인 전화도 하지 않았다. 적당히 좋은 얘기만 들려드리는 것으로 서로서로 상처를 건드리지 않고 행복을 위장해야 하는 것에도 피곤했다.

기실 어머니는 그 정도로 순탄한 생활을 해 온 것도 아니었다. 딸이 말하는 것을 다 액면 그대로 믿으며 받아들이는 사람이 아니면서도 서로서로 위장하며 지냈다. 두 사람 사이엔 아무 문제도 없는 듯했다. 앞으로도 별 문제는 없으리라는 것이 그녀의 생각이었다.

10살 때인가, 아니 그 이전부터 어머니가 다른 남자와 자고 있었던 것들에 대해서도 그녀는 보지 못한 것처럼 위장하고 지내왔다. 어머니는 딸에게 그런 부분에 대해 거론도 하지 않았으며, 그녀의 무의식 속에서 환영처럼 남아 있을 것이라고 생각도 못할지도 모른다. 아무튼 정현은 자신이 어머니 앞에서 위장하는 것처럼 자신의 딸이 위장하고 지낼 것을 생각하면 섬뜩했다. 그것은 바로 자기가 결혼을 끔찍하게 무서워했던 부분들인지도 몰랐다.

그러나 이제 정현은 그러한 속임수들에 너무나 능했고, 살아가는 동안에 감수해야 하는 부분들이라고 생각했다. 자신이 저지를 사회적인 악의 공포 때문에 거부했던 결혼에 대한 생각들은 조금씩 변모되는 듯했다.

그녀는 요즘의 생활에 어느 정도 적응했고, 어머니에 대한 부분에서는 이제 서서히 이런 식의 헤어지는 연습이 필요하다고 생각까지 하고 있었다. 어차피 모든 관계는 서로 헤어지게 되어 있으니까, 이런 분리 작업은 진작부터 이루어졌어야 할 것이라고까지 생각했다.

햇빛이 강렬해지기 시작했다. 느릿한 사람들의 움직임이 더위를 말해 주었다. 또 다른 탄광 도시로 연결되는 도로 위로 버스가 한가롭게 달렸다. 그 버스를 제일 많이 이용하는 학생들이 방학 중이라 버스는 정거장에 서지도 않고 달아났다. 도시는 움직이지 않는 데도 더워 보였다. 햇빛이 그렇게 대지 위에 쏟아졌고 도시 중심을 흐르는 검은 물이 그렇게 만들었다. 모든 표면은 그렇게 죽은 것처럼 말라가고 조용했다.

갑자기 사무실 쪽에서 나온 꽤 많은 남자들이 빠른 동작으로 탈의실 쪽으로 가고 있었다. 멀리서 보이는 그들의 움직임은 마치 장난감 병정처럼 보였다. 정현은 그들이 아침에 몰려서 회사 쪽으로 가던 서울에서 온 학생들인 것을 알 수 있었다. 그들은 키도 크고 벌써 몸이 다 자랐을 연령인데도 움직임만으로도 어려 보였다. 움직임만으로도 젊음과 늙음이 구별되었다. 그들은 아주 장난스럽게 뛰어다녔으며 또는 손과 발을 마구 뻗어보며 허리 부분을 뒤틀어 보는 학생까지 있었다. 그들은 벌써 2시간 정도의 강의를 끝낸 모양이었다.

사무실 문을 통해 형근과 영일이 나왔다. 탈의실 쪽으로 앞장서서 걸어가는 형근의 모습은 단정했으며 영일은 오른손을 여전히 바지 호주머니에 찌른 채 맨 뒤에 따라갔다. 정현은 형근의 그 단정한 태도와 말 없음에 끝없는 관심과 무관심을 반복시키며 서성였다.

형근이나 영일이의 일에 대한 철저함은 아름다움으로까지 보였다. 그들은 결코 일에 있어서 흐트러지는 법이 없었다. 영일의 심드렁해 보이는 태도도 광산 일에 있어서는 전혀 달랐다. 자신이 살아 있다는 증명이기라도 하듯이 그들이 갱내에 들어가는 태도는 경건하기까지 했다. 그들은 언제나 탄광을 조심스럽게 대했으며 노인처럼 몸을 사렸다. 그것은 일종의 종교적인 자세처럼 보이기까지 했다. 그들은 언제나 삶과 죽음의 경계에 서 있다고 생각하기 때문인지도 몰랐다. 검은색이 그랬고 어둠이 그랬다.

탈의실로 들어갔던 사람들이 검은 작업복을 입고, 하나 둘씩 또다시 갱 입구의 케이지 쪽으로 걸어갔다. 그들은 케이지 앞에서 갱모를 찾아서 쓰고 허리에 찬 배터리를 눌러 보며 또는 작업복에 묻어 있는 검은 가루들을 일부러 얼굴에 문혀 보고 있었다.

거의 수직의 각도에서 내려다보이는 그들의 모습은 이제 비슷비슷한 형체들만이 있을 뿐이었다. 그들의 갱모에서 비쳐졌던 작은 불빛은 작열하는 태양 아래에서 아무 힘도 없었다. 작은 그림자 하나 만들지 못했다. 햇빛은 강했다. 그래도 갱내에서는 그 불빛으로 작업을 했다. 그 빛은 절대적인 구원의 빛이었다.

두 대의 케이지로 연결되는 수갱은 소폭이 5미터, 대폭이 7미터 정도의 타원형이다. 쇠파이프로 단단히 만들어진 케이지는 요란한 기계음을 내며 그들 앞에 섰다. 영일이 먼저 들어갔고 학생들이 다 들어간 다음 형근이 문을 잠그고 들어섰다. 케이지의 표면은 철망으로 덮여 있었다. 컨베이어 벨트가 생기기 이전에는 채탄된 탄이 이 케이지를 통해서 지상으로 옮겨졌다. 탄차의 차량이 이 케이지에 그대로 실렸다. 그러나 요즈음은 대부분 광부들이 작업 현장에 가고 오는 데 사용될 뿐이었다.

"정말 새장이구나. 하강하는 새장."

어떤 녀석이 낄낄거렸다.

"이 케이지는 초속 9미터야. 이 탄광의 수갱은 600미터이고, 지금은 4편(片)에서 작업을 하고 있어."

"초속 9미터? 아, 이건 하강이 아니라 추락이구나."

"갱내에 들어가면 광부들에게 장난스런 기분은 절대 가지지 않는 게 좋아. 그들은 금기가 많아. 특히 이렇게 외부인이 들어가는 것에 대해서는 경계 태세를 취하니까."

"저 사람들은 날마다 오늘 죽을지도 모른다는 생각으로 갱내에 들어온단 말이야. 물론 그런 공포감은 기우이고, 대부분이 가족이나 다른 사람들을 통해 주위에서 오는 자극이 대부분이지만."

형근의 설명에 영일이 부연해서 말했다.

"간밤에 꿈자리만 사나워도 그들은 절대로 일하러 오고 싶어하지 않아."

다들 조용해지자 형근은 버튼을 눌렀다. 해마다 반복해야 하는 똑같은 말. 대상을 바꿔가면서 한다고 하지만 그는 피곤해졌다. 그는 지금까지 몇 년을 반복하고 있으나, 뚜렷하게 얼굴이 떠오르는 사람은 없었다. 광산에 남는 사람이 아닌 경우에는 이름도 기억하기 힘들었다. 자신의 지식만을 전달한다는 것에서도 그는 힘이 들었다.

자신의 마음을 전달하려고 하는 사람들에 대해 그는 존경심을 느꼈다. 수갱 입구는 각처에서 모여든 물이 꽤 속도를 내며 흘러들었다. 더운 습기는 탄가루가 녹은 물의 냄새와 같이 그들에게 강한 열기로 전해졌다. 전체적인 어둠은 처음 갱내에 들어온 사람들에게 신체의 외부에서 전해 오는 압박감과 함께 참기 어려운 공포이다.

갱모에서 나오는 빛과 여기저기 전깃줄을 따라 연결된 전구에서 나오는 빛이 어느 정도의 어둠을 제거해 주고 있음에도 갱내는 그저 어둠이 지배적이었다.

"왜 이렇게 조용하죠?"

한 학생이 불안스럽게 물었다.

"현장은 여기에서 좀 떨어져 있어. 한 일 년 있으면 이제 4편도 곧 끝나지. 벌써 5편으로 들어갈 작업을 올해부터 시작하고 있으니까. 요즈음 현장은 8크로스 쪽이야. 도면을 보면 알겠지만 왼쪽으로 1킬로미터 들어가는 곳이지."

형근은 설명을 하며 다시 한번 광부들에게 진지하게 대해 줄 것을 부탁했다. 습기와 열기가 두꺼운 작업복을 통해서 훅훅 전해졌다. 그 열기는 갱모를 쓴 머릿속에서도 같이 느껴졌다. 완전히 빛이 없는 상태에서 전해 오는 열기는 증기처럼 벽과 천정 곳곳에서 내뿜어지고 있었다. 지열은 속으로 들어갈수록 더 심할 것이었다. 이제 몇 년 지나서 천 미터 정도만 들어간다면 섭씨 37～38도를 오르내릴 것이다.

물과 열기와의 싸움에서 이겨낼 수 있는 사람은 얼마나 될 것인가? 수갱 입구로 모여드는 지하수는 점점 수갱에서 멀어지면서 양이 눈에 띄게 줄어들었다. 그들은 지하수가 빠져나가도록 시멘트로 칠해 놓은 위를 장화 신은 발로 절벅거리며 걸었다.

그들이 8크로스 쪽을 향해서 걸어가고 있는 동안에 레일 위로 탄차가 두 번이나 컨베이어 벨트 쪽으로 갔다. 막장에서 컨베이어 벨트까지는 탄차를 이용하고 있었다.

탄차는 8칸의 차량이 붙어 있었으며 앞뒤로 운전석이 있었다. 500킬로그램의 탄차는 500킬로그램 정도의 탄 무게와 함께 컨베이어 벨트 쪽으로 이동한다. 24시간 계속되는 작업에서 나타나는 기계의 무리한 현상은 수시로 기계과에서 검사하고 있다.

"지옥행 열차 같군."

어느 학생이 내뱉었다.

일행은 8크로스 근처에서 소나무 동발을 하나하나 짚으며 안으로 들어섰다.

"400명 정도의 광부가 다 어느 속에 들어가 있는 거예요?"

"모두 조를 짜서 움직이니까 여남은 명씩 한 곳에 모여서 일하고 있지. 지금 4편이 거의 끝나고 있기 때문에 대부분 막장 속으로 들어

가지 않으면 탄을 캐내기가 힘들어."

사다리꼴 모양의 동발이 받쳐진 속을 지나며 형근과 영일은 번갈아 설명해야 했다. 그동안 막장 부근에서 조장 몇 사람들을 만나서 채탄 현장과 굴진해 들어가기 위해 착암기로 발파하는 곳으로 학생들을 안내해 주도록 부탁했다.

발파 현장에서는 한 번에 발파를 할 때마다 1미터씩 들어가는 작업을 계속했다. 형근이네는 톱 슬라이싱(Top Slicing) 공법에 의해서 공정을 진행시켜 왔다. 지상에서부터 한 편씩 완전히 탄을 캐낸 후 그 다음 편으로 연결되는 공법이었다. 이 공법은 거의 모든 현장에서 사용되었다. 또 한번 탄차가 지나가고 천정에서 탄가루가 갱모로 떨어졌고, 천정에 맺혀 있던 물방울들이 후두득후두득 떨어지는 소리가 들렸다.

형근과 영일은 이제 겨우 학생들 훈련이 시작된 첫날이라는데 힘이 빠지는 것을 걱정스러워했다. 그들 중에서 몇 사람이 광산에 내려올지 모른다. 아마 반 정도가 내려올 것이고, 또 그들의 반이 적응하지 못하고 꿈과 현실이 맞아떨어지지 않음에 역시 갈등을 느끼다가 또 떠날 것이다.

"빌어먹을 녀석들, 골이 아프군. 피곤해. 정말 저 녀석들하고는 완전히 세대가 다르니까."

"오늘은 미리 점검을 끝내고 오후에는 내려오지 말지."

"그래. 그게 좋겠군. 저 녀석들에게서 해방되는 생각만 했군."

형근은 영일과 같이 나머지 조장들을 만나고 사고 위험지역 등을 부지런히 체크했으며, 새로운 동발 설치 지역을 알아내고 가스의 양을 측정하는 데에 많은 시간을 썼다. 계속해서 압축 공기가 들어오고는 있었으나 가스는 언제 어떻게 될지 모르는 복병 중의 하나였다.

가끔 젊은 광부들이 담배를 피우는 일도 있어서 가스는 수시로 점검해야 했다. 땀이 많이 흘렀고, 일의 양은 많았다. 그러나 형근과 영일은 한 팀이 되어서 일하는 것에 익숙했다. 날마다 그들은 광부들이 계속해서 작업을 해야 하는 부분을 준비해 두어야 했다.

비수기라 해도 일의 양은 줄어들지 않고 있었으며, 전국 여러 곳에 대규모 연탄 공장을 소유하고 있는 회사는 막대한 양의 탄이 지속적으로 필요했다. 성수기를 위해서 탄을 비축해 두어야 한다는 사장의 독촉 또한 대단했다.

그들이 탄층을 점검해 가며 위치를 기입해 가고 있는 동안에도 탄가루가 갱모 위로 부슬부슬 떨어지고 또 일부는 그들의 몸속으로 들어갔다. 지열과 지하수의 냄새에서 형근은 불현듯 동발이 무너지고 탄가루가 쏟아져 자신이 나뭇잎처럼 화석이 되어버릴 것 같은 착각에 빠졌었다. 그것은 무서운 속도로 내려가는 케이지의 소리를 들으며 순간적으로 그 밑으로 빠져버리고 싶은 유혹과도 같았다. 그는 어느 순간 그 유혹이 너무 심해서 자신의 의지로는 그 유혹을 다스릴 수 없을 것 같은 생각에 몸서리쳤었다.

그것은 누구나 가질 수 있는 무의식이기도 했다. 갱내에서는 모든 것이 삶과 죽음의 경계에 있었다. 그러한 경계가 항상 극도의 조심스러운 태도를 요구했으며, 추락에 대한 충동은 그러한 긴장이 오래 지속되었을 때에 생길 수 있는 느낌이었다. 그러나 그 경계에 서 있다는 것은 야릇한 쾌감이기도 했으며 또는 살아 있다는 현실감을 확인하는 순간이기도 했다.

8크로스가 끝나면 9, 10크로스에서 이번 가을까지의 작업량은 충분하리라고 생각했다. 형근의 갱모에서 비치는 배터리가 점점 약해지고 있었다. 그는 전선을 따라 연결된 전구 밑에서 배터리를 갈아

끼웠다. 라이트는 다시 월등하게 밝아졌으며 시력이 갑자기 좋아지기라도 한듯이 눈이 맑아졌다. 그들 옆으로 다시 탄차가 지나가자 그들은 그 위에 올라타고 케이지 쪽으로 갔다. 그들은 케이지에서 내리자 갱모와 번호표를 걸고 탈의실 쪽으로 갔다. 그들은 최대한으로 눈을 작게 뜨고 걸었다. 햇빛은 그들의 몸과 작업복에 배어 있는 습기들을 말려 주었다. 그림자 위로 김이 올라가는 것이 보였다.

"왜 안 오지?"

"누구 말이야?"

"자네 와이프."

목욕을 하면서 아내 얘기를 한다는 것은 우스웠다. 아내가 그 사실을 안다면 얼마나 놀랄 것인가? 그들은 더운 날씨였으나 따뜻한 물로 몸을 깨끗이 닦았다. 유리창에서 물이 흘렀다. 몸은 아주 가벼워졌으나 아내 생각이 나지는 않았다. 그들은 번호표를 걸어 놓고 다시 사무실로 갔다. 사무실에 닿기도 전에 몸에서는 벌써 땀이 나려고 했다. 어디에도 시원한 구석은 없었다. 전무는 에어컨을 최고도로 올려놓고도 숨을 헐떡이고 있었다. 이 탄광에서 유일하게 하얀 것이 있다면 전무일 것이다. 그의 하얀 피부는 비대한 몸집과 함께 언제나 하얀 땀을 흘렸다. 탄광에 대해서 전혀 아는 바가 없으면서도 탄광의 운영을 맡아서 하는 그는 철저한 경영인이었다. 기록을 하지 않는 대신에 모든 것을 머릿속에 기억하고 있는 그는 대단한 기억력의 소유자였다. 회사 내의 대부분의 것을 다 기억하는 그에게서 나쁜 기억을 지우는 것도 역시 힘들었다.

형근은 학생들을 위해 매일 매일의 보고서를 준비해 두고 있었다. 날마다 그들이 받는 이론 강습과 현장 학습에 대한 보고서를 받아

두어야 했기 때문이다.

"오늘 저녁에 마작 한 판 벌리는 게 어떤가?"

전무는 며칠 전에 잃은 돈을 만회하고 싶은 듯했다. 그는 이상할 정도로 작은 것에 집착하는 버릇이 있었다. 아니 그보다 가족도 없이 지내야 하는 저녁 시간을 그는 아주 무서워했다. 낮부터 그가 걱정하는 것은 저녁시간을 어떻게 쓰느냐 하는 문제였다. 그는 마치 저녁시간의 해결방법이 이루어지면 하루가 걱정이 없는 듯했다. 마치 그 시간의 해결을 위해서 사는 사람인 듯했다. 아침은 사냥개와 산보하는 것으로 시간을 보낼 수 있었으나 저녁은 그에게 무방비 상태의 열려진 공간이었다.

"책이나 읽고 텔레비전이나 보세요."

아무도 대답을 안 하자 영일이 퉁명스럽게 말했다.

"마누라들도 없으면서 밤새도록 뭘 하는 건가?"

"마누라들이 있으면 뭘 하는 건데요?"

형근은 영일이 아무리 저래도 저녁엔 틀림없이 전무에게 붙잡힐 거라는 것을 잘 안다. 형근도 그 앞에서 조금은 앉아 있어야 한다. 벌써 저녁 시간은 다 결정되어 버린 것이나 다름없었다. 전무가 어떠한 제의를 하는 것은 제의가 아니라 반 강제적인 명령이었다. 그것은 상사이기 때문에 그에게 따르는 것이 아니라 그의 바보스러운 듯하고 천진한 매력 때문에 따르는 것이기도 했다. 그는 아주 어수룩하게 굴어서 아랫사람들에게 만만해 보이는 것 같았으나 사실은 그렇지 않았다. 그의 모든 행위는 적당히 코믹한 것이어서 사람들을 충분히 즐겁게 했다. 무엇보다도 그는 착한 사람이었다. 그의 가족들은 아이들의 교육문제로 모두 서울에 있었다.

"내가 믿는 게 누군가? 자네들밖에 더 있나? 또 내가 가진 게 뭔가? 돈밖에 더 있나?"

그는 사장의 말에다 자기 말을 덧붙여서 사무실 사람들을 웃겼다. 그는 사장의 처남이면서도 전혀 아닌 것처럼 행동했고, 사장을 귀엽게 비아냥거렸다. 그것이 의도적으로 보이기보다는 그냥 귀엽게 보였다.

한여름의 낮 시간은 그렇게 가고 있었다. 압축 공기를 밀어 넣는 컴프레서 소리, 갱내에서 갱 밖으로 탄을 운반하는 컨베이어 벨트의 돌아가는 소리, 지하수를 뽑아 올리는 모터 돌아가는 소리들이 합쳐져서 시끄럽지 않을 만큼 들려왔다. 갱내에는 이 세 개의 파이프와 전기선이 든 파이프 하나가 더 첨가되어 연결되었다. 육칠백 미터의 지하와 지상을 연결하고 순환시키는 모든 파이프와 회로들이 돌아가고 있었다. 24시간을 엄청난 인원이 엄청난 속도와 노동량으로 파헤쳐서 만들어내는 열기는 그들이 갱내에서 참아야 하는 열기와 무슨 상관관계가 있는가? 그들은 끝없이 영원한 불을 만들기 위해 극심한 열기 속에서 땀을 흘리고 있었다. 그들이 만들어 내고자 하는 불은 다만 열기일 뿐이었다. 열기를 캐내는 것은 열기와의 투쟁이었다. 열기와 물과의 투쟁을 하면서 갱내는 커다랗게 구멍이 뚫려갔다. 이렇게 파들어 가면 정말 땅속엔 무엇이 있을까?

거대한 바윗덩어리, 지표를 덮고 있는 산과 바다는 풀잎처럼 허망해진다. 그 깊은 지하에서 순간적으로 파열되어버리고 싶은 것은 다만 죽음에 대한 유혹인가? 아무것도 승부를 걸고 싶지 않은 마음이 형근이나 영일에게는 문제였다. 광부들이 열심히 돈을 벌어서 술을 마시거나 노름을 하는 것은 그들의 답답함을 해소시켜 보려는 것이었다. 그 해소 과정에서 요구되는 것은 돈과 시간이었다. 자신을 완전히 무너뜨려 버렸다가 다시 천천히 일으켜 세우기까지 돈이 필요했고 시간이 걸렸다. 그들은 갱 속 끝이 마치 인생의 끝인 것처럼 울부짖었다.

"제일 밑바닥――인생의 끝―그것도 부족해서 땅 속만 파는 두더지―햇빛도 못 보는 천벌을 받은 사람들이라고―"

그들은 자신들을 형편없이 비하시키고 짓밟는 것으로 시작했다. 형근이나 영일은 그들이 몸서리치는 그런 과정을 내버려두었다. 그런 과정은 그들이 벗어야 하는 껍질이었다. 광산에 적응할 때까지는 아무도 도와줄 수 없는 탈각 과정이었다.

그들 중에는 깎은 머리가 아직 자라지도 않은 상태로 교도소에서 나온 자도 있었고, 대학물을 먹은 자도 있었지만 빵이 절대적으로 필요하다는 점에서는 같았다. 그들은 흘러들어온 곳이 다양한 만큼 하던 일도 다양하고 복잡했다.

회사에서는 다만 그들이 제시한 이력서와 주민등록증 이상은 아는 바가 없었다. 회사에서는 그들을 더 조회해 볼 필요도 없었고 그것은 하나의 불문율 같은 예의였다. 그들은 모두 도급제로 일하고 있었고, 12명 정도의 광부들을 책임지는 것은 조장이었다. 채탄은 톤당으로, 굴진은 미터당으로 계산되었다. 형근이네가 하는 일은 갱내의 상황을 파악하고 조장들에게까지 작업량을 지시해 주는 것이었다.

형근은 아무것에도 도전해 볼 의욕이 일어나지 않는다는 것에 조바심이 날 지경이었다. 그는 마작도 바둑도 당구도 재미를 붙일 수가 없었다. 그렇다고 일에 열의가 생기는 것도 아니었다. 이러한 모든 것을 날씨 탓으로 돌려버리기에는 무성의한 일이었다. 날씨는 계속 더웠고, 갱 속은 지상의 온도보다 더 심하게 힘들게 다가왔다.

기실 그들은 그러한 더위와 열기에는 익숙해 있었다. 그들을 휘감고 있는 안개 같은 열기와 습기는 언제나 그렇게 갱 속에 가득 차 있어서 그들의 몸 전체를 휘감아왔다. 그들은 언제나 습기와 열기 속에서 숨 쉬며 지냈다. 새삼스러운 것은 아니었다. 대부분은 깊은 어둠과 더운 습기의 바다에서 지내는 것이 태아 상태처럼 편안하기까지 했다. 그것은 현실과의 단절이며 어머니에로의 회귀였다. 어둠 속의 편안함이 그랬고 얼굴과 몸에 묻힌 탄가루들이 그들을 서로 구별할 필요가 없게 만들었기 때문이기도 했다.

그들은 모두 똑같은 모양으로 다만 갱모에 켜진 라이트에 의지하여 피아의 구별 없이 그렇게 움직였다. 갱내에서 그들을 서로 구별할 수 있는 것은 아무것도 없었다. 현실과 차단된 갱내에서 그들은 가슴도 머리도 단절시켜 버린 다만 똑같은 탄을 캐내는 기능인일 뿐이었다. 그들은 갱 속에서 지내는 하루 시간의 3분의 1 동안 지상에서 사는 보통 사람들 하고는 전혀 다른 세계에 살았다.

먹이를 찾아가는 개미들처럼 그 미로를 찾아가는 그냥 작은 동물들이었다. 그들이 밖으로 나왔을 때 태양은 그들의 젖은 몸과 모든 생각들을 말려주었다. 그러나 그들이 언제나 태양을 볼 수 있는 것은 아니었다. 밤 12시에 끝나는 을방 광부들은 태양을 볼 수 없었다. 그들이 태양에 몸을 말리지 않는다면 결코 제자리로 돌아오지 못할 만큼 그들은 젖어서 나왔다. 습기는 인간의 외면만이 아니라 내면까지 젖어들게 만드는 듯했다. 너무 많이 젖어서 완전히 적셔 있는 상태였다. 그 습기는 몸을 완전히 분리시키는 데에 충분했다. 정신을 육체에서 분리시키고, 갱내를 갱 밖의 현실과 분리시켰다.

그 미로와 같은 갱 속의 길들이 형근을 편안하게 했었으나 그것들이 지금은 편안함만은 아니었다. 그가 들고 다니는 도면이 없어도 그는 이제 모든 길을 알게 되었고, 그가 들어가 보지 않은 곳이 없을 만큼 훤한 모든 갱도들은 그의 숨결과 같이 확산되었다가 축소되곤

했다. 그 것들은 풍선처럼 부풀었다가 다시 줄어들었고, 부풀었다가
는 다시 또 줄어들었다. 폐쇄되어 버린 갱도들은 폐쇄된 그의 연륜이
었다. 닫혀진 세월들이 닫혀진 갱도로써 너무나 분명하게 노출되었
다. 판자로 막혀 버린 다 끝난 갱도가 점점 늘어났다. 그것은 폐허처
럼, 죽음처럼, 팽개쳐졌다.

서울에서 내려온 견습생들은 합숙소 2층에 놓여 있는 당구대 주위
에 모여 있었다. 그들은 탄광을 무엇으로 보았을까? 그들이 보내야
하는 세월을 생각해 보았을까? 적당히 윤기가 도는 친구들 또는 궁
핍한 표정의 버짐 핀 친구들, 그들 모두 탄광을 유배지 정도로 생각
하는 것은 공통된 것 같았다.

초록의 베드 위에서 공을 겨냥하는 학생이 있었다. 또 어떤 학생
들은 합숙소 밖에 세워진 전봇대의 전등갓에서 맴돌고 있는 하루살
이들을 바라보고 있었다. 전봇대의 백열등은 멀리에서도 합숙소의
위치를 알려 줄 수 있을 만큼 환하게 켜져 있었다. 당구대 바로 밖에
세워진 등은 언제나 당구대 안까지를 환하게 비춰 주었다. 열다섯 명
젊은이들의 소리는 커다란 소음으로 합숙소 전체를 울렸다. 젊은이
들의 소리는 백열등 주위에 모여 있는 하루살이들의 부지런한 움직
임과 같이 빠른 속도로 이어졌다. 하루살이들이 격렬하게 움직이는
속도처럼 그들은 너무 크게 말하고 있어서 머리가 아팠다.

"지하 몇 백 미터에서 청춘을 썩혀야 하다니. 두더지처럼."

"마치 진리를 캐듯이 탄을 캐란 말이지? 진리를 추구하는 등불은
16시간짜리 배터리지?"

"내 영혼과 탄을 바꾸는 것 같더라."

"야, 그 속에 왜 네 영혼이 있냐? 너는 아직 죽지도 않았으면서."

"그럼 너는 내가 탄광 속에서 죽어서 내 영혼이 갱 속을 여기저기

헤매야 옳단 말이냐?"

"그래, 네 영혼이 하얀 보자기를 쓰고 갱 속을 들어갔다 나왔다 하면서 움직이는 거야."

어떤 학생이 진짜 유령처럼 천천히 움직이며 흉내를 냈다.

"너는 어떻게 그 속에서 하얀 보자기를 생각할 수 있냐? 1분도 못되어서 검은색이 되고 말걸."

그들은 큐에 초크 칠을 하며 또는 공을 서로 맞춰보면서 아무렇게나 말하고 움직였다. 베드 위에서 서로 부딪치는 공 소리만이 더위를 식혀주었다. 그 소리만이 투명한 음향으로 모든 잡음과 연기, 하루살이들의 격렬한 몸짓까지를 다 제거해 주었다.

그들의 영혼과 함께 여름밤은 깊어갔다. 시간은 계속해서 흘렀다. 하루를 삼등분하여 계속해서 순환했다. 탄광은 하루에 세 번 다시 살아났다. 그것은 조용히 저항 없이 진행되었다. 갱 속을 빠져나오는 행렬과 다시 들어가는 행렬이 질서정연하게 교체되며 이어졌다.

그들은 모두 어느 시간이든지 잘 수 있어야 하고, 어느 시간이든지 일할 수 있어야 했다. 그들의 의식이나 몸 상태와는 관계없이 육체를 잠재울 수 있어야 했고, 다시 깨어날 수 있어야 했다. 그들의 육체는 의지와는 관계없이 잘 조절되는 도구였다. 그들의 생활을 위해 어떤 버튼을 누르든지 그 주일은 거기에 맞춰야 했다.

그들이 탄광에 있는 한 그들은 탄을 캐는 도구였다. 몸은 먼저 광산 일을 위해 존재했으며, 다음에 그들의 육체는 갱 밖으로 빠져 나와 서서히 영혼을 부여받는 것으로 보였다. 영혼을 부여받은 다음에 그들은 비로소 사람이 되는 것이다.

형근은 2시간 정도 전무의 마작 상대를 해 주고 슬그머니 자리에서 일어섰다. 전무는 마치 그 일을 위해서 태어난 사람처럼 능숙하게 섞고 분배하고 했다. 아이보리 색깔의 물건은 경쾌한 음향을 내며 천천히 그의 손안에서 움직였다. 그것은 너무 오랫동안 가지고 놀았기 때문에 색깔과 마모 면에서 관록이 있어 보였다. 전무의 하얗고 두꺼운 손은 탐스럽게 그것들을 만졌다.

형근은 여름밤에 마작이라는 것이 어쩐지 어울리지 않는다고 처음부터 생각했었다. 그것은 추운 날, 바람이 마구 부는 그런 날 따뜻한 방안에서 해야 할 것 같았다. 다른 사람들의 생각에는 전혀 아랑곳하지 않고 전무는 그 게임을 지속적으로 해 왔다. 그는 모든 투전에 능숙했으며, 그 일을 하는 과정 역시 즐겼다. 숙달된 그의 태도는 마치 예술처럼 보였다. 아름답게까지 보였다.

영일은 무표정한 얼굴로, 그러나 아주 능청스럽게 자신에게 들어온 것들을 숨기며 잘 어울렸다. 영일과 전무는 투전에서는 상당한 맞수였다. 두 사람은 똑같이 지구전을 펼 줄 알았고, 인내심도 지니고 있었다. 형근의 자리에는 그의 후배가 들어섬으로써 자연스럽게 교체되었다. 영일이나 전무는 그런 것에 대해서 별로 개의치 않았다. 어차피 게임은 그들의 것이었고 형근이나 그의 후배들은 숫자를 맞춰 주는 정도였으니까. 후배들은 밖에 나가서 마시거나 춤을 추는 것을 훨씬 좋아했다. 형근도 한때는 무작정 그러한 투전 같은 것에 몰입해 보려고 노력한 적이 있었다. 그러나 그것이 노력을 한다고 해서 이루어지는 것은 아니었다. 끝없이 누군가가 이기고, 누군가가 지는 것에 지루해졌다. 영일이랑은 그것의 진짜 묘미를 몰라서 그런다고 했다.

"인생이 다 도박이라구. 매 게임마다 한 판씩의 인생을 살아보는 거라구. 이번 게임에선 이런 방식으로 살아보구. 다음번 게임에서는 또 다른 방식으로 살아보는 것이지. 자넨 연극하는 사람들이 왜 거기에다 그렇게 자신들의 인생을 걸면서 돈도 안 나오는 짓을 열심히 하는지 아나? 인생을 다른 방법으로 살아보는 거라구. 연극을 인생처럼, 인생을 연극처럼—그렇게 말이야. 자네 인생에서 너무 의미 찾으려고 그렇게 노력하다가는 아무것도 안 된다구. 그냥 이렇게 끝없이 시행착오를 범해보는 거야. 그러다 보면 나중에 좀 괜찮은 수도 나오고 그러는 거지."

전무는 능숙한 솜씨로 카드나 마작 패를 손바닥 안에서 놀리면서 언제나 그렇게 말했다. 그는 술에 취했을 때에도 취하지 않은 듯했고, 취하지 않았을 때에도 적당히 취한 듯했다. 그는 그렇게 뚱뚱해도 다른 사람들에게 무겁다는 인상을 주지 않았다. 모든 면에서 그는 그랬다. 이쪽인 듯해서 보면 저쪽인 것 같았고, 저쪽인 듯해서 보면 이쪽이었다. 그것은 그의 투전 태도였고 생활 자세였다. 투전으로 해서 성격이 그렇게 된 것인지, 성격의 그러한 면이 투전할 때에 그렇게 나타나는지 그것도 불분명했다.

그는 또 한 판의 인생을 시험하고 있었다. 너무나 초연하게, 그러나 진지한 자세를 흐트러뜨리지는 않았다. 전무의 투전 철학에는 영일이도 동감인 듯했다. 흐물흐물 웃으며 전무가 넘기는 패들을 받아서 정리하는 품이 그랬다. 그는 묘하게도 게임을 할 때에는 결코 그의 고무 손가락을 신경쓰지 않았다. 오히려 아주 능숙하게 불완전한 손가락을 잘 이용했다. 그는 그 손가락을 만지지도 않았으며, 슬쩍 다른 손가락과 함께 받쳐 주면서 전혀 의식할 수 없을 만큼 자연스럽게 놀리고 있었다. 약간의 힘을 쓸 수도 있는 모양이었다. 그가 엄지와 장지로써 무의적으로 고무 손가락을 집어넣으려는 노력을 하지 않을 때에는 모든 것이 불안하지 않은 것이라고 볼 수 있었다. 그는 게임에 완전히 몰두하고 있음에 분명했다. 그는 아주 익숙한 꾼이었다.

전무가 인생을 살아가는 방법으로 게임을 하고 있다면 영일은 철저한 프로 의식을 가지고 연구하는 자세로 하는 듯했다. 그는 완벽한 기술을 파악하기 위해 끊임없이 혼자 노력하는 것을 게을리하지 않았다. 바둑에서도 포커에서도, 당구, 마작 등 모든 게임에서 다 그랬다. 그는 연구하고 노력했다. 그러면서도 그는 이렇게 말했었다.

"어디에서든지 거기에 맞는 생활을 할 수밖에 없어. 여기서는 이런 식이 어울려. 그 전부터 사람들은 이런 식으로 시간을 보냈거든. 여기에서 뭘 할 수 있겠어? 그냥 이런 것이 제일 자연스러워. 열심히 일하고, 그 다음에는 그냥 푸는 것이야."

그러나 그는 그렇게 적당히 시간을 보내는 방법으로 그 일들을 하는 것은 아닌 것 같았다. 그렇게 보기에는 너무 진지하고 열심이었다. 모든 생에 대한 그의 태도가 그랬다.

서랍 속에 들어 있는 물건들을 뒤적거리며, 형근은 담배를 빨아들였다. 조그만 증명사진, 고무, 칼 등의 문방구가 잘 정돈되어 있었다. 고등학교 선생을 천직인 줄 알며 성실하게 살아가는 고등학교 동창에게서 온 편지. 그는 항상 가운데 손가락 첫째 마디에 잉크가 배어 있었다. 그는 고집스럽게도 잉크를 묻혀서 펜으로 글을 쓰고 싶어했다. 그가 썼던 그 많은 언어들은 지금 어디로 흘러갔을까?

그는 형근의 결혼 생활을 걱정했다. 그는 형근의 마음을 읽고 있는 듯했다. 별말이 없었는데도 이번 편지에서 많은 부분을 형근의 결혼 생활에 대해 썼다. 그가 가진 기독교식 윤리에서 형근네 부부의 문제점은 모두 형근에게 있는 것이라고 비난했다. 그는 한 남자가 여자를 그런 식으로 가슴 아프게 할 수 없는 것이라고 했다.

아내가 자신으로 해서 상처를 입고 있는 것 같지는 않았다. 아내는 아주 당당했고 건강했으니까. 다만 아내에게 아무 감정의 변화가 없음에도 자신이 이렇듯 복잡하다는 사실이 그를 힘겹게 만들 뿐이었다. 그는 언제나 친구의 얘기에 무심했다. 그는 부정도 긍정도 하지 않았다. 내가 어떻게 아내를 가슴 아프게 하며, 또 행복하게 할 수 있단 말인가? 아내와 자신이 그만큼 의미를 가지고 서로 만났단 말인가? 다만 찝찔한 연민 같은 것만이 그녀와 자신 사이에는 가늘게 흐르는 것 같았다.

그는 아내에게 전화를 해야겠다고 생각했다. 몇 번인가 편지를 쓰려고 시도했다가는 포기해 버리고 말았다. 편지라는 것이 필요 이상으로 자신을 감정적으로 만들어 버리는 것이 불만스러웠다. 그것은 서두부터 그랬다. 편지는 자신과 아내 사이에 얕게 흐르는 연민의 감정을 더 진하게 만드는 쪽으로 사정없이 흘러가는 경우가 태반이었다.

자신이 그녀에게 가지는 연민의 정은 무엇인가? 애정인가? 아니면 자신의 자식을 낳아준 여자에 대한 사랑인가? 그는 결혼한 후 곧 그녀가 탄광에 내려와 보겠다고 했을 때 자신이 써 보낸 편지를 생각했다. 기차를 탈 때는 어느 쪽으로 앉아야 햇빛이 덜 비친다는 얘기, 어디쯤을 지날 때는 경치가 좋으니 밖을 잘 보라는 얘기 등이었다. 그것은 아내에 대한 애정이었는지, 쓸 말이 없어서 그랬는지 잘 생각할 수 없었다.

―그래, 아내를 한번 내려오라고 해야겠지. ―

노력해야 된다고 그는 생각했다. 어떤 식의 노력인가? 우선 같이 있어야겠다는 생각을 했다. 노력해야 한다는 일이 씁쓸했다. 문제는 그에게 가정이라는 것이 아직도 현실감을 가지고 다가오지 않는다는 것이었다. 가정은 방인가? 그에게 가정이라고 생각되는 방이든 집이

든 어떠한 공간도 익숙하지 않았다. 자식을 지키기 위한 노력인가? 그러나 자식 역시 만날 때마다 너무 많이 자라 있었고, 익숙해지기 전에 또 전혀 다른 모습으로 변해 있었다.

아버지로서 자식에게 보여주어야 하는 부분은 어디까지인가? 아이의 변화는 그가 따라가기엔 너무나 빨랐다. 그와 아이는 자주 그렇게 잡히지 않는 경주를 하고 있었다. 또 한편에서 아내와 그는 평행선을 가고 있었다. 왜 계속해서 만나지 않는 게임을 하고 있는가?

그는 서랍을 다시 닫아버렸다. 그는 의자를 뒤로 뺀 뒤 책상 위에 발을 얹고 숨을 몰아쉬었다. 책상 위에는 별로 사용되는 일이 없는 T자가 거추장스럽게 가로놓여 있었다. 그는 자신의 방에서는 탄광에 관계되는 일을 하지 않았다. 대부분의 일은 사무실에서 다 끝났으며, 그가 특별히 연구해야 할 부분도 아직은 없었다.

현장은 너무나 뻔한 것이었고, 탄이 있는 부분은 충분히 파악되고 있었기 때문이다. 그는 다만 채굴방법에 대한 새로운 안내라든가 외국에서의 선례 등을 새로 나오는 채광학 관계의 학술 잡지를 통해서 조금씩 더 알아내고 있을 뿐이었다. 그러나 그 방법의 도입이란 그가 근무하는 탄광을 위시해서 대부분의 광산에서는 실현 가능성이 먼 것들이었다. 외국과 이 나라의 상황이 다르다는 데에서 오는 적용 가능성의 문제도 있겠으나, 그보다는 탄광이 보수적이며 전통적인 방법을 오랫동안 고수해 오고 있었기 때문이기도 했다. 탄광은 어떠한 기계의 도입보다도 잘 훈련된 한 사람의 광부가 요청되는 곳이었다.

오히려 그가 보는 책들은 경영에 관한 문제를 쓴 것들이었다. 노동경제학이나 경제의 구조와 원리 또는 생산 양식 등에 관한 것들이 그가 알아야 하는 문제였다. 광부들은 도급제로 일하고 있었으나, 회사에 대한 반감을 가지지 않도록 최대한으로 노력해야 했으며, 중간

입장인 기사들이 그들의 편에 서 있다는 것을 수시로 인식시켜 주어야 했다.

광부들은 제1단계에서 조장들과 일하기 때문에 조장 선에서만 모든 것이 이해되면 될 것 같으나, 그들은 회사 전체에 소속된 사람들이기 때문에 회사에 대한 광부들의 인식은 중요한 것이었다. 그들이 회사에 대해서 반감을 가진다는 것은 그만큼 회사 경영에 차질을 가져오는 문제였다. 광부들에게 회사에 반감을 가지지 않도록 하는 문제 등은 자기의 분야와 전혀 관계없는 것이었으나 그들이 해내야 하는 중요한 몫이었다.

오히려 그의 전공을 살려서 해야 하는 부분은 아주 미세한 부분이었다. 그것은 다만 약간의 기술적인 것뿐이었다. 그 기술도 어느 선에서 정지된 듯했다. 더 이상의 노력이 요구되지 않는 그 일에 그는 조금씩 염증을 느끼기 시작했다. 이제 광산 일은 똑같은 반복과 약간씩의 긴장이 요구될 뿐이었다. 그 긴장은 다만 사고에 대한 불안인 것으로 생활에 활력소가 되기보다는 공포로 작용하고 있을 뿐이었다. 그 공포는 언제나 찜찜하고 기분 나쁜 것이었다.

그는 광산에 근무하게 된 처음부터 광부들과 잘 지낼 수 있었다. 그것은 그의 노력이 아니었다. 타고난 것이기도 했다. 그가 진심으로 사람을 대했을 때 서로가 이해되었던 사람들은 사장이나 상사가 아니라 광부들이었기 때문이다. 그는 마치 전생에 만났던 사람들처럼 그들과 쉽게 접해질 수 있었다.

그것은 그가 한 학기의 대학 등록금을 마련하기 위해 노동판에서 그의 아버지와 같이 일했던 한해 여름의 소득인지도 몰랐다. 아버지는 자식의 한 학기 등록금을 마련하기 위해서 등짐을 지고 공사판을 오르내리는 것을 아무렇지도 않게 감수하셨다. 그때 아버지의 태도는 너무나 담담하고 초연하기까지 해서 형근은 편안했었다. 어떤 일 앞에서도 아버지의 여일함이 그를 편안하게 했었다

형근은 광부들을 동정하지도 않았고, 특별히 의식하지도 않았다. 그저 있는 그대로 담담하게 대했으며, 그것에 별 저항을 느끼지도 않았다. 탄광의 관리직 기사일이 그에게 마치 천직 같았다. 그러나 이제 이 일로 일생을 다 바쳐야 한다는 것에 그는 조금씩 초조해지기 시작했다. 그것은 복합적인 것 같았으며 건강 같은 문제에서만 기인하는 것 같지는 않았다. 노동판에서 같이 노동을 하며 등록금을 벌어 주었던 아버지는 이제 그가 그 궁핍에서 벗어나자 그의 건강을 걱정하기 시작했다.

아버지는 서울로 올라오라는 얘기를 자주 하셨다. 노동판에서 등짐을 지시면서도 의연했던 아버지는 아들이 좀더 나은 보수 때문에 탄광으로 오게 된 것을 아시고 못내 가슴 아파하셨다. 매일 한 번씩 갱내에 들어가서 구석구석을 살펴야 하는 그가 건강하리라는 것은 그의 희망이었다.

몇 년 사이에 갱내에 들어가면 조금씩 호흡이 답답해지는 것을 의식하기는 했으나 애써 외면해 왔다. 좀 떨어진 종합병원에 입원하는 규폐증 환자 수는 해마다 늘어나고 있었으며, 누적 환자 수 또한 적지 않았다.

합숙소 입구의 당구대가 있는 홀에서도 멀리 떨어져 있고 마작들을 하고 있는 전무의 방에서도 멀리 떨어져 있는 그의 방은 조용했다. 더위가 완전한 정적을 이루어 주지는 못했으나 산 속의 여름밤은 냉방기 없이도 참을 만했다.

창문을 통해 회사로 내려가는 길 양쪽에 드문드문 켜져 있는 외등이 보였다. 밤과 새벽으로 다녀야 하는 광부들의 출퇴근을 위해서 언

제나 불은 켜 있었다. 등은 아주 일정한 거리를 두고 멀리까지 연결되었다. 달도 없었고, 산 속은 도시와 떨어져 있어서 외등은 허공에 둥둥 떠 있는 느낌이었다.

어둠의 바닷속에 떠 있는 불들은 점점 작아졌다. 뿌연 불빛은 사뭇 환상적이었다. 그것은 짙은 어둠 속에 있어서 더욱 그러했다. 뿌연 외등은 점점 투명하게 변모되었다. 어둠이 사물을 투명하게 만든다는 것은 신기했다. 그것은 형근이 어둠의 저편을 보고 있기 때문인지 몰랐다.

그는 창문 밖의 풍경을 감상했다. 형근이 바라보는 밖은 갱내처럼 완전한 어둠이었으나 대낮의 익숙했던 감각으로 모든 사물을 식별할 수 있었다. 그것은 습관이며 타성이기도 했으나 그의 마음이 투명해지고 있었기 때문이기도 했다. 그는 어둠만을 보았다. 그리고 편안하게 어둠을 감상했다. 어둠은 모든 생각들을 제거해 버렸다. 생각을 제거한다는 것이 사람을 편안하게 만들었다. 어둠은 바다처럼 펼쳐졌고 등은 어둠 속에서 헤엄쳤다.

"뭘 그렇게 오랫동안 서서 생각하고 있어요? 방해했어요?"

정현은 계속해서 그를 보고 있었다. 그는 여자의 전화를 당연한 듯이 받았다.

"그쪽도 불이 꺼져 있었는데, 자지 않았소?"

"불이 꺼졌다고 다 자는 건 아니에요. 깨어 있는 것이 더 많아요. 개구리도 깨어 있고 모기도, 나도, 누구를 보고 싶은 내 의식도—"

죽었던 신경이 살아나듯 그녀와의 사이에 이어졌던 전선이 생명이 통하면서 꿈틀거리는 듯했다. 불빛을 내면서 그것은 여자에게 전해지고 있었다. 그의 온몸을 그 불빛은 밝혀 주기 시작했다.

여자가 보고 싶었다. 그는 자꾸 여자에게로 흘러가는 감정들을 억제하는 것에 힘이 들었다. 요즘은 그것을 억제해 보려는 노력도 하지 않았다. 요즈음 여자는 느끼는 그대로 그에게 다가오고 있었으며, 그 본능이 그를 힘들게 했다. 여자를 만나기도 힘이 들었으며, 만나려는 욕구를 억제하기도 힘이 들었다.

그는 모든 것이 처음으로 일어나는 것처럼 생경스러웠다. 그의 몸이 전율했다. 특별한 감정이었다. 그것은 봄과 같은 새로움이었고, 빛나는 열정이었다. 그가 한 아이의 아버지이고, 한 여자의 남편인 것과는 전혀 관계없이 생기는 문제들이었다. 그것은 너무 자연스러워서 마치 비가 오듯이 바람이 불듯이 그렇게 느껴졌다. 형근은 정현을 향해서 다가가고 있었다.

형근은 병방의 광부들이 일하러 내려가기 전에 부지런히 그 길을 벗어나야겠다고 생각했다. 회사로 가는 길을 벗어나면 그들은 좀 자유스러울 수 있었다. 형근은 자신이 그녀를 만나는데 주위를 살펴야 하는 것에 우울했다. 그는 회사에서 출퇴근 시에 사용되는 구닥다리 밴을 끌고 외등이 켜 있는 길로 나섰다. 정현은 마치 음모자처럼 부리나케 운전석 옆의 자리에 될 수 있는 대로 깊숙이 몸을 앉혔다.

"마치 뭘 훔치는 사람들 같아요. 만날 때마다 죄를 짓는 것 같잖아요. 그래요. 죄를 짓고 있는 것은 나도 알아요. 그렇지만 이게 뭐예요. 어두운 게 더 무서워요. 여기저기에서 다 숨어서 날 감시하고 있는 것 같단 말이에요. 어둠 속에서 노려보고 있는 것 같단 말이에요. 아, 거지 같아요. 나와서 보라구 그래요. 숨어서 보지 말구—"

"아무도 그렇게 한가하지 않아. 걱정하지 말아요."

"그래요. 언제나 고상하고 점잖은 역할은 형근 씨 거예요. 형근 씨가 상스럽고 천한 것이 어울리지 않는 것처럼 나에게 고상한 것은 또 어울리지 않아요. 난 언제나 나쁜 것만 맡아서 한다고요."

정현은 차 속에서 마구 소리질렀다.

"그렇지만, 난 보구 싶단 말이에요. 생각하고 있으면 언제나 가슴이 뜨거워지고 목구멍으로 뜨거운 것이 마구 넘어가는 것 같아요. 난 언제나 형근 씨 하구 같이 살고 있어요. 내 머릿속은 온통 어떻게 하면 형근 씨를 만나는가 하는 생각밖에 없어요. 부끄럽지만 할 수 없어요. 말을 해버리고 후회한다고 해도 그렇게 하겠어요. 안 만나고 후회하는 것보다 만나고 후회하는 쪽을 택하겠어요."

그는 사람이 다니지 않는 길옆에 차를 세웠다. 산을 깎아서 만든 길은 왼쪽으로 꽤 높은 언덕이 있었다. 차가 서자 여자의 말소리도 그쳤다.

"야단치지 말아요. 내가 한 말들을—"

여자는 너무 기가 죽어서 안쓰러울 지경이었다. 이 여자는 도대체 무엇일까? 끝없이 권태스러운 표정이었던 여자가 갑자기 이렇게 흥분하는 것은 무슨 연유일까? 산 속에서 나오는 벌레 소리와 같이 약간의 바람이 일었다.

그는 여자에게 밑에 있는 구멍가게에서 캔맥주를 하나 사다 주었다. 밑에서 불어오는 바람과 맥주의 시원함이 기분을 좀 변하게 해주었다.

"우리는 맥주를 마시는 속도도 참 비슷해요. 그치요?"

여자의 음성은 청승스러웠으나 귀여웠다. 그는 여자에게 키스했다. 맥주 냄새가 향기롭게 전해졌다.

"이게 우리의 윤리 기준이에요? 손 잡아보고 키스하는 것으로 만족하는 것이? 형근 씨 말대로 중고등학생 아이들이 장난하는 것 같아요. 우스워요. 그 알량한 윤리나 도덕이 뭐예요? 나는 벌써 수천 번도 더 형근 씨하고 간음하고 있단 말이에요."

여자가 말을 시작하면 그는 도저히 그녀를 제어할 수 없었다. 여자는 입으로 간음하고 있었으나 의외로 완고했었다. 그럼에도 그녀는 자신의 모든 부정을 입으로 행했다.

"입으로라도 말하지 않으면 너무나 허망해요. 사랑하는 사람을 사랑하는 것이 도덕이 아니에요? 아무것도 난 원하지 않아요. 그냥 사랑하게만 해줘요. 날 사랑하지 않는 건가요? 그렇다면 그만이지만—"

여자의 목소리는 자신 없이 사그라들었다. 그녀는 형근을 만나기 전에 벌써 충분히 마신 듯했다. 그는 여자를 안아 주었다. 여자를 안아 주는데 크러치가 걸리적거렸다. 여자가 깔깔대고 웃었다.

"코미디야. 너무나 슬픈 코미디라구. 이것 때문에 안을 수도 없다니. 우리 둘 사이에 놓여 있는 것이 이것이라구요. 큰 산도, 넓은 바다도 아니고 그저 자동차의 부속품일 뿐이라구요."

그는 여자를 안아 주고, 입맞추는 것으로 그녀의 슬픔을 막았다.

"내 몸속에는 무슨 악마가 있나 봐요. 정말 창피해. 정말 부끄러워. 내가 지킬 것이라고는 그것밖에 없다니."

그녀는 캔맥주의 통을 찌그러뜨렸다. 그랬다가는 다시 펴는 동작을 몇 번이나 반복했다. 그 음향만이 두 사람이 같이 있다는 것을 일깨워 주었다. 꽤 큰길이었으나 후미진 곳이라 그랬던지 사람들은 통 다니지 않고 조용했다. 여자는 무엇인지 안타까워하며 초조해 했다. 여자가 저렇게 쫓기는 것은 무슨 이유일까? 그녀가 스스로 생각하듯이 여성으로서의 매력이 없어져 가는 것 때문인가? 자신이 윤기를 잃어가고 있다는 이유에서인가?

형근은 여자에게 어떻게 해 줘야 하는지 알 수가 없었다. 왜 그녀에게 무엇인가를 해 주어야겠다는 마음이 생기는가? 그것이 여자에 대한 애정인가? 그러나 여자가 헤매고 있는 혼돈의 상황은 그가 구출해 주어야 하는 늪이었다. 여자는 왜 그 늪에 빠졌을까?

그것은 혼자 살아가는 여자들이 치러야 하는 의식인가? 그렇다면 너무나 고통스런 의식이었다. 어느 의미에서 보면 그것은 형근이 빠져나오고 싶어하는 갱내의 현실과도 같은 것이었다. 여자가 빠져 있는 늪은 무엇인가? 준비되지 않은 상황에서 맞이해야 하는 나이인가?

그녀는 자주 자신의 목소리가 힘이 빠져 버려서 자신도 혐오스러워 들을 수 없다고 불평했었다. 그는 보통사람들은 목소리 같은 것에 그렇게 민감하지 않다고 위로해 주었다. 그녀는 남이 알아버릴 만큼 그렇게 축 처져버린 목소리라면 어떻게 이 일을 할 수 있겠느냐며 투덜거렸다.

—그건 다 늙어서 주름지고 형편없어진 늙은 배우가 젊은 여자의 역할을 하는 것보다 더 비참해요. 배우는 화장술로라도 늙은 것을 감출 수 있지만 목소리는 어떻게도 할 수 없단 말이에요. 목소리는 육체보다 더 빨리 늙어요. 힘이 없어져 버리니까—육체는 정신보다 빨리 늙어 버리구요. 허겁지겁 이렇게 살아가는 나는 너무 힘이 들어요. 이런 것들을 혼자 감당하기에는 나는 너무나 가진 게 없단 말이에요—

그녀는 계속해서 작은 소리로 무엇인가 말하다가는 다시 시무룩해 있고는 했다. 여자는 술을 마시면 말이 많아졌다. 그녀는 그것을 잘 알면서도 그렇게 했다. 그는 여자의 목소리를 감상하고 있었다. 목소리는 그녀가 투정하는 내용과는 별개로 그를 감미롭게 만들었다.

그에게 여자는 역시 귀여웠다. 그러나 그가 그렇게 말했을 때 그녀는 아주 쑥스러워하며 어울리지 않는 말인 것처럼 그 말들을 묵살해 버렸다. 작게 들려오던 그녀의 목소리가 습기 속으로 천천히 빠져

들었다. 주위는 드라이아이스의 연기처럼, 텔레비전 쇼에 나오는 가짜 안개처럼 그렇게 습기가 모락모락 피어올랐다. 습기의 바다에 두 사람은 잠겨 있는 듯했다. 습기는 가끔 불어오는 바람으로 이리저리 움직였다.

형근은 여자를 위해서 무슨 말인가를 생각해 내야 한다는 것을 포기해 버렸다. 포기해 버리니 쉬웠다. 그녀는 차 시트에 편안하게 기댄 채 가끔씩 작은 목소리로 흥얼거리며 형근이 마시던 맥주를 홀짝거렸다.

그는 여자의 머리카락 속에 손을 집어넣어 보았다. 의외로 부드럽고 작은 머리였다. 머리카락은 물이 손가락 사이로 흘러가듯이 빠져나갔다. 그는 점점 뜨거워져 오는 여자의 뺨을 의식했다. 그는 여자의 뺨을 만지작거리며 편안하게 있었다. 약한 알콜 기운이 그를 그 습기 속에서 탐닉하도록 내버려두었다. 그의 손에 채워진 시계의 숫자판이 12시를 넘어갔다.

12시가 넘었음을 확인하자 그는 또 다른 편안함을 느꼈다. 그것은 절대적인 시간이 지났다는 데에 대한 안도감 같은 것이기도 했다. 통행금지가 있는 것도 아니었으나 밤 12시는 하루의 경계처럼 넘어가야 하는 고개였다.

그래도 탄광에서는 12시부터 8시까지 계속되는 병방 일이 끝나야 다시 8시부터 갑방이 시작되었다. 탄광에서 이 시간은 다만 마지막 사이클의 끝이라는 표시일 뿐이다. 탄광의 시작은 아침 8시였다. 그에게 12시는 모든 사람이 다 제자리로 돌아간 그러한 안도의 시간이었다.

"우리는 길거리에서 만나고 길거리에서 헤어지고 그래야 해요. 그리고 밤에 만나야 하고, 아무도 모르는 곳에서 다른 사람 모르게 이렇게 만나야 한단 말이지요? 34살의 나이에 이렇게 길에서 서성대다니 정말 너무 기분이 나빠서 우울해요."

―34는 무슨 숫자인가? 나는 언제까지나 이 여자를 어둠 속에서 만나야 하는가? 나는 이 여자를 언제까지 은밀하게 숨길 수 있단 말인가? 이 비밀이 나의 유일한 즐거움인가?―

여자는 요즈음 특별히 지독한 허무감에서 헤어나지 못했다. 자신으로 인해 여자가 받는 심한 고통도 가슴 아팠다.

"동일한 반복에 미쳐버릴 것 같아요. 감정을 배제한 사실의 전달이 매력이 있는 직업이라고 생각했어요. 나를 숨길 수 있다고 생각했어요. 전혀 나를 표현하지 않아도 된다는 것에 아주 만족스러웠어요. 희열까지 느끼며 오만스럽게 일했어요. 그런데 허무했어요.

나를 완전히 제거해 버리고 나니 나를 찾을 수가 없어요. 내가 뭔지 잘 모르겠더라구요. 그저 동일한 반복, 기능적인 것에서 오는 권태감만이 남더라구요. 거기에다 더 애매모호했던 것은 사실의 한계였어요. 어디까지가 사실인지 혼돈스러웠어요. 그 경계를 밝혀야 될 것 같은 생각으로 더 복잡해 졌어요.

사실과 허구의 거리는 무엇인가? 내가 정말 진정한 사실만을 전달하는가? 결코 자신 있게 대답할 수 없었어요. 도망하지 않으면 살 수가 없을 것 같았어요. 그래서 여기까지 왔는데 여기는 또 다른 고통이 있어요.

하루가 셋으로 나누어져서 돌아가는 동일한 반복을 참을 수 없을 뿐만 아니라 그들의 무표정한 얼굴들은 더 무서워요. 도무지 그들이 뭘 생각하는지 모르겠어요. 생각을 다 삼키고 사는 사람들 같아요. 마치 모든 고통이나 슬픔 같은 것도 그렇게 묵묵히 그냥 일하는 것으로써 다 녹여 버리겠다는 생각인가 봐요. 난 그들의 침묵이 무서워요.

도시에서는 끊임없는 소음에 미쳐버릴 것 같았지만 여기에서의 정적은 더 무서워요. 처음 얼마 동안은 참 좋은 것 같았어요. 나에게 맞는 곳인 것 같았거든요. 그런데 나는 소음에 익숙해졌다는 것을 알았어요. 내 모든 감각은 그 정신없는 소란 속에 익숙해 있었고, 마치 마비되어 버린 듯이 아편쟁이처럼 또 그것들을 그리워해요. 나는 아무 데에도 소속될 수 없다는 것을 알았어요. 내가 떠난 도시도, 여기도 모두 내가 서 있을 곳은 아닌 것 같아요. 나는 어디에 서야 되는 거지요?"

여자는 끝없이 괴로워했다.

—여자가 열심히 찾는 것은 어디에 있을까? 나는 여자를 위해서 무엇을 도와줄 수 있을까?

그러나 형근은 여자의 끝없는 주절거림 속에서 자신도 역시 자신의 늪에서 빠져나가려 한다는 것을 알 수 있을 뿐이었다.

"그들을 보라구요. 그 말 없는 긴 행렬을 보란 말이에요. 무섭지 않아요? 그때 보셨지요? 사람이 죽었는데도 아무 말도 하지 않잖아요? 같이 일하던 동료가 그 옆에서 죽어갔는데도 모두 침묵하고 있잖아요? 아니 오히려 더 말을 하지 않던데요. 왜 그럴까요? 그 무서운 저항은 뭘 의미하는 거예요?"

깊은 정적 속에서 들려오는 것은 여자의 음성뿐이었고 그의 의식을 깨워주는 유일한 코드였다. 여자의 고통은 항상 죽음과 같이 존재하는 광부들의 그것만큼 진했다. 여자는 그 고통이 전해 오는 무게에 힘들어 했다.

12시가 훨씬 넘어버린 시간—모두들 이제 자기 일자리에서 일을 하든가 잠을 자든가 할 시간이었다. 다시 길이 조용해질 시간이었다.

형근은 여자를 애무해 보았으나 그것은 서로에게 하등의 도움이 되지 못했다. 그는 자신이 여자와의 관계로 해서 해결해 보고 싶었던 욕망을 진작 포기해 버렸기 때문에 오히려 그것을 참기는 쉬웠다.

그는 여자와의 관계에서 아무것도 이루어질 수 없다는 것을 잘 알았다. 다행스럽게도 그의 육체는 이제 그의 의지에 잘 따라주었다. 그는 여자와의 관계에서 아무것도 시도하지 않았다. 모든 것을 절제하는 것에 이제 그는 꽤 익숙해 있었다.

다만 여자와 같이 있다는 사실, 그것으로도 충분히 편안할 수 있었다. 그것은 다만 그럴 수밖에 없기 때문에 그런지도 몰랐다. 모든 것이 다 견딜 만했으나 여자의 고통을 덜어줄 수 없다는 무력감은 참기 힘들었다. 여자가 안쓰러웠기 때문에 그는 더 참기 힘들었다.

형근은 아주 천천히 소리를 내지 않고 차를 몰았다. 타이어 밑으로 굵은 모래가 깔리는 소리가 들려왔다. 그는 정현을 중간에서 내려준 뒤에 차를 차고 속에 집어넣고 합숙소 건물을 올려다보았다. 전무의 방에는 아직도 불이 켜 있었으며 당구대가 있는 홀도 역시 훤했다.

창문 사이로 학생들의 그림자가 어지럽게 어른거렸다. 그는 어느 방에도 들어가고 싶지 않았다. 차고 옆에 있는 뒷문을 통해서 그는 그의 방으로 들어섰다.

어둠 속에서 그는 습관적으로 정현의 방 쪽을 건너다보았으나 아직 불이 켜지는 않았다. 그녀는 또 하염없이 흐느적거리며 길을 올라가고 있을 것인가? 그는 오랫동안 그렇게 서서 불이 켜지기를 기다렸으나 불은 켜지지 않았다. 여자는 또 어디에서 시간을 보내고 있는 것인가?

형근은 그렇게 오랫동안 불이 켜지지 않는 여자의 방을 올려다보며 그녀가 혹시 죽었을지도 모른다는 생각을 했다. 한동안 그가 그녀를 만날 수 없을 때는 살았는지 죽었는지 여부를 확인하는 심정으로 전화를 걸곤 했다.

여자를 만날 수 없을 때 그는 자주 그러한 불안감을 가졌다. 끝없이 생존을 확인해야 할 만큼 여자의 고통은 절박하게 느껴졌다. 그러나 그는 가능하면 밤 12시가 넘어서는 전화하지 않았다. 12시가 넘어 교환을 깨운다는 것은 불길한 뉴스를 예상하기 때문이었다. 밤에 오는 전화의 선은 거의 언제나 죽음과 같이 움직였다.

언제나 갱내의 사고가 밤에만 일어나는 것은 아니었으나 밤에 오는 대부분의 전화는 사고로 인한 것이었다. 그는 꽤 오래도록 그렇게 서 있었다. 그는 정현의 방을 지켜보는 것을 포기했다.

지금까지 방에 들어오지 않았다면 여자는 어디에선가 주저앉아 하늘의 별을 바라보고 있을 것이었다. 산속에서 보는 별은 유난히 곱다고 정현은 몇 번인가 감탄했다. 그는 하늘을 올려다보았으나 별은 없었다.

형근은 자신이 여자와 헤어진 후의 시간에는 어떻게도 할 수 없다는 것을 다시 한 번 확인했다. 헤어진 후의 시간뿐만이 아니라 같이 공존하는 시간에도 역시 어쩔 수 없는 것이라는 사실을 그는 잘 알았다. 그것은 그의 무기력함과는 별개의 문제였다. 그것은 그도 어쩔 수 없는 정현 자신의 문제였다.

정현은 아마 문을 열고 들어서서 불도 켜지 않은 채 방바닥에 엎드려 있을지도 몰랐다. 자신의 육신을 사뭇 거추장스러워하며 그렇게 누워 있을지도 몰랐다. 어둠과 단절된 공간은 불확실한 추측만을 일어나게 했다. 그러나 어둠은 편리한 것이었으며 보이지 않는다는 것이 결코 나쁜 것만은 아니었다. 그는 정현이 어둠처럼 잘 자고 있을 것이라고 생각하기로 했다.

견습생들의 훈련 마지막 날인 토요일은 한국 광산의 현황과 앞으로의 매장량, 그리고 한국에서 본 광산이 차지하고 있는 비중들에 대해서 설명해 주고, 그들의 얘기를 좌담 형식으로 들어보는 것으로써 끝을 맺기로 했다. 그들의 좌담은 서울 본사에서 발행되는 사보에 게재하기로 되어 있었다.

어떤 학생은 이렇게까지 완벽을 기하는데 왜 그렇게 자주 대형사고가 발생하는가에 대해서 의아해 했다. 그것은 그들이 월급제로 일하지 못하고 도급제로 일하기 때문에 덮어놓고 실적을 올려서 임금을 많이 받으려고 하는 무모함에서 기인하는 것이 대부분이었다. 몇 푼의 수당을 바라고 그들은 정상 작업시간 이외의 초과 근무를 무리하게 강행했다. 피곤함과 무리한 작업에서 사고가 발생하는 것은 기정사실이었다.

기사들이 미리 위험지역을 다 파악해 낸 후에 절대로 그 이상은 들어가지 못하도록 표시를 해놓아도 광부들 스스로 별 위험이 없다고 판단했을 때에는 무작정 작업을 진척시켰으며 대부분의 사고는 그런 때에 발생했다.

덩어리 탄이 나오다가도 갑자기 분탄이 쏟아지는 경우에는 어쩔 수 없이 밑에 있는 사람들은 매몰되기 마련이고 다행히 부근에 다른 광부들이 있어도 빠른 속도로 탄을 젖혀내지 못할 경우에 그 속에 있는 사람들은 수축해 들어오는 압력에 못 이겨 발 하나도 빼낼 수 없게 된다. 광부들은 탄층의 어느 부위부터가 분탄인지 덩어리 탄인지 파악할 수 없을 뿐만 아니라 그 상황의 급변에 대처하는 능력에도 한계가 있었다.

"갱내는 워낙 예측할 수 없는 일이 일어나는 곳이니 어쩔 수 없는 상황이라고 볼 수 있겠지. 이런 문제는 탄광의 영세성하고도 직결되겠으나 그래도 우리 탄광의 사고율은 국영 탄광보다도 낮으니 대단한 것이지."

전무는 엉뚱하게 회사에 대한 자랑으로 이야기를 끌고 갔다. 학생들의 토론은 노동 문제 쪽으로 기울어져 갔다. 그들은 왜 광부들이 전체적으로 힘을 발휘할 수 있는 노동조합을 잘 이용하지 못하는가에 대해서 얘기했다. 전무는 누가 뭐라고 해도 노조가 제일 잘 운영되고 있는 곳은 탄광이라는 말을 전제했다.

전무는 또한 한국은 아직 광산뿐만 아니라 모든 기업체에서도 노동자들이 이런 임금 조건에서 일을 해 주지 않는다면 도산해 버릴 곳이 한두 군데가 아니라고 말했다. 그는 이어서 조합을 이용해서 이루어지고 있는 여러 가지 활동을 나열했다. 그는 아직 우리는 서구적인 개념에서 말하는 자유경쟁이나 자본주의의 이상적인 체제는 아직도 때가 이르다는 것으로 결론지었다.

어느 학생은 그럼 언제까지 우리는 사주의 이익을 위해서 대다수 노동자들이 희생되는 악순환을 거듭해야 하느냐고 했다. 전무는 그렇다고 해서 사주가 이익을 취하는 것도 아니며 그것은 다시 재투자되고 있고 이상적인 제도는 어느 정도의 시일이 걸리지 않으면 곤란한 문제라고 했다.

그의 대답은 그의 몸무게만큼 느긋했다. 그는 이론만을 내세운다고 생각되는 어린 학생들과의 대담 자체를 마음에 들어 하지 않았다. 그러나 그는 결코 내색하지 않으며 잘 대답해 주었다.

형근과 영일은 광산의 기술적인 문제가 아닌 것은 자신들이 대답하지 않아도 되는 부분이었으므로 마음 편하게 앉아 있었다. 몇 년 사이에 광산을 찾는 학생들은 대담에서 노사문제에 대해 얘기하고 싶어했다. 광산에만 오면 젊은 친구들은 노사문제에 대해 우선적으로 관심을 가졌다. 학생들이 관심을 갖는 부분도 광부들의 처우문제뿐이었다.

그들은 광산 내부의 기술적인 문제라든가 채탄 문제, 특히 채탄을 위한 기계 설비 등에 대해서는 별 관심을 보이지 않았다. 그들은 막대한 자본을 들여 탄을 갱 밖으로 운반하기 위해 시설해 놓은 컨베이어 벨트에 대해서는 오히려 부정적인 태도를 취했다.

그들은 오히려 컨베이어 벨트는 많은 광부들의 일자리를 뺏는 결과를 초래하며 그들에게 위협적인 도구가 될 수 있다고 했다. 그렇게 막대한 자금을 들여서 그러한 시설을 하느니보다는 오히려 현재 광부들의 노임을 좀더 올려주는 것이 더 낫지 않느냐고 했다.

모든 얘기는 공허한 회전을 하고 있었다. 말을 위한 말들을 하고 있었다. 저들이 가지고 있는 것이 용기인가? 아니면 영웅 심리인가? 저렇게 많은 것을 말하고 떠났던 후배들도 정작 졸업 후에 회사의 사원으로 들어왔을 때에는 너무 쉽게 모든 것을 포기하고, 회사에 적응하려고 노력했던 것을 그들은 많이 보았다.

컨베이어 벨트도 필요한 것이고, 임금 인상도 요구되는 것이다. 어느 것도 뒤로 미룰 수는 없다. 그러나 채탄층이 점점 밑으로 내려가면서 근로 조건도 나빠지고 채탄비도 훨씬 많이 들어가는 것은 당연한 일이었다. 거기에 서민용 연료라는 명목으로 전혀 탄가가 인상될 수 없는 것도 또한 현실이었다.

이런 상황에서 탄광은 정부의 보조가 요구되고, 그 보조금을 받는 과정에서 문제도 많았다. 사장은 전무를 앞세워서 적당히 교양 있게 이익을 취하며 정부로부터는 모범 기업으로 인정받고 싶어했다. 물론 사장의 그러한 노력은 정부로부터 우수 업체, 모범 업체의 선정에서 몇 년 동안 탈락되지 않는 성과를 올렸다.

그때마다 광부들에게는 기념품으로 수건 한 장, 비누 몇 개 또는 몇 가지의 기념품이 돌아갔으며, 관리직의 사원에게는 몇 퍼센트의 보너스가 지급되었다. 형근과 영일은 자신들이 빠져 들어가는 수렁을 잘 알았다.

그들 스스로 점점 보너스의 지급액 또는 월급 인상 등에 민감해져 가는 것을 잘 알았다. 관리직 기사들이 그렇듯 작은 미끼에 익숙해지는 데에는 그리 오랜 시간이 걸리지 않았다. 그들은 그 타성이 싫어졌고, 영일은 그 해소 방법으로 잡기에 정신을 쏟고 있는 것으로 보이기도 했다.

그들의 전문적인 지식이 전혀 요구되지 않는 단순한 기능만 있으면 되는 것으로 보이는 그 사실이 그들을 힘들게 했다. 견습생들의 좌담은 서로 허무하게 결론 없는 얘기로 공전하다가 유야무야로 끝나 버리고 말았다. 그들의 일부는 유난히 노조 문제에 관심을 표명하며 형근을 포함한 선배들을 무능력한 현실 타협자로 보는 듯했지만 개의치 않았다. 근래 몇 년 사이에 학생들을 통해서 볼 수 있는 특징이었기 때문이다.

영일은 처음에는 그러한 후배들의 태도에 당혹했으나 처음 얼마 동안은 무심한 척하다가 요즘에는 아주 냉소적으로 변모되었다. 그는 그들의 태도에 관심도 없는 듯했다. 영일은 학생들의 의견에도 회사 측의 의견에도 주의를 기울이지 않았다. 다만 시간의 지속을 위한 언어의 잔치에 무의미함을 느낄 뿐이었다. 다만 말을 위해서 말을 하고 있다고 생각했다.

언제나 회의는 회의만 안겨 주었다. 모든 것은 그저 회사 측의 의

도대로 거기에 사주의 의향에 따라서 또는 급작스런 그의 관심 정도에 따라 조금씩 조금씩 변모되고 있을 뿐이었다. 그것은 아주 천천히 눈에 띄지 않게, 동일 업종의 변모되어가는 정도를 예의 주시하며, 수지 타산에 맞춰서 조심스럽게 이루어지고 있었다.

학생들의 대담은 적당히 윤색되어 광부들이 읽었을 때에 저항감을 주지 않으면서 희망적인 광산이라는 것을 보여주도록 실을 것이다. 대담 내용을 담은 카세트 테이프를 본사에 보내면 사보를 발간하는 편집실에서 그 내용에 좀더 첨삭을 해서 기사화해 올 것이다.

학생들은 합숙소 앞의 잔디밭에서 훈련의 마지막 날을 한가롭게 보내고 있었다. 다음 날 새벽에 그들은 고속버스로 떠나기로 되어 있었다. 그들이 형근이네와 달라진 것이 있다면 12시간의 단선 기차로 다니던 길이, 20분 정도의 거리에 있는 작은 도시로 가면, 5시간 만에 고속버스로 서울까지 갈 수 있다는 것이다.

"아, 녹색의 평화여."

어느 녀석이 잔디밭 위에 누우며 감탄했다. 그 녀석은 마치 여름날 캠핑 온 소년처럼 흥분하는 척했다.

"바로 이 밑에서 행해지는 지하의 고통스런 작업을 생각할 수나 있어? 그 검게 칠해진 사람들이 이 밑에서 왔다갔다하며 작은 난쟁이처럼 움직이고 있다고 생각하면 소름끼쳐."

"그런 식으로 너무 사실적으로만 생각하지 마라. 우리가 이 땅을 밟고 있다고 해서 그들을 짓밟고 있는 것 같은 식으로 말이야. 그렇다면 보이지 않는 곳에서 우리를 밟고 군림하는 자들을 보지 못해?"

"적어도 이 땅 위에서는 생각해야 되지 않겠어? 의식적으로라도 말이야."

"의식적으로 감정을 억누르려고 하지 마라. 좋을 때는 좋고, 문제가 있으면 직면하고 그러는 거지. 적어도 지금은 평화스러워."

그들이 언제까지 저 녹색에서 평화를 볼 수 있을 것인가? 그냥 평화만을—형근은 엊그제였던가, 이 자리에서 지식인의 무능력을 추궁하던 한 후배를 애써서 피하고 있었다. 그는 형근이네들이 광부들의 고통을 외면하고 있다고 비난했다. 그는 선배들이 안일함과 평온 속에 빠져 나올 생각을 하지 않는다고 반발했다.

"우리는 아직 죽지도 않았고, 너희들이 생각하는 만큼 타락하지도 않았어. 중요한 것은 우리도 저 사람들과 똑같은 입장이라는 거야. 같은 고용인이라고. 걱정하지 마라. 너희들이 생각하는 것처럼 그렇게 형편없이 현실에 야합하는 것도 아니고, 깐에는 열심히 하고 있다고 남들처럼 사무실에서 책상만 지키는 것도 아니잖아? 야! 이렇게 떨어져서 고립되어 사는 것은 쉬운 줄 아냐?"

구레나룻이 시커먼 좋은 체격의 털보 후배는 원색적으로 말했다.

—빌어먹을 못난 녀석, 월급 몇 푼 많이 줘서 여기서 일한다는 것을 저 녀석들이 모르는 줄 아는 모양이군.—

영일은 분명히 입속에서 중얼거리고 있을 것임에 틀림없었다. 모두들 자신을 합리화시켰고 자신들은 정당하게 행동하고 있다고 강하게 믿고 있었다. 그러면서도 그들은 서로 너무나 억울하다고 생각하고들 있었다.

형근은 자신이 어쩔 수 없이 또 중간에서 그들을 조정하는 역할을 해야 하는 것에 익숙해졌다. 그렇게 언제나 중간에서 양쪽을 무마시키는 것은 무엇인가? 중간적인 존재이며 양쪽을 다 포용한다는 말인가?

요즈음 그의 생각은 오히려 그보다는 훨씬 부정적인 쪽으로 기울어져 가고 있었다. 이쪽도 저쪽도 소속될 수 없는 막연한 중간적인 존재였다. 새로 들어오는 후배들은 선배들이 어느 쪽엔가 소속되기를 강요하고 있는 듯했다. 그들은 형근이네를 마치 이쪽과 저쪽 사이에서 적당히 행동하는 기회주의자로 보고 있었다. 그들에게 후배들의 수상한 눈초리가 느껴졌다.

형근은 자신이 어디에 소속되는가에 회의적이었다. 회의적이기보다는 그럴 수밖에 없어서 그렇게 행동해 왔던 자신의 행위에 대해서 그는 타당성을 찾기에 부심했다. 무엇인가? 왜 그렇게 중간적인 존재였던 것이 마치 회색처럼 의구심을 가지게 했을까?

그것은 그의 용기 없음과 현실에 무리 없이 적응하겠다는 그런 안일함 때문이었을까? 그러나 그는 결코 모든 일을 흑과 백으로 분명하게 구분 지을 수 없다는 것을 알고 있었다. 그들은 형근에게서 명료함을 요구해 왔다. 형근은 해마다 새로 들어오는 몇 명씩의 신입사원들을 통해서 신선함과 더불어 당혹감 또는 뒤로 밀려나는 느낌을 받지 않을 수 없었다.

후배들의 무모함은 결코 무모한 것만이 아닌 행동을 수반한 건전한 것이라고 판단될 때가 많았다. 후배들은 광부와 회사 사이에서 분명하게 자기들의 자리를 확보했을 뿐만 아니라 선배들과 자기들과의 관계도 명확하게 하고 싶어했다.

그들은 선배이기 때문에, 먼저 직장에 들어왔기 때문에 선배 대접을 할 수는 없다는 태도였다. 그들은 별 특정한 연구나 업적 없이 다만 똑같은 일을 반복하는 것에 대해서 인정하려고하지 않았다. 그들이 선배로서 인정을 받으려고 했던 바는 아니었으나 부정적으로 바라보는 후배들의 태도는 감당하기 어려웠다.

초록의 자연이 점점 검은색으로 바뀌어갔다. 해가 산밑으로 내려가자 모든 열기는 회사 쪽에서 불어오는 바람과, 합숙소 반대 방향을 향해 내려가는 언덕바지에서 불어오는 바람으로 시원해졌으며 색깔도 변하기 시작했다. 저녁을 먹으러 올라오라는 연락이 없자, 그들은 잔디밭에서 모처럼 한가로운 시간을 보낼 수 있었다.

역시 젊은 것은 아름다웠고, 그들의 객기도 만용도 신선함을 주었다. 합숙소와 회사는 며칠 동안 소란스러웠으나, 싱싱하고 흥분되고 들뜬 기분이었다. 마치 아이가 없던 가정에 아이가 생긴 것처럼 그랬다.

형근은 회사 쪽에서 올라오는 길로 정현이 천천히 걸어오고 있는 것을 볼 수 있었다. 여자는 더운 날씨였는데도 치마 호주머니에 손을 찌른 채 올라 왔다. 그녀는 마치 손을 주체하지 못하는 듯 그렇게 호주머니에 넣고 다녔다. 걸음의 속도가 느린 것은 그녀가 올라오는 데 힘이든 때문인 듯했다. 그 길은 걷기에 힘이 들 만큼 가파랐다.

여자는 합숙소 아래 소나무밭 사이에서 사람소리가 나자 아주 오랫동안 그들을 바라보면서 올라왔다. 그녀는 형근도 보았을 것이었으나 그보다는 젊은 학생들을 감상하는 눈빛이었다. 그것은 신선함에 대한 경이로움의 눈빛이기도 했다. 실로 오래간만에 보는 살아 있는 것들이라고 생각하는 듯했다.

"저 여자, 아나운서였는데―텔레비전에서도 몇 번 나왔었지 ―안 보이더니 여기에 와 있네. 웬일이지?"

어느 녀석인가가 정현이를 알아보았다. 누군가가 자기를 알아보고 있다면 그녀는 또 얼마나 당황할 것인가? 언제나 대중 속에 숨고 싶어하는 그녀는 자신을 알아보는 사람이 있다는 것을 두려워했다.

"늙었다고 떨려났나 부지 뭐, 그 세계도 힘든가 보더라.―"

그들은 좀더 심하게 그녀를 향해서 아무 말이나 던졌다. 그러나 그녀는 아무 말도 들을 수 없는 거리에 있었다. 형근은 다른 사람들과 같이 오랫동안 여자를 바라보았다. 밤사이에 그녀가 죽지 않았음을 확인하는 그런 안도감도 아니었다. 그냥 그 자리에 있는 모든 사람들처럼 여자를 보고 있었다. 형근은 많은 사람들 속에 숨겨져 있는 것처럼 그렇게 서 있었다.

정현은 학생들에게 많은 호기심을 보이며 한동안 바라보다가 돌아서서 갔다.어느 녀석이 정현의 뒷모습에 휘파람을 강하게 불었다. 모두들 큰 소리로 웃었다. 녀석들은 마지막 날이라 그런 자유를 누리고 싶은 듯했다. 그들은 온몸을 비틀며 자유롭고 싶어했다. 정현과 형근의 거리도 그들 서로의 거리만큼 먼 것 같았다.

저녁 식사 후에도 그들은 결코 숙소로 들어가고 싶어하지 않았다. 그 끝없는 에너지는 어디에서 나오는 것인가? 그들은 당구대가 있는 홀에서 몇 번인가 큐를 부딪치다가 팽개쳐 버리고 시장이 있는 술집 쪽으로 내려가자고 했다. 형근과 영일, 그리고 몇몇 후배 사원들은 해마다 치렀던 마지막 봉사를 위해 털털거리는 밴을 끌고 시장 쪽으로 내려갔다.

그들은 차 속에 빼곡하게 들어앉고도 모자라서 바닥까지 앉았으나, 그런 것들을 다 흥겨워했다. 그들은 차 속에서 악을 쓰며 노래 불렀다. 마치 모든 것을 다 노래 속으로 띄워 보내겠다는 듯 소리 질렀다. 그들이 소리 지르며 노래 부를 때는 순수하다는 생각밖에 할 수 없었다. 그들은 교가도 부르고 응원가도 불렀다. 그들은 처음엔 술을 마시기 위해서 노래가 필요했으나 점점 노래 속에 빠졌다. 노래 부르는 것을 아주 재미있어 했다. 노래가 분위기를 만들어 주었다.

아치형의 나무다리를 지나 검은 개천을 따라서 조금 내려가니 반대편에 작은 극장이 보였다. 극장은 역시 또 다른 흔들거리는 나무다리를 통해 연결되었다. 그것은 회사 앞에 있는 나무다리보다 훨씬 빈

약한, 가끔 비가 오면 끊어지기도 했다가 다시 연결되곤 하는 다리였다. 극장은 형편없는 기재로 영화를 상영하고 있었다. 좌석도 몇 안 되고 오래된 건물이었으나 젊은 아이들은 열심히 극장 주변에 모여들었다. 텔레비전이 차라리 더 볼 만한 것이 많았을 터임에도 그들은 극장 앞에서 서성거렸다. 극장은 그들의 약속 장소이고 아지트인 듯했다.

남자 아이들은 언제나 그 근처를 어슬렁거렸으며, 여자 애들도 부모들의 지독한 감시에도 불구하고 해만 떨어지면 그 근처를 나와서 돌아다녔다. 사춘기가 조금 지난 아이들은 마치 숨바꼭질하듯이 그 주위를 맴돌았다. 사춘기 아이들은 서로 그들이 원하는 무엇인가를 그 근처에서 찾으려고 했다.

시장을 중심으로 해서 극장이 있는 곳까지는 이 도시에서 제일 복잡한 곳이었다. 젊은이들은 사람이 제일 많이 모이는 그곳을 좋아하는 듯했다. 사람이 없는 곳은 소외되는 것이라고 생각하는 모양이었다.

젊은이들이 이곳을 떠난다면 이유의 대부분은 고립되었다는 절망감 때문일 것이다. 그들에게 그러한 절망감은 견디기 힘든 것이었다. 동시에 사람이 많은 곳은 그들이 숨기에 적합한 곳이기도 할 것이었다. 그들은 다른 곳보다 상대적으로 조금 많은 인파 속에서는 자신을 숨길 수 있다고 생각하는 듯했다.

그들의 행동은 흔들리는 다리만큼 불안해 보였다. 가끔 빗물에 다리가 떠내려가더라도 다리는 다시 연결되듯 젊은이들은 떠나기도 하고 다시 돌아오기도 하며 그 주위를 맴돌았다. 페인트로 그려진 극장 간판의 인물들은 아무렇게나 엉겨 붙어 있었다. 그림은 다만 남자와 여자가 엉겨 붙어 있다는 것을 확인할 수 있었다.

"아이쿠, 4등신이구나! 저건 무슨 유파에 속하나?"

어느 녀석이 노래를 그치고 극장의 간판을 가리키며 소리질렀다. 그것은 정말 4등신의 난쟁이 모습처럼 보였다. 엉겨붙은 남녀 옆에 요즘 한창 인기 있다는 젊은 남자 배우가 애기를 업고 서 있는 모습은 균형이 맞지 않아서 너무 우스웠다.

극장의 간판은 얼마 전까지 시장터에 있는 페인트 가게에서 조수로 일하던 열다섯 살인가 되었다는 아이가 그린다고 했다. 그래도 꽤 선정적인 그림을 곧잘 그려내던 젊은 간판장이가 어떤 광부의 아내와 도망간 뒤로는 조수로 일하던 아이가 그린다고 했다.

간판장이를 따라서 도망간 광부의 아내는 언젠가 남편과 같이 형근을 찾아온 일이 있었다. 주근깨가 얼굴에 다닥다닥 붙어 있었으나 여자는 수수하고 귀여워 보였다. 그 여자는 자기 남편이 탄광에서 일을 하게 되었다는 말을 몇 번씩이나 했다.

그녀의 뒤에서 여자의 남편을 맡고 있는 조장이 어이없어했던 모습이 기억났다. 대부분 작업장에 남자를 따라오는 여자가 없었으나 그 여자는 그랬다. 탄광에서 여자를 금기로 생각하는 것을 아는지 모르는지 그녀는 개의치 않았다. 그녀가 남편을 따라온 것이 아니고 남편이 그녀를 따라온 듯했다.

그녀는 형근에게 선탄장에서 일하게 해 달라고 부탁했다. 자기들은 애기도 없고, 그렇기 때문에 얼마든지 일을 할 수 있다고 했다. 그러면서 선탄장에서는 사고를 당한 광부들의 부인이나 딸들이 일한다는 것도 안다고 했다.

그녀는 형근이 할 말을 먼저 다 말해 버렸다. 시켜만 주면 열심히 하겠노라고 사정을 했고, 형근은 수시로 떠나고 들어오는 사람들을 생각하며 여자의 부탁을 들어주었다. 여자는 한동안 선탄장에서 일을 했다고들 했다.

94

선탄장과 극장은 큰길과 그 불안정한 다리를 사이에 두고 마주보는 지점에 있었다. 사람들은 두 남녀가 서로 눈이 맞았다고 했다. 작업장에서 여자가 끝없이 자신들의 얘기를 하는 동안 남자는 말없이 불안한 표정으로 고개를 숙이고 있었다.

여자는 남자가 말을 못해서 대신 말을 해주러 온 사람처럼 자기가 다 말을 했다. 서울에서 꽤 괜찮은 일을 했는데 회사가 부도가 났다는 둥, 해외 취업을 나갔다는 둥 많은 얘기를 했다. 그러나 그들은 그 말을 아무도 듣지 않았다.

대부분이 그들의 과거를 사실대로 말하는 사람들도 없었거니와, 그 과거가 별로 중요하지도 않았기 때문이다. 그들은 모두 과거를 미화시켜서 얘기하는 데 천재적이었다.

형근은 남자에게 상식적인 주의 사항을 몇 마디 한 뒤 돌려보냈다. 그녀는 남편을 따라 광산에 들어온 지 얼마 되지 않아서 간판장이를 따라 떠나 버렸다. 남자는 자기 아내가 떠나 버린 뒤에도 별 변동 없이 그대로 광산에서 채탄 일을 했다. 그는 여자를 찾으러 나서지도 않았다.

그렇다고 해서 별 변화가 있었던 것도 아니었다. 그저 남들이 꺼려 하는 병방 일을 계속해서 해 왔을 뿐이었다. 그는 언제나 밤에 일했고, 낮에는 종일 잠을 자는지 꿈쩍도 하지 않았다. 자식이 있는 것도 아니어서 회사에서는 어떤 조처를 취할 필요도 없었다. 선탄장의 과부들이 남편까지 있는 여자가 바람을 피웠다고 한동안 그 문제가 작업장의 화제에 올랐으나 그건 시샘과 반감이 섞인 그런 감정들이라는 것을 누구든지 쉽게 알 수 있었다.

선탄장의 여자들은 그들의 억압된 육체적인 문제들을 입으로 풀었다. 그들은 손과 입을 동시에 놀리며, 끝없이 깔깔거리고 한숨 쉬고 눈물을 찔끔거렸다. 여자들은 모두 밤과 낮에 해야 하는 모든 일을 그곳에서 했다. 그녀들은 작업시간 동안 남편이 없음으로 해서 채울 수 없는 모든 것을 입으로 풀었고, 남편이 없음으로 해서 벌어야 하는 생활비도 거기에서 벌었다.

가끔 남편이 있는 여자들이 생계에 도움을 받기 위해서 선탄장에 가서 일을 해보려고 했으나 과부들의 성화에 못 이겨 이내 그만두고 말았다. 여자들은 아주 쉽게 새로운 침입자를 몰아냈다. 그들 마음에 들지 않는 여자를 작업장에서 쫓아내는 데에는 단 며칠도 걸리지 않았다.

그렇다고 해서 자기들끼리 단결이 되어서 잘 지내느냐 하면 그런 것도 아니었다. 다만 남편이 있는 여자들이 자기들의 일터에 들어 왔을 때에만 그 여자들을 몰아내는 데에 단결할 뿐이고, 그들은 자기들끼리 끊임없이 싸우고 소리질렀다.

극장을 지나 곧 시장터 조금 못미처에 있는 맥줏집으로 그들은 들어갔다. 맥줏집은 맥줏집대로 소줏집은 소줏집대로, 기사들이 가는 곳과 광부들이 가는 곳으로 은연중에 구분되어 있었다. 딱히 안주가 좋다거나 무슨 특별한 서비스가 있는 것도 아니었지만 그들은 불문율처럼 그 계율을 가능하면 무너뜨리지 않았다. 가끔 그들이 어울려서 갈 때가 아니면 그들은 그 장소를 바꾸지 않았다.

기사들이 가는 집에는 그들 외에 관공서의 직원들이나 학교 선생들이 주로 이용했다. 광산에 머물렀던 학생들은 마구 마시고 떠들고 배설했다. 그들은 깜박거리는 불빛 밑에서 마구 흔들어대며 춤을 추었다. 더 넓은 곳으로 진출하고 싶어하는 엉터리 밴드도 역시 최대한으로 기교를 부리며 그들에게 호응해 주었다.

학생들은 마치 대장정을 마친 후에 귀환하려는 용사 같았다. 형근과 영일도 나가서 춤을 추었다. 집단이란 참 좋은 것이었다. 그 속에 파묻혀서 자신을 잊어버린다는 것은 좋았다. 아무도 춤을 추는 한 사람 한 사람을 보지는 않았다. 그냥 그 광란의 그룹을 보았을 뿐이었다. 아니, 집단의 움직임에 대해서는 아무도 관심이 없었다.

번쩍거리는 빨갛고 파랗고 노란 불빛과 같이 시간이 흘러갔다. 번개처럼 갑자기 불빛이 비쳤다가 사라지고 또 비쳤다가 사라지곤 했다. 현란한 불빛은 현실과 격리된 또 하나의 세계를 만들어냈다. 소리와 빛이 술집 안을 밖의 세계와 구분시키기에 충분했다. 광란의 소리와 빛은 마치 환각과 같이 사람을 나른하게 했다.

"모두 미쳤어. 돌아버렸다고."

영일이 그 속에서 소리쳤다. 그러나 그것은 기분 좋은 감탄이었다. 토요일이었고, 무슨 일인가가 끝났고, 이제 쉬는 일만이 있을 뿐이었다. 꽤 오랫동안 그런 분위기는 지속되었다. 춤과 음악과 술은 좋은 배합이었다. 그것은 아주 잘 어우러져 그들을 다른 세계로 데려다주었다.

그럼에도 형근은 번개처럼 불빛이 어른거릴 때마다 아내와 정현을 생각했다. 전화해야 한다는 생각, 보고 싶은 마음이 뒤엉켰다. 정현을 보고 싶다는 생각을 억제하는 것은 꽤 힘이 들었다. 보고 싶다는 생각은 무엇인가? 그녀와 영혼의 교류가 이루어지고 있음을 느끼는 것인가? 아니면 그저 섹스의 욕망인가? 그는 잠시 그의 가슴을 닫아버렸다. 숨쉬기가 거북하다고 생각했다. 이렇게 힘들게 연결되고 싶어하는 욕망은 무엇인가?

"사고가 났습니다. 4크로스 좌측 9막장에서요. 동발이 꺾어지면서 암석이 쏟아져 버렸어요. 2명이 묻혔습니다. 아무래도 가망이 없는 것 같습니다."

경험이 많은 조장의 외침은 긴장과 불안으로 제대로 전달되지 못했다. 탁상시계의 숫자판이 2시 44분을 가리켰다. 형근은 전화를 올려놓은 뒤 잠시 멍하니 앉아 있었다. 그 사이에 초침이 하나 둘씩 넘어갔다.

별로 술을 마신 것도 아니었는데 머리가 아팠다. 한 시간 정도도 자지 못한 것 같았다. 2 + 2 = 4, 2 × 2 = 4, 그의 머릿속에서 그냥 숫자들이 돌아다녔다. 요즈음 들어서 그에게 44라는 숫자가 자주 보였다. 무심히 시계를 보면 44분이기가 일쑤였다. 자기도 모르는 사이에 4에 대한 불안감이 머릿속에 박혔다. 분침의 4가 5로 바뀌자, 그는 불을 켜고 옷을 입었다. 그 동작은 정말 삽시간에 이루어졌다. 그가 문 밖으로 나설 때 분침이 6으로 바뀌었으니까—그가 랜턴을 들고 빠른 속도로 복도를 지나 합숙소 밖으로 나섰을 때 영일은 벌써 차를 빼서 시동을 걸고 있었다.

"누군지 몰라? 누구래?"

그는 모든 것을 억누른 채 물었으나 초조해하고 있음을 알 수 있었다. 그는 며칠 전에 사장이 하고 간 말이 생각났을 것이었다. 그는 철저하게 완벽을 기하고 싶어했다. 그가 안전과장으로 있는 동안은 한 건의 사고도 받아들일 수 없다는 태도였다. 그것은 결벽증처럼 그를 짓눌렀다.

그러나 그도 잘 알고 있듯이 사고가 누구 한 사람의 잘못이나 또는 그의 노력으로 모든 일이 결정되는 것은 아니었다. 탄광의 사고는 항시 예견되는 일이며 대부분은 불가항력인 경우가 태반이었다. 물론 그것은 좀더 주의를 했을 때 예방될 수 있는 것이 대부분이기는 하나, 사고를 낸 당사자들에게만 책임을 전가시키기에는 탄광 일 자체가 안고 있는 위험 부담이 너무나 컸다.

그것은 어느 누구나 모두가 인정하는 바였었음에도, 안전과의 일을 맡은 후로 영일은 언제나 신경을 곤두세웠다. 그는 그 경황에도 고무 손가락을 챙겨서 끼우고 나왔다. 그 고무 손가락은 그의 의식을 충전시키는 역할을 하고 있는 듯했다. 그는 신체의 그 작은 부분에다 모든 것을 매달고 있는 듯했다. 그것이 빠져 있을 때는 수면 시간뿐이었다.

손가락이 빠져 있다는 것은 그의 의식이 빠져 있다는 의미일지도 몰랐다. 핸들을 조종하는 그의 손엔 이상이 없었다. 그의 상태가 좋은 것임을 알 수 있었다. 그는 초조할 것임에도 내색을 하지 않았으며, 차를 소리 하나 내지 않고 깨끗하게 차고에서 뺐다.

그는 타고난 기능인이었다. 그는 자신이 책임진 분야에서 완벽했고 철저했다. 뿌연 등이 둥둥 떠 있는 어두운 길을 그들은 배를 타고 가듯이 내려갔다. 회사 마당에는 모든 비상등이 환하게 켜 있고, 광부 몇몇이 회사 문 앞에서 형근이네를 기다렸다. 그들은 부지런히 작업복을 갈아입고 갱모의 배터리를 확인한 후 케이지에 올랐다.

"천정 동발이 두 개 부러졌습니다."

케이지에 탄 조장을 포함한 몇 명의 광부들은 그 말 외에 더 이상 부연 설명은 하지 않았다. 한국산 소나무로 된 동발이 부러졌다는 것은 위로부터의 압력이 매우 심했음을 의미한다. 더군다나 두 개씩이나 부러졌다는 것은 동발 사이의 거리를 생각해 볼 때 위험도가 매우 높았다는 것을 직감할 수 있었다.

어느 정도의 탄 덩어리와 분탄이 쏟아졌는가 하는 것만이 생사를 확인할 수 있는 길이었다. 사고가 난 그 순간부터 주위에 있는 모든 광부들을 총동원하여 쏟아진 탄을 제거하며 구출작업을 벌이고 있을 것임은 분명했다. 모두들 초조했으나 그저 침묵하고 있을 뿐이었다. 어둡고 무더운 주위와 같이 그들의 긴장은 무거웠다.

쇠파이프로 막혀진 케이지는 초속 9미터의 속도로 급강하하여 작업이 진행 중인 4편에 닿았다. 갱내는 보통 때와 같이 불이 켜져 있었고, 케이지 주변엔 아무도 없이 조용했다. 광부들의 대부분은 각자 맡은 구역에서 작업을 계속할 것이고 사고현장에서는 구조작업이 벌어지고 있을 것이었다.

지하수가 계속해서 흐르고 있는 갱도를 따라서 몇 사람의 장화 발자국 소리가 철벅거리며 갱내를 울렸다. 밤과 낮의 구분에 의한 어둠이 아니라, 지하 600미터의 절대적인 빛의 차단으로 인한 어둠이 편안함과 공포를 동시에 일으키게 했다.

형근은 갱 속에 있을 때 편안함을 느끼는 시간도 많았으나 이 시간은 달랐다. 습기와 온기와 어둠이 태내에 있는 것 같은 휴식을 안겨 주는 경우도 많았으나 지금은 갱모의 라이트가 천정 위와 바닥의 물 위로 마구 어른거렸다. 라이트 불빛은 그들이 움직이는 속도에 따라 정신없이 어른거렸다.

그들은 보통 때에는 7~8분 걸리는 거리를 3분도 안 되어 도착했다. 사고 현장에서는 시멘트 바닥을 긁는 삽 소리만이 어수선하게 났다. 그들은 열심히 작업만 할 뿐 말이 없었다. 그들은 입만이 침묵하는 것이 아니라 얼굴 전체로 침묵했다.

사고를 대비해 비치해 둔 들것이 옆에 놓여 있었다. 신속하게 덩어리 탄과 분탄들을 제거한 뒤 그들은 두 사람을 각자 들것에 옮겼다. 한 사람은 경력이 오래된 쉰 살쯤의 광부였고, 또 한 사람은 마누라가 극장의 간판장이와 달아나 버린 젊은이였다.

형근이 보기에도 젊은 광부는 벌써 가망이 없어 보였다. 나이든 광부는 다리 하나가 겨우 붙어 있는 것처럼 보였으나 그래도 숨을 쉬고 있었다. 그들은 각기 들것을 들고 옆에 대기하고 있는 탄차에 탔다.

컨베이어 벨트가 있는 곳까지 탄을 실어 나르기 위해서 사용되는 탄차는 빠른 속도로 케이지 쪽으로 갔다. 케이지는 벌써 내려와 있었고 그들은 쉽게 옮겨 탔다. 영일은 사고 현장을 기록하고 문제점들을 간단하게 파악하여 적어 놓아야 했기 때문에 현장에 남았다.

지상에 도착하자 연락을 받고 나온 닥터 한이 기다리고 있었다. 그가 입은 의사 가운이 여기저기 켜 있는 불빛 밑에서 푸르스름하게 보였다. 의사 가운의 형광색 색깔은 죽음처럼 암울해 보였다. 오직 의사만이 흰색의 옷을 입었다. 그는 먼저 젊은 광부를 간단하게 체크해 본 다음 나이든 광부를 보았다.

"먼저 대강 씻겨서 병원으로 옮겨주시오."

그는 나이든 광부를 손으로 가리키면서 말했다. 옆에 있던 광부들이 아무 말도 하지 않고 세면장으로 들것을 들고 가서 옷을 벗기는 작업부터 시작했다. 그들은 두꺼운 작업복을 기계실에 있는 공업용 가위를 가져다 대강대강 잘라서 벗겨냈다.

그가 입은 하얀 러닝셔츠 위로 작업복의 단추 구멍 사이로 들어간 탄가루들이 무늬를 그려 놓았다. 그들은 아주 빠른 동작으로 움직였다. 광부들은 들것을 다시 들고 병원 쪽으로 뛰어갔다. 닥터 한이 젊은 광부를 다시 한 번 확인한 후 형근을 보았다.

"갔어요. 머리 위로 떨어졌었나 봅니다. 고통은 없었던 것 같군요. 병원에 들어가서 먼저 저 환자의 응급조치를 한 후에 원장 선생님이 내려오셔서 확인하도록 하겠습니다."

광부는 곧 환자로 바뀌었다. 의사가 병원 쪽으로 급히 달려갔다.

그의 하얀 가운은 짧은 시간에 탄가루로 심하게 더럽혀졌다.

형근은 의사의 가운이 청결을 환자에게 보여 주기 위한 것인가, 아니면 환자로부터 전해지는 오물을 막기 위한 것인가라는 생각을 했다. 형근은 잠시 멍하니 서 있었다.

케이지의 입구에 걸려 있는 시계가 5시 3분을 가리키고 있었다. 그는 분을 가리키는 숫자가 7로 바뀔 때까지 그대로 젊은 광부를 보고 있었다. 그는 3미터 정도의 거리를 두고 그대로 서 있었기 때문에 보고 있었다는 말보다 그의 눈앞에 젊은 광부가 놓여 있었다는 말이 정확했다.

형근은 의식적으로 그 광부에 대해서 생각해 보려고 머리를 모아 보았다. 형근은 다만 부인 옆에 고개를 숙이고 있었던 그의 자그마한 체구로밖에는 그를 기억해 낼 수가 없었다.

오히려 기억에 남는 모습은 그의 아내였다. 여자의 주근깨가 그녀의 목소리와 같이 탁탁 튀어 오를 것 같았다. 형근은 이해할 수 없었다.

삶과 죽음 사이를 오고가는 그런 경계의 시간에 자신이 전혀 별개의 것들을 생각하고 있다는 것에 안타까워했다. 아무것도 더 이상 생각할 수가 없었다.

곧 케이지에서 영일이 나왔고, 반대편 병원 건물에서 원장이 급한 걸음으로 내려왔다. 원장은 능숙한 솜씨로 젊은 광부의 몸을 뒤채며 검진했다. 그의 검진은 그렇게 오랜 시간이 걸리지 않았다.

"끝났네. 진단서는 회사로 보내지. 병원에 있는 친구는 다리를 절단해야 할 것 같아."

그는 다시 병원 건물로 사라졌다. 형근은 조금 늦게 내려온 계장 두엇과 광부들과 같이 젊은이의 시체를 계곡물이 흐르는 산 뒤쪽으로 데리고 갔다. 언제나 사고가 난 시체는 그곳에서 씻긴 다음에 병원으로 옮겨졌다.

그들은 젊은 광부의 작업복을 다시 공업용 가위로 적당히 잘라내어 적당히 접어서 비닐봉지 속에 집어넣었다. 한쪽이 벗겨져 한 짝밖에 남지 않은 그의 장화는 발에 비해서 유난히 컸다. 대부분 장화를 실제 발보다 크게 신었으나 그의 장화는 유난히 컸다. 한쪽 발에 장화가 없다는 것이 마음에 걸렸다.

여름날이었으나 흐르는 물에 씻겨지는 그의 몸은 추워 보였다. 씻는 사람도 씻기고 있는 사람도 모두들 말이 없었다. 형근은 계속되는 그들의 침묵이 익숙했음에도 이번에도 힘들고 무거웠다.

그 침묵은 공포처럼 또는 모든 것들에 대한 저항처럼 느껴졌다. 영일이 계장을 시켜서 광목 한 통을 가져오게 했다. 광목은 사고를 대비해서 준비해 놓은 물품이기도 했으나 일 년 동안 사고 없이 일한 광부에게 주는 상품이기도 했다. 그의 몸을 싸는 데는 깃광목 한 통이 다 필요하지도 않았다.

수의가 준비되는 대로 광목은 벗겨져서 다시 태워질 것이었다. 그들이 젊은 광부를 다 씻어서 병원으로 옮긴 뒤 형근은 경찰서와 보건소 등에 계장을 통해 연락을 취하고 방송국에 미리 사건을 알려두도록 했다.

경찰서와 보건소에서 사망자의 신원 등에 대한 확인이 있어야 사후처리를 할 수 있었으며, 방송국에서는 도시 전체의 공식적인 방송을 스피커를 통해서 대행해 주고 있었기 때문이었다. 스피커는 탄광 주위의 사택 정도까지밖에 미치지 못하지만, 대부분의 광부가 그곳에서 살기 때문에 그 역할은 중요했다. 스피커에서는 오전 8시와 오후 4시에 30분 정도씩 행진곡을 틀어주고 약간의 공지 사항을 전달했다. 그러나 탄광의 사고로 해서 사망자가 발생했을 때에는 다른 방송을 내보내지 않았다.

"우선 가서 눈을 좀 붙이지."

먼동이 트기 시작할 때쯤 모든 일은 일단 끝이 났다. 병원으로 보내진 사람은 원장과 닥터 한이 수술을 하고 있었다. 형근은 그 때까지 켠 채로 들고 다니던 랜턴을 눌러 끄며 영일을 보았다.

"빌어먹을—언제 들어온 놈이야?"

영일이 담배를 부쳐 물며 형근을 보았다.

"왜 모르나? 부인이 간판 그리던 친구하고 달아난—"

"그럼 들어온 지도 얼마 안 되잖아?"

"그래, 6, 7개월밖에 안되지. 아마."

"빌어먹을 녀석, 재수도 되게 없는 놈이었군. 막장에서 발파 작업을 하다가 그 진동으로 그렇게 되어 버렸어. 동발이 그렇게 힘없이 부러졌으니 얼마나 쏟아졌겠나? 아마 오백 킬로는 쏟아진 것 같아. 암석 덩어리가 쏟아졌던 것이 다행이었지. 한 사람이라도 구했으니—. 정말 참을 수 없어. 너무 허망하게 가버리지 않냐 말이야."

"그만큼 조심했으면 됐잖아. 누구의 잘못도 아닌 걸 어떻게 하나."

"그러니까 허망해."

"탄층이 불규칙해서 생기는 문제인 걸. 그만 생각하자고."

영일은 몹시 괴로워했다. 형근은 그의 괴로움을 충분히 이해할 수 있었고, 허망하다고 생각하는 것은 오히려 자신이었지만 전혀 내색하지 않았다. 내색할 수 없었다.

사고가 날 때마다 변함없이 느끼는 무력감과, 죽은 사람에 대한 산 사람으로서의 미안감 등이 뒤엉켰다. 매번 느끼는 무력감과 미안감은 언제나 소멸될 것인가? 안전과장의 책임을 맡은 경우에는 더욱 복잡했다.

그들은 스스로 괴로워하는 것의 이유가 무엇인지 분간하기 어려웠다. 그것이 정말 죽은 사람들에 대한 애도의 뜻인가? 아니면 자신들의 실적에 나타나는 부정적인 결과로 인한 공포와 자기부정인가?

형근은 사고로 한순간에 죽어가야 하는 사람들에게서 맛보아야 하는 삶의 속절없음과, 그러한 위험 부담을 안고 있는 일에 대해서 모두 잘 알고 있으면서도 끊임없이 일을 하게 해달라고 몰려오는 사람들에 대한 생각으로 착잡했다.

그들은 삶과 죽음의 경계를 확인하는 데 오랜 시간이 걸리지 않으며, 삶에서 죽음으로 이행하는 전이 과정이 그리 오랜 시간을 끌며 애절하게 변해 가지 않는다는 것을, 사고가 날 때마다 확인해야 했다.

광산에서 죽음은 언제나 순간적이었으며, 사고가 났을 때 그들은 갑자기 전혀 다른 모습으로, 너무나 사실적으로 눈앞에 나타났다. 그것은 자연적인 죽음처럼, 육체가 천천히 소멸되며 영혼이 빠져 나가는 것 같은 그런 형태의 죽음이 아니었다. 몸뚱이가 해체되며 육신이 허물어져 가는 것을 보아야 한다는 것은 엄청난 시련이었다.

육신은 영혼을 담는 그릇인가? 생활의 도구로써의 육신은 갱내에 설치된 다른 물질들처럼 타격에 견디지 못하고 부서져 나가버렸다. 형근과 영일은 그들이 처음 광산에서 일하기 시작할 때부터 쌓이기 시작했던 육체의 붕괴로 나타나는 죽음을 통한 가슴속의 찌꺼기들은 이제 점점 그 층이 두껍게 깔렸다.

그 두껍게 깔린 층은 폐 속에 탄가루의 앙금이 깔려서 호흡이 곤란한 규폐증 환자가 되듯이 치료하기 힘든 병으로 나타났다. 그들은 극심한 규폐증 환자들처럼 점점 호흡하기도 힘이 들었다.

그들의 눈앞에서 시체가 되어 씻겨진 사람들의 숫자를 기억할 수조차 없었다. 그들은 삶과 죽음이 같이 있는 곳에서 일하고 숨쉬었다.

삶과 죽음이 언제나 순간적으로 분리되는 곳이 갱 속이었다. 육신을 살리기 위해서 육신을 위험한 지대에 끌고 가서 죽음으로 몰아넣는 것은 무엇인가? 육신은 삶의 도구였으며 삶의 목표였다.

자신이 그려야 하는 그래프상의 점을 영일은 생각했을 것이었다. 영일이 그리는 그래프의 도표 위에 젊은 광부는 사망자가 되어 한 개의 점으로 찍혀질 것이었다. 그래프의 점을 지워버리고 싶어하는 영일의 욕망은 단지 실적 때문이 아니었으며, 그의 죽음에 대한 연민만도 아니었다.

그것은 양쪽 다 해당되는 것이기도 했으며, 또한 그렇지 않기도 했다. 그는 이제 광부의 명단에서 없어지게 되었으며, 주민등록증 명부에서 없어지게 되었고, 그래서 이 세상에서 해방될 수 있었다.

그는 자유스럽게 날아갈 것이었다. 그의 육신 안에 갇혀 있었던 영혼은 자유스럽게 해방될 것이었다.

돌아가는 차 안에서 두 사람은 아무 말도 하지 않았다. 오점처럼 그것이 하얀 종이 위에 찍혀진다 해도 그것은 결코 영일이 지울 수 없는 것처럼 그의 죽음은 명백했다.

형근은 이제는 사장의 불평이나 서류상으로 나타나는 실수의 결과를 생각하지는 않았다. 그것은 이미 그가 이 일을 처음 시작할 때부터 몇 년 동안 극복해 보려고 노력했던 부분이었다. 그것은 한 남자가 죽음의 세계로 가야 하는 일에 자신들이 관여되는 부분으로 해서 생기는 고통이었다. 인력으로 제어할 수 없는 문제였다.

그는 오히려 요즈음 이러한 사고에 익숙해지며, 자연스럽게 타성에 젖어 들어가고 있음을 발견하고 놀라워했다. 아무리 능력 밖의 부분이기는 했으나, 그것을 받아들이는 자신의 자세에 그는 혐오감을 느꼈다.

죽음을 그런 식으로 받아들일 수는 없는 일이었다. 전혀 남의 일처럼 받아들이며 사무적으로만 처리해 가면서 살아갈 수 없다는 것을 잘 알았지만 자신이 그렇게 변질되고 있음을 부정할 수 없었다.

그 일은 결코 사무적일 수만은 없었으나 사무로 끝내야 했다. 그일을 사무적으로 처리하면서부터 죽음에 대한 감정이 점점 사무적으로 전환되어 간다는 것은 이상한 일이었으나 부정할 수 없는 사실이었다.

죽음을 사무로 받아들이고 사망을 한 개의 좌표로 보기 시작하는 변화는 그를 불안하게 했고, 그러한 인식의 변화는 점점 질식할 듯한 갱내의 가스와 습도처럼 그를 압박했다. 그것은 분탄의 가루들이 습기와 같이 그의 혈관을 서서히 조여 오는 기분과 같았다.

뿌옇게 날이 밝아오고 있었으나 그는 눈이 무거워서 이기기가 힘이 들었다. 일요일이었기 때문에 대부분의 직원들은 일어나지 않아도 되었다. 그들이 합숙소의 현관문을 열고 들어섰을 때에는 축축한 나무 냄새와 같이 조간신문들이 던져져 있었다.

5시간쯤 후에는 학생들이 떠나는 것을 보아야 한다는 생각을 하면서 각자의 방으로 들어섰다. 죽은 광부가 자는 잠과 그들이 자는 잠은 무슨 차이인가? 결국은 살아 있는 사람들도 살아 있다는 시간의 삼분의 일은 다 죽음 같은 잠으로 빠지지 않는가 하는 생각을 하며 그는 수면 속으로 빠져들었다.

그들은 모두 차에 올라타고 있었다. 전날 밤의 그 열기는 그들에게서 찾아볼 수 없었다. 그들은 모두 의식적으로 기가 죽은 척하는 듯이 보였다. 조용해야 한다고 생각하는 듯했다. 도시 전체는 아무 음향도 없었다.

음향이 없이 조용한 도시는 아무도 없는 듯했다. 더위만이 어느 사이에 도시 전체에 스며들어 있었다. 그들은 더위를 헤치고 차 속으로 들어갔다.

형근은 사건을 말하지 않았다. 말하지 않아도 모두 알 것이었다. 학생들에게 이번 사고는 가장 사실적인 현장 학습이었을 수도 있었다. 학생들은 아무도 사건에 대해서 묻지 않았다.

전무를 비롯한 직원들은 졸업 후에 이곳 광산을 자신들의 직장으로 예상했을 수도 있는 몇몇 학생들은 마음이 흔들리기도 할 것이라는 생각들을 했다.

"안전과장은 밤에 사건 현장에 갔다 오느라 피곤한 것 같군."

전무가 말했다. 그러나 아무도 전무에게 더 묻지는 않았다. 전무는 단지 침묵이 힘들었고, 그 침묵까지 더위로 의식되어서 그렇게 말했을 것이었다.

전무의 사냥개는 오늘 아침에는 산보를 하지 않았음인지 주인의 주위를 돌며 보통 때와 달리 분주하게 움직였다. 사냥개는 체구만큼 둔하고 느려 보였다.

―죽은 사람은 몇 살쯤 됐나요?―

―부상자는 살아날 가망이 있나요?―

학생들의 표정은 동정과 연민, 거기에 두려움까지 섞여 있었다. 그것은 자신들이 끼어들어야 할지도 모르는 세계의 험한 모습에 대한 두려움일 것이다.

그들은 애도의 표정을 지었다. 그것은 죽음에 대한 애도이기도 했고 현실에 대한 애도이기도 했다. 마지막 학생이 차에 올라타는 것으로 긴 침묵으로 인한 답답함은 끝이 났다.

그들은 한여름의 열기 속으로 조용히 내려갔다. 차는 너무나 조용히 내려가고 있어서 마치 높은 사람들의 장례식에 사용되는 영구차처럼 보였다. 마을이 너무 조용해서 기사는 소리를 낼 수도 없었다.

천천히 아주 천천히 합숙소 앞에 남아 있는 사람들의 사열을 받으며 차는 길 아래로 내려갔다. 연일 계속해서 날씨는 맑고 더웠다.

"하나가 끝나니까 또 하나가 시작되는군. 모두 다 연락은 해 놓았나?"

전무의 눈은 아직 사라지지 않은 차를 바라보며 형근에게 물었다.

"연락은 했습니다만 일요일이라 경찰서나 보건소에서 오늘 일을 처리해 줄 수 있을지 모르겠습니다."

"빨리 끝내도록 하지. 간밤에 일어난 일이니. 가능하면 오늘 저녁까지는 일을 끝냈으면 좋겠군."

전무는 다시 그의 개한테 눈을 돌리며 말했다.

전무는 끝내 사고 당사자들에 대해서는 물어보지 않았다. 그는 다만 숫자만이 중요할 뿐이었다. 그는 광부들의 신원에 대해서 알지 못하기도 하거니와 특별한 관심도 없었다. 어느 의미에서는 광부들에게 노동력 이상의 인간적인 관계를 요구한다는 것은 무리일지도 몰랐다.

1,200명의 광부가 이곳 탄광에서 일하고 있으나 그들의 개인적인 상황은 하나도 중요하지 않았다. 어차피 갱내에 들어갔을 때 그들은 아무 특징도 없는 노동력일 뿐이었다. 1,200명 분량의 노동력만이 있을 뿐이었다.

12시쯤 되었을 때 병원 원장은 부상당한 광부의 수술을 끝냈다. 수술이 끝난 환자는 잠시 자신이 죽지 않았다는 사실에 안도하다가 이내 절단한 다리를 확인한 뒤 울부짖었다. 그는 나이도 많고 말이 없는 사람이었으나 무엇으로도 그를 위로할 수가 없었다.

신체가 그만큼 절단된다는 것은 영혼도 그만큼 절단된다는 것을 의미하는지 몰랐다. 그가 저 지독한 아픔을 극복하는 데 얼마나 세월이 걸릴 것인지 걱정스러웠다. 그는 검은 작업복 대신에 흰색의 환자복을 입고 있었다.

그의 얼굴은 결코 검은색이 아니었다. 그보다 오랫동안 햇빛을 보지 못해 누렇게 병색이 돌았다. 시들시들 그늘 속에서 늙어가는 식물 같았다.

"지독해. 도무지 갱 속은 어떻게 되어 있는 것이요? 저런 식으로 사람이 죽어 나오다니—"

소아과 전문의를 희망하는 닥터 한은 형근을 향해 소름끼쳐 했다.

—그 작은 것들이 얼마나 귀여워요. 꼬물꼬물 움직이는 것을 보고 있으면 신기해요. 저는 그런 애들하고 지낼 겁니다.—"

그는 소년처럼 귀엽게 웃으며 말했었다. 그는 그런 환자들을 본다는 것만으로도 무척 힘이 드는 일인 듯했다.

"빨리 경찰서와 보건소 등에 연락해서 시체 확인을 하도록 서두르게. 여름날이라 시시각각으로 부패해."

원장은 형근을 독려했다. 사망자를 보관할 냉장시설을 갖추지 못한 병원에서 원장은 다급했다. 형근은 원장의 말에 따라 그 자리에서 다시 경찰서와 보건소에 독촉 전화를 했다.

"아니, 이런 여름에 또 웬 사고요? 순경들이 모두 바다에 동원되어서 자리가 텅텅 비었는데 탄광까지 사고가 나다니—"

110

담당 순경은 처음 듣는 것처럼 짜증을 부렸다. 그들은 언제나 탄광에 사체 검사를 하러 올 때마다 상당한 액수의 금전을 받을 것을 알면서도 이런 식으로 상투적인 불평을 했다.

그 불평은 다른 사람이 아닌 자신이 오는 것에 대한 또 다른 특별 배려를 원하는 것이었다. 그들이 아무리 불평을 말해도 그 액수에 변화가 없다는 것을 잘 안다. 그럼에도 끊임없이 그런 반복을 한다는 것은 더위만큼이나 참기 힘든 일이었다.

공식적으로 회사 자체에서 경찰서나 보건소 등에 지불하는 액수 이외에도 사건이 날 때마다 이러한 요구는 계속되었다.

어떠한 사고도 불법적인 것은 없었지만 그들은 늘 그렇게 해 왔다. 이것은 탄광의 운영을 위해 요구되는 윤활유 같은 것들이었다.

"몇 시에 오시겠소? 지금 곧 올 수 있다면 내가 기다리고 그렇지 않으면 김 과장과 연락해야 하니까—"

"김 과장? 그 안전과장 말이오? 내 조금 있으면 갈 테니 조금만 더 기다리십시오."

경찰은 영일과 별로 부딪치고 싶어하지 않는 눈치였다. 황급히 말하는 품이 형근과 일을 끝내고 싶어하는 느낌이 역력했다.

형근은 경찰을 기다리기로 마음먹었다. 한시라도 빨리 일을 끝내야 했기 때문이다. 경찰에서 일을 끝내주지 않는다면 사체는 다시 냉동보관소가 있는 도립 병원으로 옮겨야 하는 문제가 있었다.

회사일로 보아서도 이 일이 결말이 나지 않는다면 어떠한 일도 시작하기는 어려웠다. 물론 채탄 과정에 지장이 생기는 것은 아니었으나 광부들을 위해서도 일은 빨리 끝내야 했다. 그들을 죽음과 같이 있다는 의식에서 벗어나게 해 주기 위해서 죽은 사람은 죽은 사람의 세계로 보내야 했다.

보건소 일은 형식적인 것이었기 때문에 일직을 하는 직원이 와서 도장을 찍어 주기로 했다. 기실 보건소 일은 의사가 모든 진단을 내렸기 때문에 쓸데없는 과정이었음에도 불구하고 사망 진단서를 내는 과정에서 요구되는 절차였다.

그 일이 자연사가 아니고 사고사였기 때문에 생기는 문제들이기도 했으나 처리과정은 여간 복잡한 것이 아니었다. 보건소 직원도 경찰도 모두 관리들이 가지고 있는 특유의 분위기들을 풍겼다.

그들은 언제나 무엇인가를 암시적으로 원했다. 그 암시적인 요구에 영일은 의도적으로 저항했다. 그는 광산에서의 사고가 거의 다 불가항력적인 것이며 그들에게 금전을 지불해야 할 만큼 약점이 있는 것이 아니라며 완강하게 거부했다.

그것은 회사를 위한 것도 아니었으며, 불의에 저항하겠다는 의지는 더욱더 아니었다. 영일은 그러한 문제에 대해서는 사뭇 냉소적이었다. 그는 다만 그것을 실수로 인정하고 싶어하지 않았다.

그가 관리들의 암시적인 요구에 필요 이상으로 민감한 반응을 보이는 것은 사고를 자신의 과오로 인정해야 하는 것을 참지 못하기 때문이었다. 그는 자신의 업무에 완벽하고 싶어했다. 그렇게 노력했기 때문에 그러한 대가를 인정받아야 된다고 생각해 왔다.

형근은 영일의 그러한 저항을 귀하게 생각했다. 그는 그런 것에 대해서 저항할 만큼 순수하지 못한 자신에 대해 가끔 한숨 쉬었다. 그럼에도 형근은 결코 그런 것들을 향해서 맞서고 싶어하지 않았다.

적당히 무시하고 적당히 들어주며 그냥 지나가기를 바랐다. 영일은 형근이 귀골이라서 그렇다고 했다. 영일이 자신을 비웃으려고 하는 말이 아니라는 것을 알았으나 형근은 그때마다 기분이 좋은 것은 아니었다. 그것은 자신이 벗어 버리고 싶은 껍질이기도 했기 때문이다.

형근은 자신이 광부들과 능숙하게 잘 지내는 것도 이제는 혐오스러웠다. 얼렁뚱땅 적당히 현실을 받아들이고 타협하는 것 같은 느낌에서 벗어나기가 힘이 들었다. 그것은 광부들에 대한 애정에서 시작된 것이었으나 이제는 타성으로 되어버린 듯했다.

형근은 이제 영일이나 후배들의 지적이 아니어도 자신이 이쪽도 저쪽도 아닌 것 같은 회의에 빠졌음을 알 수 있었다. 그는 그저 문제 없음의 상태를 계속해서 추구하는 것으로 생각되었다.

왜 항상 이쪽저쪽을 무마시키는 것에 자신이 열중하는지 이해할 수 없었다. 문제가 없다는 것이 모든 일이 잘 된다는 것을 의미하지는 않는다. 그럼에도 그는 문제가 생기는 것을 두려워했다.

큰 허물없이 일을 끝낸다는 것에 가치를 두지도 않았다. 그저 일이 생기는 것이 귀찮을 뿐이었다. 그것은 이제 그렇게 해서 그의 성격으로 굳어지고 있었다. 그는 사장을 무마시키고 광부들을 무마시키고 전무도 영일도 자신이 무마시키고 있는 데에 짜증이 났다.

아무도 그에게 그런 의무를 부과하지 않았음에도 불구하고 그는 그렇게 했다. 그러나 그것은 자신이 광산에서 파악해 낸 결론이었다. 그렇게 해야 된다고 생각했기 때문이었다. 이제 그것은 너무 크게 화농되어서 보통의 치료법으로는 어쩔 수도 없을 듯했다.

경찰은 어떤 타협도 결코 용납하지 못하는 영일의 성격을 알기 때문에 될 수 있는 대로 형근과 빨리 일을 결론짓고 싶어했다. 그는 곧 오토바이 소리를 요란스럽게 내며 병원으로 달려왔다. 경찰서는 그리 먼 곳에 있지 않았다. 그는 헬멧을 벗으며 더운 날씨를 과장스럽게 표현했다.

"이런 날도 탄을 캐는 거요? 사고는 웬 사고요?"

그는 다 아는 사실을 또 반복했다.

"저쪽 방에 있으니 가보시오."

원장이 턱으로 사체가 있는 방을 가리켰다.

"사망자 신원을 알아야 하는데 기록이 있습니까?"

형근은 경찰의 질문에 계장이 뽑아다 놓은 그의 주민등록증 사본을 넘겨주었다.

"사진이 따로 없습니까?"

주민등록증에 복사되어 나온 불분명한 사진으로는 부족했던지 경찰이 사진을 요구했다. 사진 같은 것이 있을 리가 없었다. 주민등록증 한 장을 받아 놓는 데에도 많은 시간이 걸렸으니까. 경찰은 못내 끔찍해하면서도 죽은 사람의 얼굴을 찬찬히 들여다보며 얼굴을 갸우뚱거렸다. 그가 끔찍해하는 것이 죽은 사람에 대한 연민 때문인지 흉측해진 모습 때문인지 구분하기 어려웠다.

"몇 시에 사고를 당했는데 이렇게 부었습니까?"

"12시간쯤 되었을 거요. 새벽 3시에 붕괴됐으니까."

"끔찍하군요. 참 이런 것 좀 안 보고 살면 좋을 텐데— 그러나저러나 저 사람 사진을 좀 구했으면 좋겠는데요."

"사진은 구할 수 없을 거요."

형근이 짧게 말했다.

"탄광에서는 왜 그런 상식적인 것도 구비하지 못합니까? 작은 탄광도 아니고, 이렇게 큰 탄광에서 말입니다. 사진이 없다면 어떻게 확인을 하겠어요. 사실은 새로 들어오는 광부의 명단과 사진 정도는 우리에게 꼭 한 부씩 보내 주셔야 하는 건데— 너무 협조를 안 해 주십니다. 아시다시피 다 문제 있는 사람들이 이곳까지 들어오지 않습니까? 해안선이 가까워서 적의 위험까지 있는 지역에서 그렇게 하시면 됩니까?"

그의 연설은 장황했으나 아무도 그의 말을 듣지 않았다. 그렇듯 완벽한 서류를 구비해서 낼 수 있는 사람들이라면 이곳까지 오지 않을 사람이 태반이었다. 경제적으로 아주 심각한 불황이 아니라면 이곳까지 와서 일을 하겠다는 사람들은 극히 적었다.

회사 측에서 막대한 경비를 들여서 컨베이어 벨트를 설치하게 된 것도 호황이었을 때의 인력난을 대비하기 위한 것이었다. 경찰이 원하는 것은 모두 이상이었다.

"조사해 보아야 알겠지만 괜히 직감도 그렇고 어디서 좀 본 듯한 얼굴이에요. 대개 내 직감이 틀리는 일은 없으니까 맞을 겁니다만—"

경찰은 마치 자신의 직감을 위해서도 그것이 맞아야 한다는 듯이 자신만만하고 여유 있게 말했다.

"회사 사무실에 내려가서 광부들의 명단을 다시 한번 대조해 봅시다. 사진을 혹시 받아 놓았을지도 모르니—"

형근은 경찰이 의구심을 갖기 시작하자 빨리 일을 마무리 짓기 위해서는 그에게 협조해야겠다고 생각했다. 형근이 하얀 햇빛 속으로 그를 끌고 내려갔다.

그는 오토바이를 타고 내려가고 싶어했으나 형근이 그의 꽁무니에 매달려 가지 않을 것이라 생각했음인지 그냥 따라나섰다.

"이런 날씨엔 살아 있는 사람도 푹푹 썩겠다."

경찰은 날씨를 탓했다. 컨베이어 벨트의 소리도, 압축 공기의 모터 돌아가는 소리도, 지하수를 빨아올리는 소리도 들리지 않는 도시 전체는 조용했다. 강한 햇빛은 소리를 죽이고 숨쉬는 모든 것들을 죽이는 힘이 있었다. 가끔 한길로 버스가 한 대씩 다닐 뿐이었다.

두 남자가 갑자기 어두운 방에 들어섰을 때 사무실에 남아 있던 축축한 습기가 그들을 서늘하게 했다. 형근은 캐비닛 속에서 까만 서류철에 묶여 있는 광부들의 명단을 꺼냈다. 광부들의 명단은 가나다 순으로 묶여 있었기 때문에 그의 서류는 쉽게 찾을 수 있었다.

그의 이름은 한성수였고 나이는 29세였다. 주민등록 등본에 그는 혼자 올라 있었다. 부인이 왜 주민등록에 오르지 않았는지 알 수 없었다. 주민등록증에 핀으로 첨부된 그의 사진은 찍은 지 얼마 안 되는 반명함판이었다.

그는 사진을 찍기 위해 어느 특정한 곳에 눈을 두고 있지 않았다. 그저 마지못해 얼굴이 들려진 표정이었다. 사진이 담겨져 있는 봉투에서 기차역 근처에 있는 사진관에서 찍은 것임을 알 수 있었다.

언제나 똑같은 여배우의 사진이 빛바랜 채로 걸려 있는 아주 작고 형편없는 사진관이었다. 사진은 너무나 어설프게 찍혀져서 언젠가 한번 정면으로 대면하고 앉아서 이야기를 나눈 적이 있는 형근도 도저히 그 사람이라고 생각할 수 없었다. 전혀 다른 사람 같았다.

"맞는 것 같습니다. 수배자 명단은 언제나 경찰서 벽에 붙어 있어서 낯이 익어요. 또 낯을 익혀야 나중에 쉽게 일을 처리할 수 있기도 하구요."

그는 아주 득의만만했다. 마치 무슨 큰 내기에라도 이긴 듯 유쾌한 표정이었으나 형근에게는 참기 힘들었다.

"그런데 이 사람들은 신원보증도 없이 이렇게 일을 할 수가 있습니까? 사고 날 때마다 궁금한 문제인데 왜 그렇게 하십니까? 사고가 나면 어떻게 하시려구요? 이 사람은 아마 별 큰일은 안 저지른 것 같지만 만일 저쪽 놈들이라도 이 속에 끼게 된다면 큰일입니다. 몇 사람 목이 달아나요."

"광부들까지 신원 보증을 요구할 수는 없는 일이요. 대부분이 신원 보증을 할 수 없는 사람들이 여기까지 오는 것이니까—"

형근은 또다시 반복했다. 경찰의 저 다변을 무슨 수에 막을까 하는 생각조차 포기했다. 그도 분명히 자신이 만족할 만할 때에 돌아갈 것이었다.

회사 측에서는 신원 보증을 모든 광부들에게 다 요구했으나 형근은 그것을 별로 문제삼지 않았다. 물론 기본급을 지급한다는 면에서는 회사의 정식 직원이었으나 대부분이 도급제로 매어 있는 그들에게 신원 보증을 요구하는 것은 무리라고 생각했기 때문이다.

나름대로 정당하게 대우도 못 해 주면서 모든 것을 다 갖추라는 것이 공정하지 못하다고 생각하기도 했거니와, 무엇보다도 사람과의 관계를 그런 불신으로부터 시작하고 싶지 않다는 약간의 휴머니즘이 가장 큰 이유라면 이유라고 할 수 있었다.

그러나 영일의 경우에는 좀 달랐다. 영일의 생각에는 그런 조건들이 다 필요 없다고 생각하는 점에서는 형근과 같았으나 그는 기술적인 면에서 완벽한 훈련을 받는다면 다른 것은 아무 문제도 되지 않는다고 믿었다.

그는 그런 일을 기계가 해낼 수 있다면 기계가 해도 좋은 것이라고 말했다. 그는 광부들과의 관계에서는 거의 인간적인 유대 관계를 부정했다.

—인간이 인간하고 만나야 관계가 성립되는 것 아니겠어? 저 사람들이 우리를 종속관계로만 보려고 하고 다른 계층으로 치부해 버리는 한 절대로 양질의 인간적인 관계는 이루어질 수 없 어. 말이 안 통하고 마음이 안 통하는데 무슨 관계야.—

형근이 광부들과 대화해 보려고 노력할 때마다 그는 말도 안 된다는 표정이었다. 영일은 철저하게 광부들과의 인간관계를 부정적으로 바라보았다. 그는 어떤 노력도 하지 않았으며 극히 몇 사람들하고만 선별적인 관계를 맺었다.

"아무튼 도 경찰국에 컴퓨터 조회를 해봐야 확인을 할 수 있겠지만 틀림없을 겁니다."

그는 자신만만했고, 건수라도 하나 올린 듯 의기양양했다.

"오늘 저녁까지는 조회를 끝내주시오. 날씨가 너무 더워 병원에 더는 맡길 수가 없으니 말이오."

"이 더위에 인력은 부족하고 죽겠습니다. 잃어버린 어린애 찾는 것에서부터 좀도둑 잡는 거— 거기에 사망진단서의 신원조회까지—"

그는 돈을 요구하는 준비를 시작했다.

"할 수 있는 일만 하면 될 거 아니요? 컴퓨터 조회도 기계가 하는 것인데 뭘 그러시오?"

"아니, 왜 신원조회도 안 되는 사람을 광부로 채용해 가지고 이렇게 힘들게 하십니까?"

형근은 똑같은 얘기의 반복에 지루해졌다. 그를 언제나 지루하게 하는 것은 이러한 반복이었다. 그들은 이렇게 사람을 지루하게 하는 것으로 인내심의 한계를 시험했다. 동시에 이 지루한 시험에서 이기는 자가 승리자라는 것을 그는 잘 알았다.

"24시간 안에 이 일을 끝내주시오. 경비는 내가 신경을 써서 내드리도록 할 테니 말이요."

경찰은 비굴하게 웃으며 사라졌다. 형근은 그렇게밖에는 일을 끝낼 수가 없었다. 그것은 언제나 해 왔던 방식이었다. 그는 캐비닛 속에 서류들을 다 집어넣으며 이제 이 일을 후배인 계장에게 넘겨야겠다고 생각했다.

한낮이었음에도 아무도 없는 사무실은 덥지 않았다. 사람의 열기

118

가 없기 때문인 듯했다. 그는 보건소에 다시 전화를 해서 빨리 병원에 다녀가도록 독촉하고 서울에 있는 아내에게 전화를 걸었다. 그는 왜 가장 바쁜 일 속에서 아내에게 전화를 걸려고 하는지 스스로 의아했다. 그것은 그의 무의식적인 행동이었다. 그는 여유 있게 앉아서 아내 생각을 하고 싶지 않았다. 의무처럼 전화를 하는 것은 해야 한다는 강박관념의 소산이었을지도 몰랐다.

왜 아내에 대한 것을 다 접어 버리려는 것인가? 그것은 마치 보건소 직원이 왔다 가는 것처럼, 결제를 내버려야 할 서류처럼, 그렇게 짐스러운 것이었다.

"별일 없으세요? 건강하시지요?"

아내는 예의 바르게 묻고 있었다.

"개학이 아직 멀었나? 어떻게 집에 있지?"

"개학은 며칠 좀 남았어요. 몸이 좀 불편해서요."

아내의 목소리는 건조하고 사무적이었다. 그는 그냥 목소리만 듣고 있었기 때문에 그녀가 말하는 내용을 한참만에야 이해할 수 있었다.

"왜? 무슨 일이지?"

그는 그제서야 그녀와의 담화 내용을 파악할 수 있었다. 그는 사망자와 부상자에 대한 처리 문제로 휩싸여 있었기 때문에 도무지 그녀의 말을 귀담아 들을 수가 없었다.

그의 눈은 창밖의 하얀 회사 마당을 보고 있었으며, 머릿속에서는 사망자의 신원 조회가 별 탈 없이 속히 끝나야 한다는 생각밖에는 없었다. 그는 다만 입으로만 아내와 이야기하고 있었다.

아내는 이번 방학에도 자기가 형근이 있는 광산으로 내려갈 수 없겠다는 말을 했다. 그리고 얼마 동안은 의사가 여행을 삼가는 것이 좋겠다는 말을 했다는 것도 전했다. 형근은 그냥 그러냐고 했다. 그럼 여기 일이 한가해지면 본인이 한번 서울엘 다니러 가겠다고 대답했다.

"저에 대해서는 아무것도 물어보지 않으세요?"

아내의 목소리가 갑자기 높아졌다.

"뭘 말이지? 지금 목소리를 듣고 있는데 뭘—어디가 아픈가? 기분 나쁜 일이라도 있어?"

"언제나 그런 식이군요. 좀 관심을 가지실 수는 없으세요? 먼저 관심을 표현하실 수는 없냐구요."

아내가 짧게 한숨 쉬는 것 같았다. 아내의 한숨이 열기로 전해져 왔다. 형근은 한 손으로 수화기를 든 채 담배를 찾았다.

"그러지 마. 모든 것을 다 표현하고 말하고 그러라고 하지 말어. 부부는 그러지 않아도 되는 것이 아닌가?"

형근은 자신이 아내를 부부라는 관계로 얽어 묶으려는 것이 아닌가 하고 생각했다. 그것은 부정할 수 없었다. 아내는 그 부부라는 관계에 아주 편안하게 안주하는 것 같았기 때문이다. 그녀는 형근이 그 관계를 어떻게 생각하는가에 대해서 별 관심을 보이지 않았다. 그녀는 자신이 생각하는 것과 똑같이 남편도 생각하리라고 믿고 있는 듯했다.

아내가 생각하는 부부라는 관계에서 예외 조항은 생각할 수도 없었으며 다만 형근의 태도를 무심하다는 정도로만 치부했다. 그것은 또한 성격이니 별수 없다고까지 생각하면서도 가끔씩 한마디 말을 던져보는 것으로 자신의 의사를 전달했다.

"제가 왜 여행을 할 수 없는지도 물어보지 않으니까 그러죠."

"그 이유가 뭐 그리 심각한 것인가?"

"두 번째 애기가 생긴 것 같아요."

아내는 은밀한 비밀을 말하는 것처럼 마치 큰 보석을 보았을 때의 그 달뜬 표정처럼 아주 당당하게 말했다. 형근은 짧게 숨을 토했고, 그가 피우던 담뱃재가 책상 위에 하얗게 떨어졌다. 형근은 잘됐다, 또 조심해야겠다, 내가 곧 서울에 올라가겠다 등의 말을 아무렇게나 뒤섞어서 더듬거린 뒤에 전화를 끊었다.

아— 또 아내는 그 엄청난 일을 이렇게 준비 없이 그에게 내어놓고 있었다. 결혼이 그에게 공포처럼 다가왔고, 첫 번째 아이가 그랬고, 또 다시 아이 하나를 그는 준비 없이 정말 아무 마음의 준비 없이 받아야 했다.

아내는 일련의 모든 일들을 아무 의심 없이 그저 다른 사람들이 가는 길이라면 그렇게 가야 한다는 듯이 가고 있었다. 다른 사람들이 가는 길에서 벗어나는 것은 마치 이단이라도 된다는 것 같은 태도였다.

아내는 형근의 마음을 읽으려고도 하지 않았다. 아내는 어떻게 그렇게 당당할 수 있는지 몰랐다. 아내에게는 모든 것이 다 당연하게 돌아가야 했다. 아내 앞에서는 어떠한 의혹도 반역이었다.

아내의 사이클에서 자신은 무엇인가? 변수인가? 상수인가? 형근은 지금 어떠한 질문에도 대답하기에는 피곤했다. 우선 아내의 문제는 접어두어야 했다. 접어두지 않아도 모든 일은 그대로 진행될 것이었으니까. 합숙소에 올라가서 잠시라도 잠을 자야겠다고 생각했다.

20여 일을 한 번도 비가 오지 않고 계속해서 햇빛이 내리쪼였다. 회사 앞을 흐르는 검은 물은 갱내에서 뿜어 올리는 지하수가 아니라면 아마 진작 말라붙었을 것이었다. 계곡에서 내려오는 물은 줄기가 약해진 지 오래여서 아래쪽의 광부 사택들에서는 식수난이 점점 심각해지고 있었다.

침목으로 만들어진 아치형의 다리 밑으로 아이들 두어 명이 오리 새끼 한 마리를 구석으로 몰아붙이고 있었다. 흰 오리새끼는 그 물속에서 꽤 오랫동안 쫓겼던 듯 검은빛이 흘렀다. 아이들은 물 위에 떠도는 오리를 잡는 데 필사적이었다.

검은 물은 아이들의 허리까지 차올랐다. 요즘 같은 가뭄에 저 정도로 물이 깊은 것을 보면 갱내에서 뿜어져 나오는 지하수의 양이 얼마나 대단한가 하는 것을 알 수 있었다. 지하수의 양은 거의 무한에 가까웠다.

그것은 탄광이 계속되는 한 솟아나올 것이었다. 그 무한한 것들을 향해서 자신들이 도전하고 있다는 것을 생각하며 그는 잠시 무연했다.

그는 연일 내리쪼이는 태양에도 계속 솟아나는 지하수에도 또 잊어버릴 만하면 발생하는 사고에도 지쳤다. 이러한 것들과 같은 무게로 다가오는 또 하나의 존재는 그의 아내였다. 아니 오히려 요즘의 그에게 아내는 다른 어떤 것보다 더 힘겨운 존재였다.

그 모든 것들을 그가 외면하며 적당히 받아들일 수 있었음에도 그는 요즈음 그 어느 때보다도 견디기 힘들어했다. 그것은 그저 그의 문제였다.

갑자기 상황이 바뀐 것도 아니었으며, 갑자기 사고가 더 많이 나는 것도 아니었다. 그가 상대해야 하는 관리들의 태도도 어제 오늘의 일이 아니었다. 다만 요즈음 그가 그 사실들을 그 어느 때보다 견디기 힘들어 할 뿐이었다.

소년들은 결사적으로 노력하여 오리를 잡아채었고, 그것을 자랑스럽게 들어올렸다. 그들은 침목으로 된 교각을 능숙하게 올라타고 땅으로 나왔다.

오리의 부르짖는 소리와 아이들의 환호성은 서로 합해져서 그 주위를 왁자하게 만들었다. 그 음향은 생기 있는 살아 있는 소리가 아니었고, 음모와 살의가 깃들어 있는 소리였다.

저 어중간한 나이의 아이들은 수시로 저러한 음모를 꾸미고 다녔다. 그 음모는 이상스럽게도 모든 도시가 잠자듯이 조용한 그러한 시간에 행해졌다. 한낮의 정적과 그들의 음모는 좋은 짝이었다.

공개된 행위였다. 그들은 분명히 순식간에 오리의 목을 비틀어 살아 있을 때의 흔적은 하나도 없이 만들어 버릴 것이었다. 오리는 분명히 그들의 것이 아니었을 것이기 때문이다.

형근은 거기에서 벗어나기 위해서 속력을 내었다. 마치 쫓기는 사람과 같았다. 어두운 밤이었다면 그냥 서 있을 수도 있었으나, 그것은 환한 대낮이었기 때문이었다. 범죄를 저지른 아이들은 당당했으나 무심히 바라보던 관객이 그 자리를 피했다.

그가 병원 쪽을 힐끗 보았을 때 보건소 깃발이 달린 오토바이가 세워져 있었다. 보건소 사람들은 그저 왔다가 가면 되는 것이었다. 어느 누구든지 와서 확인만 해 주고 가면 일은 진행시킬 수 있었다. 그는 병원으로 가지 않고 바로 합숙소로 올라갔다. 그는 그 이상 어떤 관리의 얘기를 들을 힘조차 없었다.

"그 녀석이 수배 인물이었다는 거야. 무슨 꽤 큰 사기 사건에 관련되었다는군. 경찰이 아주 물고 늘어지려고 하더군. 봉을 잡았다 싶었겠지. 그 이전에 녀석이 살았을 때 본서쯤에다 넘겼더라면 일 계급 특진감이었을 텐데— 또 그렇게 못 되어서 애석하기도 하고 분통이 터졌겠지. 아무튼 조심하라고 단단히 벼르는 것 같으니까 말이야—"

영일이 당구대 앞에서 큐에 초크칠을 한 뒤 정확하게 조준하면서 말했다.

"얼굴 인상으로 무슨 사기를 칠 것 같지도 않았잖아? 되려 사기나 당하고 살았을 것 같던데 혹시 그 마누라가 사기친 것이 아닐까? 그 마누라가 간판장이 녀석하고 도망갔잖아."

영일은 당구에 열중하며 되는 대로 한마디씩 내뱉었다. 형근의 마음에도 그가 범죄를 저지를 인물로는 생각되지 않았다. 지금 와서 생각해 보니 무언가 쫓기는 듯한 인상이기는 했어도 나쁜 쪽으로는 도저히 상상할 수 없는 그런 얼굴이었다.

새로 탄광에 들어오려는 대부분의 광부 지원자들에게 개인적인 과거를 물어보아 별로 기분 좋은 일은 없었고, 그들은 그나마 일자리를 붙잡아야 한다는 생각에서 자신들의 상황을 좀더 극화시키려고 하기 때문이다.

지금도 얼굴을 잘 기억할 수 없을 만큼 고개를 숙인 채 얼굴을 은폐하고 싶어했던 사망한 젊은 광부의 경우도 마찬가지였다. 그가 형근 앞에서 본인 스스로 한 말이라고는 예, 아니오라는 두 단어밖에 없었던 것 같았다.

그는 본인의 힘들었던 과거를 극화시키고 싶었던 욕구도 없었다. 그 일도 아내가 맡아서 했었으니까—. 형근은 지금도 그 옆에 앉아 있었던 여자의 목소리와 주근깨밖에는 기억할 수 없었다.

그는 얼굴을 감추고 낮에는 나타나지도 않고 병방에서 밤일만 하면서 살았었다. 그는 얼굴을 숨기며 무엇을 위해서 살았을까? 얼굴을 보이지 않는다면 뭘 보이려고 했던 것일까? 그가 그렇게 일을 했던 것은 무엇을 위해서였을까?

얼굴을 감추기 위해서 밤에 일하고, 살기 위해서 얼굴을 감추었던 그는 다시 얼굴 때문에 그의 신분이 노출되고 있었다. 주민등록의 몇 개의 숫자와 수배된 사진으로써만 남겨진 그는 자신을 변명할 아무것도 없었다.

계장이 그의 방을 갔다 왔으나 몇 개의 옷가지와 여기저기 나뒹구는 주간지를 볼 수 있었을 뿐이라고 했다. 그는 주간지의 여자 사진들을 통해서 달아난 아내를 보았을까? 모를 일이었다.

형근은 경찰에게 평소에 지불하는 액수보다 조금 더 많은 돈을 건넸다. 그는 이제 이런 일에 너무나 익숙해졌다. 마치 사무처럼 그들은 그 일을 행했다.

"아시겠지만 이런 수배 인물들이 사고사를 당할 경우에는 그렇게 쉽게 일이 끝나지가 않습니다. 물론 증발되듯이 그렇게 없어지는 사람도 많이 있지요. 윤 과장님이 모르는 세계가 또 있습니다.

허지만 저 작자처럼 어디에 고용되었었다든가 해서 기록이 남게 되면 일은 복잡해지지요. 사무적으로 이 세상에 나왔던 사람이 사무적으로 제거된다는 것은 쉬운 일이 아닙니다. 저 작자는 저래 뵈도 정식으로 자기 이름이 지워지는 절차를 밟아야 하니까요."

경찰의 장황한 설명이 계속되었다. 그는 정말 시끄러웠다.

"빌어먹을! 뭘 설명하고 싶은 거야? 저 녀석은?"

"자기가 먹는 돈이 그냥 먹는 것이 아니라는 것이지요. 공돈이 아니고 노력을 한 대가라는 말이겠지요."

좀 떨어져 있는 의자에서 계장과 영일이 말했다. 그들은 이 모든 공식적인 절차에 익숙해 있었으나 그 역겨움에서 벗어나기는 아직 힘들었다.

경찰이 떠나자, 형근은 계장에게 모든 수속이 다 끝났으니 입관을 시켜 절차대로 화장을 시키라고 했다. 여름 해는 길어서 화장터까지 사망자를 운반할 시간이 충분히 되었다.

화장터는 멀지 않은 곳에 있었으므로 오늘 안으로 그 일을 끝내자는 데에 결론을 보았다. 결론이라고 해보았자 사무실에 있는 몇 사람들의 의견이었다. 그들은 반대가 없다는 것으로써 일을 추진하기로 했다.

그는 아무 곳에도 연락할 곳 하나 없는 사람이었다. 수의를 짓는 데에도 시간이 걸릴 것이라는 이유로 깃광목에 싸여진 그대로 입관을 시키기로 했다. 모두 반대는 하지 않았으나 그가 답답해 할 것 같은 기분에서 조금씩 우울했다.

그러나 아무도 하루를 더 병원에 맡겨 보자는 제의를 한 사람은 없었다. 내일은 월요일이었고 모두 한시라도 빨리 그 충격에서 벗어나고 싶었기 때문이었을 것이다. 그러나 무엇보다 다급한 문제는 그가 병원에서 하루를 더 머무를 수 없다는 것이었다.

그가 죽은 지 24시간이 안 되어 모든 것을 처리하게 되었다. 생명이 끊어지는 시간에서 이 세상에서 완전히 사라지는 데에까지 하루가 채 걸리지 않았다. 화장을 함으로써 그는 이 세상에서 완전히 제거되었다.

그가 남기고 간 물품들은 완전히 소각되었다. 유가족이 없기도 했거니와 아무도 그의 물건 중에서 어느 것 하나 갖겠다는 사람이 없었기 때문이기도 했다. 갱내에서 신는 장화를 포함해서, 그의 것이라고 하는 것은 모두 그와 함께 태워졌다.

그가 남기고 간 것이라곤 장례를 치른 후에 남은 몇 푼의 돈뿐이었다. 그는 정식으로 채용된 사원이 아니었기 때문에 보험에도 해당될 수 없었다.

다만 여섯 달치의 봉급이 그의 몫으로 할당되었을 뿐이었다. 여섯 달치의 봉급은 그가 이 세상에서 떠나는 데 필요한 액수의 돈이었다. 모든 수속 절차와 화장하는 비용들이 그 돈으로 충당되었다.

그가 가지고 있었던 모든 것들에서 그는 완전히 해방된 셈이었다. 그의 육신이 가루가 되어 날아가 버렸으니, 그의 영혼도 집을 떠나 어디론가 갔을 것이었다.

이제 다만 다리를 절단하고 부상당해서 누워 있는 나이든 광부를 위한 처리만이 남았다. 그는 정식 사원으로 일한 지가 30년이 넘었기 때문에 회사는 규정에 따라 그가 병원에 입원해 있는 동안의 모든 치료비와 그가 받던 월급의 80퍼센트 정도를 퇴원할 때까지 지급하도록 되었다.

그가 병원에 입원해 있는 동안에는 어느 정도 생활은 보장해 주는 셈이었다. 형근에게는 사무적인 절차 이외에도 부상자와 그의 가족들을 만나서 해야 하는 말들이 어려운 과제로 남았다.

업무 성격상 그런 문제는 안전과장인 영일의 책임일 수도 있었으나 형근이 맡는 것이 관례처럼 되어 버렸다. 형근은 손가락이 절단된 영일이 그 일을 맡음으로 해서 되새겨야 할 고통을 피하게 해 주고 싶었던 것이 관례가 된 것을 탓하지는 않았다.

신체의 한 부분이 절단된 사람들에게 그래서 이제 생활 수단으로서의 도구가 사용 불가능하게 된 사람들에게 무슨 말을 할 수 있단 말인가. 어떤 때 그들은 아주 큰소리로 울부짖었고, 어떤 때에는 소리 죽여 흐느꼈으나, 어느 경우에도 말로써 위로할 부분은 하나도 없었다.

그런 경우에 언어처럼 허망한 것은 없었다. 그저 손을 잡아주는 수밖에는, 몇 개의 상투적인 관용구를 외워보는 수밖에는 다른 방법이 없었다. 사람이 언어로 자기 마음을 얼마나 표현할 수 있는지 답답했다. 언어는 그런 경우에 너무나 무의미했다.

그렇다고 해서 얼굴과 행동으로 마음을 전달할 수 있다고 믿는 것은 더욱 터무니없는 일이었다. 다리를 절단당한 사람들에게 육신의 어느 부분이 그렇게 잘려나간 것을 상쇄시켜 줄 만큼 가치 있는 보상은 무엇인가?

단지 돈이 없다는 그 이유로 이런 엄청난 일을 당해야 한다는 것은 참기 힘든 현실이었다. 그들은 정말 육신을 살리기 위해 육신을 팔아먹었다고 생각했다.

부상당한 나이든 광부는 말을 하지 않는 것으로 말을 하고 있었다. 그가 말없이 그냥 누워 있는 병실에서 아무도 말을 꺼낼 수가 없었다. 실신한 듯 정신을 잃고 침대 옆에 앉아 있는 부인과 딸이 그저 자리를 지키고 있을 뿐이었다.

"갱 속에서 팔다리 부러진 사람들을 보면 언제나 무서웠어요. 그런 사람들을 볼 때마다 여기를 빨리 떠나야지 떠나야지 하는 생각만 들었어요. 허기는 우리가 못났으니 그렇지요. 여기서 30년을 넘게 살았으니— 팔, 다리 부러진 사람들을 보면 남의 일 같지 않더니— 언제나 애들 아버지도 저렇게 되면 어쩌나 하고 두려웠어요. 괜히 방정맞은 생각이 요즈음 자꾸 들더라고요. 치성도 그만큼 드렸으면 삼신님도 감동할 만할 텐데— 남들이 얼마나 부러워했는데— 30년 넘게 사고 없이 지낸 사람이 어디 흔한가요. 아무래도 며칠 전에 개고기를 잡수시는 것이 제 마음에 걸리더라고요. 그렇게도 그런 것을 금해 왔는데— 하필이면 죽은 개고기를 잡수실 게 뭡니까? 하긴 개고기를 잡수신 양반이 이 양반 하나가 아니었는데도 일은 혼자 당하신 걸 보면 그 탓이라고 할 수도 없지요."

부상자의 부인은 죽은 개고기를 먹었던 것에 대해서 끌탕을 하고 있었다.

"정성이 부족해서 그런 일을 당했겠습니까? 다 운명이고 팔자소관인 것 같습니다."

조장은 역시 상투적인 말을 하고 있었으나 그나마도 부인에게는 위로가 되는 듯했다. 부인은 당장 생활 걱정을 했으며, 딸을 어디에라도 보내서 제 밥벌이를 시켜야겠다는 이야기를 덧붙였다.

부인은 이제 선탄장에서 탄을 고르는 작업을 시작해야 했다. 조장은 형근에게 합숙소에서 부엌일을 거드는 일이라도 하도록 하면 어떻겠냐고 의향을 물었다. 형근이 그 정도로라도 도움이 된다면 그렇게 힘을 써 보자고 했다.

부상당한 광부의 17살 먹은 딸이 합숙소의 부엌일을 거들도록 정해지고 완쾌될 때까지의 치료비, 보험금과 보상금 문제 등이 타협되는 것으로써 그의 문제도 일단락되었다. 그들은 의외로 모든 타협 과정에서 순순히 응해 주었다.

그들뿐만이 아니라 대부분의 사고 당사자들이 그랬다. 회사는 벌써 한두 건의 사고를 취급해 본 것이 아니었고, 관례에서 벗어날 수 없다는 것을 그들은 잘 알고 있었기 때문이다. 그들은 어느 정도 형근이를 포함한 기사들이 가능한 한 도움을 주도록 최대한 노력한다는 것 또한 잘 알았다.

사흘 만에 스피커에서는 다시 음악이 나오고 전무가 아침마다 그의 사냥개를 끌고 산보하는 일도 다시 시작되었다. 다시 모든 일은 정상으로 돌아갔다. 아무 일도 없었던 것처럼 광산 일은 다시 시작되었다.

스피커에서 나오는 아침 체조, 새마을 노래를 포함한 모든 음향은 도시 전체에 활력을 주는 것처럼 보였으나 딱히 그런 것만은 아니었다. 그것은 늘어진 테이프의 긁히는 소리 사이로 하낫, 둘 하며 부르는 구령 소리가 공허하게 들리는 데에서도 느껴졌다.

스타카토를 강조하는 그 소리는 듣는 사람의 호흡을 정지시키는 것 같았다. 맑은 아침의 공기를 가르며 나오는 구령 소리는 마치 임자 없는 물건처럼 산으로 둘러싸인 도시에서 공허하게 울렸다.

도시는 언제나 그랬듯이 하루에 세 차례씩이나 광부들의 집단적인 교체가 있었지만 조용했다. 그들은 대부분 같은 시간에 몰려오고 몰려가면서 움직였으나 거의 모두 특별한 소리를 내지 않았다.

도시에서 나오는 유일한 사람 소리는 아침저녁으로 스피커를 통해서 나오는 체조의 구령 소리였다. 인공적으로 나오는 소리는 비밀의 장소에서 조작되는 것 같은 느낌이었다.

광부들은 말하지 않았다. 더구나 사고가 난 후에는 더 말없이 일만 하고 있어서 그것은 마치 무슨 저항 운동처럼 느껴졌다. 말없는 검은 집단의 움직임은 그들이 의도하든 안하든 상대방에게 압력으로 느껴졌다.

탄광의 검은색이 언어를 잊어버리게 하였으며, 도시를 죽은 것처럼 느껴지게 했다. 침묵과 검은색은 빛나는 태양의 백색 앞에서 더 무거웠다. 단지 열기가 사람을 지치게 하는 것만은 아니었다.

탄광 사람들이 죽은 광부와 부상당해 누워 있는 광부에 대해 특별한 애정을 가졌던 것은 아니었다. 죽은 광부는 그저 같이 일했던 사람일 뿐이었다.

죽은 광부가 누구라고 해도 그들에게 느껴오는 느낌은 같은 것이었다. 그것은 죽은 사람과의 친밀도와 관계없이 그들 자신의 죽음이었기 때문이다.

그 누구의 죽음에 애도의 뜻을 표하는 침묵도 아니었다. 저들이 갔던 길을 나도 여차하면 갈 수 있다는 그런 운명적인 동질감이었다. 나는 아직 안 갔기 때문에 다행이라는 의식은 어느 누구에게서도 찾을 수 없었다.

그 죽음이 나의 죽음일 수도 있다는 생각이 쌓이면서 그들은 죽은 자와 동료의식을 느꼈다. 그들 옆에서 잊어버릴 만하면 들것에 실려 나가는 죽은 자들을 보면서 그들은 자신들의 일부를 매장시키는 법을 배워나갔다.

그들은 동료가 죽을 때마다 자신들도 똑같이 죽었다가 천천히 다시 살아났다. 그런 일이 자꾸 반복될 때마다 그들은 언어를 상실하는 것으로 보였다.

그 죽음을 얼마나 사실적으로 자기 것으로 느끼는가 아닌가에 따라서 그들의 반응이 조금씩 차이가 날 뿐이었다. 적어도 사고가 날 때마다 대부분의 광부들이 죽음을 자기 것으로 확인한다는 데에는 동일했다.

경험이 오랜 광부일수록 침착해지는 정도만큼 언어를 상실하는 심도도 심화되었다. 형근은 그러한 광부들의 태도에서 질식할 것 같은 압박감을 느꼈다. 그러한 압박감은 분탄 속에 빠졌을 때에 피부를 조여 오는 압박감과도 같았다.

갱내의 사고는 그들 모두에게 열기로 압박해 왔고, 가스의 상태로 압박해 왔고, 그 절대적인 검은색으로 압박해 왔다. 형근을 포함한 기사들은 동발용으로 내려다 놓은 소나무 위라든가 또는 탄 덩어리 위에서 광부들이 아무렇게나 걸터앉아 식사를 하는 곳을 지날 때마다 그런 압박감에서 벗어나기가 힘이 들었다.

갱내에서 도시락을 먹는 모습은 이 세상의 어느 식사보다도 슬픈 모습이었다. 생존하기 위해서 먹어야 하는 모습은 슬펐다.

"빌어먹을, 왜 우리 식사는 꼭 저렇게 사람을 비참하게 만드는지 모르겠단 말이야—"

영일은 그 앞을 지날 때마다 우울하게 내뱉었다. 그러나 그것이 서양음식이라면 느낌이 달랐을까? 역시 기분은 동일했을 것이라고 생각했다.

습하고 더운 어둠 속에서 음식을 먹는 행위는 누구라도 누추하게 만들었다. 그들이 쭈그리고 앉아서 먹지 않아도 되었으면 싶었다. 그러나 거의 며칠에 한번씩 작업 현장을 바꾸어야 하는 상황에서 식사를 할 수 있는 자리를 만든다는 것은 있을 수 없는 일이었다. 그 절대적인 검은색 속에서 하얀 밥과 하얀 이빨은 역시 슬픔이었다.

갱모의 라이트가 마치 눈처럼 이리저리 움직이며 무엇인가를 탐색했다. 그것은 마치 거대한 공룡이 불을 뿜으며 서서히 움직이는 SF 영화의 그것처럼 둔하게 보였다.

거기에는 둔하면서 동시에 무섭고 날카로운 한이 전류처럼 흘렀다. 그 움직임과 느낌은 이상스럽게도 상반되면서 하나로 합해졌다. 그들이 누군가를 향해서 심하게 저항하며 반발했다면 그렇게 슬프게 보이지는 않았을 것이었다.

갱내에 드문드문 켜져 있는 30촉의 흐릿한 전구는 겨우 어둠을 제거시켜 줄 뿐이었다. 전구를 연결하는 전깃줄은 천장에 매달려 있었으나 그 아래로 작업장으로 가는 길이 연결되어 있음을 알려주는 표시였다. 전선의 진행에 따라 밑에서는 길이 연결되고 있었으니까—.

광부들 각자가 머리에 쓴 갱모의 라이트는 앞을 밝혀주는 빛이고 눈이었다. 그 라이트는 주인의 시야 이상은 보려고도 하지 않으며 보여 주지도 않았다. 갱모의 라이트에서 볼 수 있는 시계는 10미터 이상을 넘어갈 수가 없었다.

그것은 넓은 세계를 보지 못하고 바로 눈앞에서 보이는 세계만을 파헤쳐 가는 개미의 촉각과 같았다. 갱모의 라이트는 바로 눈앞을 감지할 수 있을 뿐이었다. 그들이 파헤쳐 가는 길은 개미가 가는 그 길처럼 미로였다.

갱모를 쓴 광부들도 개미처럼 그 길을 잘 알았다. 그들의 감각이 그 어두운 길에 익숙해졌기 때문일 것이었다. 그들이 갱도에 갇혀 빠져 나오는 길을 잊어버리는 경우는 없었다.

형근은 가끔 그 미로 같은 갱도 속에 갇혀 버렸으면 하는 충동에 사로잡히곤 했다. 그것은 자신의 머릿속에서 일어났으면 하고 바라는 끝없는 혼란에 대한 저항이기도 했다.

혼란 속에 빠져 버렸으면 하는 욕망은 자신이 너무 철저하고 완벽하게 알고 있는 갱내의 미로에 대한 저항이었다. 형근이나 영일을 포함한 기사들은 모든 갱내의 길이 막장으로 연결되는 것까지 다 알았다.

그는 복잡한 기계의 회로를 따라 전파가 흐르듯이 갱도를 따라서 전기가 흐르고, 또 그 길을 따라서 레일이 깔린 것에 익숙했다. 어떤 의미에서 형근에게 갱내는 편안한 그의 세계였다. 그는 어둡고 축축하고, 검은 색깔의 갱내부에 은연중에 빠져들었다.

그는 탄광 밖의 현실의 길은 잘 모르면서도 갱내에서는 핏줄처럼 연결된 모든 길을 환하게 알았다. 그가 이렇듯 갱내의 길을 잘 알고 있다는 것은 그것을 좋아하기 때문이기도 했다.

그것은 남에게 자신을 보이지 않고 은폐시킬 수 있다는 데에서 기인할지도 몰랐다. 은폐시킨다는 것은 무엇인가? 은폐당하고 싶은 욕망일 것이었다. 자신의 갱모에서 나오는 라이트는 자신을 비추지는 않으나 목표하는 바를 비춰볼 수 있기 때문이다.

그는 다만 은폐당하고 싶다는 욕망이 있을 뿐이었다. 갱내에 들어왔다는 자체가 충분히 은폐되는 것임에도 불구하고 그는 갱내를 걸어 다닐 때에는 대부분 라이트를 끄고 다녔다. 그것은 그에게 익숙한 갱도를 걷는 것이 아무 불편이 없기도 했거니와 보이고 싶지 않다는 무의식의 표현이었을 것이었다.

그는 매일처럼 해오던 당일 업무 장소의 체크를 끝낸 뒤 다음날 조장들에게 배당해야 할 업무를 적어 넣었다. 그는 케이지에 탄 뒤 버튼을 3으로 눌렀다. 현재 4편이 거의 마무리 단계에 들어가고 있으므로 3편의 작업이 끝난 지는 벌써 상당히 오래 되었다.

3편은 형근이나 영일이 이곳에 오기 전부터 작업을 해 왔다. 3편에서 공사가 진행되는 동안에 죽은 사람의 숫자는 상당했다. 지층이 불균형하여 예기치 않은 사고도 두어 번 있었으며 발파 작업에서도 사망자가 많았다.

3편으로 통하는 곳곳의 입구는 다 막아버렸으며 레일도 다 걷어버렸고 갱목도 가능한 한 다 철거해 버렸다. 갱내는 할머니가 숟가락으로 파먹어 버린 무우 속처럼 휑하니 비어 있었다. 진즉 작업이 끝나버린 3편은 환기가 제대로 안 되어 메탄가스가 차 있을 것이었다. 그러나 4편으로 밀어 넣어 주는 압축 공기 덕택으로 참지 못할 정도는 아니었다.

몇 년 전까지 하루에 한 번씩 드나들며 작업을 하던 곳이었으나, 이제 3편은 오래 전에 이사해 버린 옛날 집처럼 정이 가면서도 낯설었다.

그곳은 모든 것이 철수되었기 때문에 완전히 어두웠다. 다만 그의 갱모에서 나오는 빛이 유일했다. 완전한 어둠 속에서 그 빛은 멀리까지 전달되어 공포스럽기까지 했다.

그곳에서는 착암기의 소리도 곡괭이 소리도 먼 곳에서 들려오는 음향처럼 그렇게 은은하게 울려왔다. 몇 번인가 벽에 부딪쳐서 울려오는 소리여서 부드럽게 깎여지고 둥글려져서 들려왔다. 막혀진 공간에서 몇 번인가 부딪치면서 그 쇳소리들은 다 마모되었다.

그것은 너무 먼 곳에서 들려오는 소리여서 마치 먼 곳에서 울리는 포성처럼 느껴지기도 했다. 마모된 소리는 시간이 지남에 따라서 점점 공포에서 편안함으로 변모되었다.

편안함은 울려오는 소리로서만이 느껴지는 것은 아니었다. 그것은 빛이 완전히 차단되었다는 것에서 또한 그랬다. 그는 라이트마저 꺼버렸다. 그는 어둠에 익숙해 있었고, 어둠 속에서 편안했다.

그는 갱 내부 쪽으로 천천히 발을 옮겨보았다. 그가 조금씩 움직일 때마다 벽과 천정에서 탄가루들이 부슬부슬 떨어졌다. 그것은 그의 갱모 위로도 떨어지면서 맑은 소리를 냈다. 또한 그것은 그의 목 속으로 들어와서 등을 타고 조금씩 흘러내렸다.

그가 발을 움직일 때마다 케이지 쪽으로 흘러가는 지하수가 조금씩은 약해졌다. 공사는 다 끝났어도 계속해서 솟아나는 지하수는 여전했다. 계속해서 솟아나는 지하수는 그들이 맞서 싸워야 하는 커다란 적이었다.

그들은 자연의 거대하고도 영원한 지속을 향해서 저항해 나간다는 것에 허무함을 느꼈다. 그것은 결코 맞설 수 없는 것이었음에도 그들은 맞서고 저항하고 있었기 때문이다.

불가능한 도전을 계속하는 속에서 사고는 계속해서 일어났고 그것은 인간의 한계를 자인하는 쪽으로 변모되기도 했다. 그 불가능의 영역에서 그들은 고달프고 힘이 들었다.

지하수에 젖은 그의 장화에 무엇인가 걸려서 그는 하마터면 넘어질 뻔했다. 그는 무의식적으로 갱모의 배터리를 눌렀다. 지하수가 흐르는 위로 전화선이 늘어져 있었다. 그것은 오랫동안 지하수에 잠겨 있었던 모양이었다.

그는 갱모의 라이트를 전화선을 따라 움직였다. 그가 처음 갱모를 썼을 때, 그는 눈과 갱모의 라이트 사이에 벌어진 거리로 해서 현기증을 느꼈었다.

물론 그것이 물체를 투사시킨다는 점에서는 도움이 되었으나 동시에 그 물체를 눈으로 확인해야 했을 때 물체와 라이트 사이에 그 작은 거리의 차이를 조절하는 데에는 노력이 필요했다. 그것은 그의 심리적인 거리 인식의 차이에서 느껴지는 것이었다.

광부들이 별 의식 없이 갱모의 불빛을 사용하여 작업을 하고 있음에도 그는 한동안 그것을 쓸 때마다 어지러워했다. 이제는 눈을 따라 물체를 보는 것이 아니라, 갱모의 라이트를 따라 물체를 파악하는 것에 익숙해졌으나 그 일은 언제나 자신을 무슨 괴물처럼 느껴지게 했다.

마치 머리에 눈이 달린 괴물 같았다. 멀지 않은 곳에 전화가 놓여 있었다. 전화 위에는 꽤 많은 탄가루가 수북하게 덮여 있었다. 갱내의 연락 업무를 위해 크로스마다 전화가 설치되었다.

전화는 대부분이 사고를 대비하여 설치돼 있었으며 사실 분, 초를 다투는 사고시에 전화는 본부와 병원으로 연결되는 구조선이었다. 탄광에서 전화는 대부분이 불길함과 연결되었다.

그는 그냥 수화기를 들어보았다. 그의 손에 배어 있던 습기가 탄가루가 닿자 건조해지는 듯했다. 손의 촉감이 시원했다. 수화기는 너무 오래된 구형이어서 꽤 묵직했다.

"여보세요, 여보세요, 어디 대드려요? 여보세요?"

교환이 다급하게 물어왔다. 형근은 갑자기 당황스러웠다. 모든 공사가 다 끝나버린 3편에 아직도 전화가 연결되고 있다니— 마치 전화선에 전류가 흐름으로써 그것이 살아나는 듯했다.

전화는 땅속 깊은 곳으로 그렇게 연결되었기 때문에 그는 언제나 갱내에서 전화가 연결될 때마다 그런 생각을 했었다. 그것은 그의 무의식일 뿐이었다.

마치 무슨 신경이 퍼져나가듯 전기 스위치를 작동함과 동시에 모든 것이 살아서 움직이는 것 같은 느낌이었다. 그가 수화기를 놓아버림으로써 갱내의 어둠 속에서 전화선은 마치 빛을 내면서 움직였다가 다시 불이 꺼져 버린 듯했다.

그는 다시 수화기를 들었다.

"방송국 부탁합니다."

그는 교환이 말을 꺼내기도 전에 먼저 말했다. 방송국은 이내 연결되지 못했다. 그는 전화 옆으로 비죽이 내민 바위에 걸터앉아 여자를 기다렸다. 그는 여자를 기다리며 그제야 주위를 둘러보았다.

그는 한참만에야 자기가 앉아 있는 바위가, 발파할 때 광부의 팔을 하나 부러지게 한 곳임을 알아냈다. 팔이 부러진 광부가 선탄장에서 여자들 틈에 끼여 탄을 고르던 것을 그는 어제도 보았다. 그는 그렇게 일을 하다가도 마음이 뒤틀리면 가끔씩 회사에 나타나 행패를 부리곤 했다.

"방송국입니다."

정현이 피곤한 목소리로 전화에 나타났다.

"지금 뭘 하지?"

"한 시간짜리 음악 프로 연결해 놓았어요. 사십 분 정도는 괜찮아요."

"요즘은 통 노력도 해보지 않는군."

"노력은 무슨 노력이요? 그렇게 해 봐도 마찬가지예요. 제가 좀더 늘 수 있다는 건 기교뿐인데, 그거 좀 늘어 봐도 마찬가지예요. 허무해요."

여자는 다시 허무를 내뱉었다. 그녀는 정말 허무가 온몸 속에 가득차서 비질비질 어느 구멍인가를 통해서 빠져나오는 것 같았다.

"지금 거기서 뭐가 보이지?"

"그냥 백색만 보여요. 흰 햇빛만 보여요."

형근은 그 말만 들어도 눈이 부신 듯했다. 그것은 신 음식 얘기만 들어도 입 속에 침이 고이는 것과 같았다. 그러나 그가 있는 곳은 검고 어두운 곳이었다. 검은색, 백색 그는 푸른 바다가 생각났다.

"바다에 가 보면 어때? 이번 주말쯤— 주말엔 근무 안 해도 괜찮지?"

그들은 곧 바다여행을 약속해 버렸다. 두 사람은 자신들이 있는 색깔에서 탈출할 수 있는 것은 그 푸른색밖에 없다고 생각했다.

그들은 언제나 도망가고 싶었던 듯했다. 무엇일까? 이 산으로 둘러싸인 공간에서, 모든 것이 차단된 갱 속에서 도망가고 싶어하는 마음은 무엇인가? 다만 그것이 막혀 있다는 단절감 때문인가?

한시 바삐 이곳을 빠져나가고 싶어하는 사람들은 기실 광부들이었다. 그것을 평생 소원으로 삼고 사는 사람들이 대부분이었다. 하지만 그 소원을 실현시키지 못한 채 자식에게까지 그 일을 물려주는 사람들이 많았다. 형근은 다만 잠시라도 모든 것에서 해방되고 싶었을 뿐이었다.

전화가 끊어졌을 때 형근은 다시 검은색으로 돌아왔다. 검은색은 침묵이었고 침묵은 무겁게 그의 옆에서 흘렀다. 전화가 끝나고 다시 조용해졌을 때 그는 다시 몇 겹의 벽 저쪽에서 울려오는 소리를 들을 수 있었다.

그 소리는 묘하게도 사람을 과거 속으로 몰아넣었다. 그 과거는 편안한 곳이었다. 그 둔탁한 음향은 멀리 퍼져 나가서 공간을 넓게 만들었다. 하나도 막힘이 없는 그런 곳으로 만들었다. 시간이 지나자 아주 작게 밑에서 지하수 흐르는 소리가 들렸다. 그는 수화기를 놓은 다음에도 한동안 그 모든 음향들의 조화를 감상했다. 편안했다. 그 편안함은 모든 사람들로부터의 도피에서 오는 절대적인 단절에서 기인하는 것이기도 했다.

적당한 습기와 열기는 그를 노곤하게 만들었다. 그러나 그 노곤함과 사람들로부터 해방된 그 단절 속에서도 그가 생각하는 것은 사람이라는 것에 그는 머리를 흔들었다. 그는 결국 잠시도 사람으로부터 해방될 수 없었다. 아내, 아들, 일, 모든 관계에서 그는 꼭꼭 얽혀 있었다. 그는 자유스러울 수 없었다.

이제 정말 아내를 한번 만나야 했다. 마음으로 만나야 했다. 그는 정현과 무엇을 이루어 보겠다는 생각을 해 본 적은 없었다. 자신의 생활에서 일어나는 어떠한 변화도 그는 생각해 본 적은 없었다.

그냥 살아가고 있을 뿐이었다. 자기가 잡고 있던 그 무엇도 놓아 버리고 다른 것으로 연결하고 싶은 것이 없었다. 어떠한 관계에서도 다시 연결시켜 보고 싶다는 욕망이 일어나지 않았다. 그것은 지독한 무력감이었다.

아무 의욕이 없다는 것은 긍정적인 면에서도 부정적인 면에서도 모두 해당되는 것이었다. 그는 우선 아내와의 관계를 끊어보겠다는 생각을 해 본 적이 없었다. 그것은 이렇게 계속해서 흐르는 지하수처럼 그의 밑에서 흘러갔다.

영원히 만나지지 않는 선이라고 해도 그것은 할 수 없었다. 그 관계가 깨어졌을 때 생기는 파문보다는 모든 것을 받아들이면서, 거기에서 발생하는 것이 설혹 엄청난 괴로움이라도 감당하는 것이 낫다고 생각했다.

기실 그는 그 모든 것들을 분리시켜 생각해 보지도 않았었다. 그냥 세월이 가고 있을 뿐이었다. 엄청난 게으름과 용기 없음이 결합된 도피일 뿐이었다.

자신의 모든 태도가 비겁하고 게으르고 당당하지 못하다고 해도 그럴 수밖에 없었다. 그것은 그의 위선 속에 감추어진 위장된 행복일 수도 있었다.

그 위장된 행복은 어쩌면 어느 때엔가는 현실화될지도 모른다는 생각도 가능하게 했다. 어차피 현실로 다가오는 모든 것이 행복과 아름다움만은 아닐 것이었다. 위장된 행복에 익숙해지면 그것이 참 행복으로 여겨질 수도 있을 것이었다.

그는 자신의 아이를 만날 때마다 서먹한 감정에서 당황해하다가도 그가 서울을 떠날 때쯤에는 어느 정도 그 행위에 익숙해짐을 느끼곤 했다. 행복도 연습이었다.

정현과의 관계에서 나타나는 도덕적인 책임 문제에 그는 괴로워했으나, 솔직히 그것은 그가 그녀를 만나고자 하는 욕망에 비한다면 아무것도 아니었다. 요즘의 그에게 무엇인가 해 보고 싶다는 유일한 욕망이 있다면 정현을 보고 싶은 것이라고 할 수 있었다.

그는 적어도 정현을 만나면 편안했고, 시간의 흐름에 안타까워했다. 그러나 그녀와의 생활을 꿈꾸어 본 적은 없었다. 정현과는 지금의 상태로 이어질 수밖에 없었다.

도저히 거역할 수 없는 흐름이었다. 모든 것이 다 어쩔 수 없었다. 어떠한 비난을 한다 해도 무엇을 깨뜨려야 한다는 것은 불가능했다.

왜 그 껍질들 속에서 나가는 것을 두려워하는가? 그는 새로운 시작에 겁내고 있었다. 그 답답함에 자신도 진저리를 쳤다.

그 껍질 속에서 나가는 것을 두려워하는 것과 같이 그는 그녀를 또 다른 껍질 속에 가두고 싶지도 않았다. 여자를 그 단단한 굴레속으로 집어넣는다는 것은 너무나 가혹했다.

결코 그녀를 얽어매어서는 안 된다고 생각했다. 여자는 그에게 진정한 자유의 상징이었으니까— 정현은 그에게 유일한 탈출구였으며 영원한 존재로 남기를 바라는 표상이기도 했다. 그가 밖으로 연결될수 있는 작은 구멍이었다.

그의 장화 밑으로 흘러 내려가는 지하수가 발을 좀 시원하게 해주었으며 수면 속으로 빠져 들어가는 그를 깨워주었다. 발속으로 들어오는 냉기는 온몸으로 전달되어 모든 신경을 다 깨웠다.

그는 일어나서 갱모의 라이트를 켜고 다시 케이지 쪽으로 갔다. 거대한 보트와 같은 케이지는 형근이 한 사람만을 태운 채 올라가기 시작했다. 그는 케이지에 탈 때마다 감옥 속에 갇힌 사람처럼 몸을 웅숭그렸다.

케이지의 거대한 쇠파이프는 언제나 사람을 감옥 속에 갇힌 것처럼 느끼게 했다. 그 케이지 속에서 대부분의 사람들은 무의식적으로 그렇게 몸을 웅숭그렸다. 케이지 밖은 여전히 백색이었다.

바다는 모든 색이 투명했다. 하늘의 푸른색도 바다의 파란색도 모든 것이 너무 선명해서 투명하게 보였다. 하늘의 색깔과 바다의 색깔은 어울릴 것 같지 않음에도 잘 조화되었다.

자연의 색깔들은 언제나 서로 자연스럽게 잘 어울렸다. 하늘과 바다의 투명함이 사람을 부끄럽게 만들었다. 정현은 심하게 부끄러웠으나 그렇게 말하지 않았다.

그렇게 말해 버림으로써 부끄러움을 들키기보다는 조금 뻔뻔스럽게 버티기로 했다. 부끄럽다고 말하기도 부끄러웠다. 비치파라솔 밑에서 형근, 영일, 닥터 한, 그리고 정현은 바다를 바라보며 시간을 보냈다. 그들은 그렇게 가끔 만나고 마시고 했기 때문에 별 스스럼없이 어울릴 수 있었다.

"내년쯤엔 제가 이 자리에서 빠지겠군요. 계속해서 여기 방송국에서 일하시겠습니까?"

의사가 정현에게 물었다.

"이제 내년이면 수련의 과정은 다 마치오?"

영일이 의사에게 물어주어서 정현은 대답을 하지 않아도 좋았다.

"예, 수련의는 다 마치지만 또 군의관 근무가 있지요."

"군의관은 모두 전방으로 가는 것인가요?"

정현이 의사를 바라보며 물었다.

"웬걸요, 전방으로 안 가는 사람들이 더 많지요. 허지만 저는 틀림없이 또 전방으로 갈 겁니다."

"돈도 빽도 운도 없으니까요?"

정현이 미리 말해 버리고 다 같이 웃었다.

"여기 있는 사람들— 우리 넷 말이에요. 다 공통점이 있는 거 아닙니까?"

정현은 또 염증이 나기 시작했다. 저 해맑고 단정한 젊은 의사는 언제까지 저렇게 생각할 것인가? 안쓰러웠다. 왜 저런 생각에서 해방되지 않는지 몰랐다. 그것은 의사의 나이가 그들보다 좀 어려서 그런 것만은 아니었다.

언제나 정현은 그가 소아과 의사를 하겠다는 그 꿈처럼 순수하게 있기를 바랐다. 이상한 일이었다. 정현은 절대적인 그 순수함을 왜 의사의 외모에서, 그의 하얀 가운에서 찾으려는지 이해할 수 없었다.

그는 적어도 외형적으로 맑고 순수했다. 그가 원하는 것 또한 그랬다. 그녀는 자신이 왜 의사만이 순수하게 있기를 바라는가에 대해서 생각해 보았다. 그것은 그가 그 순수 쪽에 가장 근사하게 다가가 있기 때문일 것이었다.

순수한 물, 깨끗이 소독된 병원 안의 모든 것들, 물리적인 순수함은 정신적인 세계로까지 연결되었다.

─그 작은 것들이 옴질옴질 꼬무락거리는 것이 얼마나 귀엽습니까? 저는 소아과 의사가 되겠습니다─

그는 천진스럽게 손가락을 오무락거리며 말했었다. 그녀는 의사가 그 모습으로만 있었으면 하고 원했다. 그러나 그것은 터무니없는 주문이었으며 기실 한 번도 말해본 적은 없었다.

의사를 향한 그러한 주문은 같이 어울리는 영일이나 형근까지 모두가 갖는 애정이었다. 그들은 모두 자신에게 불가능한 부분을 의사에게 투사시키는 듯했다. 의사의 표정은 그렇게 투명해 보여서 모두는 그가 그런 상태에 머물러 있기를 깊이 원했다.

"정말 내년 여름에 우리는 어떤 모습으로 있을까요?"

영일과 의사가 물속으로 들어간 뒤 정현이 말했다.

"언제나 그런 날품팔이 같은 생각을 해요. 한 달 후엔 내가 여기에 있을까? 1년 후에 나는 어떻게 되어 있을 것인가? 우리 같은 관계는 ─ 글쎄 관계라는 말을 해도 괜찮을지, 부담스러워하지는 말아요.

그렇게 생각한다면 제가 너무 불쌍해지고, 또 그만큼 비참해지는 건 형근 씨도 원하지 않을 테니까요. 내가 어떻게 되어도 괜찮을 만큼 그렇게 형근 씨를 좋아하진 않아요. 그럴 수는 없겠지요.

그냥 생각나고, 옆에 있으면 좋고, 그렇기는 하지만 소유하고 싶은 욕망 같은 것은 없어요. 아무튼 이런 식으로 감정이 엉켜 있는 것은 그렇게 오래 지속될 수는 없겠지요? 역시 바람직하지도 않은 것 같고요."

"바람직한 걸 원해?"

"그런 식으로 말하는 것도 원하지 않아요. 그저 이 상태에서 이렇게밖에 할 수 없으니까 이렇게 만나고 그러는 거지요. 그런데 이제는 싫어요. 더 이상 이럴 수는 없으니까요. 너무 힘이 들어서요."

"그러지 마, 속상해하지도 말고— 조금 이런 식으로 가 보자고.— 안 되겠으면 다른 길을 찾아야겠지. 이 상태에서는 이럴 수밖에 없으니까—"

정현은 또다시 남자에게서 절벽 같은 기분을 맛보았다. 그녀는 남자가 자신에 대한 책임의식 같은 것에서 어쭙잖게 괴로워하는 것이 아닌가 하는 생각을 했다. 그것은 자신의 변모되는 육체에서 느끼는 탈진감과 함께 그녀를 형편없는 낭패감 속으로 몰아넣었다.

벌써 이 나이에 육체적으로 변모되는 자신을 느껴야 한다는 것은 고약한 기분이었다. 거의 아무런 생각 없이 살아 왔던 자신의 육체를 그녀는 요즈음 문득문득 거울을 통해서 바라보고 확인했다.

거울을 보지 않고도 잘 지내왔는데, 이제는 무엇인가 감추기 위해서 자신을 살펴야 했다. 이마 밑으로 갑자기 더 많이 자라 있는 흰머리는 그녀를 곤욕스럽게 했다. 그것들은 빠른 결정을 독촉했다.

그것은 내리막길로 가는 기분이었고, 이제 무엇인가 새로운 것에 대한 도전, 뭐 그런 것을 기대할 수 없다는 것 같은 기분이 들게 했다.

정현은 삐죽삐죽 솟아나는 흰 머리로 형편없이 위축되는 자신이 우스웠다. 정현은 결코 외모를 자랑스러워해 본 적이 없었는데 새삼스럽게 외모로 이렇듯 기가 죽어야 한다는 것은 우울했다.

─이 남자에게서 달아나는 수밖에 도리가 없겠어.─

자신의 기분이 엉망으로 변해 가자 그녀는 다시 한번 다짐했다. 그녀는 형근에게서 달아나 버려야겠다는 생각으로 바닷속으로 들어갔다.

물은 몹시 찼으나 그녀의 몸과 같이 흘러가는 물의 느낌은 부드러웠다. 물은 유연하게 몸에 감겨왔다. 바닷물 속에서 수영복은 그녀의 몸을 탄탄하게 밀어주었고, 조금 전의 기분과 관계없이 물의 감촉은 상쾌했다.

바다에서는 하늘도 구름도 공기도 다 깨끗하고 투명했다. 그녀는 물속에서 혼자라는 기분을 만끽했다. 그것은 썩 괜찮은 기분이었다. 물은 모든 것에서 해방될 수 있는 공간이었다.

바닷물 속은 어느 것으로부터도 구속받지 않아서 좋았다. 정현은 기껏해야 몇 십 미터를 이동할 수 있는 수영 실력이지만 스스로 해낼 수 있는 그 작은 행위에서 모처럼 충만감을 느꼈다.

그러나 곧 바닷물은 그러한 자유스러운 해방감에서 깊이 하강하고 싶은 욕망도 불러일으켰다. 밝음과 어둠 사이를 오락가락하지 않아도 되는 바닷물 속 깊이 하강하여 침전해 버리고 싶은 욕망은 단지 순간적인 것만은 아니었다.

여자에게 강한 햇빛과 찬물은 대단한 유혹으로 작용해 왔다. 햇빛이 강하게 쏟아지고 있었기 때문에 바다는 적당한 평화를 주었다.

"가슴이 예뻐."

비치파라솔 밑에서 물기를 말리고 있을 때 형근이 말했다. 백색의 햇빛 아래에서 그의 말은 공허했다. 어둡고 긴 실내 복도에서 울려오는 음향처럼 그렇게 소리로만 전해졌다.

빛이 제거된 곳에서 낮은 톤으로 전해져야 할 내용은 갈매기 한 마리가 수면 위로 날아가며 물고 달아났다.

―이 남자는 나의 기분을 알고 있는 것인가? 저런 말이 나에게 줄 수 있는 위안인가? 저 남자는 나를 원하는 것인가? 저 사람과의 사이에 지켜야 할 예의 같은 것은 무엇인가?―

정현은 이제 둘 사이에서 건네지는 언어에 민감해지지 않으려고 했다. 피곤했다. 상대방의 언어 하나하나에 신경을 쓰기에는 너무 많이 지쳤다. 언어가 그의 마음인가?

어느 순간 진실되게 마음을 표현해 보려고 무한히 노력해 보지만, 그 거리감 때문에 그녀 자신도 수도 없이 막막해질 때가 있었다. 진실이 없어서가 아니라 진실의 표현에 힘이 들었던 것이다. 그녀는 형근도 그럴 것이라고 생각했다. 그도 고통스러울 것이었다.

"난 지금 당신 옆에서 자고 싶어요. 이상하게 생각하지 말아요. 그냥 옆에서 자고 싶어요. 편안하게―저 같은 여자는 이런 때 참 곤란해요. 어떤 때는 기분 좋게 피곤할 때는 말이에요. 남자 옆에서 자고 싶을 때도 있어요. 그런 때 참 불편해요. 난 결혼 같은 거, 남자 같은 건 조금도 생각지 않고 자기 일에만 열중할 수 있는 여자들이 정말 존경스러워요."

그녀는 가능한 한 솔직하게 자신의 생각을 전달해 보려고 애썼으므로 말하는 데 대단한 노력을 기울여야 했다.

"난 정말 이상해요. 가끔― 아니, 자주 이렇게 남자가 옆에 있었으

면 할 때가 많아요. 내 몸에는 나쁜 피가 흐르나 봐요. 군살이 하나
도 없이 당당하게 서 있는 종자가 좋은 말처럼, 내 몸에서 그 지겨운
기분 같은 것 좀 다 깎아 버렸으면 좋겠어요. 정말 기분 나빠요."

정현은 정말 기분 나쁜 벌레가 몸에 기어다니는 듯 몸을 움츠리며
엄마를 잠시 생각했다.

―엄마는 지금 뭘 하고 있을까? 과거를 반추하고 있을까? 아니면
과거 같은 것은 다 잊어버리고 현재의 생활에 만족하고 있는 것일
까?―

최근까지도 간혹 서울에 올라갔을 때 엄마의 방에서 본 화투 친구
들 중에 끼어 있던 남자들 은 누구일까? 엄마는 특별히 그런 남자들
을 소개하지도 않았고, 정현이 역시 아주 자연스럽게 그 사람들을 받
아들였다.

엄마는 딸이 아주 어렸을 때도 그랬듯이 아무 설명 없이 자신의
생활을 살아갔다. 모녀는 그러한 생활에 익숙했다. 정현과 엄마는 적
당히 건드리지 않으며 서로의 생활을 용케도 잘 지탱해 왔다.

전혀 타인처럼 그렇게 무관심한 듯했으나 서로는 끊임없이 서로를
보고 있었다. 다만 말하지 않을 뿐이었다. 이제는 정현에게 과거의
엄마도 현재의 엄마도 결코 미움으로는 존재하지 않는다. 그냥 같은
여자일 뿐이었다.

엄마는 살아오는 동안 무엇을 숨기려고도 하지 않았다. 엄마는 숨
길 만큼 무엇을 가지고 있지도 않았고 정현이 역시 그런 숨바꼭질을
하기에는 충분히 나이가 들었다. 엄마도 정현이도 이제 너그러운 모
녀간일 뿐이었다. 엄마가 보고 싶었다.

한 번도 딸의 문제를 같이 생각해 본 적이 없는 엄마. 그 엄마가
지금의 딸의 문제를 생각해 봐줄 수 있을까? 엄마는 언제나 엄마의

본능이 요구하는 대로 살았던 것 같았다. 아니면 엄마도 그것을 억제하기에 괴로운 적이 있었을까?

"본능이 원하는 대로 해. 너무 많이 억누르지 마. 두려워하지 말라고, 정현이 같은 사람은 충분히 억제하는 것에 익숙해서 본능을 좀 풀었다고 해서 크게 잘못되는 것은 없어."

형근이 정현을 향해서 천천히 말했다.

"제가 뭐 성인이라도 되는 줄 아세요? 본능이 원하는 대로 해도 하나도 거칠 것이 없는 그런 사람이요? 아시다시피 저는 너무 본능적인 사람이에요. 그 본능대로 행동하는 것이 솔직히 너무 싫어요. 절제가 잘 되는 그런 사람이 부러워요. 어릴 적에는 정말로 청교도적인 것을 동경했었는데 지금 저는 오히려 역으로 행동하고 있어요."

정현은 최대한으로 몸을 웅크린 채 바다만 바라보며 말했다. 그녀는 부끄러웠다. 부끄러워 얼굴이라도 보이지 않는 것이 낫겠다는 생각을 했다. 목과 손목을 다 꼭꼭 조인 그 단정한 청교도인은 그녀의 깊은 바람이었는데— 이제는 숨이 막혀 보인다.

그녀에게 청교도는 모든 것을 다 조이는 것으로부터 다가왔다. 그것은 억제하는 것이 아니라 억제할 필요성이 없는 것이었다. 청교도는 모든 욕망의 흐름을 다 건조시켜서 이제 타버릴 육신으로만 존재하는 것이라고 생각했다. 그것은 그냥 소망일 뿐이었다.

이제 그녀는 욕망을 인정하는 수밖에 없다고 생각했다. 그러나 그녀는 이 남자에게서 아무 것도 구할 수 없음을 확인해야 했다. 그녀는 형근과 자신과의 거리를 생각해 보았다.

언제까지 겹쳐지지도 않는 것을 다만 가깝다는 이유로 다만 근사하다는 이유로 이렇게 서로를 접근해 보려고 노력해야 하는가? 그것은 우리 안의 동물들이 서로를 긁어주며 행복해하는 것 같은 안쓰러운 몸놀림이었다. 왜 나는 저 남자에게 다가가는 것인가? 그래도 나를 가장 잘 받아들여 주기 때문인가?

강한 햇빛과 바다의 짠 바람은 과거와 현재, 엄마와 자신, 형근과 자신을 섞어서 멀리 날려보냈다. 그것들은 한데 섞여 마치 화질 좋은 TV화면에 나타나는 고운 빨래들처럼 나부꼈다. 그녀는 아직도 자신이 그 모든 것들을 고운 색깔 속에 머무르게 하는 것을 비웃었다. 아직도 아름다움 속에 그것들이 존재하게 하는 것은 무엇인가? 그녀의 바람인가? 그러나 분명한 것은 그것들은 다 날아가야 할 것들이었다.

그녀는 더 몸을 웅크리면서 가능한 한 자신을 축소시켰다. 그것은 최대한으로 자신을 응축시키고 싶은 욕망과 자신과 연결되었던 모든 것들을 날려 버려야겠다는 상반되는 의지이기도 했다.

그 의지는 자신의 몸에서 모든 것들을 비늘처럼 떨어져 나가게 했다. 그러다가는 다시 파도처럼 멀리멀리 밀려갔다. 파도가 커다란 고기의 비늘처럼 번쩍거렸다. 여자에게 그 주위에 있는 모든 것들이 조금씩 만족스러운 느낌으로 전해 왔다.

"바다에 잘 왔어요. 기분이 좋아요. 모든 것들이 가벼워요. 다 날아가고 떠내려가는 것 같네요."

"다행이군."

그는 여자의 옆에 앉아 있었다는 것을 확인이라도 해 주듯 그렇게 짧게 말했다.

"빌어먹을, 빠져 버렸어. 큰일 났는데— 합숙소에는 여분이 없는데 어떡하나—"

영일이 낭패스럽게 거의 불안할 정도로 초조해하기 시작했다. 그는 고무 손가락을 바다에서 잃어버린 모양이었다.

"아니, 손도 아니고 손가락 하나를 가지고 왜 저러시는지 모르겠어요. 아니, 김 과 장님, 말이 났으니 말씀드리는데 그 손가락을 가지고 왜 그러세요? 왜 그렇게 그것에 대해서 신경성이냐구요? 제 생각에는 손가락이 문제가 아니라 정신과적인 치료가 필요하신 것 같습니다. 그 손가락 하나가 그렇게 심각한 문제라도 안고 있는 겁니까?"

닥터 한은 너무 의아해하며 어처구니없다는 표정을 지었다.

"자네는 몰라. 모두 다 환자로나 보일 테니까ㅡ 아니 어떻게 자신의 손가락이 없는데 아무렇지도 않단 말인가?"

"지금 없어진 게 아니잖아요?"

"지금 없어졌잖아?"

"그건 고무 손가락이지요."

"무슨 소리야. 그건 내 거야. 그리고 자네는 손이 아니고 손가락이라서 시시하다는 말인가? 손가락 같은 것은 몇 개쯤 없어져도 괜찮다는 말이야?"

그는 새삼스럽게 짜증을 냈다. 그는 그 물건이 자신의 손가락에서 빠져 있는 상태에서는 제 정신이 아니었다. 그럴 때마다 심히 불안해하며 안절부절 못했다. 영일에게 고무 손가락은 그가 지켜야 하는 육체의 전부였다.

"김 과장님, 며칠 전에도 다리 부러져 나간 광부를 보셨지요? 왜 그러세요? 아무 지장도 없는 것을 가지고ㅡ 며칠만 참으시면 곧 받으실 수 있지 않습니까?"

"지장이 없다고? 다리가 부러져 나간 사람에 비하면 아무것도 아니라고? 그것이 자기 문제라고 생각해 보란 말이야. 어떻게 그렇게 편안할 수 있겠나?"

그는 정말 어린 아이처럼 투정을 부렸다. 영일은 완전히 이성을 잃어버린 사람처럼 그렇게 정신없이 반복해서 같은 내용을 말했다. 그는 손가락을 잃어버린 그의 손을 꼭 쥔 채 펼치지도 못하고 서성거렸다.

"자네 손가락 치수를 그 집에서 잘 알잖아? 전화만 하면 보내줄 텐데 뭘 그리 걱정하나?"

"치수를 그 사람들이 안다고 해도 그렇게 되면 너무 시일이 오래 걸리기도 하고, 그리고 끔찍해. 내 손가락이 소포로 부쳐진다는 건 참을 수 없어."

그는 자신의 고무 손가락을 마치 피가 통하는 실제 자기 손가락인 것처럼 말했다. 갑자기 옆에 있는 사람들은 모두 말을 잃어버리고 말았다. 그가 자신의 고무 손가락을 그렇게나 애정을 가지고 대하리라곤 누구도 생각지 못했다.

다른 사람들은 그것은 그냥 물질이라고 생각했었다. 그것은 살아 있는 것이 아니었기 때문이다. 그의 오른손 두 번째 손가락의 두 마디 반은 결코 피가 통하고 조직이 살아서 움직이고 피가 통하는 육신은 아니었다.

그럼에도 그는 그것을 마치 육신인 듯 피가 흐르는 듯이 말했다. 그는 방금 바다에서 잃어버린 것이 그의 진짜 손가락인 듯 그렇게 고통스러워했다. 그는 너무 주먹을 꼭 쥐고 있어서 마치 피가 뚝뚝 떨어지는 듯이 보였다.

바다에서 잃어버린 영일의 손가락으로 해서 모든 것이 갑자기 답답해졌고, 손가락은 액체로 변모되어 주변을 우울하게 만들었다. 바다는 이제 그들의 몸 전체를 감싸 주는 그런 물이 아니었고 방울방울 맺혀서 응고되는 핏물이었다.

그의 손가락은 바다에서 피를 흘리며 둥둥 떠다니는 듯했다. 피는 끝없이 흘러 바다 전체를 뻘겋게 물들였다. 이제 그것을 제어해 주지 않는다면 바다는 뻘건 피로 넘쳐 버릴 듯 다급해 보였다. 영일은 숨소리마저 고르지 못하게 되면서 당황해했다.

"그럼 제가 이번에 서울 갈 때 찾아다 드리겠어요. 걱정하지 마세요."

정현이 어린애를 달래듯이 따뜻한 목소리로 안심시켰다.

"그렇게 해 주시겠습니까? 그럼 제가 그 집 약도와 전화번호를 가르쳐 드리겠습니다. 내일 떠나시겠습니까?"

그는 움켜쥐고 있던 손을 놓으며 숨을 몰아쉬었다. 이제 그는 조금 편안해진 듯했다. 이제 겨우 그의 몸을 통해서 피가 흐르는 듯이 보였다. 잠시 동안 작은 물건으로 영일이 정신이 없고, 호흡도 할 수 없었던 시간은 지나갔다.

의사가 어처구니 없어하면서 멍하니 영일을 바라보다가 바닷속으로 들어가 버렸다. 형근이 모르는 척하고 무심히 먼 바다를 바라보며 앉아 있었다. 그는 친구의 어쩔 수 없는 부분을 오래 전부터 포기해 왔다.

오래 전부터 그런 경우에 누가 뭐라고 해도 결코 도움이 되지 않으리라는 것을 그는 잘 알기 때문이었다. 그는 정현이 영일의 한계를 쉽게 파악해 내고 빠른 처방을 찾아준 것이 고마웠다. 그것은 여자의 직감인가?

"걱정하지 마세요. 제가 갔다가 곧 돌아오니까 이삼일만 참으시면 될 거예요."

그녀는 옆에 앉은 영일에게 다정하게 말해 주었다. 뜨거운 햇빛 아래에서 그녀의 말은 부드럽게 그들의 옆으로 흘렀다. 영일은 아무 생각 없이 아이처럼 그렇게 앉아 있었다. 마치 엄마에게 의지하는 어린아이처럼 정현의 말에 편안해하는 것을 알 수 있었다.

"다음번에 제가 서울에 갈 때에는 좀 넉넉하게 가져올 겁니다. 색 깔과 크기도 좀 교정해야 할 것 같습니다. 우선 이번에는 한 개만 가져다주세요."

영일은 평소의 그답지 않게 많은 말을 했다. 자신의 행동을 변명 해야 한다고 생각하는 것인가? 손가락 하나가 불완전한 상태에서 그 는 원래의 그가 될 수 없었다. 고무 손가락이 그에게서 분리되는 순 간마다 그의 손가락은 잘려 나갔다.

그는 하루에도 몇 번씩 그 일을 감수해 왔다. 매번 그때마다 그는 죽음 같은 고통을 맛볼 것이었다. 빨리 그것이 연결되지 않는다면 그 는 저 고통의 바다에서 빠져 나올 수 없을 것이었다.

정현은 놀라울 만큼 영일의 고통을 공감했다. 아무도 없었다면 그 녀는 그의 손을 붙잡아 주었을 것이었다. 영일의 완벽함이 그렇게 힘 없이 무너지는 것을 그녀는 본 일이 없었기 때문에 더욱 그랬다.

정현의 약속을 받은 뒤 영일은 애써서 아무렇지도 않은 척 행동하 려고 했다. 바다는 다시 원색으로 돌아왔다. 남자들은 다시 바닷속으 로 들어갔다. 손가락을 약속받은 영일은 주먹을 펴지는 않았다.

그에게서 잘려 나간 손가락은 무슨 의미인가? 그의 영혼이 그만큼 그에게서 떨어져 나간 것인가? 그는 영혼이 몸의 마디마디를 통해서 전해진다고 생각하는 것인가? 그는 고무 손가락이 끼워진 상태에서 안심하고 겨우 자신으로 돌아올 수 있었다.

그의 영혼은 어떤 것인가? 위장된 속에서 안정을 되찾는 불안한 것이 아닌지. 정현은 꽤 오랫동안 그를 생각했다. 형근과 의사는 물 이 차다면서 이내 물에서 나왔으나 영일은 쉽게 밖으로 나오지 않았 다.

"참 유별난 분이지요? 왜 저렇게 안절부절 못할까? 참 평소의 김 과장님하고 저렇게 다르다니—"

의사가 짧게 한탄했다.

"손가락을 찾는 것일까?"

영일은 수영을 하는 것도 아니었으며 그저 물위에서 둥둥 떠 있는 듯했다. 그는 물속에서 있는 것이 편안하기 때문에 밖으로 나오고 싶어하지 않는 듯했다.

물속에 그의 육체의 일부가 있다는 생각에서인가? 아니라면 물이 그의 몸을 감추어 주기 때문인지도 몰랐다. 모든 일에서 완벽하고 싶어하는 영일의 생각을 언제까지 충족시킬 수 있을까?

자신의 분야에서 철저하게 안전을 추구하던 그가 왜 갑자기 그 작은 물질로 해서 허물어져 버리는 것인가? 영일은 광산에서 일어나는 사고를 거의 완벽에 가깝도록 막아 왔다고 해도 과언은 아니었지만 사고로 인한 부상자들에게는 냉정하다고 할 정도로 무관심했다.

부상자들에 대한 그의 태도는 무관심에서 미움으로까지 표현되었다. 그의 그러한 태도로 인해서 대부분의 사고 처리는 형근의 몫으로 돌아왔었다. 광부들의 부주의로 인한 사고일 경우에 그의 냉정함은 더욱 심했다.

그는 그들에게 문병조차 가지 않았다. 철저하게 무관심하려고 했었다. 그는 광산에서 일어나는 사고가 마치 그들이 자신들의 육체를 태만히 다룬 결과라고 생각하는 듯했다.

"왜 물 속에 들어가지 않지?"

의사까지 어디론가 가버렸을 때 형근이 정현에게 말했다. 그는 목소리까지 무겁게 젖어 있었다.

"김 기사님 손가락이 날 잡아 다닐 것 같아서요. 아—아니에요. 그냥 김 기사님 혼자 저렇게 있도록 내버려두는 것이 좋을 것 같아요."

"왜 그 심부름을 해 주겠다고 그랬지?"

"처음에는 그 대화에서 벗어나고 싶었어요.—사실은 김 기사님의 태도에 처음에는 당황했고, 조금 있다가는 절실하게 전해져 왔어요. 내 손가락이 마디마다 잘려져 나가는 것 같은 기분이었어요. 그를 도와주고 싶었어요."

"서울에 갈 생각은 그 전부터 했었나?"

"언제나 한번 가야지 가야지 하고 생각했지만, 가야겠다고 결정한 것은 바다에 와서였어요. 갑자기 엄마가 가엾고, 그런 생각이 들었어요. 이제는 손가락을 가져다주기 위해서라도 가야겠지요."

"그렇게 생각할 것 없어. 성격이 철저하니까 갖추어져야 하는 것이 갖추어지지 못하면 그렇게 좀 불안해 할 뿐이야. 마음이 내키지 않는다면 내가 심부름을 해 줘도 돼. 며칠 사이에 나도 한번 서울에 올라가야 할 것 같으니까—"

"괜찮아요. 제가 가져다주겠어요. 제가 심부름을 해 주고 싶어요."

그들은 아주 정확하게 사실 설명을 하고 싶어했다. 마치 그렇게 분명하게 말하지 않는다면 무슨 오해라도 생길 것처럼 서로 자신의 말을 열심히 부연했다.

"아내가 임신을 했다는군."

오랜 침묵 후에 형근이 말했다.

"두 번째 아이인가요?"

그녀는 계속해서 바닷속에서 아직 나오지 않고 있는 영일을 눈으로 찾으면서 건조한 음성으로 말했다.

"음— 두 번째 아이지. 마치 기습을 당하는 것 같은 기분이야. 아내와의 일은 언제나 놀라움으로 시작되지."

정현은 아직도 영일을 찾지 못했다.

"놀라움은 신선한 것이라면서요?"

—그렇게 정식으로 살아가는 여자들은 좋을 거예요. 나이가 몇 살이지요? 그래. 저보다 서너 살 아래라고 그랬죠? 어린 여자들은 귀여울 거예요.

그러나 정현은 그 말들을 하지는 않았다. 여자는 머릿속에서 복잡하게 여러 개의 대사들을 뒤섞었다. 이럴 때 그녀는 남자에게 무슨 말을 해야 할지 몰랐다.

—점점 안정되어 가시는군요.—

—부모와 자식은 부부간 하고는 또 다른 관계이겠지요?—

—아이가 예뻐요? 부인이 사랑스러운 여자인가 봐요. —

그러나 그녀는 그 어느 대사도 말하지 않았다. 눈으로는 계속해서 바다에 있는 영일이를 찾았다. 그를 찾아야 할 이유는 아무 데에도 없었으나 그녀는 그 일을 계속했다. 마치 물가에서 놀고 있는 어린 아이에게서 눈을 떼지 못하는 엄마들처럼 그렇게 했다.

영일은 물 가운데에서 아주 천천히 수영을 해 보다가는 또 한동안 물 위에 떠 있곤 했다. 마치 무중력의 상태인 것처럼, 아무 무게도 없는 깃털처럼 그랬다.

가볍게 물 위에 떠 있는 영일에 비하여 그녀는 점점 무거워지는 기분이었다. 그녀는 물에 푹 젖어 들어가는 솜처럼 적셔져서 이제는 온 육신이 주저앉을 것 같은 기분이었다.

영일은 손가락이 빠져 버려 그의 모든 정기가 몸으로부터 빠져 나가 버린 것일까? 그는 아주 오랫동안 그렇게 물 위에 있었다. 그녀는 오랫동안 영일을 바라보았다. 고무로 된 그의 몸이 수축과 팽창을 반복하는 것으로 보였다.

그녀는 7, 8개월 된 태아처럼 몸을 최대한으로 웅크렸다. 영일이 점점 더 가벼워지는 것과 비례하여 그녀는 더 작고 무겁게 자신을 응축시켰다. 그녀의 몸은 자궁 속에서 헤엄치고 있는 태아처럼 옹색한 공간에서 움직이는 듯했다.

그것은 영일의 움직임에 기인하는 것이었다. 천천히 아주 천천히 그녀도 헤엄을 치고 있었다. 그것은 편안함으로 연결되었다. 그녀에게 편안한 공간은 어디였던가?

그녀의 몸에 묻어 있었던 물기는 벌써 다 말라 버렸고, 비치파라솔 밖으로 노출된 몸의 어느 부위가 따끔거리며 아파왔다. 그러나 그녀는 그대로 있었다. 자신이 몸을 움직인다는 것은 말을 하는 것이라는 생각이 들었다.

너무나 오랫동안 같은 자세로 있었기 때문에 이제는 어떠한 움직임도 언어로 표현될 수밖에 없었다. 그녀는 말을 한다는 것이 싫어졌다. 귀찮아졌다. 그녀도 형근도 물속에 떠 있는 영일도 모두 그대로 있었고, 의사는 어디로 갔는지 보이지 않았다.

바다는 아주 시끄럽고, 햇빛이 아주 눈이 부시게 쏟아지고 있어서 정신이 없었으나, 그녀는 아주 조용하고 편안함을 느꼈다. 그들 세 사람이 말이 없다는 것과 움직임이 없다는 것이, 바다 전체가 다 조용한 것처럼 만들어 주었다.

그들은 모든 사람들과 같이 있었으나, 모든 사람들로부터 분리되었다. 형근도 무엇인가 말을 하는 것보다는 말을 안 하는 것이 서로를 위해 좀더 나을 것처럼 생각되었다. 깊은 바닷속 같은 침묵이었다.

"바닷속은 얼마나 깊을까요? 10미터? 20미터?"

무료함에서 깨어나듯 정현이 먼저 말했다.

"여기서 몇 킬로미터만 가면 수심은 수백 미터가 되지. 동해는 특히 조금만 더 나가면 굉장히 깊어."

저 넓은 바다가 수백 미터의 깊이로 내려갈 수 있다니. 그녀는 아득했다. 깊은 바다로 침전할 것 같은 생각이 들었다. 그녀는 아주 가볍게 하늘거리며 물속으로 내려갔다. 그것은 부드러움이며 자유스러움이었다.

"물은 무서워. 조금만 내려가면 압력이 대단하지. 물의 압력으로 웬만한 것은 다 부서지고 말 걸. 잠수함도 어느 정도 깊이 이상은 내려갈 수 없어. 물의 압력을 견디지 못하니까."

그가 말하는 동안 얇고 부드러운 옷을 입은 그녀는 물속에서 천천히 움직였다. 정현에게 물은 여전히 유동적이고 부드러울 뿐이었다.

"이 나라 땅은 아주 오래된 땅이야. 덕택에 웬만한 움직임 같은 것은 나타나지 않아. 화산이나 지진 같은 거 말이지. 다만 석유가 나오지 않는다는 것을 제외하고는 많은 혜택을 받고 있는 나라지."

그도 무료했음에 분명했다. 그녀는 그의 얘기를 듣고 있지 않았다. 그도 그것을 알고 있을 것이었다. 그녀는 그를 만날 때마다 둘 사이의 얘기 외에는 하고 싶어하지 않았다. 정현이 그것을 강하게 원했기 때문이었다.

─우리는 아마 서로 우리의 반쪽들이었을 것이라는 둥, 그런데 재수가 없어서 일찍 만나지 못했을 것이라는 둥, 옆에 앉아 있으면 좋은 냄새가 난다든지, 눈이 사람을 빨아들인다든지, 그 래서 그 속으로 빠져버리고 싶다든지 그렇게 웃을 때는 사람을 미쳐버리게 한다든지─

그들은 아주 부끄러워하지도 않고 그런 말을 곧잘 했었다. 아주 어린아이들처럼 그렇게 그 상태를 즐겼다. 다만 같이 있다는 그 사실만으로도 매일매일이 감격스러웠다. 두 사람은 서로가 느끼는 감정에 놀라워했다.

그러한 감정이 어디에서 끊임없이 솟아나는 것인지 알 수 없었다. 정현은 그를 만나기 시작한 지 상당한 시간이 지났을 때까지 형근에게 자신의 모든 것을 다 말해 주려고 많이 노력했다.

몇 시부터 몇 시까지 잠을 잤다든지, 무슨 생각을 했다든지, 무슨 음식을 먹었다든지 하는 것까지 다 말하고 싶어했다. 그녀는 그와 같이 생활하지 못하기 때문에 그 모든 것을 그런 식으로 전달하지 않으면 안 될 것 같았다.

그녀는 그렇게 자신을 언어로 전달해 보려 한다는 것이 무의미하다는 생각을 가끔 하면서도 그렇게 했다. 어떻게 하면 그와 밀착될 수 있을까 하는 생각밖에 못했다. 그 밀착되고 싶은 마음은 그녀의 간절한 소망이었으니까ㅡ.

그러나 그녀는 그와 밀착될 수 없다는 것을 알게 되었다. 그에게서 그녀는 아무것도 기대할 수 없었다. 그것은 그의 상황이기도 했고 그의 윤리이기도 했다. 그것을 알아내는 데에는 그리 오랜 시간이 걸리지 않았다.

그녀 역시 남자로부터 무엇을 기대해 본 일이 없었으나 그것을 상대로부터 확인받는 것은 역시 힘든 일이었다. 점점 그녀에게 그는 답답함으로 연결되었다. 이제 서로는 그러한 답답함에서 풀려나야 했다. 그들에게는 그것을 참아낼 만큼의 힘이 없었다.

ㅡ저 남자는 지금 무얼 생각하고 있을까?ㅡ

그들은 모두 무엇인가 말해야 된다는 강박관념에서 여러 가지 말들을 머리에서 혼합해 보고 있었으나 여전히 무의미한 일임을 알았다. 다만 보고 싶다든가 같이 있으면 좋다든가 하는 감정만으로는 뛰어넘을 수 없는 한계가 분명하게 보였다.

그녀는 그것을 뛰어넘으려고 하지도 않았고, 그런 장애물에 대해서 야속해하지도 않았다. 그것은 벌써 서로가 처해 있는 상황이었고, 그것들을 다 포기해 버리라고 강요하고 싶은 마음도 없었다.

그러한 태도에 가끔 본인도 의아해 했으나 그것은 현실이었다. 그녀에게 놀라운 것은 아무것도 절대적인 것이 없다는 것이었다. 그러한 자신의 태도가 씁쓸하게 느껴졌다. 다른 사람들의 희생을 강요할 만큼 그를 원하지 않고 있다는 것을 확인해야 했다.

이런 상황에서 형근이 그녀에게 절대적 존재가 아니라는 것은 다행스러우면서도 참담했다. 그에게 모든 것을 전달하고 싶었는데. 그럼에도 결국은 그 정도의 무게밖에 안 되었다니. 그것은 자신에 대한 허망함이었다.

그녀는 막연히 또 다른 남자와 이렇게 가까이 앉아서 말해보고 식사를 나누고 손을 잡아본다면 이런 상태가 되지 않을까 하는 생각을 하면서 끔찍해 했다.

—그래. 결국은 또 그렇게 되고 말 걸— 이 나이에 절대적인 상대라는 것은 웃기는 거지. 절대라니? 말도 안 돼. 여자는 씁쓸해졌다. 물기가 다 말라 버린 그녀의 피부는 기름기까지 빠져버린 것처럼 햇빛에 드러났다. 그녀는 살그머니 자신의 몸을 훔쳐보았다.

—아, 역시 모든 게 빠져나가 버렸어.—

그녀는 자신의 몸에서 무엇이 빠져나갔는지를 분명히 알 수 있었다. 그녀가 손으로 머리카락을 훑어냈을 때 손가락 사이로 하얀 은발이 하나 손에 잡혀 나왔다. 그것은 햇빛에 반사되었다.

한 올의 머리카락이 추하게 보이지는 않았다. 그럼에도 그녀는 허겁지겁 탈의실로 도망가다시피 달려가서는 옷을 갈아입었다. 모두

다 옷을 벗고 있는 속에서, 그녀만이 완전하게 옷을 입고 나왔다. 옷을 입으니 편했다.

이제는 노출시키기보다는 은폐시켜야 하는 쪽으로 자신이 돌아가고 있음을 실감해야 했다.

"내가 잘못하고 있는 거겠지? 내가 무책임한 건가?"

형근이 아주 탈진한 듯이 말했다.

"저— 가서 옷을 입고 오세요. 저하고 조금 얘기해요."

정현이 애써 신중하게 말했다.

"그래. 그렇게 하지."

형근이 일어서서 저쪽으로 걸어갔고, 영일이 물속에서 걸어 나왔다. 영일은 천천히 걸었으나 주먹은 아직도 쥐고 있었다. 그는 그러한 불균형을 아주 자연스럽게 해냈다.

"제가 아주 이상해 보이지요? 놀랐을 겁니다. 저도 잘 모르겠어요. 그런 때는 모든 것이 다 뒤죽박죽이 되어 버리니까—"

그가 온몸으로 물을 떨어뜨리며 말했다.

"아니요. 놀라지 않았어요. 저도 그러니까요. 머리카락만 조금 이상하게 잘려져도 신경이 쓰이니까 당연하지요. 결국은 우리가 만든 틀 속에서 빠져나가기는 쉽지 않은가 봐요."

정현은 그를 편안하게 해 주기 위해서 여러 개의 단어들을 생각했다. 그녀는 자연스럽게 그렇게 했다.

"서울에 가서 갖다 드리겠어요. 생각하지 마세요. 그 동안에 그것에 대해서 잊어버리는 연습이나 하세요. 어차피 스스로 극복해야 할 문제이니까— 있으면 좋고 없어도 좋다는 식으로 생각하도록 하세요."

저쪽에서 형근이 걸어왔다.

"저하고 윤 기사님은 저쪽에서 이야기 좀 하고 오겠습니다. 의사 선생님이 올 때까지 좀 기다리시겠어요?"

영일이 고개를 끄덕였다.

"마치 누나 같군. 왜 그렇게 신경을 쓰지?"

"그냥 제 마음이 가는 대로 행동하는 것이에요. 아주 자연스럽게 그렇게 돼요. 보기 흉해요?"

"아니 흉하지 않아. 편안해 보여. 그런데 모르겠군. 내 마음이 편하지 않으니."

그들은 해수욕장의 끝, 방파제 근처에 있는 차일이 쳐진 술집에 앉았다. 사람들이 바다로 많이 갔기 때문인지 술집 안은 조용했다. 유리로 된 커다란 통 속에서 많은 고기들이 움직였다. 고무관을 통해서 공급되는 산소가 뽀글뽀글 소리를 내며 올라오고 있었다. 그들이 주문한 소주와 해산물이 나왔다. 투명한 색깔의 화학주가 향긋하게 입 안에서 생선의 고소함과 함께 섞였다.

"사실은 아까 그 말씀을 듣기 전에 말했더라면 좀더 나았을 걸 그랬어요. 부인이 두 번째 아이를 임신했다는 얘기 말이에요. 하기는 그것은 별로 중요하지 않아요.

우리 둘 다 서로 얘기를 할 때가 되었다는 것은 잘 알고 있으니까요. 만나던 과정에서 잘 아셨으리라 믿어요. 우리가 무엇인가를 의도하면서 시작된 관계는 아니지요.

저에 대해서 무슨 책임이나 의무 같은 것을 생각하셨다면 참 우스운 일이지요. 아시지요? 그런 것을 생각하지 않아도 되는 관계라는 것을 말이에요.

설혹 어떠한 관계라도 뭐 결혼을 했다고 해도 말이에요. 상대방에게 그런 부담을 느끼기 시작한다는 건 바람직하지 않은 것이지요. 못할 노릇이지요. 글쎄요. 제 생각엔 그러네요. 나이가 좀 들어가니까 그런가?"

정현은 분명하게 또박또박 전달해야겠다고 생각했던 이야기가 본인의 의사와는 관계없이 자꾸 더듬거려지는 것에 한심해 했다. 그것이 말이 아니고 글이었다면, 벌써 찢어 버리고 글을 쓰는 것을 포기해 버렸을 것이다.

그러나 벌써 말은 시작되었고 남자에게 자신의 의사를 전달해야 했다. 본인은 결국 남의 말이나 전달하는 것에 십여 년을 익숙했었지, 자신의 말을 전달하는 것에는 이렇게도 어설펐던가 하는 점에 씁쓸해했다.

할 수 없는 일이었다. 그러나 이렇게라도 하지 않는다면 어쩔 것인가? 오히려 언어가 글보다 더 편리할 수도 있었다.

"아무튼 저에게 부인의 말이나 뭐 아이 얘기, 그런 말을 하는 것을 힘들어 한다든지, 저에 대해서 부담스러워 한다든지 그런 것은 하지 마세요— 아! 빌어먹을—"

그녀는 어쩔 수 없이 그 말로 끝을 낼 수밖에 없었다.

"제발 이러지 말자고요. 무슨 치정관계 속에 얽혀 있는 것 같은 그런 개떡 같은 기분 좀 들게 하지 말자고요. 조금 만나면 마음이 편안해지고, 그래서 그냥 좀 보고 싶고 그랬던 것이지요. 아! 이제 그만둬요. 저는 아무것도 원하지 않았어요. 그냥 좀 만났을 뿐인데, 왜 이렇게 기분이 엉망으로 되는지 모르겠네요."

그녀는 작은 잔속에 들어 있는 액체를 한꺼번에 들이켠 뒤 그냥 그렇게 끝을 낼 수밖에 없었다.

—아, 왜 이럴까? 결국은 또다시 내 감정 속에 내가 파묻히다니.—

그것은 그녀의 함정이었다. 자신이 제어할 수 없는 부분, 그것을 알콜이 더 가중시키고 있는 듯했다. 그녀는 그것을 잘 알면서도 그 알콜의 매력에서 빠져나올 수가 없었다. 그것은 그녀를 달뜨게 했고, 그녀가 버리고 싶었던 모든 것들에서 해방시켜 주는 유일한 길이었다.

그녀는 외적인 관계에서도 해방되고 싶었으나 내적인 얽매임 속에서도 해방되고 싶었다. 그것이 결국은 알콜일 수밖에 없는가 하는 것 때문에 씁쓸했을 뿐이다.

그녀는 외적인 어떠한 도움에서도 해방되고 싶었다. 한동안씩 그녀는 그러한 노력을 시도해 보았으나 그것은 번번이 작은 이유들로 깨져 버리고 말았다. 이것이 알콜릭으로 가는 길이 아닌가 하여 그녀는 가끔 저어했다.

―제발 이 속에서 빠져나가자. 이런 형편없는 기분 속에서 헤어나야지. ―

그녀는 자꾸 다짐했다. 그녀는 종말 같은 기분 속에서도 또 다른 시작을 보는 듯했다. 그러한 다짐이 마치 최면술처럼 그녀를 현실에서 유리시켰다. 아주 천천히 혼합된 액체 속에서 그녀는 분리되었다.

남자는 무력하게 그대로 앉아 있었다. 그는 눈만 먼 곳에 있는 것이 아니라 마음까지 먼 곳에 있는 듯했다. 남자는 여자에게 해 줘야 할 어떤 말도 찾아내지 못하고 그냥 앉아 있을 수밖에 없었다.

정현은 그 곤욕스러워 하는 남자를 바라보아야 하는 것이 또한 곤욕스러웠다. 바다는 여전히 강한 햇빛이 내리쪼이고 있어서 두 사람의 침묵을 더 도드라져 보이게 했다. 햇빛은 정현의 어설픈 대화를 더 부끄럽게 만들었다.

"그만 해. 무슨 말도 다 부질 없어. 다 알아. 다 느낄 수 있어."

형근은 자신이 어쩔 수 없이 또 그대로 밟아 나갈 그 길에 부끄러움을 느끼고 우울했다. 적어도 여자는 자신을 표현하려고 노력했으나 그는 그것도 포기해야 했다.

그는 여자를 만나면서도 아내에 대한 죄책감으로 괴로워했고, 아내와의 관계를 계속하며 여자를 생각하는 고통을 끝없이 반복해 왔다. 그것은 그의 무의식 속에서 또는 의식 속에서 그를 짓누르는 고통이었다.

도덕률이나 그런 것과는 관계없이 그를 항상 무겁게 하는 생각들은 그가 벗어 내던지고 싶은 망과 같은 것이었다. 형근에게 몇 겹으로 씌워진 망은 쉽게 벗겨지지 않았다.

바다에서는 밤도 역시 소란스러웠다. 어디에선지 집단으로 내려온 듯싶은 젊은이들이 캠프파이어를 하며 노래 불렀다. 그들은 아주 바다를 영영 이별하는 사람들처럼 바다를 바라보고 노래하며 춤췄다.

어둠 속에서 불길은 요염했고, 그것을 보는 사람들도 흥분했다. 불길은 꽤 높아서 옆에 있는 바다에 잠긴 불빛들과 잘 어울렸다. 어둠 속에서 불은 황홀했다. 물속에 비치는 불이 멀리까지 퍼져나갔다.

낮에는 잘 알 수 없었던 해안가의 건물들이 밤이 되자 모두 불빛으로 자신들의 위치를 알려 주었다. 넓은 공간에서 불빛은 다만 비치는 것으로만 존재했으나 그 자체로 아름다웠다. 사람들은 그저 어둠 속에 숨어서 그 불빛을 구경하면 되었다.

밤바다를 구경하다 캠프파이어 근처에 모인 형근이네는 쉽게 그들과 동화되었다.

"녀석들, 좋을 때다. 우리도 춤춰요. 예? 정현 씨 같이 춰요."

의사가 정현의 손을 잡아끌었다. 그것은 우리 춤도 아니었고, 서양 사람들의 춤도 아니었다. 꽹과리, 징, 장구 소리에 젊은이들은 마구

경중경중 뛰었다. 의사와 정현이 그들 속에 빨려들었고, 형근과 영일도 합세했다.

그들은 모두 떨쳐 버리고 싶은 것들이 있는 듯했다. 그 떨쳐 버리고 싶은 것들은 무엇이었을까? 그들은 아주 열심히 뛰었다. 그렇게 열심히 뛰는 것은 모든 것에서의 해방이었다. 춤은 불과 어둠과 잘 조화되었다. 불길과 그들의 그림자가 같이 너울거렸다.

사람이 두 팔과 두 다리를 가지고 있다는 것을 그들은 아주 잘 실감했다. 그것들은 각자 분리되어 따로따로 움직였다. 마치 네 사람을 위해서 그 춤판이 벌어진 듯 그들은 모든 것을 젖혀버리고, 다른 사람들은 상관도 하지 않은 채 아주 열심히 춤을 추었다.

그들은 마치 아주 중요한 일이나 되는 것처럼 열심히 노력하면서 춤을 추었기 때문에 아름답기까지 했다. 그들 각자는 모두 엑스터시의 상태에 몰입했다. 영일은 눈을 감고 모든 것을 떨쳐버릴 듯이 아주 격렬하게 움직이다가는 그 속에서 빠져서 슬그머니 바다 쪽으로 갔다. 정현이 그를 따라서 그 속에서 빠져나갔다.

"기분이 좀 좋아졌어요?"

정현이 그에게 물었다. 영일이 정현을 돌아서서 이윽히 바라보았다. 그의 한 손은 여전히 바지 주머니 속에 찔려 있었다.

"밤바다가 좋군요. 오길 잘했어요. 아주 잘 왔어요."

정현이 말했다.

"그래요. 아주 잘 왔군요."

두 사람은 말을 또 잃어버렸다. 그러나 편안했다. 영일이 옆에서 말을 해야 한다는 압박을 받지 않아서 좋았다. 그는 아주 담담하게 그의 감정을 내보이지 않았다. 정현은 멀리 바다에서 불빛이 퍼져 가는 것을 바라보았다. 그녀는 육신의 피곤함이 바닷속으로 침전했으면 하는 욕망으로 바뀌는 것을 알았다. 다만 피곤함 때문만은 아니었으나 욕망은 꾸준하게 자라났다. 검은 바다 위로 비치는 불빛과 그 불빛의 그림자가 욕망의 원천이었다. 그것은 그녀가 항시 대하던 세계가 아니었다. 넓고 편안하고 또한 습기마저 기분 좋았다.

영일은 바다를 보면서 갱 속을 생각했다. 갱 속처럼 바닷속도 깊고 어두우리라는 것을 그는 알고 있었다. 그도 정현이 그렇듯이 수평의 바다를 보고 있지는 않았다. 그들의 의식은 언제나 수직적인 것에 익숙해 있었다.

갱내에 들어가 본 일이 없음에도 정현은 그랬다. 그녀에게는 언제든지 하강하고 싶은 욕망이 공존했다. 그것은 자신이 짊어진 무게가 감당할 수 없음을 느끼기 시작한 언제부터인지 시작된 것 같았다.

영일에게는 바닷속으로 내려가는 무한한 깊이가 그의 몸을 통해 느껴졌다. 바닷물의 압력이 그를 짓누를 것 같았다. 그것은 탄광에서 지하로 내려갈 때마다 느꼈던 답답함에서도 기인했다.

압축 공기가 전해지지 않는다면 갱내에서는 어떻게 될 것인가? 그는 갱내에 내려갈 때마다 호흡에 대한 불안감이 있었다. 철저하게 기술적인 부분과 기계를 믿으면서도 그것들에 대한 의구심을 버리지 못하는 것이 또한 그였다.

호흡 곤란에 대한 두려움은 다분히 심리적인 것이었다. 어떤 의미에서는 자신 이외의 거의 모든 것에 대해서 그는 불안감이 있었다. 그는 갑자기 바닷물의 무서운 압력을 느끼며 호흡마저 힘들어졌다. 그가 거칠게 숨을 몰아 쉴 때 정현이 그를 흔들었다.

"아, 고맙습니다."

그는 숨을 토해낸 뒤 짧게 말했다.

"바닷속으로 내려갔을 때의 생각을 했어요. 잠시 숨이 답답해졌어요."

"물은 부드럽지 않아요? 편안하구요."

"물의 압력을 생각했어요. 갱내에서도 그래요. 지하로 내려가면 압력이 심해요. 압축 공기가 없으면 호흡이 곤란해져요."

"아, 가엾어라. 어떻게 그런 생각을 다 할까요? 물속에 침전하는데 어떻게 압력 같은 것을 생각해요? 갱 속이 그렇게도 힘든 곳이에요? 그렇게 사람의 생각까지 고정시켜 버리다니—"

"갱내에서 일을 해서만 그러는 것이 아니에요. 그냥, 우리는 사실적인 세계에서 살고 있으니까요. 대부분의 현상을 그저 사실로서 먼저 받아들일 뿐이지요. 눈에 보이는 것을 먼저 생각하니까요. 그 다음에 생각이 연결될 수 있을 겁니다."

"눈에 보이는 것? 그럼 저도 그렇겠군요. 서른 살이 훨씬 넘은 흰머리가 나기 시작하는 여자."

"아닙니다. 그냥 내 손가락이 하나 부족하다는 그런 사실만 인정할 뿐입니다. 타인에 대해서는, 다른 사람들에 대해서는 그런 생각을 하지 못해요. 그냥 자신에 대해서나 정확하려고 노력하는 정도지요."

"김 기사님도 고질병이에요. 저는 여기에서 곧바로 서울로 가겠어요. 아침 식사 후에 떠나기로 했지요?"

"그렇습니다. 저 때문에 일부러 그러시는 거 아닙니까?"

"일부러 어떻게요? 그렇지 않아요. 저는 그렇게 착한 사람이 아니에요. 한번 쯤 표시해야 하는 어머니에 대한 예의지요. 이렇게 가끔 가서 식사라도 한번씩 하면 좋아하시니까요. 제 어머니는 저한테 죄가 많다고 생각하시는 것 같아요."

"그래서 따님은 어머니의 죄를 희석시켜 드리러 가시는 겁니까? 그러면 좋아하세요?"

"희석이라고요?"

정현이 아주 유쾌하게 웃었다.

"희석이라— 화학 용액을 희석시키고, 눈물도 희석시키고, 그래서 나중에는 맹물처럼 아무 감정도 없고— 아, 그러면 참 좋겠군요."

그들의 웃음소리는 꽤 멀리까지 퍼져 나가서 사람들에게 그들의 위치를 확인시켜 주기에 충분했다. 두 사람은 그냥 유쾌했다.

곳곳에서 비치는 불빛들은 마치 보석처럼 빛을 발했다. 달도 없는 밤은 그저 강렬한 빛이 여기저기에서 비쳐왔다. 여성의 야회복에 달라붙은 스팡크처럼 현란하기까지 했다.

자신을 드러내지 않는다면 이 정도로 편안할 수 있구나 하는 것을 정현은 생각했다. 아직도 캠프 파이어의 불은 계속해서 타오르고 있었고 사이사이로 사람들의 얼굴이 어른거렸다.

잠깐씩 얼굴이 비쳤다가 사라지곤 했다. 의사나 형근의 얼굴이 보이지는 않았다. 가끔 고기잡이배들이 바다를 떠나는 소리가 어둠 속으로 퍼졌다. 그 소리는 아주 여운이 있게 이어졌다. 바다에 축축이 내리는 물안개처럼 흘러내려오면서 녹아들었다.

여자는 속절없이 흐르는 눈물을 내버려 두었다. 안구의 조리개는 조절 안 되는 고장난 기계처럼 그렇게 계속해서 눈물을 내보냈다. 그녀는 하늘을 올려다보며 눈물이 그쳐 주기를 바랐다.

그러나 억지로 애쓰지도 않았다. 모든 것들이 자연히 녹아내리기를 기다렸다. 그녀는 자신의 감정이 바다에 내려오는 밤과 같이 완전히 소진되기를 바랄 뿐이었다. 정현은 그것이 가능할 것처럼 여겨졌다.

모든 주위가 그렇게 되어 있었다. 영일이 그녀에게 조금도 방해되지 않는 것에 우선 그녀는 감사했다. 그는 좀 특별한 분위기를 가지고 있었다. 그는 전혀 여자를 개의치 않고 두 팔을 호주머니에 찌른 채 바다만 바라보았다. 마치 바다를 눈 속이나 마음속에 다 담아 가겠다는 듯이 그렇게 오랫동안 열심히 보았다.

바다는 한없이 그렇게 바라보아도 싫증나지 않을 만큼 많은 것을 보여주었다. 가끔 바다 위로 내리비치는 탐조등이 지나갔다. 그녀는 누군가와 같이 있었으나 혼자 있는 것 같았다.

두 사람은 서로 다 그렇게 편안한 것을 아주 당연하게 받아들였다. 그것은 상대방에 대한 무관심에서 기인하는 것은 아니었다. 그녀는 그에게 특별한 관심을 가지지는 않았으나 그의 편안함을 좋다고 생각해 왔다.

그것은 그녀가 두 개의 긴 팔을 사뭇 거추장스러워 하는 점과, 영일의 손가락 하나로 인한 불안함의 공통점에서 야기되는 것인지 몰랐다. 그녀는 영일과 자신이 왜 그 작은 육신의 어느 부분을 간수하기 힘들어 하는가 하는 점에 의아해 했다.

정현은 역시 그 불편함에서 해방되고 싶었다. 그녀는 팔뿐만 아니라 가슴도 그랬다. 그것은 자신이 어쨌든 신경을 써야 하는 부분이었다. 다른 여자들이 가슴이 있음으로 해서 여성스러움을 느끼고 만족감을 느끼는지 몰랐으나, 그것은 그녀에게 혐오감을 주기까지 하는 육신의 일부분이었다. 아니, 여자로서의 만족감이 신체의 그런 부분에서 느껴진다는 것에 대한 반발일지도 몰랐다.

발이 항상 당당하게 자신을 받쳐주며 서 있는 것에 비해, 팔은 어디에 놓아야 할지 몰라서 당황하게 하는 부분이었다. 그것은 역시 보행에서 신경 쓰이게 하는 부분이기도 했다. 그것은 그녀가 군살 없이 당당하게 서 있는 말을 보며 느끼는 절제된 느낌과 같은 것일 수도 있었다.

"들어가지요. 이곳은 다만 보는 곳일 뿐입니다. 살 수 있는 곳은 아니지요. 그만큼 보았으면 충분히 충전되었을 겁니다. 또 충분히 정화되었을 거구요. 얼마 동안은 이제 일할 수 있도록 기름칠이 된 셈이지요. 그래도 우리는 산속에서 살 수 있어서 다행 아닙니까?"

"그래요. 상당히 괜찮은 편이지요. 적어도 숨이 막히지는 않는 곳이니까요."

그들은 숙소로 돌아갔다. 영일은 두 손을 호주머니에 찌른 채, 정현은 두 손을 뒤로 잡은 채―.

서울은 모두 파 젖혀져 있었다. 어느 한 곳이 제대로 있는 곳이 없었다. 그녀는 땅을 이렇게 파 젖히다가는 지구의 속까지 다 뒤집어지는 것이 아닌가 하고 생각할 정도였다.

여기저기 널려 있는 공사현장들은 오래간만에 서울에 올라온 정현을 정신없게 만들었다. 정현은 광산에서 진행되는 대부분의 작업이 지하에서 이루어지고 있음을 상기했다.

사람들은 선탄장 근처로 가지 않는다면 광산에서 무슨 일을 하는지 모를 것이었다. 광산이 지층을 따라 땅속 수백 미터 속에서 그 일이 이루어지고 있음에 비해, 서울이라는 도시는 바로 몇 미터 아래에서 행해지는 공사를 위해서 다 뒤집어지고 있었다.

광산에서의 평화는 그토록 깊은 곳에서 울려오는 폭파음과 괭이질의 둔화된 음향 같은 것이었다. 수백 미터의 공간을 통과하면서 정제된 음향은 정적으로 이어졌다. 그것들은 오래도록 가슴속에 남아서 사람을 변모시켰다.

시내 한가운데를 걸으면서 정현은 더위와 공사 현장에서 나오는 소음으로 정신을 차릴 수가 없었다. 소음과 더위는 견디기 힘이 들 정도였다. 정현은 자신이 서울을 떠난 지 얼마 되지도 않아서 다시 이방인이 되어버린 것 같은 기분에 씁쓸했다.

결국 자신은 광산을 떠나 버린다면 또 다시 어디에서든 정착하는 데에 많은 시간이 걸릴 것이었다. 그녀는 그것을 자신이 또 감당해야 한다는 것에 두려움보다는 피곤함이 앞섰다. 어떤 일이든 그녀에게 또 다른 시도는 힘든 일이었다.

대부분 이방인들이 모여 사는 광산은 그녀에게 적당한 안식을 주었다. 물론 그들 사회에서도 정현을 향한 관심이 없을 리 없었지만 자신들의 분야가 아닌 일에 그들은 개입하지 않아서 편안했다.

적당히 경원하며 거리를 두고 대하는 그들의 태도에서 그녀는 냉담하며 편안할 수 있었다. 그녀가 광산 사람들에 대해서 가지는 태도는 마음속의 애정으로 충분했다. 그것은 깊은 갱내에서 부딪치며 소멸되어 버리는 음향들처럼 서로서로의 가슴 속에서 소진되어 버렸다. 그들은 그러한 생활에 익숙해졌다.

공사로 인해서 좁아진 길을 그녀는 아주 불안스럽게 걸었다. 온몸에서 배어나는 땀이 그녀의 신경을 날카롭게 했다. 맨발의 발바닥이 구두에서 심하게 움직였다. 영일의 심부름으로 그녀는 서울에서의 한나절을 보내야 했다.

익숙하던 길이었으나 근 일 년 만에 찾아 온 길은 전혀 다른 나라처럼 생소할 뿐이었다. 그는 영일이 그려준 약도대로 쉽게 의수나 의족을 취급하는 의지창 상점을 찾을 수 있었다. 인공으로 만든 팔과 다리가 진열된 그 점포들은 섬찟섬찟하게 큰길 여기저기에 박혀 있었다.

특별한 물품을 취급하는 점포들이 인근에 모여 있는 것은 소비자들을 위한 배려일 것이었다. 사람의 피부색을 음흉스러울 정도로 흉내낸 손, 다리, 심지어는 코까지 여기저기 놓일 자리에 진열되어 있었다.

점포 안은 의수, 의족들과 함께 작은 조형물들로 빼곡했다. 그 작은 손가락 하나를 찾아서 이 엄청난 신체의 부위들이 진열된 속으로 들어왔다는 것이 부질없게 생각될 지경이었다.

만들어진 얼굴에 붙어 있는 코를 보며 그녀는 잠시 저 얼굴이 어떻게 다시 교체될 것인가 하고 터무니없는 생각을 했다. 자신의 생각 때문에 그녀는 속으로 웃었다.

그녀는 전쟁이 끝나고도 한참 되었을 때인 듯 했음에도 의족을 내보이며 쌀이나 돈을 요구했던 상이군인들을 생각했다. 그들은 상아 빛깔의 인조 다리를 내보이며 겨드랑이에 끼고 다니던 목발로 마구 여기저기를 두들겨 댔다. 그녀에게 의족과 의수는 아직도 공포의 대상으로 기억되었다.

"부인 되십니까? 성격이 워낙 깔끔하셔서 힘이 드시겠습니다. 여간 까다롭지 않으시죠. 웬만큼 마음에 안 드시면 만족을 못하십니다. 색깔도 그렇고 크기도 그렇고—"

그는 정현의 대답도 듣지 않고 계속해서 혼자 말했다. 하기는 그가 뭐라고 해도 특별하게 대화를 나눌 기분은 아니었다. 그가 원하는 대로 생각하도록 내버려두고 싶었다.

영일의 부인 이상 더 될 것이 있겠는가? 그런 것은 아무래도 괜찮았다. 그런 것들이 무슨 의미가 있겠는가? 가게 주인의 말들이 가게 안의 손, 발, 코, 손가락들 사이를 마구 유랑하며 붕붕 떠다녔다.

만들어진 신체의 부위들 사이에서 그것들을 만지작거리며 말하고 있는 상점 주인도 마치 만들어진 사람 같았다. 모든 것이 가짜 같았고, 가짜가 진짜 같았다. 사실 그것들은 결코 구분될 수 없을 만큼 정교하게 만들어져 있었다.

축축한 가게 안은 묘한 냄새가 돌았다. 그것은 가짜 손, 발, 손가락들에서 나오는 냄새들이었다. 인조 신체 부위에서 나오는 냄새는 축축한 가게 안의 습기와 어울려서 더 참을 수 없도록 만들었다.

그 물건들의 형태를 고정시키기 위해서도 가게 안은 어느 정도의 습기가 필요한지도 몰랐다. 정현은 그 안에 앉아 있는 것에 멀미를 느낄 지경이었다. 밖으로 나가고 싶다는 생각만을 하고 있었으나 그 것은 생각뿐이었다.

상점 주인은 상대방에 대해서는 전혀 개의치 않았다. 그는 콧등으로 흘러내리는 안경을 고쳐 써가면서 그 작은 물체를 만지작거리는 품이 무엇인가 손을 보는 모양이었다.

"고정을 시켜서 절대로 빠지는 일이 없도록 해야죠. 다른 부분에 비해 손가락은 손이 더 많이 갑니다. 신체의 모든 부위가 다 그렇겠지만 손가락은 우리가 제일 많이 사용하는 부분이고 예민한 부분이니까요. 특히 이 손님처럼 까다로우신 분의 물건은 더 다루기가 힘이 들지요." 그는 자신이 손을 보는 작은 고무 손가락이 마치 영일인 것처럼 말했다.

"몇 년 동안 계속해서 제가 만들어 드리고 있습니다만 그렇게 까다로우신 분도 만족하시는 것을 보면 저희 집 물건이 얼마나 믿을 만한가 알 수 있으실 겁니다. 실수하시는 일이 없도록 하니까요."

저 사람이 자기가 자랑스러워하는 인조 손가락이 수영을 하다가 바다에 빠져 버렸다면 어떻게 생각할까 하고 생각하니 우스웠지만 그녀는 말하지 않았다. 그녀가 그렇게 말을 한다면 그는 심한 낭패감에 좌절할 듯 보였다.

아니, 인조 손가락을 끼고 바닷속에 들어간 영일을 부주의하다고 할까? 그는 상점 안에 있는 손, 발, 코의 모든 임자들이 해야 할 말들을 혼자서 다 했다. 그의 말은 사람을 더 멀미나게 했다.

그는 말을 하면서도 가끔 손에 힘을 주어 가며 상품에 어떠한 변화를 주는 모양이었다. 그는 다 완성된 물건을 그의 손바닥 위에 올려놓고 이리저리 굴려보며 대견스럽게 회심의 미소를 띤 채 바라보더니 곧 부드러운 스펀지가 깔린 플라스틱 상자 속에 넣어 정교하게 포장했다.

─모든 것이 다 가짜군.─

정현은 형근의 말을 생각했다. 주인이 손가락을 포장하는 동안 정현은 소파의 한구석에 앉아서 꼼짝도 하지 않은 채 기다렸다. 모든 분리된 신체들이 제각각 살아서 움직일 것처럼 사 실적으로, 정말 사실적으로 똑같이 만들어져 진열된 것에 그녀는 새삼스럽게 놀라워했다.

그 물건들을 보면 볼수록 너무 사실적인 모습에 그녀는 위축되었다. 그녀가 초등학고 저학년이었을 때 선생은 기가 막히게 탁상시계를 똑같은 모습으로 칠판에 그려 놓아서 많은 학생들을 감탄시킨 적이 있었다.

시계 바늘하며 숫자하며, 그녀는 그 시간이 지난 다음에 그것이 칠판에서 지워지는 것을 못내 아쉬워했다. 시간을 읽는 법을 가르쳐 주기 위해서 선생님은 커다란 시계를 칠판에 그려야 했으나 그녀의 기억 속에는 실물과 똑같이 그려진 시계만이 머릿속에 남았다.

어렸을 때는 똑같이 그려진 그림에 감탄했으나 지금은 기가 막히게 똑같은 그 조형품 속에서 진저리를 쳤다.

"다음에는 김 선생님이 직접 오시겠죠? 색깔도 그렇고, 모양도 그렇고, 이전 패턴에서 좀 변화를 주어야 할 것 같습니다. 손이라는 것이 항시 그대로 있는 것이 아니니까요. 육체가 늙어가듯이 말입니다. 하기는 신체 중에서 손이 제일 먼저 변화한다고도 하지요."

그는 잘 포장된 손가락을 건네며 장황한 설명을 마감했다. 끔찍한 일이었다. 손이 세월 따라 늙어가는 것까지 표시를 하겠다니―

―저 완벽해야겠다는 몸부림은 영일이 소망인가? 아니면 장인으로서의 저 주인의 의도인가? 그것은 결코 영일의 소망만은 아닌 듯했으며, 또한 주인의 장인 기질만도 아닌 듯했다. 그것은 마치 내기를 하듯 대결해 보려는 두 사람의 태도가 다 포함된 듯도 싶었다.

정현은 그녀가 영일의 아내로 알려진 사실을 바로잡지도 않은 채 그냥 그 상점을 나섰다. 그녀는 받아든 손가락을 핸드백 속에 집어넣은 뒤 손으로 손잡이를 꼭 말아 쥐고 걸었다.

그들이 그렇게 사실적으로 모사하려고 애쓰면서 똑같은 모습으로 만들어 놓은 그 물체들에 비하면 자신이 영일의 아내로 오인되는 정도는 아무것도 아니라고 생각했다.

현실을 그대로 똑같이 모사하겠다는 끝없는 집념 앞에서 그녀의 불분명한 몸짓은 아무 의미도 없었다.

그렇게까지 철저하게 지켜 내겠다는 그들의 자세에 무엇을 더 말할 수 있었겠는가? 그것은 부럽기까지 했다. 적어도 그것은 분명하기는 했었으니까.

정현이 메슥메슥한 고무 냄새와 습기 속에서 밖으로 나왔을 때는 역시 자동차의 매연과 더위 속에 혼합된 냄새들로 거리가 꽉 차서 머리가 아플 지경이었다. 의지창 점포에서 웅숭그리고 있었던 그녀의 몸을 밖에서 펴보려고 했으나, 더위로 인해서 육신은 다시 늘어졌다.

176

더위 속에서 진행되는 도로 위의 끝없는 작업들이 사람을 질식시켰다. 서울의 거리는 언제쯤 평온한 날이 있을까? 어떤 영광된 모습을 위해 이렇게 오랫동안 어마어마한 작업을 해야 하는 것일까?

공사 현장에서 거대한 기구들이 천천히 조심스럽게 움직이는 작업은 익숙했지만 볼 때마다 새로웠다. 반복과 더위, 그 어마어마한 목표를 향한 집념들이 지레 사람들을 탈진시켰다. 정현은 신호등에 걸린 건널목 앞에서 지하철 공사에 참여하고 있는 헬멧 쓴 남자들을 바라보았다.

길 가운데에서는 원통형의 커다란 나무를 두 젊은이가 어깨에 메고 힘들여 운반하는 모습이 보였고, 한쪽에서는 몇 명의 남자들이 철근을 힘들여 계속 같은 모양으로 구부리는 작업을 하고 있었다.

거기에서도 역시 육체의 보존을 위해 육체를 도구화했다. 그렇게 하늘이 노출되지 않았다면 그곳은 광산과 유사한 곳이었다. 아니, 광산은 지상에서 행해지는 지하철 공사 현장보다 훨씬 악조건이었다. 가스와 압력으로 인한 호흡 곤란, 지하 몇 백 미터 속에서 나오는 지열들이 지하수와 함께 광부들을 힘들게 할 것이었다.

정현은 햇빛이 다 비치지 못하고 그늘이 지는 지하의 지하철 공사 현장을 내려다보며 잠시 편안함을 느꼈다. 그곳은 지상의 소음과 햇빛에서 잠시 해방된 곳이었다. 그곳은 마치 고향처럼 편안해 보이기까지 했다. 땅속은 고향이었다.

미리 예매해 둔 고속버스 시간까지는 두어 시간 남짓 시간이 남았고 시장기도 느끼지 않았기 때문에 그녀는 시간을 보내는 방법으로 근처에 있는 새로 개장한 듯 보이는 아이스크림 가게로 들어섰다.

지하철 공사의 완공을 대비해서 미리 지어 놓은 아이스크림 가게 안은 공사 현장의 난장판 같은 모습과는 대조적으로 말쑥했다. 이질적인 양쪽 세계는 어느 쪽이 현실인지 구분되지 않았다.

공사 현장의 먼지와 매연이 아이스크림 안으로 침투할 듯했다. 정현은 여러 가지 아이스크림을 하나씩 먹어 보기로 했다. 부드러움과 향긋한 미각을 겸비한 각종 아이스크림은 가벼운 음악처럼 입에서 녹아들었다.

그녀는 좋은 음향 기기에서 울려 퍼지는 음악의 속도와는 전혀 무관하게 혀로 아이스크림을 천천히 녹였다. 그녀의 한 손은 손잡이를 뚫고 영일의 손가락이 밀고 나오기라도 할 것 같은 무의식에서 핸드백의 끈을 꽉 말아 쥔 채였다.

음악이 끝나자 음악에 대한 짧은 해설과 함께 날씨에 대한 멘트를 잠시 집어넣고 여자 아나운서는 다시 사라졌다. 그녀는 정현이 서울에 있을 때 같이 일하던 동료였다. 일에 의욕도 많았던 그녀는 결혼 후에는 생활 때문에 직장을 버릴 수 없음을 한탄했었다.

방송일에 대해서 가졌던 허황된 꿈과 현실에서 살아남기 위해서 일을 가져야 한다는 괴로움이 그녀를 더 힘들게 만들었다. 그녀는 능력도 있었고 꽤 재미있게 일할 수도 있었으나, 아이와 가정살림, 상사의 눈치 등이 그녀의 생활을 뒤죽박죽으로 만들었다.

그럼에도 그녀는 지금까지 잘 버텨 내는 것으로 보였다. 정현은 그녀의 목소리로 그녀의 상황을 짐작했다. 감정이 거의 절제된 그녀의 목소리는 연륜 탓만은 아닌 듯했다.

피곤에 지친 듯이 들려왔다. 그녀는 마이크 앞에서 오래간만에 휴식을 찾는지도 몰랐다. 마이크 앞에서 일하는 시간이 모든 것으로부터 자유스러운 시간일 수도 있었다.

옛날 동료의 목소리는 그녀를 서울에서 보냈던 시간들로 쉽게 접맥시켰다. 열성적으로 뛰어다녔던 그 많은 시간들, 일에 대한 애정,

콜사인 하나를 처음으로 집어넣기 위해서 긴장했던 시간들— 정현에게 그 시간은 봄날이었고 움트는 생명이었다.

정현은 왜 자신에게 푸른 수목처럼 번성하던 여름날이 기억되지 않는가를 의아해 했다. 왜 여름이 없었을까? 지금이 나의 여름인가? 그녀가 앉은 테이블 저쪽에서 마주 앉은 젊은 남녀가 간단한 식사를 하며 이야기를 나누는 모습이 보였다.

저것이 봄인가? 그들은 가벼운 식사를 앞에 놓고 밝게 웃으며 장난쳤다. 그녀는 아무 스스럼없이 그들을 이윽히 내려다보고 있는 자신의 태도에 놀랐다. 저들과 완전히 별개라고 생각해서인가?

그래, 별개지, 아주 다른 세계이니까— 갑자기 그녀의 입에서 녹아들던 아이스크림이 아무 맛없이 흘러내렸다. 그것은 가을날의 스산함이기조차 했다. 젊은 연인들의 아름다움은 그녀에게 전혀 별개의 것으로 확인되었다.

— 너는 마치 너와 내가 전혀 남남인 것처럼 그렇게 행동하고 있구나. 전혀 별개인 것처럼 말이다. —

어머니는 어제 저녁 오래간만에 마주앉은 딸에게 말했었다. 어머니는 무엇을 생각했을까? 새삼스럽게 무슨 변화를 가지기 시작했단 말인가?

"무슨 말씀이세요? 갑자기 새삼스럽게. 다 잘돼 가고 있잖아요. 걱정하지 마세요."

정현은 의미 없는 말들을 했었다. 그것은 의미 없고 근거 없는 말이었다. 아무것도 생각하지 않는다는 것이 그녀와 그녀의 어머니 사이의 중요한 문제일 것이었다. 왜 생각하지 않을까?

무엇이 그렇게 만들었는가? 그저 다만 관망하고 있을 뿐이었다. 갑자기 새로 시작된 태도도 아니었으며, 오래 전부터 그렇게 익숙한 방법으로 살아왔다. 별 불편도 모르고 살아왔는데 왜 갑자기 그것이 문제되는가? 그것은 깊이 화농된 종기와도 같았다.

―글쎄, 모르겠다. 자꾸 서러워지고 힘들고 그렇구나. 내가 정말 죄 많은 여자인 것 같다.―

어머니는 담담하게 말했으나 감정이 격해 있었음에 분명했다. 지금까지 그들은 어떤 식으로든지 서로의 얘기를 하지 않으며 살아왔다.

불문율처럼, 예의처럼 편하게 살아가는 방식으로 그들이 채택한 방법이었다. 이제 서로의 얘기를 한다는 것은 정말 새삼스러운 일이었다. 보통 사람들이 하듯이 어머니와 딸의 도리를 찾고 정을 얘기하기에는 너무 오랜 세월을 무관하게 지내왔다.

어머니의 그런 넋두리가 아니었어도 정현은 어머니의 주변을 충분히 알 수 있을 것 같았다. 모든 것은 정리되어 있지 않았으며 의욕도 없어 보였다. 사람들을 만나는 것 같지도 않았다.

지치고 외로워보였다. 어머니는 다른 감정에 비해서 외로움은 숨기려고 많이 애써왔으나 이제는 그런 노력도 하지 않았다. 어머니가 그 마지막 노력도 포기한 것은 무엇일까? 그것은 삶의 포기일까? 여자로서의 포기일까? 또한 모녀가 같이 식사를 나누는 의미는 무엇일까? 그것은 같은 감정을 나누는 것일까?

정현은 어머니와 나눈 몇 끼니의 식사에서 동정과 연민 또는 심한 반발까지의 변화를 감당할 수 없었다. 계속해서 화제를 끄집어내는 것도 어려운 일이었으며 그 화제를 지속시키기 위해서 제한해야 하는 금기들도 피곤했다.

문제는 어머니와의 대화에서 그녀가 지켜야 하는 수많은 금기들이었다. 그 면에 있어서는 어머니도 역시 마찬가지였을 것이었다. 지금까지 정현은 그 금기를 잘 지켜오면서 아슬아슬하긴 했지만 별 문제 없이 지내왔다고 생각했다.

그것은 예의였고, 그들 사이의 특별한 도덕이었다. 그런데 왜 갑자기 어머니는 그것을 깨뜨리고 싶어하는가? 왜 보통 어머니와 딸들처럼 하는 노름을 원하기 시작하는가? 모를 일이었다.

정현의 예의와 도덕 속에는 어머니를 노엽게, 서럽게 만들어서는 안 된다는 각오도 있었는데 어머니는 서럽다는 말을 했다. 누구에 대한 서러움인가? 세상에 대한 것인가? 아니면 원하지 않았던 자식에 대한 것인가? 쉽게 끊어지지 않는 질긴 끈을 의식하며 정현은 머리를 흔들었다.

—제발 어머니로부터 자유스러울 수 있었으면.—

그것은 어머니나 자신 둘 중의 한 사람이 모든 것을 포기했을 때 나올 수 있는 문제도 아니었다. 왜 어머니에게서 얼마쯤 떨어져서 빙빙 도는 것으로 관계를 지속시켜 왔을까? 그것은 그 옛날 자신이 어렸을 때부터 어머니와 다른 남자들이 춤추던 장면을, 같이 지내던 장면을 구경하던 데에서 시작된 것이 아닐까 하는 생각을 했다.

그녀는 어머니 주위를 빙빙 돌면서 구경만 했다. 그녀는 한 번도 어머니의 뱃속에서 분리된 분신이란 생각이 들지 않았다. 나이가 들면서 탯줄처럼 질긴 끈이 자신과 어머니 사이에서 힘들게 잡아 다니고 있는 것을 부정할 수는 없다.

—아! 가엾은 사람들! —

그녀는 탄식처럼 입 속에서 중얼거렸다. 그것은 자신에 대한 부르짖음이었다.

형근과 영일은 바다에서 돌아온 뒤 다시 정부 관리들을 받아들여야 하는 일로 또 다른 준비를 해야 했다. 관계 부처의 공무원들은 계절을 가리지 않고 탄광을 순시해 왔다. 겨울은 겨울 대로 탄의 수급에 차질이 있는가를 확인하기 위해서 왔으며, 여름은 여름대로 탄의 비축량과 안전대책 등을 강조하며 내려왔다.

그러한 순시는 수시로 일어나는 일이었으며, 접대 또한 요식 행위로 치부되어 왔다. 그럼에도 회사 자체 내에서는 말썽이 없어야 하고, 우수 업체로 지정되어야 하는 등의 부담을 안고 있어서 형근네는 항상 긴장하게 되었다. 그것은 소장은 소장대로 광산실무자로서의 부담감이 따르는 문제였으며, 전무는 회사 경영면에서 책임을 지고 있기 때문에 사장에 대한 부담이 있었다.

근래 몇 년 사이에 탄가를 동결시키면서 탄광과 정부 관리들 사이에는 긴장이 야기되고 있었다. 그것은 어제 오늘의 일은 아니었으나 1, 2년 사이에 더 심화되었다.

이 광산도 매장량이 얼마 남지 않은 관계로 채탄 현장은 더 지하로 내려가야 했다. 채탄 현장이 지하로 내려감으로써 야기되는 채탄비의 상승, 광부들의 근로 조건 악화 등으로 인해서 광부들에게 지불해야 하는 노임 등에서 많은 문제가 생길 수밖에 없었다.

경기가 좋을 때는 광부를 구하기 힘들다는 것도 커다란 문제였다. 이런 상황에서 탄광은 정부에서 지급하기 시작한 정부 보조금을 타야 하는 문제로 초비상이 되다시피 했다.

일 년의 채탄량에 상응하는 정부 보조비는 일정액이 정해져 있음에도 불구하고 회사 측은 관리들과 언제나 실랑이를 벌여야 했다.

회사 측은 작업 현장이 밑으로 내려가면 내려갈수록 나빠지는 악조건을 내세웠고, 관리들은 산하 기업체를 몇 개나 가지고 있는 재벌 기업임을 내세워 보조비를 깎으려 들었다.

형근과 영일이 우선 관리들에게 납득시켜야 하고 보여 주어야 할 일이란 회사 자체로서 아무런 하자 없이 일을 잘 해내고 있다는 것이었다. 반면 관리들이 확인하고자 하는 것은 노임은 제때에 지불되고 있는지, 가스나 지하수는 제대로 뽑아내어 고시된 기준 대로 근로 조건을 형성하고 있는지, 또한 규정된 노동 시간 이상으로 광부들을 동원하고 있지는 않은지 등이었으며, 무엇보다도 요즘 들어서 부쩍 관심을 보이고 있는 것은 노조 문제였다.

노동조합의 문제는 광산 이상 잘되는 곳이 없다고 해도 과언이 아니었으나, 관리들은 노조가 힘이 세어지면 그대로 불안해 했고, 또 노조가 별 활동을 하지 않는 것 같으면 그것을 문제로 삼았다. 이래저래 광산에서는 관리들이 내려온다는 것은 껄끄러운 일이었다.

"생산과장, 안전과장만 믿어. 잘 해놓으라고. 나야 뭘 아나?"

전무는 형근과 영일에게 너스레를 떨며 습관적으로 온몸을 향해 부채질을 해댔다. 그는 소장에게 해야 할 말들을 언제나 형근과 영일에게 했다. 탄광 내부에 대해서 모든 문제를 책임지고 있는 소장에게 말하는 것을 전무는 어려워했다.

근 30년 가까이 이곳 탄광에서 일해 온 소장은 어떠한 식의 간섭도 원하지 않았다. 깐깐한 그의 성격은 어떠한 실수도 인정하지 않았으며, 자신도 또한 그렇게 되도록 노력하기 때문이기도 했다.

소장의 그러한 성격은 이 탄광을 민영 탄광 중에서 제일 사고율이 낮은 탄광으로 만드는 데 절대적인 기여를 했다고 볼 수 있었다. 소장도 다른 회사의 간부들과 같이 기록적인 숫자에 대해서 예민한 반응을 보이는 사람 중의 하나였다.

관리들은 오후에 오기로 되어 있었다. 그들은 인근에 있는 자그마한 탄광들을 다 돈 후에 민영 탄광의 마지막 조사 대상으로 이곳 탄광을 들르는 것이 관례였다. 그들은 그 다음으로 이 탄광에서 한 시간 남짓 걸리는 지역에 위치한 국영 탄광으로 가는 것이 그들의 코스였다.

그들이 하는 조사는 모든 탄광을 대상으로 하는 것이기 때문에 며칠씩 걸렸다. 대개 민영 탄광으로서 이곳 탄광을 마지막으로 본 다음에 국영 탄광으로 가는 것은 그만큼 이 곳에 많은 비중을 두고 있다는 뜻도 되었다.

"또 수청 들 준비를 해야겠군. 이번에는 어떤 친구들이 내려올지, 원—"

영일은 아직도 오른손을 주머니에 넣은 채로 담배를 피우며 들어섰다. 형근은 영일의 손이 아직도 주머니에 찔려 있는 것을 보며 아직도 정현이 내려오지 않았음을 확인했다.

"기차역까지 마중 나가지 않아도 되는 것만도 천만다행이지. 고속도로가 생겨서 얼마나 다행인가? 다 같이 저희들이 차를 타고 내려오고, 또 올라가고—"

전무는 계속 습관적으로 부채질을 해댔다. 벌써 에어컨을 가동하기 시작한 지 한 달이 넘었건만 여름만 되면 부채질을 해대는 것은 전무의 습관이었다.

"전무님은 기차역에 마중 안 나가는 것만 생각했지, 고속도로가 생긴 뒤에 더 뻔질나게 내려오는 것은 생각지 않습니까? 고속도로가 생긴 뒤로 두 배, 세 배는 내려오는 것 같지 않아요? 오지 않아도 되는 것까지 내려오지 않습니까? 국장만 바뀌어도 내려오니 살 노릇입니까?"

영일의 말은 여름 날씨만큼이나 늘어져서 그 귀찮고 권태스러운 농도를 더 심화시켰다.

"그래, 자네 말이 맞아. 근대화라는 것이 은근히 사람 잡는 것이지. 거기에 발맞추고 살아야하는 우리같이 나이든 사람도 여간 고달픈 게 아니야. 하지만 자네, 정부 기관의 국장을 우습게 보지 말게. 중앙관청에 국장자리 따기가 쉬운 줄 아나?"

그는 필요 이상으로 영일에게 비위를 맞춰 주었다. 전무에게는 모두 좋은 것이 좋은 것이었다. 그는 마치 뼈 없는 사람처럼 그렇게 흐물흐물 하는 것으로 보였으나 모든 일을 그렇게 처리하는 것은 아니었다.

그는 형근과 영일이 적당히 앞에서 잘 막아 주기 때문에 모든 일이 문제없이 이루어지고 있다는 것을 잘 알았다. 그는 형근과 영일에게 언제나 고마워했으며 모든 문제를 적당히 무마시키는 쪽으로 일을 해결해 나갔다.

"역시 전무님은 관리 지향적이셔."

영일이 작게 낄낄거렸다. 전무는 여사원에게 관리들의 저녁 식사 대접을 위한 식당 예약, 그리고 그들이 머물러야 할 합숙소의 방들을 다시 한번 체크하도록 일렀다. 그는 마치 가정 방문을 하는 선생을 맞이하는 학부모 같았다.

"여기는 신선놀음이구려. 누구는 땡볕에서 탄 덩어리나 고르고 있는데— 좀 너무한다고 생각하지 않습니까? 그래도 기사님들은 우리의 몇 배씩 월급을 받고. 너무 불공평하지 않습니까?"

의수를 흔들거리며 사무실로 들어선 사람은 몇 년 전인가 갱내에서 자신의 부주의로 인해서 팔이 잘린 광부였다. 그는 발파할 때 술을 먹고 갱내에 들어갔었다. 급히 피했어야 하는 순간에 그는 만용을 부리다 덩어리 탄에 깔렸었다.

그는 잊어버릴 만하면 이렇듯 사무실에 나타나서 행패를 부리곤 했다. 그는 어디에선가 정부 관리들이 내려온다는 소식을 들은 듯했다. 그는 귀신처럼 그런 기회를 잘 이용했다.

"여보게, 그러지 말고 조용조용히 말로 하게. 자네 요구는 들어줄 만큼 들어주지 않았나? 젊은 사람이 무슨 짓이야? 폐인처럼—"

형근은 그를 끌어다 의자에 앉히느라 진땀을 흘렸다. 영일은 의수를 한 광부가 들어서자 밖으로 나가버렸다. 그는 사고로 해서 부상당한 사람들과 같이 얘기하고 싶어하지 않았다.

"그래, 나는 폐인이요. 폐인이란 말이요. 그런데, 누가, 누가 날 이렇게 만들었지?"

형근은 그에게 이제 아무런 말도 통하지 않는다는 것을 경험으로 알았다.

"이봐요, 윤과장, 내 팔을 내어 놓으란 말이요. 내 팔을—"

그는 갈퀴처럼 비죽이 나온 의수로 책상을 탕탕 치며 을러대었다. 형근은 책상에 부딪치며 울려대는 그 소리를 들을 때마다 진땀이 바짝바짝 났다.

"그래. 사람 팔 하나에 백만 원을 먹고 떨어지란 말이요? 팔 두 개, 다리 두 개, 내 몸뚱이를 다 잘라 버리고 나면 얼마나 되는 거요?"

그는 항상 그랬듯이 또 그의 몸뚱이를 동강내었다. 그는 그러지 않으면 직성이 안 풀리는 모양이었다.

"여보게. 자네 그 소릴 또 하는군. 자네도 알다시피 그때 회사에서는 최선을 다해서 보상하지 않았나? 그리고 또 여름 불경기에 회사에선들 어떻게 할 수 있겠나?"

형근은 자신이 왜 회사 측에서 얘기해야 하는지 알 수 없었다. 그냥 해야 하니까 하는 것이었다.

"이봐요, 윤 과장, 당신이 하는 말이 정말이라고 생각한다면 당신도 그놈들에게 농간당하고 있는 거요. 당신을 이용하고 있는 것이라고— 물론 당신도 그렇게 순진한 사람은 아니겠지만 말이요—"

그는 어느새 형근을 자신의 편에 가담시켰다. 형근은 왜 자신이 그런 말을 했는지 의아했다. 그러나 대부분의 그의 행동이 그러했듯이 그것도 그저 습관에 의해서 항시 그의 입속에 준비되었던 말들이었을 것이다.

"아니 왜 이렇게 소란스러운 거야? 누구야? 누구—"

유리로 된 칸막이 저편의 전무실에서 사무를 보던 전무가 소리를 치며 들어섰다. 광부는 냉소적인 표정을 띠긴 했으나 자리에서 비실비실 일어서며 전무를 외면했다.

"이봐, 자네 웬일이야? 자네하고의 계산은 다 끝났을 텐데— 왜 이렇게 또 찾아와서 행패를 부리는 거야?"

전무도 어느 정도의 액수를 집어 주어야 일이 끝난다는 것을 알고 있었으나 좀더 작은 액수로 낙착을 보기 위해 이렇게 엄포를 놓는 것이었다.

"일이 다 끝나다니 무슨 말씀이십니까? 그래, 제 팔이 다시 붙기라도 했다는 말입니까? 제가 이 육신으로 일을 해서 자식새끼며 여편네를 벌어 먹이게라도 됐단 말입니까?"

젊은 광부가 전무에게 대들었다.

"젊은 사람이 도가 지나치지 않나? 나한테 떼를 쓰러 온 거야? 억지를 부리러 온 거야? 자넨 노동법이라는 것도 모르고 광부 노릇을 했었나? 영악한 친구인 줄 알았더니 형편없는 친 구였군.

자네 사고는 자네의 부주의로 일어난 것이 아니냔 말이야. 자네가 조장이나 안전기사의 얘기를 잘 들었다면 그런 사고는 일어나지 않았던 것이 아니냔 말이야. 자네 때문에 입은 회사 측의 손해는 얼마에 달하는지 알기나 하나?

그리고도 우리는 회사 측의 부주의로 발생한 사고와 동일하게 대우를 해주지 않았느냐 말이야. 뭐가 부족한 거야? 그러고도 몇 번씩이나 이렇게 돈을 긁어 갔나? 우리는 자네 같은 사람이나 먹여 살리느라고 이렇게 일을 하는 줄 아나?"

"팔 하나에 백일 분의 수당을 지급하면 모든 일이 끝난다는 말씀이군요—"

그는 다시 책상을 치며 넋두리를 시작했다.

"애초에 주의를 하지 않은 자네의 잘못이 아닌가? 회사 측에서는 할 만큼 했다는 말이야."

형근은 이제 그 순서마저 기억할 정도로 그의 방법은 똑같이 반복되었다.

"그만두게. 이젠 자네의 그런 쇼에도 이젠 지쳐 버렸으니까— 자네, 나하고 약속을 한 가지 해야겠어. 이번에는—"

"약속이요? 제 요구만 들어주신다면 약속쯤이야 얼마든지 하겠습니다."

그는 갑자기 비굴해지며 전무를 바라보았다.

"그래. 자네의 요구를 들어줄 텐데 말이야. 이번 한 번만 준다면 다시는 안 오겠나?"

"예? 다시는 오지 말라고요?"

"그래. 나하고 마지막으로 타협을 보자는 말이야. 오늘 받으면 다시는 오지 않겠다는 약속 말이야."

"액수는 제가 정해도 되는 겁니까?"

"자네 혼자 일방적으로 정할 거라면 내가 왜 타협을 하자고 하겠나? 아무튼 자네는 얼마를 받으면 안 오겠다는 건가?"

"많지도 않아요. 나도 젊은 놈이 이따위 짓거리 하기도 싫고 말입니다. 딱 석 장만 주십시오. 그러면 다시는 안 오겠습니다."

"돌았군. 그게 무슨 타협이야. 강제로 협박을 하는 거지."

"그러면 전무님은 얼마로 낙착을 보시겠다는 겁니까? 그래 날보고 석 장도 받지 못하고 떨어지라는 소립니까? 그러시다면 미안하지만 계속해서— 목숨이 붙어 있는 한은 찾아 다녀야겠습니다."

그가 다시 의자에 털썩 주저앉으며 말했다.

"이봐, 그러지 말고 두 장에 영수증을 쓰게. 다시는 안 오는 명목으로 말이야."

그는 분명히 조금 있으면 도착할 관리들로 해서 불안했을 것임에도 전혀 초조한 빛을 보이지 않았다. 전무는 지구전에 강했다.

"왜 이렇게 체구 값도 못하십니까? 저도 여러 말 하기 싫으니 석장을 채워 주세요."

"자네는 왜 그렇게 버릇이 없나? 그러나 이번이 마지막이네, 자네 도장을 찍는 것은 잊지 말게. 윤 과장 빨리 영수증을 하나 쓰시오. 내용을 똑똑하게 하시오."

형근은 타자기로 전무가 원하는 문안을 작성해야 했다. 다시는 회사 업무에 지장을 주지 않겠다는 내용의 각서를 왜 매번 자신이 작성해야 하는가?

그러나 그러저러한 문제들을 생각하기에는 시간이 없었다. 관리들이 내려오겠다고 통고해 온 시간은 한 시간 남짓밖에 남지 않았다. 형근은 작성한 문안을 전무에게 내밀었다.

"여기에다 사인을 하든지 도장을 찍게나."

"고맙습니다. 사인을 하죠. 무엇보다 이것이 정확하겠지요? 이런 짓을 하고 다니는 놈은 그렇게 많지는 않으니까 말입니다."

그가 갈고리 모양의 의수를 흔들어대며 교활하게 웃었다.

"맘대로 하게나. 자네의 표시만 하면 되니까—"

전무는 태연했다. 광부는 말과는 달리 사인을 해놓고는 돈을 타 가지고 나가 버렸다. 그는 나중에는 어떻게 되는 한이 있어도 우선은 돈을 받아 가지고 나갔다. 그가 분명히 그 돈을 집안 살림에 쓰지 않으리라는 것도 분명했고, 또 다시 회사 사무실을 찾아오리라는 것도 분명했으나 어쩔 수 없는 일이었다.

관리들은 예정보다 좀 일찍 도착했으나 전무는 조금도 당황하지 않았다. 모든 것은 철저하게 준비되어 있었기 때문이었다. 내려온 사람은 사무 담당 관리가 두 사람, 실무 담당 관리가 세 사람이었다.

실무 담당 관리 중에 한 사람이 형근, 영일 등과 대학을 같이 다닌 동창이었다. 형근과 영일은 그가 공무원으로 그 부처에서 일하는 것을 알았으나 그가 탄광을 책임진 실무 담당 관리로서 내려온다는 것은 생각하지 않고 있었다.

그들은 반가웠으나 그들이 해야 하는 업무를 위해 곧 전무실에서 자리를 잡고 앉았다. 사무 담당 관리가 정부 측의 계획 입장 등을 밝히며 이번 겨울에도 탄 수급에 차질이 없도록 해줄 것을 당부했다.

관리들의 지시 사항은 수시로 내려오는 공문서의 내용 이상은 아니었다. 작은 것이라도 정책이 바뀔 때마다 지시 사항은 하달되기 때문에 별로 새로운 것은 없었다.

실무 담당 관리들은 올해 들어서의 채탄량, 채탄 현장의 조건, 안전 업무 등의 보고를 일일이 부탁했다. 형근이네 대학 동창이 실무자로서 모든 업무를 맡아서 관장했다.

그는 다행스럽게도 업무 보고를 들을 때는 철저하게 공적인 입장이 되어 주어서 오히려 형근을 편하게 했다. 형근은 며칠 전 사장에게 보고했던 바를 다시 한 번 상세히 설명했다. 사실을 보고한다는 것은 문제될 것이 없었다. 안전 사무의 보고 역시 형근이 맡아서 했다.

─내가 해버리지.─

떨떠름하게 앉아 있는 영일을 보고 형근이 그의 의향을 전했다.

─그래. 자네가 다 해버려.─

그는 여전히 앉은 자세에서도 호주머니에서 손을 꺼내지 못 한 채 작게 말했다. 그는 분명히 대학 동창을 의식하고 있을 것이었다. 또한 아직도 그러한 관계에 얽매여 있는 자신에 짜증을 내고 있을 것임에 분명했다.

언제나 얽매이는 것에서 자유스러워지고 싶은 것이 그의 소망이기도 했으나 그는 그것을 쉽게 벗어 날 수 없었다. 그는 특히 손가락 문제로 극히 예민한 상태일 것이었다.

그 불편함 속에서 진땀을 흘리는 영일을 보는 것보다는 형근은 자신이 해 버리는 것이 낫겠다고 생각했다. 관리가 된 동창이나 자신이나 제각각 자신의 길을 가고 있다는 것을 영일은 잘 알고 있었으며, 자신의 일에 대한 긍지 또한 대단한 영일이었으나, 보고를 하는 일에 대해선 까닭 없이 괴로워했다.

그는 언제나 왜 자신이 갱내의 업무 이상에 관여해야 하는지에 대해서 불만스러워했다. 영일의 외골수적인 성격은 고질병이어서 아무도 고쳐 보겠다든가 하는 의욕을 가지지 않았다. 그보다 언제나 형근이 옆에서 그를 막아 주었기 때문에 그러한 태도가 더 굳어졌는지도 몰랐다.

형근은 그에 비하면 대부분의 공식적인 보고에 능숙했다. 무슨 일에든지 그가 공적인 자세가 되는 것은 사무적인 일처리에 거부감이 없었기 때문이다. 탄광 업무 전체에 대한 보고에서 그는 수동적인 자세를 취하기보다는 설득력 있고 논리적으로 전달하려고 애썼다.

이제 개별적인 탄광의 특수성을 얘기하기에는 대부분의 탄광이 웬만큼은 자리잡혀 안정된 기반 위에서 작업을 하기 때문이기도 했다. 매년의 채탄량과 광부 숫자, 사고 발생 건수 등은 즉각 관계 부처에 보고되었다.

관계 부처도 개별 탄광에 관해서는 웬만큼의 자료를 다 가지고 있었기 때문에 즉흥적이거나 편파적인 보조란 기대할 수 없었다. 그들은 다른 탄광과 동등한 위치에서 작업하는 것을 원칙으로 하고 싶었으며, 그러한 그들의 바람은 탄광의 사장이 기업가이기도 했지만 그들의 은사였다는 점에서 가능한 일이기도 했을 것이다.

어떤 경우에도 당당하게 일하고 싶은 것은 그들이 지향하는 바이기도 했다. 그는 탄광의 안전 업무에 대한 보고에서도 영일이 만들어 놓은 도표를 기준으로 하여 설명한 후 끝을 냈다.

"탄가가 동결된 뒤로 모든 탄광이 안고 있는 문제이기는 합니다만, 민영 탄광으로서의 한계를 당국에서도 인식해 주셨으면 합니다. 규모가 커지면 커질수록 손해를 보는 부분은 더 증가하는 역설적인 논리지요."

"본 광산이 그만큼 많은 계열 회사를 가지게 되고 성장하게 된 것은 누가 뭐라고 해도 모두 이 탄광이 기반이 된 것이 아닙니까? 이 탄광이 세월이 좋았을 때 사회를 위해 기여만 한 것도 아니지 않습니까?"

"기업이 이윤 추구를 목적으로 하는 것이라는 점을 부정할 사람은 없겠지요. 단언할 수 있는 것은 이 회사 사장님이 부정한 방법으로 축재를 한 일이 없다는 것은 세상이 아는 바와 같다고 봅니다."

"기업가로서 평판이 좋다는 것이 애국을 하셨다고는 볼 수 없지 않을는지."

형근도 뻔한 얘기의 순환에 지치기 시작했다.

"중요한 것은 여느 탄광들도 마찬가지이겠지만 채탄 조건이 나빠지는 것입니다. 해를 거듭할수록 지하로 더 내려가고 있으니까요. 아시다시피 온도의 상승, 배기가스의 문제, 지하수 등으로 해서 채탄 비용은 훨씬 더 들고 작업 능률은 훨씬 떨어진다는 것이지요."

형근은 대화의 공백에서 다시 한 번 새로운 시도를 해보았다.

"그렇지만 이 탄광은 채탄된 탄들을 컨베이어 벨트로 운반하고 있으니 벌써 운반비는 훨씬 감소되고 있지 않습니까?"

지난번에도 왔던 실무 관리가 집요하게 주장을 굽히지 않고 질문을 했다.

"컨베이어 벨트의 시설비가 얼마나 들었는지는 잘 아실 겁니다. 이 설비는 국영 탄광에서도 겨우 2년 전에야 완공된 것이 아닙니까? 우선 당장 인건비가 조금 덜 지출되고 일의 능률이 오르다 뿐이지 감가상각비 등을 생각한다면 회사 측으로서는 경제적 부담은 훨씬 늘어나고 맙니다. 기계의 수명을 생각해도 절대적으로 회사 측에서 이득이 있는 것은 아닙니다."

"지금 윤 과장은 회사 측의 이윤만 생각했지 광부들의 후생 시설이나 그들의 복지 문제에 대해서는 전혀 언급이 없으시군요. 그보다 더 중요한 것은 탄광이 기계화되면서 광부들이 일자리를 잃어버리거나, 그들이 채용 기회를 놓칠 것이 두려워서 전전긍긍하는 것은 아닙니까?"

계속해서 옆에 있는 그의 동료들이 질문을 하는 동안 서울에서 내려온 동창은 시종일관 말을 하지 않고 듣는 자세였다.

"탄광은 50퍼센트 이상이 유동 인구입니다. 그들은 철새처럼 와서 일하고, 어느 정도 그들의 욕구가 채워진다면 또 다시 떠납니다. 나라의 경기가 좋을 때는 탄광은 채탄 과정에서 큰 차질이 생길 수밖에 없습니다. 구인난에 허덕이기 때문이지요. 모두 미련없이 도시로, 도시로 떠나갑니다. 그들은 탄광에 대해 의무도 책임도 느끼지 않습니다. 기실 그러한 때에 설치해야겠다는 필요성을 느끼기 시작한 것이 컨베이어 벨트이기도 합니다. 우리나라 현실에서 그렇게 시급한 시설은 아니었다고 볼 수도 있습니다. 그러나 다시 경기가 침체되기 시작하면 사람들은 광산으로 몰려옵니다. 우리가 모두 그들에 대한 책임까지 져야 한다는 것은 무리한 요구입니다."

"그렇게 몰려오는 사람들을 염두에 두고 기존 광부들에게 압박을 가하는 것은 아닙니까? 부당한 요구를 한다든지 해고에 대한 위협을 가한다든지 하는 방식으로 말입니다. 꼭 그러한 방법이 아니라 하더라도 어떤 식으로든지 광부들에게 압력을 가하는 일은 없는지 모르겠군요."

형근은 그들의 말에 대꾸할 아무 의욕도 없었다. 그들 관리들은 언제나 자주 바뀌었고, 그들은 바뀔 때마다 전임자로부터 아무리 탄광에 대한 지시나 가르침을 받는다 해도 언제나 탄광은 그들에게 생소한 곳이었다.

대부분의 관리들은 그 과에서 얼마 동안 근무하다가는 또 다른 과로 가버렸고, 새로운 관리들은 언제나 그 일들을 새삼스러워하며 표피적인 질문들을 해 왔다. 그들은 아주 기본적인 것에서도 지식이 없었기 때문에 전혀 엉뚱한 질문들을 하는 경우도 많았다. 덕분에 형근이네가 적당히 호도하면서 쉽게 이러한 보고를 끝낼 수가 있기는 했다.

정말 그것은 요식행위처럼 적당히 진행되는 때가 많았다. 질문을 계속하는 젊은 관리는 의욕이 많았음에 분명했다. 그러면서 그는 모든 일들을 배워나가고 조금 있으면 인정받는 책임자가 될 것임이 분명했다. 다만 문제는 형근이 이 모든 일들에 이제는 지쳤다는 것이었다.

사고를 당한 광부로 인해 피곤하기도 했거니와, 더이상 이러한 반복되는 작업을 감내할 만큼 인내심도 없어진 듯했다. 영일이 하는 것보다는 자신이 참아내는 것이 조금은 더 낫겠다고 해서 시작된 보고가 제발 좀 끝나 주기를 그는 고대했다. 동료의 끈질긴 질문에 형근의 동창은 무표정하게 앉아 있었으나 곤욕스러워 하고 있었음에 분명했다.

"본 탄광이 기업의 윤리라는 면에서 어긋나는 일은 별로 하지 않는다고 생각합니다. 그것은 기본입니다. 기득권을 가지고 있는 사람들에게는 어떠한 피해도 주지 않고 있습니다. 탄광 자체를 위해서도 그들이 필요한 바이기도 하거니와 이제는 조합이나 노동법 등이 확고하게 자리 잡고 있기 때문에 어떤 식으로든지 광부에게 피해를 준다는 것은 불가능하다고 보시면 됩니다. 거듭 말씀드리지만 경험이 많은 광부를 많이 확보하고 있다는 것은 탄광 자체를 위해서도 바람직한 일입니다. 그러한 경험이 있는 광부를 어느 정도 확보하느냐에 따라서 일의 진척이 달라지니까요. 결코 기존 광부들에게 어떠한 식으로든지 부당한 요구를 하지는 않습니다."

영일은 벌써 이 대화의 관심 밖에 있었고, 전무는 느긋하게 앉아서 게임이 끝나주기를 기다렸다. 전무는 어떠한 상황하에서도 형근이 잘 해내리라는 것을 알았다.

소장은 자기가 끼어들지 않더라도 부하 직원들이 잘 해내리라는 것을 잘 알기 때문에 무표정하게 앉아 있었지만 그들의 대화를 하나도 놓치지 않고 귀기울였다.

영일은 다만 자신이 나누어서 해야 할 일을 형근이 혼자 맡아 하는 것에 미안해 했다. 그것은 어려운 일이 아니라 사람을 지치게 하는 일이었다. 매번 인내심의 싸움에서 얼마나 잘 견딜 수 있는가 하는 것이 가장 큰 문제였다. 노동이었다.

영일은 자신이 너무 그 노동으로부터 멀리 떨어져 있었던 것에 대해 미안함을 느꼈다. 그것은 영일이 자신의 변화 때문이 아니라 형근이 너무나 힘들어하는 것을 느낄 수 있었기 때문이었다. 형근이 이제 도움이 필요한 상태라는 것을 실감할 수 있었다.

"노동조합은 잘 운영되고 있습니까? 혹시 회사의 사주를 받는 사람들을 조합장으로 앉히기 위해서 회사 측에서 압력을 가하거나 하는 것은 아닌가요?"

젊은 관리는 당돌하고 무모했다. 그것은 경험이 없는 미숙함에서 오는 것만은 아닌 듯했다. 그는 관리로서 일생을 굳히겠다는 원대한 포부를 가지고 있는 듯했다. 그는 철저하게 자신이 알고자 하는 부분에서는 모든 것을 밝혀내겠다는 심산이었다.

형근은 그의 태도가 어떤 의미에서는 좋게 생각되었다. 그는 이제 관리 일을 시작한 지 얼마 안 되었는지도 몰랐다. 모든 부정이나 모순을 파헤쳐 보겠다는 그의 태도는 당연한 것이었다. 본인이 그 대답을 해 줘야 하는 것은 당연한 책임이었다.

다만 그는 반복되는 이 일을 이제는 더할 수 없다는 생각을 굳힐 뿐이었다. 그러나 아무리 앞으로 이 일을 안 한다고 해도 지금은 우선 모든 것을 끝내야 한다는 상황을 그는 잘 알았다.

"모든 직장 중에서 노동조합이 제일 먼저 생긴 곳은 탄광입니다.

또 그 조직이 제일 잘 진행되는 곳도 탄광입니다. 조금 전에 후생 복지 시설 등에 대해서도 언급하셨지만 적어도 본 탄광은 모두 기준선을 훨씬 넘어선 시설을 가지고 있다고 믿습니다. 그것은 우리의 의지이고 자부심입니다. 또한 새마을금고니 생필품 공동 구입 판매장이니 하는 기관을 움직이는 것은 조합입니다. 그러한 기관은 그들의 일상생활과 직접 연관이 되어 있습니다. 어떻게 그들이 자신들의 이권을 쉽게 포기하겠습니까? 쉽게 포기하지 않습니다. 그것은 그들의 생활이기 때문입니다. 회사 측 또한 회사의 영리만을 위해서 존재하지 않습니다. 그들이 생존해야 회사도 삽니다. 가능하면 서로 융합해야 하고, 상부상조해야 합니다. 그렇지 않으면 버텨낼 수가 없습니다."

형근은 말을 끝맺었다. 그는 말을 끝내면서 정말 회사가 그렇게 운영되고 있는가에 대해서 잠시 회의했다. 사실은 이상론이었으나 그것을 부정할 수는 없었다. 적어도 형근이나 영일이의 생각에서 추구하는 방향은 그러했다.

가능하면 회사로부터도 그러한 생각으로 운영해 주기를 그들은 원했고, 어느 정도 접근이 되었다고 생각했다. 그러한 생각은 자만인가? 잠시 그는 자문했으나 그렇지는 않은 것 같았다. 그러한 믿음은 그가 이곳 탄광에서 바친 세월에 대한 보상이기도 했다.

"저희 이 계장도 이제는 웬만큼 납득했으리라 봅니다. 이 계장이 조금 민감했던 것 같습니다. 일부 민영 탄광에서 하도 진정이 많이 들어오고 악명 높은 탄광이 많으니까 예민한 반응을 보였던 듯합니다. 회사 측과 광부 측 사이에서 중개자의 역할을 하시는 분들이 여기에 나와 계시는 윤 과장이나 김 과장님이시지요. 솔직히 민영 탄광으로서 이 광산은 사장님의 노고와 그분 제자들인 많은 관리직 사원

여러분들의 덕으로 이만큼 굴지의 기업을 만들었다고 볼 수 있지요. 어떻게 군소 탄광들과 비교를 할 수 있겠습니까? 이제 우리도 웬만큼 광산의 현황을 파악하게 되었으니 갱 속이나 한번 들어가 보고 끝을 내도록 하는 것이 어떻겠습니까?"

형근이네의 동창 관리가 마무리를 해 주어서 보고 업무는 끝을 내게 되었다.

"미안하네. 우리 과에 들어온 지 얼마 되지 않는 친구라 업무 파악이 잘 안 되어서 그래. 이해해 주게. 세대 차이기도 하겠지만 요즘 들어오는 사람들은 저돌적인 면이 많아. 모르지. 우리도 또 그랬었는지."

동창은 장황하게 사과했다.

"범인과 심문관으로 우리가 만나지 않은 것만도 다행이야."

영일이 웃었다.

"고달프네. 또 우리는 가서 이것에 대해서 보고서를 써야 하니까. 끝없는 순환이지. 사장은 주로 서울에 있나 보군."

동창은 건성으로 물었다. 그는 별로 대답도 기다리지 않았다. 그들은 잠시 담배를 피우며 휴식을 취했다. 오래간만에 만난 동창은 그 많은 시간을 거슬러 올라가게 했다.

─그 시절에 우리는 행복했나? 그 시절엔 우리는 무엇을 생각했었나?─

타임머신을 타고 거슬러 올라간 10여 년 전의 세월도 결코 행복과 빛나는 것들의 결합은 아니었던 것 같았다.

─무엇이었을까? 아스라하게 저 건너편으로 지나간 그 세월들은 무엇이었을까? 저렇게 갑자기 나타난 저 친구는 그 세월을 무엇으로 어떻게 보냈을까?─

갑자기 그들 앞에 나타난 친구는 연륜과 그 많은 시간들에 대한 회상이었으며, 서글픈 시간의 비애였다. 그들은 무슨 얘기인가 연결시켜 보려고 조심스럽게 노력해 보았으나 불가능했다. 차라리 전혀 모르는 사람을 대하는 것이 훨씬 편하리라는 생각이 들 정도였다. 영일이 동창을 포함한 관리들을 데리고 탈의실 쪽으로 가려고 했다.

—아, 피곤하다. —

문득 문득 모든 기억들이 새처럼 날아갔다. 앞으로 다가올 시간들이 또한 새처럼 날아가고 있었다.

"내가 안내할 테니 자네는 들어가 쉬지 그래."

영일이 형근을 진심으로 걱정했다. 형근의 표정은 지쳐서 서 있을 수도 없을 듯했다. 형근은 그러나 그렇게 하지 않았다. 자신의 육신을 좀더 혹사시켜 죽음 같은 수면 속으로 빠지고 싶은 욕망이 더 강했다. 동창인 관리와 영일과 같이 지냈던 과거의 시간 속으로 진입하고 싶은지도 몰랐다.

"왜 그동안 자네는 현장 쪽으로 내려오지 않았나?"

영일이 동창에게 물었다.

"그동안엔 데스크만 지켰지. 통계나 보고서 작성 등이 내 업무였고— 자네들이 여기에서 일하는 것은 진작부터 알았지. 그냥 연락을 못했을 뿐이야."

관리의 틀이 몸에 익은 그는 형근이나 영일이의 기억 속에 남아 있는 옛날 친구는 아닌 듯했다. 그의 일이 그를 저러한 모습으로 만들었다면 형근이나 영일의 현재 모습은 광산으로 인한 것인가? 형근은 과거 속으로 미래 속으로 넘나들며 휘청거렸다.

작업복으로 갈아입은 관리들을 갱내로 안내하기 위해 케이지의 버튼을 누르자 내부는 출발로 인한 반동으로 잠시 휘청거렸다. 형근에게 질문을 부어대던 젊은 관리가 케이지 바닥으로 쓰러지려는 것을 영일이 잡아 일으켰다. 젊은 관리는 그의 손에 묻은 탄가루를 무의식 중에 탈탈 털었다.

"쓸데없어요. 작업복만 입어도 샤워는 해야 하니까. 여기에 처음 왔소?"

영일이 물었다. 그가 그렇다고 떨떠름하게 대답했다. 영일이도 그가 자기 일에 철저하려고 하는 태도를 미워할 수는 없었다. 그것은 자신도 역시 마찬가지였으니까— 그러나 비전문인으로서 남의 분야에 오만하게 간섭하려는 태도는 마땅치 못했다.

광산의 일은 충분히 가치 있는 일이었고, 전문적인 기술 습득이 기반이 되어서야 작업도 진척시킬 수 있다고 그는 확신하기 때문이었다. 탄광은 그들의 분야였고, 그것에 대해서 알고 싶은 외부인이라면 겸손하게 접근해야 된다고 생각해 왔다.

광부들에 대한 얼토당토않은 동정이나 서푼짜리 기업에 대한 비난은 그로서는 참기 어려운 부분들이었다. 그는 외부인들의 그러한 미숙함을 견딜 수 없어 했다.

그 젊은 관리는 갑자기 바뀐 상황으로 해서 힘겹게 그들을 따라다니면서도 미리 준비해 온 가스측정기로 가스를 측정해서 도표에 기입해 넣었다. 영일은 그렇게 검사하고 싶어하는 관리를 도와주었다. 영일은 관리의 철저한 직업의식을 인정했다.

"이렇게 넓은 갱도에서는 가스는 그렇게 문제가 안 돼요. 그 정도로 문제가 된다면 아무도 이 탄광에서 일을 할 수가 없소. 그러한 가스의 위험은 막장에서나 생기는 거요. 아무리 여기에서 가스를 측정해도 기준치의 훨씬 아래로 떨어질 수밖에 없소. 그래도 물론 갑자기 밖에서 들어온 사람은 온몸에 장애를 받아요. 귀도 멍멍해지고,

조금 있으면 피부가 조금씩 압박을 받는 것 같은 기분이 되고 말아요. 그래도 가스는 기준치를 넘지 않아요. 그 정도로 갱내의 상황은 나빠요. 가스가 문제가 되는 것은 갑자기 막장에서 붕괴 사고가 나면서 갱도가 막혀 버렸을 때 석탄 자체에서 내뿜는 가스가 방출되지 못할 때요. 현재 가스는 어디에서나 정상 수위일 거요. 문제는 불시에 사고가 났을 때에 생기는 거요. 아무도 그것에 대해서 대처하지 못하고 있었을 때에 말이요. 가스보다 문제가 되는 것은 당신도 지금 느낄 수 있듯이 지하로 내려갈수록 상승되는 지열이요."

"그렇지만 이 탄광은 지금 지하 700미터 아래로는 내려가지 않지 않습니까?"

"그렇소. 당신 말이 맞아요. 당신이 내일 가보면 알겠지만 국영 탄광은 1,000미터가 넘게 파 들어가고 있어요. 내년이면 1,100미터로 내려갈 거요. 그렇게 되면 여기 온도보다 섭씨 4, 5도는 높을 거요. 더 악조건이요. 인간은 잔인한 거요. 뿐만 아니라 위대하기도 하고. 뭐 아무튼 상상할 수 없는 근로 조건에서도 일을 하고 있소. 저 아프리카의 금광에 가보면 지하 2,000미터에서도 흑인들을 시켜서 금을 캐내지요. 그렇게 되면 평균 기온이 섭씨 45도 이상이 되고 말아요. 그런 곳에서는 4시간 이상 절대 작업을 할 수 없어요. 그래도 계속 금을 캐내는 일을 하는 사람이 있어요."

젊은 관리는 영일의 말을 들으면서 따라 가기에도 힘이 드는지 헉헉 숨을 몰아쉬었다. 영일은 가능한 한 갱내의 사정을 그에게 잘 알려 주려고 노력했다.

"아, 또 이상한 상상은 하지 말아요. 여기는 지하 700미터밖에 안 되니까 광부들에게 노임을 적게 지불하지 않느냐는 식으로 말이요. 탄광촌에서는 모두 다 서로서로 금방 통하게 되어 있어요. 그들은 서로 어느 탄광의 조건이 어떻고, 또 다른 어느 탄광의 조건이 어떤가에 대해서 우리들보다도 더 많이 알아내고 있어요. 만일에 여기에서 조금이라도 노임을 덜 지불한다면 당장 그들은 한 푼이라도 더 주는 광산으로 이동할 것은 분명합니다. 그들에게는 현실이 그만큼 급박하니까요. 온도가 몇 도 더 올라가느냐 아니냐는 그렇게 중요하지 않아요. 어차피 갱 속에서 일한다는 것은 조금도 좋은 조건이 아니니까 말이요."

영일은 젊은 관리에게 긴 설명을 해 주었다. 그의 긴 설명은 처음에는 외부인의 개입에 대한 짜증으로부터 시작됐으나 지금은 관리를 도와주고 싶기 때문이었다.

영일은 그에게 갱내의 많은 것을 알려 주고, 그가 광산에 대해서 가지고 있을지도 모르는 선입견을 고쳐 주고 싶었다. 영일은 그 젊은 관리만큼 탐구열이 강한 사람이라면 차라리 상황을 자세히 알려주어 쓸데없는 오해가 없도록 해야겠다고 생각하기 때문이었다.

그들의 동창은 드문드문 과거의 얘기를 하며 현실에 만족하는가를 물었다. 형근은 웃어 버렸다. 갑자기 동창의 현실이라는 말은 갱내의 현실이라는 생각으로 연결되었다. 누가 갱내의 현실에 만족할 수 있겠는가?

형근은 어차피 현장에서 일을 하겠다는 특별한 의지로 뛰어든 것은 아니었다. 영일의 경우에는 다를 수도 있었다. 아니, 그는 다른 것 같았다. 그는 자신의 전공에 대한 철저한 장인 기질을 가지고 있었음에 분명했다.

서울에서 내려온 동창생은 어떨까? 전공과는 전혀 관계없이 약간의 전문적 지식을 뒷받침삼아 관리로서의 자기 길을 가고 있었다. 그에게는 형근이나 영일이 현실에 만족하지 못하는 그런 인물로 보였을지도 모른다.

형근이나 영일이 직업에 대한 만족 여부를 생각해 본 일은 별로 없었다. 특히 형근의 경우 그가 그 일이 아니고, 다른 일을 해보고 싶다는 구체적인 생각을 해본 일도 없었으니까―

영일은 자신의 일에 누가 개입하고 어설프게 끼어드는 것을 못 견디듯이 자신의 일에 대한 자부심도 대단한 듯했다. 영일은 다른 직업은 별로 생각해 본 적이 없는 것 같았다. 대학에서 광산과를 전공으로 선택한 때부터 그는 그 직업 이외의 다른 일을 생각해 본 적이 없는 듯했다.

다른 가능성을 염두에 두지 않은 생활은 흔들림이 없어서 좋을 것이었다. 그러나 만족이라는 말은 우스웠다. 그렇다면 동창은 관리로서의 업무에 만족하는 것일까? 모를 일이었다. 아니, 그들의 대화는 그저 습관적인 대화일 뿐이었다.

그들은 실로 오래간만에 만난 동창이었으나 말을 위한 말을 하고 있을 뿐이었다. 왜 그럴까? 그들이 만나지 못했던 시간들이 그들을 그렇게 만들었을까? 그들이 가고 있는 다른 길이 그들을 그렇게 만들었을까?

그들은 타인처럼 아주 예의 바르게 그렇게 대화하며, 그들이 보기를 원하는 갱도와 막장을 둘러보았다. 그들의 뒤를 따르던 영일은 젊은 관리에게 계속해서 동발의 재료, 위치, 설치 간격, 통행로 밑으로 설치된 지하수, 배기가스, 압축 공기, 비상용 물 등이 통하는 모든 파이프에 대해서까지 친절히 설명해 주었다.

그는 또한 본 탄광에서 채탄 공법으로 주로 사용하고 있는 탑 슬라이싱(Top Slicing) 공법에 대해서도 설명해 주었다. 지층에 따라서 지상에서부터 한편씩 파 들어가는 이 공법은 대부분의 한국 탄광에서 사용되는 공법이기도 했다. 젊은 관리는 아주 진지하게 들었으며 열심히 노트까지 했다.

그들이 절벅거리며 막장 쪽으로 다가설 때마다 광부들은 그저 아무 말 없이 자기들의 일을 계속했다. 그들의 침묵과 타인에 대한 무관심은 그것을 처음 보는 사람들에게는 질식할 것 같은 위압감으로 덮쳐 왔다.

그것은 우선 그들이 어떠한 노력을 하여도 아무것도 이룰 수 없으며, 오직 생활을 위해 그 일을 해야 했기 때문일 것이었다. 또한 자신들과 관계없이 반복되는 외부인들의 방문에 그들은 관심을 갖지 않았다.

같은 작업복을 입고 얼굴까지 검게 칠해진 그들의 외모는 어떤 변별력도 갖지 못했다. 개별적인 특징 없이 집단 속에 매몰되는 것은 편할 것이다. 상대에게는 집단이 보여주는 무언의 행위는 그것이 누구를 향한 저항이거나 또 다른 행위가 아니었음에도 공포와 두려움으로 전해져 왔다.

형근이나 영일은 똑같이 무심하게 지나치는 것이 서로에게 감정을 상하게 하지 않는다는 것을 경험으로 알았다. 관심이 있어도 그것을 말로 표현하지 않았다. 그들은 갱내에서는 모두 마음과 마음으로 또는 행동으로 얘기해야 했다. 그들은 모두 죽음과 부상에 대한 공포에서 언제나 말을 잃어버렸다.

젊은 관리가 그들에게 무엇인가 물어보고 싶은 자세를 보였다. 그는 쭈뼛쭈뼛하며 그들에게 다가서려고 했다. 광부들이 모두 침묵하며 작업을 하고 있었기 때문에, 단지 그것을 보고 있어야 하는 사람은 숨이 막힐 수밖에 없었다.

일하는 사람 앞에서 대립되는 것은 일하지 않는 사람이라는 것뿐

204

이었다. 그들은 관리들이 특별히 친근감이 가거나 자신들의 상황을 낮게 해 줄 수 있는 사람이라고는 생각하지 않았다. 다만 자신들의 집단이 아니라는 사실만을 분명히 인식했다.

"아무것도 물어보지 않는 게 좋아요. 우호적인 감정을 가지고 있지 않을 테니까. 물어보고 싶은 것이 있으면 밖에서 물어봐요."

영일이 충고하자 관리는 포기했다. 영일은 관리가 물어보고자 하는 내용을 알고 있었다.

―조합은 제대로 운영되고 있는가?―

―이 일에 만족하는가?―

―건강은 좋은가? 이 일에 몇 년 종사했는가?―

어떠한 질문도 그들의 기분에 맞는 것들은 없을 것이었다. 어느 누구도 그 일이 즐거워서 일하는 사람은 없을 것이고, 만족하는 부분은 찾기 힘들 테니까―

모든 사람들이 다 그렇듯이 이루고자 하는 목표치와 주어진 것 사이에는 항상 간격이 있을 것이었다. 탄광 사람들은 그러한 간격이 가장 심하고, 거기에다 죽음에 대한 공포와 그들이 감당하기 어려운 근로조건이 가미되었을 것이다.

"이렇게 밑으로 내려가는 것이 얼마까지 가능할까요?"

"글쎄. 2,000미터 정도까지 갈 수 있을까? 앞으로 30년 정도면 매장량은 바닥이 나니까― 광산은 모두 일이 끝나고 말지요."

"그럼, 이 도시는 폐시가 되겠군요."

"그럴 거요. 광산이 아니면 생활의 근거로 삼을 만한 것이 하나도 없는 곳이니까― 아마 공장지대나 또 다른 신시가지로 변모되겠지."

광산만 없다면 도무지 어디 하나 쓸모없는 곳이었다. 어느 곳에도 채소 하나 쉽사리 가꿀 수 없는 곳이었다. 광산이 문을 닫게 된다면 모든 사람들은 애초에 여러 곳으로부터 모여들었듯이 또 그렇게 여러 곳으로 떠나야 할 것이다.

그들이 수백 미터 지하에서 지상의 모습을 생각하는 것은 공허했다. 지상에서 아무리 지하의 작업 현장을 생각해 본다 해도 그것이 실감나지 않는 것과 같았다. 더구나 몇 십 년 후의 지상의 모습이란 생소할 뿐이었다.

―지하 700미터에서도 지열과 지하수로 이렇게 힘이 드는데 2,000미터라니― 거대한 지구의 중심을 향한 굴진 작업에서 2,000미터는 또 얼마나 하잘것없는 거리인가? 그럼에도 그들은 지하, 지상, 또 그 위의 우주 공간을 연결해 보려고 노력했다.

그들은 여느 때의 관리들이 하던 요식 행위와 같은 현장 답사를 하지 않았다는 점에서 우선 만족스러워했다. 형근이나 영일이 회사를 위해서 얼마만큼의 보조비를 더 타내야 하는 것에 연연해하지 않고, 광산의 상황을 솔직하게 설명해 준 것에 대해 그들은 공감하고 있는 듯했다.

영일은 그 젊은 관리가 보여 주었던 열성에 우선 애정이 갔다. 그것은 젊음이었고, 그들이 언제까지나 가지고 싶어했던 살아 있다는 증거였다. 서울에서 내려온 동창은 젊은 관리의 태도에 대해 매우 미안해했으나 형근이나 영일은 오히려 신선함까지 느끼게 되었다.

갱 밖의 이론상의 세계가 관리들의 통계에 나타난 숫자였다면, 갱 내의 현장은 형근이나 영일이의 세계였으니까― 이론이나 숫자로 설명할 수 없는 현실을 그들은 쉽게 승복했고, 엄청나고 거대한 현장에서 더이상의 말을 할 수 없었던 것이다.

그들이 밖으로 나왔을 때는 여름의 긴 날도 거의 끝나가고 있었다. 형근과 영일에게 남은 일이란 관리들이 떠나는 내일 아침까지의 시간 중에서 밤시간을 어떻게 보내는가 하는 일뿐이었다.

형근과 영일에게는 그 부분 또한 커다란 부담이었다. 마시는 일이 하나의 의무로 되어 있을 때 그것은 결코 즐거움일 수 없었다. 전무, 소장을 포함한 술자리에서 그들이 나누어야 하는 이야기는 제한된 것이었으며, 오직 같이 시간을 보내는 것만이 그들의 임무 수행의 중요 부분이었다.

그들은 관리들의 샤워하는 속도에 맞추어 오래도록 그 일을 했다. 그 다음에 계속될 임무 수행에 대한 부담감이 그렇게 나타났다. 그들은 서로서로 대화를 연결하기 위해 노력할 것임이 분명했다. 그들은 각각 다른 곳에서 보냈던 세월들을 첨벙거리며 왔다갔다할 것이었다. 전혀 맞닿지 않는 사람들이 그것을 맞대어 보려고 노력한다는 것은 힘든 일이었다.

"다음에 올라오셔서 새로운 것을 만들 때에는 뭘 좀 교정해야겠다고 하더군요."

"세월 따라 손도 조금씩 변하니까요. 한번 가야지요."

"왜 지금 끼우지 않으세요? 불편해하시면서―"

"보기 좋은 모습도 아닌 것을 다른 사람 앞에서 할 수 있나요?"

그가 그 작은 상자를 테이블 한 귀퉁이로 치우면서 말했다.

"술 마십시다."

그는 술을 여자에게 따라주었다. 그는 여전히 한 손으로 그 일을 당연한 듯이 해냈다.

"그 손가락에 대해서 좀 지나치게 의식한다고 생각하지 않아요? 좀 잊어버릴 수 없어요?"

정현이 조금 신경질적으로 말했다.

"그렇게 되먹었어요. 외형적으로 아무 불편이 없지만 그것이 채워지지 않았을 때는 모든 것이 혼란스러워지고 정지되는 것 같으니까요."

"왜 그래요? 무슨 이유냐고요? 정말 이해할 수 없어요."

정현의 큰소리에 영일이 잠시 그녀를 바라보았다. 그는 타인이 자신의 손가락에 대해서 저러한 반응을 보이는 것이 무슨 뜻인지를 잘 알았다. 그는 정현이 왜 저러한 반응을 보이는가를 이해할 수 있었다. 그것은 그녀가 바닷가에서 보여준 따뜻함과는 또 다른 것이었다.

"아무도 의식하지 못해요. 영일 씨 손가락이 한 개 모자란다는 것을 말이에요. 그렇게 손을 호주머니에 넣고 다니니까 손 전체를 못 쓰는 사람인 줄 알잖아요."

"다른 사람이 문제가 아니라 제 문제예요. 다른 사람이 나를 어떻게 볼까 했을 때는 다행스럽게도 이미 지나갔어요. 그때는 좀더 힘이 들었습니다."

"자신을 극복하는 데 그렇게도 시간이 많이 걸려요?"

정현은 그 말이 얼마나 허망한 말인가를 알면서 힘이 없어졌다. 자신도 그것을 잘 알고 있지 않는가? 그것은 아주 바보 같은 질문이었다.

"말하고 싶진 않지만 그것이 내 몸에서 떨어져 나간 것이 내 자신에 대한 의식이 싹트기 시작했을 때였기 때문에 그럴 겁니다. 그때 나는 모든 것들이 다 잘려져 나간 것 같았고, 내 의식이 동강난 것 같았습니다. 비록 이것이 가짜이지만 그렇게라도 연결하지 않으면 불안합니다. 그렇지만 이제는 연결하고 나면 괜찮습니다. 많이 좋아진 것이지요."

영일이 허심탄회하게 얘기했다. 말을 한 후에 그는 스스로 조금 놀라고 있었다. 언제 누구에게 이렇게 자신에 대해 말해본 적이 있었던가? 그것은 실로 오래간만이었다. 형근에게 한번 말했던 기억이 있는 듯했다.

그저 쉽게 아무 생각 없이 자신의 얘기를 말하게 하는 저 여자의 힘은 무엇인가? 두 사람은 서로가 놀랄 만큼 자연스럽게 얘기했다. 정현이 역시 그에게 아주 쉽게 가까이 다가가 있는 것에 스스로 놀라워했다.

―이것은 여자들이 가지고 있는 모성 본능인가? 내가 그의 일에 이렇듯 개입되어 있는 것은 무엇일까? 내가 그의 육체의 일부를 소유하고 있었다는 의식 때문이었을까? 그것은 다만 그의 위장된 육체이며, 위장된 평화가 아니었던가?―

그렇다면 나는 그의 위장된 일부분, 극히 일부분을 보는 것은 아닌가? 아니 그 일부분도 보지 못하는지도 모르지. 그들은 서로 위장하고 있는지도 몰랐다. 무심하게 아무렇게나 표현하는 것으로 적당히 위장하는 것은 아닌가 하는 생각을 했다.

―이 여자의 마음속에는 아직도 형근에 대한 감정이 계속 흐르고 있지 않은가? 그렇다면.―

―나는 이 남자에게 왜 이렇게 무방비 상태로 다가가는가? 왜 그 의도적인 행위를 아주 자연스럽게 이렇게 하는 것인가? 세상을 살아가면서 터득한 세련됨인가? 그렇다면 너무나 놀랍지 않은가? 내가 감정적인 곡예를 하는 것은 아닌가? ―

그들은 서로 자신들의 마음으로 인하여 조금씩 혼란스러워했다. 그럼에도 그들은 오래도록 일어나지 않았다. 두 사람 다 흥건하게 적셔지듯 편안한 분위기에 젖어 들었다. 가끔 가다가 몇 마디의 말을 안주처럼 나누며 맥주를 마셨다. 여자 가수의 격렬한 유행가가 그들의 기분을 약간 고조시키다가 다시 담담한 남자 가수의 노래가 가을로 몰아넣었다. 마치 잔잔한 물 위에 떠 있는 작은 배처럼 그들은 같이 가볍게 흔들거렸다.

—이는 무엇인가? 형근이 가지고 있었던 그 걸리적거리는 부분에서 해방되었기 때문인가? 아니 그 어설픈 도덕에서 해방될 수 있기 때문인가?—

여자는 영일에게서 이성으로서의 특별한 감정을 가지고 있지 않다는 것을 막연하게 느낄 뿐이었다. 그러면서도 그녀는 영일과 같이 있는 시간이 편안하다는 생각을 했다.

—아니 그 이유 때문에 편한 것이 아닌가? 여기에서의 생활을 정리해야 하는가? 또다시 새로운 길을 찾아보아야 하는가? —

그녀는 여기에 있어도 괜찮겠다는 생각을 했다. 그보다는 여기에 있어야 한다는 생각이 들었다. 지난번의 서울행은 그녀에게 서울이 또 다른 생소한 지역임을 확인시켜 주었다. 그녀는 그 며칠 동안 또 다른 이방인의 생활을 감당하기 어렵다는 것을 알았다.

서울에서 허겁지겁 밀리듯이 다시 이곳으로 내려온 것은 그리움 때문이 아니라 편안함 때문이었다. 자신이 벌써 이곳 광산촌의 생활에 익숙해졌다는 사실이 우스웠다. 이곳이 자신에게 가장 맞는 공간이라고 생각한 것은 무엇이었을까?

주위 환경? 사람들? 좋아한다는 생각도 가지지 못했었으나 그녀는 지난번 서울행에서 그 사실을 확인했다. 그 편안함이 자신을 지금까지 이곳에 주저앉히고 현재까지의 생활을 유지시켜준 까닭이었을 것이다.

그 편안함이란 자신이 빠져나온 생활의 혼란에서 기인하는 것이기도 했다. 그럼에도 광산촌의 의미 없는 반복은 그녀에겐 지루한 권태였다. 하루를 3등분하여 돌아가는 광부들의 생활도 그러했다. 그것은 녹색의 풀잎들과 함께 그녀를 미치도록 만들어 버리는 요소였다.

―내가 그 권태 속에서 유일한 자극을 조금 탐닉했다고 해서 안 될 것은 없지 않을까?―

그것은 탐닉이었다. 그녀는 아주 입맛을 다시며 정신을 긴장시켜 가며 형근을 만났다. 그를 만나는 행위는 거의 유일한 살아 있다는 증거였다. 지독한 권태에서 도망갈 수 있는 유일한 돌파구였으니까.

그녀의 권태는 광산에서 시작된 것은 아니었다. 그것은 사실은 그녀의 일에서 시작되었다. 동일한 반복. 거의 의미를 찾을 수 없는, 누구를 위한 소리인지 알 수 없는 똑같은 수준의 그 말, 그 언어들이 그녀를 권태스럽게 했던 중요한 요인이었다.

그 수준을 지키기 위해서 그녀는 안간힘을 써야 했다. 자기는 방송이라는 일에서는 대행업을 하고 있는데 지나지 않았다. 자신이 지켜야 하는 그 수준에서 그녀는 발버둥쳤다. 처음 기자가 써 보내 준 기사를 읽기만 하던 풋내기 아나운서 시절의 그녀는 목소리만을 빌려줄 뿐이라는 허무감에서 외로웠다.

방송에 좀 익숙해졌을 때에는 그 모든 감정을 제거하고 내용만을 정확하게 전달해야 한다는 것을 신념처럼 믿고 실천했다. 내용 전달 과정에서 자신의 감정으로 인해 듣는 사람에게 어떤 영향을 준다는 것을 그녀는 극력 회피했으며 가능한 한 그런 실수를 범하지 않으려고 최대의 노력을 기울였다. 그녀에게 그것은 실수라고 생각되었다.

그녀가 그 생활에 많이 익숙해지고 그런 실수를 범하지 않아도 좋게 되었을 때에, 그녀는 다시 자신이 다만 목소리만을 빌려준다는 데에 엄청난 허무감을 느끼기 시작했다. 많은 말들이 그녀의 목소리를 통과하여 퍼져 나갔다. 그러나 그것들은 그녀의 목소리를 통과하기는 했어도, 가슴속을 통과하지는 못했었다. 그것은 그녀가 의도한 바였으니까—

어느 때부터인가 그 소리들이 기계의 음향처럼 아주 건조하게 들리기 시작했다. 그녀는 그러한 건조함에서 자신의 내부까지 그렇게 되는 듯했다. 모든 물기가 다 빠져버리고 마치 버석거리는 소리라도 들려올 것 같았다.

그러한 허무감에서 벗어나고자 그녀는 스스로 자신의 말을 하는 프로그램을 가져 보았다. 그것은 그녀의 경력으로 보았을 때 오히려 늦은 감이 없지 않았다. 그렇게 자신의 말을 하는 프로그램을 갖는 일이 늦어진 것은 그녀의 결벽증에서 기인했었다.

자신의 말을 하는 것은 아나운서의 영역이 아니라는 고집을 가지고 있었기 때문이었다. 그러나 자신이 빠져 있는 엄청난 허무감으로부터 빠져나오기 위해서는 그 방법밖에 없었다. 그녀가 자신의 말을 하는 과정에서 그녀는 또 다른 함정에 빠져 허우적거렸다.

그것은 자신이 맡은 프로그램의 종류에 따라, 청취자의 대상에 맞추어 일정한 수준을 지켜야 한다는 제한성이었다. 그것은 기자가 써온 기사를 읽는 것과 별로 다를 바가 없었다.

가장 큰 문제점은 너무 현학적이지 않고 너무 무지하지 않게 적당히 자기의 말이 아닌 것처럼 극히 객관성을 띠는 말들을 찾아야 하는 어려움이었다. 지극한 객관성은 보편성이었다.

그녀는 한동안 그 길을 비틀거리면서도 선 밖으로 나가지 않고 그래도 잘 지켜나갔다. 그래서 그 일이 익숙해지기 시작했을 때 그녀는 결국 그 작업도 목소리를 빌려 주는 일일 뿐이라는 사실을 다시 한 번 확인해야 했다.

그 보편성 객관성이 사람을 또한 질식시켰다. 그 보편성과 객관성은 아주 쉽게 익숙해졌다. 동시에 그녀는 자신의 사고 유형에 대해 무서워지기 시작했다. 그녀는 판에 박힌 사고 이상을 생각할 수 없었다. 그 일이 자신을 변형시켰다.

그녀는 자신이 모든 것을 유형화시키고 있는 것에 대해 매우 놀랐다. 빵틀에서 구워지는 국화빵처럼 자신은 쉽게 굳어졌다. 그것도 결국은 자기 말이 아니었다. 자기 입을 통해서 나오는 것이라고 해서 다 자기 말이 될 수는 없었다. 자신은 또 다른 기계였다.

그녀는 성실하게 일했으나 그것은 무엇을 만들어내는 창조적인 작업이 아니었으며 다만 위험 수위를 벗어나지 않기 위한 안간힘이었다. 그것은 다만 노동일뿐이었다. 그녀는 그 일을 노동이라고 생각하자 자신의 일에 대해서 애정을 가질 수가 없었다.

다만 생존을 위해 일을 해야 한다고 생각하자 그녀는 그 일에 지극히 냉담해지기 시작했다. 배가 고플 때 밥을 먹듯 그녀 앞에 일이 있어서 그렇게 할 뿐이었다. 아주 냉정하게, 지극히 기교적인 면에서는 완벽할 만큼 철저하게 일을 해내려고 노력했다.

그녀는 자신의 일에 감정이나 내면을 혼합하지 않았기 때문에 결코 실수하는 법이 없었다. 아주 숙련된 기능공처럼 그녀는 그 일을 했다.

가끔 정현의 후배들은 그녀의 완벽한 테크닉에 놀라워하곤 했다. 우스운 일이었다. 그녀에게 애정을 가지고 있는 선배들은 그녀의 방송이 징그럽고 신선하지 않다며 나무라기도 하였다. 정현은 그럴 수밖에 없어서 그렇게 된 것이었다.

그것은 정말 징그러웠다. 흠잡을 데 없이 완벽한 제품, 그녀의 방송은 제품이었다. 그녀는 제품으로부터 벗어나고 싶은 의욕도 없었다. 아주 자연스럽게 그녀의 생활도 변모되었다. 자신의 일에 대한 변화와 더불어 그녀는 점점 생활에 대한 자세가 달라져 가는 것을 스스로도 느낄 수 있었다.

모든 것이 무미건조해지기 시작했다. 동시에 그러한 반복이 그녀를 권태 속으로 몰아넣었다. 반복, 무의미한 것들의 반복이란 무서웠다.

그녀는 내용을 하나도 모르는 채 그저 타자기를 두드려대는 타이피스트처럼, 그저 자신의 목소리만을 내용과는 관계없이 빌려주었다. 그 일은 조금도 개인의 내적인 세계가 반영될 수 없는 것이었다. 철저하게 내적인 세계를 배제해야 했다.

그 생활에서 견디지 못했을 때 정현은 광산촌으로 내려왔고 형근이 그녀에게 위안을 준 셈이었다. 자신과의 투쟁에서 피곤해졌을 때 모든 것을 놓아 버리고 이곳 방송국으로 온 것은 평안의 시작일 수 있었다. 일하지 않고 다만 다른 사람이 한 방송에다 콜사인만을 집어넣는 시간이 많았으니까. 정현은 자신이 빠져 버린 그물 속에서 아무 생각도 할 수 없었다. 형근은 그녀에겐 탐닉의 바다였다.

"이젠 그만 가볼까요? 윤 기사도 없어서 제가 연락이 되는 장소에 있는 것이 좋습니다. 갑자기 무슨 일이 일어날지 모르는 곳이니까요. 낮에 한 번씩 점검을 하기는 하지만 그래도 24시간 대기상태에 있는 것이 좋습니다."

영일이 그만 일어날 의사를 비쳤다. 그는 적당히 취했을 것임에도 조금도 취하지 않은 듯 보였다. 정현은 그에 대한 감정과는 관계없이 그와 헤어지고 싶지 않았다.

"윤 기사가 서울에 갔습니다. 요즈음 통 서울에 가지 못했지요. 부인이 한번 오기로 했던 것 같은데 올 수 없었나 봅니다."

정현은 형근이 서울에 간 것을 알고 있었다. 그가 바다에서 말했었다.

"가지 않으면 안 돼요? 회사로 전화해서 여기에 계시다고 알려 주면 안 될까요?"

그녀는 말을 하는 과정에서 또 당황했다. 왜 자신의 입에서 나오는 말들은 전혀 자신의 의사와는 관계없이 그렇게 공허하게 헛돌고 있을까─ 아니 어쩌면 그것은 자신의 무의식인지도 몰랐다.

자신의 숙소로 돌아가 혼자 앉아 있어야 한다는 사실에 답답했음일까? 요즈음은 심심하다는 것도 참기 힘들어했다.

"그냥 제 방에 돌아가서 혼자 앉아 있을 것이 싫어서요. 저는 일이 다 끝났거든요. 방송국에서는 보조 아나운서가 나머지 일을 다 해 주거든요."

그녀의 목소리는 다시 같이 앉아 있어 주기를 간곡히 원한 나머지 마치 동정을 구하는 어린 아이처럼 애처롭기까지 했다. 영일이 포장된 그의 손가락을 만지작거리며 정현을 바라보았다. 지난번 바닷가에서 그녀는 자신에게 편안한 모성으로 나타났는데, 저리도 애절한 소망은 어디에서 나오는 것일까? 외로움인가? 자신한테서 저 여자는 무엇을 원하는가? 영일은 포장된 자신의 손가락을 만지작거리는 속도로 천천히 생각했다.

─나는 정말 저 여자와 헤어져서 합숙소의 방에 돌아가 앉아 있기를 원하는가?─

두 사람은 아무 말도 하지 못했다. 영일은 가슴이 답답해 왔다. 모든 내부기관이 팽창해서 터져나갈 것만 같았다. 정현은 이런 상태로나마 자신이 그와 머무르기를 원하는 것은 무엇 때문일까 생각했다.

그러나 그녀의 생각은 오랫동안 지속될 수 없었다. 알콜로 인하여 그녀의 생각은 이어졌다가 다시 끊어지곤 했다. 그러나 정현은 자신의 생각들을 주워 모으려고 하지 않았다. 생각들을 주워 모은다는 것은 외나무다리 위를 비틀거리며 걸어가는 것처럼 힘이 들었다.

정현이 생각들을 모아 보려고 애를 쓸 때마다 모든 생각들은 애써 쌓아 올렸던 장난감이 허물어지는 것처럼 허물어져 버렸다. 정현은 그냥 생각도 마음도 다 자신에게서 흘러내리도록 내버려 두었다.

모든 것을 포기하고 있었으며 그러한 마음의 자세가 영일이 앞에서는 괜찮을 것 같았다. 다만 그대로 앉아 있는 것은 그녀의 육신뿐이었다.

그녀는 자리에서 일어나는 것이 아주 어려웠다. 조금만 움직여도 자신이 엄청난 수렁 속으로 빠져 버릴 것 같았다. 전신에 발린 석고가 굳어지기 전에 움직인다면 온몸에 금이 갈 것 같았다.

그녀는 마치 온몸에 석고가 발린 듯이 그래서 움직이면 안 될 것처럼 그대로 있었다. 그가 그녀의 손을 부드럽게 잡았다. 그녀는 그의 손이 깨끗하게 잘 다듬어진 것을 보면서 감상하듯이 잠시 실눈을 뜨고 바라보았다.

그녀는 자신의 손을 영일에게 내맡긴 채로 정신을 가다듬으려고 애썼다. 마치 자신의 손에 마음이 전해진다면 온몸에 발린 석고가 다 조각조각 부서져서 균열될 것 같았다. 그녀는 자신의 손을 남자에게 내맡긴 채 그저 그렇게 내버려두었다.

그러나 그녀의 혈관을 따라서 감정이 전이되는 것을 느낄 수 있었다. 그녀는 그의 눈을 바라보았다. 이것이 외로움이라면, 이런 식의 외로움을 해결하는 방안은 결코 좋은 것이 아니라는 것만을 생각했다.

―이런 식은 안 되고말고.―

―그렇다면 어떻게 해야 한단 말인가?―

이제는 어떠한 방황도 자신에게는 용납되지 않는다는 것을 인식했다. 자신의 방황을 자신이 보는 것만도 힘이 들었다. 자신의 태도를 책임지라는 압력이 여기저기에서 들려왔다. 이것도 저것도 받아들여질 수 없었다.

아무런 준비도 되어 있지 않은 사람에게 갑자기 닥쳐온 커다란 과제처럼 그녀는 힘이 들었다. 살아가는 방법도 터득하지 않았는데 갑자기 모르는 세상으로 내 팽개쳐진 것처럼 당혹스러웠다.

사실 그 방법은 오래 전부터 준비했어야 하는 것들이었다. 자신의 게으름과 문제에 직면해서 생각하지 않았던 도피로부터 모든 문제는 기인된 것이었다.

"자, 나갑시다. 같이 있어요."

그는 손가락을 가지고 있다는 것만으로도 안정된 것일까? 그에게는 편안함이 있었다. 그녀는 남자를 따라나섰다. 남자는 한 손을 호주머니에 찌른 채였고, 그녀는 두 손을 뒤로 마주 잡은 뒤 한가롭게 걸었다.

한여름답지 않게 바람이 불어왔다. 바람은 산 쪽에서 내려오는 듯했다.

저 남자 앞에서 균열이 이루어져도 괜찮으리라는 생각이 들었다.

―저 남자에게서 모든 것이 허물어지고 재생하는 것은 불가능할까? ―

이제 어디도 아닌 이곳에서 자신은 정착해야 할 것이고, 또 여기에서 어느 식으로든 안정해야 할 것이라는 생각을 했다. 그것은 불안함과 초조감으로까지 연결되었다. 그것은 시간적인 문제가 아니라 결정을 내려야 하는 마음이었다.

그러한 감정들은 정현을 곤욕스럽게 만들었으나 꼭 이루어져야 할 것이었다. 이 모든 것들은 이번 서울 방문에서 확인하게 된 어머니의 불안정함에서 기인된 것이기도 했고 자신의 머리 사이에서 계속 내밀기 시작하는 흰 머리카락에서 연유된 것이기도 했다.

그렇다면 형근은 그에게 아무 영향도 주지 않았는가? 그것을 애써 부정하려는 것은 무엇인가? 그에 대한 생각은 언제나 그녀를 가슴 아프게 했다.

어머니가 불안정해진 것은 무슨 이유 때문일까? 어머니는 변화 없이 그대로였을 것이다. 정현이 스스로가 변화하고 있을 것이다. 어머니가 딸의 고통을 조금은 이해해 보려고 노력은 하고 있을까?

정현은 어머니와 서로 적당히 거리를 유지하려고 하는 것으로 예의를 차리며 지내온 것은 아닌가 생각했다. 나이가 들면서 너무 냉정한 것이 아닌가하는 생각을 가끔 했지만 어쩔 수 없었다.

그녀는 어머니의 분방한 삶의 양식을 감당하기에는 나이가 어렸고, 나이들어서는 모든 과거를 반추해 보기에는 마음이 없었다. 어렸을 때는 몰랐던 듯 현재는 모든 것을 수용하는 듯 지내고 싶었다. 두 사람 다 오랫동안 다져 놓은 과거를 파헤치고 싶은 생각은 전혀 없었다. 그럴 경우 수반되는 진한 고통을 감내하고 싶은 마음은 전혀 없었다.

정현은 자신을 이 세상에 존재하게 한 부친이 누구인지 궁금했던 시간을 생각했다. 사춘기 즈음이었을까? 어머니를 무시하고 비웃으며 냉정하게 대했던 한동안에 대해 진저리쳤다. 부친이라는 존재가 순수하고 깨끗한 사람이기를 원했던 결벽증 같은 것이 지배했던 때이었을 것이다. 이루어질 수 없는 사랑쯤으로 생각했을 것이다.

한동안 정현이 어머니에 대한 모든 것을 철저하게 거부했던 때였을 것이다. 딸의 그런 태도에 어머니는 오히려 편안했던 듯싶었다. 딸로부터 도외시당한다는 것은 충분한 심판이고 처벌이라고 생각했던 듯했다.

그때 어머니는 밝고 긍정적이며 아주 당당하기까지 했다. 어머니는 딸로부터 당하는 냉대로써 자신이 선택했던 과거 생활을 탕감이라도 받는다고 생각했는지 모른다.

정현은 그 후로도 어머니와 적당한 거리를 유지하며 자신의 일에 매달리며 살아왔다. 정현은 어머니에게 관심을 보이지 않으며, 자신의 일에만 열중함으로써 조금씩 자유스러워지는 듯했으나 이내 그에 따르는 고통을 감당하기 어려웠다.

나이가 들어가며 적당히 거리를 두고 지내는 것으로 모녀 관계는 정착시켰다. 어머니가 선택한 인생으로 해서 괴로워하기에는 정현이 자신의 생활도 피곤했다.

얼마동안이었던가?— 그저 반복적이고 기계적인 작업으로 방송일을 하고 있었던 것이— 견딜 수 없었던 방송국 작업에서 벗어나서 이곳 광산촌으로 와 버린 이후 그녀는 어머니에게서 좀더 자유스러울 수 있었고, 자신의 일에서도 좀 거리를 둘 수 있었다.

그러한 심적인 여유 속에서 계속된 남자와의 관계는 그 대상의 상황으로 인해서 다시 어머니를 생각하게 만들었다. 세상의 모든 정당하지 못한 관계는 어머니를 연상시켰다. 어머니는 또한 딸의 생활에서 자신의 모습을 보는 듯하자 괴로워했다.

어머니의 괴로움이란 딸을 통해 자신의 과거를 보는 것이라거나, 자신의 행위로 인한 떳떳하지 못함이라거나 하는 그런 단계가 아니었다. 어머니에게 이제 딸의 문제는 인과응보처럼, 업보처럼 그녀를 짓눌렀다.

정현은 어머니에게 그런 것이라든지 또는 그런 것이 아니라든지 하고 어느 쪽으로도 말할 수 없었다. 그저 다만 자신이 그 흐름을 거역하기가 힘들다는 것이 고통스러웠다.

자신이 가는 길을 운명이라고 할 것인가? 가슴이 답답했다. 이제는 어느 형식이든 변화를 가져와야 했다. 이런 것이 운명이라면 그냥 받아들여야 할 것인가? 그것은 너무 안이한 태도였고 그렇게 할 수는 없었다.

왜 자꾸 흰머리는 하나둘씩 늘어가며 자신의 결정을 독촉하는 것인가? 아무리 세월하고는 관계가 없다고 해도 흰머리는 정현에게 결정을 재촉했다. 어느 날이었던가? 그녀는 귀밑으로 수북하게 돋아 있는 흰머리에서 당혹감을 느꼈다.

그것은 아무리 생각해도 연령과 관계없이 나타난 게 분명했다. 그녀는 머리를 짧게 잘라 버림으로써 밖으로 노출되는 흰머리를 막아 보려고 노력했다. 그러나 그것도 쉬운 일은 아니었다. 그녀는 그 문제에 초연하기도 힘이 들었으며, 타인의 말에 무관심하기도 힘이 들었다.

나이보다 세월을 먼저 살아간다는 것은 괴로운 일이었다. 모든 것을 준비하지 않은 상태에서 받아들여야 한다는 것은 시련이었다. 그녀에게는 정상적으로 다가오는 변화도 감당하기 어려웠거니와 갑자기 어처구니없이 돋아난 흰머리까지 감당해야 한다는 것은 크나큰 시련이었다.

흰머리를 감추기 위해서 고정된 헤어스타일을 고수해야 한다는 것도 우스웠으며 그것이 그렇게 쉽게 위장될 수 있는 것도 아니었다. 퍼머넌트를 했을 때 자연스럽게 노출되는 그 흰 모발들을 그녀는 난감하게 바라보았다. 흰 머리카락들은 무슨 경종처럼 그녀를 향해 마구 구불거렸다.

그녀는 긴 머리를 가질 수 없다는 것이 조금은 가슴 아팠다. 아무 것이나 할 수 있다는 것보다 이것저것을 할 수 없다는 제약이 늘어 난다는 것은 기분 나쁜 일이었다. 언제라고 해서 긴 머리를 치렁치렁 내려뜨려 본 적도 없었건만, 불현듯 그 긴 머리를 가져보고 싶은 욕 망이 생겼을 때 그녀는 웃었다.

그래서 머리를 길러 보았을 때 부러시에 묻어 나오는 그 기다란 흰 머리카락은 그녀를 섬찟하게 만들었다. 그것은 검은 머리카락에 비해 너무나 사실적이었으며, 사람의 몸에 붙어 있었던 것이 아니고 무슨 짐승에게서 떨어져 나온 것처럼 보였다.

―아, 빌어먹을, 빌어먹을―

그것은 참 애매한 시기에 돋아나서 그녀를 향해 해롱거렸다. 늙음 을, 인생의 내리막길을 예고하는 듯도 했다.

―조백하는 것은 닮아가지고, 쯧쯧 ! ―

어느 때였던가, 누워 있는 딸에게 어머니는 그렇게 말하곤 다시 돌아서서 걸레질을 했다. 어머니는 분명히 조백이 아니었다. 아닐 뿐 만 아니라 60을 넘은 지금까지도 염색도 하지 않건만 흰머리가 눈에 띄지도 않았다.

그러나 정현은 어머니에게 아무 말도 물어보지 않았다. 둘 사이에 금기처럼 되어 있는 부친에 대한 얘기를 함으로써 새로운 사실을 알 고 싶지가 않았다. 둘 사이에 알려진 사실만 해도 감당하기 힘들었 다. 거기에 더 많은 사실을 알 필요가 없다고 생각해 왔다.

그러한 사실들은 그녀에게 능력 밖의 것이었다. 아주 어렸을 적 그녀는 부친에 대해서 막연한 환상을 가진 적이 있었다. 아주 혈통이 좋은 귀족일 것이라든지, 어느 날엔가 갑자기 근사한 모습으로 나타날 것이라든지. 그러나 그것은 단지 환상이었다. 조금 후에는 이성에 대한 그러한 환상도 가졌으니까—

한번도 아버지라는 사람이 없었던 자신의 길에 갑자기 새로운 사람을 집어넣을 필요는 없었다. 어머니 하나로도 충분히 감당하기 어려운 현실이었다.

나이가 들면서 그녀는 점점 세상의 모든 것을 알아야 할 필요는 없다고 생각하는 때가 많아졌다. 보지 않는다면 많은 것은 모르는 사이에 묻혀서 지나가게 될 것이다.

—왜 모든 것을 알아야 하는가? —

그러나 아버지라는 존재는 그렇게 묻어 버리기엔 힘이 들었다. 그러나 묻어 버려야 했다. 어머니는 또 얼마나 엄청난 사실로써 자신을 놀라게 할 것인가? 그 놀라움은 언제나 부정적인 면에서 충격을 주었으니까.

훗날 어머니는 그것을 운명이라고 자주 말함으로써 합리화시키려 했으나, 그것은 결코 운명만은 아니었다. 막을 수 없었을 때, 그렇게밖에 갈 수 없었을 때, 그것을 운명이라고 포기할 수 있었을지 모르나, 어머니가 간 길이 결코 그런 것만은 아니라는 것을 그녀는 알 수 있었다.

그것은 용서의 문제라거나 그런 것도 아니었다. 정현이 보았을 때 어머니는 그저 본능이 시키는 대로 살아갔던 것 같았다. 적어도 딸의 입장에서 보았을 때 어머니는 그랬다. 그 본능을 억제하지 않았다고 해서 정현은 결코 어머니를 비난하고 싶지는 않았다. 나이가 들면서 그러한 자세는 더욱 분명해졌다. 그러나 그것을 운명이라고 호도하려는 것은 연민의 대상조차 되지 못했다.

—자신에게 아버지는 무엇인가? 어떤 사람이었을까? 그분은 가끔

또는 자주 내 옆에서 서성대며 나를 보았을지도 모르고 또는 내가 자기 자식인지도 모르고 스쳐갔을지도 모른다.

한번도 둘이서 아버지와 딸로 만나 보지 못한 두 사람 사이에서 부녀 관계는 무엇을 의미하는가? 이 세상에서 존재하게 해준 것에 대한 고마움인가? 이 세상에 살아 있다는 것은 고마움일까? 정말 그 것은 축복인가? ―

"전화 걸지 않아도 괜찮아요? 어디에 있다고."

"길에 있다고 말할 수는 없지요. 아니, 괜찮아요. 잘 있을 겁니다. 잘들 일하고 있을 겁니다. 예감 같은 것이 있어요. 지금 편안한 것을 보면 별 일이 없을 겁니다. 윤 기사가 없어서 그렇지 다른 후배들도 있으니까 괜찮을 겁니다. 작은 사고들은 언제나 일어나는 곳이니까 할 수 없구요."

―형근이는 지금 무엇을 하고 있을까? 아이와 같이 그는 편안하게 있을 것이다. 그는 잘 있을 것이다. 아내 옆에 있으니 잘 있을 것이었다. 그가 잘 있을까 아닐까에 대해서 생각한다는 것은 주제 넘는 일이다. 내 몫이 아닌 것을 내가 걱정하는 것은 부끄러운 일이다.―

정현이 형근을 생각할 때 많은 부분이 부끄러움으로 작용했다. 그 부끄러움은 그녀를 참을 수 없도록 만들었다. 그녀는 형근의 생각을 지우개로 지워 버렸다. 열심히 지웠으나 그것은 혈흔처럼 없어지지 않았다.

"이제 괜찮습니까? 기분이 좀 좋아졌어요?"

그녀는 피식 웃었다. 역시 그에 대한 감정도 부끄러움이었다. 그 러나 그가 누구의 것이 아니라는 것에서 편안했다. 그에게 부끄러운 감정이든 어떠한 감정이든 그런 것을 느꼈다고 해서 아무도 비난하지는 않을 것이었다. 서글펐다. 기껏 그녀가 생각한 것이 그 비난이었다니.

"광산 일이 재미있어요? 마음에 드세요?"

"내 일이니까— 내가 해야 하는 일이니까— 재미 같은 차원으로 얘기하기에는 송구스럽지요. 그냥 합니다. 다른 선택을 생각해 본 일은 없습니다. 선택을 안 해도 좋다는 것은 갈등을 일으키지 않아도 되니까 또 좋고요."

"갱 속으로 들어가면 편안하세요? 마음이 편하냐고요."

"갱 속은 내가 사색하는 곳이 아닙니다. 일하는 곳이에요. 그렇게 어떤 느낌을 주거나 하는 곳이 아닙니다. 윤 기사나 다른 광부들의 작업 현장이에요. 이런 일을 오래 하다가 보면 느낌 같은 것은 마모되지요. 저는 좋아합니다. 제가 많이 느끼지 않는 사람인 것을 좋아합니다.— 많은 생각은 솔직히 주체할 수가 없거든요. 다만 사고가 없기를 간절히 바랄 뿐입니다. 결국 언젠가는 우리가 다 파낼 겁니다. 시간이 좀 늦든가 빠르든가 그것이 문제일 뿐이지요. 사람이 죽어가는 것, 사고가 나서 부상자가 생기는 것이 내 감정에 큰 변화를 주지는 않습니다. 그랬던 때는 지났습니다. 그런 식으로 감정에 상처를 입다가는 살아남지 못하지요. 갱 속은 아주 처참해요. 어떠한 사치도 용납 못해요. 정신적인 사치 말입니다. 완벽할 만큼 안전을 기하고 싶습니다. 제가 맡은 일은, 물론 2, 3년에 한 번씩 바뀌기는 하지만, 우리 모두의 일은 정해져 있습니다. 새로운 탄맥을 찾아내거나 하는 일은 이제는 거의 끝났습니다. 그것을 어떻게 안전하게 파내는 가가 우리의 일이지요. 처음에는 사람이 죽어가는 것이 견딜 수 없어서 안전을 기하려고 필사의 노력을 기울이지요. 그러나 얼마 지나고 나면 자신의 부주의, 불완전함에 대한 참을 수 없는 마음 때문에 저항하지요. 자신과의 투쟁이지요. 완벽한 것, 절대적인 안전, 그것을 향해서 꾸준히 갈 길이 있으니까 좋습니다. 나는 그 일만 하면 되니까요."

그는 심드렁하게 천천히 걸으며 말했으나 내용은 단호했다. 그는 일에 대해서 회의하지 않았다. 정현은 그의 언어들이 너무 강경하여 저항감을 느낄 것 같았으나 심드렁한 그의 태도가 그것을 유화시켰다.

그가 거부하는 것은 선택 앞에서 어떤 결정을 내리기 전에 겪어야 하는 갈등이었다. 또한 그는 불완전한 것에 대해서 저항했다. 그것은 그의 육신에 대한 태도에서도 마찬가지였다.

―왜 저렇게 철저하고 완벽하고 싶어 할까?―

그것은 그가 매순간 죽음에 대항해서, 죽음에 직면해 서 있기 때문일 것이었다. 한 개의 손가락이 유실된 고통을 그는 아주 철저하게 인식하고 있는 듯했다. 그는 그때 손가락이 잘려 나가면서 죽었었고, 그리고 다시 태어난 것 같았다.

그래, 그는 그때 재생했을지도 몰랐다. 그의 재생은 완벽한 것이었고, 회의하지 않는 것이었다. 갱도는 그에게 마치 구도자의 길인 듯했다. 정현이 의외로 그에게서 편안함을 느꼈다는 것은 기이한 일이었다.

그는 흔들리지 않아서 편안했다. 그는 가장 비인간적인 듯 보였지만 극히 인간적이었다. 조금도 흔들리지 않고 철저한 그의 태도는 겁이 날 만큼 비인간적이었다. 그러나 생명의 존귀함에 대한 그의 집착은 진실로 인간적이었다.

그가 오로지 생각하는 것은 인간밖에 없었다. 사람이 다칠 수 없다는 것, 갱내에서 그런 식으로 사람이 죽어갈 수 없다는 것은 그의 신앙이었다.

날은 완전히 어두웠고, 불빛도 없어서 그의 얼굴을 볼 수 없었으나 정현은 그를 느낄 수 있었다. 정현은 자신의 생각을 가다듬기라도 하듯이 천천히 걸었다. 그도 역시 천천히 옆에서 걸었다.

그녀가 섰을 때 그도 역시 멈춰 섰다. 둘은 서로 마주보고 있었으나 얼굴을 볼 수는 없었다. 주위는 어떤 불빛도 없었기 때문이었다. 다만 서로의 마음을 읽을 수 있을 뿐이었다. 그것은 빛이 없어도 가능했으니까—

달도, 별도 없는 완전한 어둠은 그들의 옆을 흐르는 열기로써만이 서로의 존재를 확인했다. 그녀는 아무 움직임도 없이 서 있는 그에게 가볍게 키스를 해보았다. 그리고 다시 천천히 걷기 시작했다.

"그렇게 해보면 기분이 좋아요? 그렇게 장난치듯 하면 말이요. 모든 것을 그렇게 장난치듯 하는 것이 언짢아요."

그가 툴툴거렸다. 그녀가 어둠 속에서 히죽히죽 웃었다.

"이런 식으로 모든 남자에게 키스해요? 쉽게, 아주 쉽게?"

"예, 그래요. 아주 쉽게—"

그녀가 정색을 하고 말했다.

"이런 게임이 재미있다는 말이오? 그래서—"

"예, 재미있어요."

질서정연하던 그런 것에서 갑자기 모든 것이 뒤죽박죽이 되었다. 술기운이 갑자기 걷히는 듯했다.

"장난치지 말아요. 되는 대로 그러지 말라고요. 나는 견디기가 힘이 들어요. 갱 속은 긴장이고 아주 조심스러워요. 그것은 그 속에서 하는 일도 그렇지만, 마음가짐도 조심스럽지 않으면 안 돼요. 나는 옛날 어머니들이 치성 드리던 태도 같은 것을 많이 믿습니다. 광부들의 아내들은 여러 가지 지키는 것이 많아요. 그것은 모두 정성이기도 합니다. 인간이 할 수 있는 데까지는 해야 한다고 생각해요.

모든 일이 타성에 젖어들 수 있지만 죽음이 타성이 될 수는 없습니다. 한번 사고가 나고, 다시 또 사고, 그래서 사람이 죽어가는 것을 타성적으로 받아들일 수는 없지 않습니까? 너무 엄청나니까요.

사람이 죽는다는 것은 이렇게 힘들게 살아가는 것의 반대 개념인데 어떻게 쉽게 장난치듯 할 수 있겠습니까? 나는 그렇게 장난치듯 하는 것에 익숙할 수 없어요. 갱 밖으로 나와도 마찬가지입니다."

그는 정현을 바라보며 열심히 말했다. 어둠 속에서 보이지 않는다는 것은 참으로 다행이었다. 그녀는 처음에는 당혹스러웠고, 다음에는 지극히 미안했다. 그가 너무나 말하기 힘들어하는 것을 잘 알고 있기 때문이었다.

삶과 죽음을 같이 얘기한다는 것은 아주 힘겨운 일이었다. 그런 것을 말한다는 것은 정말 웬만큼 뻔뻔해지지 않는다면 아무리 어둠 속이라고 해도 부끄러운 일이라고 정현은 생각해 왔다. 그러나 영일에게서는 그런 느낌은 없었다. 아니 오히려 그가 너무나 힘들여 말하고 있었기 때문에 정현은 미안했다.

"장난친 것이 아니에요. 좋아서 그랬어요. 하고 싶어서―"

이번에는 영일이 걸음을 멈추었다. 그가 오늘 처음으로 손을 빼어서 그녀를 안았다. 그의 두 개의 손이 그녀의 등 뒤에서 서로 어루만지고 있었다. 그의 바지 호주머니에 넣어진 손가락 상자가 그녀의 몸에 느껴졌다.

그들은 그러면서 이제 서로 방황을 끝내도 괜찮지 않을까 하는 생각들을 했다. 정현이 영일에게 안겨 있었으나, 서로에게 어떤 감정이 자극으로 전해지거나 하는 느낌은 없었다. 그저 편안하게 그들은 서로를 느끼고 있을 뿐이었다.

자극이 없다고 해서 나쁜 것은 아니었다. 아주 당연하게 서로를 받아들이게 되는 것이 이상할 정도였다. 그들이 서로의 팔을 풀고 걸어가는 동안 두 사람은 아무 말도 없었다. 정현은 편안했다.

어떠한 자극도 배제해 버리려고 노력하는 영일의 태도가 그녀에게 담담하게 전해져 왔다. 이제 감동과 흥분은 그녀가 벗어 던진 굴레였다. 그래, 결국은 저 사람처럼 조심스럽게 살아가는 것이 가장 바람직한 태도가 아닐까?

―내가 직면한 것은 겨우 허무뿐이었지만 저 사람이 직면한 것은 삶과 죽음이 아니었던가? 아니야. 허무가 나에게는 더 지독한 고통이었어. 아, 빌어먹을― 나도 이제 어디에선가 머무르고 정신을 차려야 해. ―

영일은 두어 발자국 앞에서 다시 손을 주머니에 집어넣고 걸어갔다. 그는 지금 무슨 생각을 할까?

―저 사람 옆에서 머무른다는 것이 나에게 무슨 뜻일까? 그것이 평화인가? 아니면 도피인가?―

아내를 만나고 내려온 형근에게 영일은 정현과 결혼해야겠다는 말을 했다. 영일은 마치 갱내의 일을 말해주는 것처럼 그렇게 말했다.

"그래? 축하하네. 잘됐군. 정말 잘됐어."

형근은 그렇게 말해야 된다고 생각했다.

"그래. 잘 될 거야. 잘 될 것 같아. 내 느낌이 그래."

왜 자신이 자꾸 중언부언하는지 몰랐다. 그러나 영일의 결혼 소식은 그렇게 몇 번 다시 말해도 좋을 만큼 충분히 충격적인 것이었다.

더 이상 형근은 그 말을 하지는 않았다.

"아내가 두 번째 아이를 임신했더군. 아내는 아직도 여기로 내려오겠다는 생각은 하지 못해."

"그럼 자네가 올라갈 것이라는 꿈을 꾼단 말인가?"

"글쎄. 잘 모르겠어. 그러나 그것이 꿈은 아닌 것 같더군. 아내는 처음에는 떨어져 있더라도 가끔 만난다면 괜찮을 거라고 생각했던 것 같아. 그런데 이번에는 다른 말을 하더군. 아이를 통해서 느끼는 감정들이겠지."

"어떻게 말인가? 무슨 말을?"

"직장을 옮길 수 없겠느냐고."

"왜 부인이 내려오지 못한다는 것인가?"

"글쎄, 자기 일을 포기할 수 없어서겠지만― 현장 근무를 이제 그만 했으면 좋겠다는 거야. 막연하게 느끼는 공포감 같은 것이겠지. 뭐 그런 것은 아무래도 괜찮은데― 문제는 내가 여기에서 하는 일에 대해 엉뚱한 생각을 품는다는 데에 있어. 좀 참기 힘들어. 한계에 부딪친 것 같아. 솔직히 갱 속의 현장과 갱 밖의 현실 사이의 괴리감도 이제는 겁이 나는 문제이고―"

"하루 이틀의 일이 아니지 않는가? 여기는 일하는 곳이야. 정신적인 유희 같은 것은 사치야. 이제 제발 그런 생각은 좀 버리게."

"그래, 자네가 비난해도 할 수 없어."

"지금까지 자네는 나보다 훨씬 적응을 잘 해 왔다고 보는데, 그렇지 않은가?"

"위선이었어. 문제를 없애려고, 그저 문제없이 그냥 지나치려고 했을 뿐이야. 그런 유야무야의 태도가 이젠 나도 견디기 힘들어. 이번엔 아이를 가서 보고 놀랐어. 두 달 만에 보았는데 또 전혀 다른 얼굴을 하고 있더군. 아이는 너무 빨리 자라 버려. 내가 기억하고 있었던 얼굴에서 자꾸 변모되어서 나는 그것을 따라가기가 힘들어. 그렇게 사는 것은 정상이 아니겠지. 노력해야겠다는 생각을 많이 했지."

그들이 점심을 먹은 뒤 커피 한 잔을 마시며 앉아 있을 때 노조의 조합장이 찾아왔다. 그는 시간이 있느냐며 손을 비비고 서 있었다. 그는 조합장 선거에 대해서 말하고 싶은 듯했다. 그는 영일을 보지 않고 형근을 향해서 말했다.

언제든 영일은 그러한 문제에 대해서 관심을 표명하지 않았다. 영일은 갱내에서의 문제가 아닌 것에 대해서는 가능하면 알고 싶어하지 않았다.

며칠 사이에 회사의 주변 여기저기 또는 시장 근처까지 조합장 후보들의 벽보가 붙기 시작했다. 조합장 후보는 대통령 포상까지 받은 모범 광부인 현재 조합장 박씨, 고등학교를 졸업한 뒤 여러 곳을 전전하다 이곳에 온 지 여러 해 되는 다혈질의 최씨, 그리고 여기에 들어온 지 얼마 안 되는 젊은 노씨까지 합해 세 사람이었다.

형근은 노씨를 처음 보았을 때 그의 매듭 없는 긴 손가락을 보고 그가 이런 일을 해 본 경험이 없다는 것을 이내 알았으나 모르는 척했다. 그런 사람은 어차피 한둘이 아니었다. 그는 4주간의 훈련을 받은 뒤 의식적으로 모든 일에 적극성을 띠었다.

의도적으로 타고난 광부연하는 태도라든가, 적극적으로 채탄에 매달린다든가 하는 것은 다른 광부들에게 쉽사리 먹혀 들어가지는 않았다. 그러나 그의 선동적인 강한 말투와 성실한 태도 등으로 해서 젊은 광부들 사이에서는 꽤 인기가 있었다.

그는 배타적인 광부 사회에서 꾸준히 자리를 굳혀 갔다. 그는 현실감이 있는 듯했으며 막연한 이상주의자는 아닌 것 같았다. 그의 현

230

실감이 있는 태도는 나이든 광부들에게도 꽤 많은 신임을 받았다. 그의 적극적인 노력으로, 그는 광부들 3분의 1 이상의 지지를 얻어 조합장 선거에 후보로 나설 수 있게 되었다.

조합은 조합원들을 위한 것이었으나 점점 규모가 확대되면서 이권이 개입되었다. 또한 모든 생필품이라든가 하는 것들이 조합을 통해 구입되었다. 특히 새마을금고 등이 운영되면서 금전적인 이권은 더욱 많이 개입되었다. 조합은 또한 광부들과 회사가 대화를 하는 통로였다. 회사 측에서는 그 때문에 조합장 선거에 상당히 신경을 쓰는 것은 당연했다.

"노씨의 자세가 너무 강경한 것 같습니다. 그가 제시하는 공약이 말입니다. 완전히 노조를 회사에 대치하는 단체로 만들려는 것 같습니다. 물론 우리의 권리를 찾는 것도 중요하지만 그것이 하루아침에 이루어지는 것은 아니고, 또 회사와 대치하는 것이 결코 바람직한 태도도 아니라고 봅니다. 서로 협조해야지요.

저희들은 과장님들만 믿습니다. 저희가 이렇게 몇 십 명을 찾아다니는 것보다 과장님들이 몇 마디 말씀만 해 주신다면 큰 힘이 되지 않겠습니까? 만일 저런 노씨 같은 젊은이가 조합장에 당선된다면 우리는 큰 위험에 부닥치게 됩니다.

아시다시피 요즘 같은 불경기에 저희들이 직업을 잃어버리게 되면 큰일입니다. 요 옆의 다른 탄광에서도 저런 젊은이들의 혈기로 몇 사람의 광부들이 일자리를 잃어버렸습니다. 남의 일이 아닙니다."

그는 진실로 걱정하는 듯했다. 형근의 생각으로도 그가 무슨 커다란 이권에 개입되어서 조합장을 하려고 하지 않는다는 것을 알았다. 그는 배고파 본 사람이었기 때문에 일자리를 잃어버리는 것에 대해서 항상 불안해했다.

그것은 자기 혼자의 일자리 때문에 그러는 것은 아니었다. 그러한 현 조합장의 태도에 젊은이들은 반발했다. 권리를 찾아야 한다는 입장이었으나 노조로 해서 무엇이 하루아침에 바뀔 수는 없었다.

"노조에 사무직원들이 개입될 수 없다는 것은 아시지 않습니까? 조합장님이 잘 알아서 하셔야죠."

"문제는 광부 경력이 1년도 안 되는 사람이 조합장 선거에 나섰다는 것입니다."

"그렇지만 그는 광부들의 3분의 1 이상이 찬성하여 후보로 나설 수 있었던 것이 아닙니까?"

"글쎄 말입니다. 새로 개정된 법 그 자체에 문제가 있다는 말입니다. 광산일을 일 년도 안 해 본 친구가 무엇을 안다는 말입니까? 이론과 현실이 어디 같습니까?"

"글쎄요. 정작 투표는 며칠 더 남았으니 단정적으로 생각하지 마시고 잘 납득을 시켜보십시오. 잘될 겁니다. 걱정하지 마십시오."

"과장님도 그런 식으로 말씀하시면 안 됩니다. 만일에 저런 젊은이가 당선이 되면 문제가 커집니다. 제가 당선이 되고 안 되고는 다음 문제입니다. 조합장이 뭐 저 혼자의 이권을 위한 자리입니까? 아무래도 윤 과장님의 말씀이라면 젊은 사람들이 많이 호응하니까 좀 협조해 주십시오."

그는 아주 영일은 젖혀놓고 형근에게 매달렸다.

"불가능한 얘기는 서로 하지 않는 것이 좋습니다. 제가 어떻게 그런 말을 할 수 있단 말입니까? 만일에 그렇게 되면 역효과만 나기 쉽습니다. 오히려 젊은 광부들이 더 반발하게 됩니다. 그렇지도 않은 것을 무슨 흑막이라도 있는 줄 알고 말입니다."

형근은 평소의 그답지 않게 강경하게 대했다.

"아니 누가 그렇게 공식적인 장소에서 말을 해 주십사 하는 건가요? 그냥 젊은 광부들에게 위험한 점을 좀 알아듣도록 타일러 달라는 것이지요."

"알았습니다. 노력해 보지요."

형근은 조합장에게서 벗어나고 싶어서 되는 대로 말해 버렸다. 조합장이 역시 손을 비비며 그들의 옆을 떠났다.

"자네는 저 사람들에게서 달아나지 못해. 저들이 자네를 믿는 것을 알지 않나? 조금만 더 지나치면 종교처럼 될 걸? 자네는 교주라고 — 자네는 저 사람들에게서 구원자란 말이야."

"농담하지 말게. 피곤해."

"난 사실을 말하는 것뿐이야. 자네가 지금까지 저 사람들에게 보여준 것이라고— 자네 말대로 위선이었든 진실이었든 관계없어. 아무튼 자네는 그 책임을 져야 해. 달아날 수 없다고. 여기에서—"

"위협하는 건가?"

"아니야. 사실을 말한다고 했지 않나?"

영일은 일어섰다. 그러나 자신이 형근에게 사정하고 있다는 것을 잘 알았다. 그가 가버린다는 것을 그는 생각할 수가 없었다. 누가 뭐라고 해도 그가 있음으로써 자신이 의지했던 부분을 그는 부정할 수 없었다. 아니, 자신의 이기적인 성격에 그는 좋은 방패 역할을 해 주지 않았던가?

—저 친구가 떠나다니. 말도 안 돼. 뭔가 일이 좀 잘 풀리는 것 같았는데.—

영일은 갑자기 자신이 감상적으로 되어 버리는 것이 견딜 수 없었다. 그러나 어쩔 수 없었다. 환한 대낮이었는데도 그는 취한 듯했다. 그는 갑자기 버림받은 여자처럼 느껴졌고, 개떡 같은 기분이 되었다.

"갱 속에 한번 들어갔다 오겠네."

형근이 앞장서서 걸어갔다.

"말도 안 되는 생각은 집어치워."

영일이 뒤에서 소리쳤다.

─저 친구가 정말 자신이 말한 그 이유 때문인가?─

영일은 잠시 정현을 생각했다. 그러나 지워 버렸다. 그는 형근과 정현을 같이 생각했으나 두 사람 다 그에게 너무나 비중이 컸기 때문에 어떠한 생각도 할 수가 없었다.

그는 물론 형근과 정현이 서로 감정의 교류가 있음을 알고 있었으나 더는 생각하지 않았다. 그들의 문제는 그들의 것이었다. 그는 두 사람을 다 신뢰했다.

형근은 갱 속에 들어가서 작업장을 돌아보았다. 광부들은 이제 막 점심을 끝낸 듯 도시락을 싸는 사람 또는 작업장으로 가는 사람들이 보였다. 그들은 담배 한 대를 간절하게 피우고 싶었을 것이었으나 그럴 수 없었다.

담배를 피우는 사람들이 8시간 동안 담배를 참아 낸다는 것은 매우 힘든 일이다. 그러나 그들은 그렇게 해야 했다. 형근은 조합장 후보인 노씨가 광부들 사이에서 레일 위에 걸터앉아 주위에 있는 젊은 동료들에게 무엇인가 열심히 설득시키고 있는 것을 보았다. 그는 비번임에도 불구하고 점심시간을 이용하여 갱내에 들어온 듯했다.

형근은 젊은 조합장 후보인 노씨를 보며 그에게 압력을 가하려던 전무와 조금 전에 식당에서 만난 현재의 조합장을 생각했다. 전무는 노씨가 조합장 후보를 포기하겠다면 돈이라도 주라고 했다.

전무는 요즘 인근 탄광에서 일어나고 있는 광부들의 움직임에 대해서 골치 아파했다. 그는 그러한 집단의 움직임이 이곳 탄광까지 밀려올 것이라는 점을 무척 신경썼다. 아무리 막으려고 해도 추세를 막을 수는 없다는 것을 그도 잘 알았다.

그는 언제나 ─자네들만 믿네─ 라는 대사를 앞세웠다. 조합장은 또 조합장대로 형근이네를 믿는다는 말을 앞세웠다. 그들은 언제나 그렇게 말했지만 역시 철저하게 믿거나 신뢰하지는 않았다. 다만 전무는 형근이나 영일이 알아서 처리할 것이라는 믿음이 있었다.

전무 스스로 광부들을 통솔할 수 있는 상황이 아니었다. 전무는 이제 나이가 들었을 뿐만 아니라 탄광의 운영면을 책임져 왔기 때문에 광부들과의 소통은 별로 없었다.

소장은 갱내의 여건이나 진척 방향 등 큰 그림을 책임져 왔기 때문에 광부들의 움직임에 대해서는 역시 관심을 두지 않았다. 광부들의 문제는 자연스럽게 형근이나 영일의 몫으로 갈 수밖에 없었다.

광부들이 하나둘 도구를 들고 각자의 자리로 돌아가자 노씨는 형근에게 목례를 한 뒤에 케이지 쪽으로 걸어갔다.

"자신이 있으시오?"

"예, 있습니다. 조합장이 되어야 한다는 신념을 가지고 나섰으니까요."

형근의 물음에 그는 힘주어 말했다.

"그 신념은 어디에서 나오는 것이오?"

"소명의식이지요. 저들을 인간답게 살려야 한다는 생각입니다."

"당신은 저 사람들하고는 다르오? 그렇다면 조합장이 될 자격이 없는 것이 아닌가?"

"저는 저 사람들 편에서 일하고 싶은 것입니다. 그들이 투철한 의식이 부족하다는 점에서 저 사람들과 저를 분리시켰습니다만 기업주에 대처한다는 점에서 우리는 하나입니다. 물론 과장님도 우리와 하나이구요."

그는 아주 달변이었다. 내용보다 그의 말하는 톤은 특히 사람을 끌어들이는 힘이 있었다.

"잘 해보시오. 그러나 무리하는 것은 좋지 않아요."

형근은 젊은 광부가 케이지에 올라타는 것을 보고 돌아섰다. 그가 동발을 체크해 보기 위해서 막장 부근에 갔을 때 그는 공기가 부족하다는 것을 느낄 수 있었다. 그는 갑자기 호흡이 곤란해지는 듯했으며 두통까지 생기는 것 같았다.

광부들은 아침부터 일하고 있었기 때문에 공기의 결핍 현상을 인식하지 못할지도 몰랐다. 그는 압축 공기 파이프를 조금 틀어서 공기를 공급했다. 그는 몇 군데 새로 진척되는 막장에 압축 공기 파이프를 연장시켜야 할 것을 도면에 그려 넣었다.

공기가 계속 공급되고 있었으나 형근은 아직도 답답함을 느꼈다. 그것은 공기 때문만은 아닌 듯했다. 그는 조장에게 잠시 후에 압축 공기 파이프를 잠그라고 이른 뒤 케이지 쪽으로 급히 갔다. 케이지 쪽에서는 거대한 팬이 작동하여 이루어 내는 바람으로 시원했다.

그는 케이지를 타고 삼 편에서 내려 언젠가 정현에게 전화를 걸었던 장소로 갔다. 그는 전화를 찾았으나 얼른 수화기를 들지는 못했다. 무엇을 그녀에게 말해야 할지 몰랐기 때문이다.

—영일과 결혼을 하는 것이 사실이냐고? 아니, 그런 말을 물어볼 수는 없지. 영일이가 농담을 할 리도 없고, 그것은 사실일 테니까. 어떻게 그렇게 빨리 가까워졌냐고? 후회하지 않겠냐고? 아니, 한 번 만나달라고?—

—그녀는 뭐라고 대답할 것인가?—

자신이 전화를 한다는 것이 부질없기에 앞서 전화를 해도 괜찮은

가를 생각해야 했다. 그의 갱모에서 비쳐 나가는 라이트가 절대적인 어둠 속에서 건너편 벽에 예리하게 꽂혔다. 암석에 라이트가 비치자 암석은 까만 윤기를 내며 빛이 났다.

─나는 뭘 확인하고 싶은 것인가? 정현의 나에 대한 감정을? 나를 어떻게 생각했느냐고? 아니 지금 어떻게 생각하냐고? 아니 다만 그 여자와 둘만의 관계를 지속시키고 싶다면 그것은 나쁜 것일까?─

그가 교환에게 방송국을 부탁했을 때 정현이 나왔다. 그는 지금 시간이 있느냐고 물었다. 방송 중이 아니냐고 물었다. 여자는 25분 정도 시간이 남았다고 했다. 교향곡이 25분 정도 지나면 끝난다고 했다. 여자는 그 대답 이상 아무 말도 하지 않았다.

그는 갱모의 라이트를 꺼 버렸다. 그의 손목에서 비치는 시계의 야광 불빛을 제외하고는 절대적인 어둠이었다. 야광 시계의 숫자판이 일초마다 바뀌어 갔다. 그는 한참만에야 방송실에 누가 있느냐고 물었다.

그녀는 아무도 없다고 했다. 그녀는 자신과 영일과의 관계는 형근이 아는 그대로라고 먼저 말했다. 조금 전에 영일에게서 전화를 받았노라고 했다. 형근은 그래도 아무 말도 하지 못했다.

"영일 씨를 좋아하게 됐어요. 동시에 두 사람을 좋아한다는 것이 윤리에 어긋난다면 할 말은 없지만, 형근 씨를─"

그녀는 말을 잠시 중단했다.

"그렇지만 제 결정에 만족해요. 다만 산뜻하게 감정이 정리되지 않으니까 기분이 좀 그래요. 그래도 이 길이 제일 낫다고 생각했어요. 사람의 감정이 쉽게 정리되는 것은 아닐 테니까 시간이 지나가기를 기다려야죠. 저는 여기서 일해 보겠어요. 다시 일에 집착하며 영일 씨가 살아가는 방법을 배우고, 그에게 잘해 주고 그러고 싶어요.

그래요. 그에게 잘해 주고 싶어요. 그래서 영일 씨가 행복해하고 그렇다면 좋을 것 같아요. 잘될 것 같아요."

여자는 담담하게 말했다. 그녀의 애쓰는 모습이 그에게 전해져 오는 듯했다. 그는 그녀가 하는 말이 모두 진실이라는 것을 알 수 있었다. 진실 이상으로 무엇을 기대하겠는가? 그리고 그녀가 영일에게 잘해 주고 싶다는 것은 또한 그녀의 가장 사랑스러운 진실이었다.

그는 전화를 끊었다. 그는 더 이상 그녀를 만날 수 없다는데 생각이 미치자 온몸이 저려오는 듯했다. 다시 가슴이 답답해 왔고 그는 자신의 감정을 주체할 수 없었다. 그는 두 손을 마주 잡아보는 것으로 감정을 억제했다.

자신이 준비하기 전에 다가온 결론에 그는 어찌할 바를 몰랐다. 그러나 그가 그녀를 생각한다는 자체도 그에게는 허용되지 않는다는 것을 알아야 했다. 그는 영일에게 죄스러운 일은 할 수 없었다.

어떤 식으로든 영일에게 상처를 주고 싶지 않았다. 자신이 그 여자를 사랑하는 데 얼마나 많은 사람들이 가슴 아파야 하는가? 그럼에도 그는 그 여자를 향한 마음을 억제할 수 없었다.

─도무지 이것이 무엇이란 말인가? 결국 여자의 결정이 자신에게 준 것은 그녀에 대한 자신의 마음을 확인한 것뿐인가? 그럼 내가 그녀를 향한 내 마음을 몰라서 지금까지 이대로 지내 왔단 말인가?─

자신이 아무것도 할 수 없었음으로 하여 생긴 결과임을 그는 다시한 번 확인해야 했다. 자신이 할 수 있는 일이란 기껏해야 끝없는 위선이었던가? 모든 것을 호도시키고 있었던 것이다. 그는 더이상 자신이 떨어지도록 내버려 둘 수가 없었다.

이제 자신을 웬만큼 추슬러야 한다는 생각을 했다. 그는 배터리에 스위치를 넣었다. 새로 켠 배터리는 갑자기 밝아졌다가는 이내 침침해지기 시작했다. 배터리는 곧 끊어질 듯했다.

그것이 완전히 끊어지는 데에는 그렇게 오랜 시간이 걸리지 않았다. 마치 숨이 끊어지는 것처럼 서서히, 그러다가는 이내 필라멘트의 짙은 붉은색이 끊어지고 말았다.

그는 아무 생각도 하지 않았다. 다만 갱내에서 나가야겠다는 생각을 했으나 몸을 움직일 수가 없었다. 호흡이 점점 힘들어지고 답답해 왔다. 주변은 전혀 환기가 되지 않았다.

호흡 곤란은 얼마 전부터 자신의 건강에 문제가 있다는 것을 다시 확인시켜 주었다. 쉽게 호흡이 가빠진다는 것은 규폐증의 신호이기도 했다. 3편은 공기 파이프를 철거한 지도 오래였기 때문에 환기가 될 수 없는 것은 분명했다.

그는 전화로 배터리를 부탁할 수도 있었으나 그렇게 하지 않았다. 그는 기침을 몇 번 해 본 뒤 조심스럽게 그러나 부지런히 그곳을 빠져나가기 시작했다.

그는 지하수가 흐르는 쪽으로 걸음을 떼었다. 그 방법이 가장 안전하게 케이지 쪽으로 연결되는 것이기 때문이었다. 그는 안전하게 폐갱에서 빠져나가는 것, 그것만을 생각했다. 다른 생각은 하지 않았다.

제대로 케이지가 있는 곳까지 빨리 가야겠다는 생각은 이제부터는 그런 식으로 살아가는 연습을 해야겠다는 것으로 연결되었기 때문이었다. 모든 생각들을 제거해 버리는 연습이 그에게는 필요했다.

그는 마치 곡예를 하듯 지하수가 모여 흐르는 좁은 길을 따라 커다란 장화를 절벅거리며 걸었다. 갱도는 넓었기 때문에 갱도의 한가운데로 흐르는 물줄기의 주변엔 아무것도 잡을 것이 없었다. 장화가 무겁게 느껴졌다.

거미줄 같은 것이 그의 얼굴에 걸렸다. 그가 한참을 그렇게 걸었을 때 케이지 소리가 멀지 않은 곳에서 들려왔고, 레일 위로 탄차 지나가는 소리와 괭이질 소리가 몇 개의 벽을 지나서 둔중하게 울려왔다.

점점 지하수의 양이 불어나며 케이지가 가까워왔다. 그는 좀더 그 길이 계속되기를 바랐다. 길을 찾는 과정에서 그는 아무것도 생각하지 않을 수 있어서 좋았다. 그가 밖으로 나왔을 때 갑자기 밀어닥친 햇빛으로 눈물이 나왔다.

그는 요즘 갱에서 나올 때마다 눈이 아파오고 시력이 나빠지는 것을 느꼈다. 그는 갱 밖으로 갑자기 나올 때마다 선글라스를 착용해야 함을 알았으나 그렇게 하지 않았다. 그저 다만 눈을 지그시 감고 천천히 샤워실 쪽으로 걸었다.

샤워실의 거울을 통하여 얼굴 한쪽에서 피가 흐르는 것을 보았다. 그것은 깊은 상처는 아니었으나 피가 방울방울 맺혔다. 그는 정성 들여 샤워를 끝낸 뒤 밖으로 나왔다.

시간은 3시 정도밖에 되지 않았는데 먹장구름이 잔뜩 끼고 갑자기 날씨가 흐려졌다. 그가 갱 속에서 나왔을 때에만 해도 맑았던 하늘은 짧은 시간 안에 그렇게 변했다.

그는 수위실에서 영일에게 전화를 걸어서 먼저 합숙소로 올라가겠다는 말을 했다. 수위실 벽에도 조합장 선거의 벽보가 붙어 있었다. 영일은 전화에서도 쓸데없는 생각은 하지 말라는 말을 했었다.

회사를 그만두겠다는 것이 쓸데없는 생각인가? 그는 합숙소로 올라가는 길에서 방송국을 한번 올려다보았다. 그에게 방송국이란 여자 이상의 의미는 없었다. 동네는 다시 한 번 서서히 깨어나는 준비를 시작했다.

이제 을방 광부들이 내려가야 할 시간이었다. 여자들은 설거지를 끝낸 물을 아무렇게나 여기저기에 버렸고 곳곳에서 남자들을 깨우는 소리가 들려왔다.

그들은 날씨가 꾸물거리자 좀더 불안스럽게 소리를 질렀다. 가끔 풀어놓은 닭이며 개들이 여자들이 지르는 소리와 끼얹는 물을 피해 이쪽저쪽으로 달아났다.

합숙소 안은 오래된 나무의 육중한 무게와 냄새로 인해 더욱더 무거운 분위기였다. 홀 가운데는 당구대가 언제나 그랬듯이 정연하게 놓여졌다. 어느 것 하나 정돈되지 않은 것이 없는 실내는 그의 가슴을 눌러왔다.

그것들은 너무나 완벽한 서양의 정물화처럼 그렇게 자리잡고 있었다. 어둠이 습기와 함께 광산 전체에 흘러내렸다. 주위는 너무 습해서 안개처럼 습기가 내리는 듯했다.

공기가 너무 무거워서 돌지도 못하고 흘러내렸다. 그는 차디찬 방바닥에 등을 대고 누웠다. 넓지 않은 그의 방은 그가 손을 쭉 뻗었을 때 벽에 닿았다.

창밖으로 보이는 경치는 거의 분간할 수 없을 만큼 어두워졌으며 후둑후둑 굵은 빗방울이 쏟아지기 시작했다. 오랫동안 오지 않았던 비는 건조했던 먼지가 폴폴 날리던 땅에 흙가루들을 날리며 떨어지기 시작했다.

툭툭 떨어지던 빗방울이 이내 흙가루들을 다 덮어버리고 세차게 쏟아졌다. 빗소리가 요란했다. 을방 사람들이 우비를 쓰고 빗속으로 내려가고 있었고 우산이 준비 안 된 갑방 사람들은 비를 맞으며 사택으로 가는 길을 올라왔다. 비는 우비 같은 것이 조금도 도움이 되지 못할 정도로 세차게 내렸다.

형근이 라디오를 돌렸을 때 정현의 목소리가 나왔다. 여자는 일기에 대해서 말했다. 늦여름 비는 2, 3일 계속될 것이라고 했다.

—벌써 늦여름이라고? 그렇군. 벌써 8월이 다 가고 있었으니까.—

그는 여자의 목소리를 감상했다. 여자는 이내 들어가고 다시 음악이 나왔다. 웬일일까?—

정현은 얼마 전까지 방송을 하는 일이 없었다. 그저 서울 방송을 연결시켜 주는 업무만을 했다. 그녀는 방송이 무의미하다고 하지 않았던가?

—이것은 영일을 통한 변화인가? 그래 그럴 수도 있지. 그 친구는 힘이 있으니까.—

그는 여자의 변모에 놀라워했다. 영일을 향한 여자의 작은 몸짓은 아름답기까지 했다. 여자는 이내 또다시 나와서 얘기를 계속했다. 그녀는 어떠한 주제를 가지고 계속해서 연결시키고 있었던 듯했다.

저렇게 여자를 변모시키는 힘은 무엇인가? 여자의 목소리는 차분했으나 강한 힘이 있었다. 형근은 여자와 같이 있었으나, 같이 있지 않았다. 그는 자신이 여자와 같이 존재할 수 없다는 안타까움에 라디오의 볼륨을 올려 보았다.

빗소리와 함께 여자의 목소리는 방 안에서 크게 울려 퍼졌으나 결코 그와 같이 있지 않았다. 그는 그녀를 느낄 수도 없었고, 잡을 수도 없었다. 그는 라디오를 켜놓은 채로 눈을 감고 누워 있었다.

힘이 들었다. 육체도 정신도 그가 감당하기에는 너무나 힘이 들었다. 왜 이렇게 지쳐 버렸을까? 이는 무엇에 대한 결과인가? 성실하게 살지 않았기 때문인가? 모든 것들을 그는 받아들여야 했다.

—그래. 받아들여야 할 부분은 받아들여야지. 그렇고 말구.—

라디오의 소리가 빗소리처럼 그의 옆에서 흘러내렸다. 따뜻한 빗물의 따스한 소리가 계속 흘렀다. 그는 잠을 자고 싶었다. 그보다 일어날 수 없었기 때문에 그는 잠 속으로 빠져 들었다. 깊은 잠을 잤다.

장마도 아니었는데 이틀이나 계속해서 내린 비는 탄광 주위를 깨끗하게 만들었다. 산에 있는 나무들이 더 푸르고 깨끗해졌다. 합숙소에서 회사로 통하는 길에 깔린 굵은 모래들이 먼지 하나 없이 깨끗하게 건조되었다.

굵은 모래는 오랜 세월 동안 탄가루에 검게 물들어 있었다. 그 밝고 검은 모래들은 햇빛에 반사되어 드문드문 보석처럼 빛났다. 노란 해바라기가 힘차게 자라 있었고, 잠자리가 떼 지어 다녔으며, 해는 높이 떠올랐으나 대기는 스산한 기분이 돌았다.

비 온 뒤 하늘은 가을처럼 높아졌고, 소나무에 둘러싸인 산속의 공기가 광산 전체를 쓸쓸하게 만들었다. 여기저기 전봇대 또는 벽에 붙여 놓은 조합장 후보들의 벽보가 이틀이나 계속 내린 비로 다 젖었다가는 다시 강한 햇빛으로 인해 손만 대어도 바스라질 듯 아무렇게나 오그라들었다.

회사에서 시장 쪽으로 내려가는 길옆 상가의 문들은 지나다니는 차들이 튀겨 놓은 진흙으로 여기저기 흙탕물이 심하게 뿌려졌다.

형근은 10년 남짓 일했던 광산을 떠나기로 마음먹은 뒤 모든 주위 풍경에 새삼스러움을 느꼈다. 도시는 갱내의 그 엄청난 생과 사의 곡예만 없다면 아름답기 그지없는 곳이었다.

산으로 둘러싸인 자연은 아름다웠고 주위는 조용했다. 모든 일은 수백 미터의 지하 세계에서 일어나고 있었으니까—.

이상스럽게도 형근은 자신이 선택한 길이었음에도 쫓겨 가는 것 같은 기분이었다. 그가 결정을 내려야 했을 때 그는 자신의 선택의 한계가 제한되어 있음에 답답하면서도 다행스럽게 생각했다.

어차피 해외로 나갈 수도 없었고, 어떠한 곳이든 탄광에서 일을 하는 것은 끝을 내야 했다. 그는 서울 본사에서 근무를 시도해 보려고 했었으나 그것이 불가능하다는 것을 쉽게 알았다.

현재 본사에 고용되어 있는 인원으로도 본사 일은 충분히 해낼 수 있었으며, 회사 측에서는 탄광 현장의 사무직 기사들이 서울 본사로 전직이 가능하다는 선례를 만들고 싶어하지 않았다. 그것은 타당한 생각이었다.

사장은 서울에서 걸려온 전화로 형근의 사직을 극구 말렸다. 사장은 앞으로 몇 년 동안만 수고해 준다면 장래를 보장해 주겠다고 했다. 그가 말하는 장래 보장이란 소장직을 말할 것이다.

거기에다 일 년 정도의 해외 연수라는 명목의 파견 근무가 포함되는 정도일 것이다. 그것은 좋은 미끼일 수 있었다. 그러나 형근에게는 그 조건들이 아무런 변화를 줄 수 없었다.

사장은 노동조합에 대해서 대단히 걱정했다. 그는 형근이 그 일을 잘 해결해 낼 수 있을 것이라고 생각했다. 조합장 선거는 벌써 끝났음에도 사장은 그렇게 말했다. 조합은 별일 없을 것임이 분명했다. 지난번 조합장이 다시 당선되었으니까ー.

사장은 형근을 언제나 과신했다. 하기는 상사가 그렇듯 밀어 줄 때 또 다른 능력이 나올 수도 있을 것이다. 형근은 이제 자신은 그 어느 일도 결코 해낼 수 없을 것 같았다. 그는 모든 것이 한계에 다다른 듯했다.

자신이 처한 모든 상황은 출구가 보이지 않지만 그것은 현실로 받아들여야 할 부분이었다. 강하게 광산에 남아 있을 것을 요구하는 사장은 더 이상 형근을 가르쳤던 은사는 아니었다. 그는 자신의 이익

244

을 향해 철저하게 이윤을 추구하는 기업가였다.

형근은 그를 결코 나쁘다고 생각지는 않았다. 기업가의 이윤 추구를 위해 자신이 도움이 된다면 그를 위해 기꺼이 일하겠다고 생각했다. 그의 이윤 추구보다 자신이 하는 일 그 자체에 대한 매력에서 그는 광산에 있었다.

자신이 아니면 안 되는 일들이었다. 탄맥을 찾아내고 자신의 노력으로 많은 광부들이 쉽게 일을 할 수 있고, 그들의 근로 조건을 개선시키고, 광부들에게 사주와의 관계에서 위화감을 없애며, 하나라는 일체감을 주고, 회사를 위해서는 채탄량을 늘리고 하는 일들이 그에게는 즐거움이었는데— 이제 그것들은 더 이상 즐거움이 될 수 없었다.

그는 산너머에 있는 저수지 쪽으로 걸었다. 일요일이었으나 낚시를 하러 온 사람들은 별로 없었다. 가끔 영일, 의사와 함께 와서 일요일을 보내곤 했던 곳이었다.

저수지 쪽으로 가기 전에 산마루에 있는 회사 묘지에는 크고. 작은 무덤들이 엎드려 있었다. 작은 돌멩이에 새겨진 이름들이 무덤의 임자가 따로 있음을 알려 주었다. 저들 중에 몇 개의 무덤은 형근이 이곳에 온 다음에 생긴 것들이었다.

—그것들은 모두 불가항력이었을까?—

그 사고 중에서 어떤 부분은 자신의 판단 실수가 아니었는지? 그때마다 그들은 그것이 자신의 판단 실수라는 데에서 교묘하게 빠져나갔던 듯했다. 한 번이라도 그 사고가 자신의 실수로 인한 것이었다고 생각되었다면 그는 아마 더 일을 계속할 수 없었을 것이다.

그가 지금도 단호하게 얘기할 수 있는 것은 대부분의 사건은 그들이 작업을 하지 못하게 금지한 지역에서 일어났다는 점이다.

광부들이 지시 사항을 제대로 이행했더라면 일어나자 않아도 좋았을 사고가 대부분이었으니까— 그들은 과욕했고, 또 많은 사람들이 탄광에 대해 무지했었다.

아무리 석탄의 특질에 대한 강의를 되풀이했어도 그들은 그것을 이론적으로 받아들일 준비가 되어 있지 않았다. 그것은 어쩔 수 없는 일이었다.

상당수가 화장에 의해 장례가 치러졌음에도 무덤의 숫자는 늘어났다. 그 중에서도 형근은 봉분이 유달리 크고 상석과 비석에 돈을 꽤 들인 무덤을 하나 돌아보았다.

그것은 형근의 선배로서 갱내 사고로 숨진 첫 번째의 기사라는 점에서 종종 화제가 됐었다. 탄광 광부들이 대부분 기사들의 주의사항을 잘 듣는다면 별 사고 없이 지낼 수 있다는 것을 믿었다.

그렇기 때문에 그 모든 주의사항을 다 알고 있는 기사가 사고를 당한다는 것은 있을 수 없는 일이었다. 사건이 외부에 알려진다면 광산 자체를 위해서도 결코 좋은 일은 아니었다.

선배 기사의 사고는 갱내에서 나기는 했지만 작업 현장에서 난 것이 아니고 케이지 안에서 일어났었다.

케이지의 스위치 고장으로 3편까지 잘 내려가던 기계가 갑자기 지하 700미터의 깊이로 낙하했다가는 갑자기 고장난 용수철처럼 위로 튀어 버리고 말았다.

폭파하듯 떨어져 버린 케이지에 타고 있던 그와 몇 사람의 광부의 육신은 풍비박산이 되고 말았다. 탄을 밖으로 운반하는 과정에서 케이지의 스위치 고장이 두 번인가 있었지만 사람이 탔을 때 그런 일이 일어났다는 것은 치명적이었다.

회사 내에서는 정규 기사가 사고를 당한 점에 놀라기도 했지만 시설 불충분으로 언론에서 떠들 것에 전전긍긍했다.

물론 피해자에 대한 보상은 모두 제도화된 보험에 의해서 해결될 것이었으나, 사건을 문제 삼지 않는다는 조건으로 전무는 꽤 많은 액수를 제시하며 미망인에게 흥정을 요구했다.

전무는 능숙하게 애도의 뜻을 표하며 사고를 붕괴사고 정도로 마무리지어 달라고 신신 당부했다. 미망인은 회사에서의 상당한 위로금과 이 언덕 위에 커다란 비석을 세워 준다는 조건으로 회사의 요구에 응했다.

사망의 경우에도 1,000일분의 급료와 어느 정도의 위로금이 지급되는 것으로 끝나 버리는 광부들의 경우에 비해 그 때의 보상은 엄청난 것이었다. 광부들은 그때에도 모든 것을 당연한 듯이 그냥 받아들였다.

언제나 그들은 말하지 않았다. 침묵으로만 표현했다. 당시도 신문과 방송국의 기자들에게 단순한 붕괴사고로 기사화해 달라는 부탁은 형근의 몫이었다.

그 후 이곳에서는 삼년 동안이나 그를 위한 특별한 위령제가 있었으나 그 뒤부터는 유가족들이 나타나지를 않아서 사망한 광부들 전체를 위한 위령제를 단옷날에 지내왔다.

죽은 자들을 위한 위령제는 단오제와 겹쳐지면서 그것이 축제형식으로 바뀌어졌다. 단옷날은 모든 광부들과 가족들의 축제였다.

무사고로 실적을 많이 올린 광부들에게는 광목이 한 통씩 주어졌다. 그것은 사고가 났을 때에 사망자에게도 주어지는 것이었다. 죽음에 대한 배상과 열심히 일한 것에 대한 포상은 같은 방법으로 주어졌다.

광목은 이곳 저수지 밑으로 흐르는 물에서 빨아 몇 번씩 표백되어서 사용되었다. 초여름의 저수지 주변 돌밭은 그 흰색의 광목으로 장관을 이루었다.

그때의 햇빛은 저수지의 물빛과 같이 언제나 슬픔으로 나타났다. 이상한 도시였다. 산처럼 쌓여 있는 석탄 더미, 그 사이에서 햇빛을 받아 반사되는 광석들, 탄맥과는 상관없이 뻗어 있는 붉은 산, 그리고 검은 물들이 이상할 정도로 슬프게 나타나는 도시였다.

─유배되었다고 생각되어서일까? 왜 이곳은 유배지처럼 생각될까?─

그것은 땅 속 몇 백 미터의 갱내만 그런 것은 아니었다. 전체가 다 그랬다.

─이 물도 밤에는 검은 물이군요. 우리는 검은 물밖에 볼 수 없어요. 푸른 물은 우리 것이 아닌 것 같아요.─

형근은 언젠가 정현과 함께 밤에 여기에 왔었다. 이 근처에서 유일하게 푸른 물인 이곳 저수지 물도 밤에는 검은색이었다. 정현은 형근과 함께 푸른 물을 볼 수 없다는 것을 말했다.

정현을 밝은 곳에서 만날 수 없다는 것은 가슴 아팠다. 그 여자에게 어둠밖에 보여줄 수 없다는 것은 정말 슬픈 일이었다.

조합장 선거도 다 끝나 버린 지금 저수지 옆의 포장마차 휘장에도 그들의 사진이 있었다. 젊은 노씨의 얼굴과 나이 많은 박씨의 얼굴 등이 마치 지명 수배자의 얼굴처럼 흑백으로 붙어 있었다. 조합장은 다시 박씨가 당선됨으로써 일단락이 났다.

전무는 형근이나 영일이 별로 조합장 선거에 관심을 보이지 않자 직접 나서서 노씨에게 회유책을 썼다. 노씨는 그러나 굽히지 않고 자기의 주장을 폈다.

그의 언어는 마치 타오르는 불이었다. 그러나 젊은 광부들마저 잠

248

시 동요하는 듯했지만 결국은 슬그머니 박씨에게 돌아섰다. 그것은 박씨의 능력이 있어서라기보다는 그들 스스로 엄청난 변화에 휘말리고 싶지 않아서였을 것이다.

그들은 모두 변화를 무서워했다. 그들이 거쳐 온 길이 대부분 험난하고 위험을 수반한 것이었기 때문에 그들은 더 이상의 위험부담을 안고 싶어하지 않았다. 그들은 가능하면 현상유지를 하면서 조용하게 지내고 싶어했다.

아니 현상유지보다도 그들에게 더 심각했던 것은 그들이 매일매일 삶과 죽음의 현장과 직면하고 있다는 사실이었다. 그들이 직면하고 있는 현실 이상 더 절실한 것은 있을 수 없었다.

―그래. 그들은 동료가 죽어도, 옆에 있던 사람이 다리가 부러져 나가도, 계속해서 일을 해야 했으니까―

그들은 동료가 죽으면서 자신들도 죽고, 동료가 다치면서 자신들도 다쳤다. 그래서 동료가 죽을 때마다 새로 태어나는 반복을 계속했다. 그들은 그때마다 재생하면서 새로운 인간이 되었다.

그들은 그러면서 살아 있는 세계와는 자꾸 멀어지는 것이나 아닌지 몰랐다. 죽음 이상으로 엄청난 현실은 없을 테니까― 그렇게 엄청난 일을 계속 보아야 한다는 것은 힘 드는 일이겠지―.

잔잔한 저수지 가의 부드럽게 나부끼는 녹색 벼 사이로 한가롭게 걸어보는 것은 매우 기분 좋은 일이었다. 광산에서 일하는 사람이 아니라면 이 도시는 슬픈 곳만은 아닐지도 모른다.

멀리 떨어져 있는 듯, 유배되어 있는 듯했던 기분은 왜 여기를 떠나면서 다시 쫓겨나는 기분이 되는 것인가? 어디에서 살아도 마찬가지일 것이었다. 이렇게 살다가 떠날 때의 기분은 그럴 것이었다.

―그 남자에게 그 사실이 그렇게 충격이었을까? 그는 내가 어떻게 행동해 주기를 원했을까? 그가 여기를 떠나려는 것은 어떻게 해석해야 할까?

단지 그가 그의 작업에서 견디기 힘들어진 때문일까? 그래. 그는 철저한 장인은 아니었어. 그가 해야 하는 모든 일들에 점점 회의가 더 많았던 것으로 보였으니까.―

정현은 그녀의 작은 방에 놓여 있는 책상 앞 의자에 앉아서 자신의 생각들을 응집시켜 보았다.

―우선 내 결정은 옳았던가? 이제는 그런 생각들을 하기에는 늦어버렸어.―

정현은 그러나 자신이 그럴 수밖에 없었음을 확인해야만 했다. 그녀의 방 옆 창문을 통해서 투명한 9월의 하늘이 보였다. 곧게 뻗은 소나무와 합숙소의 벽돌이 눈이 부셨다.

―여기가 내가 살 곳이다.―

―나는 여기를 좋아하는가? 어쩔 수 없어서 여기에 머무르려고 하는 것은 아닌지?―

그녀는 자신이 이곳 광산에 대해 가슴 저려 오는 연민이 있음을 알았다. 그것은 이곳 사람들의 무표정한 얼굴에서 기인하는 것이기도 했고, 광산이라는 곳인 때문이기도 했다.

그들은 언제나 표정 없이 말없이 그렇게 오고, 그렇게 갔다. 그들이 유일하게 떠들며 소리 지르는 곳은 장터 쪽으로 가는 술집이 있는 곳이었다. 그들은 오직 거기에서만 소리질렀다.

아무도 그렇게 하라고 말하지 않았지만, 언제나 탄광 위쪽으로 가는 사택과 합숙소 위쪽으로 가는 길에서는 조용했다. 그들은 분명하게 구분지어 행동했다.

길 아래에서 합숙소를 향해 형근이 올라오는 것이 보였다. 그의 단정한 모습이 햇빛에 눈이 부셨다. 정현은 이 몇 달 사이 모든 대상에 대한 가슴 저려 오는 연민을 주체할 수 없었다.

모든 것이 슬픔이었다. 광부들의 조용한 집단적인 움직임도, 9월로 접어들면서 더 맑고 투명해지고 있는 저 햇빛도 그랬다. 산속의 햇빛은 대기 중에 이물질이 없기 때문인지 유난히 투명했다.

몇 백 년은 자랐을 소나무가 그 투명함을 더해 주었다. 그 날카로운 솔잎은 투명함과 좋은 짝이었다. 그러나 자신의 형근에 대한 연민은 그녀로서는 도저히 견디기 힘든 부분이었다.

흐트러지지 않으려고 애쓰는 그의 모습은 더욱 처절했다. 그는 언젠가 정현에게 본능이 시키는 대로 행동하라고 한 적이 있었다. 적어도 형근보다 정현이 본능대로 행동했음이 분명함에도 그는 그렇게 말했다.

그것은 그의 욕망이었을 것이다. 그렇게 본능대로 행동하고 싶은 것은 그의 욕망이었음이 분명했다. 그런데 그는 왜 그렇게 하지 않았는가? 그는 모든 욕망이 꺾여서 거세되어 버린 듯했다.

그가 여기를 떠나는 것은 마지막 안간힘인가? 그가 여기에서 보낸 세월 동안 그는 자신의 욕망을 절제하는 연습을 계속했을 것이다.

정현은 형근이 충분히 절제하며 살았으니 이제 그가 원하는 대로 살았으면 했다. 그가 아주 유쾌하게 웃으며 기분 좋게 다녔으면 했다. 그는 충분히 그럴 권리가 있으니까―.

그는 이제 어둡고 축축한 계단을 지나 그의 방으로 통하는 복도를 걸어갈 것이다. 정현은 천천히 그의 걸음과 같이 호흡을 해보았다. 언젠가 그는 땅콩을 껍질 채 먹고 있었다.

아주 당연하다는 듯이 그가 그렇게 했을 때 자신은 일생 동안 그의 옆에서 땅콩 껍질을 까 주는 사람으로 있어도 좋겠다는 생각을 했었다. 그리고 그녀는 부끄러워하지도 않고 그에게 그 말을 했었다. 그래. 그랬던 때도 있었다. 아니 그녀는 지금이라도 그것이 가능하다면, 가능한 일이라면 그렇게 하고 싶었다.

―다만 땅콩 껍질을 까 주는 사람으로라도 그의 옆에 있고 싶었는데 그것이 허용되지 않았다니.―

그러나 그녀는 동시에 두 남자를 생각하는 것이 죄스러운 일이라면, 그렇게 해서는 안 된다면, 그렇게 하고 싶지 않았다. 두 사람을 위해서 다 그렇게 하는 것은 옳지 못했다. 무슨 일이 있어도 영일에게만은 절대로 그런 가슴 아픈 일은 하지 않을 것이다.

그녀는 영일을 향해 부단히 노력해야 할 부분을 알았다. 그러나 그것이 영일에 대한 모욕을 의미하는 것은 아니었다. 그에 대한 자신의 마음이었다. 그를 위하여 무엇이든지 노력하여 잘해 주고 싶었다.

그것은 자신의 생에 대한 노력이기도 했다. 방송에 충실했듯이 다시 자신의 생활에 충실해 보고 싶었다. 그녀는 마치 인생의 마지막 승부처럼 비감해지기까지 했다.

이제 더 많이 생각하지 않으려고 했다. 그저 살아가는 것에만 충실하기로 했다. 그녀가 할 수 있는 일이란 그것밖에 없었다.

전화가 걸려왔다. 형근이었다.

"내일 떠나요. 좀 빨리 내린 결정이기는 하지만 그냥 가기로 했소. 나에겐 아주 힘든 일이었지만 정현 씨에게 감사해요. 우리가 서로 좋아했던 사람들이었다는 건 좋은 일이오. 잘 있어요."

―그는 무슨 말을 하고 싶었을까? 어떤 말을 해도 다 말할 수 없었을 것이고, 어느 말로도 그의 마음을 표현할 수는 없었을 것이다.―

창밖으로 비둘기 한 마리가 둔중하게 날아갔다. 저 새는 언제나

252

저렇게 날렵하지 못하게 무겁게 날았다.

　―저 새가 무겁게 날 수밖에 없도록 그들의 기민성을 뺏은 것은 누구였을까? 내가 형근을 날아가지 못하도록 무겁게 짓눌렀던 것은 아니었던가?―

　정현은 형근이 무겁게 날아갈 수밖에 없는 것이 자신의 탓이 아닌가 하며 가슴 아파했다. 그래도 그는 날아가지 않는가? 또 다시 시도해 보고 그는 또다시 날아갈 것이다.

마감날

개찰구를 나오자마자 나는 오빠를 찾아야 한다는 생각보다 용케도 서울까지 올라올 수 있었다는 해방감에 안도의 한숨을 몰아쉬었다. 어쩌면 시발역인 T시까지 돌아가야 할지도 모른다는 위기감으로 역무원이 차표를 검사하러 다가올 때마다 조마조마해하며 불안에 떨던 공포감에서 해방되었다는 안도의 한숨이었을 것이다. 초등학교 삼학년이었으니 반 표라도 샀어야 했다. 표를 못 샀으면 완행열차라도 탈 일이었으나 나를 서울역까지 데려다 준 큰오빠 친구들이 서울에 있는 대학교에 합격한 기분에 급행열차를 탄 것이고, 나는 그들 옆에 설 수라도 있었던 것이다. 그들은 의자 하나를 돌려서 네 명이 술을 마시기 좋게 만든 뒤 계속 술과 안주들을 소비하며 떠들어댔다. 대학 합격 후 전도양양한 미래의 꿈에 들떠 있던 젊은이들에게 여덟 시간이나 아무것도 먹지 못한 채 서 있어서 배고프고 다리 아픈 열 살짜리 여자아이는 보이지 않았다. 훗날 생각해보면 어쩌면 그리 철저하게 외면당하고 무방비로 내쳐질 수 있었는지 놀라운 일이지만, 사실 그랬다. 여덟 시간 이상을 아무것도 먹지 못했던 내 배는 그 후로도 오랫동안 음식 앞에서 껄떡거리게 만들었다. 그리고 곧 시커먼 안경과 군화를 신고 뒷짐을 진 군인들이 우리를 '기아선상에서 해방시켜 주겠다'는 말은 내 몸에 아니, 내 배에 절절하게 다가왔다.

어쨌든 나는 서울에 도착했다. 짐보따리처럼 기차 의자 사이에 쑤셔 박혀 있던 나는 개찰구를 나오자 서서히 바람이 들어가는 구겨진 기구처럼 온몸이 펼쳐지기 시작했다. 아주 느린 속도로 오랫동안 구겨졌던 기구는 펴지고 있었다. 오빠를 만나서 집으로 가기만 하면 된다는 희망이 힘겹게 부풀고 있었다. 그 많은 사람 속에서 오빠는 쉽게 찾을 수 있었다. 많은 사람이 기차에서 쏟아져 나오고 있었지만 내 눈에는 광장에 서 있는 오빠만이 분명하게 부각되었고 주변의 모든 사람들은 배경처럼 흐릿하게 보였다. 오빠가 선명한 모습으로 부각된 것은 그리움 때문이 아니라 배고픔을 해결해 줄 수 있는 유일한 존재였기 때문이었다.

거추장스러운 짐보따리처럼 나는 청운의 푸른 꿈을 안고 대학생활을 시작하려는 대학 신입생의 손에서 또 다른 대학 신입생의 손으로 인계되었다. 그들의 인수인계는 상당히 어른스럽고 세련된 것이었으며, 그것으로 그들의 친밀도를 가늠할 수 있었다. 어렵게 지방 소도시에서 서울로 올라오는 인편을 찾아 어른들이 부탁한 나의 서울행은 그렇게 시작되었다.

그 시간 오빠는 음식을, 내 뱃속의 공복감을 해결해 줄 수 있는 절대적인 존재였다. 오빠는 전차를 탄 뒤 별반 말이 없다가도 창밖으로 보이는 남대문, 화신백화점 등을 손짓으로 가리키며 열심히 알려

주려고 애썼다. 오빠의 손을 꼭 잡은 채였지만 전차에서도 나는 기차에서 그랬듯이 좌석에 앉지 못하고 서 있어야 했다. 작고 아담한 전차가 딸랑거리며 정거장마다 섰다가 떠나는 것이 조금 신기했을 뿐이었다. 엄마 아버지는 서울에서 뭘 하실까? 지난겨울 구제품이었지만 빨간 스웨터와 운동화를 보내주신 걸 보면 옷 장사나 신발 장사를 할지도 모른다는 생각을 막연하게 하고 있었다. 후줄근해 보이는 검은 작업복을 입은 오빠의 외모에서는 아무것도 가늠할 수 없었다.

배는 계속해서 고팠다. 서울에선 뭘 해서 사시는지 어떤 집에서 사시는지 궁금했지만 서울은 요술처럼 무엇인가 잘 될 것이라는 생각이 들었다. 그때 나에게 서울은 현실적인 공간이 아니라 저 먼 곳에 있는 비현실적인 공간이었다. 그냥 '서울' '서울' 계속 불러보기만 하는 곳, 서울이라는 음절로 기억하고, 어른들이 양쪽 귀를 잡고 높이 올려 '저기가 서울'이라며 막연하게 보여줬던 머나먼 곳이었기 때문이었으리라. 작은 쇠바퀴로 천천히 굴러가는 전차 안에서 바라보는 서울의 풍경은 어둠 속에서 불빛으로 위장되어서인지 예뻤다.

사람들이 모두 내리는 곳에서 우리도 내렸다. 혜화동 삼선교를 지나 북쪽으로는 미아리고개로 연결되는 그곳은 돈암동 전차 종점이었다. 오빠는 나를 카바이트불이 퍼렇게 칙칙거리며 타오르는 풀빵가게로 데리고 들어갔다. 몇 개의 빵틀이 회전하며 돌아가는 화덕과 빵 반죽 속에 들어가는 팥과 반죽 등이 놓여 있는 손수레였다. 오빠는 주인도 없는 집에서 좌판에 놓여 있는 식은 풀빵을 먹으라고 한 뒤 어디론가 갔다. 주인도 없는데 그냥 먹어도 되는지 걱정되었으나 체면을 차리기에는 너무 배가 고팠고, 오빠가 알아서 할 것이라는 믿음이 있었다. 조금 후에 빈 밀가루 포대를 앞에 두른 아버지가 나타나셨고, 우리 가족이 그 일을 할지도 모른다는 생각을 했지만 그 일이 수치스럽다는 생각을 할 만큼 철이 들지도 않았다. 그냥 몇 달인가 떨어져서 만날 수 없었던 부모를 만났고 내 배를 채울 수 있는 간식 같은 주식이 있었다는 것으로 만족스러웠다.

"얼마나 고생했냐? 눈만 뻥하니 남았구나!"

"세상이 다 이런 거다."

아버지는 혼잣말처럼 몇 마디 말씀을 계속하셨고 나는 아무 느낌이 없었다. 이내 엄마가 나무로 된 사과 상자를 머리에 이고 나타나셨다. 엄마도 근처 어디에서인가 과자 부스러기를 팔고 계시는 듯했다. 사과 상자 밖으로 비죽이 내밀고 있는 포장지로 알 수 있었다. 빵틀 앞에서 부모를 만난 지 반시간도 안 되는 시간이었지만 나는 우리 가족이 서울에 온 이후의 생활을 충분히 짐작할 수 있었다. 시골에 남겨진 우리에게 부모님이 서울에서 보내주신 구호물자 헌 스웨터를 보고 스웨터 장사를 할지도 모른다고 꾸던 꿈은 달콤했다. 짧은 시간에 알아버린 서울은 봄이 시작되고 있었지만 배고프고 추웠다. 오빠가 빵틀을 분리해서 주섬주섬 궤짝에 넣으며 부모님께 오늘은 일찍 들어가자고 했다.

"배 곯았지야? 풀빵이라도 이제부터는 많이 먹어라."

엄마는 계속 울었다. 엄마의 눈물은 우울했다. 풀빵은 풀처럼 생겨서 풀빵인가? 입에 풀칠하는 빵이라는 말인가? 우울에서 도망치려는 내 마음은 뜬금없는 곳에서 헤매었다. 엄마 아버지가 만드는 풀빵은 기계에서 막 나왔을 때는 따끈따끈하고 빵틀에 눌린 부분은 바삭바삭하기까지 해서 여간 맛이 좋지 않았다. 풀빵을 사가는 사람들도 팥이 많고 맛이 있다며 좋아했다.

짐을 이고 지고 우리는 한 줄이 되어 산길을 올라갔다. 허름한 집들이 불규칙하게 늘어선 골목길엔 깨진 연탄재들이 굴러다녔다. 시골에선 볼 수 없었던 연탄재가 신기했지만 경사가 진 언덕길을 올라가기에 힘이 들어서 아무 생각도 할 수 없었다. 숨이 가빠질 때마다 뒤돌아 본 서울의 불빛들은 꼬마전구처럼 반짝였다. 예뻤다. 남루한 모습을 감춰주는 밤은 아름다웠다.

오빠가 먼저 집 가운데로 늘어져 있는 가마니를 들치고 안으로 들어섰다. 가마니 한 장을 뜯어서 늘어뜨린 거적은 집 안과 밖을 양분하는 경계 역할을 했다. 거적 안쪽 공간의 반은 부엌이었다. 빵틀이 얹혀진 손수레와 흙바닥의 부엌, 음식을 담고 익히기 위한 몇 개의 그릇들은 조금의 편차도 없이 존재했다. 군용 담요로 부엌과 방을 분할한 내부 공간은 집이 아니라 천막이었다. 내가 조금 전에 떠나온 고향에서 천변을 따라 피난민들을 위해 수없이 쳐놓았던 천막이었다. 부엌과 분리된 방은 온돌을 깔아서 온기가 전해져왔으나 연탄이 연소되면서 나오는 독한 냄새는 봄날의 훈풍과는 관계없이 어지러웠다. 나는 가족이 다 같이 있는 것으로 어떤 불만도 없었다. 지독한 누추함이 조금 낯설었으나 가족들과 먹을 것 이외에는 별반 중요한 것이 없었던 시절이었다. 그저 엄마와 아버지를 포함한 가족이 모여 있으면 그만이었다. 언니도 동생도 있었지만 작은오빠는 보이지 않았다. 방 하나에서 자기에는 많은 식구였지만 그런 생각은 들지 않았다. 그런 생각은 내 몫이 아니었다.

아버지와 오빠가 펄럭거리는 천막을 몇 개의 돌덩어리로 눌러서 집 안과 밖의 경계를 지어놓은 양쪽 끝에서 자리를 잡고 누웠다. 두 남자의 보호로 나는 집 밖으로 굴러 떨어지지 않을 것이라는 확신이 있었다. 우리에게 아버지와 오빠는 어떤 담보다 든든했다. 엄마 옆에 누워 실컷 가슴을 후벼 파다가는 바로 눕다가 반대편으로 돌아설 때 닿는 언니의 살도 기분이 좋았다. 어느 쪽으로 움직여도 가족의 몸과 부딪쳤다. 안도감과 따뜻함이 천막 밖의 바람을 막아주었다. 방 한가운데에 천막의 중심을 받쳐놓은 기둥 위에는 밀가루며, 쌀이 매달려 있었다. 천막을 헤집고 진입한 쥐들이 쌀이며, 밀가루 같은 곡식들을 파먹기 때문에 기둥에 매달아야 한다고 했다. 언제 습격할지 모르는 쥐에 대한 공포도 식구들이 있어서 괜찮았다. 나는 참 빨리 천막집에 적응했다. 어디든지 식구들이 있으면 편안했다. 더 좋은 집이나 더 좋은 음식에 대한 열망은 없었다. 다만 풍족한 양을 섭취할 수 있으면 되었다. 배를 곯던 시간이 길어서였는지 엄마가 있어서였는지 그 욕망은 곧 충족되었다.

아침에 바라본 동네는 산비탈을 따라서 바닥에 붙여진 천막집들로 이루어졌다. 바로 아랫집들은 얇은 판자들로 둘러쳐진 판잣집들이었지만 제대로 된 집이었다. 천막집은 산등성이를 향해서 더 늘어나고 있었다. 판잣집 아래로는 시멘트나 벽돌로 담이 제대로 된 집들이 있었고, 저 아래로는 차들이 달리는 도로가 보였다. 낮이 되니 서울은 어수선했고, 달리는 자동차의 속도처럼 어지러워 보였다. 나는 펄럭이는 천막 앞에서 앞에 펼쳐진 풍경을 조망했다. 자동차 사이로 아슬아슬하게 달리는 짐자전거와 빠른 속도로 어딘가로 걸어가는 사람들이 이루어내는 풍경은 모형 장난감의 움직임처럼 보였다. 원의 삼분의 일, 120도 각도 정도로 보이는 풍경은 어디에서 시작되어 어디에서 끝이 나는지 알 수 없었다. 우리는 서울의 조각난 한 부분, 그 중에서도 아주 남루한 꼭대기 부분에 있었다.

며칠 후 나는 수속을 밟아 구역 내 초등학교에 전학이 되었다. 한 반의 학생이 팔십 명이 넘었음에도 오전반 오후반으로 나누어 2부제 수업을 했다. 나는 하루 종일 학교에 있지 않아도 되어서 우선 좋았다. 친절하지 않은 선생님도, 뭔가 기름독에 빠진 것처럼 보이는 아이들도 낯설고 힘들었다. 반 아이들은 헬끔헬끔 곁눈질로 나를 바라보며 피했다. 그러다간 내가 선생님의 질문에 대답을 할라치면 마음 놓고 웃어댔다. 나는 시골에서처럼 검정색 남자 고무신을 신지 않고, 그나마 여자들이 신는 코고무신을 신은 것으로 다른 아이들과 대등하다고 생각했다. 아이들이 대부분 운동화를 신은 것은 나중에 알게 되었지만 독한 남도 쪽 사투리는 어쩔 수 없었다. 문제는 내 말의 어느 부분이 이상하게 들리는지 결코 알 수 없다는 것이었다.

학교에 가지 않은 시간에 나는 아버지가 빵을 굽는 빵틀 앞에서 빵을 구울 때마다 떨어져 나오는 바삭바삭한 부분을 집어먹었다. 같은 반 아이들이 빵을 하나씩 사먹기도 했다. 처음에는 부끄러웠지만 계속 부끄러워할 수는 없었다. 아이들이 싼 값에 먹을 수 있는 빵을 먹으러 심심치 않게 왔기 때문이다. 이렇게 시작된 내 서울 생활은 부모님과 같이 사는 대가로 부끄러움과 수치심을 감내해야 했다. 배가 고픈 것만큼 수치심도 참기 힘들었지만 내가 개선할 수 있는 부분이 아니었다. 같은 반 아이들이 빵을 사러왔을 때 아버지는 나를 외면하는 것으로 조금 덜 부끄럽게 해주셨다.

여름이 시작되자 대학생인 오빠는 밀짚모자를 쓰고 다녔고, 동네 사람들은 오빠가 이발사라고 생각하기도 했다. 낡은 책가방과, 밀짚모자를 쓴 허름한 젊은이는 동네를 돌아다니며 아무데에서나 머리를 깎아주는 이발사로 생각할 만도 했지만 오빠는 아무렇지도 않은 듯 했다. 오히려 집안의 기둥으로 생각하는 그 대단한 서울대 학생인 오빠를 이발사로 생각하는 것에 언니가 많이 속상해했지만 정작 오빠는 아무렇지도 않았다. 오빠는 겨울에는 커다란 S자가 귀족 집안의 문장처럼 팔에 박힌 교복을 입고 다녔지만 여름에는 허름한 남방을 입고 다녔다. 한국에서 제일 좋다는 대학교 학생임을 증명하는 묵직한 교표도 달고 다녔다. 학생은 버스비 등의 할인을 받기 위해서였다. 반년마다 엄청난 액수의 등록금을 내고 받을 수 있는 특혜치고는 약소한 것이었지만 의식주 해결에 모든 삶의 목표를 걸고 있는 우리 가족에게는 달콤한 희망이었다. 희망은 미래에 기대를 걸어볼 만한 지금 같은 것이었다. 오빠는 몇 년 후에 우리가 수령할 수 있는 아주 액수가 높은 적금이었다.

우리가 사는 천막집 주변에는 내 또래의 아이들이 많이 있었다. 우리 집 바로 아랫집에서는 영복이네가 살았고, 윗집은 정희네가 살았다. 충청도에서 온 영복이네는 아버지가 목수 일을 하셨고, 정희 아버지는 전쟁 때 경찰을 하셨다고 했지만 한 번도 본 적이 없었다. 나는 영복이 아버지가 만들어내는 대팻밥을 가지고 노는 것을 좋아했지만 어른이 혀 짧은 소리를 하는 것이 언제나 우스웠다. 진짜 혀가 짧아서 그러셨지만 나에게는 장난으로 그러는 것으로 보였고, 아직 어른이 안 된 사람으로 보였다. 그래도 구불구불하게 말린 대팻밥은 좋은 장난감이었다. 길게 웨이브 진 대팻밥을 머리에 매달아보곤 했는데 엄마는 아주 질색을 하셨다.

정희 아버지는 폐병에 걸리셔서 한 번도 천막 밖으로 나오지 않았지만 기침 소리는 '컹 컹' 울려와 매일 들을 수 있었다. 어른들은 전염된다며 그 집 근처에 가지 못하게 했지만 나는 본 적이 없는 정희 아버지가 무서워서 정희네 집 쪽으로는 가지 않았다. 실체를 보지 못한 것에 대한 두려움이었다. 폐병 균은 산꼭대기 넓은 바위에 지어진 정희네 천막에서 기침 소리와 함께 멀리멀리 퍼져나갈 듯했지만 우리는 폐병 균 정도는 충분히 이겨낼 만큼 강했다. 어마어마하게 큰 바위는 여름날 홍수가 나도 천막 안으로 물이 들어오지는 않았지만 봄바람에도 천막은 무섭게 휘날렸다. 바람이 내는 소리는 폐병 균보다 무서웠다. 아이들은 학교가 파하면 집에서 꽤 떨어져 있는 시장에서 배추 우거지 등을 주워오거나 집안 일 등을 해야 했다. 어른들이 모두 돈을 벌기 위해 나가기 때문이었다.

천막촌 사람들은 모두 한 때는 잘 살았다는 말들을 했지만 그것은 모두 사실일 것이다. 그들이 살고 있는 현실보다 더 어려운 생활은 없을 것이기 때문이다. 영복이네 아버지는 언제나 술병을 들고 다니며 술을 마시곤 했지만 미장이 노릇으로 제일 여유가 있었다. 천막 안에도 우리 집과는 달리 공사판에서 돌아다니며 일을 해주고 얻어 온 나무판 등으로 여기저기를 막아서 보통 집처럼 보였다. 우리 집 오른 편 아래쪽으로는 할머니 할아버지 부부가 살았는데 엄마는 손버릇이 나쁜 할머니를 언제나 조심하라고 했다. 검은 얼굴에 음흉해 보이는 할머니도 그랬지만 교도소에 가 있다는 아들은 어떤 사람일지 두려웠다. 폐병에 걸린 정희 아버지처럼 교도소에 있다는 할머니의 아들을 볼 수 없어서 더 두려웠다.

언니가 부모님의 밥을 해가지고 나가면 나는 동생과 집을 지켰다.

"앞 집 병아리는 노란 저고리 뒷집 병아리는 파란 저고리."

술 취한 영복이 아버지의 목소리였다. 담도 없는 동네에서 놓아기르는 병아리 깃털에 빨간색 파란색 등 물감을 칠해서 자기 소유임을 알렸지만 아랫집 할머니는 남의 집 병아리의 물감을 씻어낸 뒤 자기집 색깔을 칠하기도 했다. 할머니가 영복이네 병아리를 가져간 모양이었다. 언제나 그랬듯이 할머니에 대한 의심은 의심으로 끝났다. 천막촌 사람들은 크고 작은 것으로 서로를 의심하며 살아갔다. 배가 고픈 동생이 마구 울어댔지만 나는 달래는 방법을 알 수 없었다.

"기차 화통을 삶아 먹었나?"

영복이 아버지도 특별히 할머니를 향해서 말하지 않았듯이, 할머니도 특별히 내 동생을 향해서 말하지는 않았다. 언제나 그렇듯이 어른들은 모두를 향해서 말했다. 모두가 비난의 대상이 되고 모두가 혐의를 받았지만, 모두 모른 척 하면서 지냈다

날씨가 따뜻해지면서 풀빵이 잘 팔리지 않는 모양이었다. 기둥에 두 포대씩 매달려 있던 밀가루가 한 포대 반으로 줄었다. 아버지는 날씨가 더워지면 큰일이라고 걱정하셨다. 아버지는 반복되는 엄마의 잔소리에 시골에 계시는 할아버지에게 돈을 얼마만 부쳐 달라는 편지를 보냈지만, 며칠이 지난 후에 보낼 수 없다는 엽서 한 장이 왔을 뿐이었다. 엽서를 본 뒤 엄마는 야속하다며 찔끔거렸고, 오래간만에 집에 들른 작은오빠는 '모두모두 도둑놈들이야'라며 기둥에 대롱대롱 매달린 작은 거울을 주먹으로 쳤다. 거울은 전체가 거미줄처럼 금이 갔고, 오빠 손에서는 피가 흘렀다. 작은 오빠는 아무것도 생기는 것 없는 일을 자주 저질렀지만, 우리 모두의 마음을 표현해주는 데에는 오빠밖에 없었다. 언니는 작게 부서져 떨어질 것 같은 부분엔 외국 여자배우의 사진을 오려서 붙였지만, 나머지 부분은 큰 금이 가서 버려야 했음에도 버리지 못했다. 그 후로 우리 집 남자들은 모두 금이 간 거울을 들여다보고 면도를 하고, 여드름도 짜고, 여자들은 머리도 빗어야 했다. 엄마는 세상이 다 이런 것이라며 작은오빠를 달랬다. 언제나 그랬다. 작은오빠는 답답한 우리 가족을 작은 폭력으로 시원하게 해줬지만 답답했던 마음이 좀 뚫린다는 것을 빼곤 소득이 없었다. 세상이 뭐 다 이런 것인지는 몰라도 입 속이 찝찔해졌다. 나도 모르는 사이에 잇몸을 꼭 깨물었던 모양이다.

봄이 오고 있다고는 해도 조석으로는 아직 쌀쌀했고, 산꼭대기 천막촌은 아래 마을보다는 3~4도 정도 추웠다. 아버지는 천막 안에서 벽을 만들자고 하셨다. 며칠 후부터 아버지는 수수깡이며, 나무판자

264

등을 묶어서 운반하기 시작하셨다. 여기저기 공사장에서 버리는 폐목 등을 새끼로 묶어서 날라 오셨다. 기둥이라곤 천막을 치기 위해 버텨놓은 네 귀퉁이의 가느다란 각목이 전부였지만, 아버지와 오빠는 조금 긴 나무토막을 이어서 연결시키고 그 위에 흙을 발랐다. 아버지는 우리들에게 산등성이 바위 사이에 흙이 드러난 곳에서 흙을 파서 세숫대야 같은 그릇으로 나르도록 시켰다. 형님 집에서 쫓겨난 흥부의 집짓기와 유사했다.

집짓기 작업은 천막 안에서 어두운 밤에 이루어졌다. 낮에는 부모님들이 장사를 나가야 해서 일을 할 수가 없기 때문이기도 했지만, 무엇보다 집짓는 기미만 보이면 순경들이 달려와 방해를 놓기 때문이다. 큰오빠하고 아버지는 천막의 양쪽에서 흙을 발라오고 나는 가운데쯤에서 남폿불을 밝혔다. 알전구가 하나 있었지만 밤에 흙일을 하기에는 너무 약했다. 양쪽에 도움이 될 만큼 비춰주고, 먼 데에서 불빛이 보이지 않게 하려면 여간 힘이 들지 않았다. 조금이라도 불이 잘못 비춰지면 아버지는 마구 화를 내셨지만 오빠는 그러지 않았다. 묵묵히 일만 했고, 말없이 우리를 감싸주었다. 오빠는 우리가 언제든지 믿고 의지하는 유일한 존재였다. 오빠가 하는 일을 우리도 하면 되었다.

밤을 꼬박 새우기를 사흘 만에 사면의 벽을 다 발랐다. 벽을 바른 뒤에는 잠을 자다가 땅바닥으로 구르지나 않을까, 쥐새끼들이 방으로 들어와 발을 물까 염려하지 않아도 될 듯했다. 벽지를 바른 것도 아니었지만 흙벽은 펄럭이는 천막보다 훨씬 집 같은 평안함을 주었다. 햇볕이 좋을 때는 천막을 조금씩 걷어 올리고 벽을 말렸다. 아직은 쌀쌀한 봄바람과 따끈한 봄볕에 서서히 벽이 말라갔다. 흙냄새는 참 좋다. 따뜻한 봄볕에 익어가는 젖은 흙냄새는 향긋했다.

따끈한 봄볕에 잠이 들었다 깨기를 반복하다 나는 아랫집 영복이
랑 놀기 위해 아직 걷지도 못하는 동생을 하나뿐인 기둥에 띠로 묶
어 놓았다. 동생이 불쌍하기는 했지만 아무래도 학교가 파한 후 오후
내내 동생을 보는 일은 지루했다. 한참 놀이에 열중하고 있을 때 동
생의 울음소리가 들려왔다. 반사적으로 집을 올려다보았을 때는 동
생의 울음소리보다 더 놀라운 일이 벌어졌다. 몽둥이를 든 네다섯 명
의 순경들이 주인을 찾고 있었다. 언제나 검은 제복과 제모는 무서웠
다. 제복은 힘이었고, 권력이었다. 우리는 무슨 잘못을 저질렀는지
언제나 그들 앞에서 떨었다. 그들이 든 몽둥이는 엄청난 폭력이었다.
나는 움직일 수가 없었다. 언제나 순경이 오거든 모른다고 하라는 아
버지의 말과 함께 자지러지는 동생의 울음소리가 순경들의 몽둥이보
다 더 심하게 울려왔다. 순경도 군인도 우리를 두렵게 하는 제복은
많았다. 순경들은 몇 마디 욕지거릴 하더니 곧 손바닥에 침을 탁탁
뱉은 뒤 벽을 향해서 몽둥이를 휘둘렀다. 순경들은 채 마르지도 않은
벽에 몽둥이를 댈 필요도 없겠다고 생각했는지 곧 발길질을 시작했
고, 벽은 쉽게 무너졌다. 며칠 전 남풋불을 붙잡고 고생했던 생각보
다 천막 안 유일한 기둥에 띠로 묶어 놓은 동생이 걱정되었다. 마지
막 남은 벽 하나가 무너지고 돌이 조금 지난 동생의 울부짖는 모습
이 드러났다. 배고픔과 공포로 눈물과 콧물이 뒤엉킨 동생은 순경들
을 향해 온몸으로 저항하고 있었다. 온 가족이 힘을 합해 저항하는
것보다 더 강하게 동생은 울부짖었다. 나는 발바닥이 땅에 달라붙은
듯 꼼짝하지 못했다.

"아유…… 저런 독한 계집애가 어딨어?"

"아니…… 눈 하나 깜짝하지 않는 거 봐."

"어린애가 뭘 알겠어요? 저도 무서운 게지."

어른들은 아무렇게나 날 비난하고, 동정하며 웅성거렸다. 나도 왜 그렇게 눈물 한 방울 나오지 않는지 이상했다. 어쩌면 독종인지도 모른다는 생각도 들었다. 나는 온몸으로 울어대는 동생을 구출해야 한다는 생각으로 벽이 허물어지는 것은 보이지도 않았다. 눈물과 인정은 관계가 없다. 눈물 한 방울 흐르지 않았지만 내 가슴엔 동생을 구출하려는 생각밖에 없었다. 기둥에 매달린 깨진 거울에 붙여 놓은 예쁘게 웃고 있는 여자가 동생을 업고 갈 것 같기도 하다가, 흔들리는 거울이 떨어져 동생이 피를 흘릴 것 같기도 했다. 천막집은 춥기만 한 것이 아니라 바로 공포였다.

동생은 영복이가 띠를 풀고 데려왔다. 몇 번이나 오줌을 쌌는지 무거워진 기저귀는 흙바닥에서 걸레처럼 까매졌다. 큰오빠가 학교에서 사용하는 약이든 병이며, 예쁜 운모 따위의 돌이며 책들이 땅바닥으로 쏟아졌다. 새까만 이불 위에 아직 덜 마른 흙덩이가 던져졌다. 기둥이 흔들흔들 하더니 무너지고 말았다. 거울 속의 예쁜 여자도 바닥에 내동댕이쳐졌다. 이젠 예쁜 여자도 우리처럼 바닥으로 떨어졌다. 바닥에 떨어진 여자는 언제나 웃고 있었지만 우리와 똑같은 사람일 뿐이었다. 인생은 그렇게 스물 네 시간 웃을 수만은 없을 것이다. 방바닥에 떨어진 여자를 뒤로 한 채 나는 동생을 들쳐 업고 아버지한테 뛰기 시작했다.

그 날 저녁부터 다시 아버지와 오빠는 기둥을 세우고 천막을 치고 수수깡을 긁어모으고 흙을 발랐다. 순경들이 다시 와서 허물기를 몇 번이나 했지만 똑같은 작업을 두 남자는 지치지 않고 했다. 나도 요령 있게 남폿불을 드는 방법도 알게 되었다. 대통령선거 벽보가 여기 저기 붙기 시작하면서부터 순경들은 오지 않았다. 엄마는 동생에게 젖을 물리면서 자식새끼들은 무슨 일이 있어도 순경은 시키지 않겠다고 이를 악무셨지만 나는 검은 제복에서 나오는 대단한 권력을 부러워했다. 내가 볼 수 있는 최고의 권력은 순경이었다.

봄은 오고 있었지만 젖은 흙벽에서 나오는 냉기는 방안에 있는 것보다 볕 좋은 곳에 앉아 있는 것이 더 좋을 정도였다. 동생을 재우려고 이불 속에 누워 있을 때 언니는 연탄이 넉 장 있으니 잘 보라고 한 뒤 나갔다. 아랫집 할머니가 연탄을 훔쳐가지 못하도록 지키라는 거였다. 봄바람은 거셌고, 양은 밥그릇들이 서로 부딪치는 소리가 요란했다. 따끈한 방바닥에 납작 엎드린 채 부엌과 방의 경계에 쳐놓은 군용담요 자락을 조금씩 들쳐보곤 했다. 부엌 입구에 달아놓은 가마니가 펄럭이기 시작했다. 볏짚으로 허술하게 짠 가마니의 양쪽 이음새를 뜯어 걸어놓은 것이 부엌문이고 우리 천막집의 출입구였다. 부엌 입구에 걸쳐놓은 가마니 한 장이 버티기에는 바람은 거셌다.

윗집 폐병쟁이 정희 아버지의 기침 소리가 바람을 타고 퍼져나갔다. 기침 소리와 함께 병균이 가득 묻은 액체가 흩어지는 것을 느낄 수 있었다. 기침 소리가 무서운 것은 공기 전염으로 전파될 결핵균에 대한 공포다. 연탄은 석 장으로 보였다 넉 장으로 보였다 했다. 이제는 언니가 연탄이 몇 장이 있다고 했는지조차 아리송했다. 어른들은 모두 도둑질만 하는 것 같았다. 천막 입구에 걸려 있는 가마니 떼기가 펄럭일 때마다 아랫집 할머니가 들어오는 듯했다. 그 때 큰오빠가 무엇인가 가득 들어 있는 커다란 종이봉투를 안고 들어섰다. 시멘트 포대를 뜯어서 만든 종이봉투에는 쌀이 가득 들어 있었다. 밥은 먹고 싶었지만 밥이 되기 전의 상태인 쌀에 대해서는 느낌이 별로 없었다.

"한 말이다. 이 쌀이 있으면 우리 식구가 며칠은 배불리 먹을 수 있다."

오빠가 그렇게 흥분하는 것은 처음 보았다. 큰오빠는 언제나 별로 말이 없어서 아버지보다 더 어려운 대상이었는데 쌀 한 봉투에 그렇게 흥분하는 게 뜨악했다. 무엇보다 아랫집 할머니를 감시하는 일에 지쳤던 나는 큰 노동을 한 것처럼 힘이 들고, 피곤이 몰려와서 쓰러져 갔다. 나머지는 모두 큰오빠가 알아서 할 것이라고 생각하니 곧 잠이 들 수 있었다.

나중에 언니한테 들은 얘기지만 언덕바지를 향해 쌀 구루마를 끌고 가는 아저씨가 하도 힘들어 보여 좀 밀어 주었더니 돈을 주겠다고 해서 쌀을 좀 주면 더 좋겠다고 했단다. 언니는 전에는 이발사 소리를 듣더니 이제는 쌀 구루마 뒤 밀이까지 해줬다면서 또 찔끔거리기 시작했다. 어른들은 언제나 먹는 것, 입는 것, 잠 잘 곳 때문에 큰 소리로 또는 작은 소리로 찔끔거렸다. 언니가 오빠의 체면을 구기는 행동에 서러워하는 것은 우리 집을 버텨 줄 유일한 기둥이라고 생각하기 때문인 듯했다. 오빠는 모든 사람이 가기를 바라는 좋은 대학에 다니고 있었고, 그 사실은 온 가족의 희망이었다. 천막 한가운데를 버텨주는 기둥처럼 큰오빠는 우리 가족이 모두 매달리는 돛이었다. 천막 네 귀퉁이의 작은 기둥은 중심에 있는 큰 기둥을 의지해서 버티려고 애썼으나 작은 충격에도 이리저리 쏠리기 일쑤였다. 유일한 출입구인 가마니 한 장이 펄럭이며, 들어오는 비바람이나 어른거리는 외부 사람들의 모습은 예고 없이 내부로 돌진하는 침입자들이었다. 우리 가족은 모두 큰 오빠가 빨리 대학을 졸업하고, 취직을 해서 돈을 벌어오기만을 고대했다. 오빠는 우리 집의 모든 문제를 해결할 돈이었다. 우리의 기대는 반짝거리는 돈이었다. 쌀 한 봉지 정도가 아니었다. 우리 가족은 먼 곳에서 언제 올지 모르는 그 희망을 기다리다 지쳐서 힘이 빠지고 있었지만 오빠를 훼손하고 싶지는 않았다. 남루한 음식을 조금씩 먹으며, 비루하게 살아가는 일에 익숙했기 때문에 조금 더 그런 시간이 지속된다고 해도 문제될 것이 없었다. 참기 어려운 것은 거대한 오빠의 실체에 상처를 내는 행동과 사람들이었다. 오빠는 그런 것이 상처라고 생각하지 않았지만 언니는 몹시 속이 상해했다. 나는 그저 그랬다. 많이 생각하고 싶지 않았다. 인간의 자존심에 대한 문제는 열 살짜리 아이가 생각하기에는 너무 무거웠다. 나는 내 몫의 먹을 것을 확보하고, 연탄이 없어지는지 그대로 있는지를 확인하기에도 너무 힘이 들었다.

작은오빠는 학교는 가지 못해도 집에 있을 때는 교과서를 펴놓고 공부를 해서 부모님들을 안심시켰다. 낮에는 밖에 나가서 뭘 하는지 몰라도 어른들은 점심이라도 한 끼 줄여주니 고마워했다. 엄마가 시름시름 앓기 시작하면서부터 풀빵장사는 치워버리고 그 자리에 언니가 잡화상을 벌였다. 좌판은 목수 일을 하는 영복이 아버지가 짜줬다. 사과 궤짝이나 목공일을 하다가 주워온 각목 등을 이용해서 만든 좌판에 미제 과자부스러기, 껌, 사탕, 담배 등을 교묘하게 국산 물건으로 덮은 뒤 팔았다. 각이 진 서류 가방 같은 것에 양담배, 라이터돌 등을 넣고 다니며 파는 남자들도 언니에게 물건을 넘겨주거나 받아가거나 했다.

엄마가 아프기 시작하면서 식사 준비는 거의 내 차지가 되었다. 연탄화덕에 엎드려 밥을 하는 일이 쉽지 않았지만 익숙해졌다. 밥을 하는 것보다 마을 입구에 있는 우물에서 물을 길어오는 것이 손이 시리고 힘이 들었다. 큰오빠도 물지게를 지고 물을 져왔지만 나도 작은 통으로라도 물을 길어오지 않으면 안 되었다. 엄마는 드러누워서 이맘때는 시골에서 뭘 해먹고 지냈다는 둥, 엄마의 솜씨가 좋아서 동네 사람들한테 소문이 자자했다는 둥 아득한 옛 얘기를 작은 목소리로 읊조렸다. 엄마의 얘기는 책 속에 찍힌 음식 사진처럼 현실감이 없는 얘기였지만 나는 침을 꼴깍거리며 맛있게 들었다. 우리를 시골에 남겨둔 채 서울로 올라온 가족들과 떨어져 있던 시간 때문이었는지 엄마는 그저 옆에 있는 것만으로도 좋았다.

어린이날쯤이었을까? 풍선이며 장난감 등을 들고 다니는 아이들을 부러워하며 바라보다 넘어져 옷을 다 적셨던 날이었다. 언니가 또 찔끔거리며, 좌판을 싸 짊어지고 들어왔다. 크리스마스나 명절 등 대목에는 갑자기 외제 물건을 취급하는 노점상들을 불시에 습격하여 검사하곤 한다는데 언니는 경험이 없어서 잘 몰랐던 것이다. 순경이 갑자기 나타나자 가슴에 끌어안고 뺏기지 않으려고 하다가 순경이 언니의 가슴을 만지게 된 모양이었다. 언니는 물건을 뺏긴 것도 분했지만 순경이 가슴을 만지게 된 것을 순결을 잃어버린 것쯤으로 생각하는 모양이었다. 우리가 하는 일은 모두 순경의 감시 대상이었다. 우리에게 순경은 도와주는 사람이 아니라 감시하고 처벌하는 사람이었다. 식민지시대에 독립군을 쫓아다녔던 순경이 나빴던 것처럼, 우리에게 순경은 무섭고 기분 나쁜 존재였다. 독립군을 쫓아다녔던 놈들도 순경이었지. 언제나 순경은 나쁜 사람들이야. 그럼 우리는 독립군과 같은가? 순경 놈들 때문에 먹고 살 수가 없다는 엄마의 푸념에 나는 순경은 나쁜 놈들이라고 엄마를 위로했지만 우리가 독립군처럼 훌륭한지는 말할 수 없었다.

아무튼 그날은 재수 없는 날이었다. 저녁에 작은오빠가 들어왔을 때는 또 흥분을 해서 남은 거울조각마저 깨트려 버릴까봐 아무 말도 하지 않았다. 작은오빠는 좋지 않은 일이 있을 때마다 이렇게 희망도 없는 세상을 살아서 뭣하냐고 엉엉 울기 때문에 다른 가족들은 무슨 일이 있어도 오빠 앞에서는 쉬쉬하는 형편이다. 작은오빠는 순경 다음으로 우리를 힘들게 했지만 오빠의 분노는 언제나 스산함으로 가슴을 아리게 했다.

봄이 시작되었지만 산동네는 볕이 좋았다. 나는 정희네 천막 앞에 넓게 펼쳐진 바위 위에 정희와 함께 앉아서 동네를 내려다보고 있었다. 그 바위 위에 앉아 있으면 우리 집에 누가 들어가는지 다 보이기 때문에 좋았다. 난 우리 집을 지키는 것이 아니라 연탄을 지키는 것이었다. 많이도 아니고 한 장 아니면 두 장. 동생은 엄마가 아파서 누워계시기 때문에 엄마 옆에서 울거나, 마른 젖을 빨거나 하고 있어서 내가 보지 않아도 되었다. 얼굴이 거무데데한 스무 살 남짓한 청년이 물오징어를 새끼줄에 묶어 할머니네 집으로 들어가는 게 보였다.

"저 사람이 누구냐? 오징어 들고 할머니 집으로 들어가는 남자 말이야."

"할머니 아들이야. 지난번에 버스에서 뭘 훔치다 들켜서 교도소에 갔었어."

엄마가 말하던 할머니 아들이 이제 교도소에서 돌아온 모양이다. 조금 이따가 할머니가 집 밖으로 나와 오징어를 씻었다. 수도는 물론 우물도 동네 입구까지 내려가야 했기 때문에 우물에서 길어다 놓은 물을 아껴가면서 작은 그릇에서 오징어를 씻는 게 보였다. 할머니는 더러운 물을 길 쪽을 향해 휙 뿌리고 집 안에서 도마와 칼을 들고 나왔다. 어디에선지 비린 냄새를 맡은 파리와 하루살이가 날아다녔다.

"오징어 얼마 주셨어요? 살이 통통하네요."

어느 새 영복이 엄마가 나와서 수선을 피웠다.

"내가 알우? 우리 아들이 벌어서 사가지고 온 걸."

"벌어요? 어디서요?"

하긴 교도소에서도 돈을 벌지도 모르지…….

영복 엄마는 자신은 인생의 모든 것을 다 안다는 듯 혼잣말을 하면서 우리들을 힐끗 올려다보고는 집 안으로 들어갔다. 그 눈빛은 할머니와 정희네와 우리를 포함한 주변 사람들을 향한 멸시의 눈빛이었다. 영복이 엄마는 언제나 우리네와 자기 집은 다르다고 생각하는 듯했다.

며칠 후부터 할머니 아들은 나무로 만든 구두 통을 메고 나가기 시작했다. 어깨에 메는 구두 통은 영복이 아버지가 만들어주셨다. 할머니 아들은 작은오빠에게도 같이 나가자고 하는 모양이었으나 아버지가 펄쩍 뛰시는 바람에 할 수 없었다. 아버지는 사람의 몸에서 제일 아랫부분에 있는 발에 신는 구두를 닦아주는 일은 받아들일 수 없었다. 구두를 닦는 일은 고개를 숙이는 일이었다. 아들이 구두 통을 메고 나가기 시작한 뒤 할머니 집에서는 생선 냄새를 피우곤 했다.

언니도 아버지도 장사를 포기해야 할 만큼 비가 심하게 내렸다. 며칠 전에 동네에 떠돌았던 생선 냄새가 온몸으로 느껴졌다. 배가 고플 때는 더 심하게 음식에 대한 기억들이 떠돌았다. 끼니를 거르지는 않았지만 내 몸 속에서 아우성치는 허기는 온몸의 신경을 나른하고 노곤하게 만들었다. 그럴 때마다 나는 잠에 자주 빠져들었지만 큰오빠는 아무 말 없이 무슨 책인지 열심히 보고 있었다. 천막 안에서 온 식구가 갇혀 있는 날은 잠을 자는 것이 제일 좋은 선택이다. 사람이 아닌 그냥 사물처럼 구석에 있으면 되었으니까. 엄마 옆에 누워 있던 작은오빠가 내 발길이 닿자 이불을 박차고 나가버렸다.

얼마나 시간이 흘렀을까 작은오빠가 종이봉투에 한 되나 될까 말까한 쌀을 언니에게 내밀었다.

"나는 먹었으니까 안 먹어도 돼."

"나쁜 짓은 안했지?"

"나쁜 짓은 안했으니 밥이나 해."

오빠의 해명에도 언니의 의심스러운 눈초리는 거둬지지 않았지만 곧 쌀은 솥 속으로 들어갔다. 우리 가족은 매 끼니마다 밥을 먹을 수 있는지 없는지가 불안했고, 위험한 나이인 작은오빠는 항상 범죄의 경계에 있는 것으로 보였다. 작은오빠는 자기를 못 믿느냐며 불량스러운 눈길을 보냈지만 우리는 오빠가 불안했다. 오빠가 불안하기보다는 쌀이 떨어지는 상황이 불안했다. 교도소라는 단어가 계속 귓가에 맴돌았고, 몽둥이를 든 순경들이 끊임없이 집 주변을 서성였다. 또 순경이 우리 천막에 출입구로 사용하는 가마니를 들치고 들어와서 작은오빠를 끌고 갈지도 모른다는 불안감이 우리 주변을 따라다녔다.

"비록 굶더라도 양심에 어긋나는 일일랑은 하지 말자."

아버지가 벌떡 일어나 애원하다시피 말했다.

양심, 양심— 실체도 보이지 않는 그 단어를 나는 몇 번이나 중얼거렸다.

"걱정하지 마세요. 정당한 행위를 해서 받은 것이니."

"정당한 행위라니? 노동이라도 했단 말이냐?"

"합승 조수 노릇을 했어요. 한 탕에 오백 환씩이에요. 힘 드는 일이 아니니 하게 해주세요."

"모르겠다."

아버지는 한숨을 쉬시며 돌아누우시는 것으로 작은오빠의 합승조수 노릇을 허락했다. 책을 보던 큰오빠는 아무 말 없이 가마니를 들치고 밖으로 나갔다. 합승 조수 노릇을 하게 된 작은오빠가 가져오는

274

쌀 봉투가 조금씩 커졌다. 큰오빠는 작은오빠에게 이 년만 참으라고 말하곤 했다. 천막 밖에는 봄바람이 심하게 몰아쳤다. 엄마의 신음소리가 심해지자 언니는 나에게 밖으로 나가 있으라고 했다. 차가운 바람이 옷 속으로 스며들었지만 엄마의 신음소리보다는 추운 것이 낫겠다고 생각해서 밖으로 나갔다. 나는 오슬오슬 추웠지만 몸을 최대한 웅크리고 앉아서 저 아래 큰 길에서 장난감처럼 달리는 차들을 바라보고 있었다. 봄은 왔다지만 그 시절은 언제나 추웠다. 영복이 엄마가 애기를 낳느냐고 물었다.

"애기요? 누가요?"

"이 밥통아! 느네 엄마가 애기 밴 것도 몰라?"

"엄마. 엄마가 애기를요?"

갑자기 현기증이 나기 시작했다. 아직도 엄마 젖을 빠는 어린 동생도 있는데…… 순경이 집을 허무는 것보다 끼니꺼리가 없는 것보다 더 절망적이었다. 애기는 돈이 많이 필요한 생물체일 뿐이었다. 세 살짜리 동생도 잠을 잘 때만 좋았다. 왜 엄마 뱃속에 애기가 있는 건지 이해할 수 없었다. 그러나 저러나 나는 정말 밥통인지도 모른다. 엄마가 애기를 밴 것도 모르고 있었으니 말이다. 하기는 엄마는 매일 드러누워 앓는 소리를 내고 있었고, 나는 엄마 쪽은 돌아보지도 않고 책이나 읽고 있었으니 엄마의 배를 볼 턱이 없다.

작은 핏덩이가 내 발 밑에서 엉금엉금 기어오르고 있었다. 무서웠다. 일어나서 발을 탕탕 구르며 애기를 털어냈다. 애기가 온몸에 붙어 있는 듯 두 손으로 여기저기를 털어낸 뒤 가마니를 제치고 안으로 들어갔다. 엄마는 기진맥진해서 눈만 껌벅거리고 있었고, 언니는 싸래기 죽을 끓이고 있었다. 엄마의 배는 좀 줄어든 것 같았으나 애기는 방에 없었다.

"언니, 애기는 아직 안 나왔어?"

언니는 아무 말도 하지 않고 눈으로 방 한쪽 구석을 가리켰다. 구겨진 신문지 위에 뻘건 핏덩이 같은 것이 덩져져 있었다. 도대체가 모를 일이었다. 그 핏덩이가 애기일 수 있다니. 왜 이렇게 세상은 모르는 것 투성이일까?

"오히려 잘 됐지 뭐. 나오자마자 고생인 걸."

밖에서 들어온 작은오빠가 언니에게 미역을 던져주며 짧게 내뱉었다. 엄마는 작은오빠가 사오고 언니가 끓인 미역국을 먹으며 기운을 회복해갔다. 그 날 언니하고 큰오빠는 신문지 위에 있는 핏덩이를 들고 땅을 파고 묻으러 나갔다. 언니와 오빠는 따라오지 말라고 하는 걸 아무 말 하지 않고 따라 나갔다. 천막이 없는 빈 터 옆, 작은 소나무 밑에 괭이로 얼마의 흙을 파내고 신문지에 싼 핏덩이를 놓은 뒤 언니가 먼저 흙을 덮으려고 했다. 내가 언니의 손을 강하게 나꿔챘다. 핏덩이가 내 발등 위로 기어서 올라오는 듯했지만 그런 일은 없었다. 마을 아래에서 바람이 불어오면서 춥다고 느꼈을 땐 벌써 오빠가 흙을 다 덮어버린 뒤였다. 그런 뒤 오빠는 흙을 꼭꼭 밟았다. 마치 애기가 흙을 뚫고 올라올까 두려운 듯했다.

'해동을 해야 뭘 좀 할 텐데…….'

'나물이라도 캐다 팔았으면 좋을 텐데…….'

엄마와 아버지는 시간과는 관계없는 의미 없는 말들을 반복했다. 해동은 벌써 되었지만 주변에 나물을 캘 수 있는 곳은 없었다. 우리 가족에게 먹는 행위는 흐르는 시간 속에서 살아 있음을 확인하는 절박한 순간이었다. 우리가 살아있는 존재임을 확인하는 행위는 식사를 하는 일 뿐이었다. 우리는 음식물을 습득하기 위해 모든 노력을 기울였다. 삶은 바로 그런 것이라는 듯, 그 행위만이 지상 과제였다.

육신의 생존을 위한 우리 가족의 노력은 너무나 절실했다. 우리는 모두 그 일을 위해 전력을 다 하고 있어서 숭고하게 보이기까지 했다.

언니와 오빠가 엄마 뱃속에서 나온 핏덩이를 땅에 파묻고 며칠이 지나지 않아서 너울너울 춤을 추는 남폿불을 들고 엄마와 아버지가 밖에서 들어오는 소리가 들렸다.

"태어나지도 못할 거면 고생 그만하고 먼저 가는 게 편하지."

"그래도 약도 변변히 쓰지도 못하고 그렇게 됐으니 한이 되지요."

남폿불을 걸어 놓고 자리에 누운 엄마 아버지의 목소리는 어둠 속으로 꺼져 들어갔다. 우린 모두 천막 안으로 들어오면 특별히 앉아서 해야 하는 일이 아닌 경우에는 이불 속으로 들어와 누웠다. 윗집 정희 아버지가 돌아가셨다는 얘기였다. 그때에야 컹컹 울리는 정희아버지의 기침 소리가 들리지 않는 것이 생각났다. 죽게 되면 기침 소리도 멎는구나 하는 생각은 잠시였다. 왜 천막촌에서는 사람들이 죽었을 때는 잘 죽었다고 하는 것일까? 사는 것보다 죽는 것이 더 나으면 왜 그렇게 힘들게 살려고 애쓰는가? 나는 죽는 것이 무섭다는 생각만 들었다. 무섭지만 않으면 죽는 것도 괜찮을 듯했다.

정희 아버지의 기침 소리 대신에 정희와 정희 할머니의 울음소리가 들려왔다. 친구들과 싸우고 난 뒤 상처가 났을 때 하고 똑같은 소리로 꺼이꺼이 우는 정희의 울음소리 사이로 가락이 들어간 할머니의 신세타령이 사이사이 섞여서 들려왔다. '무슨 팔자에 아들을 앞세우는 신세가 되었는가?' '저 어린 것을 어떻게 데리고 살아가는가?' 하는 내용이었다. 정희의 울음소리가 없이 할머니의 울음소리만 들렸다면 상당히 무서울 뻔했으나 정희의 우는 소리가 있어서 참을 만했다. 정희가 어디가 다쳤는지 가서 상처에 고운 흙가루라도 뿌려주고 싶을 정도였다. 날씨는 변덕스러웠지만 따뜻한 봄으로 가고 있는

데 사람이 죽어서 들려오는 울음소리는 서늘했다.

날이 새고 곧 앰뷸런스가 언덕길을 힘들게 올라와 청년 두 명이 들것을 꺼내 정희네 텐트 안으로 들어가더니 곧 하얀 시트로 덮은 무엇인가를 차에 싣고 떠났다. 오 분도 안 걸린 것 같은 짧은 시간이었다. 들것에 하얀 시트로 덮인 물체는 너무 작아서 들것의 바닥에 달라붙은 듯 보였다.

"어미한테 자식을 맡기고 먼저 가다니······."

하얀 옷에 하얀 수건을 쓰고 천막 앞에 있는 넓은 바위에서 계속되는 정희 할머니의 넋두리는 동네 아래로 퍼져나갔다. 정희 아버지의 기침 소리 대신 이어지던 정희 할머니의 넋두리는 오래오래 지속되었다. 기침 소리는 멈출 수 없는 것이지만 넋두리는 멈출 수 있을 텐데 할머니는 그렇게 하지 않으셨다. 정희 아버지가 돌아가신 후에도 별로 울지 않던 정희 엄마는 남편이 돌아가신 뒤 곧 평온을 되찾았다. 정희 아버지가 돌아가신 것은 폐병 균 덩어리가 천막 안에서 제거된 이상의 의미는 없었다. 애초부터 정희 아버지가 돈을 번 것은 아니었기 때문에 생활에 변동은 없는 듯했다.

흘러가는 시간 속에서 끼니를 찾아 먹는 것으로 매듭을 지어나가는 우리 생활도 별 변화 없이 이어졌다. 싸래기 밥에서 시래기죽으로 또는 수제비로 변화가 있었을 뿐 끼니로 매듭을 지어가는 것은 같았다. 작은오빠의 합승 조수 노릇, 아버지와 언니의 하루하루 벌이는 끼니라는 매듭을 지어주는 원천이었다. 엄마와 아버지가 노래 부르듯 말씀하셨던 해동이 되었지만 천막 안은 해동이 되기에는 시간이 걸렸다. 새 학년이 되자 나는 유난히 나를 피곤하게 했던 담임 선생님으로부터 풀려날 수 있어서 좋았다. 솔직히 사친회비 독촉으로부터 해방될 수 있어서 좋았다는 말이 더 정확했을 것이다. 상급 학년

278

으로 올라가기 전에 월사금을 완납했을 리는 없었지만 극빈자 대우를 받으며 다음 학년으로 올라갈 수 있었던 듯하다. 제대로 된 집이 있는 아래 동네에 봄이 온 뒤에도 한 달쯤이나 지나서야 천막촌에는 봄이 왔다. 공동으로 물을 길어다 먹는 우물가에는 봄이 온 뒤에도 살얼음이 늦도록 남아서 미끄러지지 않도록 조심해야 했다.

날씨가 좀 풀리자 정희 할머니가 이상한 행동을 시작했다. 정희 아버지가 돌아가신 뒤 한동안은 아무 말도 하지 않고 천막 안에서 아드님이 누워계시던 자리에서 기침을 콜록콜록하며 누워계시더니 어느 날부터인가 동네를 정신없이 쏘다니기 시작하셨다. 넓은 바위 위에 앉아서 한 곳만 응시하는 정희 할머니의 눈은 초점이 풀려 있었다. 계속해서 한 곳을 바라보는 할머니의 눈은 먹이를 포획하려는 맹수의 눈이기도 하다가 공포에 떠는 어린 아이의 눈이기도 했다.

정희 할머니가 동네를 무작정 쏘다니기 시작할 때쯤 아버지가 헌 외국 잡지 등 종이 몇 묶음을 사오셨다. 아버지는 그 종이로 봉투를 붙여서 팔겠다고 하셨다. 과일가게나 채소, 밀가루, 쌀가게 등에서는 물건을 싸 줄 봉투가 필요하기 때문이었다. 봉투를 붙이는 종이는 책이나 노트, 서양 잡지 등 종류도 다양했고 읽을거리, 볼거리가 많아서 좋았다. 학생들의 교과서나 노트 사이에서는 깨끗한 십 환짜리 지전도 가끔씩 나왔다. 풀로 봉투를 붙이는 일은 아버지가 언니에게 가르쳐 주셨다. 처음 해보는 일이라 얼마 동안은 별로 능률이 오르지 못했으나 곧 익숙해지자 언니의 손은 기계처럼 빨라졌다. 풀이 마른 다음 백 장씩 묶은 봉투를 아버지와 엄마는 시장에 내다 팔았다. 아버지는 자전거에 봉투를 싣고 나가셨지만 엄마는 머리에 이고 나가셔야 했다. 봉투 크기에 따라 값이 달랐기 때문에 계산은 내가 따라다니며 도와 드렸다. 암산이 빠르고 정확하다고 장사하는 분들이 칭

찬을 해주시는 것이 기분이 좋기도 했지만 엄마를 따라서 시장에 가
면 이것저것 얻어먹을 수 있어서 좋았다. 시키면 기름에 튀긴 어묵,
다시마를 튀긴 튀각이 맛있었다. 하루 종일 불 앞에서 기름에 이것저
것을 튀기고 앉아 있는 아주머니의 얼굴은 까맣고 기름이 번들거려
서 아프리카 토인 같았다.

우리는 종이를 깨끗이 손질해서 봉투를 만들었기 때문에 잘 팔리
게 되었고, 근처에 사는 몇 명의 아주머니들에게 삯을 주고 봉투를
붙여오게 해야 할 정도로 되었다. 날씨가 더 따뜻해지면서 과일이며
채소들이 나오면서, 봉투도 더 많이 팔리게 되었다. 작은오빠는 집에
쌀 걱정이 좀 덜어지자 합승 조수 노릇을 해서 조금씩 저축해 둔 돈
으로 시내에 있는 야간 중학교에 편입을 하게 되었다. 언제나 불안하
고 폭발할 것 같던 작은오빠가 학교를 다니게 되자 식구들은 안도의
숨을 쉬게 되었다. 조금씩 톱니바퀴가 제대로 맞물려 돌아가는 것이
느껴졌다. 겨우 제대로 맞물린 톱니가 어긋나지 않아야 된다는 생각
에 우리는 조심조심했다.

정희 할머니는 우리 가족이 모두 봉투에 매달리는 사이에 증세가
더 심해진 듯했다. 정희 할머니는 보자기에 정희 아버지가 입었던 옷
들을 꼭꼭 싸서 들고 다니기까지 했다. 나도 엄마를 도와서 봉투를
꼭꼭 싸서 머리에 이고 엄마를 따라 시장에 가는 날이 많아졌다. 머
리에 봉투를 이고 가는 날에 같은 반 아이들이 멀리서 보이면 뒤돌
아서서 기다렸다가 다시 가곤 했다. 그런 정도의 수치심은 얼마든지
감내할 수 있었다. 사실 수치스럽게 생각한 것이 아니라 어린 아이들
의 의심스런 눈초리가 귀찮을 뿐이었다. 나는 그 때 벌써 생명을 지
속시키기 위해 먹는 것이 얼마나 중요하고 그 돈을 버는 것이 많이
힘들다는 것을 알고 있었기 때문이다.

아버지는 서울로 이사를 온 뒤에는 돌아가신 분의 제삿날이 되면 자정이 넘을 때까지 불을 켜놓으라고 하셨다. 서울에 계셔서 제사에 참례하지 못하기 때문이라고 하셨다. 할머니 제삿날이 되었을 때에도 아버지는 불을 켜놓으라고 하셨고, 불이 아까우니 봉투를 붙이자고 하셨다. 그 날 봉투를 붙인 종이는 예쁜 사진이 많은 양 잡지들이었다. 봉투를 붙이며 끄덕끄덕 졸던 아버지는 종이 위에서 뭔가 자꾸 집으려고 하셨다. 엄마가 아버지 팔을 툭 치자

"으응? 꿈이었나? 할머니 제사에 은수저가 있길래."

종이에는 반짝이는 예쁜 서양 수저가 찍혀 있었다. 돌아가신 아버지의 할머니는 아버지가 어렸을 적 몹시 사랑하셨다고 했다. 아버지는 자신을 사랑하셨던 할머니를 향한 추모를 불을 켜놓고 잠을 안 잘 것을 우리에게 강요하는 것으로 실천하셨다. 돌아가신 분을 향한 우리 가족의 추모 방법이었다.

천막 안이 그나마 견딜 만한 계절은 봄, 가을이었고, 하루 중에서는 아침과 밤이었다. 산동네는 겨울에는 몹시 추웠고, 여름에는 그래도 아래 동네보다 바람이 많이 불어서 시원했지만 천막 안은 찌는 듯이 더웠다. 나는 엄마가 안 계시는 틈을 타서 자주 영복이네 집에 내려갔다. 영복이네 집은 천막이 아니라서 제대로 된 집의 편안한 느낌이 있었다. 바람이 불거나 비가 오거나 날씨가 지독히 추울 때에도 집이 아니고, 길바닥에 있는 기분이 드는 천막과는 달랐다. 영복이는 내가 시골에서 처음 올라왔을 때는 내 사투리를 흉내 내며 놀려댔지만 이젠 별 관심도 보이지 않는다. 영복이네 집은 언제나 어른들의 파마머리처럼 예쁘게 말린 대팻밥을 가지고 놀기에 괜찮았다. 영복이네 집은 가운데 있는 벽을 중심으로 방이 둘로 나뉘어져 있는데 벽의 중간쯤에 전구 하나로 양쪽 방을 밝히기 위해 구멍이 있었다.

30촉 전구는 너무 약해서 다만 물체가 있고 없고를 구별해주는 정도였다. 30촉짜리 전구에는 파리똥이 수없이 붙어 있어서 더 어두웠다. 우리 천막으로 돌아가려고 일어섰을 때 작은 구멍을 통해서 영복이 아버지와 정희 엄마의 목소리가 들려왔다.

"데럽소. 데러워."

바지를 내린 영복이 아버지가 정희 엄마를 쓰러뜨리려고 애쓰고 있었다. 나는 저 쪽 방에도 들릴 만큼 큰 소리로 영복이에게 간다는 말을 하고 문을 소리 나게 닫고 나왔다. 영복이 아버지가 만든 나무로 된 문은 우리 천막집 가마니와 달라서 큰 소리가 났다. 나는 쓸데없이 아래로 내려가는 닭을 소리쳐 부르기도 했지만 사실은 영복이 아버지와 정희 엄마가 무슨 일을 하려는 것인지 궁금하기도 했다.

따스한 햇빛이 온몸을 구석구석 소독하려는 듯 쏟아지자 내 몸은 조금씩 근질거렸다. 찬 물을 대야에 붓고 머리를 감기 시작했다. 날씨는 아직 봄인데 내 몸은 무더운 여름처럼 끈적거렸다. 기름과 땀이 엉겨서 내 몸의 여기저기에 들러붙어 있었다. 땀과 기름은 너무 농도가 진해서 결코 흐르지 못했다. 누구에겐가 말을 해버리고 싶었지만 할 수 없었다. 언니에게도 말을 할 수가 없었다. 대야 속에 찬 물을 두 바가지 부은 뒤 머리를 박고 흔들어대 보았다. 머리를 들었을 때는 대야 위에 몇 마리의 검은 색 머릿니가 정신없이 헤엄치고 있었다. 겨드랑이에 종기가 생겨 수술을 했을 때도 하얀 솜에 붉은 빛이 도는 서캐가 수없이 달라붙어 있었다. 그 때도 자주 병원에 가서 소독을 하고 붕대 등을 갈아줘야 했지만 수술을 해서 고름만 빼낸 뒤에 자연히 아물기를 기다리는 동안 그렇게 되었다. 촛불에 서캐가 달라붙은 솜을 끄슬리면 깨를 볶을 때처럼 소리를 내고 튀었다. 무료한 시간을 보낼 수 있는 기회였다.

엄마가 시장이 있는 아랫동네로 내려가며 감기 걸린다고 잔소리를 하시자 빨리 대야의 물을 길 아래로 쏟아버렸다. 엄마가 대야 속의 이를 본다면 매일매일 내 머리를 붙잡고 이 사냥을 하려고 할 것이기 때문이다. 엄마가 이를 잡을 때는 머리카락 하나하나를 잡고 훑어내기 때문에 보통의 인내로는 참아내기 힘들다. 대야 속의 이들은 차가운 물에 둥둥 떠서 맹렬히 움직였다. 내 체온보다 훨씬 차가운 물에 갑자기 추락한 작은 벌레들은 조금 전까지 있었던 곳의 온기를 그리워하고 있음에 분명했다. 나는 엄마만 아니었으면 한참 그들과 함께 놀 수 있었을 시간을 생각했지만 곧 잊어버렸다.

영복이 엄마가 시장에서 우거지라도 주워오는지 시장바구니를 들고 비탈길을 올라오고 있었다. 불안해지기 시작했다. 시험 답안지를 앞에 놓고 답을 알아내지 못해 안간힘을 쓸 때하고 비슷한 기분이었다. 정희 엄마와 영복이 아버지는 아직도 엉켜 있을까? 뭔지 잘 몰라도 그렇게 하면 안 되는 것 같았다. 어서 빨리 정희 엄마가 영복이네 집에서 나와야 할 것 같았다.

"영복아, 느네 엄마 오신다."

나도 모르게 영복이 집을 향해 소리를 질렀다. 곧 정희 엄마가 아무렇지도 않게 뒤 쪽으로 걸어 나가는 것이 보였다. 달리기 경주가 막 끝났을 때처럼 숨을 몰아쉬었다. 한 번도 선두 그룹에 끼어보지 못한 달리기 경주가 끝났을 때 그랬듯이 기분이 썩 좋지는 않았다. 정희 엄마가 떠나고 영복이 엄마가 문을 여는 시간은 절묘하게 연결되었다. 여러 명이 이어서 달리는 계주처럼 배턴을 다음 주자에게 잘 전달하는 선수들이 대단해 보였다. 내 도움으로 위기를 잘 넘긴 어른들은 마치 자기들의 힘으로 해낸 것처럼 나한테 어떤 고마움도 표시하지 않았다. 그 때부터 내가 받아야 한다고 생각하는 사례보다 훨씬

더 많이 어른들을 경멸했다. 그런 생각은 엄마 아버지를 향해서도 번
졌다.

"아니, 계집애가 성질이 왜 저 모양이야?"

"여자는 마음이 온순해야 한다."

끝없이 반복되는 엄마, 아버지의 잔소리는 바람에 펄럭이는 천막
이나 그릇 부딪치는 소리만큼도 의미가 없었다. 부모의 잔소리에 대
한 저항으로 동생을 들쳐 업고 나오다 풀을 끓이려고 연탄 위에 올
려놓았던 솥의 물을 쏟고 말았다. 세 살도 안 된 동생의 발에 군데군
데 물집이 생겼다. 언니가 말없이 화상 부위를 찬물로 빨리 씻어낸
뒤 기름을 발라 주었다. 말 없는 언니가 무서웠다. 밥을 하는 일이든
봉투를 붙이는 일이든 일만 하는 언니가 미웠다. 동생처럼 언니 손등
에 물집이 생기면 일을 안 할 수 있을까?

날씨가 더워지기 시작하면서 천막 안은 찜통처럼 습기와 열기로
범벅이 되었고, 동생의 상처는 쉽게 아물지 못했다. 상처가 빨리 낫
지 못하고 진물이 나거나 쓰라려서 울 때마다 엄마한테서 '동생을 죽
일 년' '곰같이 멍청한 년' 소리를 들어야 했다. 모든 일은 너무나 뜻
대로 되지가 않는다. 어른들은 모두 자기들 때문에 일어난 일도 따지
지도 않고 우리에게 뒤집어씌워 버린다. 특히 나한테 말이다. 잊어버
리자. 어떤 것도 못 본 것처럼 해버리고 어른들이 하라는 대로 인형
처럼 움직이는 거다. 이런 걸 어른들은 좋아하니까 말이다. 점점 내
머리는 교활해지고, 내 가슴은 분노로 뜨거워졌다. 성적도 자꾸만 떨
어지고, 공부도 싫증이 났다. 어서 방학이나 왔으면 싶다. 정희 할머
니는 정희 아버지의 옷을 보자기에 싸가지고 나가서는 돌아오지 않
았다. 영복이 엄마는 정희 할머니가 가마니를 몸에 걸치고 머리는 산
발을 하고 시내를 돌아다니는 걸 보았다고 했다.

"불쌍한 할머니. 며느리까지 그 모양이니. 쯧쯧."

"애들 들어요."

엄마 아버지도 정희 엄마에 대해 뭔가 알고 있는 듯했다. 애들이 듣는다고 조심하는 듯했지만 그것은 사실 나를 두고 하는 말이라는 걸 잘 알았다. 물론 나는 모르는 척하고 시치미를 떼고 있었다. 할머니네 집은 여전히 아들이 구두 통을 메고 아침에 나갔다가 해가 떨어지면 들어왔다. 아랫집 할머니 집에서는 가끔 생선 비린내를 피워 내 위장을 자극하는 것도 마땅치 않았는데, 화상으로 팔을 덴 내 동생이 아파서 울 때는 '기차 화통을 삶아먹었나?'하며 툴툴거려서 할머니가 더 미웠다. 그래도 날씨가 더워서 할머니가 연탄을 훔쳐 갈까 봐 신경 쓰지 않아도 되어서 다행이었다.

영복이 엄마가 집에 없는 틈을 타서 영복이네 집에 정희 엄마가 들락거리는 일은 계속되었지만 별 일은 없었다. 우리 집도 다름없이 봉투를 붙이고, 엄마랑 아버지는 한 묶음이라도 더 팔렸으면 하는 걸 생각하는 외에는 다른 어떤 일도 할 수 없었다. 하나의 목표를 향해서 살아가는 우리 가족의 생활은 지루할 틈이 없었다. 모두들 각자 자기가 돌아야 하는 바퀴를 묵묵히 돌고 있었다.

삼복더위가 한창일 때 학교는 방학을 했고, 얼마 동안이나마 학교, 담임 선생님, 숙제, 시험 등에서 자유로울 수 있었다. 담임 선생님의 눈에 띄는 차별은 견디기 힘들었다. 금전이 학생을 평가하는 기준이라는 것을 어렸을 때부터 잘 알 수 있었다. 학교는 담임 선생님의 불친절한 눈길에서 시작되었고, 눈빛은 따끔따끔하게 온몸을 찔러댔다. 담임 선생님은 사친회비를 가져오지 않는다고 자로 손바닥을 때렸다. 학생들로부터 사친회비를 받아야 선생님들의 월급을 줄 수 있었다는 사실은 나중에야 알았다. 힘들게 마련한 돈으로 무엇을 사는 것인지 궁금했다.

여름이 되자 사람들은 안에만 있지 않고 모두 밖으로 나왔다.

"없는 사람한테는 아무래도 겨울보다 여름이 낫지."

"막 벌어 먹기로는 아무래도 여름이 낫죠."

라는 말을,

"날씨가 풀려야. 해동을 해야."

하는 말 대신에 들을 수 있었다.

날씨는 어른들이 살아가는 데에 몹시 중요했다. 나도 저녁이 되면 건너편 산으로 해가 떨어지는 것도 볼 수 있어서 좋았다. 노을이 지면서 붉은색으로 물드는 아랫마을의 풍경을 바라보는 것이 좋았다. 천막촌을 비롯해 아직 나무도 제대로 심어지지 않은 황폐한 풍경을 아름답게 감싸는 저녁노을의 고운 빛을 바라보는 것은 큰 즐거움이었다. 맛있는 음식을 아껴 먹듯이 노을이 사라지는 것을 오래도록 바라보았다.

"저 아무래도 한 학기 동안 학교를 쉬어야 할 모양이에요."

묵묵히 봉투를 부칠 종이를 정리해 주던 큰오빠가 무겁게 말했다.

"이번 학기에는 장학금을 타지 못했냐?"

아버지는 낙담을 하시며 물었다. 오빠는 지난 학기에 너무 일이 많아서 공부 시간을 제대로 낼 수 없었다. 겨울이 끝나갈 때부터 봄이 시작할 때까지 우리 가족은 계속해서 세끼 식사를 해결하기 위해서 모두 바빴다.

─차라리 우리 식구가 배를 곯더라도 오빠가 공부를 했어야 할 걸 그랬나?

─공부, 공부…….

머리가 아팠지만 나는 아무 힘이 없었다. 큰오빠는 아무 말 없이 봉투를 붙이기 위해 책을 뜯고 있었다.

"서둘러 보자. 무슨 수가 있겠지."

"인천의 중학교 선생으로 가르칠 수 있기는 해요."

"중학교 선생 짓 하려고 이때껏 고생했나? 쓸 데 없는 소리 좀 작작 해요. 형은 정신이 있어? 없어? 차라리 내가 잠시 학교를 쉬겠어요."

작은오빠는 큰오빠나 아버지는 말을 할 틈도 주지 않고 마구 쏘아댔다.

"그렇게 하는 게 낫겠네요. 큰 애가 하루라도 빨리 졸업을 하면 길이 열리겠죠."

엄마가 기운 없이 말했지만 오빠는 아무 말 없이 밖으로 나갔다. 아마 또 제일 높은 정희네 집 앞의 큰 바위에 올라가 아래를 내려다보고 있을 것이다. 큰오빠가 졸업을 하면 어떻게 되는 건가? 아무도 말은 안했지만 어떤 변화가 있을 것임엔 분명해 보였다. 중학교 선생보다 더 대단한 어떤 일이 벌어지는 것인지 몰랐지만 말을 하지 않는 것이 더 좋았다. 그 실체를 모르면서 기다리는 것이 더 좋았다. 나는 잘 알지 못하는 일에 대해서 구체적으로 알려고 하지 않았다. 막연하게 추측하며 기분이 좋을 때는 부풀리며, 미화하며 가슴 속에 넣어두고 만지작거렸다. 희망이라는 장난감은 우리 가족 모두에게 절대적으로 필요했다.

중학교 선생님보다 더 괜찮은 일은 무엇일까? 아무 일에나 쉽게 분노하는 작은오빠를 더 화나게 할 수는 없어서 물어보지는 않았지만 불안감은 어쩔 수 없었다. 말 없는 큰오빠의 생각이 무엇인지 알 수 없었다. 아버지는 그 날부터 큰오빠의 등록금을 마련하느라 동분서주하셨다. 큰오빠는 여전히 말없이 일을 하든지 공부만 했다. 말이 없는 오빠는 어려웠다. 오빠는 할 말이 없을까? 그 반대일지도 모른다. 할 말이 너무 많아서 말을 할 수가 없는지도 모른다.

"이 아랫동네에서 집을 짓는다더라. 일당 팔백 환씩 준다던데 해보지 않겠냐? 너랑 나랑 둘이서 하면 하루에 천육백 환이니 방학 동안 같이 하면 등록금은 되겠지."

아버지의 제안에 오빠는 아무 대답도 없이 책만 들여다보고 있었다. 도대체 말이라는 걸 잊어버린 사람 같았다. 오빠는 대답을 안했지만 공사장의 노동은 등록금을 마련할 수 있는 유일한 길이었기 때문에 받아들일 수밖에 없었다. 아버지 하고 오빠가 그 무거운 돌을 등에 져나르고, 시멘트가루가 폴폴 날리는 곳에서 하루 종일 노동을 해야 한다는 생각이 가슴을 눌렀다. 우리 가족이 하는 일은 모두 우리의 체력을 요구하는 노동뿐이었다. 정해진 시간 동안 우리의 몸을 혹사해서 얼마의 돈을 받을 수 있었다. 우리 가족이 하는 어떤 일도 다른 사람들에게 자랑할 만한 일은 없었다. 내가 그런 일만 하는 것이 창피하다고 하면 엄마 아버지는 그런 것도 다행으로 생각해야 한다거나, 이런 일도 못해서 굶는 사람이 얼마나 많은 줄 아느냐고 판에 박힌 잔소리를 하셨다. 그 다음에는 꼭 공부 얘기로 마감을 했다.

"힘이 들게 번 돈이니 쓰는 데도 그렇게 쉽게 써버려서는 안 되는 거야."

엄마는 그러니까 열심히 공부하라는 말로 끝을 맺었다. 학교에서 공부 열심히 하라는 것은 좋은 상급 학교에 가서 훌륭한 사람이 되기 위해서이고, 집에서 공부 열심히 하라는 건 좋은 직업을 갖고 부자가 되기 위해서였다. 학교도 집도 공부의 목적은 다르지만 방향도 같고 방법도 같았다. 공부를 열심히 해야 훌륭한 사람이 된다는 담임 선생님의 말은 공부를 잘 해야 좋은 직업을 갖고 부자가 될 수 있다는 부모님의 말씀보다 훨씬 설득력이 없었다. 나에게 담임 선생님은 돈으로만 연결되었다.

큰오빠와 아버지는 곧 공사 현장에서 일을 시작했다. 나도 두 사람이 대학 등록금을 벌기 위해서 공사 현장에서 일을 하는 것이 못내 납득하기 어려웠지만 공사판의 십장도 두 사람을 쉽게 받아들이지는 않았던 모양이었다. 아버지는 노동일을 하기에는 나이가 많고, 큰오빠는 대학생 신분이었기 때문에 고분고분 시키는 대로 일을 안 할 것이라고 보았던 것이다. 아버지가 공사 현장의 십장에게 고기를 사다주고 사정을 해서 일을 할 수 있었다. 그로부터 한 달을 좀 넘는 기간 동안 우리는 매일 노역에 지쳐 석양에 몸을 끌다시피 하며 올라오는 아버지와 오빠를 보아야 했다. 익숙하지 않은 일이어서인지 두 분은 온몸이 돌아가면서 상처투성이가 되었다. 오빠가 대학에서 무엇인가 배우기 위해 아버지와 오빠는 몸을 팔고 있었다. 먼 훗날 편안하게 살 수 있는 날을 생각하면서 몸을 혹사하고 있었다. 그나마 현재 끼니를 잇기 위해서 노동을 하지 않는 것을 다행으로 여겨야 할지 몰랐다. 몸을 살리기 위해서 몸을 혹사하는 삶은 받아들이기 어려웠다.

비가 오든지 공사장에 제 때에 자재가 구입되지 못하는 날에는 두 사람은 공사장 일을 쉴 수밖에 없었다. 그런 날은 아버지는 시장 상인들에게 봉투를 가져다주어야 했다. 며칠이라도 계속 퍼부을 자세로 비가 쏟아졌다. 이런 날은 천막이 한쪽으로 조금이라도 처져 있는 곳으로 모여 있는 빗물이 떨어졌다. 처음에는 몇 방울씩 떨어지지만 곧 주룩주룩 흘렀다. 그럴 때는 곧 준비해 둔 긴 막대기로 천장에 고여 있는 물을 흘러내리게 해야 했다. 그런 일은 식구 중에 누구라도 할 수 있었다. 어른들은 봉투를 붙이는 종이가 젖지 않도록 해야

하는 다급한 이유로 했다면, 나는 장난삼아 재미로 했다고 할 수 있
다. 아버지는 공사장 일이 힘드셨던지 비가 천막 안으로 떨어지는 때
에도 그냥 주무셨다. 빗방울은 누워계시는 아버지의 얼굴 위로도 떨
어지곤 했다. 그럴 때는 아버지의 얼굴 위에 대야를 받쳐 들고 있었
다. 아직 마르지 않은 봉투에서 나는 퀴퀴한 풀냄새와 물에 젖은 천
막으로 인한 열기 등이 합해져서 온몸을 감쌌다. 그럴 때는 비가 쏟
아지는 밖으로 나가고 싶었지만 엄마나 언니는 절대 허락하지 않았
다. 빗물에 뭉쳐오는 옷은 빨래 감으로밖에는 생각되지 않으셨다. 어
른들에게 더 이상의 노동은 무서우셨기 때문이다.

"드디어 터지고 말았네."

"사람 같지도 않은 것들. 입에 올리지도 말아라."

엄마가 언니의 혼잣말에 매섭게 반응하셨다. 매몰찬 엄마의 목소
리에 주무시던 아버지도 일어나셨고 나도 떨어지던 물방울을 받치고
있던 대야를 내려놓을 수 있었다.

"남편 잡아먹은 년이 이젠." "안으로 들어가지 않고."

남자와 여자의 목소리가 섞여서 들려왔다. 손찌검도 하는지 여자
가 비명을 지르기도 하고, 사람들이 늘어났는지 또 다른 목소리도 들
렸다. 어른들의 옥신각신하는 모습이 떠올랐다.

"아니 계집이 꼬리를 쳤으니 그렇지."

"처녀가 애기를 배도……."

웅성거리는 어른들의 목소리 사이사이로 영복이 엄마의 흥분한 목
소리가 들려왔다. 나는 나가보고 싶었다. 일어서서 신발을 신으려는
나를 언니가 불러 세웠다. 나는 변소에 가야 한다고 하며 일어섰다.
우스운 노릇이다. 말로 좀 싸우는 것을 본다고 뭐 그리 야단인지. 엄
마나 언니는 밖에 나가면 오물이라도 뒤집어쓰는 것처럼 막았다. 두

사람은 내가 만일 영복이네 집에서 본 걸 안다면 내 눈을 아마 피가 나게 씻길지도 모른다. 그 날 내가 영복이 집에서 눈으로 본 것은 내 머리와 온몸을 간질이며 꿈틀대고 있었다. 나는 밖으로 나서기 위해 신발을 꿰며 미친년처럼 비실비실 웃었다.

"아니 너 왜 미친것처럼 실실거리냐? 어른들 싸우는 게 그렇게도 재미있냐?"

"그게 아니고 내가 그걸 보았거든."

"그게 뭐야? 보긴 뭘 봐?"

"으응…… 아무것도 아냐."

깜짝 놀랐다. 하마터면 영복이네 집에서 본 얘기를 할 뻔했다. 날마다 그 생각이 머리에서 떠나지 않았기 때문에 무의식중에 그 말이 입 밖으로 나오려고 했다. 사실 어른들이 보지 못한 것을 자랑하고 싶은 마음이 없는 것은 아니었다. 나는 되는 대로 아무 말이나 주워섬기며 방을 나왔다.

오락가락 비가 내렸다. 영복이네 부엌 미닫이문을 살그머니 열고 안을 들여다보았으나 모두 방으로 들어갔는지 아무도 안보였다. 짝이 안 맞는 문짝은 비가 와서 불어서인지 삐거덕거리는 소리만 날 뿐 제대로 닫히지 않았다. 영복이 아버지의 솜씨는 그랬다. 두 개의 문짝은 하나는 크고 하나는 작았다. 다리가 네 개인 밥상도 세 개씩 맞아서 언제나 기우뚱거렸다. 나는 방바닥에 누워 있는 영복이 옆을 지나면서 두 방을 분할하는 구멍을 천천히 들여다보았다. 이번에는 영복이 아버지가 영복이 엄마를 끌어안고 무슨 말인가 하고 있었다. 싸움이 빨리 끝나버려서 재미있는 구경거리를 놓친 것이 아쉬웠는데 영복이 아버지와 엄마의 이상한 행동을 보자 다시 호기심이 생겼다. 어른들의 저런 행동이 뭘 의미하는지 몰랐다. 비 때문인가? 그러나 그런 행동도 다시 보려니까 시들해졌다. 무엇보다 시무룩한 영복이의 태도가 신경이 쓰였다. 싸움 구경을 하지 못한 것이 좀 섭섭하기는 했으나 곧 잊혀졌다.

며칠 전부터 아랫집에 사는 할머니 아들이 보이지 않았다. 집에 들어오는 것 같지 않았다. 엄마가 할머니를 향해 물었다.

"아드님이 요새는 집에 안 들어오나 봐요."

"돈 벌러 멀리 갔다우."

언젠가도 한번 들어 보았던 말이다.

"노인네들 신세도 불쌍하지. 아들 하나 있는 게 노 교도소 출입이니 원."

어느 새 나타난 영복이 엄마가 작은 목소리로 엄마를 향해 말했다. 영복이 엄마는 바로 며칠 전 본인이 싸웠던 일은 까맣게 잊어버린 채 교도소에 갔을지도 모르는 할머니 아들에 대해 비난했다. 할머니는 영복이 엄마의 말을 들었을 텐데 모르는 척하며 집으로 들어갔다. 할머니 얼굴은 원래 까무잡잡하기도 하지만 여름을 지나면서 더 까맣게 타들어가는 듯했다.

봉투를 붙이는 일은 힘이 많이 들었다. 전에는 힘이 들어가는 일은 거의 아버지와 큰오빠가 했는데 두 사람이 공사판에 다니기 시작한 뒤로는 여자들끼리만 일을 하자니 말이 아니었다. 그래도 엄마는 사람이 바쁠 수 있다는 걸 다행으로 여기라고 했다. 엄마의 말처럼 뭐든지 다행, 다행 하다가는 죽을 때도 다행이라고 할지도 모른다. 여름에는 다른 계절에 비해 봉투가 많이 쓰인다. 과자며 과일이며, 쌀까지 모두 봉투에 담아주어야 했고, 겨울에는 집안에 웅크리고 있던 사람들이 밖으로 나오기 때문인 듯했다. 엄마와 내 머리 위에 올라가는 봉투의 무게도 점점 무거워졌다.

"여자는 목이 길어야 한다는데 이러다간 나는 자라목이 되고 말거야."

"아유. 저것도 여자라고 예뻐지고 싶은 모양이지?"

작은오빠가 빈정댔다. 팔자 좋은 생각은 집어치우기로 했다. 우리 천막에서 아버지와 오빠가 일하는 공사장은 멀지 않았다. 엄마는 봉투 값 대신 받은 참외를 반씩 잘라서 아버지와 오빠한테 갖다 드리라고 했다. 아버지 하고 오빠는 기초 공사를 위해 파낸 흙을 나무로 된 들것에 담아 져 나르고 있었다. 뒷짐 진 손에 들었던 참외 쪽을 아버지한테 쑥 내밀었다. 아버지는 창피하셨든지 이따가 돌아가서 먹겠다고 가지고 가라고 하셨다. 어린 딸에게 노동하는 모습을 보이는 게 창피하셨을까? 다른 사람은 모두 일을 하는데 참외 한 쪽을 오빠하고 둘이서만 잡수셔야 하는 게 창피하셨을까?

날은 무덥고 군침은 돌고 집으로 돌아가는 길에 조금만 먹겠다던 참외를 집에 왔을 때는 다 먹어버리고 말았다.

"잡수시든……."

"으응…… 오빠랑……."

말을 끝맺지 못하고 적당히 얼버무리고 말았다. 저녁 때 일이 걱정되었다. 아버지나 큰오빠야 그런 일로 야단을 안치시겠지만 작은오빠가 알면 큰일이다.

"제 주둥이만 알고 나중에 뭐가 될래?"

작은오빠가 알아버린 모양이다. 작은오빠는 눈을 부라리기 시작했다.

"내 탓은 아니다. 뭐. 날씨 탓이다."

기어들어가는 소리로 변명했지만 부끄러웠다. 저렇게 열심히 일을 해서 등록금을 벌고 큰오빠가 조금 더 학교를 다니면 궁핍한 생활에서 벗어날 거라는 희망을 내가 축낸 것 같은 기분이 들었다. 그래도 목표를 향해서 다가갈 수 있는 희망이 있어서 좋았다. 생활이 변화한 것은 없었지만 큰오빠가 졸업을 향해서 조금씩 다가가고 있다는 희망이 우리 가족을 변화시켰다. 몇 시간 비가 왔다가 또 해가 나기도 하며 날씨가 변덕을 부렸다. 공사장에서는 오전 내내 일을 했어도 오후에 비가 오면 제대로 임금을 받지 못했다. 우리는 천막집 때문에도 공사장 때문에도 날씨에 대한 관심이 많았다.

"하마터면 큰오빠를 잃어버릴 뻔 했다."

"내버려두세요. 애들한테 뭐 그런 말을……."

참외 때문에 부끄러워하는 나에게 엄마가 한숨을 쉬며 말했다.

"무슨 일 있었어요?"

"네 오빠를 양자로 삼고 싶다고 하더래."

"아니 누가 그 따위 소리를 해요?"

"주택을 짓는 주인집 사장이라나. 오늘 감독을 나왔다가 십장한테 오빠가 대학생이라는 말을 들은 모양이더라."

엄마의 설명이 끝나기도 전에 봉투를 붙이고 있던 언니가 훌쩍거리기 시작했다.

"울긴. 바보처럼. 아니 내가 너를 두고 그런 집에 양자로 갈 성 싶니?"

큰오빠답지 않게 농담을 다 했다.

"밑지는 장사는 안한다고 그래요. 앞으로 세 번만 내면 될 걸 뭘."

우리 모두 웃었지만 가슴 속에서는 웃지 않았다. 등록금을 세 번만 내면 큰오빠는 우리를 위해서 뭘 해줄 수 있길래 집안 식구들은 이렇게 기대를 하고 있을까? 그러나 되기는 될 모양이다. 모든 걸 냉소적으로 바라보고 시시하게 생각하는 작은오빠마저 큰오빠가 졸업을 하면 뭐가 될 것으로 생각하는 걸 보면 말이다. 그래도 난 큰오빠가 아무 말 없이 정희네 천막 앞에 있는 큰 바위에 걸터앉아서 아래를 내려다보고 있을 때는 불안해진다. 등록금을 세 번 낼 때까지는 그 일만 생각하면 된다고 다짐한다. 그런데 집을 짓는 사장님은 큰오빠를 왜 양자로 데려간다고 했을까? 사장님은 심청이를 데려가겠다는 장승상댁 마님처럼 인품 좋은 분들일까? 왜 그런 말을 했을까? 두려웠다.

"엄마, 큰오빠 공사장에서 돌을 나르지 않으면 안 되나?"

"안 해도 되면 얼마나 좋겠니?"

엄마는 한숨을 쉬며 울먹울먹 하신다. 양 잡지에서 작은 핀을 뽑아 봉투를 붙일 수 있도록 정리하고 있던 작은오빠가 큰소리를 쳤다.

"아휴. 저건 언제 철이 나나. 꼭 바보 같은 소리만 해서는 어른들의 속을 쓰리게 하니."

"누가 뭐 몰라서 그러나? 그 사람이 큰오빠를 양자로 데려가면 어떻게 하냔 말이야."

"이 바보야. 뭐가 그렇게 맘대로 되는 줄 알아?"

"너는 걱정 안 해도 돼. 아무렇게나 양자가 되는 게 아냐."

언니가 일깨워 주었다.

"계세요?"

천막 밖에서 남자 목소리가 들려왔다. 엄마는 나에게 눈짓을 하며 나가 보라는 시늉을 했다. 가마니로 만든 문까지 몇 걸음을 떼는 동안 우리를 찾는 사람이 누구일까에 대해 수많은 생각이 오고 갔다. 우리 집을 찾는 사람은 몽둥이를 들고 온 순경이거나 철거 명령서를 가져온 동사무소 직원이었다. 그들의 목소리는 지극히 강압적이어서 나도 곧 알 수 있었다. 그러나 지금 밖에서 부르는 '계세요'라는 세

음절은 너무 부드럽고 따뜻해서 마치 우리를 찾는 사람이 아닌 듯했다. 부드러운 목소리는 험상궂은 소리보다 더 겁이 났다.

"야! 은형이 많이 컸구나. 큰오빠 집에 있어?"

"야! 종성이 오빠다. 엄마! 종성 오빠 왔어."

엄마와 언니가 있는 방 쪽을 향해 소리쳤다. 엄마가 칸막이로 사용하는 담요를 제치고 반갑기보다는 주저하는 빛이 역력한 표정으로 얼굴을 내밀었다. 언니도 우리의 소리를 다 들었을 텐데도 안에서 나오지도 못하고 있었다. 큰오빠와 어렸을 적부터 친구였던 종성 오빠는 가족이나 다름없었다. 종성 오빠를 비롯한 친구들이 큰오빠의 입학금도 내줬다는 얘기를 들었었다. 큰오빠가 대학에 입학하고, 우리가 서울로 온 뒤로는 더 이상 연락을 하지 못한 모양이었다. 큰오빠가 더 이상 신세를 질 수 없다고 집을 가르쳐줄 수 없다고 했단다. 엄마는 창피한 듯 멈칫멈칫하더니 안으로 들어가자고 했다. 엄마는 종성 오빠의 눈치를 보면서 들어가자고 말로는 그렇게 했지만 마음으로는 그냥 가줬으면 싶은 표정이었다. 이제 나는 웬만한 경우에는 가족들의 마음을 읽을 수 있게 되었다. 종성 오빠는 아무렇지도 않다는 듯이 부엌과 방이라고 구분 지어 놓은 군용담요 자락을 들치고 안으로 들어섰다. 안에는 언니가 벌써 봉투 붙이던 것들을 전부 치워버리고 구석에 돌아앉아서 손톱만 만지작거리고 있었다. 호감을 가지고 있는 남자를 향해 부끄러운 것을 감추고 싶은 젊은 여자의 태도임을 어린 학생인 나도 알 수 있었다.

"이 친구는 어디에 갔습니까?"

"아침에 나갔는데 아직 들어오지 않네……."

종성 오빠의 물음에 엄마는 또 얼버무렸다. 나는 사이사이 지속되는 침묵이 답답해져서 의미 없는 말들을 중얼거렸다. 언니는 눈을 끔벅거리며 입을 좀 다물고 있으라는 시늉을 했다. 내가 수다를 떨다 허튼 소리라도 할까봐 두려웠던 모양이다. 엄마는 긴치 않은 가족에 대한 인사말들을 길게 하며 시간을 때우고 있었고, 언니는 고개를 숙이고 손바닥에 붙은 풀 딱지를 떼고 있었다. 봉투를 붙이다 보면 아무리 조심해도 풀들이 묻게 마련이다. 언니는 하루 종일 그 일만 하기 때문에 능숙하게 처리하지만 조금 지나면 손 전체에 풀이 묻어서 말라간다. 조금이라도 마르지 않은 풀이 손에 남아 있으면 종이에 묻고 봉투 가운데가 붙어버려 쓸 수 없게 된다. 물론 그 봉투를 사용하는 상인들 불평의 원인이 된다.

　서로 말들이 없어지고, 지속되는 짧은 침묵이 몹시 힘들었다. 어떻게 이 불편한 분위기를 벗어날 수가 있을까 하는 생각과 종성이 오빠가 가져온 과자 봉투에 내 모든 촉각은 뻗어 있었다. 어제 쌀가게에서 주문받은 한 말짜리 봉투를 붙여야 하는 일도 생각났다. 네 겹으로 된 시멘트봉투를 뜯어서 남아 있는 시멘트가루를 털어낸 다음 쌀 봉투를 붙였다. 아버지는 시멘트 봉투에 남아 있는 시멘트가루를 모아서 부엌 바닥에 뿌렸다. 흙바닥보다는 시멘트 가루가 부엌을 곱고 단단하게 만들었다. 냉수를 한 대접 마신 뒤 종성 오빠는 무작정 큰오빠를 기다릴 수만은 없다고 생각했는지 일어서면서 나갈 준비를 했다. 일어서는 종성 오빠에게 엄마는 조금 더 기다려보지 않겠냐는 의례적인 말을 했지만 나는 정말 다시 주저앉아서 큰오빠를 기다리겠다고 할까봐 잠시 놀랐다. 종성 오빠는 이제 집을 알았으니 자주 놀러 오겠다는 말을 남기고 일어섰다. 키가 큰 오빠의 머리가 천장에 닿을까봐 걱정되었으나 미리 머리를 숙인 덕분에 그런 일은 없었다. 종성 오빠는 들어올 때와 마찬가지로 나갈 때도 천막집에 대해서는 아무 말도 하지 않았다. 고마웠다.

종성 오빠가 떠난 뒤 엄마와 언니는 아무 일도 없었던 듯 입을 다물고 봉투를 붙였다. 쌀가게에서 주문한 한 말짜리 시멘트 포대로 만드는 봉투는 신경을 써서 붙여야 했다. 종이가 두꺼워 풀이 잘 칠해지지 않는 곳이 있다면 구멍이 생기기 때문이다. 언니는 언젠가 너무 열심히 풀칠한 종이를 문지르다가 피부가 터져서 피가 난 적이 있었다. 오늘도 그런 일이 생길까봐 조심스러웠다. 언니가 입을 꼭 다물고 일만 열심히 하고 있었기 때문이다. 엄마와 언니의 저 표정을 나는 알 것 같았다. 서울에 올라온 지 얼마 안 되어서 풀빵 굽는 아버지 옆에서 지나가던 반 아이들을 보았을 때의 수치심과 같은 것이라고 생각했다. 본인이 살림을 잘못해서 그렇게 됐다고 생각할 것 같은 엄마의 자책이나 좋은 대학교에 다니는 준수한 대학생에 대한 열등의식은 처녀가 감당하기에는 벅찼다. 깊은 침묵은 끝 모를 수치심과 열등의식을 삭이는 방식으로 보였다. 나도 조용히 구석에 밀쳐두었던 방학책을 끌어당겼다. 이런 시간에 내가 할 수 있는 유일한 일이었다.

"엄마, 이거 무슨 돈이야?"

"뭐? 돈?"

책 속에는 천환짜리 지폐가 스무 장이나 들어 있었다. 엄마와 언니는 무슨 크나큰 잘못을 저지른 것처럼 두려워했다.

"경찰서에 가지고 가야 할까?"

내 말에는 대답도 없이 엄마와 언니는 갑자기 생긴 큰돈에 기쁨과 놀라움과 부끄러움까지 섞여서 어쩔 줄 몰라 했다.

"혹시 종성 오빠가 넣고 간 게 아닐까?"

언니가 중얼거렸다. 그러고 보니 종성 오빠가 내 방학 책을 뒤적이던 게 생각났다. 예쁘지 않은 내 글씨를 흉볼 것 같아서 방학책을 치워버리고 싶었지만 부끄러워서 그러지 못했다. 다행히 종성 오빠는 곧 방학책을 제자리로 밀어 놓았다.

"자식, 어떻게 알고 찾아왔어?"

큰오빠는 친구가 찾아왔었다는 말을 듣고도 픽 웃을 뿐 아무 말도 없었다. 언니랑은 종성 오빠가 돈을 놓고 갔다는 말을 못하고 큰오빠의 눈치만 보고 있었다. 언니의 눈짓에 따라 나는 종성 오빠가 놓고 간 돈 얘기를 큰오빠에게 했다. 큰오빠는 별 내색 없이 봉투를 붙일 책을 뜯어서 정리하고 있었다. 우리는 마치 그 돈을 종성 오빠에게 돌려주기라도 한 것처럼 마음이 가벼워졌다.

팔월이 시작되면서부터 장마는 막바지로 가고 있었고, 아버지와 오빠는 공사장에 가지 못하는 날이 많아졌다. 두 분이 공사장에서 일은 못해도 봉투를 붙이는 일을 할 수 있었지만 다 붙인 봉투가 풀이 잘 마르지 않아서 부채질을 해서 말려야 했다. 부채질을 하는 일은 내 몫이었다. 겨울에도 춥지 않고 여름에는 덥지 않고 비도 오지 않았으면 좋겠다. 하늘에서 벌어지는 모든 일들을 우리는 감당하기 어려웠다. 이렇게 비가 오는 날은 동네에서 누구라도 싸움이라도 벌어졌으면 싶었다.

"아아! 정말 따분하다."

"따분하다니? 배부른 소리 하지 마라. 언니는 손가락이 닳도록 봉투를 붙이는데 뭔 소리야?"

"얼마나 모자라요?"

엄마의 호통에 언니가 화제를 바꾸려는 듯 오빠의 등록금 얘기를 꺼냈다. 우리 가족은 모두 오빠의 등록금만 생각하고 있었기 때문에 더 설명하지 않아도 알 수 있었다.

"아직도 삼분지 일이나 더 보태야 되는데 이렇게 날씨가 궂으면 마감날까지 댈 수 있을지 모르겠다."

"종성 오빠가 놓고 간 돈은 썼어요?"

"쌀 사고 말았잖니?"

"날씨마저 궂으니 장사마저 시원치 않고."

"며칠 만이라도 연기가 될 수 없나?"

언니가 혼잣말처럼 중얼거렸다. 어른들의 얘기에 답답함을 느꼈던지 작은오빠가 비가 내리는데도 나가버리고 말았다.

"너무 걱정들 마세요. 어떻게 되겠죠."

"아랫집 할머니 아들이 다시 나온 모양이에요."

오빠의 말은 모두를 조금씩 안심시켰다. 언니는 답답함을 피해보려 했음인지 화제를 돌렸다. 날씨가 갰다 흐렸다 하는 날이 많아지면서 아랫집 할머니 아들은 구두닦이로 제법 재미를 보는 모양이었다. 영복이 아버지도 비가 오는 날은 집에서 상이나 문짝들을 짜며 겨울보다는 수입이 나아진 듯했다. 우리 집도 나빠졌다고 할 수는 없었지만 엄청난 액수의 큰오빠 등록금이 우리 가족을 억눌렀다. 정희 엄마도 정희 아버지가 돌아가시기 전에 그랬듯이 남의 집 일도 해주고, 물건도 팔러 다니며 벌이를 한다고 했다. 영복이 엄마 말로는 정희 엄마가 술집 같은 곳엘 다닌다고 했지만 알 수 없었다. 영복이 엄마는 팔짱을 낀 채 정희 엄마가 저녁에 반짝거리는 한복을 입고 짙은 화장을 하고 나가는 것을 이상한 눈초리로 바라보고는 했다. 정희 엄마가 길 아래로 내려가기도 전에 침을 탁 뱉고는 꼬리치마 자락을 앞으로 소리 나게 당기곤 집 안으로 들어갔다. 나는 누가 뭐라든 정희 엄마의 예쁜 옷과 화장에만 관심이 많아졌다. 분명한 것은 정희할머니가 집을 나가신 지 몇 달이 되었지만 아직 돌아오지 않으셨다는 사실이다. 돌아가신 정희 아버지, 집을 나가신 정희 할머니까지 두 사람이나 없어졌지만 동네 사람들은 모두 별일 없이 예전처럼 살고 있었다.

가끔 엄마는 남들보다 자식이 많아서 애들 고생을 시킨다는 말을 했지만 다섯 명 중에서 누구 하나 빠져도 괜찮은 형제는 없었다. 아직 말도 제대로 통하지 않는 동생이 없다고 뭐가 달라질 것 같지도 않았다. 내가 태어나지 않았더라면 하는 생각을 해보지만 무서웠다. 내가 태어나질 않으면 나는 어디에 있어야 한단 말인가? 아무래도 태어나는 게 조금은 나을지 모른다. 지난겨울 언니와 큰오빠가 땅에 묻은 아이는 뭘까? 그 생각을 떨쳐버리려고 머리를 흔들었다. 난 모르는 일이다. 실체를 본 적이 없으니.

아버지의 걱정은 아랑곳하지도 않고 날씨는 계속해서 며칠이나 궂더니 등록 마감일을 이 주일쯤 앞두고 볕이 드는 날이 많아지고 장마도 거의 끝난 듯했다. 공사장에서는 비가 온 뒤 땅이 습기를 많이 먹어 축대 쌓은 것도 위험하다며 삼사일 후에나 공사를 시작하겠다고 했으나 아버지가 이번에도 사정하여 돌이라도 져 나르도록 허가를 받았다. 앞으로 비만 더 오지 않는다면 등록 마감날까지 일을 해서 등록금을 채울 수 있겠다고 희망에 넘치셨다. 큰오빠도 말 한 마디 없던 며칠 전과 달리 지금은 기분이 나아진 듯했다. 나는 안타깝게 등록 마감날을 생각하는데 지쳐 달력이 훌쩍 넘겨져서 그 날이 빨리 지나갔으면 싶기도 했다.

비가 그친 뒤 아버지와 큰오빠가 공사장에 나가기 시작한 지 삼일째 되는 날이었을 것이다. 공사장의 십장이 집까지 올라와 엄마를 찾았다. 엄마는 시장에 가시고, 집에는 언니와 나밖에 없었다.

"어머니는 안 계시니? 오빠가 사고가 좀 났는데."

"사고라니?"

언니의 얼굴은 금방 하얘졌다. 기대했던 한 가닥 연줄이 팍하는 소리를 내며 끊어지는 듯했다. 큰오빠가 병원에 입원할지도 모른다고 했다. 정희 아버지를 싣고 가버린 앰뷸런스가 생각났다. 하얀 병실이 결코 낭만적인 공간으로 생각되지는 않았다. 우리 식구 중에 누군가가 죽을 수 있다니.

"아냐, 아냐."

뭘 부정하는지도 분명하지 않은 채 고개만 흔들었다. 벌써 언니는 공사장 십장을 따라 저 아래로 뛰어가고 있었다.

"왜 그렇게 멍청히 서 있냐? 무슨 일이 있냐?"

"큰오빠가 조금 다쳤대요."

아랫집 할머니가 무슨 얘깃거리라도 있나 하고 참견을 했다. 조금 다쳤다는 말은 내 마음이었다. 아랫집 할머니는 어디가 다쳤냐? 얼마나 다쳤냐? 하며 부산스럽게 물어댔지만 난 아무것도 모르고 있었다. 사실 오빠는 그렇게 많이 다치지 않았는지도 모른다.

"그렇게 고생을 해서 공부를 하면 뭐 하누?"

"망할 놈의 할망구 같으니, 누가 자기 보고 걱정해 달랬나?"

아랫집 할머니가 혀를 차며 들어가자 다른 사람에게 들릴 정도로 혼잣말을 했다. 그 전부터 할머니는 그렇게 고생을 해가며 자식들을 공부만 시킬 게 아니라 한 푼 벌이라도 시키라고 엄마한테 성화였다. 그럴 때마다 엄마는 '자식들이라도 이런 생활을 면해야죠.'하며 웃어버리고 말았다.

저녁 때 언니가 들어와서야 오빠가 좀 심하게 다친 걸 알게 되었다. 사고는 오빠가 돌을 지고 나르다 땅을 헛디뎠고, 비 온 뒤라 땅이 단단하지 못해서 미끄러졌던 모양이었다. 팔 다리가 부러진 데는 없었으나 완치되려면 며칠 치료받고 쉬어야 한다고 했다. 공사장 십

302

장은 삼사일 후부터 일을 시작해야 하는 걸 아버지와 큰오빠가 우겨서 한 것이기 때문에 자기 책임은 없다고 강하게 말했다. 아버지는 '모든 게 끝장이다' 소리만 반복하시며 드러누우시고 말았다.

"나쁜 놈. 있는 놈들이 더 나빠. 있는 놈들은 모두 도둑놈들이야."

작은오빠는 펄쩍펄쩍 뛰었다. 언니는 오히려 작은오빠를 달래기에 정신이 없었다. 엄마와 함께 절룩거리며 들어온 큰오빠의 발이 하얀 붕대로 여러 겹 감겨 있었다. 큰오빠는 병원비는 건물 주인이 빌려줄 것이라고 했다. 건물 주인은 언젠가 큰오빠를 양자로 하고 싶다는 말을 했기 때문에 꺼림칙했지만 우선 병원비를 내주겠다는 말에 감사했다.

"이상한 생각들 말아요. 우리가 무리하게 일을 한 이유를 알고 집 주인이 병원까지 와서 의사에게 먼저 말하더라고."

"일류 대학에 다니는 학생이 등록금 때문에 무리해서 일을 하다가 그렇게 된 것이니 등록을 우선 하게 해 주겠다고 하더라. 개학을 한 뒤에라도 다리가 나으면 수업이 없는 날에 와서 일을 하라더라."

오빠의 설명을 들은 뒤 엄마가 우리들에게 자세히 알려 주었다. 누워 계시던 아버지도 일어나셔서 새로운 다짐을 하는 듯했다. 책임을 피하려던 십장의 말이 지옥이었다면 건물 주인의 말은 천국이었다. 천국과 지옥을 오갔던 오후 한나절이 지나고 있었다. 정해졌던 운명의 시간을 힘들게 부딪치고 놀라고 분노하며 보내고 있었다. 건물 주인이 병원비를 빌려주겠다고 했지만 공사장 일을 하지 않았더라면 치료비를 마련하려고 애쓰지 않아도 되었던 돈이었다는 생각이 자꾸 들었다. 다리가 다치기 전에 모자라는 등록금을 빌려주겠다고 했으면 무리해서 일을 하지 않았을 텐데 하는 생각까지 들었다. 어디에선가 우리를 조종하는 존재가 있는 것 같았다. 이렇게 되기 마련이었던 것을 공연히 흥분하고 미워했을까? 건물 주인이 큰오빠에게 베풀어준 호의가 고마우면서도 돈을 가진 사람이 우리의 기쁨과 슬픔을 마음대로 결정하는 것이 씁쓸했다. 그래서였을까? 우리는 곧 말없이 조용해졌다. 그래서인지 아버지와 오빠 둘, 세 남자는 모두 누워 있었고, 여자들은 음식을 만들고 있었다. 마음이 아픈 남자에게도, 몸이 아픈 남자에게도 음식을 만들어서 그 고통을 희석시키는 것은 여자들의 몫이었으니.

큰오빠는 며칠 후에 세 번 남은 등록금 중의 한 번인 등록금을 납부한 뒤 학교에 다니기 시작했다. 큰오빠의 등록금 속에는 건물 주인에게서 빌린 돈도 있었지만 당장은 공사장에 나가는 오빠를 보지 않아도 되어서 안심이 되었다. 아버지는 오빠의 사고 이후에 십장이 힘들지 않은 일을 맡겨서 공사장 일을 계속 했다. 열흘 단위로 계산해서 주는 품삯은 건물 주인이 빌려 준 돈을 조금 씩 제하고 받아오신다고 했다. 건물 주인에게서 빌린 돈도 등록금에 포함되었으니 큰오빠는 외상으로 공부를 하는 셈이었다. 지식을 돈으로 사는 것인가? 엄마와 나는 언제까지 그 많은 양의 봉투를 머리에 이어야 하나? 그렇게 머리 위에 무거운 봉투를 이고 다니다 보면 목이 얼마나 짧아질까? 손바닥으로 목을 쓰다듬었다. 빨리 봉투를 추려서 묶어야 이고 나갈 수 있다고 엄마가 재촉했다.

자격정지

'빌어먹을!'

아침까지만 해도 유난스럽던 강추위가 점점 풀리는 모양이다. 얼었던 차창의 얼음이 녹아내리면서 현수의 얼굴이 그 위에 얼비친다. 표정 없는 현수의 얼굴 뒤에 장시간 탑승에 곯아 떨어져 코를 고는 승객들, 오징어 땅콩 등 기차간에서 산 안주에 소주잔을 기울이는 목소리 큰 남자들이 보인다. 기차에서 자리를 같이 했다는 인연밖엔 없는 전혀 생면부지 사람들의 선량한 대화가 기차와 함께 달리고 있다. 기차에 탈 때부터 입고 있었던 투박한 코트의 무게가 그의 어깨를 누른다. 담배 한 대를 피워보기 위해 상체를 펼쳐보려고 했을 때 온몸이 삶은 계란 껍질처럼 부서졌다. 내복과 몇 겹으로 입은 옷으로 밀폐되었던 몸 안에서는 진땀이 흐른다.

오래 전부터 그의 등 뒤로 쓰러져 코를 고는 아주머니를 일으켜 세운 뒤 간신히 의자 벽에 몸을 기댔다. 겨우 등을 좌석 시트에 기댔을 때 할머니에게 자리를 양보하는 서양 젊은이가 눈에 들어왔다. 이 나라의 농어촌까지 들어가 현지인들의 생활을 체험해보겠다고 각오를 단단히 한 평화봉사단인가 하는 친구들일지도 모른다는 생각이 잠시 스쳤다. 벽촌에서 영어를 가르치거나 아니면 자기처럼 보건소에서 근무할지도 모른다는 생각을 했다. 할머니에게 자리를 양보하는 외국 젊은이의 남쪽 사투리 억양이 아직 덜 깬 그의 귀에 들려왔다. 외국인의 자연스러운 사투리 억양은 부산스러운 완행열차와 잘 맞았다. 저 외국 젊은이도 돈이 부족해서 완행열차를 탔을지도 모른다. 현수는 자신의 어이없는 생각을 눈을 감아서 내쫓았다. 녀석들의 훈련된 친절함은 어디에서 연유하는지 가끔 궁금하기도 했다. 친절함인가? 조작된 매너인가?

자신의 의사 자격시험 응시료도 지불하지 않고 있지만 그들은 가끔 정중한 문구의 청구서인지 안부 편지인지 분간하기도 힘든 누런 봉투를 한 번씩 보내오곤 할 뿐이다. 보내줘야 할 텐데 생각을 하면서도 그는 선뜻 35불을 부칠만한 여유를 갖지 못한 채 몇 달이 지났다. 그러한 현수에게 미국 관리들은 지난번 패스하지 못한 히어링 테스트에 응시하라는 편지를 보내왔다. 현수는 그 히어링 테스트에 응시하기 위해 서울로 가는 중이다. 다음 역을 안내하는 열차 스피커의 잡음과 승객들이 뿜어내는 더운 입김, 담배 냄새들로 뒤범벅이 된 열차 안은 곧 파열할 듯했다.

먹고 살기 위해 바쁜 사람들, 이런 사람들 속에서 살아가느라고 자기도 모르게 바빠지는 사람들로 가득 찬 서울역은 항상 부산스럽다. 주간지 장사, 조악하게 만들어진 딸랑이 장사, 엿 장사까지 판을 치는 지하도 입구도 언제나 분주하다. 지하도를 뚫고 나와 출발하기 전 현수가 막 올라 탄 시내버스 안에는 볼펜장사가 먼저 올라와 있었다. 슬금슬금 운전기사의 눈치를 보며 입담으로 볼펜을 파는 젊은 이는 오늘도 항상 원가에 시민에게 봉사한다는 말을 앞세웠다. 현수는 작년 이맘때의 풍경들과 너무나 똑같은 것들의 반복이 이제는 놀랍지도 않았다. 닳아빠진 차체에서 풍기는 가솔린 냄새에 속이 메슥거렸다. 조금 열린 창문 사이로 얼굴에 부딪쳐오는 바람이 시원하다.

집으로 가는 골목길엔 여기저기 버려진 얼음 덩어리, 연탄재들이 아직 겨울이 끝나지 않았음을 알려주었다. 물지게가 움직일 때마다 양 쪽에서 흐른 물들이 작은 둔덕을 이룬 사이로 조그만 계집애가 물지게를 지고 올라간다. 계집애의 물지게가 얼음 둔덕 위에서 자주 스친다. 물통에 남아 있는 물보다 넘치는 물이 더 많아 보인다. 넘치는 물로 둔덕은 점점 더 높아진다.

산 중턱까지 한숨에 올라온 현수는 길옆에 박혀 있는 큰 돌 위에 걸터앉아 담배를 한 대 피워 물었다. 담배를 피우기보다는 시간을 피우고 있었다. 답답한 현실 속으로 조금 늦게 들어가 보려는 무의식이 그를 잡아당겼다. 라면 상자 위로 햇빛에 퇴색한 플라스틱 슬레이트, 낡은 기와들이 산 정상을 향해 침투해 오고 있다. 회색의 마을 사이로 꽤 넓은 개천이 흐른다. 어느 민첩한 사람이 개천을 얼려서 스케이트장을 만들어 아이들을 끌어 모으고 있었다. 날씨가 풀려 가는지 얼음은 단단해 보이지 않았다. 멀리에서 온 듯싶은 젊은 남녀 몇 명이 밝은 색의 옷을 입고 경쾌하게 움직였다. 스케이트가 없는 동네 아이들은 집에서 만든 엉성한 썰매를 양팔에 힘을 주어가며 지치고 있었다. 얼음 위로 부서지는 햇빛이 눈부셨다.

담배 한 대를 다 태우고 일어서려 할 때 낮은 블록 담에 꽂힌 깨진 유리 병조각이 팔을 찔러왔다. 현수의 허리쯤에나 오는 얕은 담 위에 열심히 병조각 들을 꽂아놓았다. 집 내부는 누구도 피를 흘려가며 담을 넘고 싶은 유혹이 생기지 않을 것으로 보였다. 조그마한 마당에 사기요강, 비누 그릇, 고무신짝들이 널려 있다. 담뱃불이 얼음을 녹이는 소리를 들으며 현수는 위로 올라갔다. 고개를 수그린 채 삐거덕거리는 사립문 안으로 들어서는 현수의 귀에 거나하게 취한 아버지의 목소리와 여러 개의 발들이 보인다.

"어, 저게 누구냐?"

"누구긴 누구예요? 현수구먼. 이젠 자식도 못 알아 보슈?"

흐릿한 눈을 부비며 비틀거리는 아버지를 현수의 어머니가 말린다.

"오! 그래 현수로구나. 우리 집 기둥이 이제야 들어오는구나."

"아버지, 그 등에 지신 게 뭡니까?"

아버지의 말이 채 끝나기도 전에 현수의 낮은 음성이 뒤꼬인다.

"이거, 이것 말이냐? 함이다. 함이야. 내 오십 평생에 이렇게 좋은 일도 다 한다."

부친은 나이 들어가는 쪼그라든 등에 붙이기에도 너무나 작은 여행용 트렁크가 멜빵 사이로 빠져 나갈세라 계속 추스르며 허허거리는 모습이 몹시 기분이 좋은 듯했다.

"아버지, 그런 일 그만 두시고 들어가세요. 아버지 아니시면 그런 일 할 사람이 없답니까?"

"아니, 이젠 애비 하는 일에까지 상관이냐? 이놈 네가 나를 벌어 먹여 살리길 하냐? 아니면 용돈을 한 푼 주느냐?"

모처럼 들은 아들의 가라앉은 목소리에 기분이 상했음인지 부친은 마구 넋두리를 해대기 시작했다.

"아저씨 왜 이러십니까? 이런 경사스러운 날 그렇게 화를 내시면 됩니까?"

"그럼요. 저렇게 훌륭한 아드님을 두시고 그게 무슨 말씀이십니까?"

그의 주사를 아는 동네 사람들은 그를 끌다시피 하여 마당 밖으로 데리고 나가 버렸다. 작고 볼품없는 트렁크를 비뚜름하게 메고 나가는 부친은 광대처럼 보였다. 사람들이 사라진 쪽으로 눈을 두고 서 있는 아들을 소금에 절여진 듯 찌들은 어머니가 방으로 끌고 들어갔다. 아무렇게나 오버코트를 뒤집어쓰고 누워버린 그에게 죄스러운 듯 작고 낮은 어머니의 목소리가 윙윙거린다.

"너도 아버지를 이해해야지. 워낙 이런 변두리 동네는 시골서 온 사람들이 많아서 그런 일은 보통이다. 돈은 없고 할 일도 없으시니 그렇게 어울리시다 보면 좋아하는 약주도 한잔씩 마시고 그러는 게지. 함을 지는 것도 너 같은 의사 아들을 둔 분이라고 일부러 부탁을 했단다."

이해? 이해는 어떻게 하란 말인가? 뭘 이해하란 말인가? 나이 오십이 넘어가지고 막걸리 몇 사발에 취해서 벌건 대낮에 우스꽝스러운 걸 등에 메고 다니는 아버지에 화가 났다. 현수는 아버지 등에서 함이라는 트렁크를 빼내어 산산조각이 나도록 밟아주고 싶었던 순간을 생각해 본다. 이불을 꺼내 덮어주며 바람이 안 들도록 솔기를 매만져준 뒤 조용히 밖으로 나가는 어머니에게도 짜증이 난다.

어려서부터 가족과 떨어져 있어서인지 가족들은 모두 그를 손님처럼 대한다. 추위에 방바닥에 깔고 있는 손바닥을 통해 전해오는 따뜻한 열기에 노곤함을 느낀다. 온기로 녹은 손바닥에 작은 모래알이 집혀온다. 손끝으로 모래알을 굴려본다. 저물어가는 석양의 햇살이 찢어진 문틈을 통해 방 안에 비쳐온다. 먼지들이 곱게 무늬를 지으며 율동한다. 손으로 햇살을 막아본다. 진홍의 햇빛이 손바닥에서 차단되지만 열기는 느낄 수 없다.

다시 손바닥을 아랫목에 묻어버리며 햇살을 따라 눈길을 돌린다. 초등학교 때부터의 낯익은 사진들이 보인다. 퇴색한 사진틀에 색이 누렇게 변해버린 조그만 추억들이 빼곡하게 들어찼다. 사진틀 속의 사진은 항상 그 자리를 지키고 있다. 사진틀은 보기 위한 것이라기보다는 놓을 곳이 마땅치 않아서 아무 데나 걸어놓았을 것이다. 사진틀의 유리와 모서리 등엔 조금만 스쳐도 먼지가 날릴 듯 뿌옇다. 오랜 세월 동안 모인 작은 사진들이 겹겹이 모인 사진틀 옆에 졸업 가운을 입고 찍은 현수의 사진이 따로 자리를 차지하고 모셔져 있다. 작은 사진들의 고통스런 시간이 바로 의과대학 졸업으로 보상받은 듯이 보였다. 누렇게 퇴색한 사진들 사이에서 유독 명암이 선명한 자신의 어렸을 때 사진이 있을 것이다. '화신약방'이라는 간판 앞에서 윤기 나는 자전거에 올라 있는 어린 현수가 웃으며 자신에게 다가오는 듯했다.

기분에 사는 것을 무척이나 좋아했던 아버지였다. 현수의 부친은 의사 면허도 없이 의사와 약사를 겸하며 조그만 시골 도시에서 잘도 견뎌왔다. 아버지는 어렸을 때부터 반항적인 기질로 가출을 빈번하게 했으며 이 도시 저 도시에서 양의 한의를 가리지 않고 의료행위를 하는 곳이 있으면 찾아 들어가 심부름 등을 해주며 밥을 먹고 살았다. 사람 몸을 다루는 일이 적성에 맞았는지 아니면 어렸을 때부터 돌아다니며 등 너머로 조금씩 배운 것들이 효과가 있었는지 그를 찾아온 아픈 사람들은 모두 그를 원했고 작은 질병들은 곧잘 나았다. 그렇게 해서 모은 돈으로 그는 쉽게 약방을 차릴 수 있었다. 십여 년 동안 현수 부친은 화신약방에서 약을 판매하며 의료행위를 병행하여 많은 돈을 벌었고 그 돈을 주변 사람들에게 유감없이 뿌리며 흥청거렸다. 사람들은 그를 돈을 잘 쓰는 사람이라며 모두 좋아했다.

현수 부친은 군사정권이 들어서며 면허 없이는 아무것도 할 수 없게 되었다. 돈의 힘으로 살아왔던 사람이 돈이 없어지자 곧 풀기가 빠져버렸지만 곧 아무 미련 없이 모든 것을 훌훌 털어버리고 서울로 왔다. 둥지를 박차고 떠나는 것에 거침이 없었다. 워낙 그의 둥지라는 것이 대단한 것이 아니었기 때문일 것이다. 서울에서는 아무도 그의 호방함을 알아주지 않았다. 부친도 자신을 알리려고 애쓰지 않았다. '한때는 어쩌고……' 하는 회상조의 사설을 풀지 않는 것이 그나마 다행이었다.

서울로 올라오자마자 현수 밑으로 있는 세 여동생은 교복들을 다 벗어버리고 부지런히 공장으로 뛰어다녔다. 영등포 어디에 집단으로 있는 봉제공장에 다닌다고 했다. 와이셔츠를 만드는 공장에서 여동생들은 칼라를 몸통에 붙이거나, 단추를 달거나 소맷부리를 정리하는 일 등에 따라 분산되어 일을 한다고 했다. 현수는 더 이상 알려고 하지 않았다. 아무 책임도 질 수 없고, 도와줄 수 없는 일에 관심을 보여서 기대감을 불러일으키는 일은 하고 싶지 않았다.

여동생 중 한 명이 '오른쪽 칼라가 1/8인치 내려 앉았네' 하며 현수의 셔츠를 만지작거릴 때 놀랐던 기억이 있었다. 넥타이를 매면서 양쪽 균형이 조금 안 맞는다고 생각은 했지만 길거리에서 떨이를 하던 셔츠를 사서 입어야 했기 때문에 그러려니 했다. 현수와 동생들은 서로에 대한 관심이 잘못 만지면 깨지기 쉬운 물건인 양 그런 이야기를 입 밖에 내는 것을 두려워했다. 현수의 무의식은 서로 거리를 유지하는 것이 책임에서 조금이라도 자유스러워진다고 생각하는지 몰랐다. 동생들은 자신들이 현수에게 부담스런 존재가 될지도 모른다는 생각으로 거리를 두었다. 현수는 위장된 동생들의 자존심을 존중

했다.

현수는 지방에 있는 대학 근처의 친척집과 친구 집으로 돌아다니며 겨우 의과대학을 졸업했다. 그는 자신이 왜 육 년씩이나 되는 의대를 지원했었는지 가끔 의아해 하곤 했다. 의대를 지원해서 괜찮은 의사가 되겠다는 생각 같은 것은 없었다. 어렸을 때부터 면허 없이 불안하게 의료행위를 해왔던 부친을 위한 효도용 졸업장이 필요했던 것으로 보인다. 그러한 현수에 대한 집안의 기대는 학생 신분의 그가 짊어지기에는 너무 컸다.

그가 학교에 다니는 동안 장학금을 받지 못한 몇 학기의 등록금을 대준 큰아버지나 작은아버지는 그가 의사가 된 뒤에는 수입의 일부분은 자기들의 몫으로 생각하는 듯 보였다. 현수의 목을 조이는 것은 목 사이즈가 작은 셔츠만이 아니었다. 이제 겨우 시골 보건소에서 수련의 과정을 지내는 그를 향해 심하게 조여 오는 압박감이 호흡을 곤란하게 만들었다. 현수는 고등학교 입학금을 마련하기 위해 팔아 버렸던가 하는 윤기 나는 자전거에서 눈을 돌려 버렸다.

눈을 감은 채 누워 있는 현수를 눈망울이 커다란 동생이 살그머니 흔든다. 저녁밥을 먹으란다. 고만고만한 동생들 사이에서 고아원의 보모라도 되는 듯 능숙하게 죽을 한 그릇씩 퍼 돌리는 어머니의 두툼한 스웨터가 눈에 띄었다.

"오빠, 이 스웨터 있잖어, 아랫방 아저씨하구 옥이 언니하구 시집 장가가게 해 주구 얻은 거야. 참 좋지?"

"저 계집애가!"

초등학교 일학년에 들어갔다는 막내 동생의 자랑에 중학교에 들어간 남동생이 핀잔이다. 현수는 동생들을 웃음으로 달래놓고 자신을 위해 담아 놓은 한 그릇의 쌀밥을 밀어 놓고 옆에 있는 죽을 당겨 빨리 먹어치웠다. 어머니는 현수가 죽을 먹는 것에 애를 태웠다. 모친에게 현수는 손님보다 더 어려운 상대였다. 현수는 동생들에게서 학교 이야기, 친구들의 이야기도 물어보며 그들에게서 자신에 대한 서먹서먹함을 없애보려 했으나 동생들은 오히려 그것이 불안한 듯 보였다. 그는 오버를 주워 입고 어두워진 집 밖으로 나왔다.

밤은 완전히 불의 세계다. 지저분한 잿빛 지붕으로 덮였던 산은 대형 조형물처럼 빛을 발하고 있었다. 그러한 조형물처럼 보이는 작은 산은 하나만이 아니었다. 유사한 풍경은 이쪽저쪽으로 이어져 아름답기까지 했다. 창문마다 비치는 작은 백열등은 따뜻했다. 길거리에 서 있는 현수에게 촛불보다 좀 더 환한 전구들이 만들어내는 따뜻함이 전해져왔다. 어둠으로 가려진 현실이 편했다. 적나라하게 까발려진 대낮의 시간을 감당하기에는 힘이 들었다. 이 좋은 구경을 매일같이 할 수 있으니 얼마나 좋으냐던 아버지의 말이 생각나서 그는 씁쓰레 웃었다. 아버지에게 인생은 구경인가? 일부러 술을 마시고 자신을 드러내지 않고, 어떤 때는 광대 같기도 한 부친의 태도는 현실에서 특별히 그가 책임져야 하는 그 많은 자식에게서 도망치기 위한 방편으로 보였다.

현수는 따뜻한 불빛이 희미하게 밝혀주는 골목길을 헤집으며 큰길로 내려왔다. 그는 서울에 올 때마다 들르는 양우의 집을 찾았다. 사범대학 졸업 후 고등학교 선생으로 나가고 있는 양우는 집에 있었다. 희미한 30촉짜리 전구 아래서 그는 열심히 사전을 뒤적이고 있었다. 문학청년을 꿈꾸는 양우 방의 책꽂이에는 꾸준히 사 모은 시집과 실존주의 단행본을 비롯한 철학서적, 종합 월간지 사상계 등이 지난번보다 늘어났음을 알 수 있었다. 방바닥부터 빼곡하게 쌓아 놓은 책들이 점점 안으로 침범하고 있었다. 시청 청소부로 나가면서 아들의 학비를 벌어대던 양우 어머니의 작은 사진이 액자에 끼워져 책상 위에 놓여 있다. 몇 년 전인가 여름에 양우 모친의 사진을 앞에 들고 공동묘지로 올라가던 생각이 났다. 모친 장례식 때 서럽게도 울어대던 양우의 눈엔 그 뒤에도 사진을 들여다볼 때마다 눈물이 맺히곤 했다.

양우는 커피 냄새를 피우며 열심히 떠들어댔다.

"너 훈장질까지 하더니 예배당에만 다닐 때보다 말이 더 좋아졌구나."

현수는 무릎에 깍지를 낀 채 양우의 혁대 대신 졸라맨 넥타이를 바라보며 싱글거렸다.

"짜식, 남의 가슴 아픈 데 찌르는 취미는 여전하구나."

"그 소리가 가슴 아프다면 아직은 타락하지 않았다는 말인가?"

"자, 우리 그런 얘긴 나중에 하고 이거나 마시자."

책들을 밀어버린 소반 위에 커피 잔을 놓으며 양우는 자리에 앉았다. 커피를 젓는 양우의 둘째와 셋째 손가락 사이에 남아 있는 잉크 자국에 현수는 아련한 향수를 느낀다. 펜에 잉크를 찍어서 글씨를 써야 했던 학창시절 양우는 항상 그렇게 둘째와 셋째 손가락 사이에 잉크 자국을 남기고 다녔다. 현수는 그 잉크 자국이 말끔히 지워져버린 때는 양우가 교회에 미쳐버린 때였던 것으로 기억했다. 그럴 때마다 현수는 양우에게 교회와 거리를 두라고 압박했다. 어머니를 위해서도 공부를 해야 한다는 말을 할 때마다 양우는 풀이 죽었지만 한 번도 현수의 말에 반항을 하거나 듣기 싫은 표정을 해본 적은 없었다. 신학대학에 들어가서 목회자의 길을 가겠다고 하던 양우는 자신의 어머니와 친구 현수의 말대로 사범대학을 졸업하고 고향에서 교편을 잡는 것으로 사회생활을 시작했다. 고향에서 교직생활을 시작한 지 삼 년 만에 양우는 서울로 올라왔다.

"너 언제부터 내가 찾아오면 술 대신 커피를 내놓게 됐냐?"

"너 아직도 그 버릇 못 버렸구나. 뭐든지 습관들이기 마련이야. 그것도 너희들하고 어울려 다니며 마구 퍼마시던 때 얘기지. 그 때는 조금만 마셔도 세상이 마구 커지는 것 같고 공연히 소리라도 질러보면 속이 후련했었지. 이젠 아무리 마셔도 속이 후련해지지는 않아."

모처럼 유쾌하게 웃으며 커피 잔을 비우는 현수에게 양우는 습관적으로 손톱 끝을 질근거리며 응수했다.

"세상이 커지기를 바라지도 않고 욕구불만을 해결하려고 마시지도 않아. 그저 잠시나마 사람 냄새를 피할 수 있고 자신을 잊어버릴 수 있다면 그것으로 만족이지."

"원하는 바와는 관계없이 정신은 맑아지고 나 자신은 자꾸만 위축되는데도 말이냐?"

"너 또 다시 목회자의 길에 관심이 가는 거 아니냐? 어머니가 돌아가셨다고 이제 마음 놓고 그 길로 가겠다는 거야?"

"네 말이 옳을지도 몰라. 이러다가는 너나 내나 자꾸 오그라들어서 아주 없어져 버릴지도 모르지."

양우의 다급한 서술에 현수는 방바닥에 몸을 눕혀버리며 힘없이 말했다.

"그러면 우린 잘 살 수 있을까? 자신을 포기해 버린다면 말이다."

"우린 무슨 소리를 하고 있었던 거냐? 소주 한 잔 없이 주정을 했단 말이야?"

"항상 이런 식이지."

둘은 마주보며 힘없이 웃었다. 두 사람에게 부모의 기대와 본인들의 상황과 의지는 언제나 서걱거리며 겉돌았다. 그럼에도 부모들의 기대와 욕망은 너무나 강하고 절실해서 외면할 수 없다는 것이었다.

"웬 일로 서울엔 오게 됐냐?"

"내일 히어링 테스트가 있어."

"지난번에 패스하지 못했던가?"

"녹음기에서 지글지글 잡음은 나고 라디에이터에서 쉭쉭거리는 소리까지, 중간에 골치가 아파서 나가버렸어."

"미국엔 꼭 가려고 그러는 거야?"

"아직 그런 생각은 해보지도 않았어. 조금이라도 머리가 덜 굳었을 때 어떤 시험이라도 봐 두려는 거지. 자격증을 받아두어야 한다는 강박증? 하하하."

"부모님은 지금도 약사 며느님이면 좋으신가?"

"교사도 괜찮으실 걸? 그것도 자격증이 있어야 하니."

"약사 자격증이 아들을 위해서 좋다고 생각하시는 건가?"

"그것만이 아니라 아들의 의사 자격증과 며느리의 약사 자격증이 있으면 그 사이에서 당신이 도우면서 가족 기업을 꿈꾸시는 모양이야. 그러면 일생 동안 편히 지내실 수 있다는 결론이지."

"가능한 말씀이니?"

"그럴지도 모르지. 형편없는 돌팔이는 아니니까."

"돌팔이라니?"

"우리 부친 말이지. 당신만 믿으라고 하시니까."

30촉짜리 희미한 전구의 불이 꺼져버리자 두 사람의 문답도 그냥 끊어지고 말았다.

"산동네는 가끔 이렇지. 옆집에서 누가 다리미라도 꽂은 모양이야."

양우는 성냥을 그어 먼저 담배에 불을 붙이고 입으로는 계속 담배를 빨아들여 불빛을 만들며 한편으로는 성냥을 그어 초를 찾았다.

316

"초를 찾는 거야? 우리 그만두고 밖으로 나가자."

"그것도 괜찮겠군."

양우는 성냥을 던져버리고 부엌과 연결되는 문을 연 뒤 흰 고무신을 찾아 신었다. 밖은 봄이 근처에 와 있는 듯 제법 훈훈한 바람이 불어왔다. 두 사람은 길바닥에 굴러다니는 작은 돌멩이를 발길질하는 일에 열중하며 걸었다. 어린 시절 그랬듯이. 무슨 말을 하는 것보다 상대방의 돌멩이를 향해 돌진하는 그 짓이 재미있었다. 현수는 양우가 달마다 봉급에서 남동생의 학비를 보내준다는 사실을 알면서도 거기에 대해 무슨 말을 한다는 게 고마움을 훼손하는 듯해서 말을 못하고 있었다. 양우는 가끔 현수의 동생이 공부는 제대로 하느냐고 물었을 뿐이다.

현수와 양우는 술집이 다닥다닥 붙어있는 골목 앞을 지나고 있었다.

"여기가 텍사스촌이라지?"

양우는 반문하듯이 작게 얘기했고, 현수는 아무 말도 안했다. 현수도 양우도 그런 곳은 주변에 있는 다른 상가 건물들과 변별력을 찾기 어려운 그런 곳이다. 양우는 왕대포, 정종, 돼지불고기라고 쓰인 포장 하나를 걷고 안으로 들어갔다. 술집 안은 아직 제 시간이 안된 듯 자리가 많이 비어 있었다. 이제 막 피어나기 시작하는 서너 개의 연탄 화덕에서 뿜어대는 냄새가 머리를 어지럽게 했으나 따스한 온기는 좋았다. 막걸리가 줄줄이 흐르는 주전자와 화덕 위에는 철판을 얹고 양념된 곱창을 펼쳐놓았다. 두 사람은 아무 말 없이 철판 아래의 열기로 곱창이 서서히 오그라드는 걸 바라보고 있었다. 곱창의 어떤 부분은 산부인과 병동에 비치된 칠 개월쯤 된 태아의 모습처럼 웅크렸다.

"질기네. 먹는 데 품이 많이 드는 음식이야."

"그냥 삼켜버려. 속에 들어가서 저희들끼리 대결해보라지 뭐."

근처에 대학이 있어서인지 대학생 차림의 젊은이들이 몰려왔다. 힘들고 지쳐보였지만 현수나 양우는 그들이 풋풋해 보였다. 세상에서 살아남아야 하는 두 사람의 의지는 벌써 많이 오염된 듯 보였다. 손님들이 늘어나면서부터 두 사람의 목소리도 점점 커졌다.

"너 무슨 수로 그렇게 쉽게 서울로 오게 됐냐?"

"다 주님의 은총이지."

"쓸 만한 주님이로구나."

양우와 현수는 하얀 이를 드러내며 유쾌하게 웃었다.

"지금 나가고 있는 교회 목사님이 불러 주신 거나 마찬가지야. 요즘 모든 교회들의 청년회가 엉망이거든. 고등학생들은 대학 입시가 더 중요하고 대학생들은 더 자극적이고 재미있는 곳이 많으니까 교회를 멀리 하지."

"교회 청년회를 네 힘으로 잘 이끌어가게 하는 것하고 교환 조건인가? 너무 세속적인 거래 아니냐?"

"우리의 사명이지."

"네 사명은 목사님의 사명이고 또 저 높으신 분의 사명이구나."

"현대는 신과의 거래도 서슴치 않네."

"현대의 신앙은 그런지도 몰라. 미국이나 유럽의 고색창연한 교회나 성당이 텅텅 비고 관광객들을 위한 감상 공간으로 변모한 지 오래라니. 아무튼 덕분에 무지무지하게 바빠졌지. 일주일 내내 휴일이라곤 하루도 없어. 교장은 교장대로 압박하지. 연구 수업이다, 아침 자습이다 돈을 조금 더 준다는 구실 아래 마구 혹사야."

"주일에는 주님의 나라가 이 땅에 임하시도록 성스러운 생활을 실천하고 주중에는 학생들을 일류대학에 입학시키기 위해 치열한 전쟁을 치러야 하겠구나. 서로 모순되는 가치를 향해서 뛰어야 한다는 게 힘들겠다.

"그래도 행복한 고민이 아닌가?"

"네 말이 맞는지도 모르겠다. 시간을 주체할 수 없다는 건 더 힘들지도 몰라. 이렇게 바쁘다가도 잠시라도 시간이 남으면 어쩔 줄을 모르겠어. 안절부절 동분서주하지. 그럴 땐 싸구려 영화관을 가든가, 마구 돌아다니기라도 해야 해. 내가 혼자 있는 시간을 감당하지 못하는 줄 몰랐네.

"우리가 그렇게 살아본 적이 없어서 그러지 않을까?"

"그런가? 사는 것도 연습이 필요한가봐."

양우는 나무젓가락으로 막걸리를 묻혀 탁자에 그림을 그리며 웃었다. 양우를 아는 듯싶은 술집 꼬마 녀석이 그에게 슬쩍 마늘 두 주머니를 주고 간다.

"저 녀석도 우리보다는 한결 빠르지. 몰래 주는 척 하면서도 계산서엔 모두 기입할 걸."

"어린애의 호의를 의심하는 건 좋은 예수쟁이의 태도는 아닌 듯하네. 네가 점점 오염되어 가는 게 아닐까?"

"점점이 아니고 빠른 속도로 오염되는 걸 느끼지. 그런데 넌 나한테 뭘 기대하는 거냐?"

"천사! 이 시대 마지막 천사! 하하하."

"이런 집을 찾아오는 건 향수를 느껴서냐? 서울 생활이 힘들어? 대학 다닐 때 지내봐서 어느 정도는 알고 있지 않냐?"

"고향에 대해 향수를 느낀다기보다는 지나간 시간을 그리워하는 건지 모르지. 녀석들에게 지쳐버렸어. 놈들이 벌써 닳아빠졌어. 교활해. 선생과 제자의 관계라고 볼 수 없다니깐. 시골 녀석들은 그래도 순박했거든. 어리숙하다는 게 소중한 미덕이라니깐."

"아직 네가 그 사회에 익숙하지 않아서 그런 거 아닐까? 모두 다 그렇게 사는 거 아닐까?"

"익숙해 버리면, 이건 더 기가 막힌 내가 될 거야. 그런데 그 날들이 한 발짝씩 다가오고 있는 걸 느끼겠거든."

"다른 친구들은 그래도 네가 빨리 출세했다고들 부러워하더라."

"출세? 하하하. 빨리 자리를 잡았다는 말인가? 한 젊은이가 중고등학교 교사로 평생을 살아간다는 것이 출세구나. 다들 남의 얘기를 하기는 쉬운 거지."

"왜 그렇게 자조적으로. 그래도 남의 얘기라도 하는 것은 그나마 인간에 대한 관심 아닐까?"

현수는 쓸쓸해 하는 양우를 조금이라도 위로하고 싶었지만 부질없는 일이라는 것을 알았다. 주인에게서 줄에 묶은 열쇠를 받아 술 집 밖에 있는 화장실을 두 번씩이나 들락거리며 막걸리를 마셔댄 두 사람의 얼굴이 벌겋게 상기되었다. 밤이 깊어진 골목의 반쯤 파묻힌 지하실 카바레에서 트럼펫 소리가 요란하게 흘러 나왔다. 원색의 세로 판지로 붙여진 유리창을 통해 조명이 번쩍거렸다. 천장과 벽면으로 퍼지는 조명은 밖에 있는 사람들도 기웃거리고 싶을 만큼 현란했다. 동네 꼬마들이 배를 땅바닥에 댄 채 깨진 유리 틈으로 카바레 내부를 들여다보고 있었다.

"재미있니? 나하고 교대할래?"

현수가 고무신 발로 꼬마의 엉덩이를 툭툭 치며 웃었다. 어렸을 때 갖는 어른들의 세계에 대한 관심은 성적인 것이었다. 유성기판에서 나오는 음악에 맞춰 남녀가 서로 얼싸안고 서양댄스를 추던 어른들을 엿보던 시간을 생각했다.

따뜻한 봄날처럼 현수는 마냥 나른했다. 시험장 안은 몇 명의 응시생들이 여기저기 각자의 자리에 앉아 두꺼운 책을 열심히 보고 있었다. 지난번 응시하지 않은 친구들이 몇 명 모여서 담배를 피우고 있었다. 현수의 시험은 네 시부터 시작했다. 현수는 따뜻해진 날씨로 물기가 빠져버린 땅을 골라서 밟으며 천천히 걸어오는 선배에게로 다가갔다. 의학서적보다는 문학잡지를 더 즐겨 읽는 선배는 삼 년째 시험을 보고 있었다. 선배는 물이 오른 버드나무 가지를 꺾어서 피리를 만들려고 했다.

"자네는 웬일인가?"

"선배님은 웬일이십니까?"

"아버지 심부름이야. 아마 시험장 근처 어디에 어머니를 밀사로 보내셨을 거야."

선배는 버드나무 줄기로 만든 피리를 불어대며 흡족해 했다. 현수는 구둣발로 서걱거리는 땅을 힘껏 문지르는 것으로 선배의 배부른 투정을 짓밟았다.

크나큰 홀에서 울려대는 스피커의 소리가 현수에게는 파리라도 한 마리 귀에 들어있는 양 웅웅거렸다. 몇 번이나 스피커의 물음에 답을 하고난 현수는 그 이튿날 새벽 열차로 숙소로 돌아왔다.

조그만 블록 건물인 보건소에는 현수가 부임하기 전부터 근무해 온 조수가 자리를 지키고 있었다. 하루가 다 가도록 몇 마디 얘기를 하지 않아도 될 만큼 보건소는 한가했다. 수련의 과정을 이수하기 위해 시간을 채우고 있는 현수만큼 동네 주민인 조수도 기회만 닿으면 어딘가로 튀기 위해 눈치를 보고 있다는 것을 알 수 있었다.

써늘한 기분이 도는 흰 회벽과 하얀 광목 커튼만이 병원 냄새를 풍기는 보건소에서 현수는 근무 시간의 대부분을 창가에서 보낸다. 닷새 만에 한 번씩 장이 서는 날을 제외하곤 마을은 정물화처럼 움직임이 없다. 가끔 농사일을 끝낸 소가 주인에게 끌려 지나가거나 어느 구석에서 쏜살같이 뛰쳐나온 쥐새끼를 추적하는 동네 개들만이 한바탕 뒤엉켜 돌아갈 뿐이다. 붙임성 좋은 아이들이 창문을 두드리며 현수에게 아는 체를 하기도 한다. 학기 초에 예방접종을 해줬던 것을 기억하는 아이들이다.

조수는 결혼을 하고 젖먹이 아이도 하나 있었다. 현수는 조수 생활이 몇 년째인 그가 자신이 알고 있는 의술로 가끔 처방전도 발부하고 주사도 놓아주며 생계를 돕고 있는 것을 알지만 모르는 척했다. 보건소장의 도장을 찍어서 나가는 처방전에 대한 책임이 자신에게 돌아올 것에 대한 불안감이 있었지만 불법 행위를 완강하게 거부하고 조수와 낯을 붉히면서 같이 근무할 자신도 없었다. 상비약의 수준을 낮추는 정도에 신경을 쓰는 것이 고작이었다.

서울을 다녀온 얼마 뒤 현수는 보건소 안에서 석유스토브를 약하게 켜놓은 채 잠이 들었다. 늦은 봄의 선득선득한 냉기가 스토브의 열기로 가셨던 모양이다. 보건소의 난로는 가끔 찾아오는 환자들을 위한 것이지만 현수가 환자가 없는 오후에 누릴 수 있는 사치이기도 했다.

두어 명의 여자들 목소리가 꿈결처럼 들려왔다. 모녀로 보이는 두 여자는 들어오라는 현수의 지시만을 기다리고 있었다. 현수는 눈을 부비며 두 여자를 안으로 들였다. 두 여자는 모녀간이었다. 어머니 되는 사람은 현수에게 선생님, 선생님을 부르며 딸을 살려만 달라고 했다. 현수는 아직도 생소하기만 한 선생님 소리에 차츰 잠에서 깨어났다. 어머니로 보이는 나이 든 여자는 살려 달라는 말 사이사이에 살려만 주신다면 생각은 꼭 해드리겠다는 말을 자꾸 되풀이했다. 현수는 나이 든 여자가 무엇을 얘기하는지 알고 있었다. 젊은 여자가 무엇 때문에 그렇게 다급한지도 알았지만 모르는 척 무심하게 대했다. 감정을 드러내지 않고 냉정함을 위장하는 것이 의사로서 편한 태도임을 짧은 수련의 기간에 알게 되었다.

"생각이요? 무슨 생각을 해주실 건데요?"

나이 든 여자는 자기가 한 말이 잘못되었음을 알고 이내 사과를 해왔다. 현수는 수술용 장갑을 끼면서 젊은 여자를 눈짓으로 부인과 검사용 의자로 가라고 했다. 휘장만을 쳐 놓은 구석에서 여자는 아무 스스럼없이 옷을 벗었다. 현수가 휘장을 들치고 들어섰을 때 여자는 아이들 기저귀로 사용하는 하얀 천으로 꽁꽁 동여맨 배를 풀고 있었다. 띠처럼 긴 하얀 천이 벗겨지자 장시간 짓눌린 허연 배가 드러났다. 현수는 그가 아는 실력을 동원하여 여자를 진찰했다. 여자는 임신 5개월이었다. 유산 경험도 있었다. 여자의 어머니가 원하는 것은 인공중절이었지만 지금으로서는 아무것도 할 수 없었다. 이번에 또 무리한 인공중절을 해버린다면 앞으로는 전혀 임신의 가능성도 장담할 수 없었다. 무엇보다 보건소 내에는 그러한 수술을 할 만큼 도구도 충분하지 못했다.

현수는 납득이 가도록 딸과 보건소의 사정을 어머니인 나이 든 여자에게 전했다. 어머니는 뒤늦게 알게 된 딸의 엄청난 사실들에 마구 욕을 해대기 시작했다. 그러다가는 곧 현수를 향해 어떻게든 해달라고 졸랐다. 딸은 곧 결혼을 해야 한다고 했다. 그런데 저렇게 누구의 자식인지도 모르는 것을 뱃속에 품고서야 되겠느냐고 하소연이다. 젊은 여자는 보건소에 들어올 때처럼 옷을 입고 창가에 서 있었다. 젊은 여자는 이 일은 마치 자기 일이 아니고 마치 구경꾼이라도 되는 듯 아무 말도 없이 무표정한 얼굴로 창밖을 바라보고 있었다. 저녁노을이 창문을 통해 곱게 비쳤다.

현수는 여자에게 시내에서 경영하는 선배의 병원을 알려주었다. 거기에 가서 어떻게든 해보라고 했다. 현수가 여자에게 납득을 시키는 동안 조수가 들어왔다. 말소리가 들려 들어와 봤다고 했다. 나이든 여자는 조수가 들어오자 현수가 써준 메모용지를 구겨 쥐고 딸을 끌다시피 하여 밖으로 나갔다. 사뭇 한 사람이라도 이 사실을 더 알아선 안 된다는 듯이. 그러면서도 여자는 비밀로 해 줄 것을 당부하는 걸 잊지 않았다. 현수는 피로해졌다. 현수는 군대용 간이침대에 아무렇게나 드러누워 담배 한 모금을 깊이 빨아들이며 천장을 바라보았다. 전구의 불빛이 점점 어둠을 몰아냈다.

"그 여자 또 낙태수술 해달라고 왔죠?"

"어떻게 그걸 아시오?"

현수가 벌떡 일어나 간이침대의 한쪽에 걸터앉으며 물었다.

"내가 벌써 세 번이나 해준 걸요."

"이 마을 사람들이오?"

현수는 조수의 너무나 태연한 말에 놀랐다.

"바로 이 위에 살고 있지요. 동네 노인들은 계집애가 신이 들려서 그런다고 하더군요."

"그럼 마을 사람들도 모두 알고 있습니까?"

"알다 뿐입니까? 그래도 자기네만 아는 줄 알고 항상 쉬쉬하지요."

"곧 결혼을 한다고 하던데."

"무당집 아들 녀석이 쫓아다닌다는 말은 있었지요. 계집애가 얼굴이 반반하니까 부모 입장에서는 빨리 해치워 버리려고 하겠지요. 사내 녀석도 박수가 될 거라니까 서로 잘 만났지요. 서로 손해 볼 것도

324

없지요."

조수는 웬일로 신바람이 나는지 콧노래를 부르며 청소를 말끔히 하곤 돌아갔다. 현수는 창문을 통해 두 손을 바지에 넣은 채 경쾌하게 자기 집 쪽으로 사라지는 조수를 바라보았다. 콧노래를 끝내고 휘파람이라도 부는지 머리를 가볍게 좌우로 흔들었다.

현수는 조수가 잠시 부러웠다. 말이 없는 좀 음흉스러운 친구라는 현수 전임자의 말이 생각났다. 음흉스러운지는 모르겠지만 무모한 것은 분명해 보였다. 현수는 조수의 무모함이 겁이 났다. 어떻게 한 여자에게 낙태수술을 세 번씩이나 해 줄 수 있단 말인가? 현수는 자신이 오기 전에 있었던 일이라고 모른 척 하기에도 신경이 쓰였다. 책임과는 관계없이 몇 번이나 여자에게 임신을 시킨 남자들과 함께 조수는 그 결과물로 생성된 생명체를 서투른 칼질로 제거했다. 부끄러움 같은 것은 전혀 모르는 듯 옷을 입고 벗는 일에만 익숙했던 여자를 잠시 생각했다. 조수는 몇 명의 남자들에 의해 만신창이가 된 여자에게 또 다시 임신중절을 할지도 모른다는 생각을 했다. 그 행위로 받게 될 약간의 금전으로 아내와 자식에게 웃음을 사다 줄 것이다. 임신 초기의 여자들처럼 속이 메슥거렸다.

땅이 질퍽거리기 시작하고 들판이 지열로 조금씩 푸석거리고 푸른 빛을 띠기 시작하면서 장거리에서 나는 소리도 한결 소란스러워지기 시작했다. 그 때쯤 해서 현수는 시내에서 병원을 개업하고 있는 선배로부터 편지를 한 장 받았다. 일전에 자네가 보내 준 환자는 어떻게 할 도리가 없어서 그대로 분만하도록 타일러 보냈다는 말과 함께 도립병원에서 나머지 수련의 과정을 마치는 게 좋겠다는 내용이었다. 추신으로 절대 지난번 환자 같은 경우에는 섣불리 메스를 잡지 말라는 충고도 잊지 않았다.

현수는 보건소 창문으로 소란스러운 시장에서 여전히 분주한 임신부의 어머니와 딸의 모습을 볼 수 있었다. 임산부의 어머니가 조수의 집을 들락거리기 시작하고부터 조수는 현수의 눈치를 보는 것 같았고 현수는 몇 개 안되는 수술 도구가 하나씩 없어지는 것을 알게 되었다. 어느 날 마지막으로 수술 도구를 포켓에 집어넣고 부리나케 문 쪽으로 가는 조수를 향해 현수가 한 마디 했다.

"이번엔 그만 두는 게 어떻습니까?"

문손잡이를 돌리려던 조수는 흠칫 놀란 듯 잠시 머뭇거리더니 이내

"염려 마십쇼. 책임은 제가 집니다."

하는 퉁명스런 소리를 내뱉곤 문손잡이를 마저 돌렸다.

"책임은 어떻게 지겠단 말이요? 죽을 목숨을 살리겠소? 못 낳는 애기를 낳게 하겠소?"

현수는 자신도 모르게 소리를 지르고 말았고, 조수는 약간 당황하는 듯 하다가는 이내 냉소를 띤 채 나가 버렸다. 현수는 뜨거워진 얼굴을 책상 위에 놓인 주전자의 물로 식히며 창문을 통해 조수의 집 쪽을 바라보았다. 마당에서 조수의 아내가 풍로에 물을 끓이는지 부채질을 하고 있었다. 새 숯에서 나오는 불줄기가 사방으로 퍼져 나가는 게 보였다. '타다닥'하는 소리도 들리는 듯했다. 메스를 든 조수의 어두운 얼굴에 맺힌 땀이 떨어지는 듯 느껴졌다. 잠시 아버지의 얼굴이 떠올랐다. 아버지와 조수는 서로 가까운 거리에 있는 것으로 보였다.

아버지는 아마 지금쯤 간다는 말 한마디 없이 근무지로 떠나버린 자식을 생각할지도 모른다. 그는 돈 없으면 제 자식에게도 말 한마디 할 수 없다는 말을 되뇌이며 소주잔을 기울일지도 모른다. 현수는 아

버지와 조수 두 남자에게 자신이 어떤 태도를 취해야 할지 생각했다. 점점 혼미해지는 판단력은 뜨물 속에서 허우적거리는 벌레들처럼 느껴졌다. 그는 숨이 가쁘게 돌진해 오는 모든 것들을 의식적으로 외면해 왔는지도 모른다. 그의 내면에 잠재된 그런 태도가 현수를 이런 시골까지 오게 했는지도 모른다. 현수는 점점 이런 압박을 외면한 채 지낼 수 없다는 걸 의식하기 시작했다. 우선 당장 이 보건소에서 더 이상은 견뎌낼 수 없다는 것을 알기 시작했다. 현수는 보건소를 대강 정리하는 대로 시내에 있는 도립병원으로 가야겠다고 마음먹었다.

현수가 막 편지지를 꺼내 아버지에게 모처럼의 안부 편지와 전부터 시내로 나오기를 권유하던 선배에게 부탁의 편지를 쓰려할 때 조수의 아내가 숨을 헐떡이며 보건소 문을 열었다. 현수는 수술 도구를 들고 사라진 조수의 일은 까맣게 잊어버린 채 조수의 이름을 말하며 그가 없다고 말했다. 조수의 아내는 다급하게 현수를 부르며 급히 그의 집으로 가줄 것을 부탁했다. 여자는 사람이 죽어간다고 반복해서 말했다. 현수는 그제야 손에 들었던 편지지를 아무렇게나 던져둔 채 조수의 집으로 뛰어갔다. 며칠 전에 보건소에 찾아왔던 임산부는 요소비료를 포장했던 비닐이 깔린 나무 침상 위에 누워 있었다. 여자는 거의 실신상태였으며 조수는 벌려놓은 일을 어떻게 수습할 줄을 몰라 얼굴이 하얗게 질려 있었다. 여자의 어머니는 얼마 전 보건소에 와서 현수에게 조르던 때처럼 살려만 주면, 살려만 주면, 사례는 톡톡히 해드릴 테니 살려만 달라고 반복했다. 사례를 톡톡히 해드린다는 저 말에 조수는 메스를 잡았을지도 몰랐다. 현수는 여자의 벌려진 다리 사이로 흐르는 피와 '사례는 톡톡히'라는 말들이 범벅이 되어 메슥거렸다.

"이 환자는 이제 애기를 낳을 수 없습니다."

환자의 어머니는 훌쩍거리며 살려만 달라고 하고 있었다. 현수는 조수의 도움을 받으며 자궁을 적출하고 마무리를 했다. 현수는 처음 일지도 모르는 자신의 수술이 야전병원만도 못한 비위생적인 공간에서 이루어졌다는 것을 잠시 생각했다. 수술이 끝난 뒤 환자의 어머니는 임신을 정말로 못하느냐는 말을 '사례는 톡톡히'라는 말 대신에 반복했다. 나이 든 어머니에게 딸은 임신, 출산, 애기로 의미가 있을 뿐이었다. 수술이 끝난 후 현수는 조수에게 모든 수술 도구를 보건소에 갖다 놓을 것을 말한 뒤 집을 나와 버렸다.

현수는 보건소 바닥에 흩어진 편지지를 집어 편지를 쓰기 시작했다. 열려진 창틈으로 불어대는 훈훈한 바람이 그를 이 작은 마을에서 밀어내는 것 같았다. 현수는 조금 전에 수술을 끝낸 임산부가 회복되면 이곳을 떠나리라 다짐했다. 창문으로 불어오는 바람이 겨울 바다를 한번 보러 오라던 친구 문식이를 떠올리게 했다. 현수는 도립병원으로 가기 전에 바다와 문식이를 보겠다는 생각을 했다. 그가 보고 싶은 것이 바다인지 친구 문식인지도 구분이 가지 않았다. 근 열흘이 걸려 여자의 수술 부위는 그럭저럭 아물어 갔다. 현수가 보건소를 떠나던 날은 그에게 한 번씩이라도 신세를 졌던 동네 사람들의 전송으로 떠들썩했다. 많은 사람들 속에서 수술을 한 임산부와 그녀의 어머니는 보이지 않았다. 조수는 예의 그 침울한 얼굴로 현수를 전송해 주었다.

해병대의 중위 계급장을 단 문식은 언제나 봐도 흐트러지지 않은 모습이었다. 의지로 응결돼 버린 듯 보이는 단단한 체구와 그의 깊은 두 눈이 군복에 썩 어울렸다. 바닷물은 퍼렇다 못해 검은 빛을 띠고 있었고 거대한 시멘트 덩어리로 연결된 방파제 위에는 몇 명의 낚시꾼들이 고기를 낚고 있었다. 축항을 따라 두 사람은 별 말 없이 걸어갔다. 가끔 외출 나온 사병들이 부동자세로 문식에게 경례를 부쳐댔다. 걸어서 등대까지 나온 두 사람은 아무데나 걸터앉아 바다만을 응시했다. 가끔 낚싯대에서 튀는 물방울들이 그들의 얼굴을 간질일 뿐 바다는 조용했다.

"역시 바다가 좋지?"

"좋군."

"저 속에서 그렇게 심하게 훈련을 받으면서도 바다는 항상 좋아. 아직은 청춘이라는 말인가?"

"그래서 그렇게 제대도 하지 않고 해병대 귀신이라도 되려는 건가?"

"하지 않는 것이 아니라 못 하고 있는 것이지."

"그렇게 힘든가? 제대하기가?"

"해병대 장교는 육성하기도 힘들고, 지원자도 별로 없으니까."

그들은 그리고 서서 한동안 바다를 바라보다 등대를 떠났다. 봄이 다 온 것 같은데도 바닷바람은 매웠다. 두 친구는 생선회에 이 홉들이 진로 한 병을 다 비웠다. 그들은 모래사장에서 납작한 돌멩이 두어 개씩을 주워서 바다 위로 날렵하게 수제비를 떴다. 돌멩이는 몇 번이나 통통거리며 수면 위를 날더니 바다 저쪽으로 사라졌다.

"영문과 출신이 해병 장교라는 건 아무래도 어울리지 않는군."

"우리에게 적성의 문제는 아무것도 아냐. 배부른 사람들의 사치스런 욕심이지. 나에게 해병대 장교는 생계를 해결하는 직업이야. 국가에서 주는 제복은 의복비를 절감하는 수단이고. 무슨 일이든 어느 곳에서든 우리는 쉽게 단련될 수 있는 입과 배를 가졌다는 것은 그나마 축복이지."

냉소적인 그의 말과는 달리 구릿빛으로 단단하게 응축된 문식의 몸은 단호해 보였다. 그들이 대학에 다닐 때 문식도 더운 여름날 폭염에 학비를 벌기 위해 자전거 배달을 했었다. 양우랑 현수는 문식이 나무 그늘에 자전거를 세워 놓은 채 원서를 읽는 모습을 보곤 했다.

"포크너는 지금도 읽나? 마크 트웨인은? 샐린저는?"

"하하하. 어쩐지 조롱하는 것처럼 들린다. 언젠가는 가야 하는 고향이지."

"고맙구나! 가야 하는 곳이 아니라 가고 싶어 하는 곳이라니."

"이왕에 가야 할 군대라면 얼마간 더 고생하더라도 월급을 받는 곳으로 오겠다는 생각에 지원을 한 거지. 나만 바라보는 입들을 생각하면 현기증을 느끼곤 했으니까."

문식의 목소리는 파도 없는 바다처럼 잔잔했다.

"그 때 네가 나가던 간장회사 사장이 딸을 주겠다는 말이 있었지?"

"그런 일이 있었던 것 같군. 가끔 나도 사장영감의 그 소리에 내가 왜 회사를 그만두게 되었는지 모르겠다는 생각을 하게 되더군. 내가 그 여자를 좋아했던 것도 싫어했던 것도 아닌데. 아무튼 그만두고 말았어. 그저 막연한 부정 같은 거였을 거야. 그 때 나는 아무것도 긍정할 수 없었으니까, 그나마 내가 살아 있다는 비명이었는지 몰라."

과거 모든 걸 체념하고 달관한 듯했던 문식의 태도는 이제 제복에서 느껴지는 단호함이 보였다. 문식은 제복에 맞추어 그의 감정이나 거추장스러운 감상을 제거해 버렸음에 분명했다. 현수는 건전한 생활인으로 고착화되는 문식의 모습을 발견했다. 결코 흔들리지 않는 그의 모습은 아름답기까지 했다.

"제대를 할 수는 있냐?"

"조금 더 복무를 해야 돼. 장교를 훈련시키느라 국가 돈이 들었으니깐."

"그걸 토해내고 나가야겠구나."

"토해낸다기보다 받은 만큼 봉사를 해야겠지."

"말투도 벌써 장교 티가 나네."

문식의 말에 현수가 웃었다. 그들은 이제 새로운 전환점에 도달했음을 알았다. 긴 시간을 살아낼 어떤 일을 찾아내야 한다는 것을 알았다.

"제대를 한 후에는 어떤 일을 할 건데?"

"고등학교 선생이지. 공부를 더 하고 싶지만 가능한 일이 아니니. 포기해야지."

"야간대학원이라도 다닐 수 있으면 해봐야지. 공부는 자네 같은 친구가 해야지."

"그렇지도 않다네. 책을 놓은 지도 꽤 오래 되어서 새로 시작하려면 새삼스러울 거야."

"우리는 항상 뛰어다녀야만 살 수 있구나! 우리 꿈을 위해서도 포기하지 않았으면 좋겠다."

"늘 숨이 가쁘지. 달려 가봐야 별 것이 없는데도 말이야."

거대한 화물선이 포물선을 그리며 점점 가까이 오고 있었다. 현수는 그들의 세계와는 거의 인연이 없었던 모든 것들을 수용하고 감내하며 살아가야 한다는 데에 화가 치밀었다. 뜨거운 폭양 아래에서 반복되는 문식의 헐떡임도 현수에게는 분노의 대상이었다. 결코 구원받지 못하고 벼랑 끝에 서 있는 두 사람을 검은 파도가 삼킬 듯했다. 파도가 그들을 구원할 듯 보였다.

"양우는 서울에서 고등학교에 나가고 있더라. 땀 깨나 흘리는 모양이더라."

"그 친구 군대는 안 갔지? 아마."

"삼대독자라는 은혜를 입었지. 부양해야 하는 홀어머니도 계시고."

"그것도 축복이야. 한참 버둥거려야 할 때에 군대라는 올가미는 벗어날 수 없는 굴레지."

"합법적으로 삼 년을 남보다 먼저 시작할 수 있다는 건 확실히 은총이지."

"너는 언제 군대에 들어가려는 거야?"

"아직 더 생각해 봐야겠어."

"레지던트 코스를 마치고 가려는 거야?"

"꼭 그렇겠다는 건 아닌데. 대구 훈련소에서 머리를 빡빡 깎인 채 양재기 하나를 들고 줄을 서서 음식물을 받으라는데 도저히 못 하겠더라구. 왜 그리 힘들었는지."

"조금만 참으면 되는데. 아깝다. 넌 이과생이면서 왜 그리 생각을 많이 하냐? 우리가 직면한 문제들은 사유를 허락하지 않는다네. 그냥 받아들이고 행동해야 돼. 사유는 시간을 낭비할 뿐이니."

바닷가는 바람이 마구 불어오며 하늘은 점점 회색으로 변했다. 서로는 누가 먼저랄 것도 없이 일어나서 걷기 시작했다. 문식은 현수를 앞서 조그만 여관의 판자로 만든 문을 밀고 들어갔다.

"가족은 여기에 없나?"

현수가 누렇게 바랜 벽지가 세월을 말해주는 여관방에 앉으며 물었다.

"왜 없어? 항상 든든하게 따라다니고 있다네."

모자를 벗어서 구석에 쌓아둔 이불 위에 던지며 문식이 웃었다.

"그러면 왜 날 이리로 안내했나? 부모님들께 인사라도 드렸어야 할 걸."

"내가 전하마. 그리고 우리 부모님들은 아직은 무지무지 건강하시다는 것도 너에게 알려주지."

문식이 양손을 깍지 끼워 머리를 고인 채 천장을 쳐다보며 작위적인 목소리로 기운차게 말했다.

"무슨 일이 있구나? 아버님하고 트러블이라도 있었나 보구나."

"녀석 언제나 호사스런 소리만 하는구나. 좋지 않은 꼴 안 보이려고 이리 끌고 왔더니만 왜 그렇게 물어 대냐?"

문식은 눈을 감아버린다.

"아버지는 금광에 대한 미련은 사라지셨냐?"

"그 병이 그렇게 쉽게 사그라지는 병이냐? 나더러 돈만 대라고 하시는구나. 가면 금방 돈이 쏟아진다는 거지. 노다지가 있다는 거야. 지난 여름에 한번 당했으면서도 아직도 그래. 봄만 되면 젊은 애들이 바람나듯이 회가 동하는 모양이야."

"모두 어쩌자고 그러지? 정자의 눈은 많이 나아졌니?"

"눈은 저리 가라야. 정신이 오락가락 한단다. 아무 데서나 옷을 벗고 덤벼들어. 어머니는 산에 가서 기도를 해야 한다고 산에서 사시지. 산으로 기도하러 모여드는 사람들을 보면 어머니마저 이상해지실까 겁이 난다. 어떤 사람은 시집을 못가서 그런다고 하더라만. 정말 무슨 근거라도 있는 소린지 몰라."

현수는 문식의 말을 소리로만 들었다. 문식이도 현수에게서 처방을 들으려는 의지는 없었다. 어느 명의도 문식의 상황에 처방을 내릴 수는 없었다.

도립병원에서 현수는 수련의이기만 했다. 다른 어떤 것도 현수 내부에 끼어들 수 없었다. 바쁘게 뛰어다니는 현수를 옆에서 보면 활기에 찬 것으로 보일 수 있었다. 보건소에서 맡아보지 못했던 소독 냄새, 피비린 내 속에 그는 숨을 수 있었다. 넘치는 냄새와 소란스러움

속에서 개인의 생각은 끼어들 수 없었다. 바늘 틈 같은 틈새로 생각해야 하는 일들이 비집고 들어오려고 했지만 곧 수면 속으로 빠져들어 지속되지는 못했다. 바쁘고 피곤한 것은 고통에서 벗어날 수 있는 좋은 명분이었다. 더불어 점점 약 냄새, 소독 냄새, 피고름 냄새 등과 더불어 분주하고 다급한 목소리들이 만들어내는 분위기가 어느 정도 자신의 존재감을 확인시켜주는 듯도 했다. 봄의 나른함은 상처가 아물면서 새 살이 돋는 간지러움을 상기시켰다. 꿈결처럼 다가오는 바람이 현수를 그나마 언뜻언뜻 현실에서 도피시켜주었다. 병원에 붙어 있는 합숙소는 벌집의 한 구멍처럼 작았지만 자신도 꿀을 만드는 한 마리의 벌처럼 소속감을 느낄 수 있었다.

현수는 병원 일에 열심이었다. 아버지를 비롯한 형제들에게서 멀리 떨어질 수 있는 제일 빠른 방법이었기 때문인지 몰랐다. 부모님이 계시는 서울에서 떨어진 거리만큼 그의 마음도 멀어지고 있었다. 그는 부지런히 뛰어다녀야 했다. 지난 일 년간 현수는 보건소에서 빳빳하게 풀 먹인 가운과 함께 단조롭게 생활했지만 도립병원으로 온 뒤에는 피로 얼룩지고 구멍 뚫린 가운이 분주한 그의 생활의 전부였다. 바쁜 와중에도 현수는 자신의 일들이 아닌 것은 인색할 정도로 피해 다녔다.

하루의 일이 끝나고 비번인 날은 곧잘 시내를 쏘다니는 것으로 소일했다. 시내라고 돌아다녀봐야 오래된 성당이나 교회 학교 같은 건물들이 있을 뿐인 빤한 도시였다. 새로운 것이라고는 없는 잿빛 도시였지만 이층집도 쉽게 찾을 수 없는 편안함을 현수는 좋아했다. 어렸을 때부터 보아온 신부나 수녀의 예복이나 석고상들이 그가 느끼는 종교적인 분위기의 전부였다. 허리춤에서 길게 늘어진 묵주, 수녀님들이 머리에 쓴 두건 등에서 느꼈던 위압감이나 신비감 같은 것은 없어졌지만 종교는 여전히 담 저쪽 세계였다. 어렸을 적 기억으로 바람이 마구 부는 날 젖혀진 수녀복 사이로 심하게 기운 속옷을 본 뒤에는 수녀에 대한 성스러움도 사라졌다. 처녀성을 상실한 여자를 보는 것과 유사한 느낌이었다. 양우가 그 소리를 듣고 얼마나 한심해했던지. 양우가 그것이 근면, 검소함의 징표임을 설명해주려고 애쓰던 때도 오래 전이었다. 요즈음도 신부님은 라틴어로 된 성경을 읽으시나? 왜 우리말로 된 성경을 읽지 않으실까? 누굴 향해서 성경을 읽으시나? 유별나게 높은 천청과 스테인드글라스 벽면에 붙어 있는 성인들의 그림을 보는 것으로 만족한다. 현수에게 성당은 건축으로서의 의미만 있을 뿐이다.

훈훈한 봄바람이 온몸에 스며들었다. 현수는 큰길에 면해 있는 다방으로 들어갔다. 병원 합숙에 들어가기엔 아직 이른 시간이었고, 봄날의 쾌적한 기온이 그를 조금은 붙잡은 셈이었다. 다방 안에서는 잔잔한 바이올린곡이 흘러나왔고 실내의 어둠과 음악 소리는 현수의 움직임을 조심스럽게 만들었다. 작은 도시는 언제나 조용하고 가라앉았다. 푹 파묻히는 가죽 의자의 촉감을 감상하며 소리가 나지 않도록 천천히 앉은 뒤 눈을 감았다. 다방 종업원의 신발 끄는 소리가 현수 앞에서 멈추고 탁자 위에 찻잔 놓는 소리가 들렸다.

현수는 한참 만에 적당히 식은 커피를 마시며 여전히 손님 없는 다방을 천천히 둘러보았다. 한쪽 구석에는 젊은 남녀가 사연이 있을 법한 얘기를 하는 듯 보였고, 창문이 보이는 한쪽 구석에서는 하얀 옷을 입은 젊은 여자가 찻잔을 기울이고 있었다. 여자가 입은 하얀 옷은 푸른빛이 돌 정도로 하얘서 어두운 다방에서 조명 역할을 할 정도였다. 현수는 찻잔을 다탁 위에 내려놓으며 혼자 앉아 있는 여자를 다시 한 번 봤고, 그 여자가 같은 병원에서 근무하는 간호사임을 알았다. 여자가 눈으로 아는 체를 해왔다.

"앉아도 됩니까?"

현수는 여자 앞에 앉으며 물었다.

"안 돼요. 그 자린 내가 커피 한 잔에 산 걸요."

"여기 누구 앉을 사람 있나요?"

"염려마세요. 누굴 기다리고 있는 건 아니니까요."

여자는 의외로 쉽게 대답을 했다. 여자의 밝은 웃음과 맑은 목소리가 봄날의 날씨처럼 쾌적했다.

"가끔 이렇게 혼자 오십니까?"

"예. 두 번째예요. 소독약 냄새, 피 냄새가 안 나는 곳으로 도망온 거지요. 작은 도시라 갈 곳이 별로 없기도 하구요."

"피신 오셨군요."

매번 병원에서 단호하다고 생각했던 여자의 목소리는 심드렁했다. 여자는 병원에서 실수 없이 일을 잘 처리했기 때문에 의사들은 그녀와 한 팀이 되어 일하는 것을 선호했다. 다방에서 만난 여자는 병원에서 일할 때와는 전혀 달랐다. 커피와 음악과 다방의 분위기에 어울리는 여자였다. 병원에서 가운과 메스와 소독약에서 탈출하고 싶어한다는 점에서 두 사람은 일치했다. 현수는 여자를 수술실에서만 보았었다.

"최 간호사이시지요? 요즘은 외과병동에서 일하시는?"

"이제 아셨군요. 백 선생님."

확인이라도 하듯 물어보는 현수에게 여자는 당신에 대해 알 만큼은 안다는 표시를 했다.

"역시 놀랬는데요."

"내 성이 최 씨라 놀랐다는 말씀인가요? 곱슬머리에 옥니라는 걸

아신다면 상대도 안하시겠는데요."

여자는 송곳니를 드러내며 낭낭하게 웃었다. 야무지다든가 찔러도 피 한 방울 나지 않을 거라든가 같은 말을 하던 병원 사람들의 말을 생각했다. 누가 했는지도 모르는 그녀에 대한 표현들이 그의 머릿속에서 뒤섞였지만 별 생각이 없었다.

"더 앉아 계시겠습니까?"

"아뇨. 갈래요."

여자는 청바지 포켓에 손을 집어넣은 채 앞장서 나갔다. 거리는 조용하고 어두웠다. 현수는 여자보다 두어 발짝 뒤에서 걷고 있었다. 여자는 몇 발자국 걸어가다 골목길 앞에서 몸을 돌리며,

"난 일로 가요. 그럼."

손을 흔들며 골목길로 사라져버렸다. 여자의 동작은 너무 빨라서 갑자기 새 한 마리가 그의 눈앞으로 날아간 듯했다. 팔랑거리는 그녀의 머리도 기다란 팔도 새를 연상시켰다.

병원 합숙소에는 두 통의 편지가 와 있었다. 한 통은 아버지에게서 다른 한 통은 현수가 지난번에 근무하던 보건소 조수로부터 온 것이었다. 아버지의 편지는 큰 병원으로 옮겼다니 얼마나 좋은지 모르겠다는 말씀과 맡은 바 일에 열과 성을 다하라는 옛날식 가르침의 반복이었다. 아버지는 본인의 행동과는 별개로 지극히 교훈적인 글을 쓰는 걸 좋아하셨다. 아버지 시대의 어른들이 쓰던 편지 형식에 이름과 상황만 바꿔 쓰시는 것으로 보였다. 학업이나 취업으로 멀리 떠난 아들에게 보내는 편지 쓰기의 몇 개의 사례 중에서 하나를 골라서 쓰시는 것으로 보였다. 천편일률적인 인사말과 날씨에 대한 언급으로 시작되는 부친의 편지는 용건은 거의 없이 다시 인사말로 끝을 맺었다.

부친의 편지는 보내는 쪽이나 받는 쪽이나 아무 일 없이 잘 지내고 있어야 했다. 작은 문제라도 생긴다면 반역으로 몰릴 것으로 보였다. 현수는 아버지의 편지 내용과 관계없이 가족들에게 크고 작은 문제들이 발생하고 있음을 느끼지만 모르는 척 한다. 자신이 개입해서 문제가 해결되지 못할 것임을 알기 때문이기도 하지만 현재는 거리만 떨어져 있는 것이 아니라 마음도 멀리 있었다. 보건소 조수의 엽서는 거두절미하고 며칠 사이로 찾아뵐 일이 있을 것이라는 간단한 내용이었다. 현수는 조수의 엽서에서 다급한 일이 있을 것 같은 느낌을 받았지만 이내 잠이 들었다. 아무 때나 바닥에 누우면 수면 속으로 빠져드는 것은 고마운 일이었다.

"나는 말입니다. 나하고 똑같은 형체를 하고, 그렇게 작은 어린애들이 꼼지락거리는 것을 보면 예뻐서 자지러들 정도라니까요. 웃을 때도 울 때도 응가를 하려고 얼굴을 찌푸릴 때도 예쁘다니까요. 그래서 저는 소아과로 정했지요. 시내에서 예쁘고 아담한 소아과를 열려고 해요. 그러니 이 병원에서 출산을 한 산모들에게 저희 병원을 많이 홍보해 주세요."

현수의 일 년 후배인 닥터 황은 간호사들 사이에서 인기가 좋은 모양이었다. 그는 가끔 간호사들이 모여 있는 곳에 나타나 익살을 부리곤 했다. 밝고 꾸밈없는 후배의 태도는 현수를 유쾌하게 만들었다.

"어른들은 황 선생님보다 눈이 하나라도 더 있나보지요?"

고개를 숙이고 차트를 정리하고 있던 최 간호사가 심드렁하게 말했다.

"아니, 그런 게 아니고. 하지만 어른들은 징그럽죠. 그리고 살아온 세월의 때는 아름답지도 않고. 뭐. 애기들은 신기해요. 자라는 게 눈으로 보이지요."

닥터 황이 손짓을 해가며 수선스럽게 말했다.

"신기하기로 말하면 막 엄마 뱃속에서 나오는 갓난 애기는 어때요? 엄마의 뱃속에 들어 있는 그 작은 생명체는 신기하지 않아요?"

"그렇긴 하지만. 아직 난 끈적끈적한 액체로 범벅이 되고, 태아의 상태를 막 벗어난 갓난 애기는 좀, 근데 최 간호사는 번번이 왜 제 생각에 브레이크를 거시는지?"

"그렇다면 미안해요. 그저 말장난이지요. 소아과든 산부인과든 우리에겐 그저 노동일뿐이지요"

최 간호사는 정리하던 차트를 책상 위에 올려놓은 뒤 옥니를 드러내며 씩 웃곤 나가버렸다. 현수는 여자의 가슴에 붙어 있는 명패에서 최 서윤이란 이름을 잡아냈다.

"서울서 오신 분은 달러."

"좀 튀네. 정식 간호학과 출신이라 그런가?"

간호사들은 이제 아무리 인턴 코스를 밟고 있는 새끼 의사일망정 닥터에게 그렇게 말장난을 하는 최 간호사에게 약간의 부러운 감정과 아니꼬운 감정이 뒤범벅이 되어 저마다 한마디씩 했다. 별 의미 없이 한마디씩 내뱉는 어린 간호사들의 수다는 언제나 그렇듯 특별한 이유나 목적이 있어서가 아니라 그저 잠시 비는 시간을 소비하는 방법일 뿐이다. 어린 간호사들의 스트레스 해소용 대화는 수간호사의 등장으로 곧 끝났다.

현수는 자신의 책상으로 돌아와 며칠 전 맹장수술을 한 이십 칠세의 여성 환자와 오전 중에 돌아본 교통사고 환자들의 특이 사항들을 차트에 기록하였다. 병원 뜰에서는 장기 입원환자들 몇 명이 배드민턴을 치고 있었다. 3층까지 올라오는 웃음소리로 환자들의 유쾌한 기분을 짐작할 수 있었다. 배드민턴 셔틀이 파란 하늘 위에 높이 띄워졌다가는 떨어지곤 하였다. 그들은 피곤한지 이내 옆에 있는 벤치로 돌아가 쓰러지다시피 앉았다. 병원 건물 뒷문 쪽에서 최 간호사가 벤치로 다가가는 것이 보였다. 그들은 한참을 깔깔거리며 얘기를 하다 곧 최 간호사와 환자복을 입은 남자 한 명이 라켓을 들고 나왔다. 두 사람은 아주 호흡이 잘 맞는 듯 한참 동안을 셔틀을 떨어뜨리지 않고 멋있게 날렸다. 경기의 목표는 셔틀을 떨어뜨리지 않는 것으로 보일 정도였다. 현수에게 그들의 경기는 잡지나 영화 같은 비현실적인 공간에서 벌어지는 행위처럼 아득하게 보였다. 여기저기 창문에서 응원 소리가 들려왔다. 두 사람의 경기를 바라보는 건 현수만이 아니었다. 최 간호사는 곧 라켓을 다른 환자에게 던져주고 건물 안으로 들어갔다. 현수도 응원 소리와 라켓에 부딪치는 셔틀 소리로 모처럼 기분이 상쾌해졌다.

현수는 한동안 창가에 서 있었다. 그는 자신이 뭘 그렇게 보고 있었는지 눈을 몇 번 깜빡거리다 과장되게 동공을 확대한 채 주변을 살펴보았다. 주위에는 아무것도 없었다. 텅 비어버린 병원 마당이 있을 뿐이었다. 입원 환자들 회진도 끝났고 당직도 아니어서 저녁 시간은 모처럼 자유로웠다. 현수는 퇴근 시간이 되었음을 확인한 뒤 같은 과 후배에게 다방 이름과 전화번호가 인쇄된 성냥갑을 찔러주고 밖으로 나왔다. 그는 다른 날처럼 성당이나 교회 등을 기웃거리며 시간을 보내지 않고 곧장 다방으로 갔다. 마치 약속 시간에 늦은 것처럼 걸음을 재촉하고 있었다. 배드민턴의 셔틀이 가볍게 하늘에서 나르듯이 발걸음이 가벼웠다.

다방은 어제와 마찬가지로 손님이 별로 없어 한산했다. 레지가 웃으며 아는 체를 해왔고, 다방 이름이 찍힌 성냥과 재떨이를 테이블 위에 놓고 갔다. 현수는 탁자 밑으로 다리를 쭉 뻗은 채 푹신한 소파에 몸을 파묻었다. 턴테이블에서 돌아가는 클래식 음악이 다방의 품격을 강요하고 있었다. 피곤해서 감은 현수의 눈이 무겁게 그대로 있었다. 음악 소리가 자연스럽게 귀에서 멀어지고 잠에 빠져들었다. 시간이 얼마나 흘렀을까 발소리가 그의 앞에서 멎은 듯했다. 현수는 다방 레지가 차를 가져온 것으로 짐작하고 무거운 팔을 위 아래로 흔들며 탁자 위에 놓고 가라는 신호를 보냈다. 찻잔이 달그락거리는 소리도 발소리도 들리지 않았다.

무거운 눈꺼풀을 뜨지 못하고 한참이나 그대로 있었지만 발소리는 들리지 않았다. 한참 만에 현수가 눈을 떴을 때 앞에는 어제처럼 흰 스웨터를 입은 최 간호사가 상기된 볼을 손바닥으로 문지르며 내려다보고 있었다.

"매일 출근이시네요."

현수는 몸을 일으키며 물었다.

"백 선생님은요?"

"저는 오늘 두 번째인걸요."

"저는 삼 일째예요."

여자는 예의 옥니를 드러내며 웃었다.

"배드민턴 솜씨가 대단하던데요."

"그 일 때문에 수간호사한테 야단맞았어요."

여자는 담임선생한테 야단맞은 어린 학생처럼 불만스런 표정이었다.

"그 때는 수술이 없지 않았습니까?"

"항상 수술을 할 수 있도록 준비를 하고 있으라는 거지요. 수간호사는 항상 수술 환자들을 대기하고 있어야 한다고 생각해요. 우리가 잠시라도 쉬고 있으면 노골적으로 미워해요. 뒤에서 이렇게 자기 흉을 보는 걸 알면 큰일날 텐데."

여자의 말은 마구 빨라졌다. 그렇다고 수간호사를 진심으로 미워하는 것으로 보이지는 않았다. 오히려 장난기도 느껴졌다.

"수술실 근무는 자신이 원했습니까?"

"네. 매일매일 바뀌는 까다로운 환자들의 비위를 맞추기보다는 수술실 근무가 한결 나아요."

현수는 여자의 말을 자신의 머리로 천천히 읽어나갔다.

"하루에도 몇 번씩 입원 환자들 뒤치다꺼리하러 병실을 드나드는 일은 고통이지요. 심심치 않게 들어오는 노망난 환자들의 히스테리는 너무나 큰 부담일 것 같아서 아예 수술실로 못박았지요. 철모르는 여학생 때나 생각했던 꿈을 꾸며 간호사가 된 것은 아니지만 들어와 보니 감당할 수 없을 만큼 다른 세계라 어느 직업이라고 쉽게 적응할 수 있을까 하는 생각에 이를 악물고 하고 있지요."

여자는 직업으로서의 간호사에 대해 띄엄띄엄 설명했다. 여자의 말은 빠른 속도로 말을 하는 사람이 상대방을 의식해서 의도적으로 천천히 말하고 있음을 알 수 있었다. 여자는 병원에서의 자신의 행동이 이상하게 보였을지도 모른다는 생각이었는지 장황하게 설명했다. 현수는 자신의 행동에 대해 설명을 해야 하는 대상으로 생각하는 여자에 대해 마음을 열고 있었다.

"부모님은 서울에 계시나요?"

"네."

"남은 수련의 과정도 여기에서 끝내시겠지요?"

"그래야겠지요?"

"군대 갔다 왔느냐는 말은 안 물어 보십니까?"

"아! 그 질문이 있었군요. 해답은 뭔가요?"

눈을 과장되게 크게 뜬 여자가 현수 앞으로 머리를 가까이 하며 재촉하듯 물었다. 현수와 여자는 사람이 없는 다방에서 모처럼 큰 소리로 웃었다.

"재미있었어요? 이런 말들이?"

"유쾌했습니다. 피곤한 생활에서 잠시라도 유쾌한 사람들을 본다는 건 즐거운 일이지요."

여자의 시무룩한 물음에 현수는 힘주어 말했다. 현수는 할 수 있다면 여자를 기분 좋게 해주고 싶었다.

"그만 나가죠. 우리"

현수는 '우리'라는 말이 기분 좋았다. 두 사람은 여자의 기다란 머리가 바람에 나부껴 현수의 얼굴을 간질일 정도의 간격으로 걸었다. 병원에선 핀으로 고정시켜 캡 속에 집어넣었던 머리를 밖에서는 풀어헤쳤다는 것을 알 수 있었다. 단단히 옭아맨 머리를 풀어헤친 것은 자유스럽고 싶은 여자의 욕망으로 보였다. 여자는 어제 헤어졌던 자리에서 손을 흔들곤 골목길로 들어갔다. 여자의 뒷모습에서 완강함이 느껴졌다.

한 번 입장하면 두 개의 영화를 동시 상영하는 동네 극장 앞에 섰다. 영화 한 편은 제목과 함께 권태로운 남자의 표정이 그려져 있었고, 또 다른 영화 한 편은 똑같은 남자가 인기가 있다는 젊은 여자를 끌어안고 있는 영화였다. 질 나쁜 페인트로 솜씨 없는 간판장이가 그린 그림은 영화 제목과 그 밑에 써놓은 배우들의 이름으로 누구를 그렸는지 알아낼 수 있었다. 현수는 그의 내면 밑바닥에 앙금처럼 가라앉아 있는 권태 같은 것들을 서윤이 흔들고 있는 것으로 느껴졌다.

수술을 막 끝내고 수술실을 나서는 현수에게 오래 전부터 그를 기다리고 있는 사람이 있다는 전갈이 왔다. 그는 급히 담배에 불을 붙이며 대기실로 갔다. 대기실엔 양미간을 바싹 좁힌 보건소의 조수가 현수를 초조하게 기다리고 있었다. 현수는 인사 대신 담배를 한 대 권했고, 조수는 담배에 불을 붙일 생각도 않고 현수에게 조용한 곳으로 가기를 부탁했다. 현수는 그를 대기실로 안내했다.

"지난 번 그 계집애, 낙태수술 한 거 말입니다."

조수는 의자에 앉기도 전에 다급하게 말을 꺼내기 시작했다.

"일이 크게 되고 말았습니다. 그 계집애가 첫날밤에 남자한테 쫓겨나고 말았답니다. 당연하죠. 그런데 그 오라비 되는 녀석이 나를 찾아와서 마구 공갈을 하는 겁니다. 선생님과 내가 공모를 해서 제 동생을 못 쓰게 해버렸다는 거지요. 우리야 아무 죄도 없지만 법적으로 따진다면 우리가 책임을 면하기가 쉽지 않다는 것이지요. 임신 5개월씩이나 된 임산부를 유산을 시켰으니 말입니다."

조수는 시종일관 '우리'를 앞세웠다. 조수가 다급하게 사고가 자신의 책임이 아니라는 변명을 하는 동안 현수는 또 한 대의 담배를 태우고 있었다. 사람들이 다 빠져나간 작은 대기실은 담배 연기로 가득했다.

"그 쪽에선 선생님과 나를 공범으로 고발할 수도 있다는 겁니다. 그러니 저 쪽에서 움직이기 전에 적당한 액수로 타협을 보자는 것이지요."

조수는 대답을 하지 않고 담배만 피우고 있는 현수가 몹시 답답한 듯 협박과 애원을 번갈아 사용하며 안절부절 못했다.

"수술을 원한 건 임산부와 보호자인 그 여자의 어머니였고, 수술을 시작한 건 당신이 아니오? 나는 왜 이런 문제를 돈으로 해결해야 하는지도 모르겠거니와 쓸 돈도 없소. 법정에 서야 한다면 증인은 되리다. 하지만 이 이상 이 문제에 책임을 질 수 없다는 것을 당신도 알지 않소?"

344

현수는 그 방을 나와 버렸다. 조수가 스스로 결정하고 자신의 집에서 처리한 의료행위에 끌려들어가야 하는 것이 답답했다. 현수는 이 일에 막무가내로 자신을 끌어들일 조수의 태도를 예상하기는 했지만 현실이 되니 답답했다. 머리가 무거워졌고, 입 안이 깔깔해졌다. 연거푸 피운 담배 탓만은 아닌 듯했다. 현수는 입원실 중 시트가 새로 깔린 빈 방으로 들어가 배를 깔고 누웠다. 침대의 스프링이 한없이 밑으로 내려가는 듯했다. 두통으로 무거운 머리는 매트리스에 파묻혔다. 나른한 기운이 그의 전신에 휘감겨 왔다. 현수는 온몸에서 분해되어 빠져 도망가려는 나사들을 조이려는 듯 침대에서 벌떡 일어났다. 기운이 빠진 몸의 마디마디가 삐걱거렸다. 힘주어 움켜쥔 손에선 습기가 느껴졌다.

모든 나사가 풀려버린 그는 침대에서 일어나 작은 방을 걸어 다녀 보았다. 그는 항상 도망가려는 자신과 붙잡으려는 자신의 경주에 지쳐 버렸다. 언제고 자신보다는 타인을 위해서 결정하고 행동해야 하는 것들에 지쳤다. 다시 침대 모서리에 걸터앉은 그의 눈에 환자복을 입은 입원 환자들이 병원 벽을 따라 기대어 햇볕을 쪼이고 있었다.

"아! 여기 계셨군요. 한참을 찾았는데. 회진 시간인데 안 가시겠어요?"

얼굴이 항상 사과처럼 빨간 간호사가 입원실 안으로 들어와 채근했다. 현수는 아무 생각 없이 병실 문손잡이를 잡은 채 대답을 기다리고 있는 여자의 하얀 캡과 가운 사이의 빨간 얼굴을 무심히 바라보았다. 현수는 압지에 잉크가 빨아들여지듯 목까지 물들여지는 간호사의 모습에서 빨간 물이 들 것 같았다. 현수는 여자의 어깨를 가볍게 밀며 복도로 나왔다.

날씨는 서서히 여름을 향해서 한 발짝씩 다가서고 있었다. 제법 굵은 비가 두어 차례 뿌린 뒤로는 완연한 여름 날씨로 들어섰다. 봄이 여름으로 바뀌는 동안 현수와 서윤은 심심찮게 다방 라메르에서 약속도 없이 만났고 많은 말들을 주고받았다.

"열심히 살아보고 싶은데 말예요. 정말 자알 살고 싶은데 말예요. 내가 잘 살아보고 싶다는 거 아시지요? 그런데 하나도 안돼요. 언제나 나는 잘 살 수 없을 거 같아요. 이렇게 허우적대다 말 거예요. 엄마를 떠나서 나 혼자가 되어보면 좀 사는 듯싶게 살 수 있을 줄 알고 말이지요. 이렇게 멀리까지 와보았지만 마찬가지네요."

현수가 담배라도 피우고 있을라치면 서윤은 밑도 끝도 없이 마구 주절대기 시작했다. 그러다 훌쩍거리곤 또 제풀에 배시시 웃고는 했다. 서윤은 병원의 노동에서 놓여날 때는 자주 자신의 세상을 조그만 꼬챙이로 쑤셔대었다. 현수는 그러한 서윤에게 어떠한 말도 하지 않았다. 서윤 역시 현수에게서 어설픈 위로를 원하지 않았다. 현수는 다만 서윤이 그렇게 온몸으로 괴로워할 때마다 목구멍으로 뜨거운 것들이 넘어가는 것을 느꼈다. 두 사람은 그저 숲 속에서 구덩이를 파고 소리를 친 먼 나라의 임금님처럼 서로를 향해 외치고 있을 뿐이었다.

"제 방 한번 구경 오실래요? 싫으면 안 오셔도 되고요."

서윤은 한 마디 툭 던지고는 의아해 하는 현수를 쳐다보았다. 둘은 일어서서 다방을 나왔다. 서윤의 집은 천장이 얕은 한옥의 문간방이었다. 방에는 화집 몇 권과 서윤이 그린 듯 한 유화가 몇 점 벽에 기대어 있었다.

"그림을 그리는 줄은 몰랐군."

"좋아는 해도 소질이라곤 하나도 없지요. 어렸을 때는 학교에서 항상 집을 그리라면 둥둥 떠 있는 집을 그려서 못마땅했지요. 내 그림은 한 번도 교실 뒷벽에 붙어본 적이 없이 학교를 졸업했어요. 고등학교 때 한번 내가 그리고 싶은 대로 마음대로 그렸더니 선생님이 몹시 칭찬하셨어요. 국전에서 대통령상까지 받으신 분이셨으니 그 칭찬이 솔깃했어요. 하하하."

서윤은 유리컵에 마실 것을 따르며 말했다. 서윤은 자신에 대해 모든 것을 현수에게 말해야 한다는 듯 자신에 대한 많은 정보를 계속 전했다.

"잘 그리는 것 같은데. 잘은 몰라도."

"색의 장난이죠. 여러 가지 색들이 뒤엉켜 이루는."

서윤은 자기가 밥을 해볼 테니 먹고 가라고 했다. 현수는 그러마고 고개를 끄덕였다. 서윤이 방을 나간 뒤 그는 오랫동안 자주 봐서 책갈피가 다 피어져버린 책 한 권을 집어서 책장을 넘겼다. 0815라는 현수도 한번 본 적이 있는 독일 작가의 책이었다. 책의 첫 장에

〈고양이가 늘어지게 낮잠을 자는 뜨거운 오후 나는 문득 자살하고픈 충동을 느낀다.〉

또박또박 펜에 잉크를 묻혀 써놓은 글귀의 어느 곳에서도 삶의 권태는 느껴지지 않았다. 책의 첫 부분은 영화화 된 소설의 몇 장면으로 보였다. 배우들의 표정에서 소설의 내용을 읽었다. 활자로 넘치는 권태와 함께 졸음이 밀려왔다. 펼쳐놓은 활자 위로 무거운 생각들이 떨어졌다.

라디오에서 퍼져 나오는 달콤한 여자의 소리가 넘쳤다. 서윤은 벌써 밥상을 차려놓고 자그마한 라디오 옆에서 다이얼을 천천히 돌리며 음향을 조절하고 있었다.

"밥이 식으니까요. 우리 음식은 따뜻해야 음식 같으니까요."

서윤은 변명하고 있었다. 서윤은 사뭇 미안하다는 듯 라디오를 끄

며 다소곳했다. 현수는 불이 켜진 방안에서 한쪽에 놓인 밥상을 바라보았다. 따뜻한 김이 오르는 것처럼 보이는 작은 밥상이 만들어내는 분위기는 어색했지만 두 사람 사이를 규정 지어 주었다. 닫혀진 공간에서 불을 켜고 마주 한 밥상이 모든 경계를 허물어 버렸다.

"어서 우리 밥 먹어요. 식사 시간이 됐는데요. 맛이 없어 보여요? 열심히 만들었는데."

서윤은 혼자 자문자답하며 음식을 덮은 뚜껑들을 소리 나게 열었다. 현수는 머리를 흔들어 잠을 쫓은 뒤 밥상 앞에 앉았다. 두 사람은 별말 없이 밥 한 그릇씩을 비웠다. 서윤이 차린 밥상에서 오랫동안 자취를 하며 음식을 만들어 온 여자의 솜씨가 느껴졌다. 젊은 여자가 만든 가정식 백반은 깔끔해 보였다. 편안했다.

"이 책 보셨어요?"

서윤이 방바닥을 훔쳐내며 물었다.

"학교 도서관 서가에서 한번 들쳐본 것 같군. 펜으로 쓴 글귀는 누가 썼나?"

현수는 의자 위로 올라앉으며 노동에 익숙한 서윤을 내려다보았다.

"읽어 보셨군요. 그 책 주인이 쓴 거예요."

"서윤이 책이 아닌가?"

"신장이 내 귀에 닿을까 말까한 귀여운 사람이었지요. 그 친구는 언제나 유머가 풍부해서 같이 일하는 사람들을 즐겁게 해줬는데. 가버렸어요. 죽기 얼마 전인가 나한테 이 책을 주더군요. 자기는 열 번도 더 읽었다고 했는데. 나는 아직 두 번도 못 읽었어요."

현수는 누렇게 퇴색된 책장을 넘기며 서윤의 말을 듣고 있었다.

"이건 서윤이 옆에 계신 분은 어머니신가?"

348

"닮았어요?"

현수는 작은 액자에 끼어 있는 두 여자의 사진을 들여다본 채 말했고, 서윤은 방바닥에 앉아 손끝을 만지작거리며 건성으로 대답했다.

"미인이신데."

"우리 그런 얘기 그만두고 다른 얘기해요."

서윤이 벌떡 일어나 책을 뺏어 치워버린 뒤 현수를 쳐다보았다.

"나 혼자 우울하게 사는 것 같아서 억울했거든요. 남들은 그렇고 그런 것들로 즐거워들 하면서 잘 지내는데 나는 사는 게 힘들었어요. 그런데 언제나 유쾌하게 보였던 저 사람이 세상을 떠났을 땐 정말 당황했어요. 어서 우리 밥 먹어요. 맛이 없어 보여요? 열심히 만들었는데."

서윤은 혼자 자문자답하며 뚜껑을 소리 나게 열었다. 손맛이 있는 여자의 음식을 탐닉하기에는 혀도 머리도 아직 깨어 있지 못했다. 현수는 잠을 깰 양으로 머리를 가볍게 흔들었으나 자신은 돌아올 수 없는 곳으로 떠났다는 어떤 남자 이야기에 신경을 쓰고 있음을 알았다. 어떤 사람이었을까?

"우울한 바다에서 허우적거리고 있을 때 백 선생님이 오셨지요."

여자는 눈을 내리깔고 남의 얘기하듯 말했다. 여자는 그런 얘기를 하는 자신을 몹시 부끄러워하고 있었다.

"자기와 비슷한 사람일 거라고 생각했나?"

"아뇨. 그저 내가 옳다고 등이나 툭툭 두드려주고, 그런 관대한 사람일 거라고 생각했어요. 하하하. 사실은 백 선생님이 그런 분일 거라고 생각했다기보다는 그런 사람이 필요했지요. 그 이상을 원한다는 건 내 욕심이라는 걸 알았으니까요."

서윤은 부끄러움을 과장된 웃음으로 몰아내려고 애썼다. 누구 한 사람에게서라도 이해받고 싶어 하는 서윤의 어깨가 더 작게 줄어들었다.

"그런데 난 서윤에게 아무것도 준 것이 없었군."

"아니지요. 선생님은 나한테 너무나 많은 것들을 주셨지요. 적어도 난 지금 선생님에게 밥을 해 드리고 싶어졌으니."

현수에게 서윤의 시선이 눈에 부셨다. 현수는 그의 손에 폭 싸이는 서윤의 손등에 입을 맞췄다. 현수는 서윤을 헤집고 싶은 욕망을 억제할 수 없었다. 작은 방이 열기로 터질 것 같았다. 현수는 서윤을 끌고 탈출하듯이 밖으로 나왔다. 현수는 서윤의 어깨를 감싼 채 강둑을 걸으며 너무나 작은 여자의 몸뚱이에 놀랐다.

의사들의 합숙소에는 검사로부터의 두 번째 호출장이 와 있었다. 현수는 지난 번 호출장도 서랍 속에 넣어버린 채 응하지 않았다. 그는 자신이 출두해야 할 아무런 필요성도 느끼지 않았거니와 조수가 던지고 간 말이 더욱 그의 비위를 건드렸기 때문이기도 했다. 검사로부터의 두 번째 호출장이 오고난 뒤 법원으로부터 출두 명령이 내려졌다.

현수에게 판사는 엉뚱한 말을 시작했다, 현수가 보건소의 일은 제대로 보지 않고, 조수와 작당하여 부정한 행위로 돈을 벌었다고 했다. 조수와 연결된 자신의 행위가 법복을 입은 판사의 입에서 발화되었을 때 모르는 사이에 규격화되고 사실처럼 고착화되는 것이 놀라웠다. 몇 마디 어설프게 판사의 말에 반박을 하고 해명을 해보려고 했으나 역부족이었다. 현수는 사실을 설명했지만 무시당했다. 판사의 냉소적인 표정에서 현수는 자신의 설명이 변명으로 들리는 것을 알 수 있었다. 현수는 설명을 할수록 자신이 구차하고 누추해지는 것을 느꼈다. 법정은 판사, 검사의 논리만 있었다. 현수는 조수의 재판에 증인으로 출두하는 것으로 알았기 때문에 변호사를 살 생각도 못했고, 시간도 없었다.

조수에게는 1년 6개월의 징역이 현수에게는 자격정지 1년에 집행유예 1년이 언도되었다. 현수는 한 시간도 안 되는 시간에 당해버린 아연한 사실들에 어리둥절했다. 법정을 나온 뒤 현수는 법원 주변에서 서성이는 브로커 같은 남자에게 고등법원에 항소하는 것에 대해 물어보았으나 일차 판결된 것이 완전히 무효가 될 수는 없다고 했다. 그러면서도 자기네 변호사가 형량을 최대한 낮출 수 있다고 열성적으로 설명했다. 현수는 그때에야 자신이 범죄인이 되어버린 사실을 실감했다.

그가 막 법원의 문을 나설 때 조수에게서 수술을 받았던 여자가 넋 나간 표정으로 서 있는 것이 보였다. 정신이 온전치 못한 여자가 그의 발목을 잡았나 하는 생각을 잠시 했으나 그런 생각을 지속하기에는 날씨가 너무 더웠다. 머리는 비었으며, 몸은 진액이 다 빠져나간 듯했다. 그는 여자를 일별한 뒤 병원으로 향했다. 태양이 마구 내리쬐고 있었고, 물렁거리는 아스팔트가 힘이 풀린 그의 발을 잡아당겼다. 현수는 머리를 망치로라도 두드려 모든 몹쓸 것들을 제거해 버리고 싶었다. 현수는 병원엔 반차를 일차로 해달라고 부탁한 뒤 숙소로 들어가 침상에 쓰러져버렸다.

해가 진 뒤 현수가 다방에 갔을 때 서윤은 미리 와있었다.

"재미있는 얘기 좀 할까요? 닥터 황이 저더러 백 선생님과 가까이 지내지 말래요. 백 선생님은 앞으로 더욱 더 공부를 해서 훌륭한 의사가 되어야 한다는 거지요. 그러니 간호사가 의사 선생님의, 대단한 의사 선생님의 전정을 그르쳐서야 쓰겠냐는 거겠지요."

서윤의 목소리는 처음에는 과장되고 아무렇지도 않은 것처럼 들렸으나, 차츰 물기에 젖은 듯 끈끈하게 들려왔다. 갑자기 모든 게 무너지고 있었다. 아슬아슬하게 쌓아 놓은 상자들은 옆에서 조금 스치기만 해도 쓰러질 준비가 되어 있었다. 그는 서윤에게 뭐라고 말을 해야 하는 것조차 생각할 수 없었다.

"우습지 뭐예요? 전에는 내 스스로의 문제만 해결해 버리면 되었지요. 남들이 내게 뭐라고 하지도 않았고, 무슨 말을 해도 묵살해 버릴 수 있었는데 말이에요. 이젠 그렇지만도 않군요. 아! 내가 남의 전정을 그르치는 사람이 되다니."

현수는 갑자기 서윤이 풀이 죽어버리는 게 화가 났다. 그는 서윤을 끌고 밖으로 나왔다. 두 사람이 간절히 원하는 것은 술이었고, 골목을 가득 메운 술집에서는 엄청난 소음과 불판에서 타오르는 안주 냄새가 벌써부터 풀어지게 만들었다. 두 사람은 마구 잔을 비워댔다. 몇 개의 주전자를 비운 뒤 두 사람은 밖으로 나왔다. 서윤은 처음에는 몸의 균형을 잘 잡지 못하는 것 같았으나 곧 현수의 팔을 뿌리치고 또박또박 걸어갔다. 현수는 쓰러질 듯 위태로운 서윤을 방까지 데리고 들어갔다. 천장이 낮은 서윤의 방은 밤이 깊었는데도 무더웠다.

"사람들은 내가 백 선생님하고 결혼이라도 하려는 줄 알고 말이죠. 그 엄청난 결혼을 말이에요."

서윤은 창문을 열고 문틀에 팔을 고인 채 골목을 향해 떠들었으나 곧 시들었다.

"아! 이제 엄마한테라도 가야겠어요. 그렇게 미워하던 엄마였는데, 엄마 얘기 했던가요? 내가 아홉 살 때 아버지는 돌아가셨어요. 저하고 나이 차이가 많은 언니는 그 전에 시집을 가버렸고, 엄마하고 저하고 둘이서만 살았지요. 서울에서 오륙십 킬로 떨어진 부대가 많이 있는 조그만 시에서 살았어요. 그러다가 중학교 2학년 때부터 엄마는 나를 서울로 전학을 보냈어요. 그 해 겨울 방학이 되어서 집엘 가보니 어떤 남자가 집에, 아니 방에 있겠지요? 엄마가 그 사람 옷을 빨고, 안방에서 그 사람이 생활을 하고 있더군요. 동네 사람들은 내가 귀찮으니까 서울로 보냈다고들 했어요, 그 뒤 어떻게 됐는지 그 사람은 없어져 버렸고, 어린애만 하나 생겼죠. 그 아이가 언니 딸하고 동갑이에요. 형부 되는 사람은 언니가 마땅치 않을 때는 그 어머니에 그 딸이라며 언니 가슴에 못 박는 소리를 한대요. 문제는 아무 일에나 어머니를 연결시킨다는 거지요. 이게 제 화려한 역사랍니다."

서윤은 깔깔거리며 과장되게 웃었다. 서윤은 옛날 얘기나 하듯이 담담하게 말하고 있었고, 현수는 외국 영화의 자막을 읽어가듯 단어들을 머릿속에 주워 담았다. 단어들은 머릿속에서 서로 부딪혔고, 가슴은 조금씩 뜨거워졌다. 자신의 잘못이 아닌 것으로 힘들었을 여자의 고통이 전해져 왔다.

"내가 주정하는 것 같아요? 남자들은 술을 마실 수 있어 참 좋겠다고 가끔 부러워했는데 그렇지도 않네요. 그렇게 열심히 마셨는데도 정신만 자꾸 맑아지니 말이에요."

"남자들에게도 여자들보다 자신의 분노를 폭발시킬 수 있는 특별한 방법은 없는 것 같소. 담배도 여자라고 특별히 금기시하는 시대는 아닌 것 같고, 술은 마실수록 주량이나 늘 뿐이지. 그런데 그런 어머니를 이젠 받아들이고 있는 것이요? 나이가 들어서인 거요?"

"그럴지도 모르지요. 엄마나 나나 다 불쌍한 사람 아니에요? 언니까지 포함해서."

"그럴지도 모르겠소. 나도 곧 새로운 길을 찾아봐야 할 것 같소."

현수는 서윤의 책상 앞에 있는 사발시계가 11시를 넘어갈 때 방을 나왔다.

현수의 생활은 표면적으로는 별 변동 없이 여일하게 계속되었다. 더위가 막바지에 다다른 때 문식이 아무런 연락 없이 병원으로 찾아왔다. 더위 탓인지 자그마한 그의 체구는 더 줄어든 것 같았고, 까무잡잡한 얼굴은 더 까매진 것 같았다.

"나 이번에 월남으로 가게 됐다."

문식은 현수의 손을 굳게 잡으며 말했다. 현수는 드디어 가는구나 하는 생각에 문식의 손을 꼭 잡은 채 아무 말도 못했다.

"정보 장교로 가게 되나?"

"어림없는 소리지. 가자마자 싸워야 해. 한 달 동안 유격훈련 받느라고 진땀 뺐다."

그는 아무렇지도 않은 듯 태연을 가장하며 씩씩하게 말했다.

"해병장교는 위험하다는데 조심해라. 너."

"정보계통으로라도 빠진다면 좋겠는데 잘 안 되는군. 가서 또 힘을 써봐야지."

그는 아침까지 부산으로 가야 한다며 구내식당에서 국밥 한 그릇을 먹고는 부리나케 병원 문을 나섰다. 병원 현관에서 현수는 사라지는 문식의 뒷모습을 한동안 바라보았다. 문식은 환자와 보호자들로 북적대는 건물 안에서 밖으로 나서자 곧 묻혀버렸다. 현수는 한참 만에 이제 자기가 가야 할 방향을 찾은 듯 병원 안으로 들어왔다. 에어컨의 냉기가 온몸을 서늘하게 했다. 병원 밖은 강한 백색이었고, 병원 안은 검은색이었다.

현수는 이삼일 전부터 수술실에 서윤이 보이지 않는다는 걸 알았다. 현수는 토요일 오후 서윤의 집을 찾았다. 머리를 짧게 자른 서윤은 트랜지스터라디오를 켜놓은 채 빨래를 하고 있었다.

"빨래만을 하는데 이 많은 시간을 소비하는 건 억울해요."

서윤은 라디오를 끄고 치워 놓으며 웃었다. 현수는 여자의 짧은 머리를 약간 놀라는 표정으로 바라보았다.

"남자 같아요? 여기에 처음 올 때도 이렇게 짧았었는데."

서윤은 입고 있는 겉옷에 물 묻은 손을 문질러 닦으며 그를 방으로 안내했다. 방은 물건들이 담겨진 몇 개의 종이 상자가 방구석에 쌓여있었다.

"이제 아주 가는 거요?"

"예."

"서울에서도 병원에 나갈 거요?"

"그렇게 되겠지요?"

"나도 이제 여기를 떠나야 할 것 같소. 군대로 가야 될 것 같소. 아마 9월쯤 될 것 같소."

서로의 상황을 알리는 것으로 두 사람은 그들의 관계를 정리하고 있었다. 현수는 일어서서 서윤에게 의미 없는 몇 마디를 더 한 뒤 둔탁한 소리가 나는 문을 열고 골목으로 나왔다. 어려운 시간이 지났다는 안도감을 기대했지만 짭조름한 액체들이 누선과 목구멍을 타고 흘러가는 것을 느낄 수 있었을 뿐이었다. 서윤은 골목을 걸어가는 현수의 발자국 소리가 완전히 사라질 때까지 그대로 앉아 있었다. 움직이면 현수의 느낌이 부서질 것처럼 느껴졌는지 몰랐다. 골목 건너편 이층집에서 아이들이 그녀의 방을 향해 작은 거울을 비치고 있었다. 현기증이 날 정도로 아이들의 거울 장난은 심했다.

고양이처럼 웅크리고 앉아 있던 서윤은 벌떡 일어나 대문 밖으로 나왔다. 현수는 골목길 끝자락을 걸어가고 있었다. 좀 빠른 걸음으로 현수 옆에 선 서윤은 숨이 찼다. 두 사람은 자주 만나던 다방에 들어갔다. 서윤의 머리가 예쁘다는 레지들의 소리가 전축에서 나오는 음악에 뒤섞였다. 두 사람은 얼마인가를 차를 마시는 일 이외에는 말한마디 없이 앉아 있었다. 밖으로 나온 두 사람은 언제나 걷던 길을 걸었다. 언제나 그랬듯이 서윤이 현수보다 두어 걸음 앞서 걸었다. 현수는 서윤의 기다란 그림자를 피해서 걸었다. 서윤을 위해서 할 수 있는 최선인가 하는 생각을 하며 씁쓸했다. 서윤이 손을 들며 가겠다는 신호를 보내곤 골목으로 들어섰다. 이젠 현수가 떠나는 여자를 바라보았다.

여름이 막바지에 접어들었을 때 월남으로 간 문식과 양우에게서 편지가 왔다. 문식은 곧 정보장교로 될 가망성은 있으나 그것을 특별히 원하던 마음은 약해졌으며, 지금은 시시각각으로 생을 체험하고 있다는 글을 푸른색 항공엽서에 써서 보냈다. 그는 또 월남에서 임기를 마치면 대위가 되어 너희들을 만나게 될 것이라는 말도 적었다. 양우는 또 개학과 동시에 빽빽한 톱니바퀴에 자신을 물려야 할 모양이라고 썼다. 현수는 두 친구의 편지와 함께 서랍을 정리하기 시작했다.

현수가 서랍을 정리하는 동안 후배가 과장이 호출한다는 전갈을 전해주고 갔다. 과장은 법원에서 전달된 공문을 가리키면서 자격정지의 기한 동안 월급을 줄 수 없으며, 모든 문제는 본인 스스로 알아서 하라고 했다. 스스로 알아서 하라는 범위는 극히 제한적임을 두 사람 다 알고 있었다. 과장은 할 말을 다 했다는 듯 고개를 숙여 뭣인가를 쓰기 시작했다. 현수는 탈모가 심한 과장의 머리가 햇빛에 반사되어 반짝이는 것을 잠시 바라보다 숙소로 돌아와 정리를 계속했다. 서랍 제일 밑에서 노란 봉투를 꺼내 펼쳐보았다. 언제부턴가 일부러 외면했던 영장이었다. 현수는 깨끗하게 프린트 된 종이를 펼쳐 다시 한 번 확인한 뒤 지갑 속에 집어넣었다.

유예된 시간

가게의 겹쳐진 유리에 묻어 있는 오물들이 세상을 더 혼란스럽게 만들었다. 그 더러움은 여기저기에서 들려오는 잡음들과 섞여 여자의 머리와 가슴을 어지럽혔다. 이질적인 소리, 냄새, 더러움은 더위와 혼합되어 끓어 넘쳤다. 여자의 가게 맞은편 떡집에서 나오는 더운 증기가 떠들썩한 소음과 함께 속도를 냈다. 명절 때마다 티브이에 등장하여 유명해진 떡집은 주인이 몇 번 바뀌었지만 바뀌지 않은 상호로 전통을 표방한 맛을 팔아왔다. 사람들의 손으로 빚어지던 그 앙증스러운 먹을 것들은 이제 기계를 통해 요술처럼 한꺼번에 쏟아져 나왔다. 색색의 그 음식물은 이제 더 이상 미각의 대상은 아니었다. 여자는 충치 사이로 흘러드는 설탕물의 느낌으로 진저리를 쳤다.

―아, 이빨을 고쳐야 하는데……―

철물점 뒤에서 불법으로 이를 뽑아 준다는 곳이라도 가야 할 것 같았다. 여자는 시장 근처에서 석고로 만들어진 틀니의 모형대로 의치를 만들어서 치과에 대주는 기공소가 있다는 말을 들었다. 시장에서는 무엇인가 불법으로 행해지는 것은 야미라고 했다. 춥고 바람 불던 날 좌판 위에 군용 담요로 숨겨져 있던 양키담배나 초콜릿도 야미였다. 여자는 추위에 떨고 제복을 입은 사람들의 위협에 떨었다. 여자가 살던 무허가 집을 아주 쉽게 날려버렸던 제복 또한 공포였다. 언제나 벼랑 끝에서 힘들게 살아왔으면서도 세상에 대한 경멸을 버리지 못하는 것은 가당치 않은 오만이었으나 그녀를 살아남게 하는 힘이었다.

가게 처마 밑을 달아낸 슬레이트 사이로 보이는 작은 하늘은 언제나처럼 더러운 회색이었다. 숨을 쉬기가 답답했다. 하늘에서도 냄새가 났다. 언제나처럼 지하상가의 환기통을 통해서 흙과 오물이 부패하는 냄새가 퍼져 나왔다. 고기, 생선, 채소, 흙 등이 쓰레기와 함께 만들어 내는 지하상가의 냄새를 모두 수합하여 대기 중에 뿜어내는 환풍기의 위력은 대단했다. 새로 걸린 극장의 선정적인 간판이 머리와 이빨을 더 아프게 했다. 지하상가 위에 있는 8층짜리 건물 1층은 굵은 기둥만이 세워져 시내로 통하는 차도로 연결되었다. 시내 한가운데 있던 시장을 철거하고 지하에는 상가를 만들어 상인들을 이주시켰고 8층 건물에는 아파트와 극장 등을 만들었다.

여자는 지하상가 입구 귀퉁이에서 라면 대리점을 했다. 말이 대리점이지 좁은 가게 안에서 전화 한 대를 놓고 주문받은 물건을 점원이 자전거에 싣고 배달하는 방법으로 물건을 파는 중간상이다. 인근에 있는 중고등학교 매점이나 분식집, 구멍가게 등을 상대로 해온 장사는 이익이 박했고, 요즈음은 교통이 복잡한 시내를 자전거를 타고 다니며 배달을 하는 점원을 구하기도 어려워 여자를 더 힘들게 했다. 점원들은 물건을 잔뜩 싣고 나가서 종적을 감춰 버리거나 수금을 해서 돌아오지 않는 경우도 많았다. 여자의 신경은 물건과 배달원을 비롯한 사람을 지키는 일에 집중되었다. 여자의 가게 오른쪽에는 싸구려 국수집이, 왼쪽에는 주차장 사무실이 있었다.

오전 장사가 파장할 무렵이 다 되었지만 남편은 돌아오지 않았다. 여자에게 남편은 그가 어젯밤에 수금한 금전 이상의 의미는 아니었다. 여자를 하루 종일 곤욕스럽게 하는 것은 돈이었다. 여자는 수금 담당 사원이 찾아오는 오후 시간이 다가오자 입에서 단내가 나기 시작했다. 회사로부터 미수금을 줄여나가도록 독려 받는 수금사원은 매일 들어오는 물량의 대금보다 조금씩 더 많은 액수의 수금을 원했고, 여자의 능력은 매일 배당되는 물량의 대금에도 턱없이 모자랐다.

"형제상회는 아저씨가 수금해가셨대요. 아주머니가 가시든지 제가 가자고 했잖아요. 또 어디에 가서 다 날려 버리셨겠죠, 뭐."

배달에서 돌아온 점원이 짐자전거를 소리 나게 받치며 여자를 다그쳤다. 여자는 녀석의 주제넘음에 대해서도 무례함에 대해서도 이제는 무심해졌다. 남편과 마찬가지로 점원도 믿을 수 없기는 마찬가지였다. 남편도 점원도 모두 그들의 의중을 결코 보이지 않고 여자가 방심하고 있는 사이에 예기치 않게 돈과 함께 사라졌다. 여자의 가게에 들어온 지 일 년쯤 되는 이번 점원은 여자의 고달픔을 자기마저 가중시킬 수 없다고 생각해서인지 혈육처럼 걱정해주었다. 녀석은 계속 남편을 비난하며 중얼거렸으나 여자는 수금사원에게 어떤 표정을 지어야 하는가에 골몰했다. 이번 달에도 이렇게 누적된 미수금 액수는 어디에서든 목돈을 변통하여 대체하는 것으로 회사 측에 성의를 보여야 했다. 여자 가게의 월말 정산은 언제나 다른 대리점보다 하루나 이틀쯤 늦어졌다. 여자에게 한 달은 언제나 다음 달 1일이나 2일에 끝났다. 그리고 잠시 숨을 몰아 쉰 뒤 새로운 달을 맞았으나 그것은 결코 새로운 달이 아니었다.

여자는 지글지글 끓어대는 라디오의 채널을 아주 조심스럽게 맞추어 나갔다. 먼지와 습기, 기름으로 더러워진 라디오의 플라스틱 껍데기를 통해 잔잔한 음악이 퍼져 나왔다. 그 옆으로 표지부터 몇 장이나 찢겨져 나간 주간지가 보였다. 여자의 눈이 그 잡지의 활자들을 계속 주워 담았으나 머릿속에서는 하나도 연결되지 않았다. '눈 가리고 아웅, 아웅' 눈에 검은 띠를 두른 주간지 속의 여자들이 말했다. '나 잡으면 용치. 술래야.' 가게 밖 길거리에서 아이들이 놀려댔다. 음악이 소개되고 삶에 대한 수많은 경구가 매끄러운 남자 아나운서의 목소리로 감미롭게 흘렀다. 작은 트랜지스터라디오는 본체보다 더 큰 배터리를 고무줄로 칭칭 동여매었다. 여자는 오래된 라디오에서 나오는 모든 소리를 흡수했다. '유쾌한 응접실'에 나왔던 박사님들의 현란한 언어들을 자기 것으로 생각했고, 국경일마다 벌어지는 시가 행렬과 기념식 중계방송에서 감정을 고조시키는 아나운서의 흥분된 목소리에 여자의 국가 사랑은 애국지사 못지않았다. '청실홍실' '눈이 나리는 데' '금단의 문', 그 많은 연속극에서 반복되는 사랑은 모두 여자의 것이었다. 연속극의 시작과 종말이 반복되면서 여자의 생활도 이어졌다.

튼튼하고 질긴 자신의 육신으로 버티어왔던 여자의 생활은 이제 그 고통으로 벼랑에 섰음을 스스로도 감지했다. 여자는 저려오는 팔뚝과 손가락 마디를 교대로 주물러댔다. 반복되는 단순 작업에서 얻어진 육신의 아픔은 집요하게 여자를 따라다녔다. 손마디에 잡혀지는 여분의 살이 여자를 괴롭혔다. '임이라 부르리까 당신이라고 부르리까', 여자는 흘러간 노래의 청승맞은 가락으로 빠져보고 싶었으나 포기했다. 먼지와 고통에 잠긴 여자의 목소리는 꺽꺽대었지만 라디오에서 나오는 여자 가수의 노래는 유연했고, 그 여자의 삶도 그랬을 것 같았다.

여자는 기공소의 기사를 찾아가 시큰거리던 이빨을 뽑아 버렸다. 협소하고 더러운 방의 분위기가 여자의 기분을 더 엉망으로 만들었다. 젊은 기사는 이를 뽑기 전에는 손을 씻지 않더니 뽑은 후에는 몇 번이나 비누칠을 다시 해서 손을 씻었다. 그리고 바지 뒷주머니에서 플라스틱 빗을 꺼내어 좁은 거울에 머리를 이쪽저쪽으로 번갈아 돌려가며 열심히 빗질을 했다. 여자는 더러운 방과 무례한 기사에게 화가 나서 이를 악물었다. 칼슘분이 다 빠져버린 이빨이 부서져버릴 것 같았다. 얼얼한 정신 사이로 구멍이 숭숭 뚫린 이빨들이 낱개로 떠돌았다. 하얀 석고의 틀니 모형들도 공중에서 맴을 돌았다. 현기증이다.

"금으로 하시겠습니까? 산뿌라치로 하시겠습니까? 값의 차이는 좀 있습니다만 금으로 하시면 반영구적이지요. 원래 치아보다 더 질깁니다."

기사는 플라스틱 빗 사이에 묻은 때를 손톱으로 하나하나 밀어내면서 치아를 새로 만들 것을 강요했다.

"얼마예요?"

"금으로 하면 말입니까?"

"아, 아니 이빨을 뽑는 값 말이에요."

여자는 악을 썼다. 여자는 자신의 후줄근한 의복과 몰골에 저렇게 적당히 무시하는 태도들에 이제는 익숙해졌다. 눈에 보이게 또는 보이지 않게 슬쩍슬쩍 적당히 무시하는 타인들의 태도에 여자가 타격을 받지 않는 것은 삶에 대한 질긴 생명력과 턱없는 자긍심의 덕택이었다. 그 자긍심의 근거는 라디오나 신문 책 등을 통해 일방적으로 받아들이기만 한 상식과 지식, 또는 강요되는 내적인 세계에 대한 자긍심 덕택이었다. 여자는 돈 때문에 화가 났지만 주눅 들지는 않았다. 여자는 지난 몇 십년간 책이나 신문을 읽고 라디오를 들어서 입력된 잡다한 무형의 재산에 나름대로 자부심을 지녔다. 자신의 편견 속에서 취사선택된 모든 정보는 결국 검소함, 빈곤의 미덕 뭐 이런 쪽으로 확고하게 자리잡아왔다. 여자가 제일 경멸하는 것은 돈으로 어설프게 으스대는 속물들이었다. 여자는 아직 자신이 가진 자들에게 기죽지 않는 것을 고마워했다. 여자에게 그들을 묵살해 버릴 수 있는 힘이 없어지는 것은 호흡이 끊어지는 것을 의미했다.

감각이 마비된 잇몸이 바람 든 무처럼 느껴졌다. 고등학생인 아들의 영양을 생각해서 가끔 사다 먹였던 소의 허파처럼 잇몸은 혀끝이 닿을 때마다 이리저리 쏠렸다. 가게 주변에는 언제나 소나 돼지의 내장들이 솥 속에서 삶아졌고 그것들의 머리는 아주 사실적으로 또 그로테스크하게 사람들을 향해 진열되었다. 여자는 아직도 감각이 살아나지 못하는 잇몸 때문에 진땀이 바짝바짝 흘렀다. 발바닥에서 흐르는 땀으로 비닐 슬리퍼가 심하게 밀렸다. 여자는 슬리퍼를 벗고 길가에 쌓아 둔 모래에 두 발을 넣고 비볐다. 모래 속의 축축한 기운이 상쾌했다. 잠시나마 끈끈한 불쾌감에서 벗어났던 여자는 다시 습기와 먼지 속으로 걸어 나왔다. 덥고 더럽다는 것이 여자를 비참하고 우울하게 만들었다. 불현듯 모든 것이 뒤죽박죽이 되는 기분이었다. 수시로 반복되는 일이었으나 여자는 아직도 이런 유형의 분노를 삭이는 데 시간이 많이 걸렸다.

남편은 아직도 돌아오지 않았다. 그는 밤새도록 노름판에 쭈그리고 앉았다가 비굴하게 국밥 한 그릇쯤을 얻어먹고 한구석에 쓰러졌을 것이다. 남편이 자신을 팽개치기 시작한 것은 꽤 오래 됐다. 여자가 보기에 그는 자기가 어디까지 추락하는지 내기라도 하는 것처럼 보였다. 그는 언제나 돈이 눈에 보인다고 했다. 그럴 때마다 환각제를 먹은 것처럼 몽롱해지는 남편의 모습이 여자는 두려웠다. 그는 돈을 제외한 모든 것을 다 버렸으나 조금도 의연해 보이지 않았다. 잃어버린 돈을 찾겠다는 남편의 집념은 얼마나 놀라운지 자신이 삶을 포기했다는 사실도 알지 못했다. 삶을 포기한 자는 추했다. 아니 그는 언제나 추했다.

시내 한 복판의 그 많은 군중들 속에서도 그는 쉽게 드러났다. 특수 촬영법에 의해 배경으로서의 군중 속에서 강조된 인물처럼 그는 많은 사람들 속에서 양각으로 드러났다. 여자는 많은 군중 속에서 파묻히지도 못하는 남편에 진저리쳤다. 양쪽으로 찢겨져 올라간 눈은 언제나 무섭게 표독스러웠으며, 그녀가 부지런히 빨아서 입히는 옷들도 곧 그의 몸 전체에서 퍼져 나오는 끈적끈적한 기운으로 찌들어 갔다. 여자는 매일처럼 남편과 이어지는 질긴 끈을 확인했다. 여자는 부모를 잘못 만난 것을 억울해했고 남편을 잘못 만난 것을 증오했다.

"배달 갔다 옵니다."

"수금 좀 열심히 해봐라."

여자는 재빨리 점원 녀석이 싣고 나가는 물건 상자를 세었다. 종류가 다른 물건을 가로 세로 어긋나게 쌓아서 보통 사람의 신장보다 더 크게 만들어도 여자는 곧 그 숫자를 알아냈다. 어려서부터 숙련된 숫자 감각은 장사를 하면서 점점 더 기능적으로 발달되었다. 점원들은 누구든지 물건 한두 상자씩을 빼돌려 수입을 잡았고 여자는 그들을 감시하는 것에 혼신의 노력을 기울였다. 그러나 가끔은 점원들의 비행을 눈감아 주어야 했다. 너무 숨통을 조이면 그들은 견뎌내지 못하고 어느 날 갑자기 다른 곳으로 가겠다고 통보를 해 버리거나 물건을 가득 싣고 도망가 버리는 일도 빈번하기 때문이다. 점원들은 여자가 물건을 세고 있다는 것을 알면서도 모르는 척했고 여자는 세지 않는 척하면서 빠른 일별과 함께 그 숫자를 파악해야 했다. 그것은 끊임없는 대립이고 투쟁이었다.

여자는 끊임없이 사람을 의심하고 속는 것 같은 불안에서 해방되고 싶었다. 녀석들은 그들의 밑바닥 경험을 힘으로 해서 다른 사람과의 대결을 잘 버텼다. 그들이 가진 힘은 무서워하는 것이 별로 없고 어떤 상황에서도 잘 견뎌낼 수 있는 힘이 있다는 것이었다. 그것이 다양한 경험에서 오는 삶의 폭으로 해서인지 아니면 아무것도 가진 것이 없는 데에서 오는 자유스러움인지 가끔은 혼돈스러웠다. 하기는 오토바이도 아니고 짐자전거를 끌고 다니면서 물건을 배달해야 하는 그 일을 하겠다는 젊은이들은 이제 찾기 어려웠다.

'이틀이면 다 잡을 수 있어요. 나라가 남북으로 대립되어 있는 덕택에 신원이 불분명한 사람은 이 땅에 발을 붙일 수가 없으니까…… 우리나라 국민 모두가 컴퓨터에 기록이 되었다니까, 하지만 놈들을 잡아도 소용이 없어요. 계집한테든지 노름으로든지 돈을 다 날려버린 뒤니까 놈들이 돈을 날리는 데에는 시간이 얼마 안 걸려요. 그리고는 아무 데에서나 그냥 나자빠져 있어요. 잡아온들 소용이 없어요. 얼마든지 몸으로 때우겠다는 데에는 할 말이 없지요.'

언젠가 수금을 한 뒤 달아나 버린 배달원을 파주까지 가서 찾아온 다른 대리점 남자는 그 쪽 세계에 대해 훤했다. 그는 마치 남편을 겨냥하고 비아냥거리는 듯했다. 남편은 자기 집의 돈을 가지고 나가는 것이 다를 뿐이었다. 여자는 남의 물건을 팔아서 물건 값을 돌려주지 않았는데 그것을 자기 돈이라고 할 수 있는지 판단이 서지 않았다.

'물건을 파는 것보다 그 물건을 도둑맞지 않도록 지키는 것이 중요하지요. 처녀가 정조를 지키듯이 물건을 지켜야 해요.'

여자도 그것을 잘 알았다. 그래도 처녀의 정조 운운하며 함부로 얘기하는 남자의 말에 눈살을 찌푸리는 자신이 가소로웠다. 평생을 두고 자신의 앞에 펼쳐놓은 물건을 지키는 것은 오래 전부터 해온 여자의 일이었으니까. 살렘, 말보로, 켄트, 바둑 껌, 초콜릿, 통조림 등을 급습하는 외제 단속반들로부터 지키는 것이 그 여자에게는 정조를 지키는 일보다 더 중요했다. 추운 겨울 날 여자는 칙칙거리는 소리를 내며 타오르는 카바이트 푸른 빛을 바라보며 짧은 목을 코트 깃 속에 파묻은 채 그것들을 지켰다. 여자는 자신의 짧은 목과 다리를 혐오했다. 여자는 짧은 목과 다리가 중학교 졸업의 학력을 노출시키는 근거라고 믿었다. 어린 시절 몇 년인가 그 일을 계속했으니 더운 여름날도 있었으련만 여자는 여름날의 기억을 찾아낼 수가 없었다.

가끔 여자는 기억에서 사라져 버린 날들을 살았다고 할 수 있나 하고 생각했다. 여자는 지워지지 않는 시간과 날들을 징검다리처럼 골라서 디뎠다. 아름다움이라든가 밝음과는 거리가 멀었으며 무서움과 고통만이 둥둥 떠다녔다. 여자는 더위로 진땀이 흘렀지만 짧은 목을 움츠리며 무서워했다. 단속반원들이 몽둥이로 물건이 숨겨진 손수레를 쑤셔댈 때에도 여자는 화덕에 담긴 연탄불이 꺼질 것 같아 걱정되었다. 그들은 물건을 마구 던지고 준비해 온 포대에 마구잡이로 담아갔다. 아! 저 초콜릿! 아! 저 담배! 포대에 담기는 초콜릿의 맛을 여자는 입속에서 음미했고 양담배의 향기를 코로 마셨다. 여자가 힘들게 보냈던 그 많은 날들은 초콜릿처럼 녹아버렸고 담배 연기처럼 사라졌다.

남편은 극장 간판 밑에서 단속반원보다 더 무섭게 살기 띤 눈으로 걸어왔다. 그는 언제든지 주위 사물이나 사람에 대해 관심이 없었다. 자신의 생각에 골몰한 그의 표정은 품위하고는 거리가 멀었다. 타인을 전혀 의식하지 않고 행동하는 그는 걸을 때도 그랬다. 그의 주변에 있는 모든 것은 생명체가 아니라 사물일 뿐이었다. 그는 바람을 일으키며 걸어왔다. 그래, 그것은 바람이었다. 그의 옆에 있는 모든 것들을 바람으로 약화시킨 뒤 자신은 초인처럼 그 사이로 걸어왔다. 모든 정신이 날아간 돈에만 집중된 남편은 넋이 나간 것처럼 보였다. 남편의 넋이 빠져 버린 세계에 그녀는 무관심할 수 없었다. 결혼한 후 남편이 보여주었던 그의 모든 면모를 여자는 좋아할 수 없었다. 자신이 보는 것만도 충분히 힘이 들었기 때문에 보이지 않는 세계에 대해서 아는 것을 그녀는 단호히 거부해 왔다. 그 세계까지 알아버린다면 더 이상 버틸 힘이 없어질 것 같았기 때문이다. 그것은 서로에게 마지막 보루였다.

남편은 여자에게 무심했으나 무시하기 때문은 아닌 것으로 보였다. 그는 그냥 그랬다. 여자는 가끔 남편이 무엇을 생각하는지 알고 싶었다. 그가 말과 행동으로 보여주지 않았던 그 부분이 무엇인지 궁금했다. 그러면서도 여자는 그것을 궁금한 대로 놓아두었다. '먹다' '자다' '보다' '가다' 등의 기본 동사 이상을 별로 사용하지 않는 남편에게 그 나머지 부분이 있을까 싶었다. 그러나 여자는 서로 건드리지 않은 부분에 무엇인가 있을 것이라고 믿고 싶었다. 있지 않으면 안 되었기 때문이다.

"라면 하나 삶지."

식사 때가 훨씬 지났음에도 그는 밥도 먹지 못한 모양이었다. 간밤에 어디서 무얼 했느냐는 질문은 서로에게 무의미했다. 그러한 질문은 남편에게 완전히 지치지 않았을 때 백기를 들지 않았을 때 했던 말들이었다. 남편은 깨끗하지 못한 손바닥으로 볼이 움푹 들어가서 광대뼈가 더 드러나 보이는 얼굴과 햇빛과 빨랫비누로 탈색된 머리카락을 힘을 주어서 닦았다. 손바닥과 얼굴에 흐르는 기름이 크림처럼 그의 피부에 스며들었다.

"수금 간 집에서 한잔 하다가 그냥 잠이 들었어. 피곤했나봐. 날씨 탓인가, 노곤해."

그러나 그의 눈은 노곤해 보이지 않았다. 불빛이 없는 가게 안의 어둠 속에서 그의 두 눈은 묘족동물의 안광처럼 빛났다. 그러나 그 빛나는 눈은 결코 투명하지 않았다. 무엇을 향해 불길이 타오르는지 막연히 짐작할 수 있었으나 모르는 척 했다. 여자는 아직 확인하지 않은 부분을 남겨둠으로써 절망하지 않으려고 했다. 여자는 남편과의 관계에서 아직도 어떤 기대감을 가진 것은 아닌가 하는 생각에 부끄러웠다. 그것이 얼마나 터무니없는 낭만인지 안다고 해도 이제 더 이상 서로를 노출시킬 수는 없었다. 여자는 그나마 남편이 자신의 마지막 비밀을 감싸려는 노력에 감사했다. 그것이 서로를 지탱해 주는 유일한 힘이었으니까.

"더워서 라면 먹는 사람들이 없어. 워낙 여름은 비수기이니까. 라면 같은 음식은 겨울이 제격이지. 이런 더운 날씨에 뜨겁고 냄새나는 국물을 마셔대는 일은 못할 노릇이지."

남편은 혼잣말을 지극히 정상적인 부부 사이의 대화처럼 했다. 그는 유난스럽게 소리를 내며 국물을 마시고 쩝쩝거렸다. 남편은 김치쪼가리를 소가 여물을 씹듯이 아주 열심히 소리 내어 씹었다. 느끼한 기름 냄새를 풍기며 그는 음식물을 아주 진지하게 씹고 또 씹었다. 남편은 그렇다고 해서 음식물을 더 빨리 먹어치우는 것도 아니었다.

라디오에서 흘러나오는 바이올린의 선율을 무시하려는 듯 그는 더 심하게 소리를 내며 음식물을 저작해대었으나 여자는 한쪽 소리만을 선별하여 듣는 것에 익숙했다. 음악에 대한 평론가의 해설로 여자는 그 가치를 확인했다. 여자는 음악을 들을 때는 생각하지 않아서 좋았다. 라디오에서 흘러나오는 말씀들은 파도처럼 밀려왔다 나가면서 퇴적시켜 놓은 모래처럼 조금씩 조금씩 여자의 머리와 가슴 속에 쌓였다. 그러면서 그것들은 단단하게 굳어졌다.

음식물을 씹는 소리와 음악 소리의 속도와는 관계없이 거리의 사람들은 또 다른 속도로 부지런히 움직였다. 전혀 기억될 수 없는 시간들이 흘러갔다. 차도 옆에 있는 좁은 주차장에서 용달차 한 대가 빠져나갔다. 이어서 그 자리에 잽싸게 또 다른 용달차가 들어섰다. 주변의 차도와 보도는 주차하는 차들이 들어오고 나갈 때 흘리는 오물로 진하게 얼룩졌다. 도로의 기름과 대기 속을 돌아다니던 먼지들은 합해져서 아스팔트 위에 달라붙었다. 여러 겹의 껌 딱지들까지 합세한 거리는 주위 가게들의 무질서와 함께 답답함을 더했다. 도무지 질서라고는 찾아볼 수 없는 곳이었다. 바로 다음 골목은 골동품이며 미술품들이 품위 있게 진열된 역사의 거리를 표방했으나 몇 미터를 사이에 둔 이곳은 혼돈스러운 도시의 뒷골목이었다. 조금 전까지 골동품을 완상하며 천천히 걷던 사람들도 이 길로 들어서기만 하면 종종 걸음을 치며 달아났다.

"극장이 끝났나 보군. 이런 더위에 영화는 무슨 영화지?"

남편은 극장에서 나오는 사람들을 바라보며 끅끅거렸다. 극장에서 쏟아져 나오는 사람들이 눈부셨다. 어둡고 습한 가게에서 보이는 풍경은 언제나 눈이 부셨다. 햇빛은 형광 염료처럼 쏟아졌다. 그 강한 빛이 여자를 분명하게 그들과 분리시켰다.

"요즘은 중국 영화인가? 왜 저렇게 젊은 애들이 많지? 저렇게 높은 곳까지 뭘 보겠다고 올라간담?"

남편은 식사 뒤 담배 한 대를 피워 물며 위장된 여유를 부렸다. 그는 자신의 일이 아닌 것에 관심을 가지는 것으로 현실에서 도망가려고 했다. 어제도 그는 수금한 돈을 전부 투전판에서 날렸음에 분명했다. 그는 아주 작은 것이 날아가는 것에 초조하고 큰 것이 날아가는 것에 초연했다. 그는 간밤에도 눈을 부릅뜨고 그의 앞에서 날아가는 큰 액수의 지폐에 초조했을 것이다. 남편은 언제부턴가 진정으로 돈을 버는 방법으로 그 일을 택했다. 어떤 때 여자는 남편의 간절한 소망이 안쓰러웠다. 여자는 남편이 원을 풀 만큼 돈을 땄으면 하는 생각을 할 때는 본인도 소스라치게 놀라곤 했다. 남편은 자신의 카드를 섞는 기술이 B급 C급이라는 사실을 인정하지 않았다. 그는 왜 그것을 인정하려 하지 않을까? 아니 그는 자신의 모든 오류를 인정하지 않았다. 그는 그런 훈련이 되어 있지 않았다.

여자는 수금 사원에게 물건 값을 주어야 한다는 생각에서 조급해졌다.

"이제는 아무래도 이 점포를 닫아야 할 것 같대요. 이렇게 좋은 바닥에 앉아서 이것밖에 실적이 없다는 것을 누가 믿겠습니까? 아주머니 한테라서 말씀드리는 건데 사장님이 혹시 딴전을 부리는 것 아닙니까? 아주머니, 조심하세요. 회사에서 기미가 심상치 않습니다. 벼르고 있어요. 아주머니도 아시다시피 회사 입장에서는 본사가 바로 옆에 있는데 이렇게 가까운 곳에 대리점이 특별히 필요하지도 않다는 것이지요. 본사에서는 대리점을 재정비해서 판매를 강화시켜 보겠다는 겁니다. 아무래도 본사에서 직거래를 하면 중간 상인들도 한 푼이라도 이득이 될 것이고, 물론 타사 제품의 덤핑도 막을 수 있고요. 아주머니가 잘 생각해서 하셔야 합니다. 이제는 재래식 방법으로 사업을 해서는 안 됩니다."

미수금을 한 푼이라도 더 받아가기 위해 수금 사원은 날마다 여자의 목을 졸랐다. 여자는 가위눌린 듯이 숨이 막혔고 목이 조여 왔다. 극장 건물의 옆 계단으로 젊은이가 아코디언을 안고 내려왔다. 고장난 용수철처럼 여자의 수축된 목은 언제나 공포에 떨었다. 여자는 이제 무시로 눌러대는 그들의 방망이에 견딜 힘이 없었다. 남편, 수금 사원, 일수쟁이, 자식까지도 여자의 머리통을 치고 달아났다. 그러나 가끔, 정말 가끔 여자는 아들에게서 자신의 한기를 녹였다. 아들의 다 큰 손에서, 신발에서, 굵은 목소리에서 자신의 짐을 벗었다.

―저 아이가 이젠 모든 것을 다 풀어 줄 거야.―

―남편 복이 없는 여자가 자식 복이 있을까?―

여자의 머릿속에서 두 개의 관념이 엉켰다. 자신의 운명을 타자에게 걸어본다는 것은 대상이 비록 자식일지라도 비참했다. 살아야 할 날들은 많았으나 혼자 설 힘이 없었다. 그래도 아직 다 자라지도 못한 자식에게 기대려는 생각은 부끄러웠다.

―그냥, 막연히 내 것에 대한 확인이었는데 뭐.―

여자는 자식도 자기 것이 될 수 없다는 것을 잘 알면서도 자신이 그것밖에 가진 것이 없다는 사실에 씁쓸했다.

여자는 격주로 쉬는 일요일에 지하상가에서 외제 물건을 파는 여자와 함께 연극 한 편을 보았다. 두 여자는 신문 지상에서 문제작이라고 소개하는 연극이나 영화를 보는 것으로 대열에서 낙오되지 않았음을 확인했다. 어느 날 갑자기 인생의 허무를 느꼈다는 중산층 여주인공의 절규는 여자의 귀를 얼얼하게 만들었으나 아주 공허했다. 여자에게 극장은 현실에서 분리될 수 있는 도피의 공간이었다. 빛이 차단된 극장 안에서 여자는 완벽하게 숨을 수 있었다. 무대나 화면은 여자의 관음증을 만족시켰다. 언제나 컴컴한 가게 속에서 내다보이는 길거리의 풍경은 산만했다. 연극의 무대는 압축되었으나 세로판지로 붙여진 요지경 속의 세계처럼 비현실적으로 보였다.

여자는 극장의 어둠을 아끼면서 즐겼다. 극장이 여자의 부끄러움을 감추어 주었다. 돈이 없어서 비굴해지는 모습도, 맑아지고 싶은 정신과는 관계없이 자신을 괴롭히는 여분의 군살들을 감출 수 있어서도 좋았다. 육신을 감추고 정신을 깨어 있게 해주는 어둠 속에서 여자는 맛있는 음식을 아껴 먹었던 어릴 때처럼 시간을 천천히 야금야금 갉아먹었다. 여자는 극장의 좌석 하나를 사기 위해 모았던 동전잎을 하나씩 하나씩 떨어뜨렸다. 여자에게 유예된 시간이 동전닢이 떨어지는 소리처럼 투명하게 흘러갔다.

—돌아갈 곳이 없었어요. 이미 육체는 끝났고, 정신마저 방황하고 있었거든요.—

갑자기 무대가 어두워지며 체념조의 여주인공의 목소리가 객석을 더욱 조용하게 만들었다. 여자의 머릿속에서 여주인공의 대사가 회전목마처럼 어지럽게 돌았다. 남자 배우가 여자 배우를 안아주었다. 여자에게 그들의 따뜻함이 전해졌다. 여자는 움직이면 몸이 부서질 것 같았다. 옆 좌석의 여자가 옆구리를 쿡쿡 찔렀다. 그녀는 사람이 밀리기 전에 먼저 출구 쪽으로 나가기를 원했다. 그녀는 언제나 먼저 깨어났다. 그녀는 꿈과 현실을 언제나 빨리 연결시켰다. 극장 안의 불이 하나씩 켜지면서 소리도 하나씩 켜졌다.

"어땠어요? 우리네 얘기랑 비슷하지요?"

동행한 여자가 연극의 내용을 말했으나 여자는 별 생각이 없었다. 여자는 자신의 인생이 무대나 화면보다 훨씬 더 진하고 격렬해서 자극을 받지 못한다고 생각했다. 처음부터 그 속에 들어갈 준비가 되어 있지 않았다. 여자가 좋아하는 것은 어둠 속의 객석뿐인지도 몰랐다. 여자에게 극장은 깨어 있으면서 숨을 수 있다는 것으로 만족스러웠다. 옹색한 가게 안에서 돈과 싸우는 자신의 연극은 처절했으나 지루했다. 행인들은 더러운 유리를 통해 힐끔힐끔 가게 안을 들여다보았다.

일요일 낮의 빵집은 학생들의 바람기로 부풀어 있었다. 접시 위에 수북하게 담긴 빵이 여자의 식욕을 자극했다. 여자는 다디단 팥의 앙금을 탐욕스럽게 먹었다. 구멍이 숭숭 뚫렸을 뼈마디는 수축 작용이 마비된 채 늘어진 여분의 살을 힘겨워했다.

"사는 게 다 그런가 봐요. 우리만 허전하고, 우리만 억울하게 산 것 같았는데, 다른 사람들도 다 그런가 부죠? 극장에 온 꽤 근사해 보이는 여편네들도 자리를 뜨지 못하지 않습디까?"

"복에 겨워 깨춤 추는 거예요"

여자는 어깃장을 놓았다.

"요즘은 여편네들의 이야기를 연극으로 만드는 것이 유행인가 봅디다."

"글쎄, 장사가 잘되는 모양이에요. 수요가 많은지."

"수요는 점점 줄어들고 공급만 있는 우리네 장사하고는 다른 것 같죠? 전에는 먹는 장사가 제일이었는데 요즘은 많이 먹는 사람은 무슨 야만인처럼 취급하니."

질이 좋아진 국산품과 소비자들의 애국심에 대항해서 외제 물건을 팔아야 하는 지하상가의 여자도 힘이 들었으나 오래 전부터 해온 일의 업종을 바꾼다는 것은 생각할 수도 없었다. 그녀는 물건을 확보하기 위해 몇 명의 미군에게 선금을 맡겨놓고 기다렸다. 그녀는 선금을

받은 채 어느 날 흔적도 없이 본국으로 가버리는 미군들이나, 단속이
랍시고 수시로 들락거리는 순경, 구청 직원, 소방서 직원들 사이를
지뢰밭을 건너듯 조심스럽게 걸으며 살아왔다. 그녀는 손님에 따라
때로는 자신 있게 때로는 아부하는 태도로 능숙하게 물건을 팔 수
있는 기술을 익혀왔다.

그들이 아무리 노력해도 백화점이나 대형 마켓 쪽으로 이동하는
소비자들은 점점 늘어났다. 그들은 그저 관성으로 시장을 찾는 중장
년층을 상대로 물건을 팔아야 했으나 이미 그들은 주 소비 계층에서
제외되었다. 두 여자는 아무리 백화점이나 대형 마켓이 장사가 잘 된
다고 해도 그 속에 들어갈 수 없음을 잘 안다. 시장이 존재하는 한
그들은 버틸 것이 분명했다. 그 깨끗함과 질서 정연함에 대한 대가로
지불해야 하는 가게 세는 엄청났다. 그들은 세상의 진도를 따라가기
가 힘들다고 생각했다.

"내가 먹여 살린 사람이 몇인데, 난 할 만큼 했어요. 순경, 구청
직원들, 소방서 직원까지 그 식구들까지 생각하면 기십 명은 될 걸
요. 우린 같이 벌어먹은 거야."

지하상가 여자는 자신이 오랜 세월 고생해 온 결과가 보잘것없다
고 느껴질 때마다 강하게 항변했다. 여자는 그런 말을 들을 때마다
자신은 누구를 먹여 살렸는가를 생각해 보았다. 남편, 남편이 먹여
살린 사람들. 여자는 몇 년 전에 남편이 죽어 혼자가 된 옆의 여자를
물끄러미 바라보며 홀가분하겠다는 생각을 했다. 없는 것이 있는 것
보다 훨씬 좋은 것은 많았다. 여자는 진실로 오래간만에 안식을 맛보
는 짧은 시간에도 남편에게서 자유스럽지 못했다. 여자와 관계되는
모든 사람들은 작은 통 속에 들어오는 몇 푼 안 되는 돈들을 모두
원했다.

여자는 지금까지 그 작은 돈을 그들에게 나누어 주는 작업을 성실하게 수행해 왔다. 조금 더 많은 액수를 그들에게 지불하기 위해 동일한 가게에 몇 번씩 다시 찾아가서 많은 시간을 문전에서 기다린 후에야 물건 값을 받아낼 수 있었다. 여자는 그런 일이 굴욕스럽게 느껴지지 않는 것을 다행스러워했다. 돈을 받아내야 한다는 목적이 너무 강해서 치욕적인 감정 같은 것은 자리 잡을 여유가 없었다. 하루하루 마음 졸이며 타들어 가는 여자의 장기들은 언젠가는 까만 숯덩이로 변해 버릴 것 같았다. 여자에게 근 보름 만에 주어진 유예의 시간이 감정 없이 흘러갔다.

두 여자는 길가의 빵집으로 들어가 앉았다. 두꺼운 성경책과 찬송가를 든 젊은 부부가 그들 옆에 새로 앉았다. 성경책 모서리를 돌아가며 칠해진 붉은색은 선명했고, 웃음소리는 그들의 행복을 가늠케 했다. 저 행복감은 성경책으로 해서인가, 아니면 젊음으로 해서인가, 아니면 경제적인 풍요로움으로 해서인가? 여자는 자신이 아무것도 가진 것이 없다는 것을 확인했다. 그 중에서도 돈은 여자를 심하게 괴롭혔다. 돈이 없는 것은 좀 불편할 뿐이라고 생각했던 젊은 날이 있었으나 지금 돈은 그녀의 목을 졸랐다. 응고된 빵 덩어리가 넘어가지 못하고 목에서 걸렸다. 돈에 대한 어떤 생각도 여자를 도와주지 못했다. 여자는 더 이상 도움이 안 되는 노력을 하지 않으려고 했다. 뻔뻔스럽다고 생각했으나 어느 순간부터 자신이 간교해지고 세상에 대해 지독한 악의를 가지고 대결한다는 것을 알았다. 여자는 금전적인 문제는 자신의 책임 영역 밖이라고 말하고 싶었다. 남편 때문에 인생이 망가졌다고 생각될 때마다 억울하고 또 억울했던 기억으로 서슬이 퍼렇게 독을 품었던 때가 있었으나 이내 기가 죽었고, 그런 생각들은 여자의 기분을 더 고약하게 만들 뿐이었다.

머릿속에서 세상에 대한 악의와 죄스러움은 길고 짧은 간격으로 번갈아 나타났다. 여자는 그러한 고통으로부터 유예되는 시간에는 그런 생각에서 벗어나고 싶었다. 가게 문도 닫히고, 대리점 직원들도 찾아오지 못하는 일요일은 유예된 시간이었다. 이제 여자는 시간에 따라 사고의 흐름을 적당히 교통정리 할 줄 알았다. 그것은 여자가 살아가는 방법으로 터득한 것이었다. 여자는 살아남는다는 그 일만을 위해서 열심히 끝없이 생각하기로 했다. 살아남는다는 것이 너무나 피곤하다는 것을 알았을 때 여자는 자신의 육체가 다 부서져버리길 간절히 원한 적도 있었으나 언제부터인가 몸의 여기저기에서 부서지는 소리가 들리고 육신을 지탱하기도 힘이 든다는 것을 알게 되면서부터 여자는 그 끝을 무서워했다.

그 추운 겨울날 칼바람 속에서도 여자가 끼고 다녔던 성경책은 그녀의 삶이었다. 성경의 말씀은 그녀에게 구원이었고 정신적인 양식이었으며 성당에서 주는 흰색의 라드 덩어리와 옥수수 가루는 육체적인 양식이었다. 김치찌개 속에 들어간 한 숟가락의 라드는 뻣뻣한 김치를 부드럽게 만들었고, 주님의 말씀은 그녀의 정신을 유화시켰다. 그녀는 뻣뻣하게 풀먹인 광목의 미사포 속에서 자신을 다스렸고, 그 속에서 평안을 찾았다. 언제나 날이 선 미사포는 날카로운 칼날이되어 나태해지려는 여자를 찔렀다. 성당의 차디찬 마룻바닥이 그녀의 의식을 깨웠으며 육신을 혹사시키는 것으로 자신의 신앙을 단련시켰다. 그나마 스스로 육체적인 고통을 감내할 수 있다는 것이 여자를 편안하게 했으며, 삶의 버팀목이 되기도 했다. 스스로 자초한 육신의 고통은 정신의 평안을 위한 위선이었던가? 아니면 진실로 그분에게 다가가고 싶었던 그분을 향한 노력이었던가?

저쪽 테이블에서 성경책을 만지작거리는 남자의 안경에 햇빛이 부딪치며 반사했다. 요즈음 여자의 방 깨진 거울 위에 못 박힌 나무 십자가의 고통스러운 성자는 두꺼운 먼지로 쌓였다. 여자는 언제부 터인가 성자의 고통스러운 모습을 향나무 가지로 가려 놓았다. 그것 은 성스러움에 대한 찬미와 더불어 그의 고통을 외면하고 싶은 욕망 이었다. 더 이상 그 분의 고통이 여자에게 도움이 되지 못했다. 그 분의 고통을 사랑한 것이 자신을 이렇듯 고통스럽게 한다는 생각이 들었다. 버석버석 여자의 육체가 부서지는 소리가 들렸다. 햇빛에 반 사되는 유리 조각들처럼 산산 조각이 났다.

　─종교가 다르다는 것은 살아 왔던 생활 방식이 다르다는 것이고, 뿐만 아니라 인생관이나 신념, 그 모든 것들이 달라서 살아가는데 끊 임없이 문제가 생길 거예요. 가능하면 그런 불안한 시작은 안 하는 것이 좋지 않을까 생각하는데……─

　젊은 날 그녀가 사랑했던 남자의 어머니는 아주 낮은 톤으로 그녀 를 설득시켰다. 여자는 남자를 얻을 수 있다면 종교 같은 것은 다 버릴 수 있다고 말하고 싶었지만 노인네의 완강한 표정 앞에서 더 이상 아무 말도 할 수 없었다. 여자는 다만 종교적인 문제로 자신이 거부당했다고 믿고 싶었으나 확신할 수 없었다. 그 보다는 훨씬 더 세속적이고 근본적인 문제일 것이라는 생각이 들었지만 이제는 아무 래도 상관없었다.

　여자는 떠나버린 남자와 어렵게 다시 연결됐고 또 기대했다. 그리 고는 다시 과거처럼 남자가 보여주는 것보다 조금 더 많은 것을 요 구했다. 여자는 남자가 염증을 느끼며 떠나고 싶어 하기 전에 다시 자신의 촉각을 거두어들이겠다는 생각을 했다. 그것은 자기 방어였 으며 남자는 그녀의 마지막 보루였다.

　─그 사람은 나를 정말 사랑했나?─

여자는 '사랑'이라는 단어가 너무나 생소하고 어설퍼서 소름이 끼치기까지 했다. 현실에서 고정된 단어의 의미들은 어지러웠다. 그것은 자신의 감정이나 사고들과는 너무나 먼 거리에 있었다. 여자는 자신을 향한 약간의 진실 또는 진심을 영원한 것으로 믿고 싶어 하는 욕망을 비웃었다. 왜 한때의 진실이 깨질 수 있다는 가능성을 생각하지 못하는가? 인간들끼리 만들어가는 감정의 흐름은 결국 일시적일 수밖에 없을 텐데 왜 영원으로 연결하고 싶어하는가? 그만큼 소중했기 때문일까? 젊은 날의 기억이기 때문일까? 강한 햇빛과 영원을 향한 열망이 부딪쳤다. 지속되지 못했다 해도 그 기억은 소중했다. 그것은 살아 있다는 증명이었다.

색이 바랜 캐시밀론 이불을 휘감은 채 깊은 잠에 빠진 남편의 냄새로 작은 방은 가득찼다. 벗겨진 이마는 짙은 구릿빛으로 번쩍거렸고, 몇 올 남지 않은 머리카락은 햇빛에 바스라졌다. 남편의 수면은 언제나 죽음처럼 끔찍했다. 숨을 멈춘 듯 늘어진 모습은 극히 비현실적으로 보였다. 덩어리진 캐시밀론 솜 덩어리가 그의 바짝 마른 뼈대와 근육의 여기저기를 감추어 주었다. 노출된 끈끈한 피부에 달라붙은 머리카락과 먼지들이 방을 더 덥게 만들었다.

남편이 잠자리를 뒤챌 때 십자가를 덮어두었던 향나무 가지가 그의 발에 떨어졌다. 바짝 마른 나뭇가지는 먼지와 함께 부서졌다. 여자는 잠시 나뭇가지를 바라보다 쓰레기통 속에 집어넣었다. 여자는 밑이 빠진 피아노 의자를 벽에 붙이고 그 위에 올라앉았다. 초등학교에 다니던 아들을 위해서 사주었던 피아노는 남편에게 돈을 꾸어 주었다는 어떤 여자가 와서 싣고 가버렸다. 피아노책을 넣어두는 박스를 서랍 대신으로 사용했던 의자는 밑이 빠져버려 빚쟁이 여자가 가져가지 않았다. 아들도 여자도 피아노가 남의 손으로 넘어가는 것에 대해서 별다른 감정이 없었다는 것은 다행스런 일이었다. 그럼에도 아들은 절망감을 들키지 않으려고 애쓰는 눈치였다. 고등학교 이학년생인 아들은 어느 때는 많은 것을 미래에 걸었다가, 어느 때는 절망의 나락으로 떨어졌다가를 반복하는 듯했다.

여자는 아들이 노트나 책 귀퉁이에 끄적거려 놓은 낙서를 훔쳐보거나 친구와의 전화를 엿듣는 것으로 그의 마음을 알아냈다. 여자는 아들이 쓰지도 못하고 친구에게 하지도 못했을 응어리진 슬픔에 가슴이 저렸다. 다른 누구에게가 아니고 아들이 이 엄청난 빈곤에 연루되게 했다는 것이 화가 났다.

남편은 몸을 뒤척이더니 코를 골기 시작했다. 이제 겨우 그는 산 사람처럼 보였으며 그와 함께 잠자던 방을 깨워 놓았다. 남편과 방이 살아서 꿈틀거리기 시작하자 여자도 현실로 돌아왔다. 여자는 이제 휴식할 수 없다는 생각에 남편이 혐오스러워졌다. 크지도 않은 남편의 몸뚱이를 향해 놀라울 정도의 증오를 퍼붓는 자신이 무서웠다. 여자의 증오가 남편의 몸 여기저기에서 비질비질 흘러 넘쳤다. 공기가 통하지 않는 방과 캐시밀론 솜이불이 혼탁한 방안의 공기를 팽창시켰다. 새 솜의 탄력과 그 선명한 색깔로 시작됐던 신혼은 버둥거리며 살아온 시간과 함께 뭉쳐지고 더러워졌다. 남편의 코고는 소리가 커지자 순간 살의를 느끼며 남편의 몸뚱이를 일별했으나 이내 외면했다. 여자는 방바닥에 아무렇게나 놓여있는 과도나 가위 등을 볼 때마다 섬뜩함을 느끼며 그것들을 숨기기에 바빴다.

남편이 누운 머리쪽으로 깨진 유리 사이에 꽂힌 화투장이 많이 퇴색했다. 모서리에서 시작하여 여러 갈래로 갈라진 유리문 한쪽 구석에 꽂혀진 솔 스무 끗의 학은 초라했다. 지난겨울 그 작은 구멍으로 들어오는 바람을 막기 위해 여자는 방바닥에 굴러다니는 화투 한 장

을 꽂았었다. 갇혀 있는 학은 누구의 비상하고 싶은 욕망인가? 빛바
랜 학의 날개가 새삼스러웠다. 남편은 그 화투짝을 보았는지 말았는
지 말이 없었다. 언제나 그의 관심은 어디에 있는지 알 수 없었다.
그는 그 몇 장의 카드에 인생을 송두리째 걸었으나 그것에 대해서
말하지 않았다. 두 사람은 서로 그들의 생각을 용해시켜 버리는데 익
숙해졌다. 용해된 여자의 생각들은 앙금이 되어 가슴에 쌓였다.

마루 구석에 앉아서 공부를 하던 아들이 일어나 잠자는 아버지를
무표정하게 내려다보다가 처마 끝에 매달린 새장에 강한 충격을 주
며 흔들었다. 무방비 상태로 줄에 앉아 주인과 같이 낮잠을 즐기던
새는 갑작스런 충격에 푸드득거리며 새장 안을 정신없이 돌았다. 참
새만한 크기의 노란 새 한 마리는 언젠가 남편이 밖에서 밤을 새운
다음날 아침에 들어오면서 가져왔다. 그날 남편은 몇 개의 지폐 다발
을 여자에게 던져준 뒤 새를 처마 끝에 걸어놓고는 쓰러졌다. 그 지
폐 뭉치는 실로 오랜 동안의 시도에서 나온 비싼 대가였을 것이다.
아니면 어디에서 그를 끌어들이기 위한 미끼였는지도 몰랐다. 새는
그가 새로운 도전을 해보기 전에 운을 빌기 위해서 샀는지, 모처럼
횡재를 한 후에 기분이 좋아서 샀는지 모를 일이었다.

새장의 새는 여자가 아들에게 사준 피아노처럼 허황된 꿈이었다.
남편은 지성으로 노란 좁쌀알을 새장 안으로 넣어 주었다. 그 일은
남편에게 아주 중요한 과제였다. 새의 고통이 주인에게 전해졌음인
가 몇 번 머리 위로 손을 휘젓던 남편은 입맛을 쩝쩝 다시며 옆으로
돌아누웠다. 아들이 옆에 놓인 날카로운 꼬챙이로 새장 안을 마구 쑤
셨다. 여자는 아들의 눈빛에서 지독한 증오를 보았다. 새의 몸에서
떨어져 나온 작은 깃털이 여자의 피부에 달라붙었다. 깃털 한 개가
남편의 번질거리는 이마에 달라붙었고 작은 깃털들이 대기 중에 떠

있는 습기에 눌려서 다소곳이 여기저기에 주저앉았다.

여자가 베풀어주는 어설픈 음식에 관계없이 아들은 헌칠하게 자라 주었다. 건장한 아들의 체구가 여자를 뿌듯하게 했다.

"밥을 좀 먹어야겠어요. 엄마."

아들은 다시 쇠꼬챙이를 제 자리에 놓으며 말했다. 그는 언제나 그 쇠로 된 물건을 그 자리에 놓아두었다. 쇠꼬챙이에서 오는 음산한 의도를 더위와 습기가 무디게 했다. 밥을 달라는 아들의 목소리는 너무 맑고 투명해서 여자의 불안을 가볍게 날려 버렸다. 아들의 위장된 목소리가 여자를 행복하게 했다. 여자는 아들의 가면이 언제 벗겨질지 몰라서 불안했다. 여자는 아들에 대해서 아는 것이 별로 없다는 사실에 허망했으나 그녀에게 아들이 희망으로 연결되는 유일한 끈이라는 사실은 어쩔 수 없었다. 여자는 점점 그 끈을 더 탄탄하게 만들기 위해 노력을 포기하지 않았다.

"오늘은 좀 능률이 오르니?"

"좋아요. 많이 했어요."

"더워서 힘들지?……"

"난 더운 것은 괜찮아요. 추워서 떠는 것보다 나아요. 떨다가 보면 나중에는 신경질이 나요."

"그래 추운 것은 가난한 것 같지?……"

"아냐, 엄마. 그런 뜻이 아냐. 그냥 더워도 괜찮다는 말을 하고 싶었던 거야."

존댓말을 쓰던 아들은 당황해서 어릴 때의 말투로 돌아갔다. 여자는 모처럼 편안해졌다.

"그래, 알았어. 어른들 일에 마음 쓰지 마. 그냥 네 일만 최선을 다 해. 옆을 보지 마. 걱정해도 안 되는 일은 걱정하지 마. 신경만 소모할 뿐이야. 나는 너를 믿어. 우리 서로 실망시키지 말자."

엄마와 아들은 서로 힘주어 다짐했으나 얼굴은 서로 외면한 채였다. 여자는 일요일이 다 끝나고 곤욕스러운 월요일을 맞이해야 한다는 사실도 외면했다. 피아노가 이 집에서 나간 것처럼 이제 며칠 있으면 그들도 이 집에서 나가야 한다는 사실을 아들에게 말해야 했다. 아들도 마음의 준비를 해야 한다고 생각했으나 여자는 조금은 더 미루고 싶었다. 아들이 조금 더 일찍 그 사실을 안다는 것이 무슨 도움이 될까 싶었다. 적어도 저녁까지의 휴식 시간을 엉망으로 만들고 싶지 않았다.

─그렇게 작은 것에 집착하지 마. 사람이 천박해져. 좀 더 높은 곳에 이상을 두어야 해. 사람은 얼마든지 자신을 높일 수도 있고 낮출 수도 있어.─

여자는 언제나 자신의 신념으로 자식을 세뇌시켰다.

─자기 최면이 필요해요. 우리는 잘살 수 있다는 확신을 자꾸 가지면 잘살 수 있게 된다고요. 엄마가 그런 것들을 하찮게 여기니까 우리가 이렇게 되는 거예요.─

엄마와 아들은 더 이상 이런 대화를 하지 않았다. 생각이나 신념으로 그들의 상황을 바꾸기에는 너무 늦었다는 것을 여자는 잘 알았다. 여자는 이제 돈이 없다는 사실보다 더 천박한 것은 없다고 생각했다. 아들에게 물질에 대한 집착을 버리도록 강요한 것은 그 욕망을 채워 줄 자신이 없어서였을 것이다. 왜 아들을 자신이 원하는 모양으로 만들려고 했을까? 아들에게 피아노를 가르쳐 보겠다는 허영은 무엇이었을까? 피아니스트를 만들겠다는 생각은 꿈에도 못했지만 아들을 통해서 무엇인가 실현시켜 보려고 했음에는 틀림없었다. 바로 몇 년 전까지만 해도 건반 위에서 강한 터치로 힘 있게 움직였던 아들의 손가락과 건장한 체구를 생각하는 것은 행복이었다. 그러나 아들의 손가락은 이제 다 굳어 버렸고 그 손가락의 놀림으로 어머니를 즐겁게 한다는 것은 불가능했다.

남편의 수면은 계속 되었다. 남편의 끈끈한 이마에 떨어진 깃털은 연체동물의 흡반처럼 피부에 밀착되어 습기를 빨아들였다. 죽음이 저럴 것이었다. 여자는 언제나 남편의 수면에서 죽음을 보았다. 여자는 살아 있는 남편에게서 아무 욕망도 느낄 수 없었다. 그가 제발 투전에서 손을 떼었으면 하는 바람은 이제 다 진해서 더 이상 여자의 욕망이 될 수가 없었다. 남편의 모든 행동은 여자는 물론 사람이 제어할 수 있는 범위 밖에 있었다.

여자는 남편이 차용했다는 금전을 요구하는 많은 사람들에게 자신의 책임 밖이라고 손을 들 수도 있었을 것이다. 그러나 여자는 이제 그러한 욕망도 없었다. 그냥 그대로 흘러서 바닥까지 가보겠다는 생각이 더 많았다. 그것은 도전처럼 반항처럼 쾌감까지 동반한 자극이었다. 여자는 자기야말로 지독한 도박을 하고 있다는 생각을 했다.

"나요. 일은 잘 해결되고 있소? 옆에 사람이 있소? 걱정이 되어서 걸어본 거요."

전화 속의 남자는 여자를 향해 몇 마디의 짧은 문장으로 확인했다.

"다음에 또 연락하리다……."

남자는 전화를 끊었다. 남편은 긴 잠에서 깨어나 표정 없는 눈으로 천장을 바라보고 있었다. 남편은 누구에게서 전화가 왔는지 알고 있을까? 그는 도무지 관심이 없었다. 그는 마흔 여덟 장의 카드 외에는 아무 생각도 할 수 없는 것처럼 보였다. 여자는 어떤 의미로든 남편에게서 자유롭다는 것이 나쁘지만은 않다고 생각했다. 눈으로 남편을 바라보며 귀로는 옛날 남자의 목소리를 듣고 있었으나 여자의 의식은 아무 곳에도 없었다. 여자는 더위 속에서 몽롱하게 환각에 빠져 들었다. 남편을 향해 어떠한 욕망, 하다못해 성욕도 일어나지 않듯이 그녀는 옛날 남자의 배려에 고맙다는 생각도 현재의 처지에 대해 부끄럽다는 생각도 없었다. 다만 공연한 짓을 했었구나 하는 후회가 있을 뿐이었다.

　─가끔 생각을 했었지. 어떻게 사는가 궁금했어.─

　─어머니는 건강하셔요?─

　─돌아가셨어.─

　─부인은 어머니가 원하시는 여자였나요? 같은 종교를 믿었어요?─

　여자는 그러나 묻지 않았다. 봄날의 화사함과 빛 독촉이 그녀를 혼란시키던 어느 날 여자는 남자에게 전화를 걸었고 그들이 그 옛날 몇 번 가보았던 남산 벤치에 앉아서 찻소리에 놀라 달아나는 비둘기들을 바라보며 힘든 생활을 띄엄띄엄 전했다. 따뜻한 남자의 목소리에 마음이 흔들렸었나? 위로받고 싶다는 턱없는 생각이 있었나? 여자는 자신의 가슴 속에 남은 감정의 찌꺼기들에 아연했을 뿐이었다. 여자는 가뭄에 논바닥이 마르듯 가슴에 감정의 습기가 고갈되기를 원했었다.

　장독대 밑의 창고 문은 진즉 뜯겨 나갔고 그 안의 항아리, 욕조 등이 드러난 풍경은 오래도록 낯이 익었으나 볼 때마다 답답하고 더웠다. 겨우내 흘러넘친 물로 빙판을 이루었던 수도꼭지 주변은 여기저기가 깊이 패여 자갈이 드러났다. 부엌 천장은 오래 전부터 습기로 합판이 처져서 너덜거렸고 방의 벽지는 누렇게 얼룩지고 여기저기가 찢어졌다. 턱없이 크고 높은 한옥 대문과 대들보가 원래 집의 영광을 말해 주었다. 여자는 생전 처음 가져보는 자신의 공간에 행복했고,

그 행복은 많은 곳으로 연결되었다. 본채에 붙은 행랑채로 숨쉬기도 답답할 만큼 작은 집이었으나 그래서 더 자기 집이라는 실감이 났다.

그 아담하고 윤기 나던 한옥의 멋은 남편이 투전에 몰두하면서 쉽게 황폐해졌다. 마당 수돗가에 심겨졌던 작은 라일락은 그 강한 생명력에도 불구하고 자갈 사이로 침투된 세제의 독성으로 서서히 죽어갔다. 여자와 아들은 라일락이 뿌리 뽑히는 날 묘한 불안감과 낭패감으로 하루 종일 침묵했다. 장독대를 돌아가며 붙여졌던 하얀 타일들은 몇 번의 추위에 다 터져 나가버려 마치 총탄에 패인 전쟁의 폐허처럼 삭막했다. 더위와 햇빛은 모든 더러움과 무질서를 적나라하게 노출시켰다.

여자는 남편을 위해서 라면을 끓일 물을 가스 불 위에 올려놓았다. 침침하고 작은 부엌은 대낮에도 불을 켜야 했다. 여자는 다시 피아노 의자 위에 올라 앉아 물이 끓기를 기다렸다. 여자는 남편에게 하루에 한 번씩 라면을 먹임으로써 그를 시험적으로 사육하는 느낌이었다. 어느 대학 연구소에서 흰쥐에게 라면을 계속 먹였더니 뼈가 정상으로 발육할 수 없었다던가 하는 연구 보고를 라디오를 통해 들은 적이 있었다. 남편이 먹은 라면의 길이는 지구를 몇 바퀴 돌고도 남을 것이었다.

아들은 아버지가 잠에서 깨어나자 라디오의 음향을 최대한으로 올렸다. 갑자기 터져 나온 높은 기계음은 그들의 모든 사고를 정지시켰다. 난폭한 음향은 머릿속의 진공관을 팽창시켜 폭발시킬 듯 위협적이었다. 라면이 들어간 양은 냄비는 곧 가벼운 뚜껑을 들썩이며 김을 내뿜었다. 여자는 소음이 꺼졌으면 하는 마음으로 냄비뚜껑을 열고 찬물을 한 컵 부었다. 여자는 양쪽 식지로 이마를 눌러 어지러움을 잠시 진정시켰다. 남편은 무감각하게 차가워진 라면을 소리 내며 목구멍으로 넘기고 있었다. 좁은 공간에서 세 사람은 같이 있었으나 따로따로 있었다. 서로 상대방에 무심한 것으로 최대의 용서를 실천했다. 세 사람은 무질서와 혼란, 불협화음 속에서도 각자 자기만의 범주를 그어놓고 지내는 데 아주 익숙했다. 각자 그 둘레 밖으로 손도 뻗치지 않고 웅크린 채 잘도 지냈다. 그들의 주위를 감도는 그 불투명한 냉기는 가끔 부딪치며 소리를 냈으나 이내 냉담해졌다.

여자는 남편에게 모든 것을 포기했지만 아들과의 관계가 버석거릴 때는 서글펐다. 아들의 언어도 그녀가 줄곧 끼고 살아왔던 라디오나 잡지, 신문처럼 일방적인 수신자의 입장에 불과했다. 언제나 메시지를 받아들이기만 했지 보내는 것에 서툴렀던 것이 아닌가 하는 의구심이 들었다. 여자는 자신이 마음속에서 보내는 메시지를 누가 제대로 받아 주었는지 생각해 보았으나 아무도 없는 듯했다. 자신은 이 세상에서 발신자의 언어를 모르는 것이 아닌가 하는 생각이 들었다.

"물……"

남편은 냄비를 내려놓으며 언어 장애자처럼 마지막의 유음을 길게 흘렸다. 자신이 견딜 수 없어서인지 아들이 다시 라디오를 꺼버리자 여름날의 오후는 정지된 것처럼 조용해졌다. 여자는 도시 한가운데의 정적이 새삼스러웠으나 그 냄새는 죽음 같았다. 남편이 아주 느린 동작으로 새장 쪽으로 가더니 문틀 사이에 끼워놓은 봉지를 꺼내어 엄지와 검지의 두 손가락으로 좁쌀을 조금씩 조금씩 작은 먹이통 속으로 흘려 넣었다. 남편은 저 작은 양의 음식만 먹어도 살 수 있는 새는 행복하다는 생각을 하는 것일까? 그는 손톱 사이에 끼어든 좁쌀을 후벼내어 다시 새장 속으로 던져주곤 제 자리에 돌아와 누웠다. 집안은 그의 호흡에서 뿜어져 나오는 가스로 가득 찼다.

모든 소음은 먼지처럼 그들의 주위에서 주저앉았다. 여자는 천천히 숨을 몰아쉬며 호흡을 조절했다. 반복되는 긴장 속에서 내부 기관의 수축과 이완이 마비되는 것이 아닌가 해서 두려웠다. 모처럼 호흡을 고르며 마음의 평안을 찾으려 했으나 여자는 다시 흔들렸다. 여자는 남자의 짧은 전화에 흔들렸다. 엄청난 소용돌이 속에서도 잡초의 싹처럼 삐죽이 머리를 내미는 감정의 생명력이 놀라웠다. 내일부터 부딪쳐야 할 그 많은 일 속에서 아직도 누군가를 향한 마음이 있다는 것은 믿기 어려웠다.

"어떠한 욕망이든 욕망이 있다는 것은 다행이오. 그것은 삶에 대한 의욕일 수 있으니까……."

"제가 금방 숨이라도 넘어갈 것 같았어요? 그렇게 보였어요?"

여자는 남자의 위로에 독기를 부렸으나 목소리는 지쳤었다.

"힘이 들어도 잘 해낼 것이오. 힘이 있는 사람이니까."

이 무슨 어설픈 위로란 말인가? 현실감이 없어도 여자는 좋았다. 오히려 땅에서 발을 떼고 있다는 기분이 좋았다. 땅은 언제나 힘이 들었다. 잠시 처마에 매달린 새장 속의 새를 보았다.

"행복해요?"

"아이를 다섯이나 낳다 보니 생각할 수 있는 힘도 없어진 것 같소. 아들을 낳아야 한다는 신념은 종교보다 강하셔서 우리는 아무 거절도 할 수 없었소."

남자는 다시 그의 어머니에게 자기 인생을 미루었다. 여자는 다시 조금씩 멀미가 났으나 떠나고 싶지는 않았다. 그것은 육체의 피곤함에서 오는 게으름이기도 했고 그가 여자에게 마지막 피신처였기 때문이기도 했을 것이다. 다섯 명의 생명을 그는 다만 어머니가 원한다는 이유만으로 만들었단 말인가?

그 많은 세월이 흐른 지금도 예전에 그랬듯이 자신에게서 떨어져

나가려는 남자를 불안스럽게 바라보았다. 여자는 이물질을 질 나쁜 접착제로 고정시켜보려는 듯 조심스럽게 그들의 과거와 현재를 하나, 둘 이어 보았다. 그 때도 그랬었다. 여자는 언제나 남자가 달아날 것 같은 불안감으로 전전긍긍했다. 그들이 만나기 시작한 뒤로 얼마동안 지속되었던 강한 열망이 항구적일 수는 없었다. 그럼에도 여자는 끊임없이 그의 마음을 확인하고 싶어 했다. 여자는 선명하게 그어지는 그의 실루엣 속에 숨고 싶었다. 그리고 하나가 되어서 지낸다면 좋을 것이라는 생각을 했었다. 남자는 여자의 생각을 무거워하고 피곤해 했다. 남자는 여자를 향한 연민의 감정을 들켰을 때 낭패스러워했다. 그래도 여자는 남자를 놓아 줄 용기가 없었다.

여자는 자신의 건조해지는 가슴을, 말라가는 감정의 원천을 생각할 때마다 남자가 떠나는 것을 불안해했다. 누군가 한 사람에게는 자신의 얘기를 하고 싶었다. 그때나 지금이나 그 이상을 요구하지는 않았다. 그럼에도 바람처럼 그 남자의 주위에서 감도는 불안한 기류가 여자를 뜨악하게 했다. 언제나 그를 그리워했지만 막상 그의 옆에 섰을 때 느끼는 당혹감은 그녀를 심란하게 했다. 그 남자가 불안정한 기류를 잠재우고 아이를 다섯이나 낳을 수 있는 힘이 무엇인지 신비스럽기까지 했다. 이제 와서 그가 여자에게 보여주는 관심은 깊이 가라앉고 따뜻하고 안정되어서 섬찟하기까지 했다.

"금전적인 문제는 해결이 될 것 같소? 아이는."

여자는 그냥 웃었다. 책임이 없다는 것은 좋았다. 긴 시간이 만든 거리가 서로를 편안하게 했다. 그는 여자의 금전적인 문제에 많은 관심을 표명했다. 그래, 가장 중요한 것은 돈이었다. 돈이 없어지면서 그나마 자신이 가졌던 모든 것이 없어졌으니까. 여자는 자신을 지탱해 주었던 모든 것들이 그렇게 쉽게 무너질 줄은 몰랐다. 궁핍함 속에서도 빳빳하게 풀기를 지닐 수 있었던 정신의 척추는 진작 부러져 나갔다. 언제나 날아가는 것들을 향해 헛손질하던 여자는 이제 그 모든 노력을 포기했다. 오히려 여자는 모든 것들이 다 날아가 버리자 홀가분함을 느꼈다. 별 것도 아닌 것에 매달렸다고까지 생각했다.

"어떻게 될 거예요. 집은 물건을 빼내 썼던 회사에 담보로 들어가 있는데 회사 돈을 우리가 갚을 수 없으니까 자기들이 그 돈을 찾기 위해서라도 어떻게 할 거예요. 회사에서 어떻게 행동하기 전에 집을 팔았으면 좋겠지만 팔리지 않으니 다른 방법을 찾아야겠지요. 계속해서 안 팔리면 아마 경매에 붙여질지도 몰라요. 벌써 밀린 물건 값을 갚으라는 기한이 몇 번이나 넘어갔으니까 이번에는 회사도 손을 쓰겠지요. 다른 대리점들도 이렇게 넘어가는 것을 보았어요. 오히려 편해요."

여자는 정말 편했고 그의 앞에서 말을 해 버리니까 더 편했다. 남자와 상관없는 얘기를 한다는 것이 신경이 쓰였지만, 그 옛날 사랑의 감정을 확인할 때처럼 쭈뼛거리지는 않았다. 남자는 염증을 내지 않고 들어주었고 잘 이해했다. 아주 오랜 세월이 흘렀음에도 편안함과 따뜻함이 여자에게 전해졌다. 여자는 오랜 동안 서로 말을 잊어버린 남편을 생각했다. 남편과 여자는 말을 잊어버리고 둘 사이의 모든 것을 잃어버렸다. 부부로서만이 아니라 인간으로서도 두 사람 사이에 남아 있는 것은 없었다.

남편은 고무풍선에서 바람이 빠지듯이 넋이 나갔고 그러면서 모든 것을 잊어버리기 시작했다. 모든 신경은 한 곳으로만 집중되고 일상적인 모든 일은 어린아이처럼 서툴러졌다. 남편이 일상적인 생활을 망각해가는 속도보다 더 빠른 속도로 추락하는 것은 그들의 경제 상태였다. 들려오는 얘기로는 남편이 마흔 여덟 장의 카드를 만지는 데에는 신기에 가까운 재능을 가졌다는 것이지만 믿을 수 없었다. 마치 그의 모든 정기가 손끝으로 모인 것 같다는 말을 여자는 비웃었다. 그는 이제 그 세계에서도 철저하게 제거되었다. 그의 놀라운 기술과는 관계없이 그의 손이 비었다는 것을 아는 그 세계 사람들은 그를 진작부터 제외시켜버렸다. 그들에게 이젠 그의 재능이 필요 없었는지도 몰랐다.

여자는 남편이 불쌍하고 측은해서 돈을 마련해 주고 싶은 때도 있었다. 돈이 아주 다급할 때는 남편에게 목돈을 마련해 주고 한 번 결과를 기다려 볼까 하는 생각도 했었다. 모두 지나간 일이었다. 이제 여자는 남편의 보호자로서 그가 테두리 밖으로 나가지 못하도록 붙잡는 일밖에 할 수 없다는 것을 잘 안다. 남편이 일상의 세계에서 일탈하는 데는 시간이 많이 걸리지 않았으나 다시 그의 세계로 돌아올 기약은 전혀 보이지 않았다. 그는 이제 물건을 팔고 거래처를 조금씩 늘려가면서 매상을 올려보는 그 일을 할 수 없게 되었다.

―내 돈을 찾아야 해. 내 집을 찾아야 해.―

그는 이 세상에서 획득한 것의 일부분이 날아가 버린 것을 안 뒤 그 자신 전부를 날려버렸다. 그는 눈에 보이는 것이 날아가는 것을 보았으나 보이지 않는 그의 내면이 무너지는 소리를 듣지 못했다. 남편은 그가 잃어버린 모든 것을 찾고 싶다는 욕망으로 잠을 자면서도 눈을 감을 수가 없었다. 그가 잠을 잘 때 드러난 안구의 하얀 부분은 노출된 몇 개의 치아와 함께 보는 사람을 혐오스럽게 만들었다. 여자는 그 섬찟함을 외면했다가도 이내 망자의 눈을 감겨주듯이 손바닥으로 몇 번씩 쓸어내려 보았으나 효과가 없었다. 그는 죽어서도 눈을 감을 수 없을 듯했다. 아들은 가끔 그런 아버지의 얼굴을 신문지로 덮어주곤 했다. 그것은 배려하는 것이 아니라 다만 외면하고 싶은 욕망이었다.

여자는 짧게 한숨을 쉬었다. 여자는 다시 남자가 불안해졌다. 그가 이제 일어나서 어디론가 그의 길을 가고 싶어 한다고 느꼈기 때문이다.

"가셔야죠? 조금만 기다려주세요. 곧 보내드릴게요. 한 십 분만 더요."

여자는 그의 시간을 또 구걸했다. 남자는 웃었다. 옛날을 생각했음인가? 아니면 조금 뒤에 올 해방감 때문인가?

남편은 집에 없었다. 막연한 불안감, 남편의 부재를 확인하자 언제나 그랬듯이 가슴 밑으로 서늘한 바람이 스쳤다. 아들은 낮에 앉았던 그 자리에서 똑같은 자세로 무엇인가에 골몰하고 있었다. 아들은 적어도 표면적으로는 감정을 드러내지 않았다. 여자는 아들의 큰 손을 꼭 쥐어보았다. 날씨는 무더웠고 둘이 잡은 손바닥 사이로 끈끈하게 땀이 흘렀으나 둘은 한참을 그러고 있었다.

여자는 입 속에서 시간을 세었다. 다만 여느 날과 다름없는 일요일 하루가 흘러가고 있었으나 여자에게는 삶이 다 진하고 마치 죽음의 경계로 넘어가는 듯 힘에 겨웠다. 요 몇 년 사이 일요일 하루가 지나가는 것이 무서웠다. 한 주일이 시작되면서 대부분의 아침 시간을 다른 곳에서 돈을 차용하는 데에 다 보냈으나 한두 달 전부터는 그 일도 모두 막혀 버리고 말았다. 그녀의 상황은 이제 개인적으로 돈을 차용하는 범주를 넘어버렸다. 가게는 한 달 안에 비워 주어야 하고 집은 회사에서 경매에 넘기는 길밖에 없었다.

"엄마, 힘들지?"

"네가 힘이 드는구나."

"내가 힘이 들 게 있나요? 엄마가 힘이 들어서 그러죠. 그냥 나는 내 일만 하면 되는 걸요. 능력이 없다는 건 부담이 없어서 좋은 면도 있어요. 누군가가 나에게 기대하지는 않을 테지 하는 생각은 비겁하지만 편해요. 엄마의 걱정을 덜어드리지 못해서 답답하지요."

"누구든지 다 자기 무게만큼의 짐을 지고 있어. 사람들은 다 어떤 고통이든 가지고 있게 마련이야. 우리는 그 고통이 돈이라는 것일 뿐이야."

"그래요. 나도 그런 생각은 해요. 우리만 그렇게 힘들게 살도록 주어지지는 않았을 거라고. 우리가 그렇게 재수 없이 제비를 뽑았다고는 생각지 않아요."

아들의 온몸에서 고통이 삐질삐질 삐져나왔다. 아들은 너무 힘이 들어서인지 이미 아이가 아니었다. 그는 많이 생각하고 많이 고통스러워했다. 다만 그것이 모자의 능력 밖의 것이어서 엄마를 더 슬프게 했다. 여자에게 아들의 고통이 전해왔다. 어머니와 아들은 각자의 고통에 상대방에 대한 마음 씀이 더해져서 가슴이 저렸다. 여자는 피를 통한 인연을 맺지 않는 것이 좋다는 생각을 다시 한 번 했다. 아들과 연결되는 끈이 여자의 목을 조여 왔다. 여자에게는 다만 세상에서 혼자 살아남는다는 것도 힘이 들었다.

여자는 이 세상에서 행해지는 모든 것들을 감당해낼 힘이 없음을 날마다 확인했다. 자신을 바닥까지 다 드러내며 남자를 원했으나 그는 옆에 없었다. 강하게 여자를 흔들었던 과거의 시간들이 여자의 가슴에 깊이 침전되었다. 여자에게 깃털처럼 떠돌던 많은 기억들이 습기를 머금고 하나 둘 주저앉았다. 의미를 찾지 못한 깃털들이 부유하는 이물질들과 결합하여 굳어졌다. 쓸쓸함이 종양처럼 굳어져서 아팠다. 아들 하나로 자신의 존재를 확인할 수밖에 없다는 것은 사실이었으나 그럴수록 아들이 느낄 무게가 두려워 촉수를 안으로 오므렸다.

여자는 잠수부의 등에 매달린 산소통이 될 수 없었음에도 아들에게 호흡할 수 있는 공기를 공급해야 한다는 의무감으로 온몸이 무거웠다. 여자는 아들의 또 다른 손을 꼭 잡았다. 점점 어두워지는 방 안에서 무엇인가를 충전시켜 보겠다는 욕망으로 두 사람은 손에 힘을 주었다. 모자는 서로를 생각하는 강한 마음이 전해져야 한다는 강박감에 빠져 들었다. 서로 손바닥에 땀이 흐르는 것을 알고 있었지만 손을 놓지 못했다. 숭고함은 접신의 경지였으나 남는 것은 고통과 슬픔뿐이라는 것이 안타까웠다. 여자는 고통과 슬픔이 같은 강도로 교류된다 해도 자신의 마음을 전달하고픈 상대로 아들이 괜찮다는 생각을 했다.

"엄마, 피곤하지?"

"아니 괜찮아. 너 배고프지 않니?"

"아니, 끼니를 걸렀는데도 배가 고프지 않다는 것이 이상해요. 그냥 아무 감각이 없을 때가 있어요. 뭘 하고 싶다는 생각도 해야 한다는 생각도 없어요."

아들은 어둠 속에서 편안한 듯했으나 여자는 어린 아들을 무력하게 만든 대상에 대한 분노로 떨렸다. 이 세상 모든 고통에서 초연한 것처럼 보이다가도 어느 때는 갑자기 폭력적이 되는 아들을 보아야 하는 것은 여자에게 그 어느 쪽도 고통이었다. 엄마와 아들은 어둠 속으로 같이 침전하고 싶다는 욕망만이 같았다. 한여름날 밤의 습기가 그들을 감쌌다. 그들의 손은 탯줄처럼 끊어질 줄 몰랐다. 아들은 여자의 무릎에서 잠이 들었다. 그의 강한 저항은 탈진하여 깊은 수면 속으로 빠져 들었다.

―이 아이와 나는 전생에 무엇이었을까?―

아들에게 고통을 주었다는 회한은 참담했다.

—다음 세상에서 나는 저 아이하고 어떤 인연을 맺어야 하나?—

여자는 해방되고 싶었다. 자유롭고 싶었다. 다음 세상에서는 태를 가진 생명으로 태어나고 싶지 않았다. 자유스럽게 만나고 자유스럽게 헤어지고 싶었다. 끈끈하고 비천한 감정들로부터 자유스럽고 싶었다. 여자는 머리를 절레절레 흔들었다.

—또 다시 무엇인가로 태어나고 싶어 하다니. 이 집착은 무엇인가?—

여자는 진이 빠져 나간 육체로 히죽이 웃었다. 그리고 몸서리쳤다. 여자의 손에서 놓여난 아들의 몸이 늘어졌다. 잠을 자기에도 힘이 드는 듯했다. 아들에 대한 지독한 연민은 미움으로까지 번졌다. 여자는 분연히 자리에서 일어섰다. 밤은 깊었다. 남편은 또 어디에 있는 것인가? 어둠 속에서 그의 탈색된 몸뚱이는 좀 덜 초라할까? 남편을 기다리는 여자의 마음도 탈색되었다. 여자 앞에 놓인 무더움과 어둠은 시간마저 정지시켜버린 듯했다. 호흡이 멎을 만큼 덥고 조용하고 어두웠다. 생각도 정지되는 듯했다. 여자의 머릿속은 텅 비어서 작은 울림이 들려오는 듯했다.

몇 달 사이 여자의 머리는 자주 비었다. 아무 생각도 없이 비어 있는 머리는 언제나 무거웠다. 무거운 생각들이 머리 안에서 빠져나갔지만 머리는 가볍지 못했다. 머리가 제발 가벼웠으면 싶었다. 머리 안에서 혼란스럽게 뒤엉킨 모든 생각들을 잠재우고 싶었다. 아니, 무엇인가 하고 싶다는 그 생각마저도 잠재우려고 했다. 그러나 무엇을 의도할 때마다 모든 신경은 자신의 의사와는 전혀 다른 방향으로 나갔다. 여자는 다시 한 번 자신의 한계를 느껴야 했다. 자신은 자신의 것이 아니었다. 여자는 뜨거워지는 머리를 식히고 남편의 행방에 대한 불안을 씻어내기 위해 얼음물을 한 모금 들이켰다. 얼음물 한 대접은 내부로 흘러 들어가서 몸 전체를 냉각시켰다.

열두 시가 넘어서자 여자는 문설주가 주저앉아 삐그덕거리는 대문을 소리 안 나게 열고 문 밖으로 나갔다. 통금 전에 남편이 돌아올지도 모른다는 막연한 가능성으로 서성거렸던 그 많은 시간들이 띄엄띄엄 이어졌다. 얼마나 많은 시간을 다만 기다린다는 행위로 지워 왔는가? 기다린다는 동사도 행위라고 할 수 있나? 남편은 낮 동안 성실하게 멀쩡한 정신으로 일했다. 그러다가는 저녁이 되어 몇 푼의 돈을 수금하고 술을 조금 마신 다음에는 아주 쉽게 자신을 다 버렸다. 훌훌 자신을 버리고 진흙 밭에서 뒹굴었다.

─너무 지루해. 당신이 하는 방법으로는 우리 평생이 너무나 뻔해. 우리는 아무것도 가질 수 없어.─

─눈에 보여. 곧 잡을 수 있다고. 한 번에 다 보상해 줄 거야.─

─오늘은 안 가야지. 인제는 발을 끊어야지 하는 생각으로 나서지만 언제나 쉽지가 않아. 나도 고통스럽다고.─

그는 고통스럽다고 말했지만 목소리도 고통스럽지 않았다. 남편은 언제나 여자를 공범자로 만들었다. 그러나 '우리'라는 단어가 만들어 내는 일체감은 그리 오래 가지 못했다. 라디오 속에서 나오는 기계음이 아닌 인간의 성대에서 울려 나오는 소리는 눈빛과 또 다른 느낌으로 더 분명하게 감지되었다. 어려서부터 돈에 허기진 남편은 아귀처럼 돈을 탐했다. 남편은 한 번도 돈 이외의 것으로 평가받는 세계에서 살아 본 일이 없었다. 돈 이상의 것이 그들 사이에는 존재하지 않았다. 돈만이 모든 것을 평가하는 세계에서 살면서 돈 없는 그가 당할 고통을 생각해주던 시간도 지났다. 다만 이제 남편은 살아 있는 생물일 뿐이었다. 생물이 무생물로 변하는 그 경계를 막연히 기다릴 수는 없었다.

골목 밖의 가게들은 모두 문을 닫았고 행인들의 발길도 끊어졌다. 통행금지가 있는 것도 아니었지만 사람들의 기준은 아직도 12시에 있었다. 아무도 돈이 삶의 지표라고 하지 않았지만 도시는 돈으로 모든 것을 표현했다. 사람들은 대부분 자정이 되기 전에 도시를 빠져나갔다. 극장 건물 위에 걸린 시계의 숫자가 규칙적으로 1시를 향해서 변했다. 1초마다 깜박이는 두 개의 점이 동전닢처럼 투명하게 반짝거렸다. 금방이라도 비가 쏟아질 것 같은 거리 위에 폐지 나부랭이, 음식물 쓰레기, 빈 병이나 깡통들이 뒹굴었다. 사람들이 빠져나간 밤거리는 드문드문 켜진 희미한 불빛 아래 가라앉고 있었다.

텅 빈 시간 속에서 여자는 움직이지도 못했다. 미래를 향해서 달려가는 두 개의 점이 여자를 초조하게 했다. 그 움직임과 같은 속도로 치통이 계속되었고 주황색의 밝은 색깔은 술집 네온사인의 명멸하는 불빛처럼 온몸의 신경을 자극했다.

아파트 옥상의 전광판에서 2000년을 향하여 남은 날들이 빛을 발하며 흘러갔다. 1000일부터 시작된 숫자들의 행진은 초반에는 호흡을 고르는 마라톤 선수처럼 천천히 달리더니 얼마 전부터는 마지막 스퍼트를 내며 헐떡거리는 소리가 들렸다. 올림픽 개최 일을 일 년인가 남겨놓았을 때에도 같은 자리에 전광판이 있었다. 일력의 낱장을 빠른 속도로 넘기며 세월의 흐름을 보여주는 옛날 영화처럼 시간이 넘어갔다. 여자는 숫자를 따라가기가 어려웠다. 숫자가 영으로 되는 날은 숨이 끊어질 것 같았다. 전광판은 죽음을 향해서 달리는 계측기처럼 불길하게 움직였다. 전광판은 담보로 잡혀 있는 여자의 집을 향해 빛으로 위협했다.

─회사에서는 이제 더 이상 사정을 봐드릴 수가 없답니다. 아주머

니도 아시지요? 제가 아주머니 편이라는 거 말이에요. 아주머니가 기일 안에 정리해 주시지 않는다면 회사에서는 선례대로 경매에 넘길 수밖에 없답니다. 아시겠지만 그런 예를 저희들은 여럿을 보았거든요. 무서워요.─

여자는 담당 사원의 목소리를 되새김질했다. 알고말고. 작은 점포까지 직접 와서 확인을 한 후에야 대리점 계약을 하는 지독한 사장으로부터 어떤 형식이든 양해를 구한다는 것을 여자는 생각도 못했다. 후끈후끈한 열기는 여자의 주위를 감싸더니 바람과 함께 빗방울이 되어 떨어졌다. 도로 위를 굴러다니던 몇 장의 신문지가 굵은 빗방울에 젖어서 힘없이 주저앉았다. 시원했다. 남편을 기다리는 일은 이제 여자의 계획에는 없었다. 남편을 기다린다는 것은 명분이었을 뿐 사실은 아무것도 기다리지 않았다. 언제나 그랬다. 여자는 아무도 없는 거리에서 쫓겨나는 연습을 해왔다. 여자는 그것도 괜찮다는 생각을 했다. 여자는 두려움이 없어지는 것에 고마워했다. 또한 자신의 질긴 힘에도 감탄했다.

여자는 대추씨처럼 아주 작고 단단하게 응축된 사장의 모습을 떠올렸다. 여자가 대리점을 시작한 지 얼마 되지 않았을 때 사장은 그 지역의 담당 사원과 함께 가게에 들렀었다. 그는 황제였다. 그는 지극히 평범하게 행동했으나 그를 따르는 사원들이 그를 황제로 만들었다. 그는 아무리 돈이 급해도 덤핑으로 회사 물건을 넘기지 말라는 얘기와 상대편 회사에서 아무리 그런 행동을 해도 동요하지 말라는 등의 주의 사항을 시시콜콜히 전했다. 여자는 그때 사장의 코믹한 행동을 보고 웃었으나 이제 자신은 그의 희극적 몸짓으로 아주 쉽게 세상에서 떨어져 나간다는 것을 알았다.

빗방울은 이제 빗줄기가 되어 여자의 몸에, 길바닥에, 도시 전체에 쏟아졌다. 빗속에서 가끔 번개가 네온사인의 명멸하는 숫자와 함께 번쩍거렸다. 모든 것에서 해방되었다는 자유와 아무도 보지 않는다는 여유가 여자를 흥분시켰다. 순식간에 비는 여자의 옷을 적시고 살갗 위로 흘렀다. 가끔 자동차가 물을 심하게 뿌리고 지나갔으나 여자에게 관심을 가지는 사람은 없었다. 여자는 조금은 서글펐고 조금은 우스웠다. 인간으로서보다 여자로서의 자신을 완전히 포기해 버리기가 이렇게 어려운가 하는 생각에 짧게 한숨 쉬었다.

비가 여자를 자유스럽게 했다. 여자는 비만 보고 있었고, 비만 생각했다. 비는 더위를 식히고 여자의 몸 여기저기에 달라붙은 고통을 떼어내었다. 길가에 세워진 외등이 빗줄기를 부드럽게 보이게 했다. 여름밤 안개처럼 도로 위로 퍼져나가는 뿌연 증기가 여자를 외계와 차단시켰다. 열기와 냉기가 만나면서 흩어지는 수증기의 흐름이었다.

여자는 무심히 하늘을 올려다보았다. 눈 속으로 빗물이 들어오자 여자는 눈을 감았다. 여자는 안개 속에서 둥둥 떠올랐다. 여자의 머리에서 빗물이 흘렀다. 머릿속에서 작은 체구의 사장이 유리되어 빗물과 함께 흘러갔다. 시간이 흐르고, 빗물이 흐르고 여자의 고통이 흘렀다. 얼마만인가 여자는 냉기를 느끼며 집과 아들을 생각했다. 안개처럼 가벼웠던 여자의 몸은 다시 쇳덩이처럼 무거워졌다. 물에 젖어 뻣뻣해진 옷들이 여자를 꾹꾹 눌렀다. 아들은 웅크리고 자고 있었고 마당은 갑자기 불은 물이 하수도로 빠져 나가지 못한 채 넘치고 있었다.

"아무래도 이런 비수기에 대리점 권리를 뺏는 것은 좀 무리라는 결론이었습니다. 사장님한테는 좀 늦게 보고를 드리기로 하고 영업부에서 한 달간 유예기간을 드리자고 했습니다. 한 달 동안에 미수금을 최대한으로 줄여 보십시오. 물건을 낱개로 파는 한이 있어도 우선 수금을 최대한으로 하시고 회사 미수금을 최대한으로 줄여주셔야겠습니다. 한 달 동안 성의를 보이시지 않는다면 담보물을 경매에 넘길 수밖에 없습니다. 아시지요? 이런 정도로 편의를 봐드리기 위해 저희가 얼마나 뛰어야 하는가를 말입니다."

담당 사원은 판관처럼 한 달의 유예 기간을 통고하고 떠났다. 이런 비수기에 수금을 최대한으로 하라고? 그것은 유예가 아니라 다 죽어가는 사람에게서 기름을 좀 더 짜내는 방법일 뿐이었다. 그들은 공매 기일에 맞추어 한 달 더 돈을 받아내기 위해 그럴싸하게 생색을 냈다. 어차피 유일한 담보물인 집이 공매에 붙여질 것은 뻔했다. 어떠한 방법으로도 돈을 갚을 길은 없었고 설정된 담보액은 이제는 집값에 육박해 왔다. 회사에서 두려워하는 것은 이달 들어 미수금이 하루가 다르게 늘어난다는 것이었다. 여자는 그들의 보시에 하나도 감동하지 않았다. 답답한 상태에 자신을 한 달쯤 더 밀어 넣는다고 해서 자신이 무엇을 해낼 수 있단 말인가?

남편은 계속 들어오지 않았고 아들은 좀 더 침묵했다. 여자는 빨리 결판이 났으면 싶었다. 가망 없는 시험을 본 후에 결과를 기다리는 심정이 이럴까? 남편이 카드를 던진 후 결과를 기다리는 심정이 이럴까? 여자는 자신이 해 볼 수 있는 부분이 하나도 없다는 것이 막막했지만 더 이상 절망적이지도 않았다. 머리가 텅 비어 생각이 이어지지 않았다. 여자는 빨리 옆에 있는 사람들이 자신을 어디엔가 위치하도록 처리해 주기를 바랐다. 무엇이 자신에게 유리한지 불리한지 생각할 수 없었다. 남편이 자신을 어떻게 할 수 없었듯이 이제 그녀도 스스로를 어떻게 할 수 없었다.

"한 달쯤은 회사에서 여유를 준답니다. 그 동안에 아주머니 전세금은 제가 어떻게 만들어 보겠어요. 그러니 너무 걱정은 마세요."

여자는 몇 달 전에 세를 들어 온 아랫방 여자에게 사실을 보고했다. 아들이 쓰던 아랫방에 전세를 든 여자는 얼굴에 푸른빛이 돌았다. 아랫방 여자가 더 캐묻지도 않고 횡하니 방으로 들어가 버리자 여자는 그 서슬에 더 떨렸다.

"맘 좋은 척, 세상 물정 모르는 척하고 싼값에 세를 놓더니 그렇게 음흉한 함정을 파놓고 기다리고 있었다니…… 순진한 이년이 병신이었지."

조금 후에 방에서 나온 아랫방 여자는 준비해가지고 나온 연극 대사를 외우듯이 아주 극적으로 외장을 쳤다. 그녀는 다닥다닥 붙어 있는 이웃집들을 향해서 정치가가 정치적 소신을 밝히듯이 분명하게 소리쳤다. 여자는 오히려 막혔던 것이 뚫리는 것처럼 시원하기까지 했다. 수치심에서 해방되니 편안했다. 오히려 여자는 그녀를 비웃었다. 자신이 세상 물정 모르는 여자도 아니었지만 아랫방 여자도 결코 순진한 여자는 아니었다. 두 사람의 공통점이 있다면 능력이 없다는 것뿐이었다. 아랫방 여자는 싼 전세 값에 허겁지겁 이사를 왔고 자신은 조금이라도 이자 없는 돈을 써볼까 하는 생각이 있었을 뿐이었다. 다만 몇 달이 지난 지금 두 사람 다 그 속에서 헤어나지를 못한다는 것이었다.

한 달 후에 무엇이 달라질 수 있을까? 회사에서는 담보 처분 기일을 한 달 연기해 주는 대신에 물건을 30%나 줄여서 배당하면서 인기 품목은 제외시키고 재고 물량을 내보냈다.

"물량이 부족해서요. 비수기라서 물량을 대폭 줄였거든요. 게다가 공장 근로자들까지 월급 인상이다, 처우 개선이다 해서 여간 시끄럽지가 않아요."

담당 사원은 여자를 보지도 않고 말했다. 그 사람도 거짓말에는 능숙한 사람이 아니었다. 능력을 평가받으려는 그의 방법은 서툴렀다. 인정을 베푸는 듯 한없이 부드럽게 말하면서 서서히 압박하라는 사장의 방침을 그는 실천하는 중이었다. 물량이 달린다니, 말도 안 되는 소리였다. 이런 비수기에는 하루만 물건이 안 빠져도 재고품이 쌓이는 판이었다. 그 재고품은 겨울에 비해 빠른 속도로 변질되기 때문에 가능한 한 빨리 물건을 회전시키는 것이 담당자들의 능력이었다. 여자는 그들을 믿지도 않았지만 야속해 하지도 않았다. 여자는 세상의 모든 방법에 길들여져 있었다. 사장의 방침이나 직원의 방법이 무엇이든 여자는 좀 더 많은 수금을 해서 최저 생활을 유지하며 모든 금액을 회사에 입금시킬 것이었다. 그것은 여자의 살아가는 방법이었다. 다만 예측할 수 없는 방법으로 돈을 가지고 어느 곳인가로 달려가는 남편을 차단시킬 수 없다는 것이 여자의 한계였다.

지하상가에서 환기통을 통해 생선 채소 등이 물과 섞여 부패하는 냄새가 올라왔다. 여자는 입덧을 하는 임산부처럼 몇 번 헛구역질을 했다. 입안으로 침이 고여 왔다. 신혼 시절 입었던 원색의 빨간 치마 초록 저고리가 엉켜서 돌아갔다. 빨간색, 파란색, 노란색의 무섭도록 진하고 독한 색의 옷들을 입고 큰 칼을 휘두르며 열병을 앓던 어린 아이를 끌어내려 했던 여자들이 어지럽게 어른거렸다.

여자는 현실이 힘들 때마다 원색의 활옷을 입고 춤을 추며 자신을 끌어내려했던 여자들을 생각했다. 뱃속에 있는 회충을 빼내기 위해 금계랍을 먹었을 때처럼 세상이 노란색으로 빙빙 돌았다. 무당에게 끌려가기를 완강하게 거부했던 어린아이는 지금은 없다. 현기증은 한 달에 한 번씩 찾아오는 손님 때문이었다. 여자의 몸에서 노폐물의 덩어리들이 조금씩 빠져나갔다. 나른함 속에서 때묻은 유리창을 통해 행인들을 바라보았다. 비가 온 다음의 스산한 풍경이 강한 햇빛으로 점점 변질되었다.

"어떻게 됐소? 간밤엔 무섭게 비가 왔었지?"

"한 달은 시간을 벌었어요. 공매 처분을 한 달 후로 미룬다는 것이에요. 그래도 특별히 좋을 건 없어요. 한 달 후에도 별로 달라질 것이 없으니까요. 정말 비가 많이 왔어요. 그래도 아침에는 시멘트 마당 위로 출렁대던 물들이 어디론가 다 빠져나갔어요. 마당 속으로 다 스며들었나 봐요"

"우선은 잘 됐군. 한 달 동안은 시간을 벌었으니. 좀더 생각을 해 볼 수 있겠군."

여자는 자신의 일이 생각이라는 범위 밖에 있다는 것을 잘 알았다. 남자는 몇 마디인가 말을 더 한 후에 전화를 끊었다. 그는 요즈음 하루에 한 번씩 전화를 해왔다.

—무슨 일이 일어났을 것 같아서. 좀 불안해서.—

—제가 죽었을 것 같아서 확인하는 것이지요?—

—그래, 오늘은 살아 있을까 하는 불안이 있어.—

여자는 그 사람이 아무것도 해 줄 수 없다는 것을 잘 알지만 그의 목소리에 가슴이 뜨거워졌다. 그는 날마다 여자의 생존을 확인하는 전화를 했고, 여자는 전화로 나눈 몇 마디 말로 모든 고통을 희석시켰다. 여자는 오래 전에 헤어진 남자에 대한 떨림이 남아 있다는 것이 어처구니없었다. 자신의 목소리를 확인한 후 그가 토하는 짧은 한숨 소리가 몸에서 퍼져나갔다. 죽을 수도 있겠지. 그 쪽은 어떨까? 쫓기지 않는다면 괜찮겠지.

먼지로 뒤덮인 라디오에서 아주 고운 바이올린의 선율이 흘렀고 하늘은 그 소리만큼 고왔다. 청각과 시각으로 여자는 현실에서 유리되어 부유할 수 있었다. 나를 유기했다고 생각하나? 그 사람의 믿음 때문인가? 아무래도 좋았다. 여자는 신경이 모두 마모되어서 그런 것은 생각할 수 없었다. 그럼에도 남자와 감정의 교류를 탐닉하려는 욕망은 어디에서 나오는 것인지 몰랐다. 사실 그는 모든 보급품이 다 끊긴 상황에서 유일한 비상 양식이었다. 다 말라버린 시냇물의 끝 어디에선가 조금씩 솟아나는 아주 작은 물줄기였다. 여자는 아주 힘겹게 목을 축였다. 물기는 목으로도 넘어가지 못하고 입안에서 증발되었다. 여자는 이제 다 말라버려서 차라리 불이 되고 재가 되는 것이 더 쉬웠다. 여자는 자신의 몸이 부서지는 소리를 또 들었다.

남편은 어디에 있을까? 그는 가끔 홀연히 없어졌다가는 또 나타났다. 그는 죽은 사람처럼 아무 흔적도 없이 사라졌다가는 나타났다. 여자는 죽음이 그럴 것이라고 생각했다. 홀연히 남편이 사라졌다가 나타나는 일이 반복될 때마다 그는 영원히 죽지도 못하고 다시 나타날 것이라고 생각하게 되었다. 여자는 남편과 죽음으로도 헤어질 준비가 충분히 되었다. 여자에게 남편에 대한 대부분의 생각은 감정이 배제되어 담담하기까지 했다. 안쓰러움이 찝찔한 액체가 되어 그녀의 몸 어디엔가 고였으나 그것은 곧 분말이 되어 날아갔다.

지난겨울 언젠가 남편은 어디엔지 내의도 벗어버리고 맨 바지를 입고 덜덜 떨며 며칠 만에 나타났다. 여자는 그때 소위 말하는 인간의 품위라는 것이 자신의 육체를 극히 평범하게 남들과 유사하게 보존하는 것 이상은 아무것도 아니라는 것을 알았다. 그와 죽음으로 헤어지고 싶어 하는 욕망은 살의와 별로 다를 것이 없었다. 아, 제발 그가 이승에서 맺은 인연을 끊어버리게 해준다면 자신은 비상할 수 있을 것 같았다.

회사에서 그녀에게 말미를 준 한 달 중에서 하루가 지나고 있었다. 몇 상자의 물건을 점원이 신명나지 않게 자전거에 실었다. 점원은 삼십 프로의 배당이 줄어든 것에 맥이 풀려 했다. 점원은 몇 미터 높이로 물건을 싣고 시내 한복판을 누비는 기술을 자랑스럽게 생각했었다. 그를 입 벌리고 바라보는 사람들 앞을 눈길도 주지 않으며 쌩쌩 달렸었다.

"요즘 한창 딸리는 물건들만 빼고 주었어요. 팔리지도 않는 물건만 계속 준다고요. 이러다가는 거래처가 다 끊기고 말거예요. 그렇지 않아도 모두 덤핑으로 넘기는 다른 회사 물건들 얘기만 하는 판인데 이렇게 재고품만 떠넘기다가는 외상값도 못 받고 말게 될 거예요. 물건을 제대로 대어 주어야 물건 값을 받지요. 이러다가는 물렸던 물건 값들도 다 뜯기고 말거예요."

점원은 연신 물건 상자들을 쾅쾅 소리 나게 실으며 투덜거렸다. 그는 여자에게 당신 알고 있느냐는 투로 말에 힘을 주었다. 여자는 계산대로 사용하는 철제 책상의 호마이카 판을 정성들여 닦아냈다. 쪽마루의 연결된 골 사이나 창틀에 박힌 먼지들을 파내듯이 호마이카 테두리의 고무 박킹 사이에 끼어든 먼지들을 정성들여 긁어냈다. 여자는 책상의 먼지들을 말끔히 닦아낸 뒤 성냥골을 하나 집어내어 귓속을 정리했다. 그리고는 지글지글 끓고 있던 라디오의 볼륨을 올리고 잡음이 나지 않도록 조심스럽게 다이얼을 돌렸다. 플라스틱 라디오의 몸체에서 기름이 묻어나 손가락이 끈적거렸으나 그 속에서 나오는 소리가 정돈된 만큼 가게는 차분해졌다. 점원이 짐을 실은 자전거가 스탠드를 뒤로 젖히며 떠날 준비를 했으나 여자는 상자 수를 세지 않았다.

라디오 속의 여자는 나긋나긋한 목소리로 비에 관계되는 시를 읊었다. 여자는 시적 화자가 상대방에게 비오는 날의 우산이고 싶다는 시의 내용을 현실의 우산으로 자연스럽게 바꾸어 고정시켰다. 시는 또 여자의 목소리에서 윤색되었다. 라디오의 여자는 자신의 시를 또한 편 쓰고 있었다. 모두 타인의 것을 자신의 것으로 바꾸었다.

"계세요? 여기 아주머니 계세요? 뭘 그렇게 열심히 생각하십니까?"

여자가 라디오의 소리에 빠져 있을 때 가끔 혼자 와서 물건을 한 상자씩 가져가던 장님 노인이 여자를 바라보았다. 그러고 보니 흙바닥을 울렸던 지팡이 소리를 들은 듯도 했다.

"오늘도 무슨 걱정이 있으시군요."

그는 색안경 저 쪽의 눈으로 여자를 바라보았다. 그는 더듬더듬 옆에 놓인 둥근 나무 의자를 끌어다 앉았다. 그리고는 두 다리 사이로 지팡이를 끌어다가 턱에 고였다.

—오늘은 모처럼 밝은 색의 옷을 입으셨군요.—

언젠가 그는 여자에게 이렇게 시작했다. 여자는 그가 원하는 물건을 내려놓은 뒤 그의 눈을 아무 생각 없이 바라보았다. 그것은 사뭇 무례한 태도이기도 했으나 여자는 정말 그가 보는 세계가 어디까지인지 알고 싶기도 했다. 그는 보지 않아서 좋고 볼 수 있어서 좋을 것 같았다. 여자는 그가 볼 수 있는 것도 스스로 원하는 세계는 아니리라고 생각했다.

"많은 집착은 많은 병이지요. 아주머니는 집착도 없는 것 같습니다만."

그는 힘겹게 겨드랑이에 물건 상자를 낀 채 지팡이에 의지하여 복잡한 길 속으로 들어갔다. 모든 사람들이 그를 위해 길을 비켜 주었다. 여자에게 장님 노인의 막막함이 전해져왔다.

학교에서 돌아온 아들은 아무것도 먹지 않은 채 허기를 참고 있었다.

"왜 뭐라도 먹지 그랬니?"

"괜찮아요. 이런 것은 참을 수 있어요."

"그럼, 뭘 못 참는다는 거지?"

"알면서 그러세요. 내일 당장 우리가 어떻게 될지 모른다는 것 말이에요."

"누구나 다 똑같아."

"그렇게 말하지 마세요. 우린 정도가 다르지 않아요."

아들은 평소답지 않게 언성을 높였다. 여자는 자신을 지탱하기도 힘이 들었지만 아들의 마음을 달랬다. 아들은 한 달이 끝나고 새 달이 시작되는 그 사이에서 불안에 떨었다. 여자는 어린 아들에게 너무 많은 것을 알렸던 지난날을 후회했다.

"이번 달은 괜찮아."

"방을 보러 두 사람이나 왔었어. 아랫방 아주머니가 지금보다 훨씬 싼값에라도 내놓겠다고 했나봐. 이 동네 복덕방 아저씨들이 아니고, 전혀 모르는 사람들이었어."

아랫방 여자는 그 방에서 탈출하는 방편으로 다른 동네에 방을 내어놓은 모양이었다. 그 사이 법원에서 몇 번인가 감정가를 매기기 위해 집달리들이 들락거린 집을 동네 복덕방에서 소개하겠다고 나설 리가 없었다. 아랫방 여자는 모든 방법을 다 동원했다. 살아남기 위한 그 여자의 방법도 처절했다. 아랫방 여자는 집 주인을 완전히 젖혀 놓았다. 여자도 자신이 결코 주인일 수 없다는 것을 오래 전부터 알았다. 집이 지닌 가치 이상을 담보로 잡혀서 돈을 다 뽑아 써버렸듯이 여자는 자신이 가진 모든 것들이 다 소진되었다는 것을 알았다. 집의 가치가 그랬듯이 여자의 육체도 정신도 이제는 스스로 제어할 능력이 없었다. 하물며 아랫방 여자의 그 강한 집념을 자신이 어쩌겠다는 것인가? 여자는 그녀의 움직임을 볼 힘도 없었다. 여자는 눈에 힘이 주어지지 않았다.

여자는 회사에서 배당금으로 준 몇 주의 주식을 판매한 대금과 금 반지 한 개를 아랫방 여자의 손에 쥐어 주었다. 그녀는 매처럼 빠르게 그것들을 빼앗았다. 여자는 자신이 가졌던 마지막 것들을 날려 보냈다.

"양심적인 척하지 말아요. 무슨 수가 있어도 난 이 집에서 나갈 테니까."

그녀는 여자 앞에서 문을 소리 나게 닫아버렸다. 여자는 자신의 진심이 오해받는 것에 익숙했기 때문에 아무렇지도 않았다. 하루가 거의 다 끝나가고 있었으나 남편은 돌아오지 않았다.

"돌아오지 않았으면 좋겠어. 돌아오지 않을 거야."

아들은 새장 앞에서 공포에 떠는 새를 바라보며 음울하게 뱉었다. 여자는 가끔 아들에게서 끈적끈적한 음모 같은 것을 냄새 맡았다. 아들의 목소리에서 무슨 일인가를 저지를 것 같은 불안이 또 느껴졌다. 그것은 자신의 내부에서 움트는 불안이기도 했다.

―좀 더 품위 있는 일을 하다가 이렇게 됐다면 괜찮아. 그런 어처 구니없는 카드 몇 장에 우리가 손을 들고, 형편없는 바닥으로 떨어진 다는 건 참을 수 없어. 용서할 수 없어.―

아들은 단호하게 저항했었다. 그때는 그래도 열기가 있었다. 지금 은 아버지에 대한 증오가 차디차게 식어서 얼음이 되어 그의 가슴 속 여기저기에서 굴러다녔다. 그는 그 절망감을 시간 속에서 더욱 단 단하게 응고시켜 깨지지 않는 금속으로 만들었다.

"이제 우리를 살릴 수 있는 건 우리 몸뚱이밖에 없지?"

몸뚱이가 살아남기 위해 몸뚱이를 사용하는 방법만이 남았다는 것

406

을 또 확인했다. 몸뚱이가 없으면 그것을 살리기 위해 애를 쓸 필요도 없을 것이었다. 아들은 계속 새장 앞에 있었다. 짙은 어둠과 함께 또 하루가 흘러갔다. 아들은 새장의 작은 문을 열어 놓고 손바닥에 몇 알의 좁쌀을 올려놓은 뒤 새를 유혹했다. 습기와 더위 속에서 오래 전에 윤기를 잃어버린 새는 주인보다 더 초췌했다.

"너희 주인은 돌아오지 않을 거야. 돌아오지 못할 거라고."

아들이 은밀하게 속삭였으나 새는 새장 밖으로 나오지 않았다. 아들은 새장 문을 열어 놓은 채 손바닥에 남은 좁쌀알을 새장 속으로 던져 버리곤 여자 옆에 앉았다. 여자는 아들의 손을 잡았다. 깨진 유리창 사이에 바람막이로 고정시켜졌던 솔 스무 곳짜리 학이 누렇게 변색되었다.

흘러간 노래

　자그마한 체구의 노인이 그를 향해 손을 흔들었다. 가을 햇빛을 받아 반사되는 은빛 머리칼을 제외하곤 그는 그저 죽음을 향해 서서히 다가가는 초로의 남자였다. 대부분의 노인들이 그렇듯이 그도 자신의 의지와는 관계없이 굼뜨게 움직이는 사지를 약간은 과장되게 흔들고 있었다. 손님이 그의 차에 올라타자 그는 재빨리 손님의 냄새를 읽기 시작했다. 그는 언제나 손님이 탑승한 후에는 짧은 시간 안에 그들이 어떤 사람인지를 분류하곤 했다. 멀리서 오는 차를 잡을 때의 모습, 좌석에 앉을 때의 자세와 앉는 위치, 목적지를 말하는 태도 등을 모두 혼합하여 그는 그의 손님들을 분류하곤 했다. 그 행위는 무슨 필요에 의해서가 아니라 단지 습관이었다. 그러한 일마저 하지 않는다면 그 무료한 작업을 감당하기 어려웠을지도 몰랐다.

　그가 살았을 세월만큼 골이 깊게 패인 얼굴의 노인은 뒷좌석에 담담하게 올라탔다. 능숙하게 자리에 앉는 것으로 봐서 자주 택시를 이용했던 것으로 보였으나 그리 크지도 않은 체구를 끌듯이 차 속으로 밀어 넣는 것으로 보아서 노인은 그의 나이 때문이 아니어도 심신이 지쳤음에 틀림없었다. 목적지를 말하는 그의 음성으로 입에 적당히 침이 고여 있었음을 알 수 있었다. 뻑뻑한 쉰 목소리보다는 그를 여유 있게 해주었다.

"화장터로 갑시다."

노인은 한마디를 던지고는 많은 사람들의 머릿기름으로 번들거리는 좌석 시트에 파묻혔다. 그는 운전석 옆의 작은 거울을 통해 다시 노인을 확인했다. 노인은 이제 자기 임무를 다했다는 듯 작은 몸을 웅크린 채 두 눈을 지그시 감았다. 밖은 투명한 가을날이었고, 여름내 볼품없이 퍼렇기만 하던 플라타너스, 은행나무 등에 단풍이 곱게 들어 풍요로웠다. 그는 노인이 뱉은 목적지를 분명히 알아듣지 못했지만 피로에 지친 듯 눈을 꼭 감고 있는 노인에게 목적지를 다시 확인하기가 어려웠다. 노인이 감은 눈을 뜨고 다시 입을 연다는 것은 대단한 역사처럼 느껴졌기 때문이었다.

─화양동? 화계사?─

"화양동이라고 하셨습니까?"

그는 천천히 바퀴를 회전시키면서 비슷한 음의 몇 곳을 생각해보다가 조심스럽게 되물었다.

"화장터요. 벽제 화장터 말이요."

그가 차 가운데에 붙어있는 작은 거울을 통해 뒷좌석을 살폈을 때 노인은 여전히 눈을 감은 채 말했다. 노인의 눈은 풀로 붙인 듯이 열리지 않았다. 노인은 눈만이 아니라 마음도 완전히 닫힌 듯했다. 노인은 감은 눈을 잠시 찌푸렸으나 이내 평온해졌다. 그에게 노인의 온몸에 묻어 있는 회색의 고운 때가 보였다. 그것은 노인의 연륜이었다. 하얀 은발 몇 올이 그의 어깨 위에 떨어져 있었다. 어깨 위의 머리카락 몇 올은 가을 햇빛을 받아 윤기를 내고 있었다. 노인의 표정이 단호해서 어깨에 떨어진 머리카락이 청결치 못하다는 인상을 주지는 않았다.

이제 그의 머릿속 회로는 평면으로 펼쳐진 지도 위에서 벽제까지의 최단 거리를 찾아내는 데 열중했다. 곧 혈관을 따라가는 피의 진행방향이 결정되었다. 그의 머릿속은 서울 전역의 차도로 복잡하게 엉켜 있었지만 어느 장소에서든지 목적지를 향한 최단코스를 찾는데 시간이 걸리지 않았다. 모든 공간은 출발지와 도착지의 최단 거리를 확인하는 것으로 결정되었다.

어느 땐가부터 그는 자신의 그러한 무의식적인 반작용에 진저리를 치며 그 일에서 도망가려 했으나 이내 포기하고 말았다. 그는 기계적으로 그 일에 매달릴 수밖에 없었다. 아무리 닦고, 조이고, 기름 쳐도 수명을 다해가는 그의 차처럼 그는 점점 무기력해졌다. 어느 땐가 그가 완강하게 그 짓을 거부했던 것은 그의 타성이 진저리쳐졌기 때문이었을 것이다. 한 때 잘 숙련된 기능공이 되는 것을 벗어나려 했으나 이제 어떤 노력도 하지 않은 지 오래 되었다. 이 일을 던져버릴 용기도 없어졌고, 어떤 노력을 하는 것도 귀찮았다. 익숙한 것이 나쁜 것만은 아니라고 위로했다.

"불 있소?"

차는 중앙청 뒤로 난 길로 접어들고 있었다. 오랫동안 일반차량 통행 제한으로 제대로 자라버린 나무들이 그의 정신을 어지럽게 했다. 아! 하는 신음 같은 탄성이 그의 목구멍에 걸려 넘어갔다. 단풍이, 낙엽이 그를 정신없이 만들었다. 계절이 바뀔 때마다 자연의 변화에 정신이 없었다. 차체를 감싸고 있는 유리를 통해 보이는 풍경이 현란했다. 그는 뒷좌석에 파묻히듯 앉아 있는 노인을 잊어버렸다.

앞차와 뒤차 사이를 보통 속도로 움직이는 그의 차는 무장 해제된 느낌이었다. 가로수와 주변 풍경이 그를 모처럼 편안한 산책으로 이끌었다. 그러고 보니 오늘은 종일 시내에서 뱅뱅 돌았음을 알았다. 먼지가 목젖 부근에. 콧구멍 속에, 눈 가장자리의 습기가 있는 부분에, 얼굴의 끈적끈적한 모공 사이에 심하게 달라붙어 있음을 느꼈다. 그는 두 손바닥으로 얼굴을 문지른 뒤 한참 만에 손님인 노인을 생각하자 뭔가 사람의 육성이 들렸음을 깨달았다.

"뭐라고 하셨습니까?"

그는 눈을 힐긋 들어 차체에 매달린 거울을 통해 노인을 들여다보며 물었다.

"아! 불 말씀이시군요."

그는 노인의 입에 물린 담배를 보며 급히 차체에 부착된 라이터에 불을 붙여 넘겼다. 그는 몇 년 전부터 손님들이 말을 걸어오는 것에 청력이 약한 사람이 그렇듯, 적당히 무반응으로 대처하며 묵묵히 자기 생각에 빠지는 일에 익숙했지만, 노인에게는 심히 미안함을 느끼며 당황했다. 그렇게 멀지는 않아도 약간은 장거리라는 생각 때문이었는지, 아니면 노인이 가고자 하는 곳이 화장터이기 때문이었는지, 아니면 노인의 태도 때문이었는지 몰랐다. 노인은 고맙다는 말도 없이 다시 라이터를 그에게 넘겼고, 그는 그것을 제자리에 꽂으며 잠시 짜증스러웠다. 그는 자신의 청력에 화를 내고 있었다. 그가 언제부터인가 손님들의 말에 반응하지 않았던 것이 아마 잘 듣지 못했기 때문인지도 모른다는 생각이 들면서부터 그는 조바심치고 있었다.

그가 상대방의 말을 놓치고 있다는 것을 알아채기 시작한 것은 가족들과 같이 텔레비전 드라마나 코미디 프로 등을 보면서부터였다.

그는 평균 반시간 정도의 텔레비전을 시청하는 동안에 한두 개의 대사를 놓치고 있는 것을 알았다. 자신이 대사를 알아듣지 못하는 것은 연기자의 발음이 분명하지 않기 때문이거나, 대사의 속도가 빠르기 때문일 것이라고 생각했으나, 옆에서 같이 보는 아내나 아들 녀석은 다 알아 듣고 있었다. 그는 자신의 청력을 의심했으나 그 사실을 인정하기는 어려웠다. 그는 이제 눈치나 감각으로 알아내야 하는 말들이 조금씩 늘어나고 있음을 인정해야 했다. 그럼에도 그의 눈치나 감각은 조금씩 마모되고 있었다. 청력만이 아니라 시력도 조금씩 떨어지고 있음을 느꼈다. 하루 종일 집중하여 바라보고 들어야 하는 것 때문이라고 동료들은 말했다.

그는 기계적으로 클러치, 브레이크, 악셀을 번갈아 밟아가며, 오른손으로는 기아를 변속시키는 행동을 반복하고 있었다. 그의 머리는 전자오르간의 반주와 함께 흘러나오는 유행가 가락 속에 톱니바퀴처럼 말려들어갔다.

'비린내 나는 부둣가엔 이슬 맺은 백일홍……'의 스타카토 부분에서 그의 목은 습관적으로 꺾이고 있었다. 그는 신호등에 걸려 잠시 쉬면서 뒷자리의 노인을 일별했다. 노인은 담배를 빨아들이느라고 그러는지, 아니면 전자오르간 소리 때문이었는지 눈살을 찌푸리고 있었다. 그는 카세트의 스위치를 꺼버렸다. 계속 윙윙거리며 차 안을 돌아다니던 기계음이 사라졌음에도 노랫소리는 여운처럼 그의 귀에서 계속 흐르고 있었다.

"그냥 놔두지 그러시오?"

"이 음악 말입니까?"

"그래요. 밖의 풍경하고 어울리는구먼."

그는 너무 오래 들어서 늘어진 테이프를 릴에 다시 끼웠다. 그는 자신이 발음한 '음악'이라는 말을 생각하며 약하게 웃었다. 그러나저러나 전자오르간에 맞춘 흘러간 유행가가 밖의 풍경하고 맞는다고? 차가 달리는 동안 풍경은 계속 변하고 있었기 때문에 노인이 말하는 풍경이 무엇을 말하는지 알 수 없었다. 차는 세검정에서 불광동 쪽을 향해 꺾어지기 위해서 차선을 바꾸고 있었다. 산자락 밑에 자리 잡은 마을 상가는 여느 도시 풍경과 다를 바가 없었으나, 산등성이를 따라서 물들어가고 있는 단풍과 붉은 감들은 도시임을 잠시 잊게 만들었다.

"가을이 깊었지요?"

"그렇구려."

그는 노인에게 무슨 말인가를 해야겠다는 생각을 했다. 고객보다는 노인을 배려해 보겠다는 생각은 언제나 그에게 자연스러운 행위였다. 자신은 배려하는 행위가 상대에게 어떻게 받아들여질지에 대한 우려가 없는 바도 아니었으나 대부분의 노인들은 그의 행위에 우호적이었다. 그는 특별한 목적지에 가는 노인의 기분을 더 이상 가라앉게 하고 싶지 않았다. 특별히 그는 이쪽으로 가는 길을 좋아했고, 오늘은 유난히 하루 종일 뱅뱅 돌았던 시내에서 해방된다는 것이 좋았다. 노인이 그를 구해줬다는 생각까지 들었다. 그는 노인이 화장터엘 가고 싶어 하는지 그 근처에 있는 어느 곳엘 가고 싶어 하는지에 대해서도 묻지 않았다. 그럼에도 화장터에 갈 것이라고 믿었다. 그 주변에 들어갈 만한 일반 건물이 없어서이기도 했지만 노인의 단호한 표정이 그리 보였다.

—쇼핑을 많이 하셨군요.—

—좋은 일이 있으신가 보군요.—

—동창회에라도 가십니까? 주말에 친구 분들 하고 한잔 하는 날에

는 아무래도 차는 부담스럽지요. 택시를 타시는 것이 낫지요.—

몇 년 전까지만 해도 그는 그렇게 손님의 차림새, 그들이 말하는 행선지, 또는 차 안에 들어설 때의 자세 등을 종합하여 시답잖은 말을 걸곤 했다. 대부분의 손님들은 그의 질문이 그렇듯이 비슷하게 적당히 대답을 했다. 사실 확인과는 전혀 관계없는 대화였다. 그는 운전 솜씨가 능숙해지고 서울 지리를 꿰뚫게 되자 자신 있게 손님들과 만나고 헤어졌다. 자신도 놀라울 정도로 아주 밝고 유쾌하게 손님들과 만나고 헤어지기를 반복했다. 어떤 경우에는 짧은 시간의 만남과 헤어짐에 막연한 아쉬움, 궁금증 같은 것을 느낄 때도 있었다. 마치 그 일을 위해 태어난 사람 같았다. 스스로도 자신에게 가끔 그런 면이 있었나 하고 놀랄 정도였다.

얼마 전부터 승객들과의 부질없는 대화가 시들해졌다. 그는 손님에 대해서 냉담했고, 가끔 그들이 그의 눈치를 보며 말을 걸어왔으나 대부분은 적당히 무시해버렸다. 익숙한 행위에 염증을 느꼈다고나 할까, 힘이 들어서였는지도 몰랐다. 운전석에 맞게 접혀서 들어앉은 그의 육신은 하루에 두세 번 일어나서 펼쳐지기도 힘이 들었다. 그렇게 열심히 손님을 찾아서 헤매던 일이 이제 싫어지기 시작했다. 싫어지는 정도가 아니라 할 수 없었다.

그는 이제 모든 손님들을 그들이 원하는 목적지까지 도착시켜 준 뒤 오차 없이 계산하고 금전을 수수하는 행위에 능숙했다. 능숙함은 지루함으로 연결되었다. 이젠 너무 부려먹어서 마모된 이 차의 부품처럼 그의 내부기관들도 덜컹거리고 있었다. 이번 차를 폐차할 때 까지만 하리라고 벼르던 일을 그는 벌써 몇 번씩이나 더 하고 있었다.

새 차를 사면서 시작된 그의 각오는 언제나 '이번으로 끝내야지' 하는 것이었다. 그럼에도 그는 벌써 몇 대의 차를 새로 샀고, 그 때마다 동일한 각오를 새로 해왔다. 그가 마모된 차를 곱게 다루듯이 그의 아내는 그의 건강을 보살폈다. 아내가 보온병에 넣어준 따뜻한 물과 위장약으로 그는 몸을 다스리고 있었다. 차 안의 분위기가 화장 터만큼 무겁다고 느껴졌다. 그는 노인을 위해서 무엇인가 표현하고 싶었다. 말없이 밖을 바라보는 노인이 너무 처연하다고 느껴져서 그를 위해 조금은 애를 써야 될 것 같았다. 요 근래에는 손님들을 향해 느끼지 못했던 관심이었다.

"화장터 안으로 들어가십니까?"

그는 자못 조심스럽게 그러나 그런 곳에 누구라도 갈 수 있다는 듯이 대수롭지 않음을 위장하고 물었다.

"그럽시다. 뭐, 그렇지만 들어가기가 어려우면 그냥 그 앞에서 내려도 되고."

"아니요. 괜찮습니다. 많이 올라가나요?"

"별로 올라가진 않지만 들어가는 입구에 검문하는 사람들이 있습니다."

그는 노인이 이 길이 초행이 아니라는 것을 알 수 있었다. 얼마전에 그곳에서 친구라도 화장을 했단 말인가? 아니면 자신이 갈 곳이라고 생각해서 미리 답사라도 다닌단 말인가? 테이프에서 나오는 전자 오르간 소리가 두 사람 사이를 흐르고 있었다. 전자 오르간, 기타 등의 전자 악기를 광폭하게 두들겨대는 젊은이들이 어른거렸다. 소가죽을 갈래갈래 찢은 의상을 입고, 긴 머리를 휘날리며 무대에서 흔들어보는 것이 그의 소망이었던 적도 있었다. 몸에 꼭 붙은 의상을 입고 춤을 추며 가수가 한 번씩 목에 감았다가 던져주는 스카프에 열광하는 여자들도 어른거렸다. 싸구려 스카프에 묻은 위대한 영웅의 땀방울에 젊은 여자들은 흥분했다. 그도 한때는 열광하는 대중 속에서 위대한 영웅으로 살고 싶었으나 할 수 없었다.

변화하는 차창 밖의 풍경을 무표정하게 바라보는 노인의 모습이 보였다. 차 안을 맴도는 노랫소리를 듣는 듯도 했고, 전혀 관심이 없는 듯도 했다. 그러나 그는 라디오를 꺼버릴 수는 없었다. 차 안에서 감도는 흐름을 깨는 것은 노인을 깨우는 것으로 느껴졌다. 노인이 만드는 분위기는 요금을 내고 그의 차에 타는 승객이 아니었다. 그는 흘러간 시간에서 도망치고 싶었으나 노인 때문에 그럴 수 없었다.

차 안을 울려대는 저 노래는 노인의 과거가 아닌가 하는 생각이 났다. 노인의 표정은 변화 없이 너무나 담담해서 아무것도 구별할 수가 없었다. 그는 노인에게 얽매인 자신이 짜증스러웠다. 조금씩 머리가 아파오는 듯도 했다. 노인은 아무렇지도 않은데 자신만 공연히 조바심을 치는 듯이 보였다. 테이프에서 나오는 노래는 끝나버렸고, 차는 서울의 끝을 벗어나고 있었다. 가을 햇빛은 눈부시게 쏟아졌고, 단풍과 낙엽은 여전히 미친 듯이 뒹굴고 있었다.

두 사람 사이에 흐르던 기계음이 그치자 답답한 정적이 차 안에서 돌아다녔다. 밖은 밝았고, 결코 조용하지 않았음에도 차 안은 죽음처럼 적막했다. 전자오르간의 경박한 음향이 한참 동안이나 그의 머릿속에서 반복되고 있었으나 그 적막감은 여전했다. 그는 언제나 차 안과 차 밖을 분리시키는 것에 익숙했다. 차 밖의 어떠한 변화에도 관계없이 그는 차 안에서 독립될 수 있었다. 사면을 돌아가며 부착된 유리로 된 문이 차 안과 밖을 차단시켰지만 또한 라디오나 테이프에서 지속적으로 흘러나오는 소리들이 외부와 분리되고 싶어 하는 그를 도와주었다.

차 안은 언제나 그의 세계였다. 밖이 추울 때 그의 차는 더 따뜻했고, 밖이 소란스러울 때 차 내부는 아늑하고 편안했다. 웅크리고 횡

단보도를 건너는 행인들, 붉은 띠를 이마에 두르고 한 손에는 피켓을 든 채 주먹을 휘두르며 과격한 구호를 외치는 사람들은 그와는 전혀 다른 곳에 있었다. 수시로 변화하는 바깥 세계와 그의 차 안은 전혀 별개였다. 그는 교통순경의 호루라기 소리를 듣지 못해 현장에서 해결할 수 있었던 차선 위반이나 신호 위반의 벌금 용지를 우편으로 받아야 하는 경우도 종종 있었다. 그럼에도 그는 자신의 관습에서 벗어나지 못했다.

노인과 자신 사이를 흐르면서 적당히 두 사람을 분리시키던 음악 소리가 끝나자 그는 무엇인가 조금 더 연결하기 위해 노력해야겠다는 생각을 했다. 보통은 차 안에서 들을 수 있는 용량보다 조금 더 크게 틀어대는 기기의 볼륨으로 손님과의 사이에 의도적으로 금을 그어왔으나 지금은 그렇지 않았다. 오히려 너무 적막해서 숨을 쉬기도 힘이 들었다. 노인은 계속해서 창밖을 바라보고 있었다. 그가 바라보고 있는 논 한가운데에 이른 추수가 끝난 논바닥에 볏단들이 쌓여 있었다. 자신의 죽음을 생각하는 것일까? 그는 이제 노인이 화장터로 이동하여 소신될 것 같았다. 그는 빨리 목적지에 도착하여 노인에게서 벗어나고 싶었다.

"누가 돌아가셨습니까?"

그는 마침내 참지 못하고 물었다. 노인은 그의 질문을 들었는지 말았는지 아무 말이 없었다. 그는 다시 그의 머리 오른쪽에 붙어 있는 작은 거울을 통해 노인을 보았다. 노인의 눈 가장자리 눈썹에 물기가 있었고, 눈물방울이 흘러내리지 않게 하려고 눈을 몇 번 깜박거렸다. 노인의 눈에 맺혀 있는 눈물방울이 가을 햇빛을 받아서, 어깨 위에 떨어진 몇 올의 은발과 함께 반짝거렸다.

"제가 괜한 말을 했군요. 누구나 다 가는 길이 아닙니까? 조금 먼저 가는가 늦게 가는가의 차이겠지요."

그는 너무 급해서 허겁지겁 그냥 아무 말이나 하고 있었다. 노인에게 죽음에 대해서 말한다는 것이 얼마나 당치 않은가를 생각할수록 진땀이 났다. 그는 교수나 교사처럼 보이는 사람들 앞에서 이 나라의 교육에 대해서 분노하지 않았으며, 정치 현실에 대해서 울분을 토하는 젊은이들 앞에서 섣불리 동조하거나 비판하지도 않았고, 기독교인들 앞에서 타종교를 옹호하지도 않았으며, 복부인들 앞에서 사회악을 논하지 않았다. 그것은 그가 이 직업에 종사하며 터득한 미덕이었다. 그것은 그때그때 그들의 세계였으니까. 그럼에도 감히 노인 앞에서 죽음을 얘기했다는 것은 그에겐 커다란 실수였다.

그는 이제 정말 빨리 이 분위기에서 벗어나버리고 싶었다. 그의 차는 점점 죽음으로 가까이 가고 있었으나 밖의 풍경은 현실은 아랑곳하지 않고 터무니없이 아름다웠다. 죽음도 아름다울지 모른다는 생각을 했다. 아니, 그 말을 어디선가 들은 듯도 했다. 이 가을 들어 손님 중에 한 명이 뱉은 말일지도 몰랐다. 승객들이 쏟아놓고 내린 대부분의 대사들은 건성으로 들어서 귀에 남아 있는 것이 별로 없었으나 어디 머릿속 깊은 곳에 축적되었던 듯 그 말이 생각났다.

그는 화장터 안에 들어가 본 적이 없었으므로 누구에겐가 그 위치를 확인해야 했다. 그는 노인에게 물어볼 수 있었으나 그를 고통스럽게 하고 싶지는 않았다. 그는 몇 명의 젊은이들이 담배를 피우며 서 있는 앞에서 창문을 내리고 물었다.

"시체 태우는 화장터요? 연지곤지 바르는 화장터요?"

그들은 왁자하게 웃으며 담배꽁초를 아무렇게나 던지고는 사라졌다. 그는 녀석들의 태도가 괘씸하다는 것도 생각할 수가 없었다. 그렇다고 다만 차 안의 무거운 분위기가 깨졌다는 것만을 고마워 할 수도 없었다.

"조금만 더 가다가 가게가 있는 곳에서 오른쪽으로 올라가시오."

녀석들이 사라진 뒤 체념한 듯 노인의 목소리가 들렸다.

"아! 죄송합니다. 요즘 애들은 버릇이 없어서요."

그는 아이들의 무례를 사죄했다.

"신경 쓰지 마시오. 이젠 다 왔소."

노인은 처음처럼 담담해졌다. 화장터는 보통 주택가에 평범한 공공건물처럼 자리잡고 있었다. 건물 앞에 서 있는 헌병 몇 명이 화장터를 군부대처럼 보이게 했다. 노인이 그들에게 무엇인가 짧게 몇 마디 말을 하자 손짓으로 들어가라는 시늉을 했다. 특별한 냄새라도 날 줄 알았던 화장터 안의 분위기는 흰색의 높은 건물과 주위를 돌아다니는 제복을 입은 시청 직원들로 해서 지극히 사무적으로 보였다. 그는 노인을 내리게 한 뒤 몇 대의 장의사 차량이 서 있는 옆에 그의 차를 세웠다. 노인은 고맙다는 말을 남긴 뒤 층계 쪽으로 걸음을 옮겼다.

꽤 많은 계단 위에 있는 건물을 향해 올라가는 노인의 모습은 종교적으로 보였다. 노인으로 해서 모든 풍경은 종교적으로 변모했다. 차에서 내린 그는 아무 생각 없이 계단을 오르는 노인과 주변 경관을 바라보았다. 주위는 죽음의 냄새라고는 없었다. 아직 죽음은 그의 세계가 아니라고 머리를 흔들었다. 그는 그저 풍광이 좋은 공원에서 먼지와 그 외의 모든 것들로 더러워진 자신을 잠시 쉬게 하고 싶었다.

몇 시간 만에 차에서 나온 그는 단단하게 접혀진 낚시의자나 야전용 침대를 펴듯이 운전석에서 굳어진 자신의 몸을 서서히 펼쳤다. 따뜻한 가을 햇살이 그의 몸 마디마디 사이로 전해졌다. 힘껏 기지개를 켜자 늘어지게 자고 싶은 욕망이 일었다. 그는 넓은 운동장 한쪽에 얌전히 설치된 화장실에서 배설을 끝내자 육신의 편안함에서 오는 만족감으로 모든 것이 느긋해졌다. 노인도 잊어버렸고, 다시 주위 경관을 한번 휘돌아보며, 이 나라를 방문하는 외국 사람들에게 보여주려는 관광코스 속에 이 화장터가 끼어 있는 것이 아닌가 하는 터무니없는 생각까지 하고 있었다.

건물 안으로부터 소복을 한 몇 명의 여자가 유골 상자를 향해 손을 내저으며 통곡하고 따라왔다. 소복과 통곡은 유난히 하얗게 칠한 건물과 유리되어 비현실적으로 보였다. 가슴을 절이는 슬픈 행위는 모던한 건물과 유리되었다. 넓은 공간에서 울리는 통곡소리는 공허하고 작위적으로 들리기까지 했다.

통곡하는 소복한 여인들과 유족들이 대기 중이던 장의차 하나로 들어간 뒤, 또 다른 유골 상자와 영정을 든 사람들이 나왔다. 그들의 표정은 슬픔이 진해서 울 수도 없는 것으로 보였다. 하얀 벽을 배경으로 천천히 움직이는 검은 옷을 입은 사람들은 희랍극을 연상시켰다. 유족들 속에는 신부인지 목사인지 법복을 입은 사람도 있었다. 열대여섯 살쯤이나 되었을까 한 소년과 소녀가 유골상자와 영정을 들고 나와 앞서 걸어가고 있었다. 그는 부모가 되어본 모든 사람들이 그렇듯이 어린 아이들의 부모가 죽었을 것이라는 생각에 가슴이 쓰려왔다. 그것은 본능이었다.

그들은 층계를 내려가기 전에 건물을 배경으로 사진 찍을 준비를 했다. 그는 뭘 기념하는 것인지 생뚱맞다는 생각이 들었다. 남매인 듯싶은 소년과 소녀는 눈물을 삼키는 것에 익숙해 보였다. 그는 자신이 태우고 왔던 노인이 아이들의 등을 쓰다듬으며 담담하게 사진기를 향해 서 있는 것을 보았다. 그는 슬그머니 망자의 사진을 보기 위해 계단 쪽으로 다가갔다. 노인과 아직 성인이 되지 않은 아이들에게 깊은 슬픔을 준 사람이 누구인지 궁금했다.

아! 그는 짧게 탄성을 질렀다. 꼭 쥐고 있던 고무풍선의 줄이 끊어져 날아갔다. 남의 일처럼 그냥 무심하게 끼고 있던 팔짱이 풀려 힘없이 늘어졌다. 작은 카메라 사진을 확대한 듯 불분명한 모습이었지만 덧니를 드러내며 환하게 웃고 있는 여자는 분명히 그 사람이었다. 이십여 년 간 그렇게 한번쯤은 보고 싶었고, 또 손님으로 만날까봐 전전긍긍했던 바로 그 사람이었다. 대부분의 손님들이 운전석에 앉은 자신의 모습에 별 관심을 가지지 않는다는 것을 알면서도 그는 저 여자를 만날까봐 두려웠었다.

차에 타는 모든 사람들은 그를 개인으로 보지 않았다. 그냥 제복을 입은 기사였다. 그냥 운전하는 사람이었다. 특별히 그의 차를 기다렸다가 타는 사람도 없었다. 그는 그의 차를 향해서 달려오는 모든 사람들을 볼 수 있었으나 그들은 아무도 그를 보지 못한다는 것도 잘 알았다. 그럼에도 그는 여자를 만날까봐 걱정했다.

그렇게 막연히 만날까봐 걱정하고 또 만났으면 했던 여자를 죽어서 만나다니. 딸 아이인 듯 보이는 소녀가 들고 있는 여자의 영정 사진은 왼쪽을 향한 옆모습이었는데 유골을 든 아들아이는 오른쪽에 서 있었기 때문에 분리된 그녀의 영혼과 육신은 서로 외면하고 있는 듯했다. 흰 보자기에 싸여서 소년의 목에 걸린 걸린 물체는 뜨거운 불에서 소진되어 가루로 남은 여자의 육신이었다. 웃으며 외면하고 있는 여자의 사진은 하늘을 향한 영혼이었다.

따뜻한 날씨에 비해 차 안은 썰렁했다. 그의 차를 향해 신호를 보내는 사람들을 내버려 둔 채 그는 시내 쪽을 향해 차를 몰았다. 어수선하게 쌓여 있는 테이프 속에서 흐느적거리며 사랑을 절규하는 여자 가수의 노래를 끼웠다. 여자의 목소리는 차 안을 넘치도록 울렸다. 조금도 나갈 구멍이 없이 막힌 공간에서 노래 소리는 차 안으로 스며들었다.

—한사코 그를 거부했다던 여자의 아버지가 노인이었던가? 그에게 묻어 있던 연륜의 때는 누추함에 대한 거부의 몸짓이었나?—

차창 밖에서는 많은 사람들과 자동차들이 장난감처럼 마임극의 배우처럼 움직이고 있었다. 테이프에서 흘러나오는 오래된 노래가 그의 감정을 정화시켰고 그에게 남아 있었던 여자에 대한 찌꺼기들이 재가 되어 날아가고 있었다. 이제는 막연히 만날지도 모른다는 기대마저 할 수도 없다는 것이 씁쓸했다. 죽어서 헤어진다는 것은 정말 고약했다. 그는 여자가 이제야 겨우 떠났다는 사실을 확인하는 자신의 어리석음을 비웃었다.

그는 자동차의 문을 열고 테이프에서 나오는 소리를 꺼버리고 손님을 받을 준비를 했다. 열린 창문을 통해 연소된 그의 감정들이 날아갔다. 먼지와 매연으로 범벅이 된 도시의 공기가 차 안으로 들어왔다. 그는 서서히 오염된 도시의 공기로 자신이 절여지고 있음을 확인했다.